Lagerlöf
Nils Holgerssons wunderbare Reise

Selma Lagerlöf

Nils Holgerssons wunderbare Reise durch Schweden

Aus dem Schwedischen übersetzt
von Gisela Perlet

Nachwort von Ruprecht Volz

Philipp Reclam jun. Stuttgart

Der Übersetzung liegt die Ausgabe zugrunde:
Nils Holgerssons underbara resa genom Sverige.
Förkortad upplaga. Stockholm:
Albert Bonniers förlag, 1956.

Universal-Bibliothek Nr. 3983

Gesamtherstellung: Reclam, Ditzingen. Printed in Germany 1996
RECLAM und UNIVERSAL-BIBLIOTHEK sind eingetragene Marken
der Philipp Reclam jun. GmbH & Co., Stuttgart
ISBN 3-15-003983-5

Nils Holgerssons wunderbare Reise durch Schweden

I

Der Junge

Der Kobold

Sonntag, den 20. März

Es war einmal ein Junge. Er war etwa vierzehn Jahre alt, lang, dünn und flachshaarig und ein rechter Taugenichts. Am liebsten schlief und aß er, und dann machte er gern dumme Streiche.

Eines Sonntagmorgens wollten seine Eltern den Gottesdienst besuchen und machten sich dazu bereit. Der Junge saß derweil in Hemdsärmeln auf der Tischkante und freute sich, daß sie nun bald das Haus verließen. »Da kann ich mir Vaters Flinte herunterholen und einen Schuß abfeuern, ohne daß mich jemand stört«, dachte er.

Doch es schien fast, als hätte der Vater die Gedanken seines Sohns erraten, denn gerade als er davongehen wollte, drehte er sich noch einmal um. »Wenn du schon nicht mit uns in die Kirche willst, könntest du wenigstens die Predigt zu Hause lesen, finde ich. Versprichst du mir das?«

»Ja«, sagte der Junge sofort. Doch natürlich nahm er sich vor, nur so viel zu lesen, wie er Lust hätte.

Noch nie hatte der Junge seine Mutter so schnell laufen sehen. Im Nu war sie am Bücherbord, nahm Luthers Postille heraus, legte sie auf den Tisch am Fenster und schlug die Predigt des Tages auf. Dann schob sie den großen Lehnstuhl heran, in dem sonst keiner als Vater sitzen durfte.

Der Junge hielt es für übertrieben, daß sich seine Mutter mit diesen Vorbereitungen so viel Mühe machte, denn mehr als ein oder zwei Seiten wollte er gar nicht lesen. Da aber schien ihn sein Vater ein zweites Mal zu durchschauen. »Daß du auch ja ordentlich liest!« sagte er in strengem Ton. »Wenn wir zurückkommen, frage ich dich jede Seite ab, und wehe du hast eine übersprungen, dann soll es dir schlecht ergehen!«

»Die Predigt ist vierzehn und eine halbe Seite lang«, sagte die Mutter, wie um das Maß vollzumachen. »Wenn du das alles schaffen willst, mußt du dich wohl sofort daransetzen.«

Dann brachen sie endlich auf, und als der Junge in der Tür stand und ihnen nachsah, war ihm zumute, als säße er in einer Falle. »Da gehen sie und beglückwünschen sich wohl dazu, daß ich die ganze Zeit, wo sie weg sind, über der Predigt hocken muß«, dachte er.

Doch seine Eltern beglückwünschten sich ganz gewiß nicht, im Gegenteil, sie hatten großen Kummer. Sie waren arme Kätner, und ihr Besitz war nicht viel größer als ein kleiner Garten. Als sie hierhergezogen waren, hatten sie zuerst nicht mehr als ein Schwein und ein paar Hühner füttern können. Doch weil sie ungewöhnlich fleißige und tüchtige Leute waren, hielten sie jetzt auch Kühe und Gänse. Sie waren gewaltig vorangekommen, und sie wären an diesem schönen Morgen froh und zufrieden zur Kirche gewandert, hätten sie nicht an ihren Sohn denken müssen.

Der Vater klagte, der Junge habe in der Schule nichts lernen wollen und sei ein solcher Nichtsnutz, daß man ihn höchstens zum Gänsehüten gebrauchen könne. Die Mutter bestritt die Wahrheit seiner Worte nicht, doch sie bekümmerte am meisten, daß der Junge wild und ungezogen war, grausam zu Tieren und gemein zu Menschen. »Möge ihm Gott die Bosheit austreiben und einen anderen Sinn geben!« sagte sie. »Sonst wird er sich und uns ins Unglück stürzen.«

Der Junge überlegte eine lange Zeit, ob er die Predigt nun lesen sollte oder nicht. Dann aber sagte er sich, daß es diesmal wohl am besten sei, den Eltern zu gehorchen. Er setzte sich in den Lehnstuhl und fing an zu lesen. Doch als er das eine Weile getan hatte, merkte er, daß ihm der Kopf schwer wurde.

Draußen war das allerschönste Frühlingswetter. Zwar war das Jahr nicht weiter als zum 20. März gekommen, aber der Junge wohnte in der Gemeinde West-Vämmenhög, tief unten im südlichen Schonen, und dort war der Frühling schon voll im Gang. Grün war es draußen noch nicht, doch es war frisch, und die Knospen sprießten. Alle Gräben waren voller Wasser, und der Huflattich am Grabenrand stand in Blüte. Alle Sträucher auf der Steineinfriedung des Hofes waren braun und blank geworden. Durch die angelehnte Haustür war das Tirilieren der Lerchen bis in die Stube zu hören. Hühner und Gänse liefen draußen herum, und hin und wieder muhten die Kühe, denn sie spürten die Frühlingsluft bis in ihre Verschläge.

Und der Junge las und nickte und kämpfte gegen die Müdigkeit. Doch es ging, wie es ging, er wurde vom Schlaf übermannt.

Er hatte noch nicht lange geschlafen, da erwachte er von einem leisen Geräusch im Hintergrund. Auf dem Fensterbrett vor ihm stand ein kleiner Spiegel, in dem fast das ganze Zimmer zu sehen war. Als der Junge nun den Kopf hob und sein Blick auf den Spiegel fiel, entdeckte er, daß jemand den Deckel von Mutters Truhe aufgeschlagen hatte.

Seine Mutter besaß eine große Truhe aus Eichenholz mit eisernen Beschlägen, die niemand als sie selbst öffnen durfte. Darin verwahrte sie alte Bauerntrachten und schwere Silberspangen, die sie von ihrer

Mutter geerbt hatte und die sie besonders sorgfältig hütete.

Jetzt sah der Junge im Spiegel ganz deutlich, daß der Deckel der Truhe offenstand. Das war ihm unbegreiflich, denn Mutter hatte die Truhe geschlossen, bevor sie gegangen war. Es wäre ihr ganz gewiß nicht passiert, die Truhe offenzulassen, wenn er sich allein im Haus aufhielt.

Ihm wurde richtig unheimlich zumute. Vielleicht hatte sich ein Dieb ins Haus geschlichen?

Während er vor dem Spiegel saß und hineinstarrte, bemerkte er mit Verwunderung, daß über den Rand der Truhe ein schwarzer Schatten fiel. Er guckte und guckte und wollte seinen Augen nicht trauen. Doch was er anfangs für einen Schatten gehalten hatte, wurde immer deutlicher, und bald erkannte er, daß es etwas Wirkliches war. Tatsächlich, es war ein Kobold, der rittlings auf dem Rand der Truhe saß.

Von Kobolden hatte der Junge zwar schon gehört, doch niemals hätte er sich vorgestellt, daß sie so klein sein könnten. Der da auf dem Truhenrand saß, war höchstens eine Handbreit groß. Er hatte ein altes, runzliges, bartloses Gesicht, trug einen langen schwarzen Rock, Kniehosen, einen schwarzen Hut mit breiter Krempe und, um richtig geputzt und fein zu sein, weiße Spitzen um Hals und Handgelenke, Schnallen an den Schuhen und Strumpfbänder mit Schleifen. Er war so in den Anblick der Truhe vertieft, daß er das Erwachen des Jungen nicht bemerkte.

Obwohl der ganz schön über den Kobold staunte, erschrak er doch nicht so heftig. Vor einem solchen Wicht konnte man sich gar nicht fürchten. Und weil der Kobold ganz mit sich selbst beschäftigt war und weder zu hören noch zu sehen schien, bekam der Junge Lust, ihm einen Streich zu spielen: ihn in die Truhe schubsen und den Deckel über ihm zuschlagen oder so etwas Ähnliches.

Er sah sich in der Stube nach einem Gegenstand um, mit dem er ihn anstoßen könnte. Er ließ seine Augen von der Schlafbank zum Klapptisch und vom Klapptisch zum Herd wandern, musterte die Töpfe und den Kaffeekessel auf dem Bord neben dem Herd, den Wassereimer an der Tür und Kochlöffel und Messer und Gabeln und Schüsseln und Teller, die in der halboffenen Schranktür sichtbar waren. Er sah hinauf zu Vaters Flinte, die an der Wand hing, und zu den Pelargonien und Fuchsien, die auf dem Fensterbrett blühten. Zuletzt fiel sein Blick auf einen alten Fliegenkescher am Fensterrahmen.

Kaum hatte er den entdeckt, da riß er ihn an sich, sprang auf und schwenkte ihn über den Rand der Truhe. Und er staunte selbst, was für ein Glück er hatte, denn es gelang ihm, den Kobold zu fangen. Das arme Kerlchen lag, den Kopf nach unten, auf dem Boden des langen Keschers und konnte nicht heraus.

Im ersten Augenblick wußte der Junge gar nicht, was er mit seiner Beute anstellen sollte. Er schwenkte den Kescher nur hin und her, damit ihm der Kobold ja nicht entwischen könnte.

Da begann der Kobold zu sprechen und bat ganz inständig um seine Freiheit. Er habe den Leuten des Hauses viele Jahre Gutes getan, sagte er, und verdiene wohl eine bessere Behandlung. Wenn der Junge ihn freilasse, wolle er ihm einen alten Speziestaler, einen silbernen Löffel und ein Goldstück geben.

Das hielt der Junge für ein gutes Angebot. Er ging sogleich darauf ein und hielt den Kescher an, damit der Kobold hinausklettern konnte. Doch als dieser fast draußen war, kam dem Jungen der Gedanke, er hätte sich ganz andere Reichtümer und alle möglichen Vorteile ausbedingen sollen. »Wie dumm von mir, daß ich ihn freigegeben habe!« dachte er und begann den Kescher von neuem zu schütteln, um den Kobold wieder hineinfallen zu lassen.

Doch im selben Moment bekam er eine so entsetzliche Ohrfeige, daß er glaubte, sein Kopf würde in Stücke springen. Er flog erst gegen die eine, dann gegen die andere Wand, schlug schließlich hin und blieb bewußtlos liegen.

Als er zu sich kam, war er allein in der Kate. Vom Kobold entdeckte er keine Spur. Der Deckel der Truhe war geschlossen, und der Fliegenkescher hing wie immer am Fenster. Hätte der Junge nicht gespürt, wie seine rechte Wange von der Ohrfeige brannte, er hätte das Ganze beinah für einen Traum gehalten.

Doch als er nun zum Tisch gehen wollte, bemerkte er etwas Sonderbares. Die Stube konnte ja unmöglich gewachsen sein. Aber wie kam es dann, daß er so viele Schritte mehr als sonst machen mußte, um den Tisch zu erreichen? Und was war mit dem Stuhl los? Der sah nicht größer aus, als er eben noch gewesen war, doch der Junge mußte erst die Leiste zwischen den Stuhlbeinen erklimmen und dann auf den Sitz klettern. Und mit dem Tisch war es dasselbe. Um die Tischplatte zu überblikken, mußte er auf die Armlehne des Stuhls steigen.

»Um Himmels willen, was ist denn das?« sagte der Junge. »Ich glaube, der Kobold hat den Lehnstuhl und den Tisch und die ganze Stube verhext!«

Die Postille lag auf dem Tisch, und dem Anschein nach war sie unverändert. Doch irgend etwas war auch mit ihr nicht in Ordnung, denn der Junge mußte sich geradezu in das Buch hineinstellen, um ein einziges Wort zu entziffern.

Als er ein paar Zeilen gelesen hatte, schaute er auf. Dabei fiel sein Blick in den Spiegel, und plötzlich rief er ganz laut: »Aber da ist ja noch ein Kobold!«

Er sah nämlich im Spiegel ganz deutlich einen winzig kleinen Knirps, bekleidet mit Zipfelmütze und Lederhosen.

»Der hat ja dasselbe an wie ich!« sagte der Junge und klatschte vor Verwunderung in die Hände. Da entdeckte er, daß auch der Knirps im Spiegel klatschte.

Nun fing er an, sich an den Haaren zu ziehen, in die Arme zu kneifen und sich herumzudrehen, und augenblicklich machte jener, der im Spiegel zu sehen war, alles nach.

Der Junge lief ein paarmal um den Spiegel herum und untersuchte, ob sich dahinter irgendein Kerlchen versteckte. Doch als er niemanden fand, begann er vor Angst zu zittern, denn jetzt wurde ihm klar, daß ihn der Kobold verzaubert hatte und daß jener Knirps, dessen Bild er im Spiegel sah, kein anderer war als er selbst.

Die Wildgänse

Der Junge konnte es kaum fassen, daß er in einen Kobold verwandelt worden war. »Sicher ist das nur ein Traum oder eine Einbildung«, dachte er. »Wenn ich ein paar Augenblicke warte, werde ich bestimmt wieder Mensch.«

Er stellte sich vor den Spiegel und schloß die Augen. Ein paar Minuten später schlug er sie wieder auf und hoffte nun, daß der Zauber vorüber sei. Aber der war nicht vorüber – er war genauso klein wie zuvor. Ansonsten hatte er sich nicht verändert: die flachsblonden

Haare, die Sommersprossen auf der Nase, die Flicken auf der Lederhose und die Stopfstelle am Strumpf, alles war ganz genauso – es war nur kleiner geworden.

Nein, stillstehen und abwarten, das half nichts. Am klügsten schien ihm zu sein, den Kobold aufzuspüren und sich mit ihm zu versöhnen.

Da sprang der Junge vom Tisch und machte sich auf die Suche. Er guckte hinter Stühle und Schränke, unter die Schlafbank und in den Backofen. Er kroch sogar in ein paar Mauselöcher, doch den Kobold konnte er nicht finden.

Er weinte und flehte und versprach alles, was man sich denken kann. Nie wieder wollte er sein Wort brechen, nie wieder wollte er böse sein, nie wieder wollte er über der Predigt einschlafen. Wenn er nur wieder Mensch werden dürfte, dann sollte ein ganz prächtiger, lieber, gehorsamer Junge aus ihm werden.

Auf einmal erinnerte er sich, daß Mutter gesagt hatte, die kleinen Geister hielten sich zumeist im Kuhstall auf, und sogleich beschloß er, dorthin zu gehen. Zum Glück war die Stubentür nur angelehnt, denn das Schloß hätte er weder erreichen noch öffnen können.

Als er in den Flur kam, sah er sich nach seinen Holzschuhen um, denn im Zimmer war er ja auf Sokken herumgelaufen. Während er noch überlegte, was er mit den großen, klobigen Holzschuhen anstellen sollte, entdeckte er auf der Schwelle ein Paar kleine Schuhe. Daß der Kobold auch daran gedacht hatte, seine Holzschuhe zu verwandeln, versetzte ihn noch mehr in Angst. Demnach sollte dieses Elend wohl recht lange dauern.

Auf der alten Eichenbohle, die vor der Haustür lag, hüpfte ein Spatz. Kaum hatte er den Jungen erblickt, da rief er schon: »Tititt! Tititt! Guckt euch mal den Gänsejungen Nils an! Guckt euch mal den Däumling an! Guckt euch mal den Däumling Nils Holgersson an!«

Sogleich richteten Gänse und Hühner ihre Blicke auf den Jungen, und es gab ein entsetzliches Geschnatter und Gegacker. »Kikeriki«, krähte der Hahn, »das ist ihm recht geschehen! Kikeriki, er hat mich am Kamm gezogen!« – »Gack, gack, gack, das ist ihm recht geschehen«, riefen die Hühner immer wieder, bis in die Unendlichkeit. Die Gänse drängten sich dicht aneinander, steckten die Köpfe zusammen und fragten: »Wer mag das getan haben? Wer mag das getan haben?«

Doch am merkwürdigsten daran war, daß der Junge ihre Worte verstand. Er war so verblüfft, daß er auf der Schwelle stehenblieb und lauschte. Er konnte die Vogelsprache wohl deshalb verstehen, weil er in einen Kobold verwandelt war.

Es war unerträglich, daß die Hühner mit ihrem Spruch, das sei ihm recht geschehen, gar nicht aufhören wollten. Er warf einen Stein nach ihnen und rief: »Jetzt seid aber still, ihr Gesindel!«

Aber er hatte nicht bedacht, daß die Hühner vor seiner jetzigen Gestalt keine Angst mehr zu haben brauchten. Die ganze Schar stürzte auf ihn los und kakelte: »Gack, gack, gack, das ist dir recht geschehen! Gack, gack, gack, das ist dir recht geschehen!«

Der Junge wäre ihnen wohl nie entkommen, wenn jetzt nicht die Hauskatze erschienen wäre. Bei ihrem Anblick verstummten die Hühner sofort, scharrten in der Erde nach Würmern und schienen an nichts anderes zu denken.

Der Junge lief sogleich auf die Katze zu. »Liebe Mieze«, sagte er, »du kennst bestimmt alle Winkel und Schlupflöcher auf dem Hof. Sag mir sofort, wo ich den Kobold finde!«

Die Katze ließ sich mit der Antwort Zeit. Sie setzte sich, ringelte hübsch ihren Schwanz vor den Beinen und starrte den Jungen an. Sie war groß und schwarz und hatte einen weißen Fleck auf der Brust, ihr glattes Fell glänzte im Sonnenschein. Die Krallen hatte sie eingezogen, und ihre Augen waren vollkommen grau, bis auf einen kleinen, schmalen Spalt in der Mitte. Die Katze sah aus, als wollte sie keinem ein Härchen krümmen.

»Wo der Kobold wohnt, weiß ich wohl«, sagte sie mit sanfter Stimme, »aber das heißt nicht, daß ich es dir erzählen will.«

»Liebe Mieze, du mußt mir helfen«, sagte der Junge. »Siehst du denn nicht, wie er mich verzaubert hat?«

Die Katze öffnete ein wenig die Augen und ließ darin die grüne Bosheit glitzern, sie schnurrte vor Wohlbehagen. »Soll ich dir vielleicht dafür helfen, daß du mich so oft am Schwanz gezogen hast?« sagte sie.

Da wurde der Junge wütend und vergaß völlig, wie klein und machtlos er jetzt war. »Ich kann dich gleich noch mal am Schwanz ziehen«, sagte er und stürzte auf die Katze los.

Die war im nächsten Augenblick so verändert, daß der Junge sie kaum für dasselbe Tier halten konnte. Jedes Haar ihres Fells war gesträubt. Der Rücken hatte sich gekrümmt, die Beine waren länger geworden, die Krallen kratzten in der Erde, der Schwanz war nun kurz und dick, die Ohren legten sich zurück. Sie fauchte, und ihre weitaufgerissenen Augen leuchteten von rotem Feuer.

Der Junge wollte sich von einer Katze nicht erschrekken lassen und ging einen weiteren Schritt auf sie zu. Da aber machte die Katze einen Satz, stürzte sich auf ihn, warf ihn zu Boden, setzte ihm die Vorderpfoten auf die Brust und riß den Rachen auf, direkt über seiner Kehle.

Als der Junge spürte, wie die Krallen durch Weste und Hemd in seine Haut eindrangen und wie die scharfen Eckzähne seine Kehle kitzelten, schrie er aus Leibeskräften um Hilfe.

Doch niemand kam, und er war fest davon überzeugt, sein letztes Stündlein habe geschlagen. Da merkte er, daß die Katze die Krallen einzog und seine Kehle freigab.

»So«, sagte sie, »jetzt mag es genug sein. Der Herrin zuliebe will ich dich für diesmal laufen lassen. Ich wollte dir nur zeigen, wer von uns beiden jetzt die Macht hat.«

Damit ging die Katze ihrer Wege und sah genauso fromm und sanftmütig aus, wie sie gekommen war. Der Junge brachte vor Scham kein Wort heraus und lief schnell zum Kuhstall.

Dort standen nicht mehr als drei Kühe. Doch als der Junge eintrat, gab es ein Muhen und Brüllen, daß man hätte glauben können, es wären mindestens dreißig.

»Muh, muh, muh«, brüllte Mairose, »wie gut, daß es Gerechtigkeit auf der Welt gibt.«

»Muh, muh, muh«, brüllten sie alle drei. Sie schrien derart durcheinander, daß der Junge ihre Worte nicht verstand.

Die Kühe waren so aufgebracht, daß sich der Junge nicht vernehmlich machen und nach dem Kobold fragen konnte. Sie führten sich auf, als hätte er wieder einmal einen fremden Hund in ihren Stall gelassen. Sie schlugen mit den Hinterbeinen, rüttelten an ihren Halsketten und stießen mit den Hörnern.

»Komm nur her«, sagte Mairose, »dann sollst du einen Stoß kriegen, an den du lange denken wirst!«

»Komm her«, sagte Gold-Lilie, »dann sollst du mal auf meinen Hörnern tanzen!«

»Komm her, dann sollst du spüren, wie es schmeckte,

als du mich letzten Sommer mit deinen Holzschuhen beworfen hast!« brüllte Stern.

»Komm her, dann will ich dir die Wespe heimzahlen, die du mir ins Ohr gesteckt hast!« schrie Gold-Lilie.

Mairose, die älteste und klügste von ihnen, war am zornigsten. »Komm her«, rief sie, »damit ich Vergeltung an dir üben kann, weil du deiner Mutter so oft den Melkschemel weggezogen hast, und Vergeltung für all die Tränen, die sie deinetwegen hier vergießen mußte!«

Der Junge wollte den Kühen sagen, wie sehr es ihm leid tue, daß er sie so häßlich behandelt hatte. Aber sie hörten ihm gar nicht zu. Sie brüllten derart, daß er es für am besten hielt, still aus dem Kuhstall zu verschwinden.

Als er hinaus ins Freie kam, war er sehr niedergeschlagen. Er wußte nun, daß ihm niemand auf dem Hof helfen würde.

Er kletterte auf die breite Steineinfriedung, die das Gehöft umschloß. Dort setzte er sich nieder und dachte über die Folgen nach, wenn er nicht wieder Mensch werden könnte. Vater und Mutter würden sich bei ihrer Heimkehr vom Kirchgang aber wundern! Ja, im ganzen Land würde man sich wundern, und die Leute aus Ost-Vämmenhög und aus Torp und aus Skurup würden kommen, um ihn zu besichtigen.

Er fühlte sich ganz furchtbar unglücklich. So unglücklich wie er war niemand auf der ganzen Welt. Er war kein Mensch mehr, sondern ein Scheusal.

Allmählich wurde ihm bewußt, was es bedeutete, kein Mensch mehr zu sein. Von allem war er jetzt ausgeschlossen: er konnte nicht mehr mit anderen Jungen spielen, er konnte nicht die Kate der Eltern übernehmen, und ein Mädchen heiraten konnte er schon gar nicht.

Da saß er nun und betrachtete sein Heim. Es war ein kleines, weißgetünchtes Fachwerkhaus, unter dem hohen, steilen Strohdach wie in den Boden gedrückt. Auch die Wirtschaftsgebäude waren klein, und die Äcker waren so schmal, daß sich ein Pferd kaum darauf herumdrehen konnte. Doch so winzig und ärmlich das Anwesen auch war, für ihn war es jetzt noch viel zu gut. Eine bessere Wohnung als ein Loch unter dem Stallboden konnte er nicht verlangen.

Noch nie hatte er den Himmel so blau gesehen wie an diesem Tag. Und Zugvögel kamen geflogen. Sie waren über die Ostsee gereist, hatten Smygehuk angesteuert und zogen nun weiter nach Norden. Sicher waren es viele verschiedene Vogelarten, er konnte jedoch nur die Wildgänse erkennen, deren Flugordnung einem Schneepflug glich.

Mehrere solcher Scharen waren schon vorbeigezogen. Obwohl sie in großer Höhe flogen, hörte er trotzdem, wie sie schrien: »Jetzt geht's in die Berge! Jetzt geht's in die Berge!«

Als die Wildgänse die Hausgänse erblickten, die auf dem Hof herumliefen, näherten sie sich dem Boden und riefen: »Kommt mit! Kommt mit! Jetzt geht's in die Berge!«

Die Hausgänse hoben unwillkürlich die Köpfe und lauschten. Doch sie antworteten sehr vernünftig: »Wir haben es gut hier. Wir haben es gut hier.«

Wie gesagt, es war ein wunderschöner Tag, und die Luft war so frisch und leicht, daß es eine wahre Freude sein mußte, darin zu fliegen. Und bei jeder neuen Wildgänseschar, die vorüberflog, wurden die zahmen Gänse unruhiger. Sie flatterten ein paarmal mit den Flügeln, als hätten sie Lust, den anderen zu folgen. Doch eine alte Gänsemutter ermahnte sie stets: »Jetzt seid nicht verrückt! Die da oben müssen hungern und frieren.«

Auf dem Hof war ein junger Gänserich, den bei den

Rufen der Wildgänse eine richtige Reiselust ergriffen hatte. »Wenn noch eine Schar kommt, dann fliege ich mit«, sagte er.

Als nun die nächsten Wildgänse auftauchten und wie die anderen schrien, antwortete er: »Wartet! Wartet! Ich komme.«

Er breitete die Flügel aus und erhob sich in die Luft, aber er war das Fliegen so wenig gewöhnt, daß er gleich wieder zu Boden fiel.

Die Wildgänse mußten seine Worte trotzdem gehört haben. Sie kehrten um und flogen langsam zurück, um zu sehen, ob er tatsächlich käme.

»Wartet! Wartet!« rief er und machte einen zweiten Versuch.

Der Junge, der auf der Steineinfriedung lag, hörte alles mit an. »Wenn der große Gänserich wirklich davonfliegt, das wäre jammerschade«, dachte er. »Vater und Mutter werden sich grämen, wenn der Gänserich bei ihrer Heimkehr verschwunden ist.«

Wieder vergaß er, daß er jetzt klein und machtlos war. Er sprang mitten in die Schar der Gänse und umklammerte den Hals des Gänserichs mit seinen Armen. »Das laß mal schön bleiben, du fliegst nicht weg, du!« rief er.

Doch genau in diesem Moment hatte der Gänserich herausgefunden, wie er es anstellen mußte, um vom Boden abzuheben. Er hatte keine Zeit mehr, den Jungen abzuschütteln, sondern schwang sich mit ihm in die Lüfte.

Es ging so schnell empor, daß dem Jungen schwindlig wurde. Bevor er daran denken konnte, den Hals des Gänserichs loszulassen, war er schon so hoch, daß ein Sturz in die Tiefe den Tod bedeutet hätte.

Er konnte nur eins tun, um seine Lage ein wenig zu verbessern: er mußte versuchen, auf den Rücken des Gänserichs zu klettern. Das schaffte er, obgleich nur mit großer Mühe, und es war auch gar nicht einfach, sich auf dem glatten Rücken zwischen den schlagenden Flügeln festzuhalten. Er mußte mit beiden Händen tief in Federn und Daunen greifen, um nicht herunterzufallen.

Das karierte Tuch

Der Junge war von dreizehn Gänsen umgeben. Alle flatterten und schnatterten, die Flügel bewegten sich auf und ab, und in den Federn brauste es wie ein ganzer Sturm. Er war vollkommen durcheinander. Es tanzte vor seinen Augen und sauste in seinen Ohren.

Endlich kam er so weit zur Besinnung, daß er einen Gedanken fassen konnte: er mußte herausbekommen, wohin die Gänse ihn trugen. Doch als er deswegen in die Tiefe schaute, glaubte er unter sich ein großes Tuch ausgebreitet zu sehen, das in viele kleine und große, verschiedenfarbige Karos eingeteilt war.

»Um Himmels willen, wohin bin ich nur geraten?« fragte er sich.

Er sah immer nur ein Karo neben dem anderen. Einige waren schräg und andere länglich, doch alle hatten Ecken und gerade Ränder, nichts war rund und nichts war krumm.

»Was ist denn das für ein großes, kariertes Stück Stoff da unten?« fragte der Junge, ohne eine Antwort zu erwarten.

Doch die Wildgänse, die rechts und links von ihm flogen, riefen sogleich: »Äcker und Wiesen. Äcker und Wiesen.«

Da wurde ihm klar, daß dieses große karierte Tuch, das er gerade überflog, der flache Boden von Schonen war.

Und er begriff nun auch, weshalb es so vielfarbig und kariert aussah. Die hellgrünen Karos erkannte er zuerst: das waren Roggenfelder, die man im vorigen Herbst bestellt hatte und die unter dem Schnee grün geblieben waren. Die gelbgrauen Karos waren Stoppelfelder, auf denen im letzten Sommer Getreide gestanden hatte. Die bräunlichen waren alte Kleewiesen, und die schwarzen waren leeres Weideland oder umgepflügte Brachäcker. Es gab auch dunkle Karos, die innen grau waren: das waren die großen, viereckig gebauten Bauernhöfe mit ihren schwarz gewordenen Strohdächern und den gepflasterten Hofplätzen. Und dann gab es Karos mit grüner Mitte und braunen Rändern: das waren Gärten, deren Rasenflächen schon grünten, obwohl die Rinde der Sträucher und Bäume rundherum noch nackt und braun war.

Als der Junge sah, wie kariert alles war, mußte er ganz einfach lachen.

Allmählich gewöhnte er sich an das Reiten und an die Geschwindigkeit und brauchte sich nicht mehr so sehr darauf zu konzentrieren, auf dem Gänserücken sitzen zu bleiben. Nun fiel ihm auf, daß die ganze Luft voller Vogelscharen war, die gen Norden flogen. Und zwischen den einzelnen Scharen wurde geschrien und gerufen.

»Aha, ihr seid heute herübergekommen«, riefen einige.

»Ja, das sind wir«, entgegneten die Gänse. »Was meint ihr, wie weit ist der Frühling?«

»Nicht ein Blatt an den Bäumen und kaltes Wasser in den Seen«, kam es zur Antwort.

Als die Gänse über einen Bauernhof flogen, auf dem zahmes Federvieh herumlief, schrien sie: »Wie heißt der Hof? Wie heißt der Hof?« Da reckte der Hahn den Kopf in die Höhe und antwortete: »Der Hof heißt Kleinfeld, in diesem wie im letzten Jahr, in diesem wie im letzten Jahr.«

Die meisten Gehöfte waren wohl nach ihren Besitzern benannt, wie es in Schonen üblich ist, doch statt zu antworten, dies sei Per Matssons oder Ola Bossons Hof, dachten sich die Hähne solche Namen aus, die ihnen passend erschienen. Die von armen Katen und Häuslerstellen riefen: »Dieser Hof heißt Kornlos.« Und von den allerärmsten schrien sie: »Dieser Hof heißt Wenigfutter, Wenigfutter, Wenigfutter.«

Den großen, wohlhabenden Bauernhöfen gaben die Hähne prächtige Namen wie Glücksacker, Eierberg und Talersiedlung.

Nur die Hähne auf den Rittergütern waren zu hochmütig, um sich etwas Lustiges auszudenken. Einer von ihnen krähte und rief so laut, als sollte man ihn bis zur Sonne hören: »Dies ist Dybecks Rittergut. In diesem wie im letzten Jahr, in diesem wie im letzten Jahr.«

Und etwas weiter stand einer, der rief: »Dies ist Svaneholm. Das möge die ganze Welt erfahren.«

Der Junge merkte, daß die Gänse keine schnurgerade Linie flogen, sondern hierhin und dahin schwebten, über ganz Söderslätt, die südwestliche Ebene von Schonen, so als freuten sie sich, wieder hier zu sein, und wollten jeden Hof einzeln begrüßen.

Sie kamen an einen Ort, wo einige große, massive Gebäude mit hohen Schornsteinen und dazu eine Menge kleinerer Häuser standen. »Dies ist die Zuckerfabrik Jordberga«, riefen die Hähne. »Dies ist die Zuckerfabrik Jordberga.«

Dann verloren sie Jordberga aus den Augen und flogen weiter über Svedala und Skabersjö und zurück über Börringekloster und Häckeberga. Der Junge bekam an diesem einen Tag mehr von Schonen zu sehen als in all den Jahren, die er bisher hier gelebt hatte.

Den größten Spaß hatten die Wildgänse, wenn sie

zahmen Gänsen begegneten. Sie näherten sich ihnen ganz langsam und riefen: »Jetzt geht's in die Berge! Kommt ihr mit? Kommt ihr mit?«

Doch die Hausgänse antworteten: »Der Winter ist noch im Land. Ihr seid zu früh aufgebrochen. Kehrt wieder um! Kehrt wieder um!«

Die Wildgänse flogen tiefer, um besser gehört zu werden, und riefen nun: »Kommt mit, wir zeigen euch, wie man fliegt und schwimmt!«

Da ärgerten sich die zahmen Gänse und schnatterten nicht einmal zur Antwort.

Die Wildgänse gingen noch weiter hinunter, so daß sie fast den Erdboden streiften, und dann schwangen sie sich blitzschnell empor, als hätte sie etwas furchtbar erschreckt. »Oj, oj, oj!« riefen sie. »Das sind keine Gänse. Das sind nur Schafe.«

Die Hausgänse gerieten vollkommen außer sich und schrien: »Erschießen sollte man euch, alle miteinander, alle miteinander!«

Als der Junge diese Scherze hörte, lachte er. Dann aber fiel ihm ein, wie schlimm es um ihn selber stand, und da mußte er weinen. Doch nach kurzer Zeit lachte er schon wieder.

In solcher Windeseile war er noch nie vorangekommen, und er war immer gern schnell und wild geritten. Natürlich hatte er sich niemals vorgestellt, wie frisch und munter man sich in der Luft fühlte und wie gut der Geruch von Harz und Humus war, der vom Boden aufstieg. Und er hatte sich auch nicht vorgestellt, wie es wäre, hoch über der Erde zu reisen. Das war, als flöge man Kummer und Sorgen und Ärger aller nur möglicher Art einfach davon.

2

Akka von Kebnekajse

Der Abend

Der große zahme Gänserich, der sich zu den Wildgänsen in die Luft emporgeschwungen hatte, war sehr stolz darauf, daß er in dieser Gesellschaft über Söderslätt fliegen durfte. Aber wie glücklich er auch war, so ließen seine Kräfte im Laufe des Nachmittags doch nach, und bald blieb er mehrere Gänselängen hinter den anderen zurück.

Als die Wildgänse am Ende der Schar merkten, daß der Zahme nicht mithalten konnte, riefen sie ihrer Anführerin zu: »Akka von Kebnekajse! Akka von Kebnekajse!«

»Was wollt ihr von mir?« fragte die Leitgans.

»Der Weiße bleibt zurück! Der Weiße bleibt zurück!«

»Sagt ihm, schneller fliegt es sich leichter als langsam!« rief Akka und verminderte das Tempo nicht im geringsten.

Der Gänserich versuchte zwar, ihrem Rat zu folgen und schneller zu fliegen, doch er überanstrengte sich dabei so sehr, daß er bis zu den beschnittenen Weiden absackte, die Äcker und Wiesen säumten.

»Akka, Akka, Akka von Kebnekajse!« riefen jene, die am Ende flogen und sahen, wie er sich abmühte.

»Was wollt ihr denn schon wieder?« fragte die Leitgans und schien sehr verärgert.

»Der Weiße sinkt zu Boden! Der Weiße sinkt zu Boden!«

»Sagt ihm, hoch fliegt es sich leichter als niedrig!« rief Akka. Und sie verminderte das Tempo nicht im geringsten, sondern streckte sich wie zuvor.

Der Gänserich versuchte auch diesem Rat zu folgen, doch als er sich emporschwingen wollte, geriet er so in Atemnot, daß es ihm schier die Brust zerriß.

»Akka, Akka!« riefen jene, die am Ende flogen.

»Könnt ihr mich nicht in Frieden lassen?« schimpfte die Anführerin und schien noch ungehaltener zu sein.

»Der Weiße stürzt gleich ab! Der Weiße stürzt gleich ab!«

»Sagt ihm, wer der Schar nicht folgen kann, der soll nach Hause zurückkehren!« rief Akka. Und sie dachte gar nicht daran, das Tempo zu vermindern, sondern streckte sich wie zuvor.

»Aha, so ist das also«, dachte der Gänserich. Auf einmal wurde ihm klar, daß die Wildgänse niemals die Absicht gehabt hatten, ihn mit nach Lappland zu nehmen. Sie hatten ihn nur zum Spaß von zu Hause weggelockt.

Es ärgerte ihn, daß er sich hatte hinters Licht führen lassen, doch gleichzeitig verlieh ihm dieser Ärger so große Kräfte, daß er nun fast genausogut flog wie die anderen Gänse.

Lange hätte er sich auf solche Art wohl nicht bewegen können, aber das war auch nicht nötig, denn jetzt näherte sich die Sonne dem Horizont, und die Wildgänse setzten zur Landung an. Ehe der Junge und der Gänserich wußten, wie ihnen geschah, standen sie am Ufer des Vombsees.

»Hier sollen wir wohl die Nacht verbringen«, dachte der Junge und sprang vom Gänserücken.

Er stand auf einem schmalen Sandstrand, und vor ihm lag ein ziemlich großer See. Der bot einen unheimlichen Anblick, denn er war fast ganz mit einer Eisschicht bedeckt, die schwarz und uneben und voller Risse und Löcher war, wie Eis im Frühjahr immer. Dies hier würde wohl nicht mehr lange halten. Es hatte sich schon vom

Ufer gelöst und wurde von einem breiten Gürtel aus schwarzem, blankem Wasser umgeben. Aber es war noch da und verbreitete über die Gegend Kälte und Winterschrecken.

Der Junge glaubte, er sei in eine Wildnis, in ein Winterland geraten, und seine Angst war so groß, daß er am liebsten laut geschrien hätte.

Er hatte den ganzen Tag nichts gegessen und war hungrig. Doch woher sollte er etwas Eßbares nehmen? Im März wächst dergleichen weder auf dem Boden noch an den Bäumen.

Ja, wie sollte er seinen Hunger stillen, und wer würde ihm Obdach geben und ihm ein Bett machen, wer würde ihn an seinem Feuer wärmen, und wer würde ihn vor wilden Tieren beschützen?

Jetzt war die Sonne verschwunden, vom See kam Kälte, vom Himmel senkte sich Dunkelheit, und im Wald begann ein Rischeln und Rascheln.

Da war es mit dem frohen Mut vorbei, den der Junge hoch oben in der Luft verspürt hatte, und in seiner Angst schaute er sich nach dem Reisekameraden um.

Aber dem Gänserich ging es noch schlechter als ihm selbst. Der sah aus, als müsse er sterben. Sein Hals lag schlaff auf dem Boden, seine Augen waren geschlossen, und sein Atem war nur ein schwaches Zischen.

»Lieber Gänserich Martin«, sagte der Junge, »versuch doch mal, einen Schluck Wasser zu trinken! Bis zum See sind es keine zwei Schritte.«

Aber der Gänserich regte sich nicht.

In früheren Zeiten hatte der Junge alle Tiere gequält, doch nun sah er in dem Gänserich seine einzige Stütze und hatte die größte Angst, ihn zu verlieren. Sogleich machte er sich daran, ihn zu schieben und zu schubsen und zum Wasser zu bewegen. Der Gänserich war groß und schwer, doch der Junge merkte zu seiner Freude, daß er fast genauso stark wie vor der Verzauberung war, und er schob ihn bis in den See. Einen Augenblick blieb der Gänserich im Schlamm liegen, dann aber reckte er den Schnabel empor, schüttelte sich das Wasser aus den Augen und schnaufte. Kurz darauf schwamm er stolz zwischen Schilf und Rohrkolben davon.

Die Wildgänse waren schon im Wasser. Sie hatten gebadet und sich geputzt, und nun ließen sie sich treiben und schlürften halbverfaultes Laichkraut und Biberklee.

Als der Gänserich zufällig einen kleinen Barsch entdeckte, griff er schnell zu, schwamm damit ans Ufer und legte ihn vor dem Jungen nieder. »Den sollst du haben«, sagte er, »zum Dank dafür, daß du mir ins Wasser geholfen hast.«

Das war das erste freundliche Wort, das der Junge an diesem ganzen Tag hörte. Er freute sich so sehr, daß er den Gänserich am liebsten umarmt hätte, brachte es aber doch nicht fertig. Über das Geschenk freute er sich auch. Er glaubte zwar nicht, daß man rohen Fisch essen könnte, aber dann bekam er doch Lust und wollte es versuchen.

Er fühlte nach, ob er sein Fahrtenmesser hatte, und zum Glück hing es noch am hinteren Hosenknopf, war aber so zusammengeschrumpft, daß es nicht einmal so lang wie ein Streichholz war. Na, auf jeden Fall konnte man damit den Fisch schuppen und säubern, und es dauerte nicht lange, da hatte der Junge den Barsch verspeist.

Als er nun restlos satt war, schämte er sich, daß er es fertiggebracht hatte, etwas Rohes zu essen. »Mir scheint, ich bin kein Mensch mehr, sondern ein richtiger Kobold«, dachte er.

Gerade hatte der Junge den letzten Bissen verschlungen, da sagte der Gänserich mit leiser Stimme: »Weißt du, das Gänsevolk, an das wir geraten sind, ist so stolz, daß es alle zahmen Vögel verachtet.«

»Ja, das habe ich schon gemerkt«, sagte der Junge.

»Ich würde es mir sehr zur Ehre anrechnen, wenn ich mit nach Lappland fliegen und ihnen zeigen könnte, daß eine Hausgans auch etwas taugt.«

»Jaa«, sagte der Junge zögernd.

»Aber ich glaube, allein kann ich eine solche Reise nicht bewältigen«, fuhr der Gänserich fort, »und deshalb möchte ich dich fragen, ob du nicht mitkommen und mir helfen willst.«

Der Junge, der natürlich nur daran gedacht hatte, möglichst schnell nach Hause zurückzukehren, wußte nicht, was er darauf antworten sollte. »Ich hatte geglaubt, wir zwei wären uns feind«, sagte er. Aber das schien der Gänserich völlig vergessen zu haben. Er erinnerte sich nur daran, daß der Junge ihm eben erst das Leben gerettet hatte.

Eigentlich gefiel es dem Jungen ja ganz gut, daß er dann seinen Eltern eine Zeitlang nicht unter die Augen zu kommen brauchte. Gerade wollte er dem Vorschlag zustimmen, als hinter ihnen ein lautes Getöse ertönte. Das waren die Wildgänse, die alle auf einmal aus dem See gekommen waren und jetzt das Wasser abschüttelten. Dann stellten sie sich in einer langen Reihe auf und liefen mit der Leitgans an der Spitze auf die beiden zu.

Als der weiße Gänserich die Wildgänse nun betrachtete, wurde ihm unbehaglich zumute. Er hatte erwartet, daß sie den zahmen Gänsen ähnlicher wären und daß er mehr Verwandtschaft mit ihnen empfinden könnte. Sie waren viel kleiner als er, und keine von ihnen war weiß, sondern alle waren sie grau mit einzelnen braunen Flekken. Und Augen hatten sie, daß er sich fast davor fürchtete, die leuchteten, als brenne dahinter ein Feuer. Der

Gänserich hatte sein Leben lang gelernt, es sei am schicklichsten, langsam und watschelnd zu gehen, aber diese hier gingen nicht, sie rannten eher. Sie waren munter und unbekümmert und fragten nicht danach, wohin sie traten. Ansonsten waren sie sehr ordentlich und sorgfältig geputzt, doch an ihrem Gebaren merkte man, daß sie arme Schlucker der Wildnis waren.

Die Wildgänse blieben vor ihnen stehen und neigten viele Male die Hälse, und der Gänserich tat das gleiche, sogar noch öfter als sie. Als sie sich ausreichend begrüßt hatten, sagte die Leitgans: »Jetzt möchten wir gern wissen, wer ihr denn seid.«

»Von mir gibt es nicht viel zu berichten«, antwortete der Gänserich. »Ich wurde vorigen Frühling in Skanör geboren. Im Herbst wurde ich an Holger Nilsson in West-Vämmenhög verkauft, und dort bin ich bis jetzt gewesen.«

»Mit Ruhm scheinst du dich nicht bedeckt zu haben«, sagte die Leitgans. »Wie kannst du nur so anmaßend sein, mit Wildgänsen reisen zu wollen?«

»Vielleicht will ich euch damit beweisen, daß wir zahmen Gänse auch etwas taugen«, entgegnete der Gänserich.

»Das wäre ja gut, wenn du das könntest«, sagte die Leitgans. »Wieviel du vom Fliegen verstehst, haben wir schon gesehen. Aber vielleicht bist du in einer anderen Sportart tüchtiger. Es mag ja sein, daß du ein starker Langstreckenschwimmer bist.«

»Nein, dessen kann ich mich nicht rühmen«, sagte der Gänserich. Er hatte den Eindruck, daß die Leitgans schon beschlossen hatte, ihn nach Hause zu schicken, und es kümmerte ihn nicht mehr, wie seine Antwort aufgenommen wurde. »Weiter als über eine Mergelgrube bin ich nie geschwommen«, fuhr er fort.

»Dann erwarte ich, daß du ein Meister im Laufen bist«, sagte die Gans.

»Nie in meinem ganzen Leben habe ich eine Hausgans rennen sehen, und ich selbst habe es auch niemals getan«, sagte der Gänserich und machte die Sache schlimmer, als sie war.

Er war nun fest davon überzeugt, daß die Leitgans es entschieden ablehnen würde, ihn weiter mitzunehmen. Deshalb staunte er sehr, als sie sagte: »Du antwortest auf Fragen ohne Furcht, und wer furchtlos ist, der kann ein guter Reisekamerad werden, auch wenn ihm zu Anfang die Erfahrung fehlt. Was meinst du, willst du ein paar Tage bei uns bleiben, bis wir dich richtig kennengelernt haben?«

»Damit bin ich sehr zufrieden«, sagte der Gänserich und freute sich von Herzen.

Nun deutete die Leitgans mit dem Schnabel auf Nils Holgersson und sagte: »Aber wen hast du denn da bei dir? So einen wie den habe ich noch nie gesehen.«

»Das ist mein Kamerad«, sagte der Gänserich. »Er hat sein Leben lang Gänse gehütet und wird sich auf der Reise gewiß nützlich machen.«

»Ja, für eine Hausgans mag es ja gut sein, ihren Hüter bei sich zu haben«, antwortete die wilde. »Wie heißt er denn?«

»Er hat mehrere Namen«, entgegnete der Gänserich zögernd und wußte nicht, was er so schnell darauf antworten sollte, denn er wollte nicht verraten, daß der Junge einen Menschennamen hatte. »Er heißt wohl Däumling«, sagte er.

Es war leicht zu sehen, daß jene Gans, die mit dem Gänserich sprach, sehr alt war. Sie hatte einen größeren Kopf und dickere Beine als alle anderen. Ihre Federn waren steif, die Schultern knochig und der Hals dünn.

So hatte sich das Alter ausgewirkt. Nur ihren Augen hatte die Zeit nichts anhaben können, die leuchteten heller und gleichsam jünger als bei jeder anderen Gans.

Als sie sich jetzt an den Gänserich wandte, war sie sehr würdevoll: »Wisse nun, Gänserich, daß ich Akka von Kebnekajse bin, und jene Gans, die gleich zu meiner Rechten fliegt, ist Yksi von Vassijaure, und die zur Linken ist Kaksi von Nuolja! Wisse auch, daß die zweite Gans zur Rechten Kolme von Sarjektjåkko ist, und die zweite zur Linken ist Neljä von Svappavaara, und hinter ihnen fliegen Viisi von Oviksfjällen und Kuusi von Sjangeli! Und wisse, daß diese, ebenso wie die sechs jungen Gänse, die, drei zur Rechten und drei zur Linken, am Ende fliegen, allesamt Hochgebirgsgänse aus bester Familie sind! Du sollst uns nicht für Landstreicher halten, die sich mit jedem Beliebigen zusammentun, und du sollst auch nicht glauben, daß wir unseren Schlafplatz mit einem teilen, der uns nicht sagen will, aus welchem Geschlecht er stammt.«

Als Akka, die Leitgans, auf diese Weise sprach, trat der Junge rasch vor. Es hatte ihn traurig gestimmt, daß der Gänserich, der in eigener Sache so munter gewesen war, so ausweichend geantwortet hatte, als es ihn betraf. »Ich will nicht verheimlichen, wer ich bin«, sagte er. »Ich heiße Nils Holgersson, bin Sohn eines Kätners und bis zu diesem Tag ein Mensch gewesen, aber heute vormittag ...«

Weiter kam er nicht. Kaum hatte er gesagt, er sei ein Mensch, da wichen die Leitgans drei und die anderen noch mehr Schritte zurück. Alle reckten sie die Hälse vor und zischten ihn böse an.

»Den Verdacht hatte ich gleich, als ich dich sah«, sagte Akka. »Und jetzt verschwinde schleunigst! Wir dulden keine Menschen unter uns.«

»Es ist doch wohl nicht möglich, daß ihr Wildgänse euch vor so einem Wicht fürchtet«, versuchte der Gänserich einzulenken. »Ihr müßt schon erlauben, daß er über Nacht bei uns bleibt. Niemand von uns kann verantworten, daß sich so ein armes Kerlchen nachts allein gegen Wiesel und Fuchs behaupten soll.«

Da kam die Leitgans wieder näher, aber es war ihr deutlich anzumerken, daß sie ihre Furcht nur mit Mühe bezwang. »Ich habe gelernt, mich vor allem, was Mensch heißt, ob groß oder klein, in acht zu nehmen«, sagte sie. »Aber wenn du dich für den hier verbürgst, Gänserich, dann darf er heute nacht bei uns bleiben. Ich glaube allerdings nicht, daß unser Nachtquartier dir oder ihm recht gefallen wird, wir wollen uns nämlich auf das schwimmende Eis zum Schlafen stellen.«

Sie hatte wohl gedacht, daß diese Nachricht den Gänserich bedenklich stimmen würde. Doch der ließ sich davon nicht anfechten. »Es ist sehr klug von euch, daß ihr euch einen so sicheren Schlafplatz wählt«, sagte er.

Dann hob Akka die Flügel und flog hinaus aufs Eis. Die Wildgänse folgten ihr eine nach der anderen.

Der Junge war traurig darüber, daß man ihn so feindselig aufgenommen hatte. »Es kommt wohl noch schlimmer, Gänserich«, sagte er. »Wir werden draußen auf dem Eis erfrieren.«

Doch der Gänserich war guten Mutes. »Das ist nicht so gefährlich«, sagte er. »Ich bitte dich nur, ganz schnell soviel altes Stroh und Gras zusammenzulesen, wie du tragen kannst.«

Als der Junge einen Armvoll trockenes Gras zusammengerafft hatte, packte der Gänserich seinen Hemdkragen, hob ihn empor und flog mit ihm aufs Eis, wo die Wildgänse schon schliefen, im Stehen und mit dem Schnabel unter dem Flügel.

»Jetzt breite das Gras aus, damit ich mich daraufstellen kann und nicht festfriere! Hilf du mir, dann helfe ich dir!« sagte der Gänserich.

Das tat der Junge, und als er fertig war, packte der Gänserich ihn ein zweites Mal beim Hemdkragen und steckte ihn unter seinen Flügel.

»Ich glaube, da liegst du warm und gut«, sagte er und drückte ihn mit dem Flügel an sich.

Der Junge war so tief in Daunen eingebettet, daß er nicht antworten konnte, doch er lag warm und sicher und war müde, und im nächsten Augenblick war er eingeschlafen.

Die Nacht

Es ist eine Tatsache, daß Eis stets trügerisch ist und niemals zuverlässig. Mitten in der Nacht geriet die schwimmende Eiskruste des Vombsees in Bewegung und berührte an einer Stelle das Ufer. Da geschah es nun, daß Fuchs Smirre, der zu jener Zeit am östlichen Ufer im Park von Övedskloster wohnte, eben diese Stelle bei seiner nächtlichen Pirsch entdeckte. Er hatte die Wildgänse schon am Abend bemerkt und begab sich sofort aufs Eis.

Er war ihnen schon ganz nahe, als er ausrutschte, so daß seine Krallen über die blanke Fläche schurrten. Die Gänse erwachten, flatterten mit den Flügeln und wollten sich in die Luft erheben. Doch Smirre war schneller als sie. Wie ein Blitz stürzte er los, bekam eine Gans am Flügelknochen zu fassen und eilte in Richtung Land.

In dieser Nacht waren die Wildgänse jedoch nicht allein auf dem Eis, ein Mensch war bei ihnen, auch wenn er noch so klein war. Der Junge war davon aufgewacht, daß der Gänserich mit den Flügeln geschlagen hatte. Er war aufs Eis gefallen und schlaftrunken sitzen geblieben. Die Unruhe um ihn herum war ihm gar nicht zu Bewußtsein gekommen, bis er einen kleinen, kurzbeinigen Hund erblickte, der mit einer Gans in der Schnauze übers Eis davonlief.

Sofort rannte der Junge hinter diesem Hund her, um ihm die Gans wegzunehmen. Er hörte zwar den Gänserich hinter sich rufen: »Sieh dich vor, Däumling! Sieh dich vor!«, doch er glaubte nicht, daß er sich vor so einem kleinen Hund zu fürchten brauchte.

Die Wildgans, die Fuchs Smirre wegschleppte, wollte kaum ihren Ohren trauen, als sie die Holzschuhe des Jungen auf dem Eis klappern hörte. »Will dieser Knirps mich etwa dem Fuchs entreißen?« fragte sie sich. »Als erstes wird ihm passieren, daß er in eine Eisspalte fällt.«

Doch trotz finsterer Nacht erkannte der Junge alle Risse und Löcher im Eis genau und sprang kühn über sie hinweg, denn er besaß jetzt die guten Nachtaugen der Kobolde und konnte auch im Dunkeln sehen.

Als Fuchs Smirre die Stelle erreichte, wo das Eis ans Ufer stieß, sprang er an Land, und gerade als er sich den Hang hinaufarbeitete, rief ihm der Junge zu: »Laß die Gans los, du Strolch!« Smirre, der nicht wußte, wer da gerufen hatte, nahm sich zum Umblicken keine Zeit, sondern lief nur noch schneller.

Er eilte in einen großen, prächtigen Buchenwald, und der Junge folgte ihm, ohne an irgendeine Gefahr zu denken. Statt dessen dachte er unentwegt daran, mit welcher Verachtung die Wildgänse ihn vor ein paar Stunden empfangen hatten, und jetzt wollte er ihnen so gern beweisen, daß ein Mensch doch ein bißchen besser war als alle anderen Geschöpfe.

Immer wieder rief er dem Hund zu, er solle seine Beute loslassen. »Was bist du bloß für ein Hund, daß du dich nicht schämst, eine ganze Gans zu stehlen?« sagte er. »Laß sie sofort los, oder du kriegst eine ordentliche Tracht Prügel!«

Als Fuchs Smirre merkte, daß er für einen Hund gehalten wurde, der sich vor Prügeln fürchtete, wurde er so vom Lachen gekitzelt, daß er die Gans fast verloren hätte. Smirre war ein großer Räuber, der sich keineswegs damit begnügte, auf den Feldern Ratten und Wühlmäuse zu fangen, sondern der sich auch bis auf die Höfe wagte und Hühner und Gänse stahl. Er wußte, daß er in der ganzen Gegend gefürchtet war. So etwas Verrücktes hatte er seit seiner Kinderzeit nicht mehr gehört.

Aber der Junge lief schnell genug, um gegen ihn aufzuholen. Endlich war er dem Fuchs so nahe, daß er seinen Schwanz erwischte. »Jetzt nehme ich dir die Gans doch weg!« rief er und zerrte, was er nur konnte. Seine Kräfte reichten jedoch nicht aus, um Smirre aufzuhalten. Der Fuchs schleifte ihn hinter sich her, daß um ihn herum das trockene Buchenlaub aufwirbelte.

Doch jetzt war es Smirre wohl aufgegangen, wie ungefährlich sein Verfolger war. Er blieb stehen, legte die Gans nieder und stellte seine Vorderpfoten darauf, damit sie nicht wegfliegen konnte. Aber bevor er ihr die Kehle durchbiß, mußte er diesen Knirps doch noch ein bißchen ärgern. »Nun lauf zum Herrn und beschwere dich, jetzt beiße ich die Gans nämlich tot!« sagte er.

Als der Junge die spitze Nase des Hundes sah, den er verfolgt hatte, und seine heisere, böse Stimme hörte, konnte er sich vor Staunen erst gar nicht fassen. Doch als sich der Fuchs nun über ihn lustig machte, packte ihn eine solche Wut, daß er an Angst gar nicht dachte. Er griff noch fester zu, stemmte sich gegen eine Buchenwurzel, und gerade als der Fuchs den Rachen über der Gänsekehle aufriß, zog er mit aller Kraft an seinem

Schwanz. Das kam für Smirre so überraschend, daß er sich ein paar Schritte rückwärts ziehen ließ und die Wildgans freigab. Sie bewegte sich schwerfällig, denn einer ihrer Flügel war verletzt und kaum zu gebrauchen. Hinzu kam, daß sie im nächtlichen Waldesdunkel nichts sah. Sie konnte dem Jungen deshalb nicht im geringsten helfen, sondern schlüpfte durch eine Lücke im Geäst und flog hinunter zum See.

Smirre aber stürzte sich auf den Jungen. »Kriege ich die eine nicht, dann kriege ich eben den anderen«, sagte er, und seiner Stimme war anzuhören, wie groß sein Zorn war.

»Glaub bloß nicht, daß du das schaffst!« sagte der Junge und war sehr vergnügt, weil er die Gans gerettet hatte. Er hielt den Schwanz noch immer fest, und als der Fuchs ihn zu fangen versuchte, schwang er sich damit hinüber zur anderen Seite.

Es gab einen Tanz im Wald, daß das Buchenlaub wirbelte. Smirre drehte sich fortwährend im Kreis, und sein Schwanz drehte sich mit, und der Junge hielt sich daran fest, und der Fuchs konnte ihn nicht fassen.

Zu Anfang lachte der Junge nur und machte sich über den Fuchs lustig, doch Smirre war ein alter Jäger und beharrlich, und es sah so aus, als sollte er den Jungen am Ende doch erwischen.

Da entdeckte der Junge eine kleine Jungbuche, die schmal wie eine Gerte in die Höhe geschossen war, um möglichst schnell in die freie Luft oberhalb des Daches zu kommen, das die alten Buchen mit ihren Ästen über sie ausgebreitet hatten. Blitzschnell ließ er den Fuchsschwanz los und kletterte an der Buche empor. Der Fuchs tanzte in seinem Übereifer noch lange Zeit seinem Schwanz hinterher. »Brauchst nicht mehr zu tanzen!« sagte der Junge.

Für Smirre war es eine unerträgliche Schmach, daß er einen so winzigen Knirps nicht besiegt hatte, und deshalb legte er sich unter den Baum und lauerte ihm auf.

Der Junge saß auf einem dünnen Zweig, was nicht allzu angenehm war. Er konnte zu keinem der anderen Bäume klettern, und auf den Boden zu springen getraute er sich nicht.

Er fror so sehr, daß er fast erstarrte, und entsetzlich müde war er auch, doch aus Angst, er könnte dann hinunterstürzen, wagte er nicht einzuschlafen.

Es war grauenhaft, nachts draußen im Wald zu sitzen. Zum ersten Mal in seinem Leben erfuhr der Junge, was Nacht eigentlich bedeutet. Ihm war, als sei die ganze Welt versteinert und könne nie wieder zum Leben erwachen.

Endlich dämmerte der Morgen, und der Junge freute sich, daß alles sich wieder ähnlich wurde, obwohl die Kälte jetzt noch grimmiger war als in den Nachtstunden.

Als schließlich die Sonne aufging, da war sie nicht gelb, sondern rot. Dem Jungen kam es so vor, als wäre sie böse – aber warum sollte sie böse sein? Vielleicht weil die Nacht, als sie nicht da war, die Erde so kalt und düster gemacht hatte.

Die Sonnenstrahlen jagten in großen Bündeln heran und wollten sehen, was die Nacht angerichtet hatte, und alles schien zu erröten, als hätte es ein schlechtes Gewissen. Die Wolken am Himmel, die seidenglatten Buchenstämme, die kleinen, ineinandergeflochtenen Zweige des Walddaches, der Rauhreif, der das Buchenlaub am Boden bedeckte – alles erglühte und wurde rot.

Immer mehr Strahlenbündel jagten durch den Raum, und bald war das Grauen der Nacht restlos vertrieben.

Die Versteinerung war aufgehoben, und es war seltsam, wieviel Lebendiges jetzt zum Vorschein kam. Der rotnackige Schwarzspecht hämmerte mit seinem Schnabel auf einen Baumstamm los. Das Eichhörnchen huschte mit einer Nuß aus dem Nest, setzte sich auf einen Zweig und begann sie zu schälen. Der Star kam mit einer Wurzelfaser geflogen, und im Wipfel des Baumes sang der Buchfink.

Nun wußte der Junge, daß die Sonne zu all diesen kleinen Wesen gesagt hatte: »Wachet auf und kommt aus euern Nestern! Jetzt bin ich hier. Jetzt braucht ihr euch nicht mehr zu fürchten.«

Vom See waren die Rufe der Wildgänse zu hören, die sich zum Flug vorbereiteten. Gleich darauf flogen alle vierzehn Gänse über den Wald. Der Junge versuchte sie anzurufen, aber sie flogen so hoch, daß seine Stimme sie nicht erreichte. Sicher glaubten sie, der Fuchs hätte ihn längst gefressen. Sie machten sich nicht einmal die Mühe, nach ihm zu suchen.

In seiner Angst hätte der Junge fast geweint, doch jetzt stand die Sonne am Himmel, goldgelb und fröhlich, und erfüllte die ganze Welt mit Mut. »Du brauchst dich vor nichts zu fürchten oder zu ängstigen, Nils Holgersson, solange es mich gibt«, sagte die Sonne.

Noch eine Weile blieb alles im Wald unverändert, bald aber kam unter dem dichten Dach der Zweige eine einzelne Wildgans geflogen. Sie schien zwischen Stämmen und Zweigen umherzuirren und bewegte sich sehr langsam. Sowie Fuchs Smirre sie entdeckte, verließ er seinen Platz unter der Jungbuche und pirschte sich an sie heran. Die Wildgans wich ihm nicht aus, sondern flog ganz dicht an ihm vorüber. Smirre machte einen hohen Sprung, verfehlte sie jedoch, und die Gans flog weiter zum See.

Smirre kehrte zur Buche zurück, um den Knirps zu bewachen, doch als er in den Wipfel hinaufschaute, da war es dort leer. Der Knirps hatte die Gelegenheit genutzt und war geflohen.

»Heute nacht hast du Pech, Smirre«, sagte der Fuchs zu sich selbst. »Aber diese Gänseschar wirst du sicher noch einmal treffen.«

3
Wildvogelleben

Im Park von Övedskloster

Dienstag bis Samstag

Am nächsten Morgen flogen die Wildgänse zum Herrensitz Övedskloster, der östlich des Vombsees in einem herrlichen Park gelegen war. Alles sah prachtvoll aus: das große Schloß, der schöne, von niedrigen Mauern und Pavillons umgebene Schloßhof und der vornehme, altertümliche Garten mit beschnittenen Hecken, geschlossenen Laubengängen, Teichen, Wasserspielen, herrlichen Bäumen und kurzgeschorenen Rasenflächen, deren Rabatten von bunten Frühlingsblumen leuchteten.

Als die Wildgänse den Herrensitz frühmorgens erreichten, war noch kein Mensch auf den Beinen. Nachdem sie sich davon gründlich überzeugt hatten, näherten sie sich dem Hundezwinger und riefen: »Was ist denn das für eine kleine Hütte? Was ist denn das für eine kleine Hütte?«

Sofort stürzte der Kettenhund heraus, außer sich vor Wut, und bellte in die Luft: »Nennt ihr das eine Hütte, ihr Landstreicher? Seht ihr nicht, daß es ein großes Schloß aus Stein ist? Seht ihr nicht die schönen Mauern, die vielen Fenster und die großen Tore und die prächtige Terrasse, wau, wau, wau? Nennt ihr das etwa eine Hütte? Seht ihr nicht den Hof, seht ihr nicht den Garten, seht ihr nicht die Gewächshäuser, seht ihr nicht die Marmorfiguren? Nennt ihr das etwa eine Hütte? Haben denn Hütten einen Park mit Buchengehölzen und Haselnußsträuchern und Wiesen mit Laubbäumen und Eichenwäldchen und Tannenwäldchen und einen Tiergarten, der voller Rehe ist, wau, wau, wau? Nennt ihr das etwa eine Hütte? Habt ihr schon einmal eine Hütte erlebt, die um sich herum so viele Wirtschaftsgebäude hat, daß es wie ein ganzes Dorf aussieht? Wie viele Hütten kennt ihr denn, die eine eigene Kirche und ein eigenes Pfarrhaus haben und über Herrenhäuser und Bauernhöfe und Pachthöfe und Landarbeiterkaten gebieten, wau, wau, wau? Nennt ihr das etwa eine Hütte? Zu dieser Hütte gehört das größte Gut von Schonen, ihr Lumpenpack! Jeder Zipfel Erde, den ihr seht, ihr Wolkenhänger, ist dieser Hütte untertan, wau, wau, wau!«

All das bellte der Hund in einem Atemzug heraus, und die Gänse kreisten währenddessen über dem Hof und hörten ihm zu, bis er eine Pause machen mußte. Dann aber schrien sie: »Warum bist du denn so böse? Wir haben doch nicht nach dem Schloß gefragt, sondern nur nach deiner Hundehütte.«

Die Wildgänse flogen nun zu einem der großen Felder östlich vom Schloß, um Graswurzeln zu knabbern, und hielten sich dort mehrere Stunden auf.

Als sie endlich satt waren, zogen sie wieder hinunter zum See und spielten und vergnügten sich dort bis gegen Mittag. Sie forderten den weißen Gänserich zum

Vergleich in allen möglichen Sportarten heraus und schwammen, liefen und flogen mit ihm um die Wette. Der große Zahme tat sein Bestes, wurde von den schnellen Wildgänsen jedoch stets geschlagen. Der Junge saß die ganze Zeit auf seinem Rücken und feuerte ihn an und hatte genausoviel Spaß wie die anderen. Alle schrien und lachten und schnatterten, und es war ein Wunder, daß die Leute vom Herrensitz sie nicht hörten.

Eines Tages sagte Akka zu dem Jungen, er laufe allzu leichtsinnig im Park herum. Ob er denn nicht wisse, daß er sich bei seiner geringen Größe vor vielen Feinden vorzusehen habe. Nein, davon hatte er keine Ahnung, und nun begann Akka, ihm alle diese Feinde aufzuzählen.

»Wenn du im Wald bist«, sagte sie, »dann mußt du dich vor Fuchs und Marder in acht nehmen. Am Ufer des Sees mußt du an Fischotter denken. Wenn du auf der Steineinfriedung sitzt, dann darfst du das Wiesel nicht vergessen, das durch das kleinste Loch schlüpfen kann, und wenn du dich in einem Laubhaufen schlafen legst, mußt du zuerst untersuchen, ob nicht die Kreuzotter darin schläft. Sobald du aufs freie Feld hinauskommst, mußt du ein Auge auf Habicht und Bussard, auf Adler und Falken haben, die hoch in den Wolken schweben. Im Haselgebüsch kann dich der Sperber fangen. Elstern und Krähen gibt es überall, und denen darfst du nicht allzusehr trauen. Und sobald die Dämmerung hereinbricht, mußt du die Ohren spitzen und auf die großen Eulen lauschen, deren Flügelschlag so lautlos ist, daß sie dich erreicht haben können, bevor du sie bemerkst.«

Als der Junge hörte, daß ihm so viele Feinde nach dem Leben trachteten, hielt er seine Lage für vollkommen hoffnungslos. Vor dem Sterben fürchtete er sich nicht so sehr, aber er hatte keine Lust, aufgefressen zu werden.

Deshalb fragte er Akka, was er tun könne, um sich vor den Raubtieren zu schützen.

Akka antwortete sogleich, er müsse versuchen, sich mit dem Volk der kleinen Tiere in Wald und Flur gut zu stellen – mit Eichhörnchen und Hasen, mit Finken und Meisen und Spechten und Lerchen. Wenn er sie zu Freunden hätte, könnten sie ihn vor Gefahren warnen, könnten ihm Schlupfwinkel zeigen und sich in der größten Not zusammentun und ihn verteidigen.

Doch als der Junge ein paar Stunden später diesen Rat befolgen wollte und sich an Sirle, das Eichhörnchen, wandte, um seinen Beistand zu erbitten, schlug es ihm diese Bitte ab. »Du hast weder von mir noch von den anderen kleinen Tieren etwas Gutes zu erwarten«, sagte Sirle. »Glaubst du, wir wissen nicht, daß du Nils, der Gänsejunge, bist, der im vorigen Jahr Schwalbennester heruntergerissen, Stareneier zerschlagen, Krähenjunge in Mergelgruben geworfen, Drosseln in Schlingen gefangen und Eichhörnchen eingesperrt hat? Du mußt dir schon selber helfen, so gut du kannst, und froh sein, wenn wir uns nicht gegen dich verbünden und dich zurück nach Hause jagen.«

In früheren Zeiten, als er noch Nils, der Gänsejunge, war, hätte er eine solche Antwort gewiß nicht ungestraft gelassen, jetzt aber fürchtete er nur, daß auch die Wildgänse erfahren könnten, wieviel Schlimmes er getan hatte. Seitdem er in ihrer Gesellschaft war, hatte er sich nicht den kleinsten Streich erlaubt. Er hatte kein einziges Vogelnest zerstört, hatte nicht eine Feder aus einem Gänseflügel gerupft und hatte jeden Morgen, wenn er Akka begrüßte, die Mütze abgenommen und sich verbeugt.

Das Eichhörnchenweibchen

Donnerstag, den 24. März

In ebendiesen Tagen trug es sich zu, daß in einem Haselstrauch am Ufer des Vombsees ein Eichhörnchenweibchen gefangen und zu einem nahegelegenen Bauernhof gebracht wurde. Alle Leute auf dem Hof, junge und alte, freuten sich über das hübsche kleine Tier mit dem buschigen Schwanz, den klugen, neugierigen Augen und den zierlichen Füßchen. Sofort wurde ein alter Eichhörnchenkäfig zurechtgemacht und mit einem grüngestrichenen Häuschen und einem Rad aus Stahldraht ausgestattet. Das Häuschen hatte Tür und Fenster und sollte dem Tier als Eß- und Schlafzimmer dienen. Sie bereiteten ihm darin aus Laub ein Lager und gaben ihm eine Schale Milch und ein paar Nüsse. Mit dem Rad aus Stahldraht sollte das Tier spielen, sollte darin laufen, klettern und sich herumschwingen.

Die Leute glaubten, sie hätten dem Eichhörnchen alles bestens eingerichtet, und wunderten sich, daß es sich trotzdem nicht wohl zu fühlen schien. Es saß nur traurig und mißmutig in einer Ecke seiner Kammer, rührte weder Milch noch Nüsse an und drehte das Rad kein einziges Mal herum. »Sicher hat es Angst«, sagten die Leute vom Bauernhof. »Morgen, wenn es sich eingewöhnt hat, wird es auch fressen und spielen.«

Nun waren die Frauen auf dem Bauernhof gerade mit den Vorbereitungen zu einem Festschmaus beschäftigt. An dem Tag, als das Eichhörnchen gefangen wurde, waren sie bei der großen Bäckerei und mußten noch lange nach Einbruch der Dunkelheit arbeiten.

Es gab aber im Haus ein altes Mütterchen, das zu hinfällig war, um noch beim Backen zu helfen. Obwohl sie das selbst wußte, fand sie es schlimm, von allem ausgeschlossen zu sein. Weil sie traurig war, ging sie nicht schlafen, sondern setzte sich ans Wohnzimmerfenster und schaute hinaus. Durch die Küchentür, die wegen der Wärme geöffnet war, fiel ein heller Lichtschein auf den Hof. Der war viereckig gebaut und wurde so gut beleuchtet, daß die Alte Risse und Löcher im Putz der Mauer gegenüber erkennen konnte. Sie sah auch den Eichhörnchenkäfig, der gerade dort hing, wo das Licht am hellsten war, und sie bemerkte, daß das Tier unentwegt von seiner Kammer zum Rad und vom Rad in seine Kammer lief, ohne sich einen einzigen Augenblick auszuruhen. Sie fand diese Unruhe merkwürdig, doch sie glaubte natürlich, das Eichhörnchen könne wegen des grellen Lichtscheins nicht schlafen.

Der Hof hatte zwischen Kuhstall und Pferdestall einen breiten, überdachten Torweg, und auch der war beleuchtet. Als nun eine Zeit vergangen war, sah das Mütterchen einen winzigen Knirps leise und vorsichtig durch den Torweg auf den Hof geschlichen kommen. Er war nicht mehr als eine Handbreit groß, trug aber Holzschuhe und Lederhosen wie jeder andere Arbeitsmann. Das alte Mütterchen hielt ihn für den Kobold des Hofs und fürchtete sich nicht im geringsten.

Als der Kobold den gepflasterten Hofplatz erreicht hatte, lief er spornstreichs zum Eichhörnchenkäfig, der jedoch so hoch hing, daß er ihn nicht erreichen konnte. Deshalb holte er sich aus dem Geräteschuppen eine Rute, stellte sie gegen den Käfig und kletterte daran empor, wie ein Seemann an einem Tau. Oben angelangt, begann er an der Tür des grünen Häuschens zu rütteln, als wollte er sie öffnen. Das alte Mütterchen blieb jedoch ruhig sitzen, denn sie wußte, daß die Kinder ein Vorhängeschloß daran angebracht hatten. Als der Kobold die Tür nicht aufbekam, sah die Alte, daß das Eichhörnchenweibchen hinaus in das Rad eilte und dort lange mit seinem Besucher beriet. Nachdem der Kobold alles gehört hatte, was das gefangene Tier ihm anvertrauen wollte, rutschte er an der Rute wieder hinunter und lief zum Tor hinaus.

Obwohl es die Alte für unwahrscheinlich hielt, daß sie den Kobold in dieser Nacht ein zweites Mal erblicken würde, blieb sie am Fenster sitzen. Nach einer Weile kehrte er zurück. In einer Eile, daß seine Füße kaum den Boden berührten, rannte er zum Eichhörnchenkäfig. Die Alte konnte ihn mit ihren weitsichtigen Augen ganz deutlich sehen, und sie sah auch, daß er in jeder Hand etwas trug, doch was das war, konnte sie nicht erkennen. Das in seiner linken Hand legte er auf das Steinpflaster, und was er in seiner rechten hielt, nahm er mit hinauf zum Käfig. Hier trat er mit seinem Holzschuh so lange gegen das kleine Fenster, bis die Scheibe zerbrach, und reichte das Mitgebrachte dem Eichhörnchen hinein. Dann rutschte er wieder hinunter, nahm das, was er auf den Boden gelegt hatte, und kletterte damit ebenfalls hinauf. Und gleich darauf eilte er so schnell davon, daß die Alte ihm kaum mit den Augen zu folgen vermochte.

Doch jetzt hielt es das Mütterchen nicht länger in der Stube aus. Sie ging ganz leise auf den Hof und stellte sich in den Schatten der Pumpe, um den Kobold abzupassen. Und es gab noch jemanden, der das kleine Wesen bemerkt hatte und neugierig geworden war. Das war die Hauskatze. Sie schlich sich lautlos bis zur Mauer und blieb ein paar Schritte vor dem hellen Lichtstreifen stehen.

Da standen die beiden in der kalten Märznacht und mußten ziemlich lange warten. Die Alte wollte schon ins Haus zurückkehren, als sie ein Klappern auf dem Pflaster hörte und sah, wie der Knirps abermals angetippelt kam. Wie beim vorigen Mal hatte er beide Hände voll, und was er da trug, das zappelte und piepste. Da ging dem alten Mütterchen ein Licht auf, und sie wußte, daß der Kobold zum Haselstrauch gelaufen war und die Jungen des Eichhörnchens geholt hatte und sie nun zur Mutter in den Käfig brachte, damit sie nicht zu verhungern brauchten.

Das alte Mütterchen blieb reglos stehen, um nicht zu stören, und der Kobold schien sie auch nicht bemerkt zu haben. Doch gerade als er das eine Junge auf den Boden legen wollte, um mit dem anderen zum Käfig hinaufzuklettern, sah er gleich neben sich die grünen Augen der Katze funkeln. Vollkommen ratlos hielt er inne, mit einem Eichhörnchenjungen in jeder Hand.

Er sah sich nach allen Seiten um und entdeckte nun das alte Mütterchen. Da besann er sich nicht lange, sondern ging auf sie zu und streckte ihr ein Junges entgegen.

Und das Mütterchen wollte sein Vertrauen nicht enttäuschen, sie beugte sich nieder und nahm das kleine Wesen so lange in Verwahrung, bis der Kobold mit dem anderen zum Käfig geklettert und zurückgekehrt war, um das ihr anvertraute zu holen.

Als sich die Leute des Bauernhofs am nächsten Morgen zum Frühstück versammelten, konnte die Alte unmöglich für sich behalten, was sie in der Nacht gesehen hatte. Natürlich lachten alle sie aus und meinten, sie habe nur geträumt. Zu so früher Jahreszeit gebe es noch keine Eichhörnchenjungen.

Doch die Alte war sich ihrer Sache sicher und bat sie, im Käfig nachzusehen, was sie auch taten. Und da lagen im Laubbett der Kammer vier kleine, halbnackte und halbblinde Junge, die schon mindestens ein paar Tage alt waren.

Als dann der Bauer selbst die Jungen sah, sagte er:

»Was es auch damit auf sich haben mag, so ist gewiß, daß wir uns unsrer Handlungsweise vor Tieren und Menschen schämen müssen.« Und dann nahm er das Eichhörnchenweibchen und alle seine Jungen aus dem Käfig und legte sie dem Mütterchen in die Schürze. »Bring sie zum Haselstrauch«, sagte er, »und gib ihnen die Freiheit zurück!«

Die Aussprache

Samstag, den 26. März

Da wurde es Samstagabend. Seit der Verzauberung war eine ganze Woche vergangen, und der Junge war immer noch genauso klein.

Das schien ihn jedoch keineswegs zu bekümmern. Er saß in einem großen Weidenbusch am Ufer des Sees und blies in eine Pfeife aus Rohr. Um ihn herum saßen so viele Meisen und Buchfinken, wie im Busch Platz hatten, und zwitscherten ihm Lieder vor, die er nachzuspielen versuchte. Aber der Junge war nicht sehr bewandert in dieser Kunst und blies so falsch, daß die kleinen Lehrmeister, denen sich alle Federn sträubten, vor Verzweiflung flatterten und schrien. Der Junge mußte so über ihren Eifer lachen, daß er die Pfeife verlor.

Er machte einen neuen Versuch, und als es nicht besser geriet, jammerten alle kleinen Vögel: »Heute spielst du schlechter als sonst, Däumling. Du bringst nicht einen reinen Ton zustande. Wo hast du deine Gedanken, Däumling?«

»Woanders«, sagte der Junge, und das stimmte. Er dachte nämlich unentwegt daran, was er tun sollte, wenn die Wildgänse nun bald Schonen verließen. Seitdem er der Eichhörnchenmutter geholfen hatte, war er sowohl mit Eichhörnchen als auch mit kleinen Vögeln gut Freund geworden, doch er konnte nicht bei ihnen bleiben.

Plötzlich warf er die Pfeife weg und sprang aus dem Busch. Er hatte Akka gesehen, die mit allen Gänsen in einer langen Reihe auf ihn zu kam. Sie gingen auffallend langsam und feierlich, und der Junge ahnte sofort, daß er jetzt erfahren sollte, was sie mit ihm vorhatten.

Als sie endlich haltmachten, sagte Akka: »Du hast allen Grund, dich über mich zu wundern, Däumling, denn ich habe mich nicht dafür bedankt, daß du mich aus Smirres Fängen gerettet hast. Aber ich bin nun mal so, daß ich lieber mit Taten als mit Worten danke. Ich habe den Kobold aufgesucht, der dich verzaubert hat, und ihm erzählt, wie du dich bei uns benommen hast. Nun läßt er dich grüßen, und sobald du nach Hause zurückkehrst, darfst du wieder Mensch sein.«

Doch stellt euch vor, der Junge, der sich bei den ersten Sätzen der Wildgans so gefreut hatte, war am Ende ihrer Rede tief traurig! Er sagte kein einziges Wort, wandte sich nur ab und weinte.

»Um Himmels willen, was ist denn das?« sagte Akka. »Du scheinst wohl mehr erwartet zu haben, als ich dir jetzt angeboten habe?«

Aber der Junge dachte an sorglose Tage und lustige Spiele, an Abenteuer und Freiheit und Reisen hoch über der Erde, an alles, was ihm nun entgehen sollte, und schluchzte richtig vor Kummer. »Ich will nicht wieder Mensch werden«, sagte er, »ich will mit euch nach Lappland fliegen.«

»Jetzt muß ich dir eins sagen«, entgegnete Akka, »dieser Kobold ist sehr empfindlich, und ich fürchte, wenn du sein Angebot ablehnst, dann wirst du Mühe haben, ihn ein zweites Mal zu erweichen.«

Es war eigenartig mit Nils Holgersson: er hatte in seinem ganzen Leben nie jemanden richtig liebgehabt, nicht Vater und Mutter, nicht den Lehrer, nicht die Schulkameraden, nicht die Jungen von den Nachbarhöfen. So gab es keinen, der ihm jetzt fehlte oder nach dem er sich sehnte.

Die einzigen, mit denen er einigermaßen ausgekommen war, das waren das Gänsemädchen Åsa und der kleine Mats, zwei Kinder, die wie er auf den Feldern Gänse gehütet hatten. Doch auch sie hatte er nicht richtig lieb. Nein, bestimmt nicht.

»Ich will nicht wieder Mensch werden«, schluchzte der Junge. »Ich will mit euch nach Lappland fliegen. Deswegen bin ich eine ganze Woche lang brav gewesen.«

»Ich will es weder dir noch deinem Freund, Gänserich Martin, verwehren, mit uns zu fliegen, so weit du möchtest«, sagte Akka. »Aber überleg dir, ob du nicht doch lieber nach Hause zurückkehren willst! Es kann der Tag kommen, an dem du diesen Entschluß bereust.«

»Nein«, sagte der Junge, »da gibt es nichts zu bereuen. Mir ist es niemals so gut ergangen wie bei euch.«

»Ja, dann sollst du deinen Willen haben«, sagte Akka.

»Danke!« sagte der Junge und war so glücklich, daß er jetzt vor Freude weinte – wie eben noch vor Kummer.

4
Glimmingehus

Schwarze Ratten und graue Ratten

Im südöstlichen Schonen, nicht weit vom Meer, liegt eine alte Burg namens Glimmingehus. Es ist ein einziges hohes, großes und massives Gebäude aus Stein, das in der Ebene meilenweit zu sehen ist. Obwohl es nicht mehr als vier Stockwerke hat, ist es so riesig, daß sich das gewöhnliche Wohnhaus auf dem Hof dagegen wie ein Puppenhaus ausnimmt.

Dieses steinerne Gebäude hat so kompakte Außenwände, Zwischenwände und Deckengewölbe, daß sein Innenraum fast nur aus dicken Mauern besteht. Die Treppen sind schmal, die Gänge eng, und Zimmer gibt es nicht viele. Um den Mauern nicht die Stärke zu nehmen, hat man in den oberen Stockwerken nur wenige und in dem untersten gar keine Fenster, sondern nur schmale Lichtöffnungen eingefügt.

Während der alten Kriegszeiten verschanzten sich die Menschen in einem solchen starken, riesigen Haus genauso gern, wie man jetzt in einem bitterkalten Winter in einen Pelz hineinkriecht. Als aber die gute Friedenszeit kam, wollten sie in den dunklen, kalten Steinsälen der alten Burg nicht mehr wohnen.

Zu jener Zeit, als Nils Holgersson mit den Wildgänsen durchs Land zog, gab es auf Glimmingehus zwar keine Menschen, doch an Bewohnern fehlte es der Burg gewiß nicht. Auf dem Dach wohnte jeden Sommer ein Storchenpaar in seinem großen Nest, auf dem Boden lebten ein paar Waldkäuze, in den Geheimgängen hingen Fledermäuse, im Küchenherd saß eine alte Katze, und im Keller gab es ein paar hundert von den alten schwarzen Ratten.

Ratten genießen bei den anderen Tieren nicht eben ein hohes Ansehen, doch die schwarzen Ratten von Glimmingehus stellten eine Ausnahme dar. Von ihnen sprach man stets mit Achtung, denn sie hatten den schweren Schicksalsschlägen, von denen ihr Volk heimgesucht wurde, mit großer Tapferkeit getrotzt. Sie gehörten nämlich zu einem Rattenvolk, das einmal sehr zahlreich und mächtig gewesen, jetzt aber im Aussterben begriffen war. Viele Jahre hatte Schonen wie das ganze Land den schwarzen Ratten gehört. Sie waren in jedem Keller, auf jedem Dachboden, in Scheunen und Tennen, in Vorratskammern und Backstuben, in sämtlichen Ställen, in Kirchen und Burgen, in Brennereien und Mühlen, in jedem von Menschen errichteten Gebäude zu finden gewesen, jetzt aber waren sie überall vertrieben und nahezu ausgerottet. Nur hier und da, an einem alten, abgelegenen Ort konnte man einige wenige von ihnen treffen, und nirgends gab es sie in so großer Zahl wie auf Glimmingehus.

Ein Tiervolk von ihrem eigenen Stamm hatte sie besiegt. Es waren die grauen Ratten, die im Gegensatz zu den schwarzen nicht von alters her im Land gewohnt hatten. Sie stammten von ein paar armen Einwanderern ab, die vor etwa hundert Jahren mit einem Schiff aus Lübeck gekommen und in Malmö an Land gegangen waren. Anfangs hielten sich diese heimatlosen armen Schlucker nur im Hafen auf, schwammen zwischen den Pfählen unter den Anlegebrücken herum und fraßen ins Wasser geworfene Abfälle. In die Stadt, die von den schwarzen Ratten beherrscht wurde, wagten sie sich niemals hinein.

Doch allmählich, als die Zahl der grauen Ratten

wuchs, wurden sie kühner. Sie suchten ihre Nahrung in Rinnsteinen und Müllhaufen und nahmen mit allem Unrat vorlieb, den die schwarzen Ratten verschmähten. Sie waren abgehärtet, genügsam und furchtlos, und im Laufe weniger Jahre hatten sie ihre Macht so vergrößert, daß sie es schafften, die schwarzen Ratten aus Malmö zu vertreiben. Sie verdrängten sie aus Dachböden, Kellern und Lagerhäusern, ließen sie verhungern oder bissen sie tot, denn sie schreckten keineswegs vor einem Kampf zurück.

Und als sie Malmö eingenommen hatten, schwärmten sie in kleinen und großen Scharen aus, um das ganze Land zu erobern. Weshalb sich die schwarzen Ratten nicht zu einem großen, gemeinsamen Feldzug zusammentaten und mit vereinten Kräften die grauen Ratten zurückschlugen, solange deren Zahl noch klein war, das ist kaum zu begreifen. Doch sie blieben still auf ihren Besitzungen hocken, während die grauen Ratten ihnen einen Hof nach dem anderen, ein Dorf nach dem anderen, eine Stadt nach der anderen wegnahmen. Die schwarzen Ratten wurden ausgehungert, vertrieben, vernichtet. In Schonen war ihnen als Zufluchtsort nur Glimmingehus geblieben.

Wie man zugeben muß, waren die schwarzen Ratten, solange sie die Macht besessen hatten, genauso verabscheut worden wie heutzutage die grauen, und das mit vollem Recht. Sie waren über arme, gefesselte Gefangene hergefallen und hatten sie gepeinigt, sie hatten sich an Leichen gütlich getan, dem Armen die letzte Rübe aus dem Keller gestohlen, schlafenden Gänsen die Füße abgebissen, den Hühnern die Eier und frischgeschlüpfte Kücken gestohlen und tausend Missetaten verübt. Doch seitdem sie ins Unglück geraten waren, schien all das vergessen zu sein, und keiner konnte umhin, den letzten dieses Geschlechts, die ihren Feinden so lange Widerstand geboten hatten, Bewunderung zu zollen.

Die grauen Ratten, die in der Nähe von Glimmingehus hausten, gaben den Kampf nicht auf und versuchten, jede günstige Gelegenheit zu nutzen, um sich der Burg zu bemächtigen. Wo sie nun schon das gesamte übrige Land erobert hatten, da hätten sie die kleine Schar schwarzer Ratten auf Glimmingehus in Frieden lassen sollen, könnte man meinen, aber sie dachten gar nicht daran. Sie sagten stets, es sei für sie eine Ehrensache, die schwarzen einmal zu besiegen. Doch wer sie kannte, der wußte wohl, daß etwas anderes dahintersteckte: Glimmingehus diente als Getreidespeicher, und deshalb konnten die grauen Ratten nicht eher ruhen, bis sie die Burg eingenommen hatten.

Der Storch

Montag, den 28. März

Die Wildgänse, die auf dem Eis des Vombsees schliefen, wurden am frühen Morgen durch laute Rufe aus der Luft geweckt.

»Trirop! Trirop!« tönte es. »Trianut, der Kranich, läßt Akka, die Wildgans, und ihre Schar grüßen. Morgen findet der große Kranichtanz auf dem Kullaberg statt.«

Akka reckte sogleich den Kopf in die Höhe und antwortete: »Gruß und Dank! Gruß und Dank!«

Dann flogen die Kraniche weiter, doch die Wildgänse hörten sie noch lange über jedem Feld und jedem Waldhang rufen: »Trianut läßt grüßen. Morgen findet der große Kranichtanz auf dem Kullaberg statt.«

Die Wildgänse freuten sich über diese Botschaft sehr. »Da hast du aber Glück«, sagten sie zum weißen

Gänserich, »daß du den großen Kranichtanz erleben darfst.«

»Gibt es denn etwas Besonderes zu sehen, wenn Kraniche tanzen?« fragte er.

»Das hast du dir im Traum noch nicht vorgestellt«, entgegneten die Wildgänse.

»Wir müssen nun überlegen, was wir mit dem Däumling machen, damit ihm kein Unglück passiert, wenn wir morgen zum Kullaberg reisen«, sagte Akka.

»Wenn die Kraniche es nicht erlauben, daß er ihrem Tanz zusieht«, sagte der Gänserich, »dann bleibe ich bei ihm.«

»Kein Mensch durfte jemals an der Versammlung der Tiere auf dem Kullaberg teilnehmen«, sagte Akka. »Aber darüber können wir später noch reden. Jetzt müssen wir erst einmal daran denken, daß wir etwas in den Bauch bekommen.«

Damit gab Akka das Zeichen zum Aufbruch. Bis zu diesem Tag hatten die Gänse auf den Feldern um Öved äsen können, ohne von Fuchs Smirre gestört zu werden. Doch als sie jetzt dorthin kamen, lauerte er schon auf sie und verfolgte sie von einem Acker zum anderen, so daß sie nirgends Ruhe zum Fressen hatten. Akka begriff, daß er sie nicht in Frieden lassen würde, faßte einen raschen Beschluß, erhob sich in die Luft und flog mit ihrer Schar mehrere Meilen weiter. Erst auf den sumpfigen Wiesen etwas südlich von Glimmingehus ließ sie sich nieder.

Der Junge saß den ganzen Tag am Ufer eines kleinen Teichs und blies Rohrpfeife. Er hatte schlechte Laune, weil er den Kranichtanz nicht sehen durfte, brachte kein Wort heraus und sprach weder mit dem Gänserich noch mit irgend jemandem sonst.

Er dachte an das Eichhörnchen, dem er beigestanden

hatte, und fand es bitter, daß Akka ihm immer noch mißtraute.

Das sumpfige Wiesengelände, auf dem die Gänse ästen, war auf der einen Seite von einem breiten Steinwall begrenzt. Und da geschah, als der Junge am Abend den Kopf hob, um doch ein paar Worte zu sagen, daß seine Blicke auf diesen Steinwall fielen. Er stieß einen leisen Schrei der Verwunderung aus, und sofort sahen alle Gänse auf und starrten in dieselbe Richtung wie er. Im ersten Augenblick glaubten sie wie der Junge auch, daß alle grauen runden Steine, aus denen der Wall bestand, Beine bekommen und sich in Bewegung gesetzt hätten, doch bald erkannten sie, daß eine Schar Ratten darüber lief. Sie hatten große Eile und drängten sich in dichten Reihen, und so viele waren es, daß sie für eine gute Weile den ganzen Wall bedeckten.

Der Junge hatte schon damals, als ein großer, starker Mensch, vor Ratten Angst gehabt. Wie sollte er sich jetzt nicht fürchten, wo er so klein war? Bei ihrem Anblick lief ihm ein kalter Schauer nach dem anderen den Rükken hinunter.

Merkwürdigerweise schienen die Wildgänse denselben Abscheu vor den Ratten zu empfinden wie er. Sie sprachen sie nicht an, und als sie vorbeigezogen waren, schüttelten sich die Gänse, als hätten sie Schlamm zwischen die Federn bekommen.

»So viele graue Ratten unterwegs«, sagte Yksi von Vassijaure, »das ist kein gutes Zeichen!«

Der Junge wollte die Gelegenheit nutzen und mit Akka über den Kullaberg reden. Doch wieder wurde er daran gehindert, denn unter den Gänsen ließ sich blitzschnell ein großer Vogel nieder.

Dieser Vogel sah aus, daß man annehmen konnte, er hätte sich Körper, Hals und Kopf von einer kleinen weißen Gans geliehen. Doch zu alledem hatte er sich große schwarze Flügel, lange rote Beine und einen dicken langen Schnabel zugelegt, der für den kleinen Kopf viel zu groß war und ihn nach unten zog, was ihm einen bekümmerten, traurigen Ausdruck verlieh.

Akka brachte rasch ihre Deckfedern in Ordnung, ging auf den Storch zu und neigte dabei viele Male den Hals. Es erstaunte sie nicht, daß er schon Ende März nach Schonen gekommen war. Sie wußte, daß die Storchenmännchen beizeiten und noch vor den Weibchen die Ostsee überqueren, um nachzusehen, ob das Nest im Winter nicht Schaden genommen hätte. Sie konnte nur nicht verstehen, was es zu bedeuten hatte, daß er gerade sie aufsuchte.

»Ich will doch nicht hoffen, daß mit Ihrer Wohnung etwas nicht in Ordnung ist, Herr Ermenrich«, sagte Akka.

Der Storch stand lange Zeit da und klapperte nur mit dem Schnabel, bevor er sich mit heiserer, schwacher Stimme über alles mögliche beklagte: Sein Nest, das sich hoch oben auf dem Dachfirst von Glimmingehus befand, sei von den Winterstürmen völlig zerstört, die Bauern von Schonen eigneten sich nach und nach sein gesamtes Besitztum an, legten seine Sümpfe trocken und machten seine Moore urbar. Er habe die Absicht, dieses Land zu verlassen und niemals zurückzukehren.

Während der Storch seine Klage vortrug, mußte Akka, die Wildgans, die überall schutzlos und gefährdet war, unwillkürlich denken: »Wenn es mir so gut ginge wie Ihnen, Herr Ermenrich, dann würde ich Klagen für unter meiner Würde halten. Sie sind ein freier, wilder Vogel geblieben, und doch ist Ihr Ansehen bei den Menschen so hoch, daß niemand einen Schuß auf Sie abgeben oder ein Ei aus Ihrem Nest stehlen würde.« Aber dem

Storch sagte sie nur, sie könne sich nicht vorstellen, daß er von einem Haus wegziehen wolle, das seit seiner Errichtung den Störchen Zuflucht geboten habe.

Da fragte der Storch rasch, ob die Gänse die grauen Ratten gesehen hätten, die nach Glimmingehus unterwegs seien. Als Akka erwiderte, sie habe das Teufelspack bemerkt, begann er von den tapferen schwarzen Ratten zu erzählen, die so viele Jahre die Burg verteidigt hätten. »Aber in dieser Nacht werden die grauen Ratten Glimmingehus in ihre Gewalt bekommen«, sagte er seufzend.

»Warum gerade in dieser Nacht, Herr Ermenrich?« fragte Akka.

»Weil gestern abend fast alle schwarzen Ratten zum Kullaberg gezogen sind, im Vertrauen darauf, daß sämtliche anderen Tiere auch dorthin eilen«, sagte der Storch. »Doch wie Sie sehen, sind die grauen Ratten zu Hause geblieben. Jetzt sammeln sie sich, um heute nacht in die Burg einzudringen, denn da wird sie nur von ein paar alten Schwächlingen verteidigt, die nicht mehr zum Kullaberg ziehen konnten. Sie werden ihr Ziel wohl erreichen, doch ich, der ich so viele Jahre mit den schwarzen Ratten in guter Nachbarschaft gelebt habe, möchte höchst ungern am selben Ort wie ihre Feinde wohnen.«

Akka hob den Kopf. »Haben Sie die schwarzen Ratten benachrichtigt, Herr Ermenrich?« fragte sie.

»Nein«, antwortete der Storch, »das hätte keinen Zweck. Bevor sie zurück sein können, ist die Burg eingenommen.«

»Da sollten Sie nicht so sicher sein, Herr Ermenrich«, sagte Akka. »Ich kenne eine alte Wildgans, die hätte schon Lust, derartige Freveltaten zu verhindern.«

Als Akka diese Worte sprach, hob der Storch den Kopf und sah sie mit großen Augen an. Das war auch kein Wunder, denn die alte Akka hatte weder Schnabel noch Klauen, die zum Kämpfen taugten. Außerdem war sie ein Tagvogel, und sobald die Dämmerung hereinbrach, schlief sie unweigerlich ein, während die Ratten ihre Kämpfe gerade in der Nacht ausfochten.

Doch Akka war offenbar fest entschlossen, den schwarzen Ratten beizustehen. Sie rief Yksi von Vassijaure und befahl ihm, die anderen zum Vombsee zu führen, und als die Gänse Einwände machten, sagte sie gebieterisch: »Ich glaube, es ist für uns alle am besten, wenn ihr mir gehorcht. Ich muß zu dem großen Steinhaus fliegen, und wenn ihr mitkommt, dann werden uns die Leute vom Hof ganz bestimmt sehen und abschießen. Der einzige, den ich auf dieser Reise bei mir haben will, ist der Däumling. Er kann mir von großem Nutzen sein, denn er hat gute Augen und kann sich nachts wachhalten.«

Als der Junge Akkas Worte hörte, machte er sich so groß, wie er nur konnte, legte die Hände auf den Rükken, reckte die Nase in die Höhe und trat vor. Doch sowie der Storch den Jungen erblickte, geriet er in Bewegung. Bis dahin hatte er nur dagestanden, nach Art der Störche, den Kopf gesenkt und den Schnabel an den Hals gedrückt. Jetzt aber ertönte tief in seiner Kehle ein Gurgeln, als würde er lachen. Er packte den Jungen blitzschnell mit dem Schnabel und warf ihn ein paar Meter in die Luft. Dieses Kunststück wiederholte er siebenmal, während der Junge schrie und die Gänse riefen: »Was tun Sie da, Herr Ermenrich? Das ist kein Frosch. Das ist ein Mensch, Herr Ermenrich!«

Endlich setzte der Storch den Jungen auf den Boden, zum Glück unversehrt. Dann sagte er zu Akka: »Ich fliege jetzt zurück nach Glimmingehus, Mutter Akka. Alle, die dort wohnen, waren bei meiner Abreise in großer Angst. Aber sie werden sich schon beruhigen, wenn ich ihnen berichte, daß Sie und der Däumling herbeieilen, um sie zu retten.«

Dann reckte der Storch den Hals, schlug mit den Flügeln und schoß davon wie ein Pfeil von einem straffgespannten Bogen. Obwohl Akka wußte, daß er sich über sie lustig gemacht hatte, ließ sie sich nicht davon anfechten. Sie wartete, bis der Junge seine Holzschuhe wiederfand, die der Storch ihm abgeschüttelt hatte, setzte ihn dann auf ihren Rücken und flog hinter dem Storch her. Der Junge hatte sich so über den Storch geärgert, daß er vor Wut schnaubte. Diesem langen Rotbein wollte er schon zeigen, was Nils Holgersson aus West-Vämmenhög für ein Kerl war!

Ein paar Augenblicke später stand Akka im Storchennest von Glimmingehus. Es war groß und prächtig, hatte als Unterlage ein Rad und darüber mehrere Schichten aus Zweigen und Grasbüscheln. Weil es so alt war, hatten viele Büsche und Kräuter schon Wurzeln geschlagen, und wenn die Storchenmutter in der runden Vertiefung in der Mitte auf ihren Eiern saß, konnte sie sich nicht nur an der herrlichen Aussicht über einen großen Teil von Schonen erfreuen, sondern auch Heckenrosen und Hauslauch betrachten.

Beide, der Junge und Akka, erkannten, daß hier etwas Ungewöhnliches vor sich ging und jegliche Ordnung außer Kraft setzte. Auf dem Rand des Storchennestes hockten nämlich zwei Waldkäuze, eine alte, graugestreifte Katze und ein Dutzend uralter Ratten mit schiefgewachsenen Zähnen und triefenden Augen, Tiere also, die man sonst nicht eben friedlich beieinander sieht.

Keines von ihnen wandte sich Akka zu oder hieß sie willkommen. Sie waren voll und ganz damit beschäftigt, ein paar lange graue Linien anzustarren, die auf den winternackten Feldern sichtbar wurden.

Alle schwarzen Ratten verhielten sich still. Sie wußten wohl, daß sie weder ihr Leben noch die Burg verteidigen konnten. Die beiden Waldkäuze verdrehten ihre großen Augen mit den Federkränzen und berichteten mit ihren schaurigen, scharfen Stimmen von der großen Grausamkeit der grauen Ratten. Sie mußten nun ihr Nest verlassen, weil diese Neuankömmlinge weder Eier noch frischgeschlüpfte Junge schonten. Die alte, gestreifte Katze war davon überzeugt, daß die grauen Ratten, wenn sie in so großer Zahl in die Burg eindrangen, sie totbeißen würden, und sie beschimpfte die schwarzen Ratten unaufhörlich: »Wie konntet ihr nur so dumm sein und eure besten Krieger davonziehen lassen! Wie konntet ihr den grauen Ratten nur vertrauen! Das ist überhaupt nicht zu verzeihen!«

Die zwölf schwarzen Ratten erwiderten darauf kein Wort, aber der Storch konnte es trotz seines Kummers nicht lassen, die Katze zum Narren zu halten. »Fürchte dich nicht, Hauskatze Måns!« sagte er. »Siehst du nicht, daß Mutter Akka und der Däumling gekommen sind, um die Burg zu retten? Du kannst gewiß sein, daß es ihnen gelingen wird. Ich muß mich jetzt zum Schlafen aufstellen, und ich tu es ganz unbesorgt. Wenn ich morgen früh aufwache, wird es auf Glimmingehus bestimmt keine einzige graue Ratte geben.«

Der Junge zwinkerte Akka zu und bedeutete ihr, daß er den Storch hinunterstoßen wolle, wenn der sich nun auf den äußersten Rand des Nestes, ein Bein hochgezogen, zum Schlafen aufstellte, doch Akka hielt ihn zurück. Sie wirkte ganz und gar nicht verärgert und sagte in zufriedenem Ton: »Es wäre wohl übel bestellt, wenn man in meinem Alter nicht mit schwierigeren Situationen als dieser fertig würde. Wenn Sie, Herr Waldkauz und Frau Waldkauz, nur ein paar Besorgungen für mich erledigen möchten, wo Sie sich doch die ganze Nacht wachhalten können, dann wird schon alles gut gehen, denke ich.«

Das wollten die beiden Käuze gern tun, und nun bat Akka den Kauzmann, die schwarzen Ratten, die zum Kullaberg gezogen waren, aufzusuchen und ihnen zu raten, schleunigst nach Glimmingehus zurückzukehren. Die Kauzfrau schickte sie zu Flammea, der Schleiereule, die im Dom von Lund zu Hause war, und gab ihr einen so geheimen Auftrag mit, daß sie ihn nur im Flüsterton anzuvertrauen wagte.

Der Rattenfänger

Nach langem Suchen gelang es den grauen Ratten kurz vor Mitternacht, eine offene Kellerluke aufzuspüren. Sie befand sich ziemlich hoch in der Mauer, doch bald sprang die tapferste Ratte hinein, mit der Absicht, Glimmingehus zu bestürmen, vor dessen Mauern so viele ihrer Vorfahren ihr Leben gelassen hatten.

Die graue Ratte blieb eine Weile in der Luke sitzen und wartete auf einen Angriff der Verteidiger. Sie nahm an, daß sich die schwarzen Ratten, die in der Burg geblieben waren, nicht ohne Kampf ergeben würden. Mit klopfendem Herzen lauschte sie auf das leiseste Geräusch, doch alles blieb still. Da faßte sie Mut und sprang in den kohlrabenschwarzen Keller.

Eine Ratte nach der anderen folgte der Anführerin. Alle bewegten sich geräuschlos, alle rechneten mit einem Hinterhalt der schwarzen Ratten.

Obwohl sie noch nie in diesem Gebäude gewesen waren, fanden sie sich ohne Schwierigkeit zurecht. Sie entdeckten die Gänge im Mauerwerk, mit deren Hilfe die schwarzen Ratten in die oberen Stockwerke gelangten. Bevor sie diese engen, steilen Stiegen erklommen, horchten sie wieder mit großer Aufmerksamkeit. Sie hätten sich vor einem offenen Kampf mit den schwarzen Ratten viel weniger gefürchtet als jetzt, wo diese sich versteckt hielten.

Schon am Eingang des ersten Stocks verspürten sie den Geruch des Getreides, das in großen Haufen auf dem Fußboden lag. Doch noch war es nicht Zeit, die Früchte des Sieges zu genießen. Sie durchsuchten zuerst mit größter Sorgfalt die düsteren, kahlen Räume und machten sich dann mit derselben Vorsicht an die Eroberung des nächsten Stockwerks. Wieder mußten sie eine mühselige, gefährliche Kletterpartie durch das Mauerwerk unternehmen, während sie atemlos vor Angst darauf warteten, daß sich der Feind auf sie stürzte. Obwohl die Getreidehaufen mit den herrlichsten Düften lockten, beherrschten sie sich und untersuchten so gründlich wie möglich den ehemaligen Raum der Soldaten mit seinen Pfeilern, dem steinernen Tisch und dem Kamin.

Noch immer waren die schwarzen Ratten nicht zu sehen. Die grauen tasteten sich hinauf zum dritten Stock mit dem großen Festsaal des Burgherrn, und sie drangen sogar bis in das oberste Stockwerk vor, das nur aus einem großen, leeren Raum bestand. Das einzige, was sie zu untersuchen vergaßen, war das große Storchennest auf dem Dach. Dort war die Kauzfrau gerade dabei, Akka aus dem Schlaf zu wecken und ihr mitzuteilen, Flammea, die Schleiereule, habe ihren Wunsch erfüllt und das Verlangte geschickt.

Nachdem die grauen Ratten derart gewissenhaft die ganze Burg durchforscht hatten, fühlten sie sich sicher und machten sich frohen Herzens über die Getreidehaufen her.

Doch kaum hatten sie die ersten Weizenkörner verschlungen, da ertönte vom Hof der scharfe, schrille Ton einer kleinen Pfeife. Die grauen Ratten hoben die Köpfe, lauschten beunruhigt, liefen ein paar Schritte, als wollten sie die Getreidehaufen verlassen, kehrten jedoch um und fraßen weiter.

Wieder ertönte die Pfeife schrill und durchdringend, und jetzt geschah etwas Merkwürdiges. Eine Ratte, zwei Ratten, ja, eine ganze Anzahl von Ratten verließ das Getreide und eilte auf dem kürzesten Weg in den Keller, um ins Freie zu gelangen. Trotzdem blieben viele graue Ratten zurück. Sie dachten daran, mit welcher Mühe sie Glimmingehus erobert hatten, und wollten es nicht verlassen. Doch die Töne der Pfeife drangen noch einmal zu ihnen vor. Da stürzten sie in wilder Hast aus den Verschlägen, huschten durch die engen Mauerlöcher und hatten es mit dem Hinauskommen so eilig, daß sie durcheinanderpurzelten.

Mitten im Hof stand ein kleiner Knirps, der auf einer Pfeife blies. Er hatte schon einen ganzen Kreis von Ratten um sich versammelt, die ihm entzückt und hingerissen lauschten, und jeden Augenblick kamen mehr dazu. Als er einmal nur für eine einzige Sekunde die Pfeife aus dem Mund nahm, um den Ratten eine lange Nase zu machen, sah es aus, als wollten sie über ihn herfallen und ihn totbeißen, doch sobald er weiterblies, hatte er sie wieder in seiner Gewalt.

Als der Knirps sämtliche grauen Ratten aus Glimmingehus herausgepfiffen hatte, verließ er langsam den Hof und zog auf die Landstraße. Alle grauen Ratten liefen hinter ihm her, denn die Töne der Pfeife klangen in ihren Ohren so lieblich, daß sie ihnen nicht widerstehen konnten.

Der Knirps führte sie an und lockte sie auf die Straße

nach Vallby. Er führte sie in allen möglichen Windungen und Winkeln und Kreisen, durch Hecken und Gräben, und sie mußten ihm folgen, wohin er ging. Die Pfeife, die er unaufhörlich blies, schien aus einem Tierhorn gemacht zu sein, jedoch aus einem so kleinen, daß es in unseren Tagen kein Tier gibt, von dessen Stirn es stammen könnte. Auch wußte niemand, wer die Pfeife hergestellt hatte. Die Schleiereule Flammea hatte sie im Dom von Lund, in einer Nische des Turms gefunden und dann dem Raben Bataki gezeigt. Beide waren sie dahintergekommen, daß dies eine Pfeife war, wie man sie in früherer Zeit benutzte, um Ratten und Mäuse zu bezwingen. Der Rabe aber war mit Akka befreundet, und die hatte auf diese Weise erfahren, daß Flammea einen solchen Schatz besaß.

Und tatsächlich: die Ratten konnten der Pfeife nicht widerstehen. Der Junge ging vor ihnen her und blies, solange die Sterne leuchteten, und sie folgten ihm die ganze Zeit. Er blies in der Morgendämmerung, er blies, als die Sonne aufging, und die ganze Schar der Ratten folgte ihm und wurde immer weiter von den großen Kornböden auf Glimmingehus weggelockt.

5

Der große Kranichtanz auf dem Kullaberg

Dienstag, den 29. März

Obwohl man in Schonen viele prächtige Gebäude sehen kann, muß man zugeben, daß keins von ihnen so schöne Wände hat wie der alte Kullaberg.

Der Kullaberg ist niedrig, langgestreckt und ausgedehnt, ohne einen scharfen Kamm. Auf seinem flachen Rücken erstrecken sich Wälder und Felder und ein paar Heideflächen. Hier und da ragen runde Hügel mit Heidekraut und nackte Steinbuckel auf. Dort oben ist es nicht besonders schön und genauso wie in jeder anderen hochgelegenen Gegend von Schonen.

Wer auf der Landstraße wandert, die mitten über den Berg führt, wird von diesem Anblick ein wenig enttäuscht sein. Doch vielleicht weicht er vom Wege ab, geht an den Rand der Hochfläche und schaut die steilen Hänge hinunter. Dann entdeckt er auf einmal so viel Sehenswertes, daß er kaum weiß, wie er all das mit seinen Augen aufnehmen soll. Der Kullaberg liegt nämlich nicht von Ebenen und Tälern umgeben im Land, sondern hat sich so weit ins Meer hinausgestürzt, wie es ihm möglich war. Er hat nicht das kleinste Stückchen Boden an seinem Fuß, das ihn gegen die Meereswellen schützen könnte, die bis an seine Wände schlagen und sie abtragen und formen, wie es ihnen beliebt.

Daher sind diese Felsenwände auch so reich verziert, wie das Meer und sein Gehilfe, der Wind, es vermochten. Da gibt es schroffe Klüfte, die tief in die Hänge geschnitten sind, und schwarze Felsenvorsprünge, die von den ständigen Peitschenschlägen der Brandung blankgeschliffen wurden. Da gibt es einzelne Felsensäulen, die senkrecht aus dem Wasser ragen, und dunkle Grotten mit schmalen Eingängen. Es gibt senkrechte, nackte Felsenwände und sanfte, laubbekleidete Hänge. Es gibt stattliche Felsentore, die sich über dem Wasser wölben, es gibt scharfkantige Steine, die der weiße Schaum ständig bespritzt, und andere, die sich im schwarzgrünen, reglosen Wasser spiegeln. Es gibt in den Felsen gemeißelte Riesentöpfe und riesige Spalten, die den Wanderer locken, sich in die Tiefe des Bergs hineinzuwagen.

Und über alle diese Klüfte und Klippen, hinauf und hinunter, kriechen und winden sich Ranken und Wurzeln. Auch Bäume wachsen dort, aber die Macht des Windes ist so groß, daß auch sie sich in Ranken verwandeln müssen, um sich auf den Steilhängen zu halten. Die Eichen kriechen am Boden entlang, überragt vom Laub wie von einem engen Gewölbe, und in den Klüften stehen wie große Laubzelte kurzstämmige Buchen.

Die seltsamen Bergwände, davor das weite, blaue Meer und darüber die schimmernde, klare Luft, das alles macht den Kullaberg für die Menschen so verlockend, daß sie jeden Tag, solange der Sommer dauert, in großen Scharen dorthin ziehen. Schwieriger läßt sich wohl sagen, warum er für die Tiere so anziehend ist, daß sie sich Jahr für Jahr dort zu einem großen Spiel versammeln. Dies ist jedoch seit uralten Zeiten Brauch.

Um von den Menschen unbemerkt zu bleiben, machen sich die Rothirsche, die Rehe, die Hasen, die Füchse und die übrigen wilden Vierbeiner schon in der Nacht vor der Zusammenkunft zum Kullaberg auf. Unmittelbar vor Sonnenaufgang ziehen sie alle auf den Spielplatz, eine Heidefläche links vom Wege, nicht sehr weit vom äußersten Vorsprung des Berges entfernt. Da der Platz ringsum von runden Felskuppen umgeben wird, sieht man ihn erst, wenn man ihn erreicht hat. Und im Monat März ist es nicht sehr wahrscheinlich, daß sich irgendein Wanderer hierher verirrt.

Wenn die Vierbeiner auf dem Spielplatz angelangt sind, lassen sie sich auf den runden Felskuppen nieder. Jede Tierart bleibt für sich, obwohl alle wissen, daß an einem Tag wie diesem allgemeiner Friede herrscht und niemand einen Überfall zu fürchten braucht. An diesem Tag sollte ein kleines Häschen über den Hügel der

Füchse wandern können, ohne auch nur einen seiner langen Löffel einzubüßen.

Schließlich haben alle ihre Plätze eingenommen und halten nun Ausschau nach den Vögeln. An diesem Tag ist immer schönes Wetter. Die Kraniche sind gute Wetterpropheten und würden die Tiere nicht zusammenrufen, wenn Regen angesagt wäre. Doch obwohl die Luft klar ist und nichts die Sicht behindert, können die Vierbeiner keine Vögel entdecken. Das ist sonderbar. Die Sonne steht hoch am Himmel, und die Vögel müßten längst unterwegs sein.

Die Tiere auf dem Kullaberg bemerken jedoch hier und da eine kleine dunkle Wolke, die langsam über die Ebene schwebt. Sieh da, eine dieser dunklen Wolken fliegt plötzlich zur Küste des Öresunds und nimmt Kurs auf den Kullaberg. Als sie mitten über dem Spielplatz ist, hält sie inne, und auf einmal beginnt die ganze Wolke zu klingen und zu singen, als bestünde sie aus lauter Tönen. Sie schwebt auf und nieder, auf und nieder und singt und klingt die ganze Zeit. Schließlich läßt sich die ganze Wolke auf einen Hügel fallen, und der ist im nächsten Augenblick über und über mit grauen Lerchen, prächtigen rot-grau-weißen Buchfinken, gesprenkelten Staren und grün-gelben Meisen bedeckt.

Gleich darauf zieht eine zweite Wolke über die Ebene heran. Sie verweilt über jedem Hof, über Landarbeiterkaten und Schlössern, über kleinen und größeren Städten, über Bauernhöfen und Bahnstationen, über Fischerdörfern und Zuckerfabriken, und jedesmal saugt sie eine dünne, wirbelnde Säule aus grauen Staubkörnchen zu sich empor. Auf solche Art wird sie größer und größer, und wenn sie endlich vollständig ist und Kurs auf den Kullaberg nimmt, ist sie keine Wolke mehr, sondern ein ganzes Gewölk, so groß, daß es einen Schatten von Höganäs bis Mölle wirft. Wenn dieses Gewölk über dem Spielplatz schwebt, wird die Sonne verdunkelt, und lange muß es auf einen der Hügel Sperlinge regnen, bis jene, die im Inneren des Gewölks geflogen waren, wieder einen Schimmer vom Tageslicht erblicken.

Jetzt aber nähert sich die größte dieser Vogelwolken. Die Schwärme, aus denen sie besteht, sind aus allen Richtungen gekommen, um sich ihr anzuschließen. Sie ist von tief graublauer Farbe, und kein Sonnenstrahl dringt durch sie hindurch. Wenn sie sich düster und furchterregend wie eine Unwetterwolke nähert, hört man den schrecklichsten Lärm, das gräßlichste Geschrei, das höhnischste Gelächter und das unheilvollste Gekrächze. Alle auf dem Spielplatz sind froh, wenn sie sich endlich in einen Regen von flatternden, krächzenden Vögeln auflöst, in Krähen und Dohlen und Raben und Saatkrähen.

Was dann am Himmel erscheint, das sind nicht nur Wolken, sondern vielerlei Striche und Zeichen, und im Osten und Nordosten zeigen sich gerade, gestrichelte Linien. Es sind Waldvögel aus der Gegend von Göinge: Birkhühner und Auerhühner, die in langen Reihen, mit einigen Metern Abstand voneinander, geflogen kommen. Die Schwimmvögel, die auf der kleinen Insel Måkläppen vor Falsterbo zu Hause sind, schweben in vielen sonderbaren Formationen über den Öresund und bilden Dreiecke und langgezogene Winkel, schiefe Haken und Halbkreise.

In jenem Jahr, als Nils Holgersson mit den Wildgänsen durchs Land reiste, kam Akka mit ihrer Schar später als alle anderen zum großen Treffen auf dem Kullaberg. Das war kein Wunder, denn sie hatte auf ihrem Weg ganz Schonen überfliegen müssen. Außerdem mußte sie gleich nach dem Erwachen erst den Däumling suchen, der viele Stunden seine Pfeife geblasen und die grauen Ratten weit weg von Glimmingehus gelockt hatte.

Auf der ganzen Reise rasteten sie nur ein einziges Mal, und zwar auf dem Vombsee, wo sich Akka mit ihren Reisekameraden vereinte und ihnen zurief, die grauen Ratten seien nun besiegt. Danach flogen sie geradenwegs zum Kullaberg.

Dort ließen sie sich auf jenem Hügel nieder, der den Wildgänsen vorbehalten war. Als der Junge nun seinen Blick von einem Hügel zum anderen wandern ließ, sah er, daß sich über dem einen die vielzackigen Geweihe der Rothirsche und über einem anderen die Nackenbüschel der Fischreiher erhoben. Ein Hügel war rot von Füchsen, einer schwarz und weiß von Meeresvögeln, einer grau von Ratten. Einer war mit schwarzen Raben besetzt, die unaufhörlich krächzten, ein anderer mit Lerchen, die auch nicht den Schnabel halten konnten, sondern unablässig aufstiegen und vor Freude sangen.

Wie es immer auf dem Kullaberg Brauch gewesen ist, durften die Krähen die Spiele und Späße des Tages mit ihrem Flugtanz eröffnen. Sie hatten sich in zwei Gruppen eingeteilt, die nun aufeinander zu flogen, sich begegneten, umkehrten und wieder aufeinander zu flogen. Dieser Tanz hatte viele Runden und nahm sich für die Zuschauer, die sich in seinen Regeln nicht auskannten, allzu einförmig aus. Während die Krähen auf ihren Tanz sehr stolz waren, freuten sich alle anderen, als sie damit aufhörten. Er war den Tieren ebenso düster und sinnlos wie das Spiel des Wintersturms mit den Schneeflocken erschienen und hatte sie traurig gestimmt. Nun warteten sie sehnsüchtig auf einen Auftritt, der sie ein wenig aufheitern könnte.

Sie brauchten auch nicht lange zu warten, denn sowie die Krähen verschwunden waren, kamen die Hasen gehoppelt. Sie strömten in einem langen Zug ohne besondere Ordnung herbei, manchmal einer allein, dann wieder drei oder vier nebeneinander. Alle hatten sich auf die Hinterläufe erhoben, und sie liefen so schnell, daß ihre langen Löffel in alle Richtungen flatterten. Dabei drehten sie Pirouetten und vollführten hohe Sprünge. Einige schlugen eine ganze Reihe von Purzelbäumen, andere krümmten sich zusammen und rollten wie Räder, einer wirbelte auf einem Bein herum, ein anderer ging auf den Vorderläufen. Das Spiel der Hasen war zwar ohne jede Ordnung, jedoch so lustig, daß die vielen Tiere, die ihnen zusahen, jetzt schneller atmeten. Der Frühling war da, es sollte Lust und Freude geben. Der Winter war vorbei, der Sommer nahte. Bald war das Leben nur noch ein Spiel.

Als sich die Hasen ausgetobt hatten, begannen die großen Waldvögel ihren Auftritt. Hundert Auerhähne mit hellroten Augenbrauen und glänzend schwarzbraunen Gewändern warfen sich auf eine große Eiche, die mitten auf dem Spielplatz stand. Der auf dem höchsten Zweig plusterte die Federn, ließ die Flügel sinken und streckte den Schwanz in die Höhe, so daß die weißen Deckfedern sichtbar wurden. Dann reckte er den Hals vor, und aus seiner verdickten Kehle kamen ein paar tiefe Töne, die wie »tjäck, tjäck, tjäck« klangen. Mehr brachte er nicht heraus, es gluckste nur ein paarmal tief in seiner Kehle. Dann schloß er die Augen und flüsterte: »Sis, sis, sis. Hört, wie schön! Sis, sis, sis.« Dabei geriet er in eine solche Verzückung, daß er nicht mehr wahrnahm, was um ihn herum geschah.

Während der erste Auerhahn noch sein »sis, sis« machte, stimmten die drei, die ihm am nächsten saßen, ihr Lied an. Bevor sie zu Ende gesungen hatten, begannen jene zehn, die unter ihnen saßen, und so ging es weiter von Zweig zu Zweig, bis sämtliche hundert Auerhähne sangen und gluckten und sis-sis-ten. Alle gerieten dabei in dieselbe Verzückung, und gerade das wirkte auf die anderen Tiere wie ein ansteckender Rausch. Eben noch war ihr Blut lustig und leicht geströmt, jetzt wurde es schwer und heiß. »Ja, es ist wirklich Frühling«, dachten die zahlreichen Tiervölker. »Die Kälte des Winters ist vorbei. Das Feuer des Frühlings brennt auf der Erde.«

Als die Birkhühner merkten, welchen Erfolg die Auerhähne hatten, konnten sie nicht länger ruhig bleiben. Es gab aber keinen Baum auf dem Spielplatz, auf dem sie Platz nehmen konnten, deshalb stürmten sie dorthin, wo das Heidekraut so hoch stand, daß nur ihre schön geschwungenen Schwanzfedern und ihre dicken Schnäbel zu sehen waren, und sangen: »Orr, orr, orr.«

Die Birkhühner hatten den Wettstreit mit den Auerhähnen gerade begonnen, da geschah etwas Unerhörtes. Während alle Tiere an nichts anderes als an die Auerbalz dachten, hatte sich ganz leise ein Fuchs zum Hügel der Wildgänse geschlichen. Er gelangte ziemlich weit hinauf, ohne daß ihn jemand bemerkte. Plötzlich wurde er doch von einer Gans entdeckt, und weil sie es für ausgeschlossen hielt, daß sich ein Fuchs in guter Absicht bei den Gänsen einschlich, begann sie zu schreien: »Gebt acht, Wildgänse! Gebt acht!« Der Fuchs biß ihr die Kehle durch, vermutlich um sie zum Schweigen zu bringen, doch die Wildgänse hatten die Warnung schon gehört und erhoben sich allesamt in die Luft. Jetzt sahen die anderen Tiere, daß auf dem Hügel, den die Wildgänse verlassen hatten, Fuchs Smirre stand, mit einer toten Gans in der Schnauze.

Er hatte seine Rachgier nicht bezwingen können und auf diese Art versucht, endlich an Akka und ihre Schar heranzukommen. Doch dafür, daß er den Frieden des

Spieltags gestört hatte, bekam er eine so schwere Strafe, daß er es sein Leben lang bereuen sollte. Sofort wurde er von einer Schar Füchse umringt und entsprechend der alten Sitte verurteilt, derzufolge jeder, der den Frieden des großen Spieltags störte, des Landes verwiesen wurde. Kein Fuchs wollte dieses Urteil mildern, denn alle wußten, daß sie bei einem entsprechenden Versuch augenblicklich vom Spielplatz vertrieben würden und ihn nie wieder betreten dürften. Also gab es keinen Widerspruch, als über Smirre die Acht verhängt wurde. Der Aufenthalt in Schonen wurde ihm verboten, er mußte Frau und Verwandte, Jagdrevier, Wohnung, Rastplätze und Verstecke, seinen gesamten bisherigen Besitz verlassen und sein Glück in der Fremde suchen. Um alle Füchse davon zu unterrichten, daß Smirre in dieser Landschaft vogelfrei war, biß ihm der älteste Fuchs die Spitze seines rechten Ohrs ab. Sobald das getan war, brachen alle jungen Füchse in ein blutrünstiges Geheul aus und fielen über Smirre her. Da blieb ihm kein anderer Ausweg als die Flucht, und mit sämtlichen Jungfüchsen auf den Fersen entfernte er sich schleunigst.

Während all das geschah, waren Birkhühner und Auerhähne mit ihrem Spiel beschäftigt und setzten es unverdrossen fort, ohne sich stören zu lassen.

Kaum hatten die Waldvögel ihren Wettstreit beendet, da ging ein Raunen von Hügel zu Hügel: »Jetzt kommen die Kraniche.«

Und dann erschienen die grauen, dämmergekleideten Vögel, mit Federbüschen an den Flügeln und rotem Federschmuck im Nacken. Mit ihren langen Beinen, den schlanken Hälsen, den kleinen Köpfen glitten die großen Vögel den Hügel hinunter wie in einem geheimnisvollen Rausch. Dabei drehten sie sich, halb fliegend, halb tanzend, hoben anmutig die Flügel, und all das mit einer unglaublichen Geschwindigkeit. Ihr Tanz hatte etwas Sonderbares und Fremdes und glich einem Spiel grauer Schatten, dem das Auge kaum zu folgen vermochte. Es war, als hätten sie diesen Tanz von den Nebeln gelernt, die über einsamen Mooren schweben. Darin lag Zauberei, und alle, die zum ersten Mal auf dem Kullaberg waren, verstanden, warum die ganze Zusammenkunft nach dem Tanz der Kraniche benannt war. Obwohl er etwas Wildes hatte, erweckte er ein Gefühl von süßer Sehnsucht. Keiner dachte jetzt mehr an Spielen. Dagegen wollten alle, Gefiederte und Federlose, unendlich hoch, bis über die Wolken steigen und suchen, was es dort oben gäbe. Sie wollten den schweren Körper, der sie zur Erde zog, verlassen, um zum Überirdischen davonzuschweben.

Eine solche Sehnsucht nach dem Unerreichbaren, nach dem, was sich hinter dem Leben verbirgt, spürten die Tiere im Jahr nur einmal, und zwar an jenem Tag, an dem sie den großen Kranichtanz sahen.

6

In Blekinge

Im Regen

Mittwoch, den 30. März

Es war der erste Regentag während der Reise. Solange sich die Wildgänse noch in der Nähe des Vombsees aufgehalten hatten, war das Wetter schön gewesen. Doch als sie in Richtung Småland weiterflogen, begann es zu regnen, und der Junge mußte mehrere Stunden durchgeweicht und bibbernd vor Kälte auf dem Rücken des Gänserichs ausharren.

Sowie die ersten Frühlingsregenschauer auf den Boden prasselten, stimmten sämtliche kleinen Vögel in Gehölzen und Hainen ein derartiges Freudengeschrei an, daß die ganze Luft davon widerklang und der Junge von seinem Platz auf dem Gänserücken in die Höhe hüpfte. »Jetzt bekommen wir Regen, der Regen bringt uns den Frühling, der Frühling bringt uns Blumen und grüne Blätter, grüne Blätter und Blumen bringen uns Larven und Insekten, Larven und Insekten bringen uns Futter, viel und gutes Futter, das ist das Beste, was es gibt«, sangen die kleinen Vögel.

Auch die Wildgänse freuten sich, daß der Regen gekommen war, um die Pflanzen aus ihrem Schlaf zu wekken und die Eisdecke der Seen zu durchlöchern. Sogleich wurden sie lustig und riefen Scherze zum Boden hinunter.

Als sie über die großen Kartoffelfelder flogen, von denen es in der Nähe von Kristianstad so viele gibt und die noch nackt und schwarz dalagen, riefen sie: »Wacht auf und tut Nutzen! Hier kommt, was euch weckt! Jetzt habt ihr lange genug gefaulenzt!«

Auch Menschen, die vor dem Regen wegliefen, ermahnten sie und riefen: »Warum habt ihr's denn so eilig? Seht ihr nicht, daß es Brot und Baumkuchen, Brot und Baumkuchen regnet?«

Wenn sie große Gärten unter sich erblickten, riefen sie voller Stolz: »Hier bringen wir Anemonen, hier bringen wir Rosen, hier bringen wir Apfelblüten und Kirschknospen, hier bringen wir Erbsen und Bohnen und Rüben und Kohl. Wer Lust hat, der greife zu! Wer Lust hat, der greife zu!«

So hatte es geklungen, als die ersten Schauer niedergingen und alle sich noch darüber freuten. Doch als es den ganzen Tag weiterregnete, wurden die Gänse ungeduldig und riefen den durstigen Wäldern um den Ivösee zu: »Habt ihr nicht bald genug? Habt ihr nicht bald genug?«

Das Grau des Himmels wurde immer dichter, und die Sonne verbarg sich so gut, daß niemand wußte, wo sie sich aufhielt. Der Regen fiel heftiger, hämmerte schwer auf die Flügel der Gänse und drang zwischen den eingefetteten Außenfedern bis auf die Haut durch. Die Erde hüllte sich in Regendunst ein; Seen, Berge und Wälder verschwammen in einem undeutlichen Wirrwarr, und die Wegmarken waren nicht auszumachen. Sie flogen immer langsamer, die fröhlichen Rufe verstummten, und gleich nach Mittag brachen sie die Reise ab.

Die Treppe mit den drei Stufen

Donnerstag, den 31. März

Die Gänse hatten ursprünglich vor, über Småland direkt nach Norden zu reisen, doch als sie an die Grenze kamen, erfuhren sie, daß dort der Boden noch überall mit Schnee bedeckt war. Da kehrten sie um, wandten sich ostwärts und flogen über Blekinge.

An diesem Tag ließ der Regen etwas nach, doch sein Dunst war noch immer so dicht, daß der Junge nicht erkennen konnte, wie die Landschaft unter ihm aussah. Er fragte sich, ob er wohl über ein gutes oder ein schlechtes Land reiste, und versuchte aus seinem Gedächtnis hervorzukramen, was er über Blekinge gehört haben mochte.

Plötzlich erinnerte er sich, daß der Lehrer von West-

Vämmenhög ihm und den anderen Schulkindern einmal eine Sage über Blekinge erzählt hatte.

»Småland ist ein hohes Haus mit Tannen auf dem Dach«, hatte der Lehrer gesagt, »und davor liegt eine breite Treppe mit drei großen Stufen, und diese Treppe wird Blekinge genannt.

Es ist eine Treppe von großen Ausmaßen. Sie erstreckt sich acht Meilen an der Vorderseite des Småland-Hauses, und wer zur Ostsee hinuntersteigen will, der muß vier Meilen wandern.

Diese Treppe wurde auch schon vor langer Zeit erbaut. Tage und Jahre sind vergangen, seitdem die ersten Stufen aus dem grauen Fels geschlagen wurden, so gleichmäßig und eben, daß ein bequemer Fahrweg zwischen Småland und der Ostsee entstand.

Wenn die Treppe so alt ist, dann ist es natürlich, daß sie nicht mehr so aussieht wie damals, als sie noch neu war. Ich weiß nicht, wieviel Mühe man sich zu jener Zeit mit dergleichen machte, aber mit einem Besen war sie jedenfalls nicht sauberzuhalten, dazu war sie zu groß. Nach ein paar Jahren wuchsen darauf Moose und Flechten, im Herbst wehte trockenes Gras und trockenes Laub darüber, und im Frühling wurde sie mit Kies und Steinen überschüttet. Da alles ungestört liegenblieb, sammelte sich schließlich so viel Erde auf der Treppe an, daß nicht nur Gräser und Kräuter, sondern auch Büsche und große Bäume Wurzeln schlagen konnten.

Doch gleichzeitig bildeten sich zwischen den drei Treppenstufen große Unterschiede heraus. Die höchste, die Småland am nächsten liegt, wird fast überall von magerem Erdreich und kleinen Steinen bedeckt. Darauf wollen eben nur solche Bäume wachsen, die genügsam sind und die Kälte in dieser Höhe vertragen, also Weißbirke und Faulbaum und Fichte. Wie karg und ärmlich es dort ist, erkennt man am besten an den kleinen Hütten, die sich die Leute hier errichten, an den winzigen Ackerstückchen und an den großen Entfernungen zwischen den Kirchen.

Auf der mittleren Stufe ist der Boden wieder besser und leidet auch nicht so unter strenger Kälte. Das sieht man sofort an den Bäumen, die höher und von vornehmerer Art sind. Da wachsen Ahorn und Eiche und Linde, Hängebirke und Haselnuß, jedoch kaum Nadelbäume. Noch deutlicher erkennt man es an den vielen Äckern und schönen, großen Wohnhäusern der Menschen. Diese mittlere Stufe, auf der es zahlreiche Kirchen gibt, nimmt sich in jeder Weise besser und prächtiger als die darüber aus.

Doch am besten ist die unterste Treppenstufe. Sie ist reichlich mit guter Erde bedeckt, und wo sie im Meer badet, ist von der Småland-Kälte überhaupt nichts zu spüren. Hier unten gedeihen Buchen und echte Kastanien und Walnußbäume, und sie erreichen eine solche Höhe, daß sie die Kirchendächer überragen. Hier liegen auch die größten Äcker, aber die Leute ernähren sich nicht nur von Forstwirtschaft und Landwirtschaft, sondern beschäftigen sich auch mit Fischerei, Handel und Seefahrt. Deshalb sieht man hier die prächtigsten Wohnhäuser und die schönsten Kirchen, und die Kirchdörfer haben sich zu kleinen und größeren Städten ausgewachsen.

Damit ist aber noch nicht alles über die drei Stufen gesagt. Man muß nämlich auch an das Wasser denken, das irgendwohin fließen muß, wenn es auf das Dach des großen Småland-Hauses regnet, und ein Teil stürzt natürlich die große Treppe hinunter. In der ersten Zeit strömte es wohl über die ganze Breite, dann aber entstanden Risse, und allmählich gewöhnte sich das Wasser daran, in einigen gut ausgearbeiteten Rinnen zu fließen. Und Wasser ist Wasser, was man auch damit anstellt – es hat niemals Ruhe. An einer Stelle gräbt und feilt und trägt es ab, und an einer anderen spült es an. Es erweiterte die Rinnen zu Tälern, bedeckte die Talhänge mit Erdreich, und später klammerten sich Büsche und Ranken und Bäume daran fest, so dicht und üppig, daß sie den Wasserlauf, der in der Tiefe strömt, jetzt fast verdecken. Doch wenn die Flüsse zu den Absätzen zwischen den Treppenstufen kommen, müssen sie sich kopfüber hinunterstürzen. Dabei gerät das schäumende Wasser so in Fahrt, daß es mit seiner Kraft Mühlräder und Maschinen antreiben kann, und Mühlen und Fabriken wurden auch an jedem Wasserfall errichtet.

Doch damit ist noch immer nicht alles über das Land mit den drei Treppenstufen gesagt. Man muß nämlich auch erwähnen, daß dort oben, im großen Haus von Småland, einst ein ergrauter Riese wohnte. Den verdroß es, daß er auf seine alten Tage die lange Treppe hinuntersteigen mußte, um Lachse im Meer zu fangen. Viel besser hätte es ihm gefallen, wenn der Lachs zu ihm in seine Wohnung gekommen wäre.

Darum stellte er sich auf das Dach seines großen Hauses und schleuderte riesige Steine in die Ostsee. Er warf sie mit einer solchen Kraft, daß sie über ganz Blekinge flogen, bevor sie ins Wasser fielen. Da bekam es der Lachs so mit der Angst, daß er das Meer verließ, in die Flüsse von Blekinge schwamm, die Fluten durcheilte, mit hohen Sprüngen die Wasserfälle überwand und erst tief in Småland, bei dem alten Riesen, haltmachte.

Daß diese Geschichte wahr ist, kann man an den zahlreichen Inseln und Schären sehen, die vor der Küste von Blekinge liegen und nichts anderes sind als die vielen großen Steine, die der Riese dorthin geschleudert hat.

Man merkt es auch daran, daß der Lachs noch immer die Flüsse von Blekinge hinaufsteigt und sich durch Wasserfälle und ruhiges Gewässer bis nach Småland arbeitet.

Darum verdient dieser Riese von den Leuten in Blekinge nur Dank und Ehre, denn noch heute können sich viele von der Lachsfischerei in den Flüssen und der Arbeit in den Steinbrüchen der Schären ernähren.«

7

Am Ronneby-Fluß

Freitag, den 1. April

Weder die Wildgänse noch Fuchs Smirre hatten geglaubt, daß sie sich je wieder begegnen sollten, nachdem sie Schonen verlassen hatten. Doch nun hatten die Wildgänse ihre Flugroute ja über Blekinge verlegt, und dorthin war auch Smirre gewandert.

Als er eines Nachmittags ein einsames Waldgebiet im mittleren Blekinge durchstreifte, sah er in der Luft eine Schar Wildgänse fliegen. Sogleich bemerkte er, daß eine von ihnen weiß war, und da wußte er ja, mit wem er es zu tun hatte.

Smirre nahm unverzüglich die Verfolgung auf, nicht nur weil er Appetit auf eine gute Mahlzeit hatte, sondern auch um sich für all den Verdruß zu rächen, den ihm die Wildgänse bereitet hatten. Er sah, daß sie ostwärts zum Ronneby-Fluß flogen, dann die Richtung änderten und dem Flußbett nach Süden folgten. Da wurde ihm klar, daß sie sich am Ufer einen Schlafplatz suchen wollten, und er dachte sich, er könnte dort ziemlich leicht ein paar erwischen.

Doch als der Fuchs endlich den Ort fand, an dem sich die Gänse niedergelassen hatten, da war dieser Platz so gut geschützt, daß er nicht an sie herankam.

Zwar ist der Ronneby-Fluß kein besonders großer oder mächtiger Wasserlauf, doch er wird seiner schönen Ufer wegen viel gerühmt. An mehreren Stellen zwängt er sich zwischen steilen Bergwänden hindurch, die senkrecht aus dem Wasser ragen und über und über mit Geißblatt und Faulbaum, Weißdorn und Erle, Eberesche und Weide bewachsen sind. Es gibt kaum etwas Angenehmeres, als an einem schönen Sommertag auf dem schmalen, dunklen Fluß zu rudern und all das sanfte Grün zu betrachten, daß sich an den schroffen Hängen festklammert.

Jetzt aber, als sich die Wildgänse und Smirre am Fluß aufhielten, war es kalter, ungemütlicher Vorfrühling. Alle Bäume waren nackt, und niemand hätte sich wohl darüber Gedanken gemacht, ob diese Ufer schön oder häßlich wären. Die Wildgänse priesen sich glücklich, daß sie unter einer so steilen Bergwand einen Streifen Sand entdeckt hatten, groß genug, um ihnen allen Platz zu bieten. Vor ihnen brauste der Fluß, der jetzt durch die Schneeschmelze reißend und mächtig war, hinter sich hatten sie eine unüberwindliche Felsenwand, und die herabhängenden Zweige waren ein gutes Versteck. Besser konnten sie es gar nicht haben.

Die Gänse schliefen sofort ein, doch der Junge konnte kein Auge zutun. Von allen Seiten glaubte er Rascheln und Prasseln zu hören, und seine Unruhe wurde so groß, daß er unter dem Flügel hervorkroch und sich auf den Boden neben die Gänse setzte.

Smirre stand mit langem Gesicht auf dem Berg und

schaute zu den Wildgänsen hinunter. »Du kannst die Jagd genausogut gleich aufgeben«, sagte er zu sich selbst. »Diese Gänse sind dir zu klug. Schlag dir eine solche Beute ein für allemal aus dem Kopf!«

Doch für alle Fälle legte er sich auf den äußersten Rand des Felsens und ließ die Wildgänse nicht aus den Augen. Während er sie betrachtete, erinnerte er sich an alles Böse, was sie ihm angetan hatten. Es war ihre Schuld, daß man ihn aus Schonen verbannt hatte und daß er ins arme Blekinge hatte flüchten müssen. Er wurde so wütend, daß er den Wildgänsen den Tod wünschte, auch wenn er sie selbst nicht verspeisen durfte.

Als Smirres Zorn ein solches Maß erreicht hatte, hörte er ganz nahe in einer großen Kiefer etwas rascheln. Ein Eichhörnchen eilte den Stamm hinunter, heftig verfolgt von einem Marder. Keins der beiden Tiere bemerkte den Fuchs, und der blieb still sitzen und sah der Jagd zu, die von einem Baum zum anderen ging. Er betrachtete das Eichhörnchen, das sich so leicht zwischen den Zweigen bewegte, als könnte es fliegen. Er betrachtete den Marder, der die Baumstämme so sicher hinauf- und hinunterlief, als wären es ebene Pfade im Wald. »Könnte ich nur halb so gut wie einer von den beiden klettern«, dachte der Fuchs, »dann dürften die da unten nicht lange ruhig schlafen.«

Sowie der Marder das Eichhörnchen gefangen und die Jagd beendet hatte, ging Smirre auf ihn zu, blieb jedoch zwei Schritte vor ihm stehen, um zu bezeigen, daß er ihm die Beute nicht wegnehmen wolle. Er grüßte ihn überaus freundlich und gratulierte ihm zu seinem Fang, wobei er sich so gewählt ausdrückte, wie es die Art der Füchse ist. Der Marder aber, der sich mit seinem langen schmalen Körper, dem feinen Kopf, dem weichen Fell und dem hellbraunen Fleck am Hals wie ein kleines Wunder an Schönheit ausnahm, war in Wirklichkeit ein ungehobelter Waldbewohner und würdigte ihn kaum einer Antwort. »Dennoch wundert es mich«, sagte Smirre, »daß sich ein so tüchtiger Jäger wie du mit Eichhörnchen begnügt, wo es doch viel besseres Wildbret in Reichweite gibt.« Hier machte er eine Pause, doch als ihn der Marder nur unverfroren angrinste, fuhr er fort: »Ist es wohl möglich, daß du die Wildgänse nicht gesehen hast, die unterhalb dieser Bergwand stehen? Oder reichen deine Kletterkünste vielleicht nicht aus, um bis zu ihnen zu gelangen?«

Diesmal brauchte er auf die Antwort nicht zu warten. Der Marder fuhr mit gekrümmtem Rücken und gesträubtem Fell auf ihn los. »Hast du Wildgänse gesehen?« fauchte er. »Wo stehen sie? Sag das sofort, sonst beiße ich dir die Kehle durch!«

»Na, vergiß nicht, daß ich doppelt so groß bin wie du, und bemüh dich um ein wenig Höflichkeit! Nichts täte ich lieber, als dir die Wildgänse zu zeigen.«

Im nächsten Augenblick eilte der Marder den Steilhang hinunter, und während Smirre seinem schlangengleichen Körper zusah, der sich von Zweig zu Zweig schwang, dachte er: »Dieser schöne Baumjäger hat das grausamste Herz im ganzen Wald. Ich glaube, die Wildgänse können mir ein blutiges Erwachen verdanken.«

Doch gerade als Smirre schon den Todesschrei der Gänse zu hören glaubte, sah er, wie der Marder von einem Zweig fiel und in den Fluß plumpste, so daß das Wasser hoch aufspritzte. Gleich darauf ertönten kräftige Flügelschläge, und alle Wildgänse schwangen sich in eiliger Flucht empor.

Obwohl Smirre die Verfolgung sofort aufnehmen wollte, mußte er doch erst erfahren, wie sich die Wildgänse hatten retten können, und blieb deshalb sitzen, bis der Marder den Berg hinaufgeklettert war. Der arme Kerl war triefend naß und machte ab und zu halt, um sich mit den Vorderpfoten den Kopf zu reiben. »Habe ich mir doch gleich gedacht, daß du ein Tolpatsch bist und in den Fluß fällst!« sagte Smirre verächtlich.

»Ich war nicht tolpatschig, du brauchst mich nicht zu beschimpfen«, sagte der Marder. »Gerade als ich auf einem der untersten Zweige saß und schon überlegte, wie ich die Gänse zerreißen könnte, stürmte ein kleiner Knirps hervor, der nicht größer als ein Eichhörnchen war, und warf mir einen Stein auf den Kopf. Ich fiel ins Wasser, und bevor ich herausklettern konnte ...«

Weiter brauchte der Marder nicht zu erzählen. Smirre war längst auf und davon und hinter den Wildgänsen her.

Während dessen war Akka auf der Suche nach einem neuen Schlafplatz südwärts geflogen. Es gab noch einen letzten Schimmer Tageslicht, so daß sie einigermaßen sehen konnte.

Sie folgte dem Fluß, solange er wie eine schwarze, funkelnde Schlange, die sich durch die Landschaft wand, zu erkennen war. Auf diese Weise kam sie nach Djupafors, dem tiefen Wasserfall, wo sich der Fluß zuerst in einer unterirdischen Rinne versteckt und dann klar und durchsichtig, als wäre er aus Glas, in eine enge Schlucht hinunterstürzt, um sich auf ihrem Grund in glitzernde Tropfen und fliegenden Schaum zu zerschlagen. Unterhalb des weißen Falls lagen ein paar Steine, zwischen denen das Wasser in wilden Wirbeln toste, und hier wollte Akka bleiben. Auch dies war ein guter Schlafplatz, vor allem zu so später Abendstunde.

Wie auf ihrem ersten Schlafplatz dachte keiner der Reisenden im geringsten daran, daß sie an einen schönen, weit berühmten Ort gekommen waren. Sie fanden es wohl eher unheimlich und gefährlich, auf glatten, nassen Steinen mitten in einem donnernden Wasserfall zu schlafen. Aber sie mußten ja schon zufrieden sein, wenn sie vor Raubtieren sicher waren.

Die Gänse schliefen sofort ein, doch der Junge fand keine Ruhe.

Nach einer Weile näherte sich am Ufer Fuchs Smirre. Sogleich entdeckte er die Wildgänse in den schäumenden Wirbeln, und ihm war klar, daß er sie auch diesmal nicht erreichen konnte. Doch für alle Fälle setzte er sich auf das Ufer und ließ sie nicht aus den Augen. Er fühlte sich tief gedemütigt und fürchtete sein ganzes Ansehen als Jäger gefährdet.

Auf einmal erblickte er einen Fischotter, der mit einem Fisch im Maul aus der Stromschnelle kroch. Smirre ging auf ihn zu, blieb aber zwei Schritte vor ihm stehen, um anzuzeigen, daß er ihm die Beute nicht wegnehmen wolle.

»Ich finde es merkwürdig, daß du dich mit Fischen begnügst, wo doch die Steine draußen voller Wildgänse sind«, sagte er. Der Otter wandte nicht einmal den Kopf dorthin. Er war wie alle Otter ein Landstreicher, hatte viele Male im Vombsee gefischt und kannte Fuchs Smirre sehr gut. »Ich weiß wohl, wie du es anstellst, wenn du eine Forelle ergaunern willst, Smirre«, sagte er.

»Ach so, du bist das, Gripe«, entgegnete Smirre und freute sich, denn diesen Otter kannte er als einen kühnen, tüchtigen Schwimmer. »Wenn du die Wildgänse doch nicht erreichen kannst, dann ist es mir freilich klar, daß du sie nicht einmal ansehen willst.« Der Otter, der Schwimmhäute zwischen den Zehen hatte, dazu einen kräftigen Schwanz zum Rudern und einen wasserdichten Pelz, wollte sich jedoch nicht nachsagen lassen, daß es eine Stromschnelle gab, die er nicht bezwingen könnte. Er drehte sich um, und sowie er die Wildgänse im Wasser erblickte, ließ er den Fisch fallen und stürzte sich vom steilen Ufer hinunter in den Fluß.

Wenn es schon richtiger Frühling gewesen wäre und die Nachtigallen in den Park Djupadal zurückgekehrt wären, dann hätten sie viele Nächte von Gripes Kampf mit der Stromschnelle gesungen. Der Otter wurde mehrmals von den Wellen weggedrückt und flußabwärts getrieben, doch er kämpfte sich immer wieder auf den richtigen Kurs zurück. Er schwamm durch Totwasser, er kletterte über Steine und kam den Wildgänsen näher und näher. Das war ein gefährliches Unternehmen und hätte es wohl verdient, von den Nachtigallen besungen zu werden.

Smirre folgte ihm mit den Augen, so gut er konnte. Endlich sah er, daß der Otter zu den Wildgänsen auf die Steine kroch. Da aber ertönte ein gellender, wilder Schrei. Der Otter stürzte rücklings ins Wasser und wurde fortgerissen, als wäre er ein blindes, neugeborenes Kätzchen. Gleich darauf waren kräftige Flügelschläge zu hören. Die Gänse erhoben sich und flogen davon, um sich einen neuen Schlafplatz zu suchen.

Bald kehrte der Otter zurück an Land. Er sprach kein Wort und leckte sich nur die eine Vorderpfote. Als Smirre ihn wegen seines Mißerfolgs verspottete, rief er aus: »An meiner Schwimmkunst hat es nicht gelegen, Smirre! Ich hatte die Gänse schon fast erreicht und wollte gerade zu ihnen klettern, da kam ein kleiner Knirps gelaufen und schnitt mir mit irgendeinem scharfen Eisen in den Fuß. Das hat so weh getan, daß ich den Halt verlor, und dann hat mich die Strömung fortgerissen.«

Weiter brauchte er nicht zu erzählen. Smirre war längst auf und davon und hinter den Gänsen her.

8
Karlskrona

Samstag, den 2. April

In dieser Nacht war die Luft klar, und der Mond schien. Zu so vorgerückter Stunde hätten die Wildgänse längst schlafen müssen, doch statt dessen flogen sie über die Inseln Vämmö und Pantarholm in Richtung Karlskrona. Sie waren noch spät unterwegs, um sich im Schärengürtel einen sicheren Schlafplatz zu suchen. Auf dem Festland konnten sie nicht bleiben, denn Fuchs Smirre würde sie überall stören.

Wie nun der Junge hoch oben durch die Luft ritt und auf das Meer und den Schärengürtel sah, der vor ihm ausgebreitet lag, erschien ihm alles ganz sonderbar und gespenstisch. Der Himmel war nicht mehr blau, sondern wölbte sich über ihm wie eine Glocke aus grünem Glas. Das Meer war milchweiß. So weit seine Augen reichten, war es mit kleinen weißen Wellen bedeckt, deren Kämme wie Silber schimmerten. Von diesem Weiß hoben sich die vielen Schäreninseln kohlrabenschwarz ab. Ob sie nun groß oder klein, flach wie Wiesen oder voller Klippen waren, alle sahen sie gleich schwarz aus. Ja, selbst Wohnhäuser und Kirchen und Windmühlen, die doch sonst weiß oder rot zu sein pflegen, erschienen gegen den grünen Himmel schwarz.

Sie näherten sich einer hoch aufragenden Felseninsel, die mit großen, kantigen Blöcken bedeckt war, und zwischen diesen schwarzen Blöcken leuchteten Flecken von klarem, schimmerndem Gold. Der Junge mußte unwillkürlich an den Maglesten, den großen Stein bei Trolle-Ljungby, denken, den die Trolle manchmal auf hohe goldene Säulen stellten, und er fragte sich, ob dies hier vielleicht etwas Ähnliches sei.

Doch mit den Steinen und dem Gold wäre es wohl noch angegangen, hätten rings um die Insel nicht so viele Ungeheuer gelegen. Sie sahen wie Wale und Haifische und andere große Meerestiere aus.

Der Junge erschrak nicht wenig, als er merkte, daß sich Akka gerade auf dieser Insel niederlassen wollte. Doch bald mußte er mit Verwunderung erkennen, wie sehr ihn seine Augen getäuscht hatten. Die großen Steinblöcke waren nichts weiter als Häuser. Die ganze Insel war eine Stadt, und die leuchtenden Goldflecken waren Laternen und Reihen von erhellten Fenstern. Sämtliche Meeresungeheuer, die er zu sehen geglaubt hatte, waren Boote und Schiffe, die rund um die Insel vor Anker lagen. An der Landseite waren es zumeist Ruderboote und Schaluppen und kleine Küstendampfer. Doch zur See lagen gepanzerte Kriegsschiffe, einige breit mit unglaublich dicken, nach hinten geneigten Schornsteinen, andere lang und schmal und so geformt, daß sie wie Fische durchs Wasser gleiten konnten.

Was mochte das für eine Stadt sein? Ja, das fand der Junge bald heraus, denn sein Großvater war einmal Matrose bei der Marine gewesen. Jeden Tag, solange er lebte, hatte er von Karlskrona erzählt, von der großen Marinewerft, von den Kriegsschiffen und allem, was es sonst noch in dieser Stadt gab. Deshalb fühlte sich der Junge hier gleich wie zu Hause und freute sich, daß er nun all das sehen sollte, wovon er so viel gehört hatte.

Doch er konnte die Türme und die Befestigungen, die die Einfahrt zum Hafen verschließen, nur flüchtig wahrnehmen, denn Akka ließ sich sogleich auf einem der abgeflachten Kirchtürme nieder.

Der Junge fand es selbst merkwürdig, daß er nicht liegenbleiben und den Morgen abwarten konnte, um die Schiffe zu besichtigen. Er hatte wohl keine fünf Minuten geschlafen, da kroch er vorsichtig unter dem Flügel hervor und kletterte am Blitzableiter und an den Wasserrinnen hinunter.

Bald stand er auf dem großen Marktplatz, der sich vor der Kirche ausbreitete. Wer an ein Leben in der Wildnis oder weit weg auf dem Lande gewöhnt ist, dem wird stets ängstlich zumute, wenn er in eine Stadt kommt, wo die Häuser steif und gerade stehen und die Straßen so offen sind, daß einen jeder sehen kann. So erging es nun dem Jungen. Wie er da auf dem großen Marktplatz von Karlskrona stand und die Deutsche Kirche und das Rathaus und die Große Kirche betrachtete, von der er gerade herabgestiegen war, da hatte er nur noch den Wunsch, möglichst schnell auf den Turm zu den Gänsen zurückzukehren.

Zum Glück war der Marktplatz vollkommen leer. Kein Mensch war zu sehen, falls man nicht eine Statue auf einem hohen Sockel mitrechnete. Der Junge schaute sie lange an: es war ein großer, ungeschlachter Kerl mit einem Dreispitz, einem langen Rock, Kniehosen und klobigen Schuhen – wer mochte das wohl sein? Er hielt einen langen Stock in der Hand und sah aus, als könnte er ihn auch gebrauchen, denn sein Gesicht mit der großen Habichtsnase und dem häßlichen Mund wirkte entsetzlich streng.

»Was hat denn diese Großlippe hier zu suchen?« fragte der Junge schließlich. Er war sich noch nie so klein und jämmerlich vorgekommen wie an diesem Abend, und deshalb versuchte er, sich durch eine kecke Bemerkung Mut zu machen. Ohne weiter an dieses Standbild zu denken, begab er sich dann in eine breite Straße, die zum Meer hinunterführte.

Doch er war noch nicht weit gekommen, da hörte er, daß er verfolgt wurde. Hinter ihm stapfte jemand mit schweren Schritten und stieß einen beschlagenen Stock auf den Boden. Es klang, als hätte sich der Bronzemann vom Markt persönlich auf die Wanderschaft gemacht.

Während der Junge die Straße hinuntereilte, lauschte er auf die Schritte und wurde sich immer sicherer, daß es der Bronzemann war. Der Boden zitterte, und die Häuser bebten. Diese schweren Schritte – das konnte kein anderer sein, und als der Junge daran dachte, was er gerade zu ihm gesagt hatte, bekam er es mit der Angst. Er getraute sich nicht, den Kopf zu drehen und nachzusehen, ob er es wirklich war.

»Vielleicht geht er nur zum Vergnügen spazieren«, dachte der Junge. »Er kann mir meine Worte vorhin doch wohl nicht übelgenommen haben. Es war ja nicht böse gemeint.«

Anstatt geradeaus zu gehen und den Weg zur Werft zu suchen, bog der Junge in eine Straße ab, die nach Osten führte. Er wollte dem Kerl, der hinter ihm her war, um jeden Preis entkommen.

Doch gleich darauf hörte er, daß auch der Bronzemann in diese Straße einbog, und da erschrak er so heftig, daß er nicht ein noch aus wußte. Wie sollte er in einer Stadt, wo alle Tore verschlossen waren, einen Schlupfwinkel finden? Da entdeckte er zur Rechten, ein Stück von der Straße entfernt und mitten in einer großen Parkanlage, eine alte Holzkirche. Ohne einen Augenblick zu überlegen, stürzte er in diese Richtung. »Wenn ich es nur bis in die Kirche schaffe, dann bin ich wohl vor allem Bösen beschützt«, meinte er.

Im Laufen erblickte er plötzlich einen Mann, der an einem Sandweg stand und ihm zuwinkte. »Der will mir sicher helfen«, dachte der Junge, freute sich sehr und eilte zu ihm. Er hatte wirklich so große Angst, daß ihm das Herz in der Brust hämmerte.

Doch als er den Mann erreichte, der auf einem kleinen Schemel am Wegesrand stand, verlor er die Fassung. »Der kann mir doch nicht zugewinkt haben«, dachte er, denn wie er jetzt sah, war der ganze Mann aus Holz.

Er blieb stehen und starrte ihn an. Der Mann war grob geschnitten, hatte kurze Beine, ein breites, rotwangiges Gesicht, glänzend schwarze Haare und einen schwarzen Vollbart. Auf dem Kopf trug er einen schwarzen Holzhut, auf dem Leib einen braunen Holzrock, um den Bauch eine schwarze Holzschärpe, an den Beinen weite, graue Holzkniehosen und Holzkniestrümpfe und an den Füßen schwarze Holzstiefel. Er war frisch gestrichen und frisch gefirnißt, so daß er im Mondschein blitzte und blinkte, und das verlieh ihm wohl auch einen so gutmütigen Ausdruck, daß der Junge sogleich Vertrauen zu ihm faßte.

In der linken Hand hielt er eine Holztafel, und der Junge las darauf:

Mit matter Stimme zwar
Bitt ich euch, seid so gut,
Reicht mir ein Goldstück dar,
Legt's unter meinen Hut!

Aha, der Kerl diente nur als Armenbüchse. Der Junge, der etwas ganz Besonderes erwartet hatte, fühlte sich nun enttäuscht. Da fiel ihm ein, daß Großvater auch von diesem Holzmann erzählt und berichtet hatte, wie gern ihn alle Kinder von Karlskrona hätten. Das stimmte gewiß, und auch ihm fiel es schwer, sich von dem hölzernen Mann zu trennen.

Der Junge betrachtete ihn mit so viel Vergnügen, daß

er den anderen, vor dem er weglaufen wollte, vollkommen vergaß. Doch jetzt hörte er, daß dieser von der Straße abbog und den Kirchhof betrat. Der Kerl kam also auch hierher! Wohin sollte sich der Junge nun wenden?

Im gleichen Augenblick sah er, daß sich der Holzmann zu ihm herunterbeugte und ihm seine große, breite Hand entgegenstreckte. Man konnte ihm ganz einfach nichts Böses zutrauen, und mit einem Satz sprang der Junge in seine Hand. Der Holzmann hob ihn empor und steckte ihn unter seinen Hut.

Kaum war der Junge in Sicherheit, kaum hatte der Holzmann seinen Arm wieder am rechten Platz, da blieb der Bronzemann vor ihm stehen und stieß den Stock so hart auf den Boden, daß der Hölzerne auf seinem Schemel erbebte. Dann fragte der Bronzemann mit lauter, klingender Stimme: »Wer ist Er denn?«

Der Arm des Holzmanns flog so schnell in die Höhe, daß es in dem alten Holzwerk knackte, und als er antwortete, legte er die Hand an die Hutkrempe: »Rosenbom, mit Verlaub, Euer Majestät. Weiland Oberbootsmann auf dem Linienschiff ›Kühnheit‹, nach beendigtem Kriegsdienst Kirchenwächter der Admiralitätskirche, schließlich in Holz geschnitzt und auf dem Kirchhof als Armenbüchse aufgestellt.«

Als der Junge den Holzmann »Euer Majestät« sagen hörte, schrak er zusammen. Wenn er recht überlegte, wußte er auch, daß die Statue auf dem Marktplatz den Gründer der Stadt darstellte. Er war an keinen geringeren als König Karl XI. leibhaftig geraten.

»Er versteht es, über sich Auskunft zu geben«, sagte der Bronzemann. »Kann Er mir nun auch sagen, ob Er einen kleinen Knaben gesehen hat, der heute nacht in der Stadt herumläuft? Das ist eine naseweise Kanaille, und wenn ich ihn zu packen bekomme, dann will ich ihn schon Mores lehren.« Dabei stieß er den Stock noch einmal auf den Boden und sah entsetzlich böse aus.

»Mit Verlaub, Euer Majestät, ich habe ihn gesehen«, sagte der Holzmann, und der Junge, der zusammengekrümmt unter dem Hut saß und den Bronzemann durch einen Riß im Holz wahrnehmen konnte, begann vor Angst zu zittern. Doch er beruhigte sich, als der Holzmann fortfuhr: »Euer Majestät sind auf der falschen Spur. Dieser Knabe hatte gewiß die Absicht, sich in der Werft zu verstecken.«

»Meint Er das, Rosenbom? Ja, dann soll Er nicht länger auf seinem Schemel stehen, sondern mitkommen und mir bei der Suche nach ihm helfen! Vier Augen sehen mehr als zwei, Rosenbom.«

Doch der Holzmann entgegnete mit kläglicher Stimme: »Ich möchte untertänigst darum bitten, stehenbleiben zu dürfen, wo ich stehe. Die Bemalung läßt mich zwar frisch und glänzend erscheinen, doch ich bin alt und morsch, und Bewegung bekommt mir nicht.«

Der Bronzemann gehörte wohl nicht zu jenen, die Widerspruch gut vertragen. »Was sind denn das für Manieren? Komm Er nur, Rosenbom!« Und er hob seinen langen Stock und versetzte dem anderen einen Schlag auf die Schulter, daß es dröhnte. »Da sieht Er mal, wie Er hält, Rosenbom!«

Nun brachen sie auf und schritten groß und gewaltig durch die Straßen von Karlskrona, bis sie ein hohes Tor erreichten, das zur Werft führte. Ein Matrose der Marine hielt davor Wache, doch der Bronzemann ging einfach an ihm vorbei und öffnete das Tor mit einem Fußtritt, ohne daß es der Matrose zu bemerken schien.

Als sie auf dem Gelände der Werft angelangt waren, sahen sie vor sich einen großen Hafen, der mit Pfahlbrükken abgeteilt war. In den verschiedenen Hafenbecken lagen die Kriegsschiffe und wirkten aus der Nähe größer und furchterregender als von oben, wie der Junge sie zuerst gesehen hatte. »Da war es doch nicht so verkehrt, daß ich sie für Meerestrolle gehalten habe«, dachte er.

»Was meint Er, Rosenbom, wo sollen wir mit der Suche beginnen?« fragte der Bronzemann.

»So einer wie der könnte sich wohl am leichtesten im Modellsaal verstecken«, antwortete der Holzmann.

Auf einem schmalen Streifen Land, der sich rechts vom Tor am ganzen Hafen entlangzog, standen altertümliche Gebäude. Der Bronzemann näherte sich einem Haus mit niedrigen Wänden, kleinen Fenstern und einem stattlichen Dach. Er stieß mit seinem Stock gegen die Tür, daß sie aufsprang, und stapfte eine Treppe mit ausgetretenen Stufen hinauf. Dann kamen sie in einen großen Saal, in dem lauter kleine aufgetakelte Schiffe standen. Ohne daß es ihm jemand sagte, begriff der Junge, daß es sich um die Modelle jener Schiffe handelte, die für die schwedische Flotte gebaut worden waren.

Da gab es viele verschiedene Arten von Schiffen. Es gab alte Linienschiffe mit kanonengespickten Seiten, hohen Aufbauten vorn und achtern und einem Wirrwarr von Segeln und Tauwerk an den Masten. Es gab kleine Küstenschiffe mit Ruderbänken an den Seiten, unbedeckte Kanonenschaluppen und reich vergoldete Fregatten, Modelle von jenen, die die Könige auf ihren Reisen benutzt hatten. Endlich gab es auch die schweren, breiten Panzerschiffe mit Türmen und Kanonen auf dem Deck, wie man sie heutzutage benutzt, und schmale, glänzende Torpedoboote, die Ähnlichkeit mit langen, schlanken Fischen hatten.

Der Junge, der von dem Holzmann zwischen alledem herumgetragen wurde, staunte nicht schlecht. »Daß man so große und prächtige Schiffe in Schweden gebaut hat!« dachte er.

Er hatte genug Zeit, um sich anzusehen, was es hier gab, denn als der Bronzemann die Modelle entdeckte, vergaß er darüber alles andere. Er nahm sie alle in Augenschein, vom ersten bis zum letzten, und stellte viele Fragen. Und Rosenbom, der Oberbootsmann von der »Kühnheit«, erzählte ihm, was er von den Baumeistern der Schiffe, von ihren Befehlshabern und von ihren Schicksalen wußte. Er berichtete von Chapman und Puke und Trolle, von Hogland und Svensksund, bis zum Jahre 1809, denn länger war er nicht dabeigewesen.

Beide Männer sprachen vor allem über die prächtigen alten Schiffe aus Holz. Auf die neuen Panzerschiffe schienen sie sich nicht recht zu verstehen.

»Wie ich höre, weiß Er nichts von diesen neuen, Rosenbom«, sagte der Bronzemann. »Deshalb wollen wir weitergehen und etwas anderes besichtigen. Denn dieses macht mir Vergnügen, Rosenbom.«

Die Suche nach dem Jungen hatte er nun wohl ganz und gar aufgegeben, und der fühlte sich auf seinem Platz unter dem Holzhut sicher und geborgen.

Darauf wanderten die beiden Männer durch die großen Werkhallen: die Segelmacherwerkstatt und die Ankerschmiede, Maschinen- und Tischlerwerkstätten. Sie sahen die hohen Kräne und die Docks, die großen Vorratshäuser, den Artilleriehof, das Zeughaus, die lange Seilerbahn und das große, verlassene Dock, das man in den Felsen gesprengt hatte. Sie gingen auf die Pfahlbrükken, wo die Kriegsschiffe vertäut lagen, stiegen an Bord und besichtigten sie – alte Seebären, die sie waren –, bewunderten und bemängelten, lobten und tadelten.

Der Junge, der sicher unter dem Holzhut saß, hörte sie davon erzählen, wie man gearbeitet und sich abgemüht hatte, um all jene Flotten auszurüsten, die hier ausgelaufen waren. Leben und Blut hatte man gewagt und das letzte Scherflein geopfert, um die Kriegsschiffe zu bauen. Begabte Männer hatten alle ihre Kräfte angestrengt, um diese Schiffe, die der Schutz des Vaterlands gewesen waren, zu verbessern und zu vervollkommnen. Als der Junge all das hörte, traten ihm ein paarmal fast die Tränen in die Augen, und er war froh, daß es ihm so gut erklärt wurde.

Zuletzt gingen sie auf einen offenen Hof, wo die Galionsfiguren der alten Linienschiffe aufgestellt waren. So etwas Merkwürdiges hatte der Junge noch nie gesehen, denn diese Figuren hatten ungeheure, furchterregende Gesichter. Sie waren groß, kühn und wild, erfüllt von demselben stolzen Geist, der die großen Schiffe ausgerüstet hatte. Sie stammten aus einer anderen Zeit als der seinen, und er glaubte vor ihnen zusammenzuschrumpfen.

Hier aber sagte der Bronzemann zum Holzmann: »Zieh Er den Hut vor denen, die hier stehen, Rosenbom! Sie haben alle für das Vaterland gekämpft.«

Und da auch Rosenbom vergessen hatte, warum sie eigentlich zu dieser Wanderung aufgebrochen waren, nahm er, ohne zu überlegen, den Holzhut vom Kopf und rief: »Ich lüfte den Hut vor jenem, der den Hafen ausgewählt und die Werft begründet und die Flotte neu geschaffen, vor jenem König, der dies alles zum Leben erweckt hat.«

»Danke, Rosenbom! Das hat Er gut gesagt. Er ist ein prächtiger Kerl. Aber was ist denn das, Rosenbom?«

Da stand mitten auf Rosenboms kahlem Scheitel Nils Holgersson. Doch jetzt hatte er keine Angst mehr, sondern schwenkte seine weiße Mütze und rief: »Hoch sollst du leben, Großlippe!«

Der Bronzemann stieß den Stock hart auf den Boden, doch was er vorhatte, das erfuhr der Junge nicht mehr, denn jetzt ging die Sonne auf. Im selben Moment verschwanden Bronzemann und Holzmann, als wären sie nur aus Nebel. Während er noch dastand und ihnen nachsah, verließen die Wildgänse den Kirchturm und kreisten schwebend über der Stadt. Mit einem Mal erblickten sie Nils Holgersson, und da schoß der große Weiße aus den Wolken herunter und holte ihn.

9

Die Reise zur Insel Öland

Sonntag, den 3. April

Die Wildgänse flogen zu einer Schäreninsel, um zu äsen. Hier trafen sie mit einigen Graugänsen zusammen, und diese wunderten sich über ihren Anblick sehr, denn sie wußten wohl, daß ihre Verwandten, die Wildgänse, am liebsten über das Landesinnere flogen. Sie waren neugierig und fragten so lange, bis ihnen die Wildgänse berichteten, wie sie unter Smirres Nachstellungen gelitten hatten. Darauf sagte eine Graugans, die genauso alt und genauso klug wie Akka zu sein schien: »Es ist für euch ein großes Unglück, daß der Fuchs in seinem eigenen Land geächtet wurde. Er wird euch gewiß bis nach Lappland folgen. Ich an eurer Stelle würde nicht über Småland nach Norden reisen, sondern außen herum über Öland, damit er eure Spur völlig verliert.«

Das war wirklich ein kluger Rat, und die Wildgänse beschlossen, ihn zu beherzigen. Sobald sie sich satt gefressen hatten, machten sie sich auf den Weg nach Öland. Keine von ihnen war schon einmal dort gewesen, doch die Graugänse hatten ihnen die Wegmarken gut erklärt. Sie brauchten nur direkt nach Süden zu der großen Vogelzugstraße zu fliegen, die an der Küste von Blekinge entlangführt. Alle Vögel, die den Winter an der Nordsee verbringen und sich im Frühjahr nach Finnland und Rußland begeben, fliegen dort entlang, und oft machen sie Zwischenstation auf Öland.

An diesem Tag war es vollkommen windstill und so warm wie im Sommer – das beste Wetter, das man sich für eine Seereise wünschen konnte. Es war nur ein wenig verdächtig, daß der Himmel nicht ganz klar, sondern grau und verhangen war. Hier und da gab es riesige Wolkenmassen, die hinunter bis auf die Meeresfläche hingen und die Aussicht verdeckten.

Als die Reisenden die Schären hinter sich gelassen hatten, breitete sich das Meer so glatt und spiegelnd vor ihnen aus, daß der Junge bei einem Blick in die Tiefe glaubte, das Wasser sei verschwunden. Die Erde unter ihm war nicht mehr da, er war nur noch von Wolken und Himmel umgeben.

Bald hatten die Reisenden die große Vogelflugstraße erreicht, von der die Graugänse erzählt hatten. Hier kam wirklich ein Schwarm nach dem anderen geflogen, und alle verfolgten sie dieselbe Richtung, gleichsam einen abgesteckten Weg. Es waren Enten und Graugänse, Samtenten und Grillummen, Taucher und Eisenten, Sägetaucher und Lappentaucher, Austernfischer und Trauerenten.

Die Vögel waren erschöpft und wollten möglichst schnell ihr Ziel erreichen. Keiner von ihnen schrie oder rief ein Scherzwort, und dadurch kam dem Jungen alles ganz sonderbar unwirklich vor.

»Wenn wir nun die Erde verlassen haben«, sagte er bei sich, »und hinauf in den Himmel fliegen?«

Um sich herum sah er nichts als Wolken und Vögel, und allmählich glaubte er, daß sie tatsächlich himmelwärts reisten. Das freute ihn, denn er wollte gern wissen, wie es da oben aussah.

Doch in diesem Moment hörte er Schüsse knallen und sah ein paar weiße Rauchwölkchen aufsteigen.

Unter den Vögeln entstand Unruhe und Aufregung. »Schützen! Schützen! Schützen in Booten!« riefen sie. »Fliegt höher! Fliegt weg!«

Da erkannte der Junge endlich, daß sie sich immer noch über dem Meer befanden und ganz und gar nicht im Himmel. Auf dem Wasser schwammen kleine Boote in einer langen Reihe, und darin saßen Jäger, die einen Schuß nach dem anderen abgaben. Die ersten Vogelscharen hatten sie zu spät bemerkt und waren zu tief geflogen. Mehrere dunkle Körper sanken ins Meer, und für jeden, der fiel, stimmten die Lebenden ein lautes Klagegeschrei an.

Wenn man sich eben noch im Himmel wähnte, dann ist es seltsam, so schrecklich und furchtbar geweckt zu werden. Akka schoß in die Höhe, so schnell sie konnte, und dann eilte die Schar im größtmöglichen Tempo davon. Obwohl die Wildgänse unversehrt entkamen, konnte sich der Junge von seinem Ärger gar nicht erholen. Wie war es nur möglich, daß jemand auf Akka und Yksi und Kaksi und den Gänserich und die anderen Vögel schoß! Die Menschen wußten gar nicht, was sie da taten.

Noch ehe sie Öland in Sichtweite hatten, wehte ihnen ein leichter Wind entgegen. Er brachte etwas mit, das großen weißen Rauchwolken glich, wie von einer riesigen Feuersbrunst.

Als die Vögel die ersten weißen Wirbel erblickten, erschraken sie und flogen schneller. Doch was wie Rauch ausgesehen hatte, quoll nun immer dichter heran, und schließlich waren sie ganz und gar davon eingehüllt. Dieser Rauch war geruchlos und auch nicht dunkel und trocken, sondern weiß und feucht. Plötzlich ging dem Jungen auf, daß es nichts weiter als Nebel war.

Als sich die Schwaden so verdichtet hatten, daß man keine Gänselänge weit sehen konnte, wurden die Vögel, die zuvor in guter Ordnung geflogen waren, auf einmal ganz närrisch. Sie flatterten hierhin und dahin und lockten sich gegenseitig in die Irre. »Paßt auf!« riefen sie. »Ihr fliegt ja im Kreis! Um Gottes willen, kehrt um! Auf diese Weise kommt ihr nie nach Öland.«

Sie bemühten sich nach Kräften, untereinander Verwirrung zu stiften. »Seht euch mal diese Eisenten an!« tönte es im Nebel. »Die fliegen zurück zur Nordsee.«

»Paßt auf, Graugänse!« schrie jemand von der anderen Seite. »Wenn ihr so weiterfliegt, kommt ihr nach Rügen!«

Für jene Vögel, die diese Gegend von früheren Reisen kannten, bestand keine Gefahr, in die falsche Richtung zu geraten. Aber die Wildgänse hatten es jetzt schwer. Als nämlich die Spaßvögel merkten, daß sie des Weges nicht sicher waren, taten sie ihr Bestes, um sie irrezumachen.

»Wohin wollt ihr denn, liebe Leute?« rief ein Schwan. Er steuerte direkt auf Akka zu und wirkte teilnahmsvoll und seriös.

»Wir wollen nach Öland, sind aber noch nie dort gewesen«, sagte Akka. Sie hielt den Schwan für einen vertrauenswürdigen Vogel.

»Das ist ja schlimm«, sagte der Schwan. »Man hat euch in die Irre gelockt. Ihr seid unterwegs nach Blekinge. Folgt mir nur, ich werde euch den rechten Weg zeigen!«

Dann flog er mit ihnen davon, und als er sie so weit von der großen Vogelzugstraße weggeführt hatte, daß sie die Rufe von dort nicht mehr hörten, verschwand er im Nebel.

Nun flogen sie eine Weile ganz und gar blind. Kaum war es ihnen gelungen, die anderen Vögel wiederzufinden, da näherte sich eine Ente. »Es ist am besten, ihr legt euch so lange aufs Wasser, bis sich der Nebel hebt«, sagte sie. »Man merkt ja gleich, daß ihr es nicht gewöhnt seid, euch auf Reisen zu orientieren.«

Es war nicht zu leugnen, daß es den Spaßvögeln schließlich gelang, Akka restlos durcheinanderzubringen. Soweit der Junge verstehen konnte, flogen die Wildgänse eine lange Zeit im Kreis.

»Paßt auf! Seht ihr denn nicht, daß ihr auf- und niederfliegt?« rief ein Taucher im Vorübereilen. Unwillkürlich hielt sich der Junge am Hals des Gänserichs fest. So etwas Ähnliches hatte er längst befürchtet.

Niemand kann sagen, wann sie ans Ziel gelangt wären, hätten sie nicht in weiter Ferne einen dumpf rollenden Schuß gehört.

Da reckte Akka den Hals und jagte davon, so schnell sie konnte. Die Graugans hatte ihr nämlich gesagt, daß auf der Südspitze von Öland eine Kanone stehe, mit der die Menschen auf den Nebel schossen. Nun wußte sie die Richtung, und niemand auf der Welt konnte sie jetzt in die Irre locken.

10
Die Südspitze von Öland

3. bis 6. April

Im südlichsten Teil von Öland liegt eine alte Domäne mit Namen Ottenby. Es ist ein ziemlich großes Gut, das sich quer über die Insel von einem Ufer zum anderen erstreckt. Das Besondere daran ist, daß es zu allen Zeiten großen Scharen von Tieren als Zufluchtsort diente. Im 17. Jahrhundert, als die Könige nach Öland zu reisen pflegten, um dort zu jagen, war das ganze Gut ein einziger großer Hirschgarten. Im 18. Jahrhundert gab es dort ein Gestüt, in dem edle Rassepferde gezüchtet wurden, und eine Schäferei mit mehreren hundert Schafen. Zu unserer Zeit hält man auf Ottenby große Scharen von Jungpferden, die für unsere Kavallerieregimenter bestimmt sind.

Es gibt gewiß kein Gut im ganzen Land, das als Aufenthaltsort für Tiere besser geeignet wäre. An der Ostküste liegt die alte Schäferwiese, die eine Viertelmeile lang und damit die größte Wiese auf Öland ist. Hier können die Tiere Futter suchen und spielen und sich frei wie in der Wildnis tummeln. Weiterhin gibt es den berühmten Hain von Ottenby mit seinen hundertjährigen Eichen, die Schatten vor der Sonne und Schutz vor dem scharfen Ölandwind bieten. Man darf auch die lange Mauer nicht vergessen, die von Ufer zu Ufer reicht und Ottenby von der übrigen Insel abgrenzt. Die Tiere können daran erkennen, wie weit sich die alte Domäne erstreckt, und sich davor hüten, ein anderes, weniger geschütztes Gebiet zu betreten.

Doch auf Ottenby leben nicht nur zahlreiche zahme Tiere. Hier halten sich auch Hirsche vom alten Stamm, dazu Hasen, Brandenten und Rapphühner sehr gern auf, und im Frühling und Spätsommer dient das Gut vielen Tausenden von Zugvögeln als Rastplatz.

Die Wildgänse ließen sich wie alle anderen auf dem Landstrich unterhalb der Schäferwiese nieder. Es war ein flacher Sandstrand mit Steinen und Wasserlachen und Haufen von angespültem Tang. Wenn es nach dem Jungen gegangen wäre, dann hätte er sich wohl niemals hier niedergelassen, doch für die Vögel war dieser Platz gewiß ein richtiges Paradies. Auf der Wiese ästen Enten und Graugänse, näher am Wasser liefen Wasserläufer und andere Strandvögel herum. Die Taucher schwammen im Meer und fischten, und das größte Getümmel herrschte auf den langen Tangbänken vor der Küste. Dort standen die Vögel dicht an dicht und pickten Futter, das es hier in unendlicher Menge geben mußte, denn niemals hörte man über Mangel an Nahrung klagen.

Die meisten Vögel wollten weiterreisen und sich hier nur ausruhen. Sobald der Anführer einer Schar der Meinung war, seine Kameraden hätten sich lange genug erholt, sagte er: »Seid ihr jetzt fertig? Dann machen wir uns wohl auf den Weg!«

»Nein, warte, warte! Wir sind noch lange nicht satt«, sagten seine Gefolgsleute.

»Ihr glaubt doch wohl nicht, daß ich euch so lange fressen lasse, bis ihr euch nicht mehr rühren könnt?« sagte der Anführer, klatschte mit den Flügeln und flog davon. Doch es geschah mehr als einmal, daß er wieder umkehren mußte, weil sich die anderen nicht zum Mitkommen bewegen ließen.

Vor den äußersten Tangbänken lag eine Schar von Schwänen. Sie mochten sich nicht an Land begeben, sondern ruhten sich auf dem Wasser schaukelnd aus. Hin und wieder tauchten sie die Hälse ein und holten sich

Futter vom Meeresgrund. Hatten sie etwas besonders Gutes erwischt, dann stießen sie laute Rufe aus, die wie Trompetenstöße klangen.

Der Nebel lag auf der Insel genauso dicht wie zuvor auf dem Meer. Als der Junge die Schwäne im flachen Wasser hörte, eilte er zu den Tangbänken hinaus. Er hatte Glück und kam ganz dicht an sie heran.

Er war nicht der einzige, der die Schwäne vernommen hatte. Auch Wildgänse und Graugänse, Enten und Taucher schwammen zu den Bänken, umgaben die Schwäne wie ein Ring und starrten sie an. Die Schwäne plusterten ihr Gefieder, hoben die Flügel wie Segel und reckten die Hälse hoch empor. Manchmal näherte sich einer von ihnen einer Gans oder einem Prachttaucher und äußerte ein paar Worte. Dann sah es aus, als wagte der Angesprochene kaum den Schnabel zur Antwort zu öffnen.

Aber da war auch ein kleiner Sterntaucher, ein schwarzes übermütiges Bürschchen, das all diese Feierlichkeit nicht ertrug. Er tauchte blitzschnell und verschwand unter der Oberfläche. Gleich danach schrie einer der Schwäne auf und schwamm so schnell davon, daß das Wasser schäumte. Nach einer Weile hielt er an und wirkte nun wieder ganz majestätisch. Doch bald schrie ein zweiter Schwan genauso, und dann schrie ein dritter.

Jetzt konnte der Sterntaucher nicht länger unter Wasser bleiben, sondern erschien an der Oberfläche: klein, schwarz und boshaft. Die Schwäne stürzten auf ihn los, doch als sie sahen, was für ein armer Wicht er war, machten sie kehrt, als wäre es unter ihrer Würde, sich mit ihm anzulegen. Da tauchte der Sterntaucher ein zweites Mal unter und kniff sie in die Füße. Das tat sicher weh, und am schlimmsten für die Schwäne war, daß sie dabei ihre stolze Haltung einbüßten. Plötzlich wurde es ihnen zu viel. Sie schlugen mit den Flügeln, daß es klatschte, schienen ein langes Stück über das Wasser zu laufen, bekamen endlich Luft unter die Flügel und hoben ab.

Als die Schwäne verschwunden waren, trauerten ihnen die anderen Vögel nach, und jene, die zuvor an den Streichen des Sterntauchers ihren Spaß gehabt hatten, tadelten ihn jetzt für seine Unverschämtheit.

Der Junge kehrte an Land zurück und sah sich nun die Spiele der Wasserläufer an. Sie glichen winzigen Kranichen, hatten wie sie einen kleinen Körper, lange Beine und lange Hälse und bewegten sich leicht und schwebend, waren aber nicht grau, sondern braun. Sie standen in einer langen Reihe am Wellensaum, und sobald sich eine Welle näherte, wich die ganze Reihe zurück, um ihr dann wieder in die entgegengesetzte Richtung zu folgen. So liefen sie stundenlang hin und her.

Am hübschesten von allen Vögeln waren die Brandenten. Sie waren zwar mit den gewöhnlichen Enten verwandt und hatten den gleichen schweren, gedrungenen Körper, einen breiten Schnabel und Schwimmhäute zwischen den Zehen, waren aber viel prächtiger gekleidet. Ihr eigentliches Federgewand war weiß, um den Hals trugen sie ein breites gelbes Band, ihr Flügelspiegel glänzte grün, rot und schwarz, die Flügelspitzen waren schwarz, und ihr Kopf war schwarz-grün und schillerte wie Seide.

Sowie einige von ihnen am Strand erschienen, sagten die anderen Vögel: »Seht euch mal die an! Die können sich aber aufdonnern!«

»Wenn sie nicht so prunken würden, brauchten sie ihre Nester nicht in den Boden zu graben, sondern könnten sich offen zeigen wie andere Leute«, sagte ein braunes Stockentenweibchen.

»Sie können sich noch soviel Mühe geben, wer so eine Nase hat wie sie, der sieht nie nach etwas aus«, sagte eine

Graugans. Und das stimmte wirklich. Die Brandenten hatten an der Schnabelwurzel eine große Knolle, die ihnen das Aussehen verdarb.

Dicht am Strand flogen Möwen und Seeschwalben über das Wasser und fischten. »Was holt ihr denn da für Fische hoch?« fragte eine Wildgans.

»Das sind Stichlinge, Ölandstichlinge. Das sind die besten Stichlinge von der Welt«, sagte eine Möwe. »Willst du mal kosten?« Und sie näherte sich der Gans, den Schnabel voll von kleinen Fischen.

»Nein, pfui! Glaubst du, ich will so etwas Scheußliches essen?« entgegnete die Wildgans.

Am nächsten Morgen war der Nebel noch genauso dicht. Die Wildgänse ästen auf der Wiese, und der Junge ging derweil am Strand entlang und sammelte Muscheln, die es hier reichlich gab. Als er daran dachte, daß er am nächsten Tag vielleicht an einem Ort landete, wo es gar nichts zu essen gab, beschloß er, sich einen kleinen Behälter anzufertigen und mit Muscheln zu füllen. Auf der Wiese entdeckte er altes Riedgras, das zäh und haltbar war, und machte sich nun daran, einen Ranzen daraus zu flechten. Diese Arbeit dauerte mehrere Stunden, aber dann war er mit dem Ergebnis auch sehr zufrieden.

Um die Mittagszeit kamen sämtliche Wildgänse gelaufen und fragten ihn, ob er den weißen Gänserich gesehen habe. »Nein, der ist nicht bei mir gewesen«, sagte der Junge.

»Eben war er noch mit uns zusammen«, sagte Akka, »aber jetzt wissen wir nicht mehr, wo er ist.«

Der Junge bekam einen großen Schreck und fuhr auf. Er fragte, ob sie irgendeinen Fuchs oder einen Adler oder einen Menschen in der Nähe gesehen hätten. Doch niemand hatte etwas Gefährliches bemerkt. Der Gänserich hatte sich wohl nur im Nebel verirrt.

Wie immer der Gänserich verschwunden sein mochte – das Unglück blieb für den Jungen gleich groß, und er machte sich sofort an die Suche. Der Nebel gab ihm zwar Schutz, so daß er überall ungesehen herumlaufen konnte, doch selbst konnte er darin auch nicht viel sehen.

Er suchte, bis die Dämmerung hereinbrach. Doch als er nun zurückwanderte, wer kam ihm da groß und weiß im Nebel entgegen? Der Gänserich! Er war völlig unverletzt und freute sich sehr, daß er nun endlich einen der anderen gefunden hatte. Der Nebel habe ihn so verwirrt, sagte er, daß er den ganzen Tag nur auf der großen Wiese herumgelaufen sei. Der Junge umarmte ihn vor Freude und bat ihn, er solle ja auf sich achtgeben und sich nicht wieder von den anderen entfernen. Und das versprach der Gänserich hoch und heilig. Er werde es bestimmt nicht wieder tun.

Doch als der Junge am nächsten Morgen am Strand Muscheln suchte, kamen die Wildgänse gelaufen und fragten ihn, ob er den Gänserich gesehen habe.

Nein, das hatte er nicht. Jetzt war der Gänserich also wieder verschwunden. Er hatte sich im Nebel verirrt wie am Tag zuvor.

Den Jungen packte ein großes Entsetzen, und sofort machte er sich ans Suchen. Doch er konnte den Gänserich nicht finden, und als es Abend wurde und er zum Strand zurückkehren mußte, war er davon überzeugt, daß sein Reisekamerad verloren sei.

Auf einmal glaubte er in einem Steinhaufen eine Bewegung zu bemerken. Er schlich sich näher heran und entdeckte nun den Gänserich, der, den Schnabel voll langer Wurzelfasern, mühsam den Steinhaufen erklomm. Er sah den Jungen nicht, und der rief ihn auch nicht an, sondern wollte erst einmal herausbekommen, warum der Gänserich immer wieder verschwand.

Bald erfuhr er den Grund. Auf dem Steinhaufen lag eine junge Graugans, die einen Freudenschrei ausstieß, als sich der Gänserich näherte. Der Junge schlich sich noch dichter heran, um ihr Gespräch zu belauschen. Da hörte er nun, daß die Graugans den einen Flügel nicht bewegen konnte, daß ihre Schar ohne sie abgereist war und sie allein zurückgelassen hatte. Sie war dem Hungertod nahe gewesen, doch am Tag zuvor hatte der Gänserich ihre Rufe gehört und sie aufgesucht. Seitdem versorgte er sie ständig mit Nahrung. Obwohl beide gehofft hatten, die Graugans würde vor der Abreise des Gänserichs genesen, konnte sie bis jetzt weder fliegen noch laufen. Darüber war sie sehr traurig, aber der Gänserich tröstete sie mit der Versicherung, er werde noch lange hierbleiben. Schließlich wünschte er ihr eine gute Nacht und versprach, am nächsten Tag wiederzukommen.

Der Junge ließ den Gänserich davonziehen, und sobald dieser außer Sicht war, kletterte er leise auf den Steinhaufen. Er wollte dieser Graugans sagen, daß der Gänserich ihn nach Lappland bringen müsse. Es komme überhaupt nicht in Frage, daß er ihretwegen hierbleiben dürfe. Doch als er die junge Gans nun aus der Nähe sah, verstand er, warum ihr der Gänserich zwei Tage lang Futter gebracht hatte. Sie hatte ein wunderschönes Köpfchen, seidenweiche Federn und sanfte, flehende Augen.

Als sie den Jungen erblickte, versuchte sie wegzulaufen. Aber ihr linker Flügel war ausgerenkt und schleifte über den Boden, so daß sie in allen Bewegungen behindert war.

»Du brauchst keine Angst vor mir zu haben«, sagte der Junge und war gar nicht verärgert. »Ich bin Däumling, der Reisekamerad von Gänserich Martin«, fuhr er fort.

Tiere können manchmal etwas an sich haben, daß man sich fragt, ob sie nicht verwandelte Menschen sind. So ähnlich verhielt es sich mit der Graugans. Sowie sich der Däumling vorgestellt hatte, neigte sie sehr anmutig Hals und Kopf und sagte mit einer so lieblichen Stimme, daß man nicht glauben konnte, eine Gans zu hören: »Ich freue mich sehr, daß du hergekommen bist, um mir beizustehen. Der weiße Gänserich hat mir erzählt, daß niemand so klug und gut ist wie du.«

Das sagte sie mit einer solchen Würde, daß der Junge richtig verlegen wurde. »Das kann doch wohl kein Vogel sein«, dachte er. »Das ist bestimmt eine verzauberte Prinzessin.«

Jetzt wollte er ihr wirklich gern helfen und steckte seine kleinen Hände unter ihre Federn, um den Flügelknochen abzutasten. Der war zwar nicht gebrochen, doch mit dem Gelenk war etwas nicht in Ordnung. Sein Finger spürte, daß die Gelenkhöhle leer war. »Gib acht!« sagte er, packte den Knochen mit festem Griff und fügte ihn dort ein, wo er sitzen sollte. Er machte seine Sache recht flink und gut, doch die arme Junggans schrie gellend auf und sank zwischen die Steine, ohne ein Lebenszeichen von sich zu geben.

Der Junge bekam einen furchtbaren Schreck. Da hatte er ihr helfen wollen, und jetzt war sie tot. Mit einem langen Satz sprang er vom Steinhaufen und lief davon.

Am nächsten Morgen hatte sich der Nebel verzogen, die Luft war klar, und Akka gab das Zeichen zum Aufbruch. Alle anderen waren dazu bereit, nur der weiße Gänserich machte Einwände. Doch Akka hörte nicht auf ihn, sondern flog los.

Der Junge sprang dem Gänserich auf den Rücken, und der Weiße folgte der Schar, obgleich langsam und unwillig. Der Junge war sehr froh, daß sie von der Insel aufbrachen. Er hatte Gewissensbisse wegen der Graugans. Gleichzeitig wunderte er sich, daß es der Weiße übers Herz brachte, sie zu verlassen.

Plötzlich aber machte der Gänserich kehrt. Die Sehnsucht nach der jungen Gans hatte ihn überwältigt. Aus der Lapplandreise mochte werden, was wollte. Er konnte nicht mitfliegen, wenn er wußte, daß sie krank und einsam dalag, dem Hungertod preisgegeben.

Mit ein paar Flügelschlägen hatte er den Steinhaufen erreicht. Doch zwischen den Steinen lag keine graue Junggans mehr.

»Daunenfein! Daunenfein! Wo bist du?« rief der Gänserich.

»Sicher hat der Fuchs sie geholt«, dachte der Junge. Doch im selben Moment hörte er eine liebliche Stimme dem Gänserich antworten: »Hier bin ich, Gänserich, hier bin ich! Ich habe nur ein Morgenbad genommen.« Und aus dem Wasser kam die kleine Graugans, gesund und munter, und erzählte, der Däumling habe ihren Flügel eingerenkt. Sie sei nun völlig genesen und bereit, an der Reise teilzunehmen.

Die Wassertropfen auf ihren seidig schimmernden Federn glänzten wie Perlen, und wieder dachte der Däumling, daß sie eine richtige kleine Prinzessin sei.

11
Der große Schmetterling

Mittwoch, den 6. April

Die Gänse flogen an der langgestreckten Insel entlang, die deutlich unter ihnen sichtbar war. Der Junge erkannte nun, daß sie im Inneren aus einer kahlen Hochebene bestand, mit einem breiten Kranz von gutem, fruchtbarem Land an den Küsten. Da wurde ihm der Sinn einer Erzählung klar, die er am Abend zuvor gehört hatte.

Er hatte gerade an einer der vielen Windmühlen auf der Hochebene gesessen und sich ausgeruht, da waren zwei Schäfer mit ihren Hunden und einer großen Schafherde im Gefolge herangezogen. Der Junge hatte keine Angst gehabt, denn unter der Treppe der Mühle war er gut versteckt. Doch nun ergab es sich, daß die Hirten auf eben dieser Treppe Platz nahmen. Da blieb dem Jungen nichts weiter übrig, als sich still zu verhalten.

Der eine Schäfer war jung und sah aus wie die meisten Leute. Der andere aber war ein seltsamer alter Kauz. Er hatte einen großen, knochigen Körper, jedoch einen kleinen Kopf und weiche, sanfte Gesichtszüge. Es schien, als wollten Körper und Kopf überhaupt nicht zusammenpassen.

Als er eine Weile stumm dagesessen hatte, begann er mit seinem Kameraden ein Gespräch. Dieser holte Brot und Käse aus seinem Beutel und machte sich an seine Abendmahlzeit. Er antwortete kaum, hörte jedoch sehr geduldig zu.

»Jetzt will ich dir etwas erzählen, Erik«, sagte der alte Schäfer. »Mir ist der Gedanke gekommen, daß in früheren Zeiten, als Menschen und Tiere viel größer waren als heutzutage, wohl auch die Schmetterlinge eine ganz unglaubliche Größe erreichten. Und da gab es einmal einen Schmetterling, der war viele Meilen lang, und seine Flügel waren breit wie Seen. Sie waren blau und silberglänzend und so prächtig, daß ihm alle anderen Tiere nachschauten, wenn er durch die Luft flog.

Natürlich war es für ihn ein Nachteil, daß er zu groß war. Die Flügel konnten ihn nur mit Mühe tragen. Doch alles wäre noch gut gegangen, wäre er nur so klug gewesen und über dem Land geblieben. Das aber tat er nicht, sondern er begab sich hinaus auf die Ostsee. Und er war gar nicht weit geflogen, da kam ihm der Sturm entgegen und zerzauste ihm die Flügel. Ja, Erik, es läßt sich leicht vorstellen, was passieren mußte, als der Ostseesturm die zarten Schmetterlingsflügel in die Finger bekam. Es dauerte nicht lange, da waren sie ausgerissen und davongewirbelt, und der arme Schmetterling fiel natürlich ins Meer. Zuerst schleuderten die Wellen ihn hin und her, dann warfen sie ihn auf ein paar Klippen vor Småland, und da blieb er liegen, in seiner ganzen Größe und Länge.

Nun denke ich mir, Erik, daß der Schmetterling auf dem festen Land bald verwittert und zerfallen wäre. Aber weil er ins Meer gefallen war, wurde er von Kalk durchsetzt und so hart wie Stein. Du weißt ja, daß wir am Strand Steine gefunden haben, die waren nichts weiter als versteinerte Würmer. Und ich glaube nun, daß es dem großen Schmetterlingskörper genauso erging. Ich glaube, als er da in der Ostsee lag, da wurde er zu einer langen, schmalen Klippe. Meinst du nicht auch?«

Er wartete auf eine Antwort, und der andere nickte ihm zu. »Erzähl weiter und laß mich hören, worauf du hinaus willst!« sagte er.

»Jetzt paß mal auf, Erik, diese Insel Öland, auf der wir

beide leben, die ist nichts anderes als der alte Schmetterlingskörper. Man braucht nur nachzudenken, dann merkt man, daß sie ein Schmetterling ist. Im Norden hat man den schmalen Oberkörper mit dem runden Kopf und im Süden den Unterkörper, der erst breiter und dann schmaler wird und in einer scharfen Spitze endet.«

Hier machte er wieder eine Pause und sah den Gefährten an, als sei er unsicher, wie diese Behauptung aufgenommen würde. Aber der Jüngere forderte ihn nur nikkend zum Weitersprechen auf.

»Als nun der Schmetterling in einen Kalksteinfelsen verwandelt war, kamen mit dem Wind vielerlei Samen von Kräutern und Bäumen zu ihm geflogen und wollten Wurzeln schlagen. Doch auf dem kahlen, glatten Stein fanden sie schwer einen Halt. Es dauerte lange, bis dort etwas anderes als Riedgras gedieh. Dann kamen Schafschwingel, Sonnenröschen und Dornengebüsch. Auf Alvaret, der Kalksteinebene, ist die Pflanzendecke heute noch so dünn, daß der Fels nicht überall bedeckt ist, sondern hier und da hervorschimmert. Und niemand kann davon träumen, auf dieser dünnen Erdschicht zu pflügen und zu säen.

Wenn du mir nun darin zustimmst, daß die Kalksteinebene und die Strandwälle rundherum aus dem Schmetterlingskörper entstanden sind, dann kannst du mit Recht fragen, woher das Land unterhalb davon gekommen ist.«

»Ja, genau«, sagte der Schäfer kauend, »das hätte ich gern gewußt.«

»Du mußt bedenken, daß Öland schon seit vielen, vielen Jahren im Meer liegt, und in dieser Zeit hat sich alles, was in den Wellen treibt, Tang und Sand und Muscheln, rings um die Insel angesammelt und ist liegengeblieben. Und vom östlichen wie vom westlichen Strandwall fielen Kies und Steine. Auf diese Weise sind die breiten Uferstreifen entstanden, und darauf können Getreide und Blumen und Bäume wachsen.

Hier oben, auf dem harten Schmetterlingsrücken, weiden nur Schafe und Kühe und Ponys; hier wohnen nur Kiebitz und Brachvogel, und an Bauten gibt es nur Windmühlen und ein paar armselige Steinunterkünfte, in denen wir Hirten uns verkriechen. Doch unten am Strand gibt es große Bauerndörfer und Kirchen und Pfarrhöfe und Fischerdörfer und eine ganze Stadt.«

Er sah den anderen fragend an. Der hatte aufgehört zu essen und knüpfte gerade seinen Proviantbeutel zu. »Ich frage mich, worauf du mit alledem hinaus willst«, sagte er.

»Ja, ich möchte nur eins wissen«, sagte der Schäfer und senkte die Stimme fast bis zum Flüstern, während seine kleinen Augen in den Nebel blickten, müde vom Spähen nach allem, was es nicht gibt, »ich möchte nur wissen, ob die Bauern, die in den viereckigen Höfen unterhalb der Strandwälle wohnen, oder die Fischer, die den Strömling aus dem Meer holen, oder die Kaufleute in Borgholm oder die Badegäste, die jeden Sommer herkommen, oder die Reisenden, die in den Ruinen von Schloß Borgholm herumstreifen, oder die Jäger, die hier im Herbst Rebhühner jagen, oder die Maler, die auf der Kalksteinebene sitzen und die Schafe und die Windmühlen malen – ich möchte gern wissen, ob einer von ihnen versteht, daß diese Insel einmal ein Schmetterling war, der mit großen, schimmernden Flügeln über das Meer geflogen ist.«

»O doch«, sagte der junge Schäfer plötzlich, »von denen, die abends am Rand des Strandwalls saßen und die Nachtigallen im Gebüsch der Wiese schlagen hörten und auf den Kalmarsund schauten, dürfte es wohl manch einem aufgegangen sein, daß diese Insel nicht auf dieselbe Art entstanden sein kann wie die anderen.«

»Ich möchte wissen«, fuhr der Alte fort, »ob wohl ein einziger den Wunsch verspürt hat, die Windmühlen mit so großen Flügeln zu versehen, daß sie bis in den Himmel reichten und imstande wären, die ganze Insel aus dem Meer zu heben, damit sie fliegen könnte wie ein Schmetterling unter Schmetterlingen.«

»Vielleicht ist an deinen Worten etwas dran«, entgegnete der Jüngere, »denn in den Sommernächten, wenn sich der Himmel hoch und riesig über der Insel wölbt, da ist es mir manchmal so vorgekommen, als wollte sich die Insel aus dem Meer erheben und davonfliegen.«

Doch als der Alte den Jungen nun endlich zum Reden gebracht hatte, hörte er ihm kaum zu. »Ich möchte so gern wissen«, sagte er noch leiser, »ob jemand erklären kann, warum über der Kalksteinebene so eine Sehnsucht liegt. Ich habe sie alle Tage meines Lebens empfunden, und ich glaube, daß sie einem jeden, der sich hier aufhält, ins Herz dringt. Ich möchte wissen, ob denn kein anderer verstanden hat, woher all dieses Sehnen kommt – nämlich daher, daß die ganze Insel ein Schmetterling ist, der sich nach seinen Flügeln sehnt.«

12

Die Kleine Karlsinsel

Der Sturm

Freitag, den 8. April

Die Wildgänse hatten die Nacht auf der nördlichen Spitze von Öland verbracht und waren nun, mit guter Geschwindigkeit, unterwegs zum Festland. Doch als sie sich den ersten Schären näherten, hörten sie ein gewaltiges Dröhnen, als kämen viele Vögel mit kräftigen Flügelschlägen geflogen, und plötzlich wurde das Wasser unter ihnen vollkommen schwarz. Akka hielt so schnell ihre Flügel an, daß sie fast in der Luft stehenblieb. Dann ging sie tiefer, um sich auf der Meeresfläche niederzulassen. Doch noch ehe die Wildgänse das Wasser erreichten, war der Weststurm heran. Er jagte Staubwolken, salzigen Schaum und kleine Vögel vor sich her, riß nun auch die Wildgänse mit, warf sie durcheinander und trieb sie hinaus aufs Meer.

Es war ein entsetzlicher Sturm. Immer wieder versuchten die Wildgänse, auf ihren Kurs zurückzukehren, doch sie schafften es nicht und gerieten nur noch weiter hinaus. Schon waren sie an Öland vorbeigetrieben, und das Meer lag leer und öde vor ihnen. Es blieb ihnen nichts anderes übrig, als die Flügel anzuziehen und sich vom Sturm treiben zu lassen.

Als es Akka klar wurde, daß der Kurs nicht zu halten war, wollte sie wenigstens verhindern, daß sie über die ganze Ostsee gejagt würden, und ließ sich deshalb auf dem Wasser nieder. Der Seegang wurde mit jedem Augenblick heftiger, die Wellen waren seegrün und gischtgekrönt, eine türmte sich höher auf als die andere. Sie schienen einen Wettstreit auszutragen, wer von ihnen am höchsten steigen und am wildesten schäumen könnte. Aber die Wildgänse fürchteten sich nicht vor ihrem Schwall, im Gegenteil, sie schienen großen Spaß daran zu finden. Sie brauchten nicht zu schwimmen, sondern ließen sich einfach tragen, auf und ab, über Wellenkämme und durch Wellentäler, und freuten sich dabei wie Kinder auf einer Schaukel. Ihre einzige Sorge war, daß der Sturm die Schar zerstreuen könnte.

Doch die Wildgänse waren ganz und gar nicht in Sicherheit. Zum ersten wurden sie durch die Schaukelei hoffnungslos müde. Ständig wollten sie den Kopf zurücklegen, den Schnabel unter den Flügel stecken und schlafen. Doch nichts ist gefährlicher, als auf diese Weise einzunicken, und Akka rief unaufhörlich: »Schlaft nicht, Wildgänse! Wer einschläft, wird von der Schar abgetrieben. Wer von der Schar abgetrieben wird, der ist verloren.«

Der Sturm tobte den ganzen Tag und richtete unter den Unmengen von Vögeln, die zu dieser Jahreszeit auf Reisen waren, furchtbaren Schaden an. Einige wurden weit weg in ferne Länder gejagt, wo sie verhungerten, andere ermatteten so sehr, daß sie ins Meer fielen und ertranken, und viele wurden an den Felswänden der Ufer zerschmettert.

Als der Sturm gar nicht aufhören wollte, bezweifelte Akka schließlich, daß sie und ihre Schar ihn überleben könnten. Sie waren nun todmüde, und nirgends war ein Platz zum Ausruhen zu entdecken. Gegen Abend füllte sich das Meer ganz plötzlich mit großen Eisschollen, die gegeneinanderkrachten. Aus Angst, davon zerquetscht zu werden, wagte es Akka nicht mehr, sich aufs Wasser zu legen. Ein paarmal versuchten die Wildgänse, sich auf die Eisschollen zu stellen, aber der wilde Sturm fegte sie hinunter ins Wasser.

Als die Sonne unterging, waren die Gänse wieder in

der Luft. Sie fürchteten sich vor der Nacht und flogen weiter. An diesem Abend voller Gefahren schien die Finsternis allzu schnell über sie hereinzubrechen.

Der Himmel war von Wolken verdeckt, der Mond hielt sich verborgen, und es wurde dunkler und dunkler. Die ganze Natur war von einem Grauen erfüllt, das selbst die tapfersten Herzen entsetzte. Die Notrufe der Zugvögel gellten durch die Nacht. Im Meer stießen die Treibeisschollen mit lautem Dröhnen aneinander. Es war, als sollten Himmel und Erde zusammenstürzen.

Die Schafe

Als der Junge eine Weile aufs Meer geschaut hatte, war ihm, als würde das Brausen auf einmal lauter. Er hob den Kopf und erblickte direkt vor sich, nur ein paar Meter entfernt, eine rauhe, nackte Felswand. An ihrem Fuß brachen sich die Wellen, daß der Schaum hoch aufspritzte. Die Wildgänse flogen geradewegs auf die Klippe zu, und der Junge befürchtete, sie würden unweigerlich daran zerschellen.

Er hatte kaum Zeit, sich darüber zu wundern, daß Akka diese Gefahr nicht beizeiten bemerkt hatte, da waren sie auch schon am Felsen angelangt. Jetzt entdeckte er, daß sich vor ihnen der halbrunde Eingang einer Grotte auftat. Dorthin steuerten die Gänse, und einen Augenblick später waren sie in Sicherheit.

Erst einmal sahen die Reisenden nach, ob auch alle Kameraden mitgekommen waren. Akka, Yksi, Kolme, Neljä, Viisi, Kuusi, alle sechs jungen Gänse, der Gänserich, Daunenfein und der Däumling waren da, nur Kaksi von Nuolja, die erste Gans zur Linken, fehlte.

Als die Gänse merkten, daß niemand außer Kaksi verschwunden war, nahmen sie die Sache leicht. Kaksi war alt und klug. Sie kannte alle ihre Wege und Gewohnheiten, und sie würde wohl zu ihnen zurückfinden.

Dann sahen sie sich in der Grotte um. Mit Hilfe des letzten Tageslichts, das durch die Öffnung fiel, erkannten sie, daß es eine tiefe, große Höhle war. Plötzlich entdeckte eine von ihnen in einem finsteren Winkel ein paar leuchtende grüne Punkte. »Das sind Augen!« rief Akka. »Hier gibt es große Tiere.« Sie stürzten zum Ausgang, doch der Däumling, der im Dunkeln besser als die Wildgänse sah, rief ihnen zu: »Davor braucht ihr nicht wegzulaufen! Das sind nur ein paar Schafe, die an der Höhlenwand liegen.«

Als sich die Gänse an das Dämmerlicht der Höhle gewöhnt hatten, erkannten sie die Schafe auch. Es waren etwa ein Dutzend erwachsene Tiere und dazu ein paar kleine Lämmer. Ein großer Schafbock mit langen, gewundenen Hörnern schien der vornehmste der Herde zu sein. Die Wildgänse gingen auf ihn zu und verneigten sich viele Male. »Sei gegrüßt in der Wildnis!« sagten sie, doch der große Schafbock entbot ihnen keinen Willkommensgruß, sondern blieb liegen.

Da glaubten die Wildgänse, die Schafe fühlten sich gestört, weil sie in ihre Höhle eingedrungen waren. »Vielleicht ist es ungelegen, daß wir in dieses Haus gekommen sind?« fragte Akka. »Aber wir können nichts dafür, der Wind hat uns hierher verschlagen. Wir würden uns freuen, wenn wir heute nacht hierbleiben dürften.«

Nun verging eine ganze Zeit, ohne daß eins der Schafe darauf antwortete. Einige stießen jedoch tiefe Seufzer aus. Akka wußte zwar, daß Schafe immer scheu und wunderlich sind, aber diese hier schienen überhaupt keine Ahnung zu haben, wie man sich benimmt. Endlich sagte ein altes Mutterschaf, dessen Gesicht lang und traurig war, mit klagender Stimme: »Niemand von uns will euch den Aufenthalt verwehren. Aber dies ist ein Haus der Trauer, und wir können keine Gäste empfangen.«

»Da könnt ihr ganz unbesorgt sein«, sagte Akka. »Wir sind schon zufrieden, wenn wir einen sicheren Platz zum Schlafen haben.«

Jetzt stand das alte Mutterschaf auf. »Es wäre besser für euch, im heftigsten Sturm herumzufliegen als hierzubleiben. Aber ihr sollt nicht aufbrechen, bevor wir euch so gut bewirtet haben, wie es in den Kräften des Hauses steht.«

Sie zeigte den Gänsen eine Grube im Boden, die mit Wasser gefüllt war. Daneben lag ein Haufen Spreu und Spelzen, und damit bat sie die Gänse vorliebzunehmen. »Wir hatten diesmal einen strengen Schneewinter auf der Insel«, sagte sie. »Die Bauern, denen wir gehören, brachten uns Heu und Haferstroh, damit wir nicht verhungern mußten. Und dieser Abfall ist alles, was davon übrig ist.«

Die Gänse machten sich sofort darüber her. Sie fühlten sich jetzt sehr wohl und waren bester Laune. Als sie dann satt waren, wollten sie sich wie gewohnt zum Schlafen aufstellen. Da aber erhob sich der große Schafbock und schritt auf sie zu. Einen Schafbock mit so langen, starken Hörnern hatten die Gänse noch nie gesehen. Auch in anderer Hinsicht war er bemerkenswert. Er besaß eine breite, gewölbte Stirn, kluge Augen und die gute Haltung eines stolzen, mutigen Tieres.

»Ich kann es nicht verantworten, daß ihr einschlaft, bevor ich euch mitgeteilt habe, wie unsicher es hier ist«, sagte er. Endlich begriff Akka, daß es ihm Ernst damit war. »Wenn ihr es unbedingt wünscht, dann verschwinden wir eben«, sagte sie. »Aber wollt ihr nicht erst erzählen, was euch da so bedrückt? Wir haben überhaupt keine Ahnung und wissen nicht einmal, wohin wir geraten sind.«

»Dies ist die Kleine Karlsinsel«, sagte der Schafbock. »Sie liegt vor der Küste von Gotland und wird nur von Schafen und Meeresvögeln bewohnt.«

»Vielleicht seid ihr wilde Schafe?« fragte Akka.

»Viel fehlt nicht daran«, entgegnete der Schafbock. »Wir haben kaum etwas mit Menschen zu schaffen. Es gibt zwischen uns und den Bauern eines alten Hofs auf Gotland seit langem eine Vereinbarung, daß sie uns in schneereichen Wintern mit Futter versorgen und dafür die überzähligen von uns mitnehmen dürfen. Die Insel ist klein und kann also nicht allzu viele Schafe ernähren. Aber sonst versorgen wir uns das ganze Jahr selbst, und wir wohnen nicht in Häusern mit Türen und Riegeln, sondern halten uns in solchen Höhlen auf.«

»Bleibt ihr auch im Winter draußen?« fragte Akka verwundert.

»Ja, das tun wir«, antwortete der Schafbock. »Hier oben auf dem Felsen finden wir das ganze Jahr genug Futter.«

»Aber was ist denn das für ein Unglück, das über euch hereingebrochen ist?« fragte Akka.

»Im letzten Winter war es so kalt, daß das Meer zufror. Da kamen drei Füchse über das Eis, und die halten sich seitdem hier auf.«

»Wie denn, wagen sich Füchse an solche großen Tiere wie euch heran?«

»O nein, nicht am Tage, da kann ich mich und die Meinen wohl verteidigen«, sagte der Schafbock und schüttelte seine Hörner. »Aber nachts, wenn wir schlafen, dann schleichen sie sich in unsere Höhlen. In anderen Höhlen haben sie schon sämtliche Schafe umgebracht, dort waren die Herden genauso groß wie meine.«

»Glaubt ihr, daß sie heute nacht auch herkommen?« fragte Akka.

»Es ist nichts anderes zu erwarten«, antwortete der Schafbock. »Gestern nacht waren sie hier und haben uns ein Lamm gestohlen. Sie werden wohl so lange kommen, wie noch eins von uns am Leben ist.«

Akka wußte nicht recht, was sie tun sollte. Es war kein Spaß, sich wieder in den Sturm zu begeben, und es war auch nicht gut, in einem Haus zu bleiben, wo derartige Gäste in Aussicht standen. Als sie eine Weile überlegt hatte, wandte sie sich an den Däumling. »Ich möchte dich fragen, ob du uns helfen willst, wie du es viele Male getan hast«, sagte sie.

»Ja«, antwortete der Junge, »das will ich gern.«

»Kannst du dich vielleicht so lange wach halten, bis die Füchse kommen, und uns dann wecken, damit wir wegfliegen können?«

Davon war der Junge zwar nicht gerade begeistert, doch alles war besser, als noch einmal in den Sturm zu müssen. So versprach er, wach zu bleiben.

Er ging zum Eingang der Höhle, um Wache zu halten. Als er eine Weile dort gestanden hatte, schien der Sturm abzuflauen. Der Himmel klarte auf, und der Mondschein begann sein Spiel auf den Wellen. Der Junge sah, daß die Höhle ziemlich hoch in der Felsenwand lag. Ein schmaler, steiler Pfad führte zu ihr herauf. Dort hatte er die Füchse wohl zu erwarten.

Noch waren sie nicht zu sehen, und immer wieder drohte er einzuschlafen. Da aber hörte er eine Kralle auf einem Stein kratzen und sah drei Füchse den Steilhang erklimmen. Sobald er sie entdeckt hatte, wurde er ruhig und fürchtete sich nicht im geringsten. Aber eigentlich fand er es nicht richtig, nur die Gänse zu wecken und die Schafe ihrem Schicksal zu überlassen. Rasch faßte er den Entschluß, dies anders zu machen.

Er lief in die Höhle, schüttelte die Hörner des großen Schafbocks und schwang sich dabei auf seinen Rücken. »Steht auf, Vater, jetzt wollen wir die Füchse mal ein bißchen erschrecken«, sagte der Junge.

Obwohl er sich bemüht hatte, jedes Geräusch zu vermeiden, mußten die Füchse doch etwas gehört haben. Sie blieben am Eingang der Höhle stehen und überlegten. »Bestimmt hat sich einer von denen da drin bewegt«, sagte der eine. »Ich möchte wohl wissen, ob sie wach sind.«

»Ach, geh einfach rein!« sagte ein anderer. »Sie können uns ja nichts tun.«

Als sie ein Stück weit eingedrungen waren, blieben sie abermals stehen und witterten. »Wen wollen wir uns heute abend vornehmen?« flüsterte derjenige, der voranging.

»Heute abend kommt der große Schafbock dran«, sagte der letzte. »Dann haben wir mit den anderen leichtes Spiel.«

Der Junge saß auf dem Rücken des alten Schafbocks und sah sie heranschleichen. »Jetzt stoßt geradezu!« flüsterte er. Das tat der Schafbock, und der erste Fuchs flog kopfüber zurück zum Eingang. »Jetzt stoßt nach links!« sagte der Junge und drehte den großen Kopf des Schafbocks in die richtige Richtung. Der Schafbock holte zu einem entsetzlichen Stoß aus und traf den zweiten Fuchs in die Seite. Der überschlug sich mehrmals, bevor er wieder auf die Beine kam und weglaufen konnte. Der Junge hätte auch dem dritten einen Stoß gegönnt, aber der hatte sich schon davongemacht.

»Ich glaube, für heute nacht haben sie genug«, sagte der Junge.

»Das glaube ich auch«, sagte der große Schafbock. »Leg dich nun auf meinen Rücken und kriech in die Wolle! Wo dir heute so viel Sturm um die Ohren geweht ist, hast du dir ein gutes, warmes Lager wohl verdient.«

Das Höllenloch

Samstag, den 9. April

Am nächsten Tag nahm der große Schafbock den Jungen auf seinen Rücken und zeigte ihm die Insel. Sie bestand aus einem einzigen riesigen Felsblock, der einem großen Haus mit senkrechten Wänden und flachem Dach ähnelte. Zuerst stieg der Schafbock auf dieses Dach und zeigte dem Jungen die guten Weideplätze, und der mußte anerkennen, daß die Insel für Schafe wie geschaffen schien. Auf dem Felsen wuchs kaum etwas anderes als Schafschwingel und trockene, würzig duftende Kräuter, wie Schafe sie mögen.

Doch wenn man den Steilhang glücklich hinaufgekommen war, gab es wahrhaftig noch anderes als Schafweiden zu sehen. Da war erst einmal das Meer, das jetzt blau und mit schimmernder Dünung im Sonnenschein lag. Nur an einzelnen Felsvorsprüngen spritzte Schaum. Direkt im Osten lag die Insel Gotland mit ihrer flachen, langgestreckten Küste und im Südwesten die Große Karlsinsel, die genauso felsig war wie die Kleine. Als der Schafbock an den Rand des Felsdachs trat, konnte der Junge die Steilhänge hinuntersehen und bemerkte, daß sie voller Vogelnester waren. Zu seinen Füßen lagen Samtenten und Eiderenten und Grillummen und Tord-

Alken hübsch und friedlich im blauen Meer und schaukelten auf den Wellen.

»Das ist ja wirklich ein Gelobtes Land«, sagte der Junge. »Ihr wohnt sehr schön, ihr Schafe.«

»Ja, schön ist es hier wohl«, sagte der große Schafbock. Es schien, als wollte er noch etwas hinzufügen, doch er verstummte und seufzte nur. »Aber wenn du allein hier herumläufst, dann mußt du gut auf all die Spalten achten, die den Felsen durchziehen«, sagte er nach einer Weile. Diese Warnung war berechtigt, denn an mehreren Stellen gab es tiefe, breite Felsspalten. Die größte von ihnen hieß Höllenloch, war viele Klafter tief und fast einen Klafter breit. »Wer da hineinfällt, mit dem ist es aus und vorbei«, erklärte der große Schafbock. Dem Jungen war, als hätte er das mit einer besonderen Absicht gesagt.

Wohin sie gingen, überall fanden sie tote Schafe, die Überreste von den Mahlzeiten der Füchse. Der Junge sah vollkommen abgenagte Skelette, doch auch Kadaver, die nur zur Hälfte aufgefressen waren, und andere hatten die Füchse fast unberührt gelassen. Dieser Anblick schnitt ihm geradezu ins Herz: die Raubtiere waren also nur zu ihrem Vergnügen, nur um zu jagen und zu reißen, über die Schafe hergefallen.

Ohne vor den Toten stehenzubleiben, schritt der große Schafbock ruhig weiter. Aber der Junge mußte alle diese Greuel doch bemerken.

»Die Bauern, denen die Insel gehört, könnten doch herkommen und euch helfen«, meinte er.

»Sie sind schon mehrere Male hier gewesen«, entgegnete der Schafbock, »aber die Füchse haben sich in Grotten und Felsspalten versteckt, und die Bauern konnten sie nicht erlegen.«

»Ihr glaubt doch wohl nicht, Vater, daß so ein armer

Wicht wie ich mit den Füchsen fertig wird, wenn ihr und die Bauern es nicht geschafft haben?«

»Wer klein und pfiffig ist, der bringt vieles fertig«, sagte der große Schafbock.

Sie sprachen nicht weiter darüber, und der Junge begab sich zu den Wildgänsen, die auf der Hochebeneästen. Das Elend der Schafe bedrückte ihn sehr, und er hätte ihnen gern geholfen. »Ich muß zumindest mit Akka und Gänserich Martin darüber reden«, dachte er.

Einige Zeit später nahm der weiße Gänserich den Jungen auf seinen Rücken und lief über die Hochebene zum Höllenloch.

Er wanderte ganz sorglos durch das offene Gelände und schien gar nicht daran zu denken, wie groß und weiß er war. Ohne hinter Grashöckern oder anderen Erhebungen Schutz zu suchen, wanderte er immer geradeaus. Es war seltsam, daß er sich nicht vorsichtiger verhielt, denn offenbar war er im Sturm des Vortags zu Schaden gekommen. Er hinkte mit dem rechten Bein, und sein linker Flügel schleifte auf dem Boden, als wäre er gebrochen.

Er benahm sich, als drohte nicht die geringste Gefahr, zupfte hier und da einen Grashalm und sah sich nach keiner Seite um. Der Junge lag ausgestreckt auf seinem Rücken und schaute in den blauen Himmel. Er hatte sich nun so gut an das Reiten gewöhnt, daß er dabei auch stehen und liegen konnte.

Der Gänserich und der Junge bemerkten nicht, daß die drei Füchse die Hochebene erklommen hatten. Und da die Füchse wußten, daß es fast unmöglich ist, einer Gans auf offenem Feld zu Leibe zu rücken, dachten sie anfangs gar nicht daran, den Gänserich zu jagen. Weil sie aber nichts weiter zu tun hatten, krochen sie schließlich doch in eine der langen Felsspalten und versuchten, sich an ihn heranzupirschen.

Als sie nicht mehr weit von ihm entfernt waren, wollte sich der Gänserich in die Luft erheben. Er schlug mit den Flügeln, kam aber nicht vom Boden los. Nun glaubten die Füchse, er könne nicht fliegen, und verdoppelten ihren Eifer. Sie hielten sich nicht länger in der Felsspalte versteckt, sondern liefen über die Hochebene. So gut es ging, suchten sie hinter Grashöckern und Felsstücken Deckung und kamen immer dichter an den Gänserich heran, ohne daß dieser seine Verfolger zu bemerken schien. Schließlich waren sie ihm so nahe, daß sie zum letzten Sprung ansetzen konnten. Alle drei Füchse machten gleichzeitig einen langen Satz.

Doch der Gänserich mußte im letzten Augenblick etwas gemerkt haben, denn er wich aus, und die Füchse verfehlten ihn. Das half ihm jedoch nicht viel, denn sein Vorsprung betrug nur einige wenige Klafter, und außerdem hinkte er. Trotzdem rannte der arme Kerl, so schnell er konnte.

Der Junge, der nun rücklings auf dem Gänserich saß, schrie den Füchsen zu: »Ihr seid vom Hammelfleisch zu fett geworden, Füchse! Ihr könnt ja nicht einmal eine Gans einholen!« Er brachte sie derart in Wut, daß sie ganz außer sich gerieten und nur noch blind drauflos stürzten.

Der Weiße lief direkt auf die große Felsspalte zu. Als er sie erreichte, tat er einen Flügelschlag und war auf der anderen Seite. Da waren die Füchse unmittelbar hinter ihm.

Der Gänserich lief genauso schnell weiter. Doch schon nach ein paar Metern klopfte ihm der Junge an den Hals und sagte: »Jetzt kannst du anhalten, Gänserich.«

Im selben Moment hörten sie hinter sich wildes Heulen und Kratzen von Krallen und schweres Aufschlagen. Doch von den Füchsen sahen sie nichts mehr.

Am nächsten Morgen fand der Leuchtturmwärter der Großen Karlsinsel unter seiner Haustür ein Stückchen Rinde, und darauf stand mit krakeligen, schiefen Buchstaben geritzt: »Die Füchse der Kleinen Karlsinsel sind ins Höllenloch gefallen. Kümmert euch darum!«

Und das tat der Leuchtturmwärter auch.

13

Zwei Städte

Die Stadt auf dem Meeresgrund

Samstag, den 9. April

Die Nacht wurde klar und ruhig. Weil die Wildgänse nicht in einer der Höhlen Zuflucht suchen wollten, stellten sie sich auf die Hochebene zum Schlafen, und der Junge legte sich neben sie ins kurze, trockene Gras.

Wie er so dalag, mit der Nase in der Luft, erblickte er etwas Schönes. Vor der Mondscheibe, die voll und rund und ziemlich hoch am Himmel stand, schwebte ein großer Vogel. Er flog jedoch nicht daran vorbei, sondern schien aus dem Mond herauszukommen. Er hob sich schwarz gegen den hellen Grund ab, und seine Flügel reichten vom einen Rand der Mondscheibe zum anderen. Er bewegte sich in dieselbe Richtung wie sie, und der Junge glaubte, er sei darauf gezeichnet. Sein Körper war klein, der Hals lang und schmal, die Beine hingen lang und dünn herab. Das konnte nur ein Storch sein.

Ein paar Augenblicke später ließ sich Herr Ermenrich, der Storch, neben dem Jungen nieder. Er beugte sich über ihn und stieß ihn mit dem Schnabel an, um ihn zu wecken.

Der Junge setzte sich sofort auf. »Ich schlafe nicht, Herr Ermenrich«, sagte er. »Wie kommt es denn, daß Sie mitten in der Nacht unterwegs sind, und wie steht es auf Glimmingehus?«

»Heute nacht ist es zu hell zum Schlafen«, entgegnete Herr Ermenrich. »Daher habe ich diese Reise zur Karlsinsel unternommen, um meinen Freund Däumling zu besuchen. Ich hatte von einer Sturmmöwe erfahren, daß du hier bist.«

Der Junge freute sich riesig, daß ihn Herr Ermenrich aufgesucht hatte. Sie plauderten wie alte Freunde. Schließlich fragte der Storch den Jungen, ob er nicht Lust hätte, in dieser schönen Nacht ein Stündchen auszureiten. Das wollte der Junge sehr gern.

Herr Ermenrich flog nun wieder direkt auf den Mond zu. Sie stiegen immer höher, das Meer versank in der Tiefe, doch sie flogen so leicht, daß sie fast in der Luft stillzuliegen schienen.

Als Herr Ermenrich zur Landung ansetzte, kam es dem Jungen vor, als wären sie eine unglaublich kurze Zeit geflogen.

Sie ließen sich auf einem öden Meeresufer nieder, das mit ebenmäßigem, feinem Sand bedeckt war. An der Küste zog sich eine lange Reihe von Flugsanddünen hin.

Herr Ermenrich stellte sich auf einen Sandhügel, zog ein Bein hoch und beugte den Hals zurück, um den Schnabel unter den Flügel zu stecken. »Du kannst ein Weilchen am Strand herumwandern«, sagte er, »ich ruhe mich derweil aus.«

Als erstes wollte der Junge auf eine Flugsanddüne

steigen, um zu erkunden, wie das Land dahinter beschaffen sei. Doch nach ein paar Schritten stieß die Spitze seines Holzschuhs gegen etwas Hartes. Als er sich bückte, sah er im Sand eine kleine Kupfermünze liegen, die der Grünspan so zerfressen hatte, daß sie fast durchsichtig war. Sie war so schlecht, daß er sie nicht einmal einstecken mochte.

Doch als er sich wieder aufgerichtet hatte, konnte er kaum seinen Augen trauen.

Noch vor einem Augenblick hatte sich glitzernd und blank das Meer vor ihm ausgebreitet, doch jetzt war es von einer langen Mauer mit Zinnen und Türmen verdeckt. Und unmittelbar vor ihm, wo eben noch ein paar Tanghaufen gelegen hatten, öffnete sich das große Tor.

Dem Jungen war klar, daß hier Spuk im Spiel sein mußte. Doch er glaubte nicht, daß er sich davor zu fürchten brauchte. Im Gegenteil, die Mauer und das Tor waren so prächtig gebaut, daß er nur neugierig wurde, was wohl dahinter sein mochte.

In dem tiefen Torgewölbe saßen Wächter in bunten, bauschigen Gewändern, neben sich Streitäxte mit langen Schäften, und würfelten. Sie waren so in ihr Spiel vertieft, daß sie den Jungen gar nicht beachteten, der nun schnell an ihnen vorüberhuschte.

Hinter dem Tor erblickte er einen offenen Platz, der mit großen, glatten Steinfliesen gepflastert war. Rundum standen hohe, prächtige Häuser, und dazwischen taten sich lange, schmale Straßen auf.

Auf diesem Platz wimmelte es von Menschen. Die Männer trugen lange, pelzverbrämte Mäntel über Gewändern aus Seide, auf dem Kopf federgeschmückte Barette und auf der Brust kostbare Ketten. Die Frauen trugen spitze Hauben und lange Kleider mit schmalen Ärmeln. Auch sie waren prächtig gekleidet, konnten sich mit den Männern jedoch bei weitem nicht messen.

Das war ja ganz so wie in dem alten Märchenbuch, das Mutter manchmal aus der Truhe holte und ihm zeigte. Der Junge konnte seinen Augen kaum trauen.

Aber noch merkwürdiger als die Männer und die Frauen sah die Stadt selber aus. Jedes Haus war so gebaut, daß sein Giebel zur Straße wies, und diese Giebel waren so reich verziert, daß man glauben konnte, sie trügen einen Wettstreit miteinander aus.

Wenn man in kurzer Zeit so viel Neues zu sehen bekommt, dann kann man nicht alles im Gedächtnis behalten. Aber der Junge erinnerte sich später trotzdem daran, daß er Treppengiebel gesehen hatte, andere Giebel waren bis oben hin voller Bilder in Nischen, und wieder andere Giebel waren von schwarzweißem Marmor gestreift und gemustert.

Die Straßen waren zwar eng und schmal, jedoch nicht leer und düster wie in den Städten, die er kannte. Überall sah er Leute. Alte Frauen saßen vor ihren Türen und spannen ohne Spinnrad, nur mit Hilfe einer Handspindel. Die Läden der Kaufleute waren wie Marktstände zur Straße offen. Alle Handwerker verrichteten ihre Arbeit im Freien. Hier wurde Tran gekocht, da wurden Häute gegerbt, und dort gab es eine lange Seilerbahn.

Hätte der Junge nur genug Zeit gehabt, dann hätte er alle möglichen Handfertigkeiten erlernen können. Hier sah er, wie Waffenschmiede dünne Brustharnische hämmerten, wie Goldschmiede Edelsteine in Ringe und Armbänder einsetzten, wie Drechsler ihre Dreheisen führten, wie Schuhmacher weiche, rote Schuhe besohlten, wie der Golddrahtzieher den Golddraht zog und wie die Weber ihre Gewebe mit Seide und Gold durchwirkten.

Der Junge lief straßauf, straßab. Er beeilte sich, um soviel wie möglich wahrzunehmen, bevor alles wieder verschwand.

Als er durch die ganze Stadt gelaufen war, gelangte er an ein weiteres Tor in der Mauer. Dahinter lag das Meer mit dem Hafen. Der Junge sah altertümliche Schiffe mit Ruderbänken in der Mitte und hohen Aufbauten vorn und achtern. Einige wurden beladen, andere warfen gerade Anker. Lastträger und Kaufleute hasteten durcheinander. Überall herrschte Leben und Treiben.

Doch auch hier schien ihn die Zeit zu drängen. Er eilte in die Stadt zurück und kam nun auf den großen Marktplatz. Da stand ein Dom mit drei hohen Türmen und tiefen, ausgemalten Torgewölben. In den Wänden gab es keinen Stein, der nicht von Bildhauern verziert war. Und welche Pracht schimmerte durch das offene Portal: goldene Kruzifixe und vergoldete Altäre und Priester in Goldornaten! Dem Dom gegenüber stand ein Gebäude mit Zinnen auf dem Dach und einem einzigen schmalen, himmelhohen Turm.

Der Junge hatte sich warm und müde gelaufen und verlangsamte seine Schritte. Er war nun in eine Straße geraten, in der die Bewohner der Stadt wohl ihre prächtigen Kleider kauften. Er sah eine Menge Leute vor den kleinen Läden, und auf den Ladentischen breiteten Kaufleute ihre Waren aus: steife, geblümte Seide, dicken Goldbrokat, schimmernden Samt, leichte Tücher aus Flor und spinnwebdünne Spitzen.

Bis dahin hatte niemand den Jungen beachtet, jetzt aber faßte ihn einer der Kaufleute ins Auge. Er winkte ihm zu und legte ein herrliches Stück Seidendamast auf den Ladentisch.

Der Junge schüttelte den Kopf. »So reich werde ich nie, daß ich mir einen Meter von diesem Stoff kaufen könnte«, dachte er.

Doch jetzt waren sie überall, in allen Buden der Straße, auf ihn aufmerksam geworden. Wohin er auch sah, winkte ihm ein Krämer zu. Sie ließen ihre reichen Kunden stehen und beachteten nur ihn. Er sah, wie sie in die geheimsten Winkel ihrer Läden eilten, um das Beste, was sie zu verkaufen hatten, hervorzusuchen und mit zitternden Händen auf dem Tisch auszubreiten.

Als der Junge dennoch weiterging, sprang einer der Kaufleute über den Tisch, holte ihn ein und legte ihm Silberbrokat und gewebte, farbenprächtige Teppiche zu Füßen. Der Junge mußte unwillkürlich lachen. Der Krämer mußte doch wohl begreifen, daß sich so ein armer Wicht wie er derartige Sachen nicht leisten konnte. Er blieb stehen und streckte den Kaufleuten seine leeren Hände hin, um ihnen zu bedeuten, daß er nichts besaß und in Frieden gelassen sein wollte.

Aber der Kaufmann reckte einen Finger in die Höhe, nickte und schob den ganzen Haufen von herrlichen Waren zu ihm hin.

»Kann er vielleicht meinen, daß er dies alles für eine einzige Goldmünze verkaufen will?« überlegte der Junge.

Der Kaufmann zeigte ihm nun eine kleine, abgegriffene, schäbige Münze, die geringste, die es gab.

Da begann der Junge in seinen Taschen zu graben. Er wußte zwar, daß er nicht einen roten Heller besaß, fühlte aber doch noch einmal nach.

Alle anderen Kaufleute reckten sich vor, um den Verlauf des Handels zu beobachten, und als sie nun sahen, daß der Junge in seine Taschen griff, sprangen sie über die Ladentische und boten ihm Hände voll Schmuck aus Gold und Silber an. Alle bedeuteten ihm, daß sie als Bezahlung nur eine einzige kleine Münze begehrten.

Aber der Junge kehrte sowohl Westen- als auch Hosentaschen um, um ihnen zu zeigen, daß er nichts hatte.

Jetzt traten all den stattlichen Kaufleuten, die soviel reicher als er waren, die Tränen in die Augen. Schließlich war er von ihrem Jammer so gerührt, daß er überlegte, ob er ihnen nicht irgendwie helfen könnte. Da fiel ihm die grünspanzerfressene Münze ein, die er vor kurzem am Strand gesehen hatte.

Er lief die Straße hinunter zum Stadttor, stürzte hinaus und begann die kleine, grünspanzerfressene Münze zu suchen.

Er fand sie auch ganz richtig, doch als er sie aufhob und in die Stadt zurückeilen wollte, da sah er vor sich nur noch das Meer. Keine Stadtmauer, kein Tor, keine Wächter, keine Straße, kein Haus, nichts war zu sehen als das Meer.

Der Junge konnte die Tränen nicht zurückhalten. Er empfand tiefe Trauer darüber, daß die Stadt verschwunden war.

Im gleichen Moment kam Herr Ermenrich auf ihn zu. Aber der Junge hörte ihn nicht, und der Storch mußte ihn mit dem Schnabel anstoßen, um sich bemerkbar zu machen. »Ich glaube, du schläfst immer noch, du auch«, sagte Herr Ermenrich.

»Ach, Herr Ermenrich«, sagte der Junge, »was ist das nur für eine Stadt gewesen, die hier eben noch stand?«

»Hast du eine Stadt gesehen?« entgegnete der Storch. »Du hast geschlafen und geträumt.«

»Nein, ich habe nicht geträumt«, sagte der Däumling und erzählte dem Storch alles, was er erlebt hatte.

Da sagte Herr Ermenrich: »Ich für mein Teil glaube, du bist eingeschlafen und hast das Ganze im Traum gesehen, Däumling. Aber ich will dir nicht verhehlen, daß hier am Strand in früherer Zeit eine Stadt gestanden hat, die man Vineta nannte. Sie war so reich und glücklich, daß nie eine Stadt prächtiger gewesen ist, doch ihre Bewohner verfielen in Übermut und Prunksucht. Zur Strafe dafür wurde die Stadt Vineta von einer Sturmflut überschwemmt und ins Meer versenkt. Ihre Bewohner können jedoch nicht sterben, und auch die Stadt läßt sich nicht zerstören. Alle hundert Jahre steigt sie eines Nachts aus dem Meer und liegt genau eine Stunde in ihrer ganzen Pracht an der Oberfläche.«

»Ja, so muß es gewesen sein«, sagte der Däumling.

»Doch wenn die Stunde verstrichen ist, versinkt sie wieder, sofern es bis dahin nicht einem Kaufmann gelungen ist, einem lebendigen Wesen etwas zu verkaufen. Hättest du nur die kleinste Münze gehabt, Däumling, um den Kaufmann damit zu bezahlen, dann wäre Vineta auf dem Ufer geblieben, und seine Bewohner hätten leben und sterben dürfen wie andere Menschen.«

»Herr Ermenrich«, sagte der Junge, »jetzt weiß ich, warum Sie mich mitten in der Nacht geholt haben. Sie hatten geglaubt, ich könnte die alte Stadt erlösen. Es tut mir so leid, daß ich Ihren Wunsch nicht erfüllt habe, Herr Ermenrich.«

Er schlug die Hände vors Gesicht und weinte. Und wer betrübter aussah, der Junge oder Herr Ermenrich, das läßt sich schwer sagen.

Die lebendige Stadt

Montag, den 11. April

Am Nachmittag des zweiten Ostertags waren die Wildgänse mit dem Däumling wieder unterwegs und überflogen die Insel Gotland.

Die große Insel lag eben und flach unter ihnen. Der Boden war genauso kariert wie in Schonen, und man sah viele Kirchen und Bauernhöfe. Doch anders als in Schonen wechselten die Felder öfter mit Wiesen ab, auf denen Laubbäume standen, und dann waren die Höfe nicht viereckig gebaut. Und große Herrensitze mit alten, turmgezierten Schlössern und ausgedehnten Parkanlagen fehlten ganz.

Die Wildgänse hatten den Weg über Gotland gewählt, um den Däumling aufzumuntern. Der war nämlich seit zwei Tagen völlig verändert und hatte nicht ein fröhliches Wort gesagt. Er dachte nur unentwegt an die verschwundene Stadt. Niemals hatte er etwas so Schönes und Prachtvolles gesehen, und er konnte es nicht verwinden, daß er ihre Rettung versäumt hatte.

Akka wie auch der Gänserich hatten den Däumling davon zu überzeugen versucht, daß er einen Traum oder eine optische Täuschung erlebt habe, aber davon wollte der Junge nichts wissen. Er war sich so sicher, daß er all das wirklich gesehen hatte, daß niemand ihn von dieser Überzeugung abzubringen vermochte. Dabei war er so niedergeschlagen, daß sich seine Reisekameraden um ihn sorgten.

Gerade als die Stimmung des Jungen ihren Tiefpunkt erreicht hatte, war die alte Kaksi zur Schar zurückgekehrt. Vom Sturm nach Gotland getrieben, hatte sie über die ganze Insel fliegen müssen, bis sie schließlich von ein paar Krähen erfuhr, daß sich ihre Reisegefährten auf der Kleinen Karlsinsel aufhielten.

Als Kaksi hörte, was dem Jungen fehlte, sagte sie unvermittelt: »Wenn der Däumling einer alten Stadt nachtrauert, dann können wir ihn bald trösten. Kommt nur mit, dann führe ich euch zu einem Ort, wo ich gestern war.«

Darauf hatten die Gänse von den Schafen Abschied genommen, und nun waren sie zu jenem Ort unterwegs, den Kaksi dem Däumling zeigen wollte.

Als sie Gotland erreichten, verbrachten sie den Nachmittag des zweiten Ostertags schön und friedlich. Es herrschte mildes Frühlingswetter, die Bäume hatten dicke Knospen angesetzt, die Wiesen waren mit Frühlingsblumen geschmückt, die Pappeln ließen ihre langen, dünnen Kätzchen im Winde wehen, und in den kleinen Gärten, die es überall gab, waren die Stachelbeerbüsche schon ganz grün.

Wärme und Frühlingsknospen hatten die Menschen auf Wege und Höfe gelockt, und wo immer einige versammelt waren, vergnügten sie sich mit Spielen. Nicht nur die Kinder spielten, sondern auch die Erwachsenen. Sie warfen mit Steinen nach einem Ziel, sie schleuderten die Bälle so hoch in die Luft, daß sie die Wildgänse fast erreichten. Es sah hübsch und lustig aus, wie diese großen Leute spielten, und wenn sich der Junge später an Gotland erinnerte, dann mußte er zugleich an Spiele und Lieder denken.

Er hatte eine lange Zeit hinuntergeschaut, doch nun hob er zufällig die Augen und wußte sich vor Staunen kaum zu fassen. Ohne daß er es bemerkt hatte, waren die Gänse vom Inneren der Insel fort und westwärts zur Küste geflogen. Vor ihm lag das weite, blaue Meer. Doch nicht das Meer war merkwürdig, sondern eine Stadt, die sich am Ufer erhob.

Der Junge kam von Osten, und im Westen ging gerade die Sonne unter. Als er sich der Stadt näherte, hoben sich ihre Mauern und Türme, die hohen Giebelhäuser und Kirchen vollkommen schwarz vom hellen Abendhimmel ab. Er konnte daher nicht erkennen, wie es sich in Wirklichkeit damit verhielt, und glaubte ein paar Augenblicke, diese Stadt sei ebenso prächtig wie jene, die er in der Osternacht gesehen.

Als er sie dann aus der Nähe sah, entdeckte er, daß sie

der Stadt vom Meeresgrund ähnlich und wieder nicht ähnlich war. Es war derselbe Unterschied, als würde man einen Mann an dem einen Tag mit Purpur und Schmuck bekleidet sehen und an einem anderen verarmt und in Lumpen.

Ja, diese Stadt war wohl einst genauso prächtig gewesen wie jene, die er in seinen Gedanken hatte. Auch sie war von einer Mauer mit Türmen und Toren umgeben. Aber die Türme der Stadt, die noch immer auf dem Land stehen durfte, waren ohne Dach und hohl und leer. Den Toren fehlten die Torflügel, Wächter und Kriegsknechte waren verschwunden. Von all der glänzenden Pracht war nichts mehr da. Nur das nackte, graue Steingerippe war übrig.

Als der Junge das Innere der Stadt überflog, sah er, daß sie zum größten Teil aus kleinen, niedrigen Häusern bestand. Doch hier und da gab es einige hohe Giebelhäuser und ein paar Kirchen, die aus der alten Zeit stammten. Die Wände der Giebelhäuser waren weißgetüncht und vollkommen schmucklos. Da der Junge aber gerade erst die versunkene Stadt gesehen hatte, glaubte er zu ahnen, wie sie einst mit Standbildern und schönen Steinen geschmückt gewesen waren. Und genauso war es mit den alten Kirchen. Die meisten von ihnen waren ohne Dach und im Inneren nackt. Die Fensteröffnungen gähnten leer, die Fußböden waren mit Gras bewachsen, und an den Wänden kletterte Efeu. Aber jetzt wußte er, wie sie einmal ausgesehen hatten: mit Bildwerken und Gemälden bedeckt, im Chor hatte ein geschmückter Altar mit goldenen Kruzifixen geglänzt, und die Priester hatten goldene Ornate getragen.

Der Junge sah auch die schmalen Straßen, die am Feiertag fast menschenleer waren. Er aber wußte, wie es hier einmal von prächtig gekleideten Menschen gewimmelt hatte. Er wußte, daß diese Straßen großen Werkstätten geglichen hatten, mit einer Menge Handwerker aller Art.

Doch Nils Holgersson bemerkte nicht, daß die Stadt auch heute noch ansehnlich und bemerkenswert ist. Seine Augen waren von der Herrlichkeit des Vergangenen so erfüllt, daß er dem Gegenwärtigen nichts Gutes abgewinnen konnte.

Die Wildgänse flogen ein paarmal über der Stadt hin und her, damit der Däumling auch ja alles richtig sehen konnte. Schließlich nahm er sich vor, sich nicht mehr darüber zu grämen, daß er die versunkene Stadt nicht hatte retten können.

Nein, das wollte er nicht, nachdem er die andere gesehen hatte. Wenn jene Stadt, die ihm erschienen war, nicht wieder auf den Meeresgrund gesunken wäre, dann wäre sie vielleicht nach einiger Zeit genauso verfallen wie diese. Vielleicht wären ihre Kirchen bald ohne Dach, die Häuser ohne Schmuck und die Straßen öde und leer wie hier gewesen. Da war es doch besser, daß es sie tief im Verborgenen mit all ihrer Herrlichkeit noch gab.

»Es war am besten so, wie es ging«, dachte er. »Wenn es in meiner Macht stünde, die Stadt zu retten – ich glaube, ich würde es nicht tun.«

Und viele von denen, die jung sind, denken wohl ebenso. Doch wenn man alt wird und sich daran gewöhnen muß, mit wenigem zufrieden zu sein, dann freut man sich mehr an jenem Visby, das es noch gibt, als an einem prächtigen Vineta auf dem Meeresgrund.

14
Die Krähen

Der Tonkrug

In der südwestlichen Ecke von Småland liegt ein Kreis mit Namen Sunnerbo. Dort ist es ganz flach und eben, und wer das Gebiet im Winter sieht, wenn es verschneit ist, der kann sich darunter nur gepflügte Brachäcker, grüne Roggenfelder und gemähte Kleewiesen vorstellen, wie in anderen flachen Gegenden auch. Doch wenn der Schnee Anfang April endlich taut, stellt sich heraus, daß er nichts weiter als trockene, sandige Heiden, nackte Felsen und große Moore verborgen hatte. Äcker gibt es zwar hier und da auch, aber sie sind so winzig, daß man sie kaum bemerkt.

Wo der Kreis Sunnerbo an die Grenze von Halland stößt, dehnt sich eine Sandheide aus, die so weit ist, daß man nicht vom einen Ende zum anderen sehen kann. Auf der ganzen Fläche wächst nichts weiter als Heidekraut. Obwohl es nur einen kleinen, verkrüppelten Stamm, kleine verkrüppelte Zweige und trockene, verkrüppelte Blätter hat, bildet es sich ein, es sei ein Baum. Deshalb benimmt es sich genauso wie die richtigen Bäume, verbreitet sich wie ein Wald über große Flächen, hält getreulich zusammen, so daß alle fremden Gewächse, die in seinen Bereich eindringen wollen, aussterben.

Die einzige Gegend, die nicht ausschließlich von diesem Kraut beherrscht wird, ist ein niedriger, steiniger Höhenzug, der sich quer über die Heide erstreckt. Dort gibt es Wacholderbüsche, Ebereschen und auch ein paar schöne große Birken. Zu jener Zeit, als Nils Holgersson mit den Wildgänsen auf Reisen war, stand dort auch eine Hütte, umgeben von einem kleinen, urbar gemachten Feld. Doch die Leute, die darin einmal gewohnt hatten, waren weggezogen.

Bevor sie aufgebrochen waren, hatten sie die Ofenklappe zugemacht, die Fensterhaken vorgelegt und die Tür verschlossen. Sie hatten jedoch nicht daran gedacht, daß eine Fensterscheibe eingeschlagen und nur mit einem Lappen zugestopft war. Dieser Lappen war dann verfault, und schließlich hatte es eine Krähe geschafft, ihn herauszupicken.

Der Höhenzug auf der Heide wurde nämlich von einem großen Krähenvolk bewohnt. Natürlich hielten sich die Krähen nicht das ganze Jahr dort auf. Im Winter zogen sie ins Ausland, im Herbst flogen sie in ganz Götaland von einem Acker zum anderen und pickten Saatkörner, doch im Frühling kehrten sie stets zur Heide zurück, um Nester zu bauen und Eier zu legen.

Wer den Lappen aus dem Fenster gezupft hatte, das war ein Krähenmännchen, das Garm Weißfeder hieß. Doch er wurde niemals anders als Fumle oder Drumle oder gar Fumle-Drumle genannt, weil er sich immer so dumm und ungeschickt anstellte. Fumle-Drumle war größer und stärker als alle anderen Krähen, und wenn es mit rechten Dingen zugegangen wäre, dann hätte er Anführer der ganzen Schar sein müssen, denn diese Würde kam seit unvordenklichen Zeiten dem Ältesten der Weißfedern zu. Doch bevor Fumle-Drumle geboren wurde, hatte sein Geschlecht die Macht verloren, und nun wurde sie von einer wilden, grausamen Krähe ausgeübt, die Wind-Eile hieß.

Die alten Weißfedern waren streng und maßvoll gewesen. Solange sie die Anführer gewesen waren, hatten sie die Krähen zu einem rechtschaffenen Leben gezwungen, das heißt, nur Samenkörner, Würmer, Larven und solche Tiere zu fressen, die schon tot waren. Doch es gab viele Krähen, und die Armut unter ihnen war groß. Sie empörten sich gegen die Weißfedern und brachten Wind-Eile an die Macht, den schlimmsten Nestplünderer und Räuber, den man sich denken kann, falls seine Frau, Wind-Kåra, nicht noch schlimmer war. Unter ihrer Führung fingen die Krähen damit an, über junge Hasen und kleine Vögel herzufallen und jedes Vogelnest zu plündern, das sie erblickten.

Fumle-Drumle hatte natürlich nichts im Schwarm zu sagen. Alle waren sich darüber einig, daß er in keiner Weise seinen tüchtigen Vorvätern nachschlug. Einige, die besonders klug waren, sagten manchmal: »Vielleicht ist es für ihn ein Glück, daß er ein so unbeholfener armer Tropf ist, denn er stammt aus dem alten Häuptlingsgeschlecht, und Wind-Eile und Kåra würden ihn sonst wohl kaum im Schwarm dulden.«

So aber waren sie zu ihm recht freundlich und nahmen ihn gern bei ihren Jagdzügen mit. Da konnten alle sehen, wieviel geschickter und kühner sie selber waren.

Keine der Krähen wußte, daß Fumle-Drumle den Lappen aus dem Fenster gezupft hatte. Er selbst ließ kein Wort darüber fallen, und dafür hatte er seine guten Gründe. Am Tage und in Gegenwart der anderen behandelten ihn Wind-Eile und Kåra immer gut. Doch einmal, als die Kameraden schon zum Schlafen auf den Zweigen saßen, war es ihm in stockfinsterer Nacht passiert, daß ihn ein paar Krähen überfallen und beinah ermordet hatten. Seit diesem Ereignis verließ er jeden Abend nach Einbruch der Dunkelheit seinen gewohnten Schlafplatz und verzog sich in die leere Hütte.

Eines Nachmittags geschah es nun, daß Wind-Eile,

Fumle-Drumle und noch ein paar andere Krähen in eine große Kiesgrube geflogen waren, die sich an dem einen Ende der Heide befand. Während die Krähen darin herumliefen, stürzte von der einen Seite ein Haufen Kies herunter. Sie eilten hinzu und hatten das Glück, zwischen herabgestürzten Steinen und Erdschollen einen ziemlich großen Tonkrug zu entdecken, der mit einem hölzernen Deckel verschlossen war. Natürlich waren sie neugierig auf den Inhalt und versuchten, ein Loch in den Krug zu hacken und den Deckel aufzubrechen, doch beides mißlang.

Während sie den Krug vollkommen ratlos betrachteten, hörten sie eine Stimme sagen: »Soll ich euch zu Hilfe kommen, Krähen?« Schnell blickten sie in die Höhe. Auf dem Rand der Grube saß ein Fuchs und zwinkerte ihnen zu. Es war einer der schönsten Füchse, den sie jemals gesehen hatten. Er hatte nur den einen Makel, daß ihm ein Ohr fehlte.

»Wenn du uns einen Gefallen erweisen willst, dann sagen wir nicht nein«, entgegnete Wind-Eile. Gleichzeitig verließ er mit den anderen die Grube. Der Fuchs sprang hinunter, biß in den Krug und zerrte am Deckel, doch auch er bekam ihn nicht auf.

»Kannst du herausfinden, was darin ist?« fragte Wind-Eile. Der Fuchs rollte den Krug hin und her und lauschte aufmerksam. »Das kann nichts anderes als Silbergeld sein«, sagte er.

Dies war mehr, als die Krähen erwartet hatten. »Glaubst du wirklich, daß es Silber ist?« fragten sie und waren so lüstern, daß ihnen fast die Augen aus dem Kopf fielen, denn Krähen, so merkwürdig es klingen mag, lieben nichts so sehr auf der Welt wie Silbermünzen.

»Hört, wie es klappert!« sagte der Fuchs und rollte

den Tonkrug noch einmal herum. »Ich weiß nur nicht, wie wir da drankommen sollen.«

»Nein, das wird kaum möglich sein«, sagten die Krähen. Der Fuchs rieb sich den Kopf am linken Bein und dachte nach. »Ich kenne einen, der euch den Krug wohl öffnen könnte«, sagte er schließlich.

»Dann sag es! Sag es!« riefen die Krähen und flatterten vor lauter Eifer in die Grube.

Nun erzählte der Fuchs den Krähen vom Däumling und sagte, der würde den Krug schon aufbekommen, sie müßten ihn nur auf die Heide bringen. Doch als Lohn für diesen Rat verlangte er den Däumling ausgeliefert, sowie der ihnen das Silbergeld beschafft hätte. Die Krähen sahen keine Veranlassung, den Däumling in Schutz zu nehmen, und willigten sofort ein.

Von Krähen geraubt

Mittwoch, den 13. April

Die Wildgänse waren gut übers Meer gekommen und hatten sich im Kreis Tjust im nördlichen Småland niedergelassen. Es war, als könnte sich diese Gegend nicht entscheiden, ob sie Land oder Meer sein wollte. Überall eilten Fjorde herbei und zerschnitten das Land zu Inseln und Halbinseln, Landzungen und Landengen.

Es war Abend, als die Wildgänse vom Meer geflogen kamen, und das leicht hügelige Land lag schön zwischen den glitzernden Fjorden. Hier und da sah der Junge auf den Inseln Hütten und kleine Häuser, und je weiter er ins Landesinnere kam, um so größer und besser wurden die Gebäude. Schließlich wuchsen sie sich zu großen, weißen Gutshöfen aus.

Die Wildgänse ließen sich auf einem kahlen Holm tief im Gåsfjord nieder. Bei einem ersten Blick auf den Strand stellten sie fest, daß der Frühling, während sie auf den Inseln gewesen waren, große Fortschritte gemacht hatte. Zwar waren die Bäume noch nicht mit Laub bekleidet, doch der Boden darunter war bunt von Buschwindröschen, Goldsternen und Leberblümchen. Die Wildgänse fürchteten schon, sie hätten sich zu lange im südlichen Teil des Landes aufgehalten. Akka meinte, sie hätten keine Zeit, die Rastplätze in Småland aufzusuchen, sie müßten gleich am nächsten Morgen über Östergötland nordwärts reisen.

Die Wildgänse waren also in der ersten Dämmerung auf, um sich vor dem Flug nach Östergötland noch ein bißchen Futter zu suchen. Der Holm im Gåsfjord, auf dem sie geschlafen hatten, war klein und kahl, doch ringsum im Wasser gab es Pflanzen, an denen sie sich satt fressen konnten. Schlimmer war es für den Jungen. Er konnte nichts Eßbares finden.

Da fiel sein Blick auf ein paar Eichhörnchen, die auf einer baumbestandenen Landzunge spielten, direkt vor dem Felsenholm. Er bat den weißen Gänserich, ihn hinüber zu dieser Landzunge zu tragen, damit er sich ein paar Haselnüsse erbetteln könnte.

Der große Weiße schwamm sogleich mit ihm über den Sund, doch die Eichhörnchen mochten dem Jungen nicht zuhören. Statt dessen verzogen sie sich tiefer ins Gehölz. Er lief ihnen nach und geriet dem Gänserich, der am Ufer liegengeblieben war, bald aus dem Blickfeld.

Gerade als er durch ein paar Anemonenbüsche watete, die so hoch waren, daß sie ihm bis zum Kinn reichten, spürte er plötzlich, wie ihn jemand von hinten packte und emporzuheben versuchte. Er drehte sich um und sah, daß eine Krähe sein Halsbündchen im Schnabel hielt. Bevor er sich loszureißen vermochte, eilte eine zweite Krähe herbei, schnappte seinen einen Strumpf und warf ihn zu Boden.

Nils Holgersson trat und schlug, doch die Krähen ließen nicht locker, und schließlich gelang es ihnen, sich mit ihm in die Luft zu erheben. Dabei gingen sie so grob mit ihm um, daß sein Kopf gegen einen Zweig stieß. Er bekam einen derben Schlag auf den Scheitel, daß ihm schwarz vor Augen wurde, und dann verlor er das Bewußtsein.

Als er allmählich wieder zur Besinnung kam, wußte er anfangs weder, wo er war, noch was er unter sich sah. In der Tiefe schien sich ein ungeheuer großer Wollteppich auszubreiten, grün und braun gewebt. Er war sehr dick und prächtig, schade nur, daß er so übel zugerichtet war. Er war richtig zerfetzt, von langen Rissen durchzogen, und an manchen Stellen waren große Stücke herausgeschnitten. Das Merkwürdigste an diesem Teppich war, daß er über einem Spiegel zu liegen schien, denn aus seinen Löchern und Rissen schimmerte blankes, glänzendes Glas hervor.

Nun wurde der Junge gewahr, daß die Sonne am Himmel heraufgerollt kam. Sofort leuchtete das Spiegelglas unter den Löchern und Rissen des Teppichs rot und golden auf. Das sah wunderschön aus, und der Junge freute sich an dem prächtigen Farbenspiel, obgleich er nicht recht verstand, was das eigentlich war. Doch jetzt näherten sich die Krähen dem Boden, und auf einmal bemerkte er, daß der große Teppich unter ihm die Erde war, die hier von grünem Nadelwald und braunem, kahlem Laubwald bekleidet wurde, und die Löcher und Risse waren blitzende Fjorde und kleine Seen.

Er erinnerte sich, daß er bei seinem ersten Ritt durch die Luft geglaubt hatte, der Erdboden von Schonen habe

Ähnlichkeit mit einem karierten Stück Stoff. Aber was mochte das für ein Land sein, das einem zerfetzten Teppich glich?

Auf einmal wurde ihm alles klar. Er wurde nach Südwesten getragen, denn er hatte die Sonnenscheibe im Rücken. Und der große Waldteppich, der unter ihm lag, das war gewiß Småland.

Der Junge rief den Krähen zu, sie sollten ihn sofort zu den Wildgänsen zurückbringen. Er war nicht im geringsten beunruhigt, sondern glaubte, die Krähen schleppten ihn aus reinem Mutwillen fort.

Die Krähen beachteten seine Aufforderung gar nicht, sondern flogen weiter, so schnell sie konnten. Doch nach einer Weile klatschte eine von ihnen mit den Flügeln, in jener Art, die bedeutet: »Seht euch vor! Gefahr!« Gleich darauf tauchten sie in einem Fichtenwald unter, drängten sich durch die struppigen Zweige bis auf den Boden und setzten den Jungen unter einer dichten Fichte ab. Hier war er so gut versteckt, daß ihn nicht einmal ein Falke entdeckt hätte.

Fünfzig Krähen umgaben ihn und richteten ihre Schnäbel auf ihn, um ihn zu bewachen. »Jetzt kann ich vielleicht mal erfahren, warum ihr mich entführt habt, Krähen!« sagte er. Doch kaum hatte er ausgesprochen, da zischte ihn eine große Krähe an: »Halt's Maul! Sonst hacke ich dir die Augen aus.«

Die Krähe meinte ihre Worte offenbar ernst, und dem Jungen blieb nichts weiter übrig, als ihr zu gehorchen. Da saß er nun und starrte die Krähen an, und die Krähen starrten ihn an.

Je länger er sie betrachtete, um so weniger gefielen sie ihm. Ihre Federkleider waren entsetzlich verstaubt, als würden sie weder Baden noch Einfetten kennen. Ihre Zehen und Krallen waren von festgetrockneter Erde schmutzig, und in ihren Mundwinkeln saßen Futterreste. Das war eine andere Sorte Vögel als die Wildgänse, stellte er fest. Sie erschienen ihm grausam, habgierig, wachsam und verwegen, ganz wie Spitzbuben und Landstreicher.

»Da bin ich wohl unter ein richtiges Räuberpack gefallen«, dachte er.

Im gleichen Augenblick hörte er über sich die Lockrufe der Wildgänse: »Wo bist du? Ich bin hier. Wo bist du? Ich bin hier.«

Ihm wurde klar, daß sich Akka mit den anderen auf die Suche nach ihm begeben hatte. Doch bevor er antworten konnte, zischte ihm die große Krähe, vermutlich der Anführer der Bande, ins Ohr: »Denk an deine Augen!« Da blieb ihm nichts weiter übrig, als zu schweigen.

Nach einer Weile machten die Krähen Anstalten zum Aufbruch. Als sie ihn jetzt wieder so grob anpacken wollten, sagte der Junge: »Kann mich denn keine von euch Krähen auf den Rücken nehmen? Ihr habt mich schon so geschunden, daß ich mich wie zerschlagen fühle. Laßt mich doch reiten! Ich werde mich nicht vom Krähenrücken in die Tiefe stürzen, das verspreche ich euch.«

»Glaub ja nicht, daß wir uns darum scheren, wie es dir geht«, sagte der Anführer. Doch jetzt trat die größte der Krähen vor, ein zerzaustes, schwerfälliges Männchen mit einer weißen Feder im Flügel, und sagte: »Es wäre wohl für uns alle besser, Wind-Eile, wenn der Däumling ganz und nicht halb ankäme. Darum will ich versuchen, ihn auf dem Rücken zu tragen.«

»Wenn du das schaffst, Fumle-Drumle, dann habe ich nichts dagegen«, sagte Wind-Eile. »Aber verlier ihn nicht!«

Damit war schon viel gewonnen, und der Junge wurde wieder richtig froh. »Es lohnt sich nicht, daß ich den Mut verliere, bloß weil mich die Krähen gestohlen haben«, dachte er. »Mit diesen Jämmerlingen werde ich doch wohl fertig.«

Die Krähen flogen immer noch über Småland in Richtung Südwesten. Der Morgen war prachtvoll, sonnig und windstill, und die Vögel sangen aus voller Kehle ihre Hochzeitslieder. In einem hohen, dunklen Wald saß im Wipfel einer Fichte die Drossel mit hängenden Flügeln und geblähtem Hals und schlug ihre Triller. »Wie schön du bist! Wie schön du bist! Wie schön du bist!« sang sie. Und sobald sie mit ihrem Lied zu Ende war, fing sie von vorn an.

Doch als der Junge, der gerade über diesen Wald flog, das Lied ein paarmal gehört hatte, legte er die Hände wie einen Trichter vor den Mund und rief hinunter: »Das wissen wir schon. Das wissen wir schon.«

»Wer ist das? Wer ist das? Wer ist das? Wer verspottet mich?« fragte die Drossel.

»Krähenraub, der verspottet dein Lied«, antwortete der Junge. Sofort wandte der Krähenhäuptling den Kopf und sagte: »Denk an deine Augen, Däumling!« Aber der Junge dachte: »Nein, rede du nur! Ich will dir gerade zeigen, daß ich keine Angst vor dir habe.«

Sie flogen immer tiefer ins Land, und überall gab es Wälder und Seen. In einem Birkenwäldchen saß auf einem nackten Zweig die Waldtaube, und vor ihr stand der Täuberich. Er plusterte seine Federn auf, verdrehte den Hals und beugte sich nieder, so daß seine Brustfedern den Zweig berührten. Dabei gurrte er: »Du, du, du bist die Schönste im Wald. Keine im Wald ist so schön wie du, du, du.«

Doch in der Luft flog der Junge vorbei, und als er den

Täuberich hörte, konnte er nicht still bleiben. »Glaub ihm nicht! Glaub ihm nicht!« rief er.

»Wer, wer, wer verleumdet mich?« gurrte der Täuberich und suchte jenen mit den Augen, der gerufen hatte.

»Krähenbeute, der verleumdet dich«, antwortete der Junge.

Die Gegend, über die sie flogen, war zum größten Teil mit Wald bedeckt, doch es gab natürlich auch Kirchen und Kirchdörfer und kleine Häuser. An einer Stelle sahen sie einen hübschen alten Herrensitz, der zwischen dem Wald und einem See gelegen war. Er hatte rote Mauern und ein Mansardendach, der Hof war mit riesigen Ahornbäumen eingefaßt, und im Garten wuchsen große, struppige Stachelbeerbüsche. Ganz oben auf der Wetterfahne saß ein Star und sang so laut, daß sein Weibchen, das im Nistkasten am Birnbaum brütete, jeden Ton hören konnte. »Wir haben vier schöne kleine Eier«, sang er. »Wir haben vier schöne runde kleine Eier. Wir haben das ganze Nest voll prächtiger Eier.«

Gerade als der Star sein Lied zum tausendsten Mal sang, flog der Junge über den Hof. Er legte die Hände wie einen Trichter vor den Mund und rief: »Die soll die Elster holen! Die soll die Elster holen!«

»Wer will mich da erschrecken?« fragte der Star und flatterte unruhig mit den Flügeln.

»Krähenfang, der will dich erschrecken«, antwortete der Junge. Diesmal versuchte der Krähenhäuptling nicht, ihn zum Schweigen zu bringen. Im Gegenteil, er und der ganze Schwarm fanden das so lustig, daß sie vor Wohlbehagen krächzten.

Je weiter sie ins Land hineinkamen, um so größer wurden die Seen und um so zahlreicher die Inseln und Landzungen. Am Ufer des einen Sees stand der Enterich und machte vor der Ente seine Verbeugungen. »Ich will dir mein Leben lang treu sein. Ich will dir mein Leben lang treu sein«, sagte er.

»Nicht mal bis zum Ende des Sommers«, schrie der Junge, als er vorüberflog.

»Was bist du denn für einer?« rief der Enterich.

»Ich heiße Krähengeklaut«, schrie der Junge.

Um die Mittagszeit ließen sich die Krähen auf einer Weide nieder. Sie liefen hin und her und suchten sich Futter, doch keine dachte daran, auch dem Jungen etwas abzugeben. Da brachte Fumle-Drumle seinem Häuptling einen wilden Rosenzweig, an dem ein paar rote Hagebutten saßen. »Das sollst du haben, Wind-Eile«, sagte er. »Das ist gute Speise und paßt zu dir.« Wind-Eile schnaubte verächtlich: »Glaubst du, ich mache mir was aus alten, vertrockneten Hagebutten?«

»Und ich hatte gedacht, du würdest dich darüber freuen!« sagte Fumle-Drumle und warf den Hagebuttenzweig weg, als ärgerte er sich darüber. Doch der Zweig fiel direkt vor dem Jungen nieder, und der war nicht faul, griff rasch zu und aß sich satt.

Als die Krähen gefressen hatten, wurden sie gesprächig. »Woran denkst du, Wind-Eile? Du bist heute so still«, sagte eine zum Anführer.

»Ich denke an ein Huhn, das einmal in dieser Gegend lebte. Das liebte seine Herrin sehr, und um ihr eine rechte Freude zu machen, legte es ein paar Eier und versteckte sie unter dem Kuhstall. Beim Brüten dachte es die ganze Zeit vergnügt daran, wie sehr sich die Bäuerin über die Kücken freuen würde. Die wunderte sich natürlich, wo das Huhn so lange blieb. Sie suchte es, ohne es zu finden. Kannst du erraten, Langschnabel, wer es mitsamt den Eiern fand?«

»Das kann ich mir wohl denken, Wind-Eile. Aber

weil du diese Geschichte erzählt hast, will ich dir etwas Ähnliches berichten. Erinnert ihr euch an die große schwarze Katze im Pfarrhaus von Hinneryd? Der gefiel es nicht, daß die Herrschaft ihr immer die neugeborenen Jungen wegnahm und ertränkte. Ein einziges Mal gelang es ihr doch, sie sicher zu verstecken, und zwar in einer Strohmiete auf dem Feld. Sie hatte an ihren Jungen große Freude, aber ich glaube, meine Freude war noch größer.«

Nun gerieten die Krähen so in Eifer, daß sie alle durcheinander redeten. »Eier und neugeborene Junge stehlen, was ist das für eine Kunst?« sagte eine. »Ich habe einmal einen jungen Hasen gejagt, der fast erwachsen war. Ich habe ihn von einem Dickicht ins andere verfolgt ...« Weiter kam sie nicht, da fiel ihr eine andere ins Wort. »Es mag ja lustig sein, Hühner und Katzen zu ärgern, aber ich finde es noch interessanter, wenn eine Krähe einem Menschen Schaden zufügt. Einmal stahl ich einen silbernen Löffel ...«

Doch jetzt hielt der Junge dieses Gerede nicht länger aus. »Nein, hört mal, Krähen!« sagte er. »Ihr solltet euch schämen, daß ihr alle eure Schandtaten erzählt! Seit drei Wochen lebe ich unter Wildgänsen und habe von ihnen nur Gutes gehört und gesehen. Ihr müßt einen schlechten Häuptling haben, der euch auf solche Weise rauben und morden läßt. Ihr solltet euer Leben wirklich ändern, denn die Menschen haben eure Bosheit mehr als satt und versuchen, euch mit aller Macht auszurotten, das kann ich euch sagen.«

Als Wind-Eile und die anderen Krähen das hörten, wollten sie sich auf den Jungen stürzen und ihn zerreißen. Doch Fumle-Drumle lachte und krächzte und stellte sich vor ihn. »Nein, nein, nein!« rief er. »Was glaubt ihr wohl, was Wind-Kåra sagen wird, wenn ihr den Däumling in Stücke reißt, bevor er uns das Silbergeld verschafft hat?«

Kurz danach zogen die Krähen weiter. Bisher hatte der Junge bei sich gedacht, daß Småland doch kein so armes Land sei, wie er geglaubt hatte. Es gab zwar viele Wälder und Höhenzüge, doch an Flüssen und Seen lagen bebaute Felder, und eine vollkommen öde Gegend hatte er noch nicht gesehen. Aber je tiefer er nun ins Land kam, um so seltener wurden Dörfer und Gehöfte. Schließlich glaubte er über eine richtige Wüstenei zu fliegen, denn er sah nichts weiter als Moore und Heiden und Wacholderhügel.

Als die Krähen die große Heide erreichten, war die Sonne untergegangen, doch es war noch taghell. Wind-Eile schickte eine Krähe voraus, um Wind-Kåra seinen Erfolg zu vermelden. Als diese davon erfuhr, erhob sie sich mit mehreren hundert Krähen vom Krähenhügel und flog den Ankömmlingen entgegen. Während sie ein ohrenbetäubendes Geschrei anstimmten, sagte Fumle-Drumle zu dem Jungen: »Du bist auf der Reise so lustig und froh gewesen, daß du mir richtig gefällst. Deshalb will ich dir einen guten Rat geben. Sobald wir uns niederlassen, wird man dir eine Arbeit auftragen, die dir sehr leicht erscheinen mag. Doch hüte dich, sie auszuführen!«

Gleich darauf setzte Fumle-Drumle den Jungen auf dem Grund einer Sandgrube ab. Nils Holgersson warf sich zu Boden und blieb liegen, als wäre er vor Müdigkeit am Ende. Er wurde von so vielen Krähen umflattert, daß die Luft wie im Sturmwind brauste, aber er sah nicht auf.

»Däumling«, sagte Wind-Eile, »mal hoch mit dir! Du sollst uns jetzt mit einer Sache helfen, die für dich eine Kleinigkeit ist.«

Doch der Junge rührte sich nicht, sondern stellte sich schlafend. Da packte Wind-Eile ihn am Arm und schleppte ihn durch den Sand zu einem altertümlichen Tonkrug, der mitten in der Grube stand. »Steh auf, Däumling«, sagte er, »und öffne diesen Krug!«

»Warum kannst du mich nicht schlafen lassen?« sagte der Junge. »Ich bin zu müde, um heute abend noch irgendwas zu tun. Warte bis morgen!«

»Öffne den Krug!« sagte Wind-Eile und schüttelte ihn. Da setzte sich der Junge auf und betrachtete den Krug von oben bis unten. »Wie soll ich das können? Dieser Krug ist ja genauso groß wie ich.«

»Öffne ihn!« befahl Wind-Eile noch einmal. »Sonst soll es dir schlecht ergehen.«

Der Junge erhob sich, wankte zum Krug, befühlte den Deckel und ließ die Arme sinken. »Das schaffe ich nicht«, sagte er.

Doch Wind-Eile verlor die Geduld, stürmte auf ihn los und hackte nach ihm. Eine solche Behandlung wollte sich der Junge von einer Krähe nicht gefallen lassen. Er lief ein paar Schritte zurück, zog sein Messer aus der Scheide und hielt es ausgestreckt vor sich. »Nimm dich in acht!« rief er Wind-Eile zu.

Der war viel zu wütend, um der Gefahr auszuweichen. Wie ein Blinder stürzte er sich auf den Jungen und damit direkt in das Messer, das ihm durch das Auge bis ins Gehirn drang. Der Junge zog es rasch zurück, doch Wind-Eile schlug nur noch einmal mit den Flügeln und fiel tot um.

»Wind-Eile ist tot! Der Fremde hat unsern Häuptling ermordet!« riefen die Krähen, die am nächsten standen, und dann erhob sich ein entsetzlicher Lärm. Einige jammerten, andere schrien nach Rache. Angeführt von Fumle-Drumle, liefen oder flatterten sie alle auf den

Jungen zu. Doch Fumle-Drumle benahm sich so närrisch wie immer. Er flatterte mit seinen ausgebreiteten Flügeln nur über dem Jungen hin und her und verhinderte damit, daß die anderen ihn erreichten und mit ihren Schnäbeln durchbohrten.

Jetzt glaubte der Junge wirklich, daß es schlimm für ihn stand. Da aber fiel ihm der Tonkrug ein. Mit einem kräftigen Griff packte er den Deckel und schob ihn herunter. Dann sprang er hinein, um sich darin zu verstekken. Das war jedoch nicht gut möglich, denn der Krug war fast bis zum Rand mit kleinen, dünnen Silbermünzen angefüllt. Der Junge bückte sich und warf die Münzen eine nach der anderen hinaus.

Bis dahin hatten ihn die Krähen in einem dichten Schwarm umschwirrt und nach ihm gehackt. Doch als er nun das Geld aus dem Krug warf, hatten sie ihre Rachgier sofort vergessen und pickten die Münzen eifrig auf. Der Junge warf sie mit vollen Händen, und alle Krähen, sogar Wind-Kåra persönlich, machten sich darüber her. Jede, dic ein Geldstück erwischen konnte, flog so schnell sie konnte zu ihrem Nest, um es in Sicherheit zu bringen.

Als der Junge alles Silbergeld aus dem Krug geworfen hatte, schaute er auf. In der Sandgrube war nur noch ein einziges Krähenmännchen, und das war Fumle-Drumle mit der weißen Feder im Flügel, der ihn getragen hatte. »Du hast mir einen größeren Dienst erwiesen, als du selber weißt, Däumling«, sagte er mit ganz veränderter Stimme und in einem ganz anderen Tonfall als zuvor, »und darum will ich dir das Leben retten. Setz dich auf meinen Rücken, dann bringe ich dich in ein Versteck, wo du heute nacht sicher bist! Morgen werde ich dafür sorgen, daß du zu den Wildgänsen zurückkehrst.«

Die Hütte

Donnerstag, den 14. April

Als der Junge am nächsten Morgen erwachte, lag er auf einem Bett. »Ob Mutter wohl bald den Kaffee bringt«, murmelte er im Halbschlaf vor sich hin. Dann aber fiel ihm ein, daß er sich in einer verlassenen Hütte auf dem Krähenhügel befand, wohin ihn Fumle-Drumle mit der weißen Feder am Abend zuvor getragen hatte.

Nach der Reise, die der Junge am Vortag hatte machen müssen, tat ihm der ganze Körper weh, und er genoß das Stilliegen, während er darauf wartete, daß Fumle-Drumle ihn wie versprochen abholen würde.

Vor dem Bett hingen Vorhänge aus kariertem Baumwollstoff. Er schob sie zur Seite, um sich in der Hütte umzuschauen. Ein solches Bauwerk hatte er noch nie gesehen, das war ihm sofort klar. Die Wände waren nur ein paar Reihen von Baumstämmen, dann kam gleich das Dach. Der Raum hatte keine Decke, man konnte darüber den Dachfirst erkennen. Die ganze Hütte war so winzig, daß sie eher für Leute seiner Größe als für richtige Menschen gebaut zu sein schien. Dagegen hatte der gemauerte Herd ein solches Ausmaß, daß er glaubte, er habe nie einen größeren gesehen. Daneben, an der einen Giebelseite, befand sich die Eingangstür, die so schmal war, daß sie einer Luke glich. In der anderen Giebelwand entdeckte er ein niedriges, breites Fenster mit vielen kleinen Scheiben. Bewegliche Möbel gab es in der Hütte kaum. Die Bank an der einen Längsseite, der Tisch unter dem Fenster, auch das große Bett, auf dem er lag, und der bunte Schrank, alles war an der Wand befestigt.

Unwillkürlich überlegte der Junge, wem wohl die Hütte gehörte und warum sie verlassen war. Es hatte den Anschein, als ob ihre Bewohner zurückkehren wollten. Auf dem Herd standen noch Kaffeekessel und Grützetopf, und in der Ofenecke lag ein wenig Brennholz. Auf dem Bord über dem Fenster sah er Werg und Flachs, ein paar Stränge Garn, ein Talglicht und ein Bund Streichhölzer.

Der Junge sah sich in der Hütte um, ob für ihn etwas von Nutzen sein könnte. »Ich darf mir wohl nehmen, was ich brauche«, dachte er, »wenn es kein anderer haben will.« Doch das meiste war zu groß und zu schwer. Nur ein paar Streichhölzer würde er tragen können.

Er kletterte auf den Tisch und schwang sich dann mit Hilfe der Gardine auf das Bord über dem Fenster. Während er sich dort oben mehrere Streichhölzer am Leib festband, kam die Krähe mit der weißen Feder durchs Fenster herein.

»Siehst du, da bin ich!« sagte Fumle-Drumle und ließ sich auf dem Tisch nieder. »Ich konnte nicht eher kommen, denn die Krähen haben heute als Nachfolger von Wind-Eile einen neuen Häuptling gewählt.«

»Und wen habt ihr gewählt?« fragte der Junge.

»Wir haben einen gewählt, der Raub und Ungerechtigkeit nicht zulassen wird. Wir haben Garm Weißfeder gewählt, vormals genannt Fumle-Drumle«, antwortete er und reckte sich, daß er ganz majestätisch aussah.

»Da habt ihr eine gute Wahl getroffen«, sagte der Junge und beglückwünschte ihn.

»Ja, du darfst mir wohl Glück wünschen«, sagte Garm und erzählte ihm nun, wie es ihm vorher mit Wind-Eile und Kåra ergangen war.

Doch plötzlich hörte der Junge vor dem Fenster eine Stimme, die ihm bekannt erschien. »Hält er sich hier auf?« fragte Fuchs Smirre.

»Ja, hier hat er sich versteckt«, antwortete eine Krähenstimme.

»Nimm dich in acht, Däumling!« rief Garm. »Vor der Hütte steht Wind-Kåra mit diesem Fuchs, der dich auffressen will.« Mehr vermochte er nicht zu sagen, denn Smirre machte einen Satz gegen das Fenster, dessen alter, morscher Rahmen nachgab, und stand im nächsten Augenblick auf dem Tisch. Garm Weißfeder, dem keine Zeit zur Flucht blieb, wurde sofort totgebissen. Dann sprang Smirre auf den Fußboden und sah sich nach dem Jungen um.

Der versuchte, sich hinter einem großen Büschel Werg zu verstecken, doch Smirre hatte ihn schon entdeckt und duckte sich zum Sprung. Da die Hütte so klein und niedrig war, wußte der Junge, daß ihn der Fuchs ohne die geringste Schwierigkeit erreichen könnte. Doch jetzt besaß er zu seiner Verteidigung Waffen. Rasch entzündete er ein Streichholz, hielt es an das Werg und warf dann das brennende Büschel auf Fuchs Smirre. Der bekam einen wahnsinnigen Schreck, dachte nicht mehr an den Jungen und floh Hals über Kopf aus der Hütte.

Doch wie es schien, war der Junge der einen Gefahr entronnen, um in eine noch größere zu geraten. Vom Wergbüschel, das er auf Fuchs Smirre geworfen hatte, hatte das Feuer auf die Bettvorhänge übergegriffen. Er sprang hinunter und versuchte es zu ersticken, doch es loderte schon viel zu heftig. Die Hütte füllte sich schnell mit Rauch, und Smirre, der vor dem Fenster stand, merkte nun wohl, was darin passierte. »Na, Däumling«, rief er, »was ist dir lieber: gebraten werden oder zu mir herauskommen?«

Das Feuer griff mit rasender Geschwindigkeit um sich. Das ganze Bett stand in Flammen, vom Fußboden stieg Rauch auf, und der Junge war schon halb erstickt, da hörte er, wie ein Schlüssel ins Türschloß gesteckt und behutsam herumgedreht wurde. Das mußten Menschen sein, und in dieser äußersten Not spürte er keine Angst vor ihnen, sondern nur Freude. Schon war er auf der Schwelle, da ging die Tür endlich auf. Vor ihm standen zwei Kinder. Doch er ließ sich keine Zeit, um ihre Gesichter beim Anblick der brennenden Hütte zu studieren, sondern stürzte an ihnen vorbei ins Freie.

Er durfte nicht allzu weit laufen, denn er wußte, daß Fuchs Smirre auf ihn lauerte. Also mußte er sich in der Nähe der Kinder halten. Er drehte sich um und wollte sie erst einmal in Augenschein nehmen. Doch er hatte kaum einen Blick auf sie geworfen, da eilte er auf sie zu und rief: »Nein, so was, guten Tag, Gänsemädchen Åsa! Guten Tag, kleiner Mats!«

Als der Junge die Kinder erkannte, hatte er vollkommen vergessen, wo er sich befand. Krähen und brennende Hütte waren aus seinen Gedanken verschwunden. Ihm war, als ginge er über ein Stoppelfeld in West-Vämmenhög und hütete eine Schar Gänse, und die Kinder aus Småland hüteten auf dem Nachbarfeld ihre Gänse. Und da rief er, wie er ihnen immer zugerufen hatte: »Nein, so was, guten Tag, Gänsemädchen Åsa! Guten Tag, kleiner Mats!«

Doch als die beiden Kinder so einen winzigen Knirps mit ausgestreckter Hand auf sich zukommen sahen, hielten sie sich aneinander fest und wichen, zu Tode erschrocken, ein paar Schritte zurück.

Der Junge erkannte ihr Entsetzen, wachte auf und besann sich, wer er war. Etwas Schlimmeres hätte ihm gar nicht passieren können, als in seiner verzauberten Gestalt gerade diesen Kindern unter die Augen zu geraten. Er drehte sich um und lief weg. Wohin, wußte er selbst nicht.

Doch auf der Heide gab es ein gutes Zusammentreffen. Der Junge entdeckte im Heidekraut etwas Weißes, und der weiße Gänserich kam ihm entgegen. Als der

Weiße sah, in welcher Eile der Junge war, glaubte er, gefährliche Feinde seien hinter ihm her. Er warf sich den Jungen rasch auf den Rücken und flog mit ihm davon.

15
Die alte Bauersfrau

Donnerstag, den 14. April

Drei müde Reisende waren spätabends noch unterwegs und suchten eine Herberge für die Nacht. Sie flogen über eine karge, öde Gegend im nördlichen Småland. Trotzdem hätten sie einen Ruheplatz nach ihrem Wunsch finden müssen, denn sie waren nicht verweichlicht und verlangten weder weiche Betten noch gemütliche Zimmer.

Am schlimmsten war, daß zwei der Reisenden nach Sonnenuntergang immer müder wurden und jeden Augenblick abzustürzen drohten. Der dritte, der sich wach halten konnte, wurde um so unruhiger, je näher die Nacht rückte. »Es ist aber auch ein Pech, daß wir durch ein Land reisen, wo Seen und Moore noch zugefroren sind und der Fuchs überall hinkommen kann«, dachte er. »Wenn ich nur wüßte, wie ich einen guten Schlafplatz finde.«

Der Junge spähte nach allen Seiten, doch er sah keine Herberge, wo sie hätten einkehren können. Es war ein trüber, dunkler Abend mit Wind und Nieselregen. Jeden Augenblick wurde es ungemütlicher und unheimlicher.

Endlich erreichten sie einen Bauernhof, der einsam und weit entfernt von allen Nachbarn lag. Und nicht nur das, er schien auch vollkommen unbewohnt zu sein. Kein Rauch stieg aus dem Schornstein, kein Licht fiel aus den Fenstern, kein Mensch regte sich auf dem Hofplatz. Als der Junge dieses Gehöft sah, dachte er: »Nun mag es gehen, wie es will, aber hier müssen wir versuchen einzudringen.«

Gleich darauf standen alle drei auf dem Hofplatz. Das Anwesen war gar nicht so klein. Außer Wohnhaus und Pferdestall und Kuhstall gab es eine lange Reihe von Wirtschaftsgebäuden: Scheunen, Tennen und Geräteschuppen. Doch alles sah entsetzlich armselig und verfallen aus. Die grauen, schiefen Wände der Gebäude waren mit Moos bewachsen und schienen dem Einsturz nahe. In den Dächern klafften Löcher, und die Türen hingen in zerbrochenen Angeln.

Indessen hatte der munterste der drei seine Reisekameraden zum Kuhstall geführt. Der war zum Glück nur mit einem Haken verschlossen, den er leicht mit einem Stöckchen wegschieben konnte. Schon glaubte er, gleich in Sicherheit zu sein, und stieß einen Seufzer der Erleichterung aus. Doch als sich die Stalltür mit lautem Knarren öffnete, hörte er das Brüllen einer Kuh. »Kommt Ihr jetzt endlich, Herrin?« sagte sie. »Ich habe schon gefürchtet, Ihr würdet mir heute abend kein Futter bringen.«

Der wache Reisende blieb ganz erschrocken in der Tür stehen. Als er jedoch sah, daß nur eine einzige Kuh und drei oder vier Hühner im Kuhstall waren, faßte er wieder Mut. »Wir sind drei arme Reisende und möchten irgendwo unterkommen, wo uns kein Fuchs überfallen und kein Mensch fangen kann«, sagte er. »Wir hätten gern gewußt, ob dies ein guter Platz für uns wäre.«

»Das will ich wohl meinen«, antwortete die Kuh. »Die Wände sind zwar schlecht, aber ein Fuchs kommt noch nicht hindurch. Sonst wohnt hier niemand als eine alte Frau, die gewiß nicht imstande ist, jemanden gefangenzunehmen. Aber wer seid ihr denn?« fuhr sie fort und drehte sich in ihrem Stand, um die Neuankömmlinge zu betrachten.

»Ja, ich bin Nils Holgersson aus West-Vämmenhög, der in einen Kobold verwandelt wurde«, antwortete der Junge, »und bei mir habe ich einen zahmen Gänserich, auf dem ich durch die Luft reite, und eine Graugans.«

»So nette Fremdlinge sind noch nie in meinen vier Wänden gewesen«, sagte die Kuh. »Ihr sollt mir willkommen sein, obwohl es mir lieber wäre, die Herrin hätte mir mein Abendbrot gebracht.«

Da führte der Junge die Gänse in den Kuhstall und brachte sie in einem leeren Verschlag unter, wo sie augenblicklich einschliefen. Für sich selbst bereitete er ein kleines Lager aus Stroh und wollte es seinen Kameraden sofort nachtun.

Aber daraus wurde nichts, denn die arme Kuh konnte sich keinen Augenblick still verhalten. Sie rüttelte an der Halskette, drehte und wendete sich in ihrem Stand und klagte darüber, wie hungrig sie sei. Der Junge fand keine Ruhe zum Schlafen. Er lag da und dachte darüber nach, wie schwer die letzten Tage für ihn gewesen waren. Aber es war doch ein großes Glück gewesen, daß der Gänserich ihn noch rechtzeitig gefunden hatte. Sobald die Wildgänse sein Verschwinden bemerkt hatten, waren sie zwei und zwei aufgebrochen, um ihn zu suchen. Der weiße Gänserich hatte sich Daunenfein als Reisegefährtin ausgewählt. Er hatte die kleinen Vögel gefragt, die alles wissen, und mit ihrer Hilfe war er auf die rechte Spur gelangt.

Auf einmal sprach die Kuh den Jungen an: »Mir schien, als hätte einer der Ankömmlinge erzählt, er sei ein Kobold. Wenn das so ist, dann kann er wohl auch eine Kuh versorgen.«

»Was fehlt dir denn?« fragte der Junge.

»Mir fehlt alles mögliche«, sagte die Kuh. »Ich habe kein Nachtfutter in die Krippe bekommen und keine Spreu auf den Boden. Die Herrin war zwar in der Dämmerung hier und wollte wie immer Ordnung für mich machen, aber sie fühlte sich so krank, daß sie gleich wieder ins Haus gehen mußte, und dann ist sie nicht wiedergekommen.«

»Es ist traurig, daß ich so klein und schwach bin«, sagte der Junge. »Ich glaube nicht, daß ich dir helfen kann.«

»Jetzt rede mir mal nicht ein, daß du keine Kräfte hast, weil du so klein bist«, sagte die Kuh. »Alle Kobolde, von denen ich reden gehört habe, waren so stark, daß sie ein ganzes Fuder Heu ziehen und eine Kuh mit einem Faustschlag totschlagen konnten.« Der Junge mußte unwillkürlich lachen.

»Das waren wohl Kobolde von anderer Art als ich«, sagte er. »Aber ich will deine Halskette lösen und dir die Tür aufmachen, dann kannst du auf den Hof gehen und aus den Wasserpfützen trinken. Ich will auch versuchen, auf den Heuboden zu klettern und dir Heu in die Krippe zu werfen.«

»Ja, damit wäre mir schon etwas geholfen«, sagte die Kuh.

Der Junge tat, wie er gesagt hatte, und als die Krippe der Kuh mit Heu gefüllt war, glaubte er, er dürfte nun endlich schlafen. Doch kaum war er ins Stroh gekrochen, da begann die Kuh wieder mit ihm zu reden.

»Du wirst es mir vielleicht übelnehmen, wenn ich dich noch um etwas bitte«, sagte sie.

»Nein, nein, wenn es nur etwas ist, was ich schaffen kann«, sagte der Junge.

»Dann möchte ich dich bitten, daß du ins Haus gegenüber gehst und nachsiehst, wie es mit der Herrin steht. Ich fürchte, ihr ist ein Unglück geschehen.«

»Nein, das kann ich nicht«, sagte der Junge. »Ich getraue mich Menschen nicht unter die Augen.«

»Du wirst dich doch wohl nicht vor einer alten, kranken Frau fürchten«, sagte die Kuh. »Du brauchst auch gar nicht in die Stube hineinzugehen. Stell dich draußen vor die Tür und guck durch den Spalt hinein!«

»Ja, wenn du weiter nichts von mir verlangst, dann muß ich das wohl tun«, sagte der Junge.

Damit öffnete er die Stalltür und begab sich auf den Hof. Hier merkte er, wie entsetzlich diese Nacht war. Es leuchteten weder Mond noch Sterne, der Wind heulte, und der Regen strömte. Doch am schlimmsten war, daß auf dem Dachfirst des Wohnhauses sieben große Eulen in einer Reihe saßen. Ihre Klagen über das Wetter hörten sich schon schaurig an, und noch schrecklicher war die Vorstellung, daß auch nur eine davon ihn entdeckte – dann wäre es mit ihm vorbei.

Aber er schaffte es doch bis zum Wohnhaus. Er kletterte ein paar Stufen hinauf, überwand eine Schwelle und betrat einen Flur. Die Tür zum Zimmer war geschlossen, doch unten in der einen Ecke war ein Stück herausgeschnitten, damit die Katze ein und aus gehen konnte. Es war also kein Problem für den Jungen, in der Stube nach dem Rechten zu sehen.

Kaum hatte er einen Blick hineingeworfen, da fuhr er zusammen und zog den Kopf zurück. Auf dem Fußboden lag eine alte, grauhaarige Frau. Sie rührte sich nicht, sie jammerte nicht, und ihr Gesicht schimmerte sonderbar weiß. Es war, als hätte ein unsichtbarer Mond ein bleiches Licht darauf geworfen.

Der Junge begriff, daß diese alte Frau gestorben sein

mußte. Der Tod war wohl so schnell eingetreten, daß sie sich nicht einmal hatte auf ihr Bett legen können.

Als er daran dachte, daß er mitten in dunkler Nacht allein mit einer Toten war, überkam ihn eine entsetzliche Angst. Er stürmte Hals über Kopf die Treppe hinunter und zurück in den Kuhstall.

Dort erzählte er der Kuh, was er in der Stube gesehen hatte. Sie hörte auf zu fressen und sagte: »Ja, so, die Herrin ist tot. Dann wird es mit mir auch bald vorbei sein.«

»Es wird sich bestimmt jemand um dich kümmern«, versuchte der Junge sie zu trösten.

»Du weißt wohl nicht, daß ich schon zweimal so alt bin wie sonst eine Kuh, wenn sie auf die Schlachtbank kommt. Und wenn mich die Herrin nicht mehr versorgen kann, dann mag ich auch nicht mehr leben.«

Sie schwieg eine Weile, aber der Junge merkte wohl, daß sie weder schlief noch fraß. Es dauerte auch nicht lange, da sprach sie weiter: »Sie ist immer in den Kuhstall gekommen und hat mir alles erzählt, was sie bedrückte. Ich habe ihre Worte verstanden, obwohl ich nicht antworten konnte. In den letzten Tagen sprach sie von ihrer Angst, daß in der Stunde ihres Todes niemand bei ihr sein würde. Sie fürchtete, keiner würde ihr die Augen zudrücken und die Hände über der Brust falten, wenn sie gestorben sei. Vielleicht daß du zu ihr gehst und das tust?«

Der Junge war unschlüssig. Er getraute sich nicht, in dieser unheimlichen Nacht zu der Toten zu gehen.

Ein paar Augenblicke war die alte Kuh stumm, als wartete sie auf eine Antwort. Doch als der Junge nichts sagte, wiederholte sie ihr Begehren nicht, sondern begann von ihrer Herrin zu erzählen.

Da gab es viel zu berichten. Zuerst von all den Kindern, die sie aufgezogen hatte. Die alte Kuh kannte sie genau, denn sie waren jeden Tag im Kuhstall gewesen und hatten im Sommer das Vieh im Moor und auf den Weiden gehütet. Es waren allesamt prächtige Menschen gewesen, fröhlich und fleißig. Eine Kuh merkt wohl, ob ihr Hirt etwas taugt.

Auch über den Hof gab es viel zu erzählen. Er hatte nicht immer so armselig wie jetzt ausgesehen. Dazu gehörte ein großes Stück Land, obwohl das meiste davon Moore und steinige Wiesen waren. Da war für Äcker nicht viel Platz, doch überall gab es vorzügliches Futter. Eine Zeitlang hatte in jedem Verschlag des Kuhstalls eine Kuh gestanden, und auch der Ochsenstall, in dem es jetzt kein einziges Tier mehr gab, war damals voll. Lust und Freude herrschten im Wohnhaus und in den Ställen. Wenn die Herrin die Tür zum Kuhstall öffnete, hatte sie geträllert und gesungen, und alle Kühe hatten fröhlich gemuht.

Dann aber starb der Hausherr. Die Kinder waren noch so klein, daß sie nicht mithelfen konnten, und die Herrin mußte den Hof und alle Arbeit und Sorge allein übernehmen. Sie war stark wie ein Mann und konnte pflügen und ernten. Wenn sie abends zum Melken in den Kuhstall kam, war sie manchmal so müde, daß sie weinte. Aber sobald sie an ihre Kinder dachte, wurde sie wieder froh. Dann wischte sie sich die Tränen ab und sagte: »Das macht nichts. Auch für mich kommen einmal gute Tage, wenn meine Kinder nur erst erwachsen sind. Ja, wenn sie nur erst erwachsen sind.«

Doch sobald ihre Kinder erwachsen waren, wurden sie von einer seltsamen Sehnsucht gepackt. Sie wollten nicht zu Hause bleiben, sondern zogen weg in die Fremde. Nie hatte ihre Mutter eine Hilfe an ihnen. Einige der Kinder hatten noch geheiratet, bevor sie aufgebrochen waren, und ließen nun ihre kleinen Kinder zurück. Diese Kinder folgten der Herrin in den Kuhstall, wie einst ihre eigenen Kinder. Sie hüteten die Kühe und waren gute, tüchtige Menschen. Abends, wenn die Bäuerin so müde war, daß sie manchmal beim Melken einschlief, machte sie sich mit dem Gedanken an die Enkelkinder wieder Mut. »Auch für mich kommen einmal gute Tage«, sagte sie und schüttelte die Müdigkeit ab, »wenn sie nur erst erwachsen sind.«

Doch als diese Kinder erwachsen waren, reisten sie zu ihren Eltern ins fremde Land. Keiner kehrte zurück, keiner blieb zu Hause. Die alte Bäuerin war allein auf dem Hof.

Nie hat sie ihre Kinder gebeten, bei ihr zu bleiben. »Sollte ich sie durch Bitten zurückhalten, Rotlinna, wenn sie doch in die Welt hinausziehen und besser leben können?« pflegte sie zu sagen, wenn sie bei der alten Kuh im Verschlag stand. »Hier in Småland haben sie doch nichts als Armut zu erwarten.«

Als aber das letzte Enkelkind den Hof verlassen hatte, war die Bäuerin mit ihrer Kraft am Ende. Auf einmal war sie gebeugt und grau und wankte, als könnte sie nicht mehr gehen. Sie kümmerte sich nicht mehr um den Hof und ließ alles verfallen. Die Gebäude wurden nicht mehr ausgebessert und Ochsen und Kühe verkauft. Nur die alte Kuh behielt sie noch, die jetzt mit dem Däumling sprach. Die ließ sie am Leben, weil alle ihre Kinder sie gehütet hatten.

Sie hätte wohl Mägde und Knechte in ihren Dienst nehmen können, um Hilfe bei der Arbeit zu haben. Doch seitdem sie von ihrer eignen Familie verlassen war, hielt sie den Anblick von Fremden nicht aus. Und da keins der Kinder den Hof übernehmen wollte, gefiel es ihr vielleicht am besten, wenn er verfiel. Es kümmerte sie nicht, daß sie selbst verarmte, weil sie für ihren Besitz nicht mehr sorgte. Sie hatte nur Angst, daß die Kinder hörten, wie schlecht es ihr ging. »Wenn nur die Kinder nichts davon erfahren! Wenn nur die Kinder nichts davon erfahren!« seufzte sie, wenn sie durch den Kuhstall stolperte.

Die Kinder hatten immer wieder geschrieben und sie zu sich eingeladen. Aber das lehnte sie ab, sie wollte jenes Land nicht sehen, das ihr die Kinder genommen hatte und dem sie grollte. »Vielleicht bin ich dumm, wenn ich dieses Land nicht mag, das ihnen so viel Gutes gebracht hat«, sagte sie. »Aber ich will es nicht sehen.«

Sie dachte immer nur an die Kinder und daß sie hatten fortziehen müssen. Wenn es Sommer wurde, führte sie die Kuh ins große Moor hinaus und ließ sie weiden. Sie selbst saß ganze Tage am Rand des Moors, die Hände im Schoß, und auf dem Heimweg sagte sie dann: »Siehst du, Rotlinna, wenn es hier nicht dieses unfruchtbare Moor und statt dessen große, fette Äcker gäbe, dann hätten sie nicht wegzufahren brauchen.«

Manchmal wurde sie zornig auf das Moor, das sich so weit ausdehnte und keinen Nutzen tat. Dann konnte sie diesem Moor die Schuld daran geben, daß die Kinder sie verlassen hatten.

Am letzten Abend war sie noch gebrechlicher und schwächer als sonst gewesen. Sie hatte sich an den Verschlag gelehnt und erzählt, zwei Bauern seien bei ihr gewesen, um ihr das Moor abzukaufen. Sie wollten es trockenlegen und darauf säen und ernten. Das hatte sie ängstlich und froh zugleich gestimmt. »Hörst du, Rotlinna«, hatte sie gesagt, »hörst du, sie haben versichert, auf dem Moor könne Roggen wachsen! Jetzt werde ich den Kindern schreiben, daß sie heimkehren sollen. Jetzt brauchen sie nicht mehr in der Fremde zu bleiben, sondern können ihr Brot zu Hause verdienen.«

Dann war sie ins Haus gegangen, um das zu tun ...

Der Junge hörte nicht mehr, was die alte Kuh weiter erzählte. Er hatte die Stalltür geöffnet und war über den Hof zu der Toten gegangen, vor der er sich eben noch so sehr gefürchtet hatte.

Erst einmal blieb er stehen und sah sich eine Weile um. Die Stube war nicht so ärmlich, wie er erwartet hatte. Es gab darin viele Dinge, wie man sie häufig bei Leuten findet, die Verwandtschaft in Amerika haben. In einer Ecke stand ein amerikanischer Schaukelstuhl, auf dem Tisch vor dem Fenster war eine bunte Plüschdecke ausgebreitet, auch auf dem Bett lag eine schöne Decke. An den Wänden hingen in prächtig geschnitzten Rahmen die Fotografien der ausgewanderten Kinder und Enkelkinder. Auf der Truhe standen hohe Vasen und ein paar Leuchter mit dicken, gedrehten Kerzen.

Der Junge suchte sich eine Streichholzschachtel und zündete diese Kerzen an, nicht um selbst besser zu sehen, sondern weil er meinte, er könnte auf diese Art die Tote ehren.

Dann trat er an sie heran, drückte ihr die Augen zu, faltete ihr die Hände über der Brust und strich ihr das dünne graue Haar aus der Stirn.

Er hatte seine Furcht vor ihr ganz und gar vergessen. Es stimmte ihn tief traurig, daß sie ihre alten Tage in Einsamkeit und Sehnsucht hatte hinbringen müssen. Nun wollte er wenigstens diese Nacht bei ihrem toten Körper wachen.

Er suchte das Gesangbuch hervor und las halblaut ein paar Choräle. Doch auf einmal hielt er inne, denn er mußte an Vater und Mutter denken.

Daß Eltern eine solche Sehnsucht nach ihren Kindern haben können! Das hatte er noch nicht gewußt. Und daß das Leben für sie gleichsam zu Ende sein kann, wenn die

Kinder nicht mehr da sind! Wenn sich seine Eltern nun genauso nach ihm sehnten, wie sich diese Alte gesehnt hatte!

Obwohl er es nicht zu glauben wagte, stimmte ihn dieser Gedanke froh. Er hatte sich nicht so verhalten, daß jemand nach ihm Sehnsucht haben könnte.

Doch was er versäumt hatte, ließe sich vielleicht nachholen.

Ringsum sah er die Bilder jener, die fortgezogen waren: große, kräftige Männer und Frauen mit ernsten Gesichtern, Bräute mit langen Schleiern, Herren in feinen Anzügen und Kinder mit gekräuselten Haaren und schönen, weißen Kleidern. Und es kam ihm vor, als starrten sie alle blind in die Luft und wollten nichts sehen.

»Ihr Armen!« sagte der Junge zu den Bildern. »Eure Mutter ist tot. Ihr könnt nicht mehr gutmachen, daß ihr sie verlassen habt. Aber meine Mutter lebt!«

Hier brach er ab und nickte und lächelte in sich hinein. »Meine Mutter lebt«, sagte er. »Beide leben, Vater und Mutter.«

16

Der große Vogelsee

Jarro, der Wildenterich

Am östlichen Ufer des Vättersees liegt Omberg, östlich von Omberg liegt Dagsmosse, östlich von Dagsmosse liegt der See Tåkern. Um ihn herum breitet sich die große Östgöta-Ebene aus.

Der Tåkern ist ein recht großer See und war in früherer Zeit vermutlich noch größer. Die Menschen waren jedoch der Meinung, daß er allzuviel von der fruchtbaren Ebene wegnahm. Weil sie auf seinem Grund säen und ernten wollten, versuchten sie, das Wasser abzulassen. Es gelang ihnen jedoch nicht, den gesamten See trockenzulegen, wie es wohl ihre Absicht gewesen war, und so bedeckt er noch immer eine große Fläche Land. Doch nach diesem Versuch wurde der See so flach, daß er an kaum einer Stelle tiefer als ein paar Meter ist. Die Ufer verwandelten sich in Sumpf und Morast, und überall ragen kleine Schlamminseln aus dem Wasser.

Nun gibt es etwas, das gern mit den Füßen im Wasser steht, wenn es nur mit Körper und Kopf in der Luft bleiben darf, und das ist das Schilf. Einen besseren Ort zum Wachsen als die seichten Randgebiete des Tåkern und die Umgebung der kleinen Schlamminseln könnte es gar nicht finden. Es gedeiht hier so prachtvoll, daß es mehr als mannshoch und so dicht wird, daß es für Boote fast undurchdringlich ist.

Wenn das Schilf die Menschen fernhält, so bietet es doch vielem anderem Schutz und Zuflucht. Im Schilfgebiet gibt es zahlreiche kleine Teiche und Kanäle mit grünem, stillstehendem Wasser. Darin wuchern Laichkraut und Entengrütze, und Mückenlarven, Fischbrut und Kaulquappen werden in unermeßlichen Mengen ausgebrütet. An den Ufern dieser kleinen Teiche und Kanäle gibt es eine Vielzahl von guten Schlupfwinkeln, wo die Seevögel ohne Nahrungssorgen und von Feinden ungestört brüten und ihre Jungen aufziehen können.

Im Schilf des Tåkern wohnt auch eine unübersehbare Menge Vögel, und jedes Jahr kommen mehr, denn es hat sich herumgesprochen, was für ein prächtiger Aufenthaltsort das ist. Als erste siedelten sich die Wildenten an, und sie sind noch immer zu Tausenden hier. Aber sie beherrschen den See nicht mehr allein, sondern müssen sich den Platz mit Schwänen, Lappentauchern, Wasserhühnern, Tauchern, Löffelenten und einer großen Zahl von anderen Arten teilen.

Der Tåkern ist gewiß der größte und beste Vogelsee im ganzen Land, und die Vögel müssen sich glücklich schätzen, daß sie einen solchen Zufluchtsort besitzen. Doch wie lange sie die Herrschaft über Röhricht und sumpfige Ufer noch behalten dürfen, ist ungewiß, denn die Menschen können nicht vergessen, daß der See ein großes Stück von gutem, fruchtbarem Boden bedeckt. Immer wieder tauchen Vorschläge auf, daß man den See trockenlegen sollte. Würden diese Vorschläge verwirklicht, dann müßten die vielen tausend Wasservögel die Gegend verlassen.

Zu jener Zeit, als Nils Holgersson mit den Wildgänsen durchs Land reiste, gab es am Tåkern einen Wildenterich mit Namen Jarro. Er war noch jung und nicht älter als einen Sommer, einen Herbst und einen Winter. Jetzt erlebte er seinen ersten Frühling. Er war so zeitig aus Nordafrika zurückgekehrt, daß der Tåkern bei seiner Ankunft noch mit Eis bedeckt war.

Eines Abends, als er mit anderen jungen Enterichen zum Vergnügen über den See strich, gab ein Jäger ein paar Schüsse auf sie ab und traf Jarro in der Brust. Der Vogel glaubte, sein letztes Stündlein habe geschlagen, doch weil er nicht in die Gewalt desjenigen geraten wollte, der auf ihn geschossen hatte, flog er weiter, solange er irgend konnte. Als er vollkommen entkräftet war, hatte er den See schon hinter sich gelassen. Er war ein Stück landeinwärts geflogen und sank nun vor dem Tor eines der großen Bauernhöfe nieder, die sich am Ufer des Tåkern befinden.

Wenig später ging ein junger Knecht über den Hof,

entdeckte den Vogel und hob ihn auf. Er trug ihn behutsam ins Haus und zeigte ihn der Bäuerin, einer jungen Frau mit einem freundlichen Gesicht. Sie nahm Jarro sofort an sich, streichelte ihn und wischte das Blut ab, das durch seinen Halsflaum sickerte. Als sie ihn eingehend betrachtet und dabei entdeckt hatte, wie schön er war mit seinem glänzenden, dunkelgrünen Kopf, dem weißen Halsband, dem rotbraunen Rücken und dem blauen Flügelspiegel, tat es ihr gewiß leid, daß er sterben sollte. Sie richtete schnell einen Korb für ihn her und legte ihn hinein.

Erst jetzt war zu merken, wie geschwächt der Vogel von Schmerzen und Blutverlust war. Die Bäuerin trug den Korb in die Ecke am Herd, doch bevor sie ihn niedersetzte, hatte Jarro die Augen geschlossen und war eingeschlafen.

Nach einer Weile wurde er davon wach, daß jemand ihn behutsam anstieß. Als er die Augen aufschlug, erblickte er vor sich denjenigen, der noch gefährlicher als Menschen und Raubvögel war. Es war kein geringerer als Cäsar persönlich, der langhaarige Hühnerhund, der ihn neugierig beschnupperte.

Wie entsetzlich hatte sich Jarro vorigen Sommer, als er noch ein gelbes, flaumiges Kücken gewesen war, jedesmal gefürchtet, wenn es über dem Röhricht tönte: »Cäsar kommt! Cäsar kommt!« Wenn dann der braunweißgefleckte Hund mit gefletschten Zähnen durchs Schilf gewatet kam, hatte er geglaubt, vor sich den Tod zu sehen. Immer hatte er gehofft, niemals die Stunde zu erleben, da er mit Cäsar Auge in Auge zusammentraf.

Aber zufällig mußte er gerade in jenen Hof gefallen sein, auf dem Cäsar wohnte, denn der stand jetzt über ihn gebeugt. »Was bist du denn für einer?« brummte er. »Wie bist du hierhergeraten? Gehörst du nicht sonst ins Röhricht?«

Jarro konnte vor Angst kaum antworten. »Nimm's mir nicht übel, Cäsar, daß ich in dieses Haus gekommen bin!« brachte er heraus. »Das ist nicht meine Schuld. Ich wurde angeschossen. Die Menschen selbst haben mich in diesen Korb gelegt.«

»Aha, die Menschen selbst haben das getan«, sagte Cäsar. »Dann wollen sie dich sicher gesundmachen, obwohl ich für mein Teil finde, sie sollten dich aufessen, das wäre klüger. Aber hier stehst du auf jeden Fall unter Schutz. Brauchst nicht so ängstlich zu gucken. Jetzt sind wir nicht auf dem Tåkern.«

Dann legte sich Cäsar vor dem Kaminfeuer schlafen. Sowie Jarro verstanden hatte, daß diese schreckliche Gefahr vorüber war, überkam ihn eine große Mattigkeit, und er schlief wieder ein.

Als er das nächste Mal erwachte, sah er vor sich eine Schüssel mit Grütze und Wasser. Obwohl er noch sehr krank war, hatte er doch Hunger und fing an zu essen. Das bemerkte die Bäuerin, sie kam zu ihm und streichelte ihn und schien sehr zufrieden. Danach schlief Jarro von neuem ein. Mehrere Tage vergingen, an denen er nur aß und schlief.

Eines Morgens fühlte sich Jarro so gesund, daß er aus dem Korb stieg und durch das Zimmer lief. Doch schon nach wenigen Schritten fiel er um und blieb liegen. Da erschien Cäsar, riß seinen großen Rachen auf und packte ihn. Jarro glaubte natürlich, der Hund wolle ihn totbeißen, doch der trug ihn in den Korb zurück, ohne ihm etwas zuleide zu tun. Da faßte Jarro zu Cäsar so großes Vertrauen, daß er bei seinem nächsten Ausflug zu ihm lief und sich neben ihn legte. Danach wurden die beiden gute Freunde, und jeden Tag schlief Jarro mehrere Stunden zwischen Cäsars Pfoten.

Noch viel mehr war Jarro der Bäuerin zugetan. Er

hatte vor ihr nicht die geringste Scheu und rieb seinen Kopf an ihrer Hand, wenn sie ihm Futter brachte. Ging sie hinaus, seufzte er tief betrübt, und bei ihrer Rückkehr hieß er sie in seiner eigenen Sprache willkommen.

Jarro vergaß vollkommen, wie sehr er sich in früherer Zeit vor Hunden und Menschen gefürchtet hatte. Er wollte gern gesund werden, um dann zum Tåkern zu fliegen und den anderen Wildenten zu erzählen, wie ungefährlich ihre alten Feinde seien, daß man sie nicht im geringsten zu fürchten brauchte.

Er hatte bemerkt, daß die Menschen wie auch Cäsar freundliche Augen hatten und daß es guttat, in sie hineinzuschauen. Das einzige Wesen im Gehöft, dessen Blicken er nicht gern begegnete, war Klorina, die Hauskatze. Sie tat ihm zwar nichts Böses an, mußte ihn aber ständig necken. »Du glaubst wohl, die Menschen pflegen dich, weil sie dich gern haben?« sagte sie. »Warte nur ab, bis du fett genug bist! Dann drehen sie dir den Hals um. Ich kenne sie, jawohl!«

Jarro hatte wie alle Vögel ein weiches, liebevolles Herz, und wenn er so etwas hörte, war er tief betroffen. Daß die Bäuerin ihm den Hals umdrehen wollte, konnte er sich nicht vorstellen. Auch ihrem kleinen Sohn, dem kleinen Jungen, der stundenlang an seinem Korb saß und lallte und plapperte, traute er so etwas nicht zu. Er glaubte bei ihnen die gleiche Liebe zu verspüren, die er für sie empfand.

Eines Tages, als Jarro und Cäsar auf ihrem gewohnten Platz vor dem Feuer lagen, saß Klorina auf der Herdplatte und fing mit dem Wildenterich Streit an.

»Ich möchte wissen, Jarro, was ihr Wildenten machen wollt, wenn der Tåkern nächstes Jahr trockengelegt und in Äcker verwandelt wird«, sagte sie.

»Was erzählst du da, Klorina?« rief Jarro und sprang ganz entsetzt auf.

»Ich vergesse immer, daß du die Menschensprache nicht verstehst, wie Cäsar und ich das können«, entgegnete die Katze. »Sonst hättest du wohl mitbekommen, daß die Männer im Haus gestern davon geredet haben, alles Wasser aus dem Tåkern abzulassen, damit der Grund des Sees im nächsten Jahr so trocken wie ein Zimmerfußboden wird. Und da möchte ich wissen, wo ihr Wildenten dann hin wollt.« Als Jarro dies alles hörte, wurde er so wütend, daß er zischte. »Du bist genauso boshaft wie ein Wasserhuhn«, schrie er Klorina an. »Du willst mich bloß gegen die Menschen aufhetzen. Ich glaube nicht, daß sie so etwas tun wollen. Sie müssen doch wissen, daß der Tåkern den Wildenten gehört. Warum sollten sie so viele Vögel heimatlos und unglücklich machen?«

Doch Klorina ließ sich mit dieser Beschimpfung nicht zum Schweigen bringen. »Du glaubst wohl, ich lüge?« sagte sie. »Dann frag doch Cäsar! Der war gestern abend auch in der Stube. Cäsar lügt nie.«

Es war merkwürdig, wie sich Cäsar während dieses Gesprächs verhielt. Die ganze Zeit war er hellwach gewesen. Jetzt aber, als sich Jarro an ihn wandte, gähnte er, legte seine lange Schnauze auf die Vorderpfoten und versank sofort in tiefen Schlaf.

Die Katze betrachtete ihn mit einem durchtriebenen Lächeln. »Ich glaube, Cäsar mag dir keine Antwort geben«, sagte sie zu Jarro.

Jarro hob den Kopf und schrie Cäsar ins Ohr: »Cäsar, du weißt, wie viele Enten es auf dem Tåkern gibt und daß sie die Luft wie Wolken füllen. Sag, daß es nicht wahr ist, daß die Menschen sie nicht alle obdachlos machen wollen!«

Da sprang Cäsar auf und fuhr so heftig auf Klorina los, daß sie sich auf ein Wandbrett retten mußte. »Ich will dir schon beibringen, den Mund zu halten, wenn ich schlafe!« brüllte er. »Ich weiß zwar, daß man davon redet, in diesem Jahr das Wasser aus dem See abzulassen. Aber davon haben die Menschen schon oft gesprochen, und es ist doch nichts draus geworden. Mir will diese Trockenlegung gar nicht gefallen. Was soll denn aus der Jagd werden, wenn der Tåkern ohne Wasser ist? Du bist ein Dusseltier, Klorina, wenn du dich über so was freust. Wie sollen wir beide denn unsern Spaß haben, wenn es auf dem Tåkern keine Vögel mehr gibt?«

Der Lockvogel

Sonntag, den 17. April

Ein paar Tage später war Jarro so gesund, daß er durch die ganze Stube fliegen konnte. Er wurde von der Bäuerin zärtlich gestreichelt, und der kleine Junge lief auf den Hof und pflückte für ihn die ersten sprießenden Grashalme. Während die Bäuerin ihn liebkoste, faßte Jarro den Vorsatz, sich nicht von den Menschen zu trennen, obwohl er jetzt kräftig genug war, um zum Tåkern zu fliegen. Er hätte nichts dagegen gehabt, sein Leben lang bei den Menschen zu bleiben.

Doch eines frühen Morgens legte ihm die Bäuerin ein Halfter oder eine Schlinge um, was ihn am Fliegen hinderte, und überließ ihn dann jenem Knecht, der ihn auf dem Hof gefunden hatte. Der nahm ihn unter den Arm und ging mit ihm zum Tåkern.

Während Jarros Krankheit war das Eis auf dem See geschmolzen. Alle Wasserpflanzen hatten tief unten neue Triebe angesetzt, und die grünen Spitzen waren bis an die Oberfläche gewachsen. Jetzt waren fast alle Zugvögel heimgekehrt. Aus dem Schilf guckten die gekrümmten Schnäbel der Brachvögel, die Lappentaucher glitten mit neuen Halskragen über den See, und die Bekassinen suchten sich Halme für ihre Nester.

Der Knecht bestieg nun einen Kahn, legte Jarro auf den Boden und stakte auf den See hinaus. Jarro hatte sich daran gewöhnt, von den Menschen nur Gutes zu erwarten. Deshalb sagte er zu Cäsar, der mit im Kahn saß, daß er dem Knecht für diese Fahrt recht dankbar sei. Aber die strengen Fesseln seien nicht nötig, er wolle doch nicht wegfliegen. Cäsar entgegnete darauf kein Wort. Er war an diesem Morgen sehr schweigsam.

Nur eins kam Jarro etwas merkwürdig vor: der Knecht hatte die Flinte mitgenommen. Der Wildenterich konnte sich nicht vorstellen, daß jemand von den guten Leuten des Bauernhofs auf Vögel schießen wollte. Außerdem hatte ihm Cäsar versichert, daß die Menschen zu dieser Jahreszeit nicht jagten. »Jetzt ist Schonzeit«, hatte er gesagt, »aber für mich gilt das natürlich nicht.«

Indessen stakte der Knecht zu einem der schilfumkränzten, sumpfigen Holme. Dort verließ er das Boot, schichtete altes Schilf zu einem großen Haufen und legte sich dahinter. Jarro durfte nun auf der Insel herumwandern, die Schlinge über den Flügeln und mit einer langen Leine am Boot festgebunden.

Plötzlich entdeckte er ein paar der jungen Enteriche, in deren Gesellschaft er in früheren Zeiten über den See geflogen war. Obwohl sie weit entfernt waren, rief Jarro sie mit ein paar lauten Schreien zu sich. Sie gaben Antwort und näherten sich in einer schönen, großen Schar. Noch bevor sie ihn erreichten, begann Jarro von seiner wunderbaren Rettung und von der Güte der Menschen zu erzählen. Im gleichen Moment knallten hinter ihm zwei Schüsse. Drei Enten sanken tot ins Schilf, und Cäsar plumpste ins Wasser und fischte sie auf.

Da wußte Jarro Bescheid. Die Menschen hatten ihn gerettet, um ihn als Lockvogel zu benutzen. Und das war ihnen auch gelungen. Drei Enten hatten durch seine Schuld ihr Leben verloren. Jarro wäre vor Scham am liebsten gestorben. Ihm schien, als würde ihn selbst sein Freund Cäsar verächtlich ansehen, und als sie nach Hause und in die Stube zurückkehrten, wagte er sich nicht neben dem Hund schlafen zu legen.

Am nächsten Morgen wurde Jarro wieder hinaus auf den Holm gebracht. Auch diesmal entdeckte er bald ein paar Enten. Doch als er merkte, daß sie zu ihm flogen, rief er ihnen zu: »Weg, weg! Paßt auf! Fliegt woandershin! Hinter dem Schilfhaufen liegt ein Jäger. Ich bin nur ein Lockvogel.« Tatsächlich gelang es ihm, sie außer Schußweite zu halten.

Jarro war mit seiner Wache so beschäftigt, daß er kaum Zeit hatte, an einem Grashalm zu knabbern. Sobald sich ein Vogel näherte, schrie er seine Warnung. Es war Jarros Wachsamkeit zu danken, daß der Knecht heimkehren mußte, ohne daß ein einziger Schuß gefallen war.

Trotzdem sah Cäsar zufriedener als am Vortag aus. Als es Abend wurde, nahm er Jarro in seine Schnauze, trug ihn zum Herd und ließ ihn zwischen seinen Vorderpfoten schlafen.

Doch Jarro war tief unglücklich und fühlte sich nicht mehr wohl im Haus. Bei dem Gedanken, daß die Menschen ihn niemals geliebt hatten, tat ihm das Herz weh. Wenn ihn die Bäuerin oder der kleine Junge streicheln wollten, steckte er den Schnabel unter den Flügel und stellte sich schlafend.

Mehrere Tage hatte Jarro seinen traurigen Wachdienst versehen und war schon auf dem ganzen Tåkern bekannt. Als er eines Morgens wie gewöhnlich rief: »Paßt auf, Vögel! Kommt nicht in meine Nähe! Ich bin nur ein Lockvogel!«, geschah es, daß ein Lappentauchernest auf die Stelle zugeschwommen kam, wo er angebunden stand. Das war nichts weiter Besonderes. Es war vom Vorjahr, und da die Nester der Lappentaucher schwimmen können, passiert es oft, daß sie auf den See hinaustreiben. Trotzdem blieb Jarro stehen und sah es sich an. Es kam nämlich so direkt auf den Holm zu, als ob es gesteuert würde.

Als das Nest in seiner Nähe war, entdeckte Jarro darin einen kleinen Menschen, den kleinsten, den er je gesehen hatte. Dieses Menschlein ruderte das Nest mit zwei Stöckchen vorwärts und rief ihm zu: »Geh so dicht ans Wasser, wie du kannst, Jarro, und halte dich flugbereit! Du sollst bald befreit werden.«

Ein paar Augenblicke später hatte das Lappentauchernest angelegt, doch der kleine Ruderer blieb darin sitzen, zwischen Zweigen und Halmen versteckt. Auch Jarro rührte sich kaum – die Angst, sein Befreier könnte entdeckt werden, hatte ihn vollkommen gelähmt.

Als nächstes geschah, daß sich eine Schar Wildgänse näherte. Da kam Jarro wieder zur Besinnung und warnte sie mit lauten Rufen. Sie flogen jedoch mehrere Male über dem Holm hin und her und hielten sich in einer solchen Höhe, daß sie außer Schußweite blieben. Trotzdem ließ sich der Knecht dazu verleiten, ein paarmal auf sie zu schießen. Kaum hatte er zur Flinte gegriffen, da sprang der Knirps an Land, zog ein kleines Messer aus der Scheide und zerschnitt mit ein paar raschen Schnitten Jarros Schlinge. »Jetzt flieg weg, Jarro, bevor der Kerl neu geladen hat!« rief er, während er selbst in das Lappentauchernest sprang und vom Land abstieß.

Der Jäger hatte nur nach den Gänsen geschaut und von Jarros Befreiung gar nichts gemerkt. Doch Cäsar war aufmerksamer gewesen, und gerade als Jarro die Flügel hob, stürzte er auf ihn los und packte ihn im Nacken.

Jarro schrie jämmerlich, aber im nächsten Augenblick ließ Cäsar ihn los. »Flieg, Jarro!« sagte er. »Für einen Lockvogel bist du wirklich zu schade. Das war auch nicht der Grund, warum ich dich zurückhalten wollte. Aber wenn du nicht mehr da bist, dann wird es so leer im Haus.«

Die Trockenlegung des Sees

Mittwoch, den 20. April

Es wurde wirklich leer im Bauernhaus, als Jarro verschwunden war. Dem Hund und der Katze, die sich nicht mehr über ihn streiten konnten, wurde die Zeit lang. Die Bäuerin vermißte das fröhliche Geschnatter, das Jarro jedesmal angestimmt hatte, wenn sie in die Stube getreten war. Doch wer sich am meisten nach Jarro sehnte, das war Per Ola, der kleine Junge. Als er hörte, daß Jarro zum Tåkern und zu den Enten zurückgekehrt war, konnte er sich nicht damit abfinden, sondern überlegte ständig, wie er ihn zurückbekommen könnte.

Einen Tag nach Jarros Verschwinden lief Per Ola auf dem Hof herum. Er spielte wie gewöhnlich allein, doch Cäsar lag auf der Treppe. Die Mutter hatte zu ihm gesagt, als sie den Jungen hinausgelassen hatte: »Gib auf Per Ola acht, Cäsar!«

Wenn nun alles wie sonst gewesen wäre, dann hätte Cäsar diesem Befehl auch gehorcht, und der Junge wäre so gut bewacht gewesen, daß nicht die geringste Gefahr bestanden hätte. Aber in diesen Tagen war Cäsar ganz aus dem Gleichgewicht. Er wußte, daß die Bauern, die am Ufer des Tåkern wohnten, häufig über die Trockenlegung des Sees beraten und sie nun so gut wie beschlossen hatten. Die Enten sollten verschwinden, und Cäsar sollte nie wieder eine ehrliche Jagd erleben. Der Gedanke an dieses Unglück beschäftigte ihn so sehr, daß er vergaß, auf Per Ola achtzugeben.

Nach einer Weile bekam der Kleine Lust, zum Tåkern zu gehen und mit Jarro zu reden. Er öffnete eine Gitterpforte und wanderte auf einem schmalen Pfad durch sumpfige Wiesen zum See hinunter. Er lief, so schnell er konnte, denn er hatte große Angst, die Mutter oder sonst jemand könnte ihn entdecken und ihm das Fortgehen verbieten.

Als Per Ola das Ufer erreichte, rief er mehrere Male Jarros Namen. Dann wartete er eine lange Zeit, doch kein Jarro erschien. Er erblickte zwar mehrere Vögel, die Wildenten ähnelten, doch sie flogen vorüber, ohne ihn zu beachten.

Da Jarro nicht kam, dachte der kleine Junge, er könnte ihn draußen auf dem See gewiß leichter finden. Am Ufer lagen mehrere gute Boote, aber sie waren angebunden. Das einzige, das man nicht festgemacht hatte, war ein alter, lecker Kahn, der so schlecht war, daß niemand auf den Gedanken kam, ihn zu benutzen. Per Ola kletterte hinein, ohne sich darum zu kümmern, daß der ganze Boden unter Wasser stand. Weil er die Ruder nicht bewegen konnte, begann er den Kahn zu schaukeln und zu wippen. Einem Erwachsenen wäre es kaum gelungen, einen Kahn auf solche Art fortzubewegen, doch wenn der Wasserstand hoch und das Unglück nah ist, haben kleine Kinder eine seltsame Fähigkeit, in See zu stechen. Bald trieb Per Ola über den Tåkern und rief nach Jarro.

Je weiter der alte Kahn auf den See hinausschaukelte, um so breiter wurden seine Risse, und nun strömte das Wasser regelrecht herein. Das kümmerte Per Ola nicht im geringsten. Er saß vorn auf der kleinen Ruderbank, rief jeden Vogel an, den er erblickte, und wunderte sich, daß sich Jarro nicht zeigte.

Schließlich entdeckte Jarro den Jungen doch. Er hörte, daß jemand nach ihm rief, und er begriff, daß der Junge sich auf den Tåkern begeben hatte, um ihn zu suchen. Jarro freute sich, daß ihn einer der Menschen wirklich liebte. Wie ein Pfeil schoß er zu Per Ola hinunter, setzte sich neben ihn und ließ sich von ihm streicheln. Alle beide waren über dieses Wiedersehen sehr glücklich.

Doch plötzlich bemerkte Jarro, was mit dem Kahn los war. Der war zur Hälfte mit Wasser gefüllt und drohte jeden Augenblick zu sinken. Jarro versuchte dem Jungen, der weder fliegen noch schwimmen konnte, klarzumachen, daß er an Land gehen müsse, aber Per Ola verstand ihn nicht. Da eilte Jarro davon, um Hilfe zu holen.

Bald darauf kehrte er zurück und trug auf seinem Rücken einen Knirps, der viel kleiner war als Per Ola. Dieser Knirps befahl Per Ola nun, sofort eine lange, schmale Stange zu ergreifen, die auf dem Boden des Kahns lag, und damit zu einem der kleinen Schilfholme zu staken. Per Ola gehorchte und versuchte zusammen mit dem Knirps, den Kahn vorwärtszubewegen. Mit ein paar Stößen hatten sie einen kleinen schilfumkränzten Holm erreicht, und Per Ola wurde aufgefordert, an Land zu gehen. Im gleichen Augenblick füllte sich der Kahn ganz mit Wasser und sank.

Als der Kleine das sah, fürchtete er, Vater und Mutter würden gewiß sehr böse auf ihn werden. Gerade wollte er in Tränen ausbrechen, da geschah etwas, das ihn sogleich auf andere Gedanken brachte. Auf der Insel ließ sich eine Schar großer grauer Vögel nieder. Der Knirps führte ihn zu ihnen und erzählte ihm, wie die Vögel hießen und was sie sagten. Das machte Per Ola so viel Spaß, daß er alles andere vergaß.

Indessen hatten die Leute des Bauernhofs bemerkt, daß der Junge verschwunden war, und sich auf die Suche nach ihm gemacht. Sie sahen in den Wirtschaftsgebäuden nach, schauten in den Brunnen und in den Keller. Doch es half alles nichts, sie konnten ihn nicht finden.

Cäsar, der Hund, begriff sehr wohl, daß die Bauersleute Per Ola vermißten. Doch er tat nichts, um sie auf die rechte Spur zu führen, sondern blieb still liegen, als ginge ihn die ganze Sache nichts an.

Ein paar Stunden später wurden Per Olas Fußspuren an der Bootsanlegestelle entdeckt. Den Leuten fiel auf, daß der alte, lecke Kahn nicht mehr am Ufer lag. Da ahnten sie allmählich, wie alles zugegangen war. Sie mußten annehmen, daß der alte Kahn gesunken war und der Kleine tot auf dem Grund des Sees lag.

Am Abend war nur noch Per Olas Mutter am Ufer. Alle anderen waren davon überzeugt, daß der Junge ertrunken sei, sie aber konnte nicht daran glauben und gab die Suche nicht auf. Sie suchte zwischen Schilf und Binsen, lief und lief auf dem morastigen Ufer, ohne daran zu denken, wie tief ihr Fuß einsank und wie naß sie wurde. Ihre Verzweiflung kannte keine Grenzen. Das Herz tat ihr weh. Ohne zu weinen, rang sie die Hände und rief mit lauter, klagender Stimme nach ihrem Kind.

Um sich herum hörte sie Schreie von Schwänen und Enten und Brachvögeln. Ihr schien, als ob die Vögel sie verfolgten und klagten und jammerten wie sie. »Gewiß haben sie Kummer, wenn sie so jammern«, dachte sie. Dann aber besann sie sich. Es waren nur Vögel, was sie da hörte. Und die hatten wohl keinen Kummer.

Es war sonderbar, daß die Vögel nach Sonnenuntergang nicht verstummten. Doch sie hörte die unzähligen Scharen, die es rund um den Tåkern gab, unentwegt schreien. Mehrere folgten ihr, andere brausten auf schnellen Flügeln vorüber. Die ganze Luft war von Klagen und Jammern erfüllt.

Doch jene Angst, an der sie selber trug, öffnete ihr das Herz. Sie fühlte sich jetzt allen anderen Lebewesen näher, als es sonst Menschenart ist, und verstand die Lage der Vögel viel besser als zuvor. Sie mußten ja wie sie selbst ständig für Heim und Kinder sorgen. Der Unterschied zwischen ihnen und ihr war wohl kleiner, als sie bisher geglaubt hatte.

Da fiel ihr ein, daß all die vielen tausend Schwäne und Enten ihre Heimstatt am Tåkern verlieren sollten. »Das wird für sie sicher schmerzlich«, dachte sie. »Wo sollen sie dann ihre Jungen aufziehen?«

Sie blieb stehen und dachte darüber nach. Es mochte eine gute, nützliche Sache sein, einen See in Äcker und Wiesen zu verwandeln, aber man müßte einen anderen See dafür nehmen, nicht den Tåkern, der so vielen tausend Tieren Zuflucht bot.

Sie dachte daran, daß am nächsten Tag der Beschluß über die Trockenlegung des Sees gefaßt werden sollte, und überlegte, ob ihr kleiner Junge vielleicht deshalb an eben diesem Tag verschwunden war. Vielleicht war es Gottes Absicht gewesen, daß die Sorge gerade heute ihr Herz zur Barmherzigkeit öffnen sollte, bevor sich die grausame Handlung nicht mehr verhindern ließ?

Sie kehrte schnell zum Hof zurück und sprach mit ihrem Mann über alles, was sie bedacht hatte. Sie erzählte vom See und von den Vögeln und daß sie glaube, Gott wolle sie beide mit Per Olas Tod bestrafen. Bald konnte sie merken, daß ihr Mann diese Meinung teilte.

Sie waren jetzt schon wohlhabende Leute. Doch wenn es zur Trockenlegung des Sees käme, würden sie einen so großen Anteil vom Seeboden bekommen, daß sich ihr Besitz beinah verdoppelte. Deshalb hatten sie sich am eifrigsten von allen für die Unternehmung eingesetzt. Die anderen Strandbesitzer hatten die Unkosten gescheut und befürchtet, diese Trockenlegung würde nicht besser als die vorige gelingen. Per Olas Vater war sich bewußt, daß sie nur durch seine Beeinflussung dem Vorhaben zugestimmt hatten. Er hatte seine gesamte Überredungskunst angewandt, damit er seinem Sohn einmal einen Hof vererben könnte, der doppelt so reich wie der seines eigenen Vaters war.

Nun hatte ihm der Tåkern einen Tag, bevor er den Vertrag über die Trockenlegung unterschreiben wollte, den Sohn genommen, und er fragte sich, ob das wohl eine Fügung Gottes sei. Seine Frau brauchte nicht viele Worte zu machen, da sagte er: »Vielleicht will Gott nicht, daß wir an seiner Ordnung rütteln. Morgen werde ich mit den anderen darüber sprechen, und ich denke, wir beschließen, daß alles beim alten bleibt.«

Während die Bauersleute dies alles beredeten, lag Cäsar vor dem Herd. Er hob den Kopf und hörte aufmerksam zu. Als er sich seiner Sache sicher war, ging er zu seiner Herrin, packte ihren Rock und zog sie zur Tür. »Aber Cäsar!« sagte sie und wollte sich losmachen. »Weißt du etwa, wo Per Ola ist?« rief sie dann aus. Cäsar bellte fröhlich und warf sich gegen die Tür. Als sie geöffnet wurde, stürmte er hinunter zum Tåkern. Die Bäuerin war so fest davon überzeugt, daß er wußte, wo Per Ola zu finden sei, daß sie hinterherlief. Als sie das Ufer erreichten, hörten sie auf dem See ein Kind schluchzen.

Per Ola hatte zusammen mit dem Däumling und den Vögeln den lustigsten Tag seines Lebens verbracht. Doch jetzt hatte er angefangen zu weinen, weil er Hunger und Angst vor der Dunkelheit hatte. Als Vater und Mutter und Cäsar ihn holen kamen, freute er sich sehr.

17
Die Prophezeiung

Freitag, den 22. April

Diese Geschichte hörte Nils Holgersson von einem Fischer, der sie eines Nachts beim Aalestechen auf dem Tåkern einem Kameraden erzählte.

»Vor vielen Jahren wohnte auf dem Gutshof Ulvåsa eine Herrin, die eine besondere Gabe besaß. Sie konnte in die Zukunft schauen und den Leuten sagen, was ihnen bevorstand. Deswegen wurde sie weitberühmt, und wie man sich denken kann, kamen Menschen von nah und fern und wollten von ihr erfahren, was sie an Schlechtem oder Gutem zu erwarten hätten.

Als die Herrin von Ulvåsa eines Tages in ihrem Saal am Spinnrad saß, wie es in früheren Zeiten üblich war, trat ein armer Bauer ein und setzte sich auf die Bank neben der Tür.

›Ich möchte wissen, woran Ihr denkt, liebe Frau‹, sagte der Bauer nach einer Weile.

›Ich denke an hohe und heilige Dinge‹, antwortete sie.

›Da geht es wohl nicht an, daß ich Euch etwas frage, was mir am Herzen liegt‹, sagte der Bauer.

›Dir liegt wohl nichts anderes am Herzen, als auf deinem Acker möglichst viel Korn zu ernten. Mich aber fragt sonst der Kaiser nach dem Schicksal seiner Krone, und der Papst fragt mich, was aus seinen Schlüsseln wird.‹

›Ja, das sind gewiß keine leichten Fragen‹, sagte der Bauer. ›Und wie ich gehört habe, soll keiner mit einem erfreulichen Bescheid von dannen gehen.‹

Als der Bauer dies sagte, sah er, daß sich die Herrin von Ulvåsa auf die Lippe biß und auf der Bank weiter wegrückte.

›So, das hast du also über mich gehört‹, sagte sie. ›Dann kannst du mich ja mal fragen, was du wissen willst, da wirst du schon sehen, ob ich dir einen erfreulichen Bescheid geben kann.‹

Nun zögerte der Bauer nicht länger mit seinem Anliegen. Er sagte, er sei gekommen, um sich nach der Zukunft von Östergötland zu erkundigen. Er habe nichts so lieb wie seine Heimat und werde sich bis zu seiner letzten Stunde glücklich fühlen, wenn er auf diese Frage eine gute Antwort bekäme.

›Wenn du nichts anderes wissen willst‹, sagte die weise Frau, ›dann glaube ich wohl, daß du zufrieden sein wirst. Denn so wahr ich hier sitze, kann ich dir sagen, daß Östergötland wohl immer etwas besitzen wird, dessen es sich vor anderen Landschaften rühmen kann.‹

›Ja, das ist eine gute Antwort, liebe Frau‹, sagte der Bauer. ›Und ich wäre vollkommen zufrieden, wenn ich nur wüßte, wie das möglich sein soll.‹

›Warum sollte es nicht möglich sein?‹ sagte die Herrin von Ulvåsa. ›Weißt du nicht, daß Östergötland schon jetzt weitberühmt ist? Oder glaubst du, daß sich irgendeine andere Landschaft in Schweden rühmen kann, gleichzeitig zwei solche Klöster wie die in Alvastra und Vreta und einen so prächtigen Dom wie den in Linköping zu besitzen?‹

›Das mag schon sein‹, sagte der Bauer, ›aber ich bin ein

alter Mann, und ich weiß, daß die Menschen in ihren Herzen wechselhaft sind. Ich fürchte, daß eine Zeit kommen wird, wo sie uns weder Alvastra noch Vreta noch unseren Dom zur Ehre anrechnen.‹

›Damit kannst du recht haben‹, sagte die Herrin von Ulvåsa, ›doch deswegen brauchst du meine Prophezeiung nicht zu bezweifeln. Ich will jetzt auf dem Hof Vadstena ein neues Kloster errichten lassen, und das dürfte das berühmteste im ganzen Norden werden. Hohe und Niedere werden dorthin wallfahrten, und alle werden diese Landschaft preisen, weil sie in ihren Grenzen einen so heiligen Ort besitzt.‹

Der Bauer antwortete, darüber freue er sich sehr. Aber er wisse, daß alles vergänglich sei, und er wolle recht gern erfahren, was dem Land Ansehen verschaffen könne, wenn das Kloster Vadstena einmal in Verruf gerate.

›Du bist nicht leicht zufriedenzustellen‹, sagte die Herrin von Ulvåsa, ›aber so weit kann ich wohl vorausschauen, um dir zu sagen, daß man neben dem Kloster Vadstena, ehe es seinen Glanz verliert, ein Schloß erbauen wird, wie es kein prächtigeres zu dieser Zeit gibt. Könige und Fürsten werden es besuchen, und man wird es der ganzen Landschaft zur Ehre anrechnen, daß sie ein solches Kleinod besitzt.‹

›Auch das höre ich mit Freuden‹, sagte der Bauer. ›Aber ich bin ein alter Mann, und ich weiß, wie es mit der Herrlichkeit dieser Welt zu gehen pflegt. Ich möchte wissen, was die Blicke der Leute auf diese Landschaft ziehen kann, wenn das Schloß einmal verfällt.‹

›Es ist nicht wenig, was du mich fragst‹, sagte die Herrin von Ulvåsa. ›Aber ich kann wohl so weit in die Zukunft schauen, um zu bemerken, daß die Wälder um Finspång einmal voller Leben und Treiben sein werden.

Ich sehe, wie man dort Eisenhütten und Schmiedewerkstätten baut, und ich glaube, daß man die ganze Landschaft einmal für ihre prächtige Eisenschmiede ehren wird.‹

Der Bauer wollte nicht leugnen, daß ihn diese Antwort ungeheuer freute. ›Aber wenn es einmal so schlimm kommt, daß auch das Finspång-Werk an Ansehen verliert, wird dann wohl noch etwas Neues entstehen, dessen sich Östergötland rühmen dürfte?‹

›Du gibst dich wirklich nicht leicht zufrieden‹, sagte die Herrin von Ulvåsa, ›aber so weit kann ich doch vorausschauen, daß ich an den Ufern der Seen die neuen Höfe bemerke, die groß wie Schlösser sind und von Herren errichtet wurden, die Krieg in fremden Ländern führten. Ich glaube, diese Herrenhöfe werden der Landschaft ebensoviel Ehre einbringen wie alles andere, von dem ich sprach.‹

›Aber wenn nun eine Zeit kommt, wo keiner mehr das Loblied der großen Herrenhöfe singt?‹ beharrte der Bauer.

›Du brauchst trotzdem keine Angst zu haben‹, sagte die Herrin von Ulvåsa. ›Jetzt sehe ich, wie auf den Wiesen von Medevi nahe dem Vättersee Heilquellen sprudeln. Ich glaube, die Brunnen von Medevi werden dem Land soviel Ruhm verschaffen, wie du nur wünschen kannst.‹

›Das hört sich ja großartig an‹, sagte der Bauer. ›Aber wenn nun eine Zeit kommt, wo die Menschen an anderen Quellen Heilung suchen?‹

›Deswegen brauchst du dir keine Sorgen zu machen‹, entgegnete die Herrin von Ulvåsa. ›Ich sehe, wie es von Motala bis Mem von arbeitenden Menschen wimmelt. Sie graben eine Wasserstraße quer durch das Land, und da kommt das Lob Östergötlands wieder in aller Munde.‹

Doch der Bauer schien noch immer besorgt.

›Ich sehe, wie die Wasserfälle des Motala-Stroms Räder in Gang bringen‹, sagte die Herrin von Ulvåsa, und jetzt bekam sie auf den Wangen ein paar rote Flecke, denn allmählich verlor sie die Geduld. ›Ich höre in Motala Hämmer dröhnen und in Norrköping Webstühle klappern.‹

›Ja, das hört sich gut an‹, sagte der Bauer. ›Aber alles ist vergänglich, und ich fürchte, daß auch dies einmal verschwinden und vergessen wird.‹

Als sich der Bauer noch immer nicht zufriedengab, war die Herrin mit ihrer Geduld am Ende. ›Du sagst, daß alles vergänglich sei‹, erwiderte sie, ›aber eins, das will ich dir sagen, bleibt sich immer gleich: Solche stolzen, starrköpfigen Bauern wie dich wird es in dieser Landschaft bis ans Ende der Welt geben.‹

Kaum hatte die Herrin von Ulvåsa dies gesagt, da erhob sich der Bauer froh und zufrieden und dankte ihr für den guten Bescheid. Jetzt endlich sei er beruhigt, sagte er.

›Wahrhaftig, nun verstehe ich, was du meinst‹, sagte da die Herrin von Ulvåsa.

›Ja, ich meine so, liebe Frau‹, sagte der Bauer, ›alles, was Könige und Mönche und Nonnen und große Herren und Städter bauen und errichten, das hat nur für einige Jahre Bestand. Doch wenn Ihr mir sagt, daß es hier immer ehrliebende, hartnäckige Bauern geben wird, dann weiß ich auch, daß Östergötland seine alte Ehre behält. Denn nur solche Leute, die von der ständigen Arbeit mit dem Boden gebeugt sind, können Wohlstand und Ansehen dieses Landes für alle Zeit wahren.‹«

18
Ein Stück aus grobem Wollstoff

Samstag, den 23. April

Der Junge flog hoch oben durch die Luft. Unter sich sah er die große Östgöta-Ebene und zählte die vielen weißen Kirchen, die sich aus kleinen Wäldchen erhoben. Es dauerte nicht lange, da war er bis fünfzig gekommen. Dann geriet er durcheinander und gab seine Rechnung auf.

Die meisten Höfe hatten weißgetünchte, zweistöckige Wohnhäuser, die so stattlich aussahen, daß der Junge staunen mußte. »In diesem Land können keine Bauern wohnen«, sagte er zu sich selbst, »ich sehe ja gar keine Bauernhöfe.«

Sogleich schrien sämtliche Wildgänse: »Hier wohnen die Bauern wie Herren! Hier wohnen die Bauern wie Herren!«

Eis und Schnee waren von der Ebene verschwunden, und die Frühjahrsarbeit hatte begonnen. »Was sind das für lange Krebse, die da über die Äcker kriechen?« fragte der Junge nach einer Weile.

»Pflüge und Ochsen! Pflüge und Ochsen!« antworteten die Wildgänse im Chor.

Die Ochsen trotteten so langsam über die Felder, daß man gar nicht erkennen konnte, ob sie sich bewegten, und die Gänse riefen ihnen zu: »Ihr kommt erst im nächsten Jahr an! Ihr kommt erst im nächsten Jahr an!« Doch die Ochsen blieben ihnen die Antwort nicht schuldig. Sie hoben die Mäuler und brüllten: »Wir tun in einer Stunde mehr Nutzen als solche wie ihr im ganzen Leben.«

Auf einigen Feldern wurden die Pflüge von Pferden

gezogen. Die schritten viel eifriger und schneller aus als die Ochsen, aber die Gänse konnten es nicht lassen, auch mit ihnen ihren Spott zu treiben. »Schämt ihr euch nicht, daß ihr Ochsenarbeit besorgt?« riefen sie den Pferden zu. »Schämt ihr euch nicht, daß ihr Ochsenarbeit besorgt?«

»Und schämt ihr euch nicht, daß ihr Tagediebsarbeit besorgt?« wieherten die Pferde zurück.

Während Pferde und Ochsen draußen bei der Arbeit waren, lief der Schafbock, den man im Stall hielt, auf dem Hof herum. Er war frisch geschoren und ständig in Bewegung, warf die kleinen Jungen zu Boden, trieb den Kettenhund in seine Hütte und stolzierte über den Hof, als wäre er dort allein der Herr.

»Schafbock, Schafbock, was hast du mit deiner Wolle gemacht?« fragten die Wildgänse, als sie vorüberflogen.

»Die habe ich in die Fabrik nach Norrköping geschickt«, antwortete der Schafbock mit einem langen Meckern.

»Schafbock, Schafbock, was hast du mit deinen Hörnern gemacht?« fragten die Gänse. Doch Hörner hatte der Schafbock zu seinem großen Kummer niemals besessen, und man konnte ihm nichts Schlimmeres antun, als ihn danach zu fragen. Er wurde so wütend, daß er lange Zeit herumlief und mit dem Kopf in die Luft stieß.

Auf der Landstraße trieb ein Mann eine Herde Ferkel vor sich her, die nicht älter als ein paar Wochen waren und weiter nördlich verkauft werden sollten. Obwohl sie so klein waren, tippelten sie tapfer und hielten sich dicht zusammen, als wollten sie Schutz beieinander suchen. »Nöff, nöff, nöff, wir mußten zu früh Vater und Mutter verlassen! Nöff, nöff, nöff, wie wird es uns armen Kindern ergehen?« sagten die Ferkel. Nicht einmal die Wildgänse brachten es übers Herz, so bedauernswerte kleine Wesen zu verspotten. »Es wird euch besser gehen, als ihr euch vorstellen könnt«, riefen sie, als sie die Schweinchen überflogen.

Die Wildgänse waren stets in allerbester Laune, wenn sie über flaches Land reisten. Da hatten sie keine Eile und flatterten von einem Hof zum anderen und trieben mit den Haustieren ihren Spaß.

Während der Junge in der Luft über die Ebene ritt, fiel ihm eine Sage ein, die er vor langer Zeit einmal gehört hatte. Er erinnerte sich nicht mehr so genau, aber es hatte etwas mit einem Rock zu tun, der zur Hälfte aus golddurchwirktem Samt und zur Hälfte aus grauem, grobem Wollstoff genäht war. Doch jener, der den Rock besaß, schmückte den groben Wollstoff mit so vielen Perlen und Edelsteinen, daß er schöner und kostbarer als der Goldstoff glänzte.

An diesen groben Wollstoff mußte der Junge denken, als er auf Östergötland niedersah, denn es bestand aus einer großen Ebene, die von zwei bewaldeten Gebirgen begrenzt war, einem im Norden und einem im Süden. Beide Gebirge waren von schönem Blau und schimmerten im Morgenlicht, als wären sie mit goldenen Schleiern bedeckt, und die Ebene, die nur einen winternackten Acker neben dem anderen darbot, nahm sich eigentlich nicht besser als grober, grauer Wollstoff aus.

Doch weil die Ebene freundlich und freigebig war, hatte es den Menschen hier gut gefallen, und sie hatten versucht, sie auf beste Weise auszuschmücken. Aus der Luft kam es dem Jungen so vor, als wären Städte und Bauernhöfe, Kirchen und Fabriken, Schlösser und Bahnhöfe wie kleine und große Schmuckstücke über sie ausgestreut. Die Ziegeldächer glänzten, und die Fensterscheiben blitzten wie Juwelen. Zwischen den Orten zogen sich gelbe Landstraßen, blanke Eisenbahnschienen und blaue Kanäle wie Schleifen aus Seidenstoff dahin. Der Dom von Linköping glich einem kostbaren, von Perlen eingefaßten Stein, und die Höfe auf dem Land glichen kleinen Broschen und Knöpfen. Das Muster hatte keine besondere Ordnung, war aber so prachtvoll, daß man sich gar nicht satt daran sehen konnte.

Die Gänse hatten das Gebiet des Ombergs verlassen und flogen am Göta-Kanal entlang nach Osten. Auch der Kanal war damit beschäftigt, sich für den Sommer zu putzen. Arbeiter besserten die Böschungen aus und teerten die großen Schleusentore.

Ja, überall, auch in den Städten, wurde gearbeitet, um den Frühling würdig zu empfangen. Maler und Maurer standen auf Gerüsten und verschönerten die Häuser. Die Dienstmädchen waren in die offenen Fenster geklettert und putzten die Scheiben. Im Hafen wurden Segelboote und Dampfer hergerichtet.

Bei der Stadt Norrköping verließen die Wildgänse die Ebene und flogen in Richtung Kolmården. Sie folgten einer alten, hügeligen Landstraße, die sich an Felsschluchten und wilden Berghängen entlangwand. Plötzlich schrie der Junge auf. Er hatte mit dem Fuß gebaumelt und dabei den einen Holzschuh verloren.

»Gänserich, Gänserich, mein Schuh ist weg!« schrie der Junge.

Der Gänserich kehrte um und näherte sich dem Boden, da aber entdeckte der Junge auf der Landstraße zwei Kinder, die seinen Schuh aufgehoben hatten.

»Gänserich, Gänserich«, schrie der Junge rasch, »steig wieder auf! Es ist zu spät, ich bekomme meinen Schuh nicht wieder.«

Doch auf der Landstraße stand Åsa, das Gänsemädchen, mit ihrem Bruder, dem kleinen Mats, und beide betrachteten einen winzigen Holzschuh, der vom Himmel gefallen war.

»Den haben sicher die Wildgänse verloren«, sagte der kleine Mats.

Åsa schwieg eine lange Zeit und dachte über diesen Fund nach. Schließlich sagte sie langsam und gedankenvoll: »Erinnerst du dich, Klein-Mats, als wir am Övedskloster vorbeikamen, da haben uns Leute auf einem Bauernhof erzählt, sie hätten einen Kobold gesehen, in Lederhosen und mit Holzschuhen an den Füßen wie jeder andere Arbeitsmann? Vielleicht war es derselbe, der hier auf einer Gans durch die Luft geflogen ist und den Holzschuh verloren hat.«

»Ja, das ist der bestimmt gewesen«, sagte der kleine Mats.

Sie drehten und wendeten ihren Fund und untersuchten ihn genau, denn den Holzschuh eines Heinzelmännchens findet man nicht alle Tage auf der Landstraße.

»Halt, halt, Klein-Mats!« sagte Gänsemädchen Åsa. »Auf der einen Seite steht etwas geschrieben.«

»Ja, wirklich. Aber die Buchstaben sind so winzig.«

»Laß mich mal sehen! Ja, da steht – da steht: Nils Holgersson aus W.-Vämmenhög.«

»Das ist das Merkwürdigste, was ich je erlebt habe!« sagte der kleine Mats.

19
Die Geschichte von Karr und Graufell

Der Kolmården

Nördlich von Bråviken, an der Grenze zwischen Östergötland und Sörmland, erhebt sich ein Höhenzug, der mehrere Meilen lang und über eine Meile breit ist. Wenn er so hoch wäre, wie es zu seiner Länge und Breite paßt, dann wäre er eins der prächtigsten Gebirge, die es gibt, aber das ist er nicht.

Er steigt mit schroffen Hängen aus dem Flachland auf, und überall türmen sich stolze Felsenmassen, die dazu bestimmt zu sein scheinen, wolkenhohe Berggipfel zu tragen. Alles ist gewaltig und wild und groß angelegt, und doch fehlt dem Ganzen die rechte Höhe oder Gestalt.

Wie zum Ersatz für Gipfel und Hänge war das große Berggebiet zu allen Zeiten mit hohen, gewaltigen Bäumen bekleidet. Eichen und Linden wuchsen in den Randgebieten und Tälern, Birken und Erlen an den Ufern der Seen, Kiefern auf den steilen Absätzen und Fichten überall, wo sie eine Handvoll Erde zum Festklammern fanden. Alle diese Bäume bildeten zusammen den großen Kolmården-Wald, der in alter Zeit so gefürchtet war, daß jeder, der ihn durchqueren mußte, zu Gott betete und sich auf sein letztes Stündlein vorbereitete.

Als sich in Sörmland und Östergötland Menschen ansiedelten, gab es dort fast überall Wälder, die in den fruchtbaren Tälern und Ebenen bald gerodet wurden. Den Kolmården-Wald aber, der auf magerem Felsengrund wuchs, mochte niemand fällen. Und je länger er unberührt stehen durfte, um so mächtiger wurde er. Er glich einer Festung, deren Mauern mit jedem Tag dicker wurden, und wer diese Waldmauer durchdringen wollte, der mußte die Axt zu Hilfe nehmen.

Andere Wälder müssen sich vor den Menschen fürchten, doch vor dem Kolmården-Wald fürchteten sich die Menschen. Für jene Leute, die zwischen Östergötland und Sörmland Reisen unternehmen mußten, war er geradezu lebensgefährlich. Sie konnten sich nur auf schmalen Tierpfaden vorwärtstasten, denn einen gebahnten Weg gab es nicht. Es gab weder eine Brücke über den Fluß noch eine Fähre über den See noch einen Steg durch das Moor. Im ganzen Wald fand sich nicht eine Hütte, in der friedliche Leute wohnten, dagegen gab es Räuberhöhlen und Schlupfwinkel für wilde Tiere in großer Zahl. Nur wenige Reisende gelangten unbeschadet hindurch, um so mehr stürzten in Abgründe oder gerieten in Moräste, wurden von Räubern ausgeplündert oder von wilden Tieren verfolgt. Doch auch jene, die in der Nähe des Waldes wohnten, hatten unter ihm zu leiden, denn ständig kamen von dort Bären und Wölfe und rissen ihr Vieh. Weil sich die wilden Tiere so gut im dichten Wald verstekken konnten, waren sie unmöglich auszurotten.

Nach und nach wurde der Wald doch ein wenig gebändigt. Auf den Hängen um ihn herum wuchsen Bauernhöfe und Gemeinden heran. Es wurden auch einige Wege gebahnt, und bei Krokek, mitten in der schlimmsten Wildnis, bauten Mönche ein Kloster, das den Reisenden einen sicheren Zufluchtsort bot.

Dennoch blieb der Wald mächtig und gefährlich, bis man durch einen Zufall entdeckte, daß sein Felsengrund Erz enthielt. Sobald dies bekannt wurde, eilten Grubenarbeiter und Bergleute in den Wald, um nach seinen Schätzen zu suchen.

Und so wurde die Macht des Waldes gebrochen. Die Menschen legten Gruben an und errichteten auf dem alten Waldboden Hütten und Fabriken. Und für den Bergbau wurden ungeheure Mengen an Brennholz und Kohle gebraucht. Kohlenbrenner und Holzfäller zogen in den alten, unheimlichen Urwald und machten ihm fast den Garaus. In der Umgebung der Bergwerke wurden sämtliche Bäume gefällt, und der Boden wurde in Ackerland verwandelt. Viele Siedler kamen hierher, und wo es zuvor nichts weiter als Bärenhöhlen gegeben hatte, sah man bald Gemeinden mit Kirche und Pfarrhaus.

Es war ein Glück für den Kolmården, daß seine Gruben nicht sehr ergiebig waren, so daß sich Bergbau und Bergwerksbetrieb bald nicht mehr lohnten. Auch Kohlen wurden nicht mehr gebrannt, und der Wald bekam eine kleine Atempause. Die Leute versuchten es nun mit der Landwirtschaft, hatten jedoch nur wenig Erfolg. Der alte Waldboden wollte lieber riesige Eichen und große Fichten als Rüben und Getreide tragen.

Mit finsteren Blicken verfolgten die Menschen, daß der Wald im gleichen Maß kräftiger und üppiger wurde, wie sie selber verarmten, bis ihnen schließlich einfiel, daß der Wald auch etwas Gutes haben könnte. Vielleicht wäre eben das ihre Rettung? Zumindest lohnte es den Versuch, den Wald nutzbar zu machen.

So begannen sie, die Bäume für Bauholz und Balken zu fällen und an die Bewohner des Flachlands zu verkaufen, die ihren Wald schon vernichtet hatten. Bald merkten sie, daß sie mit dem Kolmården nur vernünftig umzugehen brauchten, um ihren Lebensunterhalt durch ihn genauso wie durch Ackerbau und Bergbau zu verdienen, und sahen ihn nun mit ganz anderen Augen an. Sie lernten es, ihn zu pflegen und zu lieben. Die alte

Feindschaft war völlig vergessen, und sie hielten den Wald für ihren besten Freund.

Karr

Zwölf Jahre bevor Nils Holgersson seine Reise mit den Wildgänsen antrat, geschah es, daß ein Hüttenbesitzer im Kolmården einen seiner Jagdhunde abschaffen wollte. Er ließ den Förster kommen und sagte ihm, er könne das Tier unmöglich behalten, denn es sei ihm nicht abzugewöhnen, Schafe und Hühner zu jagen. Der Förster solle den Hund im Wald erschießen.

Der Mann nahm den Hund an die Leine und wollte ihn nun zu jenem Platz im Wald bringen, wo alle ausgedienten Hunde der Herrschaft erschossen und begraben wurden. Das erfüllte ihn mit Genugtuung, denn der Hund jagte nicht nur Schafe und Hühner, sondern stahl oft genug auch einen Hasen oder ein junges Birkhuhn im Wald.

Es war ein kleiner, schwarzer Hund mit gelber Brust und gelben Vorderpfoten. Er hieß Karr und war so klug, daß er alles verstand, was Menschen sagten. Als der Förster ihn durch den Wald führte, wußte er sehr wohl, was ihm blühte. Doch das war ihm nicht anzusehen. Er ließ weder den Kopf hängen noch zog er den Schwanz ein, sondern wirkte genauso unbekümmert wie sonst. Gerade hier, im Wald, wollte er sich keinerlei Angst anmerken lassen.

Der große Wald, der das alte Bergwerk zu allen Seiten umgab, stand bei Tieren und Menschen in einem besonderen Ruf. Seine Besitzer waren nämlich seit vielen Jahren so besorgt um ihn, daß sie es kaum über sich brachten, Bäume für Brennholz zu fällen. Und weil dieser Wald ungestört und unbehelligt blieb, wurde er natürlich ein beliebter Aufenthaltsort für die Tiere, die es dort auch in großen Mengen gab. Sie nannten ihn untereinander den Friedenswald und hielten ihn für die beste Zufluchtsstätte im ganzen Land.

Während der Hund durch den Wald geführt wurde, dachte er daran, wie sehr sich alle kleinen Tiere hier vor ihm gefürchtet hatten. »Na, die im Dickicht würden sich aber freuen, wenn sie wüßten, was dir bevorsteht, Karr!« dachte er. Gleichzeitig wedelte er mit dem Schwanz und schlug ein fröhliches Bellen an, damit ja niemand glauben sollte, er habe Angst oder sei niedergeschlagen.

»Hätte mir denn das Leben Spaß gemacht, wenn ich nicht manchmal auf die Jagd gezogen wäre?« sagte er. »Bereue, wer will, aber ich tu's bestimmt nicht!«

Doch gerade als der Hund dies sagte, geschah mit ihm eine seltsame Veränderung. Er reckte Kopf und Hals in die Höhe, als wollte er am liebsten heulen, und lief nicht mehr neben dem Förster her, sondern hielt sich hinter ihm. Ihm war etwas Unangenehmes eingefallen.

Der Sommer hatte soeben begonnen. Vor kurzem hatten die Elchkühe ihre Jungen geboren. Am letzten Abend war es dem Hund gelungen, ein Elchkalb, das nicht älter als fünf Tage sein konnte, von seiner Mutter weg und in ein Moor zu treiben. Dort hatte er es zwischen den Grashöckern hin und her gejagt, eigentlich nicht, weil er es fangen, sondern weil er sich an seiner Angst erfreuen wollte. Die Elchkuh, die wußte, daß dieses Moor so kurz nach der Schmelze grundlos war und ein so schweres Tier wie sie noch nicht tragen konnte, blieb lange Zeit am Rande stehen. Doch als Karr das Kalb immer weiter trieb, lief sie plötzlich ins Moor hinaus, scheuchte den Hund weg, nahm das Kalb zu sich und wollte nun mit ihm an Land. Elche bewegen sich in sumpfigem und gefährlichem Gelände geschickter als andere Tiere, und es schien, als sollte sie glücklich ans Ufer gelangen. Doch kurz bevor sie es erreichte, sackte unter ihren Hufen ein Grashöcker ab, und sie sank mit. Als sie versuchte, sich wieder emporzuarbeiten, fand sie keinen festen Halt und sank immer tiefer. Karr stand dabei und schaute zu. Doch als er merkte, daß die Elchkuh verloren war, mußte er an etwas anderes denken: Wenn die Menschen entdeckten, daß er eine Elchkuh ins Unglück gelockt hatte, würden sie ihn furchtbar verprügeln. Seine Angst war so groß, daß er davonlief, so schnell er konnte.

Das also war dem Hund jetzt eingefallen. Es bedrückte ihn viel mehr als alle anderen seiner schlimmen Taten. Der Grund dafür mochte sein, daß er die Elchkuh und ihr Kalb ganz unbeabsichtigt und gegen seinen Willen umgebracht hatte.

»Na, vielleicht leben sie noch«, dachte der Hund auf einmal. »Sie waren ja noch nicht tot, als ich weglief.«

Er verspürte eine unbezwingliche Lust, etwas über ihr Schicksal zu erfahren, solange er noch Gelegenheit dazu hatte. Als er bemerkte, daß der Förster die Leine nicht sonderlich festhielt, sprang er rasch zur Seite und kam tatsächlich frei. Dann rannte er so schnell in Richtung Moor, daß er längst verschwunden war, bevor der Förster die Flinte anlegte.

Dem blieb nichts weiter übrig, als hinterherzulaufen. Als er das Moor erreichte, sah er den Hund einige Meter vom Land entfernt auf einem Grashöcker stehen und aus Leibeskräften heulen. Um nun herauszufinden, was das zu bedeuten hätte, stellte er die Flinte ab und kroch auf Händen und Füßen ins Moor hinaus. Er war noch nicht weit gekommen, da erblickte er im Morast eine tote Elchkuh. Gleich neben ihr lag ein Kälbchen. Es war noch am Leben, jedoch so entkräftet, daß es sich nicht bewegen konnte. Karr stand bei ihm, beugte sich darüber und leckte es, während er immer wieder laut aufheulte und um Hilfe rief.

Da hob der Förster das Kalb auf, um es ans Ufer zu schleppen. Als der Hund merkte, daß er es retten wollte, geriet er außer sich vor Freude. Er sprang um ihn herum und bellte fröhlich.

Der Förster trug das Kalb nach Hause und sperrte es in einen Verschlag des Kuhstalls. Dann mußte er Hilfe holen, um die tote Elchkuh aus dem Moor zu ziehen. Erst als das alles getan war, fiel ihm wieder ein, daß er Karr erschießen sollte. Er lockte ihn heran und begab sich mit ihm ein zweites Mal in den Wald.

Anfangs ging der Förster den direkten Weg zur Hundegruft, doch während der Wanderung schien er sich eines anderen zu besinnen, denn plötzlich kehrte er um und ging zum Gutshof zurück.

Bis dahin war ihm Karr ganz ruhig gefolgt. Als er jedoch merkte, daß der Förster jetzt auf seine alte Wohnung zusteuerte, wurde er ängstlich. Sicher hatte der Mann entdeckt, daß er, Karr, die Elchkuh ums Leben gebracht hatte, und deshalb sollte er noch vor seinem Tod auf dem Gutshof bestraft werden.

Doch Prügel waren schlimmer als alles andere, und bei einer solchen Aussicht verlor Karr seine gute Laune und ließ den Kopf hängen. Als er auf dem Gutshof ankam, blickte er nicht auf und tat so, als würde er keinen Menschen kennen.

Der Hüttenbesitzer stand gerade auf der Treppe. »Was bringen Sie denn da für einen Hund mit, Förster?« fragte er. »Ist das etwa Karr?« Da begann der Förster von den Elchen zu berichten, und Karr machte sich so klein, wie er nur konnte, und versteckte sich hinter den Beinen des Mannes.

Doch der Förster erzählte die Sache ganz anders, als der Hund erwartet hatte. Er fand für Karr nur Lobesworte und sagte, der Hund habe offenbar von der Notlage der Elche gewußt und habe sie retten wollen. »Machen Sie, was Sie wollen, Herr Hüttenbesitzer, aber diesen Hund kann ich nicht erschießen«, sagte er zum Schluß.

Der Hund richtete sich auf und spitzte die Ohren. Er glaubte nicht recht gehört zu haben. War es denn möglich, daß er sein Leben behalten durfte, nur weil er sich um die Elche gesorgt hatte?

Auch der Hüttenbesitzer lobte Karrs Verhalten, wollte ihn jedoch auf keinen Fall wiederhaben. »Wenn Sie sich um ihn kümmern und die Verantwortung dafür übernehmen, daß er sich zukünftig besser benimmt, dann mag er am Leben bleiben«, sagte er. Ja, dazu war der Förster bereit, und so kam es, daß Karr ins Forsthaus zog.

Graufells Flucht

Von jenem Tag an, als er zum Förster kam, ging Karr nie wieder auf unerlaubte Jagd in den Wald. Er tat es ganz einfach deshalb nicht, weil er den Förster nicht verärgern wollte, denn seit der ihm das Leben gerettet hatte, liebte er ihn über alles. Er hatte nur noch den Wunsch, ihn zu beschützen. Wenn der Förster das Haus verließ, lief Karr voraus und untersuchte den Weg. War er daheim, lag der Hund vor der Tür und überwachte alle, die kamen und gingen.

Wenn es im Forsthaus ruhig war und keine Schritte auf dem Weg ertönten, vertrieb sich Karr die Zeit damit, daß er mit dem Elchkalb spielte.

Anfangs hatte der Hund nicht die geringste Lust gehabt, sich mit dem Kalb abzugeben. Doch da er seinem Herrn überallhin folgte, begleitete er ihn auch zum Kuhstall, wenn das Kälbchen Milch bekam, setzte sich vor den Verschlag und sah ihm zu. Der Förster nannte das Kalb Graufell, denn er meinte, einen stolzeren Namen hätte es nicht verdient, und darin gab ihm Karr recht. Immer, wenn er das Tier erblickte, glaubte er, noch nie etwas so Häßliches und Schlechtgebautes gesehen zu haben. Es hatte lange, schlaksige Beine, die wie lose Stelzen am Körper saßen. Sein Kopf war groß und verschrumpelt und hing stets nach einer Seite. Das Fell hatte so viele Runzeln und Falten, als wäre es für ein anderes Tier gemacht. Immer sah es traurig und mißmutig aus, doch seltsamerweise erhob es sich stets, wenn Karr vor dem Verschlag erschien, als würde es sich über seinen Anblick freuen.

Der Zustand des Elchkalbs verschlechterte sich von Tag zu Tag. Es wuchs nicht und konnte schließlich nicht einmal mehr aufstehen, wenn es Karr erblickte. Doch als nun der Hund zu ihm in den Verschlag sprang, leuchteten die Augen des armen Tieres auf, als sei ihm ein sehnlicher Wunsch erfüllt. Danach besuchte Karr das Elchkalb täglich und brachte ganze Stunden bei ihm zu. Er leckte ihm das Fell, spielte und tobte mit ihm und unterrichtete es in diesem und jenem, was ein Waldtier wissen muß.

Seitdem Karr in den Verschlag hineingesprungen war, gedieh das Elchkalb besser und begann zu wachsen. Als es erst einmal damit angefangen hatte, wurde es innerhalb von ein paar Wochen so groß, daß ihm der kleine

Verschlag zu eng wurde und es auf eine Koppel gebracht werden mußte. Nach ein paar Monaten auf dieser Koppel waren seine Beine so lang geworden, daß es nach Belieben über den Zaun steigen konnte. Da holte sich der Förster vom Hüttenbesitzer die Erlaubnis, ein hohes, starkes Gatter aufzustellen. Darin lebte der Elch mehrere Jahre und wuchs zu einem kräftigen, stattlichen Tier heran. Karr leistete ihm Gesellschaft, sooft er konnte. Aber er tat es jetzt nicht mehr aus Mitleid, sondern weil sie gute Freunde geworden waren. Noch immer war der Elch traurig und wirkte träge und kaum unternehmungslustig, doch Karr verstand sich auf die Kunst, ihn aufzuheitern und froh zu stimmen.

Als Graufell fünf Sommer in der Försterei verbracht hatte, erhielt der Hüttenbesitzer einen Brief von einem Zoologischen Garten im Ausland, mit der Anfrage, ob der Elch zu verkaufen sei. Der Hüttenbesitzer war dazu geneigt, doch dem Förster wurde das Herz schwer. Da der diesen Handel jedoch nicht verhindern konnte, wurde beschlossen, den Elch zu verkaufen.

Karr kam bald dahinter, was man mit dem Elch vorhatte, und lief rasch zu ihm und erzählte ihm, man wolle ihn wegschicken. Während der Hund in größter Angst war, seinen Freund zu verlieren, nahm der Elch die Sache gelassen und schien sich weder zu freuen noch zu grämen. »Willst du dich denn gar nicht dagegen wehren?« fragte Karr.

»Was sollte Widerstand nützen?« entgegnete Graufell. »Ich würde ja am liebsten bleiben, wo ich bin, aber wenn man mich verkauft, dann muß ich wohl von hier weg.«

Karr betrachtete Graufell und maß ihn regelrecht mit den Augen. Es war zu sehen, daß der Elch noch nicht voll ausgewachsen war. Seine Schaufeln waren nicht so breit, und sein Höcker war nicht so hoch und seine

Mähne nicht so struppig wie bei den fertigen Elchbullen, aber er war doch kräftig genug, um für seine Freiheit zu kämpfen. »Man merkt, daß er sein ganzes Leben in Gefangenschaft verbracht hat«, dachte Karr, sagte jedoch kein Wort.

Erst nach Mitternacht, als er wußte, daß Graufell ausgeschlafen hatte und seine erste Mahlzeit hielt, kehrte der Hund zum Elchgehege zurück. »Du tust schon recht daran, Graufell, daß du dich wegbringen läßt«, sagte er und schien jetzt ruhig und zufrieden. »Man wird dich in einem großen Garten gefangenhalten und dir ein sorgenfreies Leben ermöglichen. Ich finde es nur schade, daß du von hier fort mußt, ohne den Wald gesehen zu haben. Du weißt, daß der Wahlspruch deiner Stammverwandten lautet: ›Die Elche sind eins mit dem Wald.‹ Aber du bist noch nicht einmal in einem Wald gewesen.«

Graufell blickte von dem Klee auf, an dem er gerade kaute. »Den Wald möchte ich schon gern sehen, aber wie soll ich denn über das Gatter kommen?« sagte er träge wie immer.

»Nein, wenn man so kurze Beine hat wie du, dann ist das wohl unmöglich«, sagte Karr. Der Elch blickte den Hund verstohlen an, denn obwohl der so klein war, sprang er mehrmals am Tage über das Gatter. Da wollte er es auch versuchen, machte einen Satz und war im Freien, ohne recht zu wissen, wie es zugegangen war.

Nun wanderten Karr und Graufell in den Wald. Es war eine schöne, mondhelle Nacht gegen Ende des Sommers. Doch unter den Bäumen war es dunkel, und der Elch bewegte sich sehr vorsichtig. »Vielleicht kehren wir besser um«, sagte Karr. »Wo du noch nie im wilden Wald gewesen bist, kannst du dir leicht die Beine brechen.« Da begann Graufell schneller und beherzter auszuschreiten.

Karr führte den Elch in eine Gegend des Waldes, wo riesige Tannen standen, und zwar so dicht, daß kein Windhauch zwischen ihnen hindurchzudringen vermochte. »Hier pflegen deine Stammverwandten Schutz vor Kälte und Sturm zu suchen«, sagte er. »Hier stehen sie den ganzen Winter lang unter freiem Himmel. Dort, wohin du kommst, wirst du es viel besser haben. Da hast du ein Dach über dem Kopf und darfst im Stall stehen wie ein Ochse.« Graufell gab keine Antwort, sondern sog nur den würzigen Duft der Tannennadeln ein. »Hast du mir noch mehr zu zeigen, oder habe ich jetzt den ganzen Wald gesehen?« fragte er.

Da ging Karr mit ihm zu einem großen Sumpf und zeigte ihm Grashöcker und Bebemoor. »Über dieses Moor fliehen die Elche, wenn sie in Gefahr sind«, sagte er. »Ich weiß nicht, wie sie es machen, aber sie können trotz ihrer Größe und ihres Gewichts hier laufen, ohne zu versinken. Du würdest dich auf so gefährlichem Boden wohl nicht halten können, aber das brauchst du auch nicht, denn nie werden dich Jäger verfolgen.«

Graufell sagte nichts, sondern eilte mit einem langen Satz hinaus ins Moor. Als er unter sich die schwankenden Grashöcker spürte, freute er sich, jagte quer durch den Sumpf und kehrte zu Karr zurück, ohne in ein einziges Moorloch geraten zu sein. »Haben wir jetzt den ganzen Wald gesehen?« fragte er.

»Nein, noch nicht«, antwortete Karr.

Er führte den Elch nun zum Waldrand, wo stattliche Laubbäume wuchsen: Eichen und Espen und Linden. »Hier pflegen deine Stammverwandten Laub und Rinde zu fressen«, sagte er. »Sie halten das für die beste Nahrung, aber du dürftest im Ausland wohl besseres Futter bekommen.« Graufell bestaunte die riesigen Laubbäume, die ihre grünen Kuppeln über ihm wölbten, und kostete Eichenlaub und Espenrinde. »Das schmeckt bitter und gut«, sagte er. »Das ist besser als Klee.«

»Wie schön, daß du es mal probieren konntest«, sagte der Hund.

Dann ging er mit dem Elch zu einem kleinen Waldsee. Der lag ganz still und blank da und spiegelte seine Ufer, die sich in leichte, helle Nebelschleier hüllten. Bei diesem Anblick blieb Graufell wie angewurzelt stehen. »Was ist denn das, Karr?« fragte er. Es war das erste Mal, daß er einen See erblickte.

»Das ist ein großes Wasser, ein See«, entgegnete Karr. »Deine Leute schwimmen immer von Ufer zu Ufer. Von dir ist das wohl nicht zu verlangen, aber du solltest wenigstens hinuntergehen und ein Bad nehmen.« Der Hund stieg selbst ins Wasser und schwamm davon. Graufell zögerte lange, bis er ihm schließlich folgte. Als sich das Wasser weich und kühl um seinen Körper schmiegte, verschlug es ihm vor Wohlbehagen den Atem. Er wollte es auch am Rücken spüren, ging tiefer hinein, merkte, daß es ihn trug, und begann zu schwimmen. Er schwamm um Karr herum und fühlte sich im Wasser wie zu Hause. Als sie wieder am Ufer standen, fragte der Hund, ob sie nun heimkehren sollten. »Es ist noch lange nicht Morgen. Wir können noch eine Weile im Wald herumlaufen«, sagte Graufell.

Sie gingen wieder in den Nadelwald. Bald erreichten sie einen kleinen, offenen Platz, der hell im Mondschein lag, mit Gräsern und Blumen, die vom Tau glitzerten. Mitten auf der Waldwiese weideten ein paar große Tiere. Es waren Elche, ein Bulle, ein paar Elchkühe, mehrere Jungkühe und Kälber. Als Graufell sie erblickte, blieb er jäh stehen. Die Kühe und Jungtiere beachtete er kaum, er starrte nur den alten Bullen an, der ein breites Schaufelgeweih mit vielen Zacken, auf dem Widerrist einen hohen Buckel und unter dem Hals einen langhaarigen Bartzipfel trug. »Was ist denn das für einer?« fragte Graufell und war so betroffen, daß seine Stimme bebte.

»Er wird Hornkrone genannt«, sagte Karr, »und ist dein Stammverwandter. Eines Tages bekommst du wohl auch so breite Schaufeln und so eine Mähne, und wenn du im Wald bleiben würdest, könntest du wohl auch Anführer einer Herde werden.«

»Wenn der da mein Stammverwandter ist, dann möchte ich ihn gern aus der Nähe sehen«, sagte Graufell. »Ich hätte nie geglaubt, daß ein Tier so stattlich sein kann.«

Graufell näherte sich den Elchen, kehrte jedoch gleich darauf zu dem Hund zurück, der am Waldrand stehengeblieben war. »Man hat dich wohl nicht gut empfangen?« fragte Karr.

»Ich habe ihm gesagt, es sei das erste Mal, daß ich Verwandte treffe, und habe ihn um Erlaubnis gebeten, bei ihnen auf der Wiese zu weiden. Aber er hat mich abgewiesen und mir mit dem Geweih gedroht.«

»Wie richtig, daß du weggelaufen bist«, sagte Karr. »Ein junger Elch, dessen Schaufelgeweih noch nicht ausgewachsen ist, der sollte sich vor einer Auseinandersetzung mit alten Bullen hüten. Wäre ein anderer kampflos zurückgewichen, dann hätte er sich im ganzen Wald den Ruf verdorben. Aber um so was brauchst du dich ja nicht zu kümmern, wo du ins Ausland ziehst.«

Kaum hatte Karr ausgesprochen, da kehrte Graufell auf die Wiese zurück. Der alte Elch lief ihm entgegen, und sie gerieten sofort in Streit. Sie stießen mit den Geweihen zusammen und rangen heftig, bis Graufell über die ganze Wiese zurückgetrieben wurde. Er schien nicht recht zu wissen, wie er seine Kräfte gebrauchen sollte. Doch als er am Waldrand angelangt war, stemmte er seine Hufe fester in den Boden, stieß kräftig mit dem Geweih zu und ging nun gegen Hornkrone vor. Er kämpfte lautlos, während der alte Elch schnaufte und keuchte und nun seinerseits über die Wiese zurückgedrängt wurde. Plötzlich ertönte ein lautes Krachen: vom Geweih des alten Elchs war eine Zacke abgebrochen. Da riß er sich von Graufell los und lief in den Wald.

Graufell kehrte zu Karr zurück, der noch immer am Waldrand stand. »Nun hast du gesehen, was es im Wald gibt«, sagte der Hund. »Willst du jetzt mit nach Hause gehen?«

»Ja, es ist wohl an der Zeit«, sagte der Elch.

Auf dem Heimweg waren sie stumm. Karr seufzte ein paarmal, als sei ihm eine Rechnung nicht aufgegangen, während Graufell hocherhobenen Hauptes vorwärtsschritt und sich über sein Abenteuer zu freuen schien. Ohne im geringsten zu zögern, ging er auf sein Gehege zu, doch kurz davor blieb er stehen. Er sah den engen Raum, in dem er bisher gelebt hatte, er sah den zertrampelten Boden, das welke Futter, den kleinen Trog, aus dem er Wasser getrunken hatte, und den dunklen Verschlag, in dem er geschlafen hatte. »Die Elche sind eins mit dem Wald«, rief er, warf stolz den Kopf zurück und stürmte in wilder Flucht davon.

Graufells Tod

In jenem Jahr, als Nils Holgersson mit den Wildgänsen umherreiste, ließen sie sich eines Abends am Ufer eines kleinen Sees nieder, der mitten im Friedenswald lag.

Die Gänse wollten sich sogleich ins Wasser stürzen, doch bevor sie ihr Bad nehmen konnten, näherte sich ihnen ein alter, steifbeiniger Hund und fragte, ob sie auf ihrer Reise durch das Land irgendwo einen Elchbullen getroffen hätten, der Graufell hieß. »Er hat lange in diesem Friedenswald gewohnt«, fuhr der Hund fort, »aber vor ein paar Jahren wurde er von einem heimtückischen Feind gezwungen, von hier fortzuziehen. Er und ich, wir waren die besten Freunde, und er hat mir sonst immer durch Zugvögel Grüße bestellt, aber in diesem ganzen Jahr habe ich noch nichts von ihm gehört.«

Akka ging auf den alten Hund zu, wobei sie ihren Hals viele Male neigte. »Wenn du der Hund mit Namen Karr bist«, sagte sie, »dann dürfte ich für dich einen Gruß von jenem haben, nach dem du fragst.«

Der alte Hund hob den Kopf und brach in ein Freudengeheul aus. »Sag mir sogleich alles, was du weißt, Wildgans!« forderte er sie auf. »Mein Herr hat gesehen, daß ich alt geworden bin und keine Freude mehr am Leben habe. Neulich hat er die Flinte geladen, meinetwegen, wie ich glaube, aber ich bin ihm entwischt. Ich will nämlich nicht eher sterben, bis ich etwas über Graufell erfahren habe. Es wäre das größte Glück für mich, wenn ich gerade heute eine Botschaft von ihm bekäme.«

»Vielleicht solltest du besser sterben, bevor du meine Nachrichten hörst«, sagte Akka, »aber ich will dir trotzdem berichten, wie ich deinem Freund begegnet bin, und seinen Gruß ausrichten. Es war im vorigen Jahr, auf unserer Frühjahrsreise. Yksi, Kaksi und ich waren eines Morgens vom Siljansee in Dalarna aufgebrochen und überflogen die großen Wälder zwischen Dalarna und Hälsingland. Wir sahen unter uns nichts als den schwarzgrünen Nadelwald. Zwischen den Bäumen lag noch hoher Schnee, die Flüsse waren zugefroren und hatten nur manchmal eine schwarze Wake, und an einigen Uferstellen war der Schnee verschwunden. Dörfer und Höfe sahen wir fast gar nicht, nur graue Sennhütten, die zu dieser Jahreszeit leerstehen. Hier und da wanden sich schmale Wege durch den Wald, wo die Leute im Winter Holz gefahren hatten. An den Flüssen war das Holz zu großen Stapeln geschichtet.

Als wir so über den Wald flogen, sahen wir unter uns drei Jäger. Sie liefen auf Skiern, hatten Hunde bei sich und Messer im Gürtel, doch keine Flinten. Der Schnee war verharscht, und sie hielten sich nicht an die gewundenen Pfade, sondern liefen quer durch den Wald. Wie es schien, wußten sie genau, wo zu finden war, was sie suchten.

Wir Wildgänse flogen in großer Höhe und konnten den ganzen Wald überschauen. Weil wir die Jäger nun bemerkt hatten, wollten wir auch wissen, was für ein Wild sie verfolgten. Wir flogen hierhin und dahin und spähten zwischen die Bäume. Da entdeckten wir in einem dichten Gehölz etwas, das Ähnlichkeit mit großen, moosbewachsenen Steinen hatte.

Wir stießen nun rasch in dieses Gehölz hinunter, und da gerieten die Steinblöcke in Bewegung. Es waren drei Elche, die dort im Waldesdunkel lagen, ein Bulle und zwei Kühe. Als wir uns niederließen, stand der Bulle auf und kam uns entgegen. Es war das größte und stattlichste Tier, das wir je gesehen hatten. Doch als er merkte, daß er nur von ein paar armen Wildgänsen geweckt worden war, legte er sich wieder hin.

›Nein, alter Vater, legt Euch nicht schlafen!‹ sagte ich zu ihm. ›Lauft weg, so schnell Ihr könnt! Im Wald sind Jäger und steuern direkt auf Euer Lager zu.‹

›Habt vielen Dank, Gänsemutter‹, sagte der Elch und schien gleich wieder einschlafen zu wollen, ›aber Ihr wißt doch, daß wir Elche jetzt Schonzeit haben. Diese Jäger wollen sicher Füchse jagen.‹

›Der ganze Wald ist voller Fuchsspuren, aber die Jäger haben sie nicht beachtet. Glaubt mir nur! Sie wissen, daß Ihr hier lagert, alter Vater, und sie kommen hierher, um Euch zu erlegen. Sie haben keine Flinten mitgenommen, sondern nur Spieße und Messer, denn sie wagen es nicht, zu dieser Jahreszeit im Wald Schüsse abzufeuern.‹

Während der Bulle ungerührt liegenblieb, wurden die Kühe nun doch unruhig. ›Vielleicht verhält es sich so, wie die Gänse sagen‹, meinten sie und standen auf.

›Bleibt ihr nur still!‹ sagte der Bulle. ›In dieses Dikkicht kommen keine Jäger, da könnt ihr ganz sicher sein.‹

Es war also nichts zu machen, und wir Wildgänse erhoben uns wieder in die Luft. Wir kreisten aber weiter über dieser Stelle, um zu sehen, wie es den Elchen ergehen würde.

Kaum hatten wir unsere übliche Flughöhe erreicht, da sahen wir, daß der Elchbulle das Dickicht verließ. Er witterte nach allen Seiten und lief dann geradewegs auf die Jäger zu. Dabei trat er auf trockene Zweige, daß es laut knackte. Vor ihm lag ein großes, kahles Moor. Er ging mitten hinein und blieb ohne jede Deckung darin stehen.

Er stand so lange dort, bis die Jäger am Waldrand erschienen. Dann warf er sich herum und floh in eine andere Richtung als die, aus der er gekommen war. Die Jäger ließen die Hunde los und eilten ihm auf ihren Skiern nach, so schnell sie konnten.

Der Elch hatte den Kopf zurückgeworfen und stürmte mit voller Kraft davon. Der Schnee wirbelte in Wolken um ihn auf, und Hunde und Jäger blieben weit zurück. Plötzlich hielt er inne, wie um auf sie zu warten, und als er sie wieder in Sichtweite hatte, raste er weiter. Uns war klar, daß er damit die Jäger von jenem Platz weglocken wollte, auf dem die Kühe lagen. Das fanden wir tapfer, denn er brachte sich selbst in Gefahr, um seine Angehörigen zu schützen. Keine von uns wollte die Gegend verlassen, bevor wir gesehen hatten, wie das nun endete.

Auf diese Art ging die Jagd ein paar Stunden weiter. Wir wunderten uns, daß die Jäger den Elch mit soviel Mühe verfolgten, obwohl sie gar keine Flinten dabei hatten. Sie konnten doch wohl nicht annehmen, daß es ihnen gelingen könnte, einen solchen Renner wie ihn zu hetzen.

Aber dann sahen wir, daß der Elch nicht mehr ganz so schnell lief. Er setzte die Füße vorsichtiger in den Schnee, und wenn er sie herauszog, war Blut in der Spur.

Da wußten wir, warum die Jäger mit so großer Ausdauer hinter ihm her waren. Sie rechneten auf die Hilfe des Schnees. Der Elch war schwer und sank bei jedem Schritt bis auf den Grund der Schneewehe ein. Dabei zerscheuerte die harte Kruste das Fell an seinen Beinen und zerriß die Haut, und jedesmal, wenn er den Fuß aufsetzte, tat es ihm weh.

Die Jäger und die Hunde, die so leicht waren, daß sie auf der Eiskruste laufen konnten, verfolgten ihn immer weiter. Der Elch floh, was er konnte, doch seine Schritte wurden unsicherer, er schwankte und keuchte heftig. Er litt nicht nur große Schmerzen, sondern war vom Waten durch den tiefen Schnee auch erschöpft.

Schließlich hielt er es nicht mehr aus. Er blieb stehen, um Hunde und Jäger an sich heranzulassen und sich ihnen im Kampf zu stellen. Während er auf sie wartete, warf er einen Blick nach oben, und als er uns über sich schweben sah, rief er: ›Jetzt bleibt hier, Wildgänse, bis alles vorüber ist! Wenn ihr das nächste Mal über den Kolmården fliegt, dann sucht den Hund Karr auf und sagt ihm, sein Freund Graufell habe einen ehrenvollen Tod gefunden!‹«

Als Akka so weit gekommen war, erhob sich der alte Hund und ging zwei Schritte auf sie zu. »Graufell kennt mich«, sagte er. »Er weiß, daß ich ein tapferer Hund bin und daß ich mich freue, wenn ich von seinem ehrenvollen Tod höre. Erzählt jetzt, wie . . .«

Er hob Kopf und Schwanz, als wollte er eine kecke, stolze Haltung annehmen.

»Karr, Karr!« rief jetzt eine Menschenstimme aus dem Wald.

Da stand der alte Hund schnell auf. »Mein Herr ruft mich«, sagte er, »und ich will ihn nicht warten lassen. Jetzt werden wir zwei das letzte Mal zusammen in den Wald gehen. Hab vielen Dank, Wildgans! Ich weiß nun alles, was ich wissen muß, damit ich zufrieden sterben kann.«

20

Der schöne Lustgarten

Sonntag, den 24. April

Am nächsten Tag flogen die Wildgänse über Sörmland nach Norden. Als der Junge die Landschaft unter sich erblickte, fand er sie mit keiner vergleichbar, die er bisher gesehen hatte. Hier gab es weder große Ebenen wie in Schonen und Östergötland noch große, zusammenhängende Waldgebiete wie in Småland, sondern eine Mischung aus allem möglichen.

»Da hat man wohl einen großen See und einen großen Fluß und einen großen Wald und ein großes Gebirge genommen, alles zerschnitten, durcheinandergeworfen und ohne jede Ordnung auf der Erde ausgebreitet«, dachte der Junge. Nichts davon durfte sich richtig ausdehnen. Sobald sich eine Ebene großwachsen wollte, kam ein Hügel und versperrte ihr den Weg, und wollte sich der Hügel zu einem Höhenzug verlängern, setzte sich wieder die Ebene durch. Sobald sich ein See so vergrößert hatte, daß er etwas hermachte, wurde er zu einem Fluß zusammengedrängt, und auch der Fluß durfte nicht lange fließen, da wurde er wieder zum See erweitert. Es war ein ständiger Wechsel. Nadelwald wechselte mit Laubwald ab, Felder wechselten mit Mooren und Herrenhöfe mit Bauernhäusern.

Kein Mensch war auf den Feldern bei der Arbeit, alle waren unterwegs auf Wegen und Stegen. Aus den kleinen Waldhütten an den Kolmården-Hängen kamen schwarzgekleidete Leute mit Gesangbuch und Taschentuch in der Hand.

»Heute ist wohl Sonntag«, dachte der Junge und schaute auf die Kirchgänger hinunter. An einigen Orten sah er Brautpaare mit großem Gefolge zur Kirche fahren, an einer anderen Stelle kam ein Leichenzug des Weges. Er sah große, herrschaftliche Kutschen, kleine Bauernfuhrwerke und auf dem See Boote – alle waren unterwegs zur Kirche.

Der Junge flog über die Kirche von Björkvik und über Bettna, Blacksta und Vadsbro und dann nach Sköldinge und Floda. Überall hörte er die Glocken läuten. Das klang in dieser Höhe so wunderschön, als hätte sich die klare Luft in Töne und Laute umgewandelt.

»Eins ist wohl sicher«, sagte der Junge, »wohin ich in diesem Land auch komme, überall werde ich Glockengeläut hören.« Bei diesem Gedanken empfand er Geborgenheit. Obwohl er sich jetzt in einer ganz anderen Welt aufhielt, würde er sich wohl niemals richtig verirren, solange ihn die Kirchenglocken mit ihren gewaltigen Stimmen zurückrufen konnten.

Als sie ein gutes Stück von Sörmland überflogen hatten, entdeckte der Junge unter sich einen schwarzen Punkt, der sich über den Boden bewegte. Zuerst hielt er ihn für einen Hund und hätte sich weiter keine Gedanken über ihn gemacht, wenn dieser Hund nicht bemüht gewesen wäre, denselben Kurs wie die Wildgänse zu verfolgen. Er stürmte über offenes Gelände und durch Gehölze, sprang über Gräben und Steineinfriedungen und ließ sich durch nichts aufhalten.

»Es sieht fast so aus, als ob Fuchs Smirre wieder unterwegs ist«, sagte der Junge. »Aber das macht nichts, wir werden ihm wohl bald davonfliegen.«

Gleich darauf beschleunigten die Wildgänse ihr Tempo, so sehr sie konnten, bis sie dem Fuchs außer Sichtweite waren. Dann schwenkten sie ab und flogen in einem großen, weiten Bogen nach Südwesten. »Es muß wohl doch Smirre gewesen sein, wenn Akka einen anderen Weg einschlägt«, dachte der Junge.

Als es nun Abend wurde, erreichten die Wildgänse ein altes sörmländisches Gut, das Stora Djulö hieß. Hinter dem großen, weißen Wohnhaus waren die Laubbäume eines Parks zu sehen, und davor lag der Stora Djulösee mit seinen Landzungen und hügeligen Ufern. Das Gut wirkte ehrwürdig und einladend. Der Junge mußte unwillkürlich seufzen, als er über den Hof flog und sich vorstellte, wie es wohl wäre, am Ende einer Tagesreise in ein solches Haus einzutreten, anstatt in einem schwankenden Sumpf oder auf einer kalten Eiskruste zu landen.

Aber daran war natürlich nicht zu denken. Statt dessen ließen sich die Wildgänse etwas nördlich vom Gutshof auf einer Waldwiese nieder, die so überschwemmt war, daß nur hier und da ein paar Grashöcker aus dem Wasser guckten. Eine schlechtere Nachtherberge hatte der Junge auf der ganzen Reise kaum erlebt.

Er blieb noch eine Weile auf dem Rücken des Gänserichs sitzen und wußte nicht recht, was er unternehmen sollte. Dann eilte er mit langen Sprüngen von einem Grashöcker zum anderen, bis er festen Boden erreichte, und lief in die Richtung, in der das alte Gut lag.

Nun ergab es sich so, daß gerade an diesem Abend in einer Kate, die zu Stora Djulö gehörte, ein paar Leute am Herdfeuer saßen und plauderten. Über die Predigt, die Frühjahrsarbeit und das Wetter hatten sie schon geredet. Als ihnen der Gesprächsstoff ausging, baten sie eine alte Frau, die Mutter des Kätners, ihnen Gespenstergeschichten zu erzählen.

Wie man weiß, gibt es in keiner anderen schwedischen Landschaft so viele Gutshöfe und so viele Spukgeschichten wie in Sörmland. Die Alte hatte in ihrer Jugend auf vielen großen Gutshöfen gedient, und sie kannte genug sonderbare Dinge, um die anderen bis zum Morgen damit zu unterhalten. Sie erzählte so glaubwürdig und lebendig, daß ihre Zuhörer versucht waren, alles für bare Münze zu nehmen.

Nachdem die Alte Geschichten von Eriksberg und Vibyholm und Julita und Lagmansjö und mehreren anderen Orten zum besten gegeben hatte, fragte jemand, ob sich nicht auch auf Stora Djulö etwas Sonderbares ereignet habe. »O doch, so ganz ohne war es wohl nicht«, sagte die Alte. Sogleich wollten alle hören, was es für Geschichten von ihrem eigenen Hof gab.

Nun erzählte die Alte, daß auf einem Hügel nördlich von Stora Djulö, wo jetzt nichts weiter als Wald zu sehen ist, einmal ein Schloß gestanden habe, mit einem schönen Lustgarten davor. »Da geschah es einmal«, berichtete sie, »daß jemand, der Herr Karl genannt wurde und zu jener Zeit über ganz Sörmland herrschte, zu diesem Schloß kam. Nachdem er gegessen und getrunken hatte, ging er hinaus in den Lustgarten und genoß dort die Aussicht auf den Stora Djulösee mit seinen schönen Ufern. Doch während er sich über diesen Anblick freute, hörte er gleich hinter sich ein tiefes Seufzen. Als er sich umdrehte, erblickte er einen alten Tagelöhner, der sich über seinen Spaten beugte. ›Bist du derjenige, der so tief seufzt?‹ fragte Herr Karl. ›Was hast du denn für einen Grund?‹

›Wenn man wie ich taugaus tagein in der Erde arbeiten muß, dann darf man wohl seufzen‹, gab der Tagelöhner zur Antwort. Doch Herr Karl war von heftiger Sinnesart und hörte nicht gern, daß die Leute klagten. ›Hast du nichts anderes zum Jammern?‹ rief er aus. ›Ich wäre zufrieden, wenn ich bis zum Jüngsten Tag in Sörmlands Erde graben dürfte!‹

›Möge es Euer Gnaden dann nach Eurem Wunsch ergehen!‹ entgegnete der Tagelöhner.

Später erzählten die Leute, daß Herr Karl wegen dieser Worte keine Ruhe im Grab finden konnte, sondern jede Nacht nach Stora Djulö kam und in seinem Lustgarten grub. Jetzt gibt es dort weder Schloß noch Garten, und man sieht an dieser Stelle nur einen wilden Waldhügel. Doch wenn jemand in dunkler Nacht durch den Wald geht, dann ist es wohl möglich, daß er den Lustgarten sieht.«

Hier hielt die Alte inne und schaute in einen dunklen Winkel. »Hat sich da nicht etwas bewegt?« fragte sie.

»Aber nein, Mutter, erzähl nur!« sagte ihre Schwiegertochter. »Gestern habe ich in diesem Winkel ein großes Mauseloch entdeckt. Jetzt möchten wir wissen, ob jemand diesen Lustgarten gesehen hat.«

»Ja, das will ich dir sagen«, fuhr die Alte fort, »mein eigener Vater hat ihn einmal gesehen. Er ging in einer Sommernacht durch den Wald, und plötzlich erblickte er neben sich eine hohe Gartenmauer. Dahinter standen die seltensten Bäume, die so mit Blüten und Früchten überladen waren, daß die Zweige weit über die Mauer hingen. Vater ging ganz vorsichtig weiter und wunderte sich, woher der Garten gekommen sei. Auf einmal öffnete sich in der Mauer ein Tor, und ein Gärtner kam heraus und fragte Vater, ob er seinen Lustgarten besichtigen wolle. Der Mann hielt einen Spaten in der Hand und trug eine große Schürze wie andere Gärtner, und Vater wollte ihm gerade folgen, da schaute er in sein Gesicht. Sogleich erkannte Vater das Stirnhaar und den Spitzbart wieder: es war Herr Karl leibhaftig, wie er ihn auf Gemälden in allen Gutshäusern gesehen hatte, wo er ...«

Hier wurde die Erzählung abermals unterbrochen. Jetzt war es ein Holzscheit im Herd, das knisternd aufloderte und Funken und Glut auf den Fußboden sprühen ließ. Für einen Augenblick wurden auch die finsteren Winkel der Stube erhellt, und die Alte glaubte so etwas wie einen kleinen Knirps zu erkennen. Er saß neben dem Mauseloch und lauschte, machte sich dann aber schleunigst aus dem Staub.

Die Schwiegertochter holte Besen und Schaufel, fegte die Glut zusammen und setzte sich wieder. »Jetzt kannst du fortfahren, Mutter«, sagte sie. Aber die Alte wollte nicht. »Für heute abend mag es genug sein«, sagte sie, und ihre Stimme klang ganz seltsam. Die anderen wollten noch mehr hören, doch die Schwiegertochter sah, daß die Alte blaß geworden war und daß ihre Hände zitterten. »Nein, Mutter ist müde und muß sich jetzt schlafen legen«, sagte sie.

Bald darauf kehrte der Junge zu den Wildgänsen in

den Wald zurück. Er war es zufrieden, daß er mehrere Stunden in der warmen Stube hatte sitzen dürfen. »Wenn ich jetzt bloß noch ein gutes Nachtquartier fände!« dachte er.

Da fiel ihm am Wegesrand eine prächtige Tanne auf, die ihm als Schlafplatz bestens geeignet schien. Er schwang sich hinauf, flocht ein paar Zweige zusammen und hatte nun ein Bett.

Dann lag er eine Weile da und dachte an die Geschichten, die er in der Kate gehört hatte, und ganz besonders an diesen Herrn Karl, der hier im Wald von Djulö umgehen sollte. Bald aber schlief er über alledem ein, und er hätte wohl bis zum Morgen geschlafen, hätte ihn nicht das Geräusch knirschender Eisengitter geweckt, die sich direkt unter ihm öffneten.

Der Junge war sofort wach, rieb sich den Schlaf aus den Augen und sah sich um. Gleich neben ihm stand eine mannshohe Mauer, und dahinter erblickte er Bäume, die sich unter ihren Früchten bogen.

Zuerst erschien ihm das äußerst seltsam, denn bevor er eingeschlafen war, hatte es hier keine Obstbäume gegeben. Doch nach ein paar Augenblicken kehrte ihm die Erinnerung zurück, und da wußte er, was das für ein Garten war.

Am merkwürdigsten war, daß er nicht die geringste Angst verspürte, sondern im Gegenteil eine unbeschreiblich große Lust, den Garten zu betreten. In seiner Tanne war es finster, im Garten aber war es hell, und er glaubte zu sehen, wie Früchte und Rosen im strahlenden Sonnenschein glühten. Wo er sich so lange in Kälte und Nässe herumgetrieben hatte, würde ihm ein bißchen Sommerwärme gewiß gut tun.

Es schien auch gar nicht schwierig zu sein, in den Garten hineinzukommen. In der hohen Mauer befand sich ein Tor, dessen große Eisengitter ein alter Gärtner gerade aufgeschoben hatte. Nun stand er darin und spähte in den Wald, als ob er auf jemanden wartete.

Blitzschnell rutschte der Junge den Baum hinunter. Er nahm die Mütze ab, ging auf den Gärtner zu, verbeugte sich und fragte, ob es erlaubt sei, den Garten zu besichtigen.

»Ja, das ist erlaubt«, antwortete der Gärtner ziemlich barsch, »geh nur hinein!«

Dann schob er die Gitter wieder zu und verschloß sie mit einem schweren Schlüssel, den er in seinen Gürtel steckte. Dabei betrachtete der Junge ihn genauer: er hatte ein mürrisches Gesicht mit einem großen Schnurrbart, einem Spitzbart und einer scharfen Nase. Hätte er nicht eine blaue Gärtnerschürze getragen und einen schweren Spaten in der Hand gehabt, dann hätte der Junge ihn für einen alten Soldaten gehalten.

Der Gärtner ging mit langen Schritten voraus, und der Junge mußte rennen, um ihm zu folgen. Er hatte den Eindruck, als fände es der Gärtner unter seiner Würde, den Garten einem solchen Wechselbalg wie ihm zu zeigen. Deshalb wagte er keine Frage zu stellen und lief nur mit. Doch von Zeit zu Zeit warf der Gärtner ihm ein paar Worte zu. Gleich hinter der Mauer stand eine dichte Hecke, und als sie durch sie hindurchgelangt waren, erzählte der Gärtner, er nenne sie Kolmården. »Ja, sie ist so groß, daß sie diesen Namen verdient«, entgegnete der Junge.

Als sie die Büsche hinter sich gelassen hatten, konnte der Junge einen großen Teil des Gartens überschauen und bemerkte sogleich, daß der gar nicht so groß war, sondern nur wenige Hektar umfaßte. Im Süden und Westen beschützte ihn die hohe Mauer, doch im Norden und Westen war er von Wasser umgeben und brauchte also keine Einfriedung.

Der Gärtner war stehengeblieben, um eine Ranke aufzubinden. Der Junge konnte sich nun in Ruhe umsehen. Er glaubte zu erkennen, daß dieser Garten in einem altertümlichen Stil angelegt war, denn ein derartiges Gewimmel von kleinen Hügeln und kleinen Blumenbeeten und kleinen Hecken und kleinen Rasenflächen und kleinen Lauben fand man heutzutage nicht mehr. Und auch nicht ein solches Gewimmel von kleinen Teichen und gewundenen Kanälen, wie er sie hier auf Schritt und Tritt erblickte.

Überall standen die stolzesten Bäume und die lieblichsten Blumen, und das Wasser in den kleinen Kanälen war dunkelgrün und spiegelblank. Das alles erschien dem Jungen wie ein Paradies. Er schlug die Hände zusammen und rief aus: »So etwas Schönes habe ich noch nie gesehen! Was mag das nur für ein Garten sein?«

Sofort drehte sich der Gärtner zu ihm um und sagte mit seiner barschen Stimme: »Der Garten heißt Sörmland. Wer bist du denn, wenn du das nicht einmal weißt?«

Diese Antwort stimmte den Jungen ein wenig nachdenklich. Doch es gab hier so vieles zu besichtigen, daß er keine Zeit hatte, darüber nachzusinnen. Wie schön die Blumen und gewundenen Wasserläufe auch waren, so machte ihm etwas anderes doch noch mehr Spaß, und zwar all die kleinen Lauben und Puppenhäuschen, die man im Garten aufgestellt hatte. Sie waren überall zu finden, am häufigsten jedoch an den kleinen Teichen und Kanälen. Sie waren gewiß keine richtigen Häuser und schienen in ihrer Winzigkeit für Leute von seiner Statur erbaut. Dabei waren sie unglaublich schmuck und hübsch und auch ganz unterschiedlich: einige glichen Schlössern mit Türmen und Seitenflügeln, andere ähnelten Kirchen und wieder andere Mühlen oder Bauernhäusern.

Sie waren so schön, daß der Junge am liebsten stehengeblieben wäre, um jedes einzelne genauer zu betrachten, doch er wagte sich nicht von dem Gärtner zu entfernen. Bald kamen sie zu einem Gebäude, das größer und stattlicher als alle zuvor gesehenen war. Es hatte drei Stockwerke, ein Giebeldreieck in der Mitte des Dachs und vorspringende Seitenflügel und stand inmitten von Blumenbeeten auf einem Hügel. Der Weg dorthin führte auf kleinen, zierlichen Brücken über einen Kanal nach dem anderen.

Als der Junge an all dieser Pracht vorbeigehen sollte, seufzte er so schwer, daß der Gestrenge es hörte und stehenblieb. »Den Ort nenne ich Eriksberg«, sagte er. »Wenn du Lust hast, darfst du hineingehen. Doch nimm dich vor der Pintorpafrau in acht!«

Der Junge war nicht faul, dieser Aufforderung nachzukommen. Er lief durch die Allee, über die kleinen Brücken, an den Blumenbeeten entlang und durch das Tor. Alles schien seiner Größe angemessen zu sein, die Treppenstufen hatten die richtige Höhe, und jede Türklinke war für ihn erreichbar. Nie hätte er geglaubt, daß er so viel Schönes zu sehen bekäme. Die Fußböden waren aus Eichenholz und glänzten gebohnert und blank, die Decken waren mit Stuck und Bildern geschmückt. An den Wänden hing ein Gemälde neben dem anderen, die Möbel hatten vergoldete Lehnen und waren mit Seide bezogen. Er sah Räume, die mit Büchern bekleidet waren, und andere Räume mit Tischen und Schränken voller Kleinodien.

Er beeilte sich, so sehr er konnte, und hatte nicht einmal die Hälfte gesehen, als der Gärtner schon nach ihm rief. Da verließ er das Haus, und der Alte biß sich vor Ungeduld auf den Schnauzbart.

»Na, wie war es?« fragte der Gärtner. »Hast du die

Pintorpafrau gesehen?« Aber der Junge antwortete, daß ihm kein lebendiges Wesen begegnet sei. Da verzog der Gärtner das Gesicht und sagte: »Hat die Pintorpafrau Ruhe gefunden und ich nicht!« In seiner Stimme lag eine solche Verzweiflung, wie sie der Junge nie bei einem Menschen für möglich gehalten hätte.

Dann ging der Gärtner wieder mit langen Schritten voraus. Der Junge lief hinterdrein und versuchte dabei, soviel wie möglich von all den Merkwürdigkeiten mitzubekommen. Sie umrundeten einen Teich, der etwas größer als die anderen war. Langgestreckte weiße Pavillons, die Gutshäusern ähnelten, ragten überall aus Büschen und Blumengruppen hervor. Ohne stehenzubleiben, warf der Gärtner dem Jungen hin und wieder ein paar Worte zu. »Diesen Teich nenne ich Yngaren. Hier hast du Danbyholm. Hier hast du Hagbyberga. Hier hast du Hofsta. Hier hast du Åkerö.«

Mit einigen riesigen Schritten erreichte der Gärtner einen weiteren kleinen Teich, den er Båven nannte. Doch als der Junge hier einen Ausruf des Erstaunens ausstieß, machte er halt. Der Junge war vor einer kleinen Brücke stehengeblieben, die zu einer Insel mit einem Schloß führte.

»Wenn du Lust hast, kannst du hinüber nach Vibyholm gehen und dich dort umsehen«, sagte er. »Aber nimm dich vor der Weißen Frau in acht!«

Natürlich war der Junge nicht faul, der Aufforderung zu folgen. In diesem Schloß hingen so viele Porträts an den Wänden, daß es ihm wie ein großes Bilderbuch erschien. Das machte ihm großen Spaß, und am liebsten wäre er hier die ganze Nacht herumgelaufen. Doch es dauerte nicht lange, da hörte er den Gärtner nach ihm rufen.

Als der Junge über die Brücke eilte, rief er ihm entgegen: »Na, wie war es? Hast du die Weiße Frau gesehen?«

Dem Jungen war kein lebendiges Wesen unter die Augen gekommen, und das sagte er auch. Da stieß der Alte den Spaten mit einer solchen Kraft auf einen Stein, daß der zerbrach, und sagte mit der furchtbarsten Verzweiflung: »Hat die Weiße Frau von Vibyholm Ruhe gefunden und ich nicht!«

Bisher waren sie durch den südlichen Teil des Gartens gewandert, doch jetzt wandte sich der Gärtner nach Westen. Hier waren die Anlagen von anderer Art. Der Boden war geebnet und mit breiten Rasenflächen bedeckt, die mit Erdbeerbeeten, Kohlfeldern und Beerensträuchern abwechselten. Die kleinen Gartenlauben, die es auch gab, waren zumeist rot gestrichen, von Hopfengärten und Kirschbäumen umgeben und glichen am ehesten Bauernhäusern.

Der Gärtner blieb einen Augenblick stehen und warf dem Jungen die Worte zu: »Dieses Gebiet nenne ich Vingåker.«

Gleich danach zeigte er auf ein Gebäude, das viel einfacher als die anderen gebaut war und große Ähnlichkeit mit einer Schmiede hatte. »Dies ist eine Werkzeugfabrik«, sagte er. »Ich nenne sie Eskilstuna. Wenn du Lust hast, kannst du hineingehen und dich umsehen.«

Das tat der Junge und erblickte nun eine unglaubliche Menge von Rädern, die sich drehten, von Hämmern, die schmiedeten, von Drehbänken, die spanten. Es gab so vieles zu besichtigen, daß er gern die ganze Nacht hier herumgelaufen wäre, hätte der Gärtner nicht nach ihm gerufen.

Dann wanderten sie im nördlichen Teil des Gartens an einem See entlang. Das Ufer war in ständiger Bewegung: Landzungen und Buchten wechselten unentwegt. Vor den Landzungen lagen kleine Inseln, die durch schmale Sunde vom Land getrennt waren. Auch diese kleinen Inseln gehörten zum Garten und waren wie alles andere mit großer Sorgfalt bepflanzt und bebaut.

Der Junge entdeckte einen schönen Platz nach dem anderen, blieb jedoch erst vor einer prächtigen roten Kirche stehen. Sie erhob sich recht stattlich auf einer Landzunge, die von üppigen Obstbäumen überschattet war. Als der Gärtner auch daran vorübergehen wollte, faßte der Junge Mut und bat um Erlaubnis, hineinzugehen. »O ja, geh nur hinein«, entgegnete er, »aber nimm dich vor Bischof Rogge in acht! Es mag schon sein, daß er sich noch heute in Strängnäs aufhält.«

Da lief der Junge in die Kirche und betrachtete alte Grabmäler und schöne Flügelaltäre. Vor allem anderen bewunderte er einen Reiter mit vergoldeter Rüstung, den er im Chor entdeckte. Auch hier gab es so viel zu sehen, daß er am liebsten die ganze Nacht geblieben wäre. Doch er mußte die Kirche wieder verlassen, denn er wurde vom Gärtner erwartet.

Draußen bemerkte er, daß der Gärtner gerade eine Eule beobachtete, die hoch oben in der Luft ein Rotschwänzchen jagte. Der Alte pfiff dem Rotschwänzchen, das sich nun ruhig auf seine Schulter setzte, und als die Eule ihm in ihrem Jagdeifer folgte, vertrieb er sie mit seinem Spaten. »Er ist wohl doch nicht so gefährlich, wie er scheint«, dachte der Junge, als er sah, wie liebevoll der Alte den armen Singvogel beschützte.

Doch sowie der Gärtner den Jungen erblickte, fragte er ihn, ob er Bischof Rogge gesehen habe. Als der Junge verneinte, sprach er im tiefsten Gram: »Hat Bischof Rogge Ruhe gefunden und ich nicht!«

Kurz darauf erreichten sie das ansehnlichste der vielen Puppenhäuser. Es war ein Schloß aus Backstein mit drei dicken, runden Türmen, die durch drei lange Seitenflügel verbunden waren.

»Geh hinein und sieh dich um, wenn du Lust hast!« sagte der Gärtner. »Dies ist Gripsholm. Hier mußt du achtgeben, daß du nicht König Erik begegnest.«

Der Junge schritt durch ein tiefes Torgewölbe und gelangte in einen großen, dreieckigen Hof mit niedrigen Häusern. Da sie nicht besonders vornehm wirkten, mochte der Junge sie nicht betreten. Nur die langen Kanonen, von denen ein paar dort standen, benutzte er ein Weilchen zum Bockspringen. Dann lief er weiter. Durch ein zweites tiefes Torgewölbe gelangte er in einen weiteren Schloßhof, der von prächtigen Gebäuden umgeben war, und hier trat er ein. Er kam in große, altertümliche Räume mit Querbalken in der Decke und hohen, dunklen Bildern an allen Wänden, auf denen ernste Herren und Damen in seltsamen, steifen Gewändern zu sehen waren.

Als er eine Treppe höher stieg, wurden die Räume heller und freundlicher. Erst jetzt wurde ihm richtig klar, daß er sich in einem königlichen Schloß befand, denn an den Wänden erblickte er nur stolze Porträts von Königen und Königinnen. Noch eine Treppe höher fand er einen großen Bodenraum, an den viele andere Räume grenzten. Es gab helle Zimmer mit schönen, weißen Möbeln, und es gab ein kleines Theater und gleich daneben ein richtiges Gefängnis mit nackten Steinwänden und einem Fußboden, der von den schweren Schritten der Gefangenen ausgetreten war.

Es gab so vieles anzusehen, daß der Junge am liebsten tagelang hier herumgelaufen wäre. Aber der Gärtner rief ihn, und er wagte sich seinem Befehl nicht zu widersetzen.

»Hast du König Erik getroffen?« fragte der Gärtner, als der Junge herauskam. Aber der hatte nichts gesehen. Da sagte der Alte wieder und noch viel verzweifelter: »Durfte König Erik zur Ruhe gehen und ich nicht!«

Danach besuchten sie den östlichen Teil des Gartens. Sie gingen an einem Badehaus vorüber, das der Gärtner Södertälje nannte, und an einem alten Schloß, dem er den Namen Hörningsholm gab. Sonst war hier nicht so viel zu sehen.

Sie wandten sich nun nach Süden, und der Junge erkannte die Hecke mit dem Namen Kolmården wieder und wußte, daß sie sich dem Ausgang näherten.

Er war froh, daß er so vieles gesehen hatte, und als er vor sich das große Gittertor erblickte, wollte er sich bei dem Gärtner bedanken. Doch der Alte hörte gar nicht hin, sondern ging geradewegs zum Tor. Dort drehte er sich zu dem Jungen um und reichte ihm seinen Spaten. »Halt den mal so lange«, sagte er, »während ich das Tor aufschließe!«

Aber der Junge wollte dem barschen alten Mann, der sich schon so viele Umstände mit ihm gemacht hatte, eine weitere Mühe ersparen. »Meinetwegen braucht Ihr das schwere Tor nicht zu öffnen«, sagte er und schlüpfte im gleichen Augenblick durch die Gitterstäbe hinaus. Er war ja so klein, daß dies überhaupt keine Schwierigkeit für ihn war.

Er hatte es in der besten Absicht getan. Deshalb war er sehr erstaunt, als er nun hörte, wie der Gärtner wütend hinter ihm her schimpfte, auf den Boden stampfte und heftig am Gittertor rüttelte.

»Aber was ist denn? Was ist denn?« fragte der Junge. »Ich wollte Euch nur keine Mühe machen. Warum seid Ihr denn so böse?«

»Dazu habe ich wohl allen Grund«, sagte der Alte. »Hättest du nur meinen Spaten angenommen, dann hättest du bleiben und den Garten pflegen müssen, und ich wäre abgelöst. Jetzt weiß ich nicht, wie lange ich noch hier herumlaufen soll.«

Da stand er und rüttelte am Tor und sah entsetzlich böse aus. Trotzdem hatte der Junge Mitleid mit ihm und wollte ihn trösten.

»Seid nicht traurig deshalb, Herr Karl von Södermanland«, sagte er, »denn es gibt keinen, der Euren Lustgarten so gut pflegen würde wie Ihr.«

Bei diesen Worten wurde der alte Gärtner ganz still und ruhig, und dem Jungen schien, als glitte über seine strengen Züge so etwas wie ein heller Schimmer. Aber er konnte es nicht so genau erkennen, denn gleichzeitig verblaßte die ganze Gestalt und verschwand wie ein Nebel. Und nicht nur der Gärtner, der ganze Garten mit Blumen und Früchten und Sonnenschein verblaßte und verschwand. Wo er gewesen war, da war jetzt nichts weiter zu sehen als der wilde, arme Wald.

21
In Närke

Ysätters-Kajsa

In der schwedischen Landschaft Närke gab es in alten Zeiten ein Trollweib mit Namen Ysätters-Kajsa.

Obwohl sie ihren eigentlichen Wohnsitz in Asker gehabt haben soll, tauchte sie häufig auch in anderen Gegenden auf. Nirgendwo in ganz Närke konnte man vor ihr sicher sein.

Sie war durchaus kein finsteres, trübsinniges Trollweib, sondern munter und fidel, und am besten gefiel ihr ein tüchtiger Wind. Sobald es richtig wehte, zog sie aus und machte auf der Ebene von Närke ein Tänzchen.

Närke besteht eigentlich aus einer Ebene, die zu allen Seiten von bewaldeten Höhen umgeben ist. Nur in der nordöstlichen Ecke, wo der Hjälmarsee die Landschaft verläßt, hat die lange Bergeinfriedung eine Lücke.

Wenn eines Morgens der Wind über der Ostsee Kräfte gesammelt hat und sich landeinwärts begibt, dann geht er ganz ungehindert zwischen den Hügeln von Sörmland hindurch und dringt ohne große Mühe in der Gegend des Hjälmarsees in Närke ein. Er stürmt über die gesamte Ebene hinweg, trifft im Westen jedoch auf die hohe Wand der Kilsberge, die ihn zurückwirft. Nun windet er sich wie eine Schlange und eilt nach Süden. Dort aber steht der Tived-Höhenzug und versetzt ihm einen solchen Stoß, daß er nach Osten stürzt. Na, im Osten gibt es den Tylöwald, und der schickt den Wind nach Norden zur Kägla. Und von der Kägla fährt der Wind noch einmal zu den Kilsbergen und zum Tived und zum Tylöwald. Er dreht sich und dreht sich, und seine Kreise werden immer enger, bis er schließlich mitten auf der Ebene nur noch wie ein Kreisel herumschnurrt.

An solchen Tagen, wenn die Wirbelstürme über die Ebene rasten, hatte Ysätters-Kajsa ihren Spaß. Da stand sie im Wirbel und schwang sich herum. Ihre langen Haare flatterten hoch in den Wolken des Himmels, die Schleppe ihres Kleides fegte wie eine Staubwolke über den Boden, und die ganze Ebene lag als großer Tanzboden unter ihr.

Morgens saß Ysätters-Kajsa gewöhnlich auf einem Berggipfel in einer hohen Kiefer und schaute auf die Ebene hinaus. Und wenn es gerade Winter war, die Straßen in gutem Zustand und viele Reisende unterwegs waren, dann blies sie rasch ein Schneegestöber zusammen und schüttete so hohe Wehen auf, daß die Leute mit knapper Not abends nach Hause kamen. Im Sommer blieb Ysätters-Kajsa bei gutem Erntewetter so lange sitzen, bis die ersten Heuwagen beladen waren. Dann aber jagte sie mit ein paar Regenschauern heran, die der Arbeit für diesen Tag ein Ende setzten.

Wahrhaftig, sie hatte selten etwas anderes im Sinn, als Schaden anzurichten. Die Kohlenbrenner in den Kilsbergen wagten sich kaum aufs Ohr zu legen, denn sowie Ysätters-Kajsa einen unbewachten Meiler entdeckte, kam sie geschlichen und blies ihn an, daß er hoch aufloderte. Und wenn die Fuhrleute aus Laxå und Svartå spätabends noch mit Erz unterwegs waren, hüllte Ysätters-Kajsa Weg und Steg in so dunkle Nebel ein, daß sich Menschen und Tiere verirrten und die schweren Schlitten in Sumpf und Morast gerieten.

Doch obgleich Ysätters-Kajsa schlimme Possen aller Art sehr liebte, war sie doch nicht richtig böse. Es war deutlich, daß sie jenen am übelsten mitspielte, die zanksüchtig, geizig und niederträchtig waren. Dagegen nahm sie rechtschaffene Menschen und arme kleine Kinder oft in ihren Schutz. Alte Leute erzählen, daß beim Brand der Kirche von Asker Ysätters-Kajsa herbeigeeilt kam, mitten in Feuer und Rauch auf das Kirchendach niederfuhr und die Gefahr abwandte.

Dennoch hatten die Bewohner von Närke die Ysätters-Kajsa gründlich satt, während sie es niemals satt bekam, mit ihnen ihren Spaß zu treiben. Wenn sie auf einem Wolkenrand saß und auf Närke hinunterschaute, das freundlich und wohlhabend unter ihr lag, mit prächtigen Bauernhöfen in der Ebene und reichen Erzgruben und Bergwerken in den Bergen, mit der schwerfälligen Svartå und den flachen, fischreichen Seen, mit der guten Stadt Örebro, die sich um das düstere alte Schloß mit den dicken Ecktürmen lagerte, dann dachte sie gewiß:

»Wenn es mich nicht gäbe, ginge es den Menschen hier wirklich zu gut. Sie würden schlaff und träge werden. Hier muß eine wie ich her, die sie aufrüttelt und bei guter Laune hält.«

Und dann lachte sie wild und höhnisch wie eine Elster und stürmte davon, tanzend und wirbelnd von einem Ende der Ebene zum anderen. Als die Leute sahen, wie sie ihre Staubschleppe über die Ebene zog, mußten sie trotz alledem lächeln, denn wenn sie auch schlimme Streiche trieb, war sie doch guter Laune. Ärger mit Ysätters-Kajsa, das war für die Bauern so erfrischend wie für die Ebene, vom Sturmwind gepeitscht zu werden.

Der Abend vor dem Markttag

Mittwoch, den 27. April

Einen Tag, bevor in Örebro der große Viehmarkt stattfinden sollte, goß es wie aus Waschschüsseln. Aus den Wolken flossen regelrechte Ströme, und manch einer dachte bei sich: »Das ist gerade so wie zu Ysätters-Kajsas Zeiten. Am Abend vor dem Markttag einen solchen Platzregen zu veranstalten, das hätte ihr ähnlich gesehen.«

Je später es wurde, um so schrecklicher wurde das Wetter. Gegen Abend kamen richtige Wolkenbrüche, die Wege wurden vollkommen grundlos, und wer sich mit seinem Vieh aufgemacht hatte, um am nächsten Morgen beizeiten in Örebro zu sein, der war schlimm dran. Kühe und Ochsen waren so erschöpft, daß sie keinen Fuß mehr bewegen mochten, und mehrere der armen Tiere warfen sich auf den Weg und zeigten an, daß sie nicht weiter konnten. Alle, die an der Landstraße wohnten, mußten ihre Türen den Marktbesuchern öffnen und sie beherbergen, so gut es ging. Schließlich waren nicht nur die Wohnräume, sondern auch Ställe und Scheunen überfüllt.

Wer konnte, versuchte sich zum Wirtshaus durchzukämpfen. Doch wenn die Leute dort ankamen, bereuten sie fast, daß sie nicht in irgendeiner Hütte an der Landstraße geblieben waren, denn alle Stände in Kuhstall und Pferdestall waren schon besetzt. Es blieb ihnen nichts weiter übrig, als Pferde und Kühe draußen im Regen abzustellen, und selbst fanden sie nur mit knapper Not ein Dach über dem Kopf.

Die Wildgänse hatten an diesem Abend einen Holm im Hjälmarsee erreicht. Der war nur durch einen schmalen, flachen Sund vom Land getrennt, und bei niedrigem Wasserstand war es wohl möglich, trockenen Fußes hinüberzugelangen.

Auf der Insel regnete es genauso verrückt wie überall. Der Junge, auf den unentwegt Tropfen prasselten, konnte nicht schlafen. Schließlich begann er herumzulaufen und glaubte, so den Regen weniger zu spüren.

Kaum hatte er die Insel umrundet, da hörte er im Wasser zwischen Holm und Land etwas platschen, und gleich darauf erblickte er ein Pferd, das allein zwischen den Büschen gegangen kam. Eine so alte, erbärmliche, elende Schindmähre hatte der Junge noch nicht gesehen. Es war heruntergekommen, steifbeinig und so mager, daß man jeden Knochen unter seinem Fell zählen konnte. Das Pferd trug weder Zaumzeug noch Sattel, sondern nur ein altes Halfter, von dem ein halbverfaultes Stückchen Strick herabhing.

Das Pferd ging direkt auf den Platz zu, auf dem die Wildgänse schliefen, und der Junge befürchtete schon, es könnte sie zertreten. »Wo willst du denn hin? Sieh dich vor!« rief er.

»Aha, da bist du«, sagte das Pferd und näherte sich dem Jungen. »Ich bin eine ganze Meile gelaufen, um dich zu finden.«

»Hat dir denn jemand von mir erzählt?« fragte der Junge erstaunt.

»Ich habe wohl noch Ohren, wenn ich auch alt bin. Heutzutage gibt es viele, die von dir reden. Ich möchte dich bitten, mir zu folgen und mir bei einer Sache zu helfen«, sagte das Pferd.

Gleich darauf saß der Junge auf seinem Rücken. Der alte Gaul trabte besser, als der Junge gedacht hätte. Aber es wurde trotzdem ein langer Ritt durch Nacht und Regen, bis sie vor einem großen Wirtshaus anhielten. Dort sah es furchtbar ungemütlich aus. Am Zaun, der den Hof umgab, waren dreißig, vierzig Pferde und Rinder festgebunden, ohne jeden Schutz vor dem Regen.

Das Pferd ging bis an den Zaun und machte dort halt. Der Junge, der noch immer auf ihm saß, konnte mit seinen guten Nachtaugen deutlich sehen, in welcher Not die Tiere waren.

»Wie kommt es, daß ihr hier draußen im Regen steht?« fragte er.

»Wir sollten zum Markt nach Örebro, und wegen des Regens mußten wir hier einkehren. Dies ist eine Gastwirtschaft, aber weil so viele Reisende gekommen sind, konnten wir in den Gebäuden keinen Platz finden.«

Der Junge sah sich schweigend um. Nur wenige Tiere schliefen, und von allen Seiten hörte er Klagen und Unmut. Sie hatten auch allen Grund zum Jammern, denn das Wetter war nur noch schlechter geworden. Ein eiskalter Wind war aufgekommen, und in den Regen, der jetzt scharf und peitschend fiel, mischte sich Schnee.

»Siehst du den prächtigen Bauernhof hier gegenüber?« fragte das Pferd.

»Ja«, sagte der Junge, »den sehe ich, und mir ist unbegreiflich, warum die Leute nicht dort um Obdach gebeten haben. Oder ist es da vielleicht auch schon voll?«

»Nein, da sind keine Fremden«, sagte das Pferd. »Die Bewohner sind so geizig und ungefällig, daß man sich die Mühe sparen kann, um Obdach zu bitten.«

»Aha, so ist das. Ja, da müßt ihr wohl hier stehenbleiben.«

»Aber ich bin auf eben diesem Hof geboren und aufgewachsen«, sagte das Pferd. »Ich weiß, daß es dort einen großen Pferdestall und einen großen Kuhstall mit vielen leeren Verschlägen und Ständen gibt. Ich wollte dich fragen, ob du uns nicht Einlaß verschaffen könntest.«

»Ich glaube, das getraue ich mich nicht«, sagte der Junge. Aber dann taten ihm die Tiere doch so leid, daß er es zumindest versuchen wollte.

Er lief zu dem fremden Hof hinüber und erkannte sofort, daß alle Wirtschaftsgebäude verschlossen und sämtliche Schlüssel abgezogen waren. Da stand er nun ratlos und hilflos, als er unerwartet Hilfe bekam. Ein Windstoß brauste mit rasender Geschwindigkeit heran und riß direkt vor ihm die Tür einer großen Scheune auf.

So schnell er konnte, kehrte der Junge zu dem Pferd zurück. »Man kommt weder in den Pferdestall noch in den Kuhstall«, sagte er, »aber sie haben eine große, leere Scheune abzuschließen vergessen, und dorthin will ich euch bringen.«

»Danke!« sagte das Pferd. »Es wird mir gut tun, noch einmal auf meinem alten Hof zu schlafen. Das ist die einzige Freude, die mir in diesem Leben noch zuteil werden kann.«

Indessen waren die Leute auf dem wohlhabenden Bauernhof, der dem Wirtshaus gegenüberlag, an diesem Abend viel länger als sonst aufgeblieben.

Der Bauer war ein Mann von etwa fünfunddreißig Jahren. Er war groß und stattlich und hatte ein schönes, jedoch recht finsteres Gesicht. Tagsüber war er draußen im Regen gewesen und wie alle anderen naß geworden. Jetzt wollte er seine Kleider trocknen und bat beim Abendbrot seine alte Mutter, die noch die Hausfrau des Hofes war, den Herd zu heizen. Da zündete die Mutter ein kleines, schwaches Feuer an, denn hier wurde das Brennholz nicht verschwendet, und der Bauer hängte seinen Rock über einen Stuhl und stellte ihn vor den Herd. Dann setzte er den einen Fuß auf die Herdplatte, stützte den Arm aufs Knie, blieb reglos stehen und schaute stundenlang in die Flammen.

Während dessen räumte die Hausfrau das Abendbrot ab, machte ihm sein Bett und ging dann in die kleine Kammer. Ab und zu kam sie in die Tür und sah ihn fragend an, weil er noch immer am Feuer stand und sich nicht schlafen legte. »Es ist nichts, Mutter. Ich denke nur an eine alte Sache.«

Folgendes war geschehen: Als er vorhin am Wirtshaus vorüberging, war ein Pferdehändler zu ihm gekommen und hatte ihm ein Pferd zum Kauf angeboten. Es war eine alte Mähre und so übel zugerichtet, daß er den Kerl fragen mußte, ob er verrückt sei, ihn mit einer solchen Kracke betrügen zu wollen. »O nein, ich dachte nur, weil dieses Pferd früher in Ihrem Besitz gewesen ist, würden Sie ihm vielleicht ein ruhiges Alter verschaffen, das hätte es wohl nötig«, hatte der Pferdehändler geantwortet.

Als er sich daraufhin das Pferd genauer ansah, erkannte er es wieder. Er hatte es einmal selbst aufgezogen und eingefahren. Aber er dachte gar nicht daran, deswegen so eine alte, unbrauchbare Kreatur zu kaufen. O nein, gewiß nicht. Er war nicht so einer, der sein Geld zum Fenster hinauswarf!

Doch die Begegnung mit dem Pferd hatte viele Erinnerungen in ihm wachgerufen, und damit war er nun so beschäftigt, daß er nicht schlafen konnte.

Ja, dieses Pferd war einmal ein ganz prächtiges Tier gewesen. Sein Vater hatte es ihm von Anfang an überlassen. Er hatte es eingefahren, und er hatte es über alles geliebt. Sein Vater hatte ihm vorgeworfen, er würde es zu reichlich füttern, und oft hatte er ihm den Hafer heimlich geben müssen.

Solange er dieses Pferd besaß, war er niemals zu Fuß zur Kirche gegangen, sondern war immer gefahren, nur um mit seinem jungen Pferd zu prahlen. Selbst trug er schlichte Kleider, zu Hause gewebt und genäht, das Fuhrwerk war einfach und ungestrichen, aber sein Pferd war das schönste auf dem ganzen Kirchenhügel.

Einmal hatte er den Vater darum zu bitten gewagt, sich einen Anzug aus Tuch kaufen und den Wagen streichen zu dürfen. Da war der Vater fast erstarrt. Der Sohn hatte ihm vergeblich zu erklären versucht, daß er mit so einem prächtigen Pferd selbst wohl auch etwas hermachen müsse.

Sein Vater hatte kein Wort gesagt. Doch ein paar Tage später war er nach Örebro gefahren und hatte das Pferd verkauft.

Das war grausam gewesen. Doch natürlich hatte der Vater befürchtet, dieses Pferd könnte ihn zu Eitelkeit und Verschwendungssucht verführen. Jetzt, nach so langer Zeit, mußte er zugeben, daß sein Vater recht gehabt hatte. Ein solches Pferd hätte schon eine Versuchung werden können. Doch damals war er untröstlich gewesen. Er war ab und zu nach Örebro gefahren, nur um sich an die Straßenecke zu stellen und das Pferd vorbeitraben zu sehen oder ihm heimlich ein Stück Zucker zuzustecken.

»Wenn Vater stirbt und ich den Hof übernehme, dann kaufe ich als erstes mein Pferd zurück«, hatte er gedacht.

Nun war sein Vater tot, und er bewirtschaftete den Hof schon seit einigen Jahren, doch nie hatte er einen Versuch unternommen, sein Pferd zurückzukaufen. Er hatte nicht einmal daran gedacht.

Merkwürdig, daß er es so völlig hatte vergessen können. Aber sein Vater war ein äußerst strenger und willensstarker Mann gewesen, und als er selbst heranwuchs und ständig mit ihm zusammenarbeitete, da hatte der Alte eine große Macht über ihn gewonnen. Und seitdem ihm nun der Hof gehörte, hatte er sich stets bemüht, so zu handeln, wie sein Vater gehandelt hätte.

Er wußte zwar, daß die Leute seinem Vater Geiz nachsagten, aber lieber als geizig gelten und einen schuldenfreien Hof besitzen, als sich wie die anderen Bauern mit großen Schulden herumschlagen.

So weit war er mit seinen Gedanken gekommen, da hörte er etwas Sonderbares und zuckte zusammen. Es war, als hätte eine schrille, spöttische Stimme wiederholt, was er gerade dachte: »Es ist am besten, wenn man sein Geld zusammenhält. Lieber als geizig gelten und einen schuldenfreien Hof besitzen, als sich wie die anderen Bauern mit Schulden herumschlagen.«

Das war, als machte sich jemand über seine Weisheit lustig, und er wollte schon auffahren, da merkte er, daß alles ein Irrtum gewesen war. Draußen war Wind aufgekommen, und er hatte hier gestanden und war dabei so müde geworden, daß er das Heulen im Schornstein für Menschensprache gehalten hatte.

Als er zur Wanduhr sah, tat sie gerade elf schwere Schläge. »Es ist Zeit, daß ich mich schlafen lege«, dachte er. Da aber fiel ihm ein, daß er seine Hofrunde noch nicht gemacht hatte, um wie jeden Abend nachzusehen, ob alle Türen und Luken verschlossen und alle Lichter gelöscht waren. Er warf sich den Rock über und ging in das Unwetter hinaus.

Alles fand er so vor, wie es sein sollte, nur die Tür der leeren Scheune war vom Wind aufgerissen. Er holte den Schlüssel, schloß wieder ab und steckte ihn in die Rocktasche. Dann kehrte er in die gute Stube zurück, zog den Rock aus und hängte ihn vor den Herd. Doch auch jetzt legte er sich noch nicht schlafen, sondern lief im Zimmer auf und ab. Das Wetter war grauenhaft, und sein altes Pferd stand draußen und hatte nicht einmal eine Decke als Schutz! Er hätte seinem alten Freund doch ein Dach über dem Kopf geben sollen, wenn er schon in diese Gegend gekommen war!

Der Junge war gerade dabei, die Tiere loszubinden, um sie in die Scheune des Bauernhofes zu führen. Es dauerte ziemlich lange, bis er sie alle geweckt und ordentlich aufgestellt hatte. Endlich waren sie fertig und zogen in einer langen Reihe, mit dem Jungen als Wegweiser, zum Hof der geizigen Leute.

In der Zwischenzeit hatte der Bauer seine Hofrunde gemacht und die Scheune verschlossen, und als die Tiere nun ankamen, war der Eingang versperrt. Der Junge war ganz verstört – er konnte doch die Tiere nicht draußen stehen lassen! Er mußte ins Haus und den Schlüssel besorgen.

»Gib auf sie acht, während ich den Schlüssel hole!« sagte er zu dem alten Pferd und lief davon.

Mitten auf dem Hofplatz machte er halt und überlegte, wie er ins Haus gelangen könnte. Da sah er auf der Landstraße zwei kleine Mädchen gewandert kommen.

Der Junge eilte auf sie zu, denn er dachte, sie könnten ihm vielleicht helfen.

»Hör auf zu weinen, Britta Maja!« sagte die eine.

»Jetzt sind wir an einem Hof und werden schon Einlaß finden.«

Doch die größere der beiden erwiderte sogleich: »Diesen Hof wollen wir nicht betreten, dort wohnen geizige, böse Leute.«

Da rief der Junge: »Versucht es trotzdem! Es wird schon gut gehen, paßt mal auf!«

Die Kinder wußten nicht, wer da gerufen hatte. »Nun, versuchen können wir es ja«, sagten sie, und dann näherten sich die beiden kleinen Mädchen dem Wohnhaus und klopften an.

Der Bauer stand vor dem Feuer und dachte an sein Pferd, als er das Klopfen hörte. Er ging hinaus und wollte nachsehen, was los sei. Dabei faßte er den Vorsatz, sich auf keinen Fall dazu verleiten zu lassen, irgendeinem Wanderer das Haus zu öffnen. Doch gerade als er den Schlüssel herumdrehte, war ein Windstoß zur Stelle, riß ihm die Tür aus der Hand und warf sie gegen die Mauer. Da mußte der Bauer hinaus auf die Hoftreppe, um sie zuzuziehen, und als er in die Stube zurückkehrte, waren die kleinen Mädchen schon eingetreten.

Es waren zwei arme Bettelmädchen, hungrig, zerlumpt und schmutzig, und die Säcke, an denen sie schleppten, waren genauso groß wie sie selbst.

»Wer seid ihr denn, daß ihr euch so tief in der Nacht draußen herumtreibt?« fragte der Bauer unfreundlich.

Die beiden Kinder setzten erst ihre Säcke ab. Dann gingen sie auf ihn zu und streckten ihm ihre kleinen Hände zum Gruß entgegen. »Wir sind Anna und Britta Maja von Engärdet«, sagte die ältere, »und wir möchten um ein Nachtlager bitten.«

Der Bauer nahm die ausgestreckten Hände nicht an und wollte die Bettelkinder gerade hinausjagen, als eine weitere Erinnerung in ihm aufstieg. Engärdet, war das nicht eine kleine Hütte, in der eine arme Witwe mit ihren fünf Kindern gewohnt hatte? Aber diese Witwe hatte seinem Vater ein paar hundert Kronen geschuldet, und um seine Forderung einzutreiben, hatte er sie gezwungen, die Hütte zu verkaufen. Da war die Witwe mit den ältesten Kindern nach Norrland gezogen, um sich dort Arbeit zu suchen, und die beiden jüngsten hatte die Gemeinde übernommen.

Als er sich daran erinnerte, empfand er Bitterkeit. Die Leute hatten seinen Vater heftig getadelt, nur weil er Geld gefordert hatte, das doch sein rechtmäßiges Eigentum war.

»Kümmert sich die Armenfürsorge nicht um euch?« fragte er in strengem Ton. »Wieso strolcht ihr herum und bettelt?«

»Das ist nicht unsere Schuld«, antwortete das größere Mädchen. »Die Leute, bei denen wir sind, die haben uns betteln geschickt.«

»Na ja«, sagte der Bauer, »eure Säcke sind ja voll, da könnt ihr nicht klagen. Jetzt holt ihr am besten eure Verpflegung heraus und eßt euch satt, denn von uns könnt ihr nichts bekommen. Alle Frauen sind schlafen gegangen. Ihr dürft euch dann in den Winkel am Herd legen, da friert ihr nicht.«

Er machte eine Handbewegung, als wollte er sie von sich weisen, und seine Augen nahmen einen harten Ausdruck an. Er konnte nur froh darüber sein, daß er einen Vater besessen hatte, der auf sein Eigentum hielt. Sonst hätte er selbst als Kind vielleicht wie diese beiden mit dem Bettelsack herumziehen müssen.

Kaum hatte er das zu Ende gedacht, da wurde sein Gedanke von derselben schrillen, spöttischen Stimme, die er an diesem Abend schon einmal gehört hatte, Wort für Wort wiederholt. Diesmal wußte der Bauer gleich, daß es nichts zu bedeuten hatte – es war nur der Wind, der im Schornstein lärmte.

In der Zwischenzeit hatten sich die Kinder nebeneinander auf dem harten Fußboden ausgestreckt. Sie murmelten etwas vor sich hin.

»Wollt ihr wohl still sein!« fuhr er sie an. Seine Stimmung war so gereizt, daß er sie am liebsten geschlagen hätte.

Aber sie murmelten trotzdem weiter, und er rief ihnen noch einmal zu, sie sollten endlich schweigen.

»Als Mutter uns verließ«, ertönte nun ein helles Stimmchen, »da habe ich ihr geloben müssen, daß ich jeden Abend mein Abendgebet spreche. Und das muß ich tun, und Britta Maja auch. Wir wollen nur ›Gott, der du die Kinder liebst‹ beten.«

Der Bauer saß ganz reglos da und hörte sich das Gebet der Kleinen an. Dann ging er mit langen Schritten auf und ab und rang dabei die Hände, als wäre er in großer Angst.

Das Pferd zugrunde gerichtet und verdorben und diese beiden Kinder zu herumstreifenden Bettlern gemacht! Beides war das Werk seines Vaters!

Er setzte sich auf einen Stuhl und stützte den Kopf in die Hände. Plötzlich glitt ein Zittern über sein Gesicht, seine Augen füllten sich mit Tränen, die er rasch wegwischte. Neue Tränen kamen, die er genauso schnell wegwischen wollte, aber es half nichts, sie waren nicht aufzuhalten.

Da öffnete seine Mutter die Tür der kleinen Kammer, und er rückte hastig den Stuhl herum und kehrte ihr den Rücken zu. Aber sie hatte wohl doch etwas Ungewöhnliches bemerkt, denn sie stand lange Zeit still hinter ihm und schien darauf zu warten, daß er etwas zu ihr sagte.

Da fiel ihr ein, wie schwer es Männern immer fällt, das auszusprechen, was sie sehr tief berührt. Sie mußte ihm wohl helfen.

Sie hatte aus der kleinen Kammer alles gesehen, was in der Stube geschehen war, und brauchte also nichts zu fragen. Sie ging nur ganz leise zu den beiden schlafenden Kindern, hob sie auf und trug sie in ihr eigenes Bett. Dann kehrte sie zu ihrem Sohn zurück.

»Du, Lars«, sagte sie und tat, als würde sie seine Tränen nicht sehen, »laß mich diese zwei Kinder behalten.«

»Wie, Mutter?« sagte er und versuchte sein Weinen zu unterdrücken.

»Sie tun mir schon mehrere Jahre leid, seitdem unser Vater ihrer Mutter die Hütte weggenommen hat. Und dir tun sie auch leid.«

»Ja, aber ...«

»Ich möchte sie behalten und zu guten Menschen heranziehen. Sie sind zu schade, um betteln zu gehen.«

Er konnte nichts antworten, denn seine Tränen strömten unaufhaltsam, doch er nahm die alte, welke Hand seiner Mutter und streichelte sie.

Dann aber fuhr er auf, als hätte ihn etwas erschreckt. »Was würde Vater dazu sagen?«

»Vater hat zu seiner Zeit bestimmt«, sagte die Mutter, »jetzt bist du an der Reihe. Solange er am Leben war, mußte man ihm gehorchen. Jetzt ist es an dir, dich so zu zeigen, wie du bist.«

Der Sohn erstaunte über diese Worte so sehr, daß er aufhörte zu weinen. »Ich zeige mich doch, wie ich bin«, sagte er.

»Nein«, sagte seine Mutter, »das tust du nicht. Du versuchst nur deinem Vater zu gleichen. Aber der hatte schwere Zeiten durchgemacht, und deshalb fürchtete er sich vor der Armut. Du hast jedoch niemals etwas

Schweres erlebt, was dich hätte hart machen können. Du besitzt mehr, als du brauchst, und da hast du das Recht, auch an andere zu denken.«

Als die kleinen Mädchen das Haus betreten hatten, war der Junge ihnen nachgeschlichen und hatte sich in einem dunklen Winkel versteckt. Nach gar nicht langer Zeit hatte er gesehen, daß der Schlüssel zur Scheune in der Rocktasche des Bauern steckte. »Wenn er die Kinder hinauswirft, nehme ich den Schlüssel und laufe weg«, hatte er gedacht.

Aber nun hatte der Bauer die Kinder nicht vertrieben, und so saß der Junge noch immer im Winkel und wußte nicht, was er tun sollte.

Die Mutter sprach lange mit ihrem Sohn. Während dessen versiegten seine Tränen, und schließlich nahm sein Gesicht einen so schönen Ausdruck an, daß er wie ein anderer Mensch erschien. Er hörte nicht auf, die alte, welke Hand zu streicheln.

»Ja, jetzt müssen wir wohl schlafen gehen«, sagte die Alte, als sie sah, daß er sich beruhigt hatte.

»Nein«, sagte er und erhob sich rasch, »ich kann mich noch nicht hinlegen. Da ist noch jemand, den ich heute nacht beherbergen muß.«

Er warf sich schnell den Rock über, zündete eine Laterne an und ging hinaus. Es war noch genauso kalt und windig, doch als er auf die Haustreppe kam, sang er leise vor sich hin. Er überlegte, ob das Pferd ihn wohl wiedererkennen und ob es ihm gefallen würde, in seinen alten Stall zurückzukehren.

Als er den Hofplatz überquerte, hörte er, daß eine Tür im Wind auf- und zuschlug. »Da ist diese Scheunentür wieder aufgeweht«, dachte er und wollte sie verschließen.

Als er ein paar Augenblicke später vor der Scheune stand, glaubte er, ein Rascheln zu vernehmen.

Der Junge hatte nämlich die Gelegenheit genutzt und mit dem Bauern zusammen das Haus verlassen. Dann war er sofort zur Scheune gelaufen, wo die Tiere auf ihn warten sollten. Aber sie standen schon lange nicht mehr im Regen. Ein heftiger Windstoß hatte die Tür aufgerissen und ihnen zu einem Dach über dem Kopf verholfen. Als der Junge nun in die Scheune geeilt war, hatte der Bauer es rascheln gehört.

Da leuchtete er mit der Laterne hinein und entdeckte, daß überall auf dem Fußboden schlafende Tiere lagen. Kein Mensch war zu sehen. Die Tiere waren nicht angebunden und hatten sich ins Stroh gelegt, wie es ihnen eingefallen war.

Er wurde wütend und begann zu schreien und zu toben, um die Schlafenden zu wecken und zu vertreiben. Aber die Tiere blieben ruhig liegen, als wollten sie sich nicht im geringsten stören lassen. Nur ein altes Pferd erhob sich und kam ganz langsam auf ihn zu.

Der Bauer wurde auf einmal still. Er erkannte das Pferd schon am Gang. Er beleuchtete es mit der Laterne, und das Pferd legte den Kopf auf seine Schulter.

Und der Bauer begann es zu streicheln. »Du mein Pferd, mein Pferd!« sagte er. »Was haben sie mit dir gemacht? Ja, mein Lieber, jetzt kaufe ich dich zurück. Du brauchst diesen Hof nie wieder zu verlassen. Du sollst es so haben, wie du möchtest, mein Pferd. Die anderen, die du mitgebracht hast, dürfen hierbleiben, aber du sollst mit mir zum Stall gehen. Jetzt kann ich dir so viel Hafer geben, wie du fressen magst. Du bist wohl auch noch nicht am Ende. Das prächtigste Pferd auf dem Kirchenhügel, ja, das sollst du noch einmal sein. Aber ja! Aber ja!«

22
Die Erbteilung

Donnerstag, den 28. April

Diese Geschichte hörte Nils Holgersson einen wandernden Bergarbeiter zwei Pflügern erzählen, die am Grabenrand saßen und ihr Frühstück verspeisten. Die Wildgänse ästen auf einer Wiese der Gemeinde Fellingsbro in Västmanland. Der Junge hatte sie vor ein paar Augenblicken verlassen, um sich zu den Menschen zu schleichen und, wenn möglich, von ihrer Mahlzeit ein paar Brotkrumen abzubekommen.

»Hier in Västmanland wohnte vor langer, langer Zeit eine alte Frau aus dem Geschlecht der Riesen, die war so reich, daß sie das ganze Land besaß. Sie hatte natürlich alles ganz prächtig, war aber doch in großer Sorge, weil sie nicht wußte, wie sie diesen Besitz unter ihren drei Söhnen verteilen sollte.

Nun verhielt es sich so, daß ihr die beiden älteren Söhne nicht so sehr gefielen, während der jüngste ihr Liebling war. Ihm hatte sie das beste Erbteil zugedacht, doch sie befürchtete, daß zwischen ihm und den Brüdern Streit entstehen könnte, wenn diese merkten, daß sie nicht gleich verteilt hatte.

Na, eines Tages spürte sie, daß sie dem Tode nahe war und nicht mehr viel Zeit zum Überlegen hatte. Da rief sie alle drei Söhne herbei und begann mit ihnen über das Erbe zu sprechen.

›Ich habe nun meinen ganzen Besitz in drei Teile geteilt, zwischen denen ihr wählen dürft‹, sagte sie. ›Für das eine Teil habe ich alle meine Eichenhügel und belaubten Inseln und Blumenwiesen genommen und um den Mälarsee versammelt. Wer dieses Teil wählt, bekommt auf den Uferwiesen gute Weiden für Schafe und Kühe, und auf den Inseln kann er Laub als Winterfutter finden. Es gibt viele Buchten und Fjorde, die sich weit ins Land erstrecken, so daß gute Voraussetzungen für Frachtschiffahrt und Verkehr aller Art bestehen. Die Flußmündungen sind für Häfen günstig, und deshalb glaube ich, daß in seinem Gebiet Dörfer und Städte emporwachsen werden. Auch an Ackerboden wird es ihm nicht fehlen, obwohl das Land sehr zerrissen ist. Seine Söhne sollten von Anfang an lernen, wie man von einer Insel zur anderen kommt, damit sie später gute Seefahrer werden. Dies ist also das erste Teil. Was sagt ihr dazu?‹

Ja, alle drei Söhne waren sich einig, daß es ein prächtiges Erbteil sei und daß sich glücklich schätzen könne, wer es bekäme.

›Das zweite Erbteil ist auch nicht schlecht‹, sagte die alte Riesenfrau. ›Dafür habe ich alles genommen, was ich an flachem Land und freiem Feld besitze, und habe vom Gebiet um den Mälarsee bis hinauf nach Dalarna einen Acker neben dem anderen angelegt. Ich glaube, wer dieses Teil wählt, der wird es nicht bereuen. Er kann Getreide anbauen, soviel er will, und große Höfe errichten, und weder er noch seine Nachkommen werden sich ums tägliche Brot zu sorgen brauchen. Damit die Ebene nicht zu sumpfig wird, habe ich ein paar große Gräben hindurchgezogen, und darin gibt es hier und da einen Wasserfall, den man für Mühlen und Schmieden nutzen kann. Und an den Gräben habe ich hohe Kiesböschungen aufgeschüttet, da kann Wald für Brennholz wachsen. Ja, das war das zweite Erbteil, und ich glaube, wer das bekommt, hat allen Grund, zufrieden zu sein.‹

Alle drei Söhne stimmten ihr zu und bedankten sich dafür, daß sie so gut für sie gesorgt hatte.

›Ich habe versucht, mein Bestes zu tun‹, sagte die alte Riesin, ›aber jetzt komme ich zu dem, was mir die meisten Sorgen bereitet hat. Denn seht mal, ich habe alle meine baumbestandenen Wiesen und Weiden und Eichenhügel in das eine Erbteil und alle meine Äcker und alles Rodeland in das zweite gelegt. Als ich nun für das dritte Teil etwas zusammenlesen wollte, da merkte ich, daß von meinem Besitztum nichts weiter übrig war als Kiefern- und Tannenwälder, Höhenzüge und Berghänge, graue Felsen und dürre Wacholderbüsche, armselige Birkenwäldchen und kleine Seen. Da war mir wohl klar, daß sich keiner von euch darüber freuen würde. Trotzdem habe ich das ganze Elend zusammengepackt und es nördlich und westlich der Ebene versammelt. Ich fürchte aber, daß jener, der dieses Teil wählt, nichts weiter als Armut zu erwarten hat. Er kann nur Schafe und Ziegen halten, und er muß sich sein täglich Brot wohl vor allem mit Jagd und Fischfang verdienen. Ja, dies ist das dritte Erbteil. Ich weiß wohl, daß es sich nicht mit den beiden anderen vergleichen läßt, und wenn ich nicht so alt wäre, dann würde ich noch einmal neu aufteilen, aber das ist unmöglich. Und nun finde ich in meiner letzten Stunde keine Ruhe, weil ich nicht weiß, wem ich das schlechteste Erbteil geben soll. Ihr seid alle drei gute Söhne gewesen, und es fällt mir schwer, gegen einen von euch ungerecht zu sein.‹

Als die Riesenfrau nun alles auf den Tisch gelegt hatte, sah sie ihre Söhne ängstlich an. Die sagten jetzt nicht mehr, sie habe gerecht geteilt und gut für sie gesorgt. Sie schwiegen, und es war ihnen wohl anzumerken, daß keiner sich über das letzte Teil freuen würde.

Ja, so hatte die alte Mutter ihre Sorgen, und die Söhne bemerkten, daß sie schon Todesqualen litt, weil sie nicht wußte, wen von ihnen sie mit dem schlechtesten Teil unglücklich machen sollte.

Aber der Jüngste, der seine Mutter am meisten liebte und nicht mitansehen konnte, wie sie sich quälte, sagte: ›Macht Euch wegen dieser Sache keine Sorgen, Mutter, sondern geht in Ruhe und Frieden von dannen. Das schlechte Teil könnt Ihr mir geben. Ich will versuchen, damit zurechtzukommen, und wie immer es mir ergehen mag, so werde ich Euch nicht böse sein, weil die anderen etwas Besseres bekommen haben.‹

Sowie er das gesagt hatte, wurde seine Mutter ruhig, und sie dankte ihm und lobte ihn. Danach fiel es ihr nicht mehr schwer, die anderen Erbteile zu vergeben, denn sie waren fast gleich gut.

Als nun alles geregelt war, dankte die Alte ihrem jüngsten Sohn noch einmal und sagte, sie habe erwartet, daß gerade er ihr helfen würde. Und sie bat ihn, er solle sich in seiner Wildnis der großen Liebe erinnern, die sie für ihn empfunden habe.

Damit schloß sie die Augen und starb, und als die Brüder sie beerdigt hatten, zogen sie aus, um ihr Besitztum zu besichtigen. Und die beiden älteren konnten ja nur glücklich und zufrieden damit sein.

Der dritte begab sich in die Wildnis, und er sah, daß seine Mutter die Wahrheit gesagt hatte: sein Teil bestand zumeist aus Berghängen und kleinen Seen. Er merkte wohl, daß sie bei der Anlegung dieses Erbteils in Liebe an ihn gedacht hatte. Obwohl sie dafür nur Schlechtes hatte nehmen können, hatte sie es doch so gut geordnet, daß daraus ein wunderschönes Land geworden war. An manchen Stellen war es unheimlich und wild, aber schön war es allemal. Trotzdem konnte er bei diesem Anblick nicht froh werden.

Dann aber bemerkte er, daß der Felsengrund hier und da sonderbar erschien. Und als er genauer hinsah, entdeckte er, daß sich fast überall Erzadern durch das Gestein zogen. Es war zumeist Eisenerz, doch auch Silber und Kupfer gab es auf seinem Grund genug. Er ahnte, daß ihm ein größerer Reichtum als seinen Brüdern beschieden war, und da ging ihm allmählich auf, was seine alte Mutter mit dieser Erbteilung beabsichtigt hatte.«

23
In den Bergbaurevieren

Donnerstag, den 28. April

Die Wildgänse hatten eine beschwerliche Reise. Nachdem sie auf den Feldern von Fellingsbro gefrühstückt hatten, wollten sie ursprünglich über Västmanland direkt nordwärts fliegen. Doch der Westwind wurde immer heftiger und trieb sie statt dessen zur Grenze von Uppland.

Sie flogen in großer Höhe, und der Wind jagte sie schnell nach Osten. Der Junge schaute hinunter, um sich Västmanland genauer anzusehen, aber er konnte nicht viel erkennen. Er bemerkte zwar, daß der östliche Teil der Landschaft flach und eben war, doch was die Furchen und Striche zu bedeuten hatten, die sich von Norden nach Süden quer durch die Ebene zogen, das verstand er nicht.

»Dieses Land ist genauso gestreift wie Mutters Schürze«, sagte er. »Ich möchte wohl wissen, was das für Streifen sind.«

»Flüsse und Bergrücken, Straßen und Eisenbahnen«, antworteten die Wildgänse. »Flüsse und Bergrücken, Straßen und Eisenbahnen.«

Und das stimmte wirklich. Als die Gänse ostwärts getrieben wurden, hatten sie zuerst den Hedström überflogen, der zwischen zwei Höhenzügen fließt und von einer Eisenbahnlinie begleitet wird. Dann hatten sie die Kolbäckså erreicht, die auf der einen Seite eine Eisenbahnlinie und auf der anderen einen Bergrücken mit eigner Landstraße hat. Danach waren sie der Svartå begegnet, die ebenfalls von Höhenzügen und Landstraßen begleitet wird, dann der Lillå mit dem Badelundsås und zuletzt der Sagå, an deren rechtem Ufer eine Landstraße und eine Eisenbahnlinie verläuft.

»So viele Straßen, die alle aus derselben Richtung kommen, habe ich noch nie gesehen«, dachte der Junge. »Hier muß es viele Waren geben, die von Norden nach Süden zu transportieren sind.«

Der Wind trieb die Wildgänse sogar bis zur Sagå. Da aber wurde Akka klar, daß sie ganz woanders gelandet waren, als sie beabsichtigt hatte. Sie kehrte mit ihrer Schar um und begann sich gegen den heftigen Wind zurück nach Westen zu kämpfen. Sie flogen also noch einmal über die gestreifte Ebene und dann zu den bewaldeten Bergen im Westen.

Solange der Junge über die Ebene geflogen war, hatte er sich über den Gänsehals gebeugt und hinuntergeschaut. Als er nun aber große Waldgebiete vor sich erblickte, richtete er sich auf und wollte seinen Augen Ruhe gönnen, denn wo der Boden mit Wald bedeckt war, gab es meistens nicht viel zu sehen.

Sie flogen eine Weile über bewaldete Höhenzüge und kleine Seen, und dann hörte der Junge vom Boden ein Geräusch, das wie Ächzen und Jammern klang.

Da mußte er sich natürlich vorbeugen und hinunterschauen. Die Wildgänse, die gegen den Wind ankämpften, flogen jetzt nicht sonderlich schnell, und er konnte das Land unter sich deutlich erkennen. Als erstes bemerkte er ein schwarzes Loch, das senkrecht in die Erde führte. Darüber war ein Hebewerk aus dicken Balken aufgestellt, und der Aufzug holte gerade knirschend und ächzend eine Tonne voller Steinbrocken herauf. Rundherum lagen große Steinhaufen, in einem Schuppen schnaufte eine Dampfmaschine, Frauen und Kinder saßen im Kreis auf dem Boden und sortierten Steine, eine schmale Pferdebahn brachte ein paar Wagen mit grauen Gesteinsbrocken heran, und am Waldrand standen kleine Arbeiterwohnhäuser.

Der Junge, dem das alles unerklärlich war, rief lauthals hinunter: »Was ist denn das für ein Ort, wo man so viele graue Steine aus der Erde holt?«

»Hört euch mal diesen Dummkopf an! Hört euch mal diesen Dummkopf an!« tschilpten die Spatzen, die hier zu Hause waren und sich wohl auskannten. »Der kann Eisenerz nicht von grauen Steinen unterscheiden! Der kann Eisenerz nicht von grauen Steinen unterscheiden!«

Da begriff der Junge, daß er eine Grube unter sich hatte. Er war ziemlich enttäuscht, denn er hatte sich vorgestellt, Gruben lägen auf hohen Bergen, und diese hier befand sich zu ebener Erde zwischen ein paar Hügeln.

Bald hatten sie die Grube hinter sich gelassen, und der Junge starrte wieder geradeaus, denn Höhenzüge mit Tannenwald und Birkenwäldchen, wie sie jetzt unter ihm lagen, glaubte er schon viele Male gesehen zu haben. Auf einmal spürte er vom Boden her eine große Wärme, und sogleich mußte er hinunterschauen, um die Ursache herauszufinden.

Unter ihm lagen große Haufen von Kohle und Erz, und dazwischen stand ein hohes, achteckiges, rotgestrichenes Gebäude, das ein ganzes Flammenbündel zum Himmel schickte.

Der Junge glaubte unwillkürlich an eine Feuersbrunst, dann aber entdeckte er, daß die Leute auf dem Boden ganz ruhig herumliefen und das Feuer überhaupt nicht beachteten. Das alles erschien ihm unbegreiflich.

»Was ist denn das für ein Ort, wo sich niemand darum kümmert, wenn ein Haus in hellen Flammen steht?« rief er zur Erde.

»Hört euch mal den an, der keine Ahnung hat!« zwitscherten die Buchfinken, die am Waldrand wohnten und wohl darüber Bescheid wußten, was in ihrer Nachbarschaft geschah. »Der weiß nicht, wie das Eisen aus dem Erz geschmolzen wird. Der kann ein Hochofenfeuer nicht von einer Feuersbrunst unterscheiden.«

Bald hatten sie den Hochofen hinter sich gelassen, und der Junge blickte wieder geradeaus, denn er glaubte nicht, daß es in diesem Waldgebiet viel zu sehen gäbe. Doch er war noch nicht lange geflogen, da hörte er von der Erde ein entsetzliches Lärmen und Poltern.

Als er hinunterschaute, bemerkte er zuerst einen kleinen Fluß, der sich als Wasserfall eine Bergwand hinunterstürzte. Daneben stand ein großes Gebäude mit schwarzem Dach und hohem Schornstein, aus dem dikker, mit Funken vermischter Qualm aufstieg. Vor dem Gebäude lagen Eisenklumpen und Eisenstangen und richtige kleine Berge von Kohlen. Der Boden war weit und breit schwarz, und schwarze Wege liefen in alle Richtungen. Aus diesem Gebäude kam ein unbeschreibliches Getöse. Es dröhnte und zischte und klang, als wollte sich jemand mit gewaltigen Schlägen gegen ein fauchendes wildes Tier zur Wehr setzen. Doch seltsamerweise achtete keiner darauf, was da geschah. Ein Stückchen weiter standen unter grünen Bäumen Arbeiterwohnhäuser, und noch weiter entfernt erhob sich ein großes, weißes Gutsgebäude. Auf den Treppen der Arbeiterhäuser spielten Kinder ganz unbekümmert, und in der herrschaftlichen Allee gingen Leute in aller Ruhe spazieren.

»Was ist denn das für ein Ort, wo sich niemand darum kümmert, wenn es in einem Haus Mord und Totschlag gibt?« schrie der Junge nach unten.

»Hack, ack, ack, ack! Da oben hat einer die Weisheit mit Löffeln gefressen! Hack, ack, ack, ack!« lachte eine Elster. »Niemand wird in Stücke gerissen. Das ist das Eisen, das sprüht und zischt, wenn es unter den Hammer kommt.«

Als sie eine Weile geflogen waren, hörte der Junge eine Glocke läuten, und wieder mußte er nach unten schauen, um herauszufinden, woher dieses Geräusch kam.

Da erblickte er unter sich einen Bauernhof, wie er ihn noch nie gesehen hatte. Als Wohnhaus diente ein langes, rotgestrichenes einstöckiges Gebäude, das gar nicht so besonders hoch war. Doch all die großen, wohlgebauten Wirtschaftsgebäude in der Nähe versetzten ihn in Erstaunen. Der Junge wußte etwa, wie viele Wirtschaftsgebäude ein Hof brauchte, hier aber mußten sie alles doppelt und dreifach haben. Einen solchen Überfluß an Gebäuden hatte er im Traum noch nicht gesehen. Auch was darin aufbewahrt werden sollte, konnte er sich nicht vorstellen, denn rundherum gab es kaum Felder.

Auf dem Stalldach hing unter einer Haube die Vesperglocke, von der also das Läuten kam. Der Bauer ging mit seinen Knechten in die Küche, und der Junge sah, daß er ein großes, stattliches Gefolge hatte.

»Was sind denn das für Leute, die mitten im Wald, wo es keinen Acker gibt, so große Höfe bauen?« schrie der Junge zur Erde.

Der Hahn, der auf dem Misthaufen herumlief, krähte

sofort zur Antwort: »Alter Bergmannshof! Alter Bergmannshof! Die Äcker liegen unter der Erde. Die Äcker liegen unter der Erde.«

Nun dämmerte dem Jungen langsam, daß man diese Gegend nicht achtlos überfliegen durfte. Zwar sah er überall Wälder und Berge, doch dazwischen waren unglaublich viele Merkwürdigkeiten verborgen.

Es gab große Grubenfelder, wo der Boden von Grubenlöchern durchbohrt war und wo am Waldrand ganze Dörfer von Arbeiterhäuschen standen. Es gab alte, verlassene Schmieden, und es gab große, neuerbaute Eisenhütten, wo gearbeitet und gehämmert wurde, daß die Erde bebte. Durch die Luft liefen Drahtseilbahnen und transportierten behutsam Körbe voll Erz. An allen Wasserfällen drehten sich Räder, elektrische Leitungen durchzogen den stillen Wald, und unglaublich lange Eisenbahnzüge mit sechzig, siebzig Waggons, bald mit Erz und Kohle, bald mit Eisenstangen, Blechen und Stahldraht beladen, rollten heran.

Als der Junge das alles eine Weile betrachtet hatte, konnte er nicht länger schweigen. »Wie heißt dieses Land, wo nur Eisen wächst?« fragte er.

Da fuhr in einer verlassenen Eisenhütte ein alter Uhu aus dem Schlaf. Er reckte den runden Kopf vor und rief mit seiner schrecklichen Stimme: »Uhu, uhu, uhu! Dieses Land nennt man die Bergbaureviere. Wäre hier nicht Eisen gewachsen, dann wohnten hier noch heute nur Uhus und Bären.«

24
Die Eisenhütte

Donnerstag, den 28. April

Fast den ganzen Tag, während die Wildgänse die Bergbaureviere überflogen, wehte ein scharfer Westwind. Sie hofften, daß er sich zum Abend legte, doch statt dessen kam ein heftiger Windstoß angebraust und trieb sie wie Bälle vor sich her. Der Junge, der sorglos und ohne von einer Gefahr zu ahnen, auf dem Gänserücken saß, wurde emporgehoben und in den leeren Raum geschleudert.

Er war zu klein und zu leicht, um wie ein Stein abzustürzen, und der Wind trug ihn noch ein Stück weiter, bis er langsam und ruckweise nach unten schwebte, wie ein Blatt, das vom Baum fällt.

Als er auf dem Boden angelangt war, riß er sich erst einmal die Mütze vom Kopf und schwenkte sie, damit der große weiße Gänserich ihn finden könnte. »Hier bin ich, wo bist du? Hier bin ich, wo bist du?« rief er und wunderte sich fast, daß Gänserich Martin nicht schon neben ihm stand.

Doch der große Weiße war nirgends zu entdecken, und auch die Schar der Wildgänse zeichnete sich nicht am Himmel ab.

Das kam dem Jungen zwar etwas sonderbar vor, beunruhigte oder erschreckte ihn jedoch keineswegs. Daß Akka und Gänserich Martin ihn im Stich lassen könnten, war ihm vollkommen unvorstellbar. Der heftige Windstoß hatte sie wohl in eine andere Richtung getrieben. Sobald es möglich wäre, würden sie schon zurückkehren und ihn holen.

Aber was war denn das? Wo in aller Welt befand er sich? Er war nicht auf flaches Feld gefallen, sondern in eine große, tiefe Bergschlucht. Es war ein Raum von der Größe einer Kirche, mit fast senkrechten Felswänden zu allen Seiten, nur das Dach fehlte. Auf dem Boden lagen ein paar große Felsblöcke, und dazwischen wuchsen Moos, Preiselbeeren und kleine, niedrige Birken. Hier und da hatten die Felswände Vorsprünge, von denen ein paar kaputte Leitern hingen. Auf der einen Seite war eine schwarze Öffnung, die aussah, als führte sie tief in den Berg hinein.

Der Junge war nicht umsonst einen ganzen Tag lang über den Bergbaurevieren gewesen. Er wußte sofort, daß die große Schlucht ein altes Grubenloch war. »Aber ich muß möglichst schnell wieder zur Erdoberfläche klettern«, dachte er, »sonst habe ich zu befürchten, daß mich meine Reisekameraden nicht finden.«

Gerade als er zur Felswand gehen wollte, hielt ihn jemand von hinten fest, und er hörte dicht an seinem Ohr eine rauhe Stimme brummen: »Was bist denn du für einer?«

Rasch drehte sich der Junge um, und in seiner ersten Überraschung glaubte er einen großen, mit graubraunem, langem Moos bekleideten Steinblock vor sich zu sehen. Dann aber merkte er, daß dieser Steinblock breite Füße zum Laufen, Kopf, Augen und eine große, brummende Schnauze hatte.

Das große Tier warf ihn zu Boden, rollte ihn mit der Tatze hin und her und beschnupperte ihn. Vermutlich wollte es ihn verschlingen, besann sich dann aber anders und rief: »Murre und Brumme, meine lieben Kleinen, kommt her, ihr sollt einen Leckerbissen haben!«

Sogleich stürmten zwei zottige Bärenkinder herbei, die noch unsicher auf den Beinen waren und ein weiches Fell wie junge Hunde hatten.

»Was hast du denn gefunden, Bärenmutter? Laß uns mal sehen, laß uns mal sehen!« riefen die kleinen Bären.

»Da bin ich also unter die Bären gefallen«, dachte der Junge. »Ich fürchte, Fuchs Smirre braucht sich mit der Verfolgung keine Mühe mehr zu machen.«

Die Bärenmutter schob den Jungen mit der Tatze ihren Kindern hin, und eins davon schnappte ihn und lief mit ihm weg. Der kleine Bär biß jedoch nicht allzufest zu, denn er war so verspielt, daß er mit dem Däumling noch eine Weile seinen Spaß haben wollte, bevor er ihn auffraß. Der zweite kleine Bär folgte ihm und wollte den Jungen an sich reißen, stellte sich aber so tolpatschig an, daß der kopfüber auf seinen Bruder mit der Beute fiel. Nun rollten sie übereinander, bissen sich, kratzten sich und brummten.

Während dieses Getümmels konnte der Junge entwischen, lief zur Felswand und begann sie zu erklimmen. Da stürzten beide Bärenkinder hinter ihm her, kletterten flink und geschmeidig den Felsen hinauf, holten ihn ein und warfen ihn wie einen Ball ins Moos. »Jetzt weiß ich, wie einem armen Mäuschen zumute ist, wenn es der Katze in die Krallen gerät«, dachte der Junge.

Noch einige Male versuchte er zu entkommen. Er lief tief in den alten Schacht hinein, versteckte sich hinter den Steinen und kletterte auf die Birken, doch die Bärenkinder fanden ihn überall. Sowie sie ihn gefangen hatten, ließen sie ihn wieder frei, damit er von neuem weglaufen sollte und sie an der Verfolgung ihren Spaß haben konnten.

Als es Schlafenszeit wurde und die Bärin ihre Kinder zu sich rief, hatten sie so viel Spaß an diesem Spiel gehabt, daß sie es am nächsten Tag fortsetzen wollten. Sie nahmen den Jungen zwischen sich und legten die Tatzen über ihn, um gleich zu erwachen, falls er sich rühren sollte. Dann schliefen sie ein, und der Junge faßte den Entschluß, nach einer Weile einen Fluchtversuch zu wagen. Doch weil man ihn noch nie in seinem Leben derart hin und her geworfen, gerollt, gejagt und herumgedreht hatte, war er so übermüdet, daß ihn der Schlaf übermannte.

Nach einiger Zeit kam der Bärenvater die Felswand heruntergeklettert. Als er in die alte Grube rutschte, riß er Kies und Steine los, und davon wurde der Junge wach. Obwohl er keine große Bewegung riskieren wollte, streckte und drehte er sich, um den Bären zu sehen. Es war ein ungeheuer starkes altes Männchen mit riesigen Tatzen, großen blitzenden Eckzähnen und kleinen tükkischen Augen. Als der Junge diesen alten König des Waldes erblickte, zuckte er unwillkürlich ein paarmal zusammen.

»Hier riecht es nach Menschen«, sagte der Bärenvater, sowie er die Bärenmutter erreichte, und grummelte wie ein Gewitter.

»Wie kannst du dir bloß so was Dummes einbilden!« sagte die Bärin und blieb ruhig auf ihrem Platz liegen. »Wir haben uns doch geeinigt, daß wir den Menschen jetzt keinen Schaden mehr zufügen wollen. Aber wenn doch einer von ihnen hier aufzutauchen wagte, wo ich mich mit den Jungen aufhalte, dann sollte von ihm nicht soviel übrigbleiben, daß du noch etwas davon riechen könntest.«

Der Bär legte sich neben die Bärin, schien jedoch mit ihrer Antwort nicht recht zufrieden, denn er konnte das Schnüffeln und Wittern nicht lassen.

»Hör doch endlich mit dieser Schnüffelei auf!« sagte die Bärenmutter. »Du müßtest mich wohl gut genug kennen und wissen, daß ich nichts Gefährliches in der Nähe der Jungen dulde. Erzähl mir lieber, was du alles gemacht hast!«

»Ich habe nach einem neuen Wohnplatz gesucht«,

sagte der Bärenvater. »Zuerst bin ich nach Värmland gelaufen und wollte mich bei den Verwandten im Kreis Ek umhören, wie es sich in diesem Land lebt. Sie waren alle verschwunden. Im ganzen Wald gab es nicht eine Bärenhöhle mehr.«

»Ich glaube, die Menschen wollen allein auf der Erde sein«, sagte die Bärenmutter. »Selbst wenn man das Vieh und sie in Frieden läßt und nur von Preiselbeeren und Ameisen und Grünzeug lebt, darf man nicht im Wald wohnen bleiben. Wohin könnten wir nur ziehen?«

»In dieser Grube ist es uns viele Jahre wirklich gut gegangen«, sagte der Bärenvater. »Aber seitdem sie in unsrer Nähe das große Polterwerk errichtet haben, fühle ich mich nicht mehr wohl.«

Bei diesen Worten stand der Bär auf und witterte nach allen Seiten. »Merkwürdig, sowie ich von Menschen rede, habe ich wieder diesen Geruch in der Nase«, sagte er.

»Dann sieh doch selbst nach, wenn du mir nicht glaubst!« sagte die Bärin.

Der Bär suchte die ganze Höhle ab und schnüffelte. Schließlich kehrte er zurück und legte sich wortlos nieder. »Habe ich das nicht gleich gesagt?« schimpfte die Bärenmutter. »Aber du glaubst natürlich, nur du hättest Nase und Ohren.«

Gleich darauf fuhr der Bär brüllend in die Höhe. Das Unglück hatte es gewollt, daß eins der Bärenkinder seine Tatze über Nils Holgerssons Gesicht bewegt hatte, so daß der arme Kerl keine Luft mehr bekam und niesen mußte. Nun konnte die Bärenmutter ihren Mann nicht länger zurückhalten. Er schleuderte die kleinen Bären nach rechts und links und entdeckte den Jungen.

Wäre die Bärin nicht dazwischengegangen, dann hätte der Bär den Däumling sofort verschlungen. »Rühr ihn nicht an!« sagte sie. »Die Kinder haben den ganzen Abend so viel Spaß mit ihm gehabt, daß sie es nicht übers Herz brachten, ihn aufzufressen.« Aber der Bärenvater stieß sie beiseite. »Misch dich nicht in Dinge ein, von denen du nichts verstehst!« brüllte er. »Merkst du nicht, daß er schon von weitem nach Mensch riecht?«

Wieder riß er den Rachen auf. Aber der Junge hatte während dessen in aller Eile seine Streichhölzer hervorgeholt. Er strich eins an seiner Lederhose an und steckte die Flamme dem Bären ins Maul.

Der Bärenvater schnaubte, als er den Schwefelgeruch verspürte, und damit war das Streichholz ausgeblasen. Der Junge hielt schon ein neues bereit, doch seltsamerweise griff der Bär ihn nicht an.

»Kannst du viele von solchen kleinen blauen Rosen anzünden?« fragte er.

»So viele, daß sie den ganzen Wald abbrennen können«, antwortete der Junge.

»Könntest du vielleicht auch Haus und Hof in Brand stecken?« fragte der Bärenvater.

»Das wäre für mich keine Kunst«, prahlte der Junge.

»Das ist ja gut«, sagte der Bär. »Dann sollst du mir einen Gefallen tun. Jetzt bin ich richtig froh, daß ich dich nicht aufgefressen habe.«

Da nahm der Bärenvater den Jungen ganz vorsichtig und behutsam zwischen seine Zähne und kletterte mit ihm die Felswand hinauf. Obwohl er so groß und schwer war, bewegte er sich unglaublich leicht und geschmeidig, und als er oben angelangt war, lief er in den Wald.

Dann wanderte er zu einem Hügel am Waldrand, von dem aus die große Eisenhütte zu sehen war. Dort legte er sich nieder, stellte den Jungen vor sich hin und hielt ihn mit beiden Tatzen fest.

»Jetzt guck dir mal dieses Polterwerk an!« sagte er zu ihm.

Die Eisenhütte lag mit ihren vielen stattlichen Gebäuden an einem Wasserfall. Hohe Schornsteine schickten schwarze Rauchwolken in die Luft, die Flammen der Hochöfen loderten, und aus allen Fenstern und Luken fiel ein heller Schein. Dahinter waren Hämmer und Walzwerke bei der Arbeit, und zwar mit einer solchen Kraft, daß die Luft von ihrem Getöse und Gerassel dröhnte. Rund um die eigentlichen Werkstätten gab es ungeheure Kohlebunker, Lagerhäuser, Bretterstapel und Geräteschuppen. Ein Stück weiter standen lange Reihen von Arbeiterhäusern, schöne Villen, Schulgebäude, Versammlungslokale und Kaufläden. Doch all das war still und schien zu schlafen. Der Junge hatte keine Augen dafür, sondern dachte nur an die Gebäude der Eisenhütte. In ihrer Nähe war der Boden schwarz, über den Hochofenflammen wölbte sich ein schöner, dunkelblauer Himmel, der Wasserfall schäumte weiß, und von den Gebäuden selbst gingen Licht, Rauch, Feuer und Funken aus. Noch nie hatte ihn ein Anblick so überwältigt.

»Willst du etwa behaupten, daß du ein solches großes Werk auch anstecken könntest?« fragte der Bär.

Da stand der Junge eingeklemmt zwischen den Bärentatzen und hielt es für seine einzige Möglichkeit zur Rettung, dem Bären zu imponieren. »Ob groß oder klein, das ist für mich einerlei«, sagte er daher. »Ich kann es so und so abbrennen lassen.«

»Dann will ich dir etwas erzählen«, fuhr der Bär fort. »Meine Vorväter haben in dieser Gegend gewohnt, seitdem es Wald im Lande gibt, und ich habe Jagdrevier und Futterplätze und Höhlen und Schlupfwinkel von ihnen geerbt und habe alle meine Tage in Frieden und Ruhe hier gelebt. Aber in den letzten Jahren, seitdem die Menschen dieses Polterwerk gebaut haben, das ohne Pause Tag und Nacht geht, fühle ich mich nicht mehr wohl. Ich habe schon geglaubt, ich müßte von hier wegziehen, aber jetzt ist mir ein Ausweg eingefallen.«

Der Junge überlegte, was dem Bärenvater eingefallen sein könnte. Doch er hatte keine Gelegenheit zum Fragen, denn jetzt nahm ihn der Bär wieder zwischen die Zähne und trottete den Hügel hinunter.

Der Bärenvater kannte sich auf dem Werkgelände gut aus. Er war viele dunkle Nächte hier herumgestreift, hatte beobachtet, was in den Gebäuden geschah, und sich gefragt, ob diese Arbeit denn niemals aufhörte. Jetzt lief er ohne Furcht zwischen den Werkstätten hindurch und kletterte auf einen Schlackenhaufen. Hier richtete er sich auf, nahm den Jungen zwischen die Vorderpfoten und hob ihn empor. »Versuch mal, in dieses Haus zu sehen!« sagte er.

In der Eisenhütte war gerade der Bessemerprozeß im Gang. Man preßte einen starken Luftstrom in eine große, schwarze Kugel, die unter dem Dach hing und mit geschmolzenem Eisen gefüllt war. Als die Luft mit entsetzlichem Getöse in die Eisenmasse drang, sprühten ganze Funkenregen heraus. Die Funken kamen in Dolden, Bündeln, in langen Trauben, sie leuchteten in vielen Farben, waren groß und klein, flogen gegen eine Wand und spritzten durch den ganzen Raum. Der Bärenvater ließ den Jungen das prächtige Schauspiel so lange betrachten, bis das Blasen zu Ende war und sich der rote, flüssige, prachtvoll leuchtende Stahl aus der runden Kugel in ein paar Gefäße ergoß. Der Junge war von diesem Anblick so begeistert und hingerissen, daß er die Bärentatzen, die ihn gefangenhielten, fast vergaß.

Der Bär ließ den Jungen auch in das Walzwerk blikken. Dort holte ein Arbeiter ein kurzes, dickes, weißglühendes Eisenstück aus einem Ofenloch und legte es unter eine Walze. Als das Eisenstück auf der anderen Seite hervorkam, war es zusammengepreßt und in die Länge gezogen. Sogleich wurde es von einem zweiten Arbeiter ergriffen und unter eine engere Walze gelegt, die es noch länger und schmaler preßte. So wanderte es von Walze zu Walze, wurde gedehnt und gezogen, und zuletzt ringelte es sich als viele Meter langer, rotglänzender Draht auf dem Boden. Doch während das erste Eisenstück noch gepreßt wurde, hatte man ein neues aus dem Ofen geholt und unter die Walzen gelegt, und als dieses eine Weile gewandert war, holte man ein drittes. Unaufhörlich wanden sich auf dem Boden neue rote Drähte, zischenden Schlangen gleich. Der Junge fand den Anblick des Eisens prachtvoll, doch noch mehr gefielen ihm die Arbeiter, die geschmeidig und geschickt die glühenden Schlangen mit ihren Zangen packten und sie unter die Walzen zwängten. Der Umgang mit dem rotglühenden Eisen schien für sie ein Spiel zu sein. »Das ist ja richtige Männerarbeit, das muß ich schon sagen«, dachte der Junge.

»So treiben sie es Tag für Tag und Nacht für Nacht«, sagte der Bärenvater und legte sich nieder. »Du verstehst wohl, daß man davon zuviel bekommt. Wie gut, daß ich jetzt Schluß damit machen kann.«

»So, könnt Ihr das?« fragte der Junge. »Wie wollt Ihr denn das anstellen?«

»Na ja, ich habe mir gedacht, daß du diese Gebäude anstecken sollst«, sagte der Bärenvater. »Dann wäre mit dem ständigen Arbeiten Schluß, und ich hätte Frieden und könnte in meiner Heimat bleiben.«

Dem Jungen erstarrte das Blut in den Adern. Deshalb also hatte der Bär ihn hierhergetragen.

»Wenn du das Polterwerk ansteckst, dann verspreche ich dir, daß ich dein Leben schone«, sagte der Bärenvater.

Die großen Werkstattgebäude waren aus Ziegelsteinen, und der Junge dachte bei sich: »Der Bär kann befehlen, soviel er will, die brennen unmöglich.« Doch gleich darauf entdeckte er, daß es vielleicht doch nicht ganz unmöglich wäre. Ganz in seiner Nähe lag ein Haufen Stroh und Hobelspäne, der sich leicht entzünden ließ, daneben war ein Bretterstapel, und der Bretterstapel grenzte an den großen Kohlenschuppen. Der Kohlenschuppen aber reichte bis an die Werkstätten, und wenn er in Brand geriete, würde das Feuer bald auf das Dach der Eisenhütte übergreifen. Alles, was brennbar war, würde Feuer fangen, die Mauern würden in der Hitze bersten und die Maschinen zerstört werden.

»Na, willst du oder willst du nicht?« fragte der Bärenvater.

Der Junge wußte, daß er sofort ablehnen sollte. Er wußte aber auch, daß ihn die Bärentatzen, zwischen denen er saß, dann mit einem einzigen Druck zerquetschen würden. Deshalb antwortete er: »Ich darf mir das wohl ein bißchen überlegen.«

»Na ja, das darfst du«, sagte der Bär. »Aber ich will dir sagen, daß es das Eisen war, was den Menschen Macht über uns Bären verliehen hat.«

Der Junge wollte die Bedenkzeit nutzen, um sich irgendeine Fluchtmöglichkeit auszudenken. Doch seine Angst war so groß, daß seine Gedanken nicht in die richtige Richtung gerieten. Statt dessen überlegte er, was für eine gute Hilfe das Eisen den Menschen war. Sie brauchten es ja überall. Es war im Pflug, der den Acker aufbrach, in der Axt, die das Haus zimmerte, in der Sense, die das Getreide mähte, im Messer, das man zu allem möglichen verwenden konnte. Eisen war im Zaum, mit dem man das Pferd lenkte, im Schloß, das die Tür versperrte, in den Nägeln, die die Möbel zusammenhielten, in den Platten, die auf dem Dach lagen. Das Gewehr, das die wilden Tiere ausgerottet hatte, war aus Eisen und auch die Hacke, mit der die Grube ausgehoben war. Mit Eisen waren die Kriegsschiffe gepanzert, die er in Karlskrona gesehen hatte, auf Eisenschienen rollten die Lokomotiven durchs Land, aus Eisen war die Nadel, die den Rock nähte, die Schere, die die Schafe schor, der Topf, in dem das Essen kochte. Großes und Kleines, alles, was nützlich und unentbehrlich war, das war aus Eisen. Der Bärenvater hatte schon recht: es war das Eisen, was den Menschen die Macht über die Bären verliehen hatte.

»Na, willst du oder willst du nicht?« fragte der Bär.

Der Junge strich sich mit der Hand über die Stirn. Eine Möglichkeit zur Rettung hatte er nicht gefunden. Doch soviel wußte er, daß er gegen das Eisen, das für arm und reich eine so große Hilfe war und dem so viele Menschen ihr täglich Brot verdankten, nichts unternehmen wollte.

»Ich will nicht«, sagte er.

Der Bär drückte ihn mit seinen Tatzen ein bißchen fester.

»Ihr werdet mich nicht dazu zwingen können, daß ich eine Eisenhütte zerstöre«, sagte der Junge. »Das Eisen bringt so großen Segen, daß man sich nicht daran vergreifen darf.«

»Dann erwartest du wohl auch nicht, daß du noch lange am Leben bleibst?« fragte der Bär.

»Nein, das erwarte ich nicht«, entgegnete der Junge und sah dem Bärenvater fest in die Augen.

Der Bär drückte noch fester mit den Tatzen zu. Das tat dem Jungen so weh, daß sich seine Augen mit Tränen füllten. Aber er gab keinen Laut von sich.

Im gleichen Moment hörte er in der Nähe etwas knacken und sah, nur wenige Schritte entfernt, eine blanke Gewehrmündung blitzen. Beide, er und der Bär, waren so mit sich selbst beschäftigt gewesen, daß sie den Menschen, der sich an sie herangepirscht hatte, nicht bemerkt hatten.

»Bärenvater!« schrie der Junge. »Hört Ihr nicht, daß da ein Flintenhahn knackt? Lauft! Sonst werdet Ihr erschossen.«

Der Bärenvater geriet in Bewegung, ließ sich aber noch die Zeit, auch den Jungen mitzunehmen. Als er davonstürmte, krachten ein paar Schüsse, und die Kugeln pfiffen ihm um die Ohren. Doch er konnte glücklich entkommen.

Als der Bär ein Stück in den Wald gelangt war, hielt er an und setzte den Jungen zu Boden. »Vielen Dank, Knirps!« sagte er. »Wenn du nicht gewesen wärst, hätten diese Kugeln wohl besser getroffen.«

Dann trottete er davon, und der Junge blieb im Wald zurück, frei und unversehrt.

Die Wildgänse waren den ganzen Abend hin und her geflogen, hatten gespäht und gerufen und den Däumling doch nicht finden können. Als es schließlich so dunkel geworden war, daß sie sich zum Schlafen aufstellen mußten, waren sie sehr niedergeschlagen.

Doch als am nächsten Morgen die Sonne über den Bergen aufging und die Wildgänse weckte, da lag der Junge wie immer in ihrer Mitte und schlief. Als er erwachte und sie vor Verwunderung schreien und schnattern hörte, mußte er unwillkürlich lachen.

Die Gänse wollten brennend gern wissen, was ihm geschehen war, und der Junge berichtete, ohne zu stocken, das ganze Abenteuer mit den Bären. Doch mehr wollte er offenbar nicht erzählen. »Wie ich zurückgekehrt bin, das wißt ihr wohl schon«, sagte er.

»Nein, nichts wissen wir.«

»Das ist ja seltsam«, sagte der Junge. »Ja, als der Bärenvater davongelaufen war, bin ich auf eine Tanne geklettert und eingeschlafen. Aber im ersten Morgengrauen wurde ich davon wach, daß ein Adler über mir angebraust kam. Als er mich mit seinen Klauen packte und davontrug, habe ich natürlich gedacht, das sei mein Ende. Aber er hat mir nichts getan, sondern ist geradewegs hierhergeflogen und hat mich in eure Mitte geworfen.«

»Hat er sich denn nicht vorgestellt?« fragte der große Weiße.

»Er war so schnell verschwunden, daß ich mich nicht einmal bedanken konnte. Ich glaubte, Mutter Akka hätte ihn geschickt.«

Er wartete, daß die Wildgänse dazu etwas sagten. Aber sie schauten nur in die Luft und schienen an ganz andere Dinge zu denken.

»Wir sollten unser Frühstück heute nicht ganz und gar vergessen«, sagte Akka und hob rasch die Flügel.

25
Der Dalälv

Freitag, den 29. April

An diesem Tag lernte Nils Holgersson den südlichen Teil der Landschaft Dalarna kennen. Die Wildgänse überflogen das riesige Grubenfeld von Grängesberg, die großen Anlagen von Ludvika, das Eisenwerk Ulvshyttan und erreichten dann die Ebenen von Stora Tuna und den Dalälv. Das war der erste richtige Strom, den er in seinem Leben erblickte, und er bestaunte die große, breite Wassermasse, die durch die Landschaft dahergeglitten kam.

Der Junge schaute auf die Ufer hinunter, die über weite Strecken wie besät mit Gebäuden waren. Er sah die großen Wasserfälle von Domnarvet und Kvarnsveden und die großen Fabriken, die sie antreiben mußten. Er sah die Floßbrücken auf dem Strom, die Fähren, die er zu tragen hatte, die Baumstämme, die er transportierte, die Eisenbahnen, die ihn begleiteten und überquerten, und allmählich verstand er, was für ein großes, merkwürdiges Gewässer das war.

Im Norden beschrieb der Fluß einen großen Bogen. Dieser Winkel war öde und menschenleer, und die Wildgänse ließen sich auf einer Wiese nieder, um zu äsen. Der Junge lief indessen zum Uferwall, um sich den Fluß anzusehen, der tief unter ihm in seinem breiten Bett dahinströmte. Ganz in der Nähe führte eine Landstraße bis ans Ufer, und die Reisenden setzten mit einer Fähre über. Da hörte er ein paar Bauern, die auf die Überfahrt warteten, eine Sage vom Dalälv erzählen.

»Hoch oben an der norwegischen Grenze war einmal ein Bergsee. Daraus strömte ein Fluß, der sich von Anfang an wild und ungebärdig benahm. Obwohl er noch klein war, wurde er doch die Storå, Großer Fluß, genannt, denn es sah aus, als könnte etwas Tüchtiges aus ihm werden.

Als die Storå den See verlassen hatte und sich umschaute, in welche Richtung sie sich nun wenden sollte, war die Aussicht für sie nicht eben hoffnungsvoll. Rechts, links und geradeaus gab es nichts weiter als bewaldete Höhenzüge, die allmählich in kahle Fjälle übergingen, und nackte Felsen, die sich zu hohen Berggipfeln türmten.

Die Storå warf einen Blick nach Westen, wo der Långfjäll mit Djupgravstöten, Barfröhågna und Storvätteshågna war. Als sie nach Norden sah, stand dort der Näsfjäll, im Osten erhob sich der Nipfjäll und im Süden die Städja. Sie überlegte schon, ob es nicht besser sei, in den See zurückzukehren. Aber dann wollte sie doch wenigstens einen Versuch unternehmen, sich bis zum Meer durchzuschlagen, und so machte sie sich auf den Weg.

Natürlich war es ein tüchtiges Stück Arbeit, sich durch die Wildnis hindurchzuzwängen. Wenn nichts anderes, so stand ihr der Wald im Wege. Am stärksten und mächtigsten war sie im Frühjahr, wenn aus den umliegenden Wäldern und von den Bergen das Schmelzwasser kam und ihr Bett füllte. Da nutzte sie die Gelegenheit und drängte mit großer Kraft vorwärts. Und auch im Herbst, wenn sie nach den Regenfällen angeschwollen war, konnte sie ein gutes Stück Arbeit vollbringen.

Eines schönen Tages, als die Storå wie üblich damit beschäftigt war, sich einen Weg zu bahnen, vernahm sie fern im Wald zu ihrer Rechten ein Rauschen und Rieseln. Sie lauschte so eifrig, daß sie fast stillstand. ›Was in aller Welt kann das sein?‹ fragte sie.

Der Wald, der die Storå umgab, konnte es nicht lassen, sich über sie lustig zu machen. ›Du glaubst wohl, du bist allein auf der Welt?‹ antwortete er. ›Aber ich will dir sagen, das Brausen, das du da hörst, das ist nichts anderes als die Grövelå vom Grövelsee. Sie hat sich gerade durch ein schönes Tal gegraben und wird das Meer wohl genauso schnell erreichen wie du.‹

Doch die Storå hatte ihren eigenen Kopf, und als sie das hörte, entgegnete sie, ohne einen Augenblick zu zögern: ›Diese Grövelå ist wohl nur ein armes Wesen, das sich nicht selbst zu helfen weiß. Sag ihr, die Storå sei auf dem Weg zum Meer, und falls sie mich begleiten will, dann nehme ich sie mit und helfe ihr!‹

›Du gibst ganz schön an, so klein du bist‹, sagte der Wald. ›Ich werde deinen Gruß ausrichten, obwohl ich nicht glaube, daß die Grövelå dein Angebot annimmt.‹

Doch am nächsten Tag überbrachte der Wald einen Gruß von der Grövelå und sagte, sie habe es so schwer, daß sie sich über die Hilfe freue und sich so bald wie möglich mit der Storå vereinigen wolle.

Nun kam die Storå natürlich schneller voran, und nach einiger Zeit erblickte sie einen schönen, schmalen See, in dem sich der Idreberg und die Städja spiegelten.

›Was ist denn das?‹ fragte sie, und wieder blieb sie vor Erstaunen fast stehen. ›Ich kann doch wohl nicht so irregegangen sein, daß ich zum Vånsee zurückgekehrt bin?‹

Aber der Wald, der zu dieser Zeit überall zur Hand war, antwortete sogleich: ›O nein, du bist nicht zum Vånsee zurückgekehrt. Das hier ist der Idresee, den der Sörälv mit Wasser gefüllt hat. Das ist ein tüchtiger Fluß. Jetzt ist er mit dem See gerade fertig und will sich einen Ablauf daraus schaffen.‹

Als die Storå dies hörte, trug sie dem Wald sogleich auf: ›Bestell dem Sörälv bitte einen Gruß und sag ihm, die Storå vom Vånsee sei gekommen. Wenn er mich durch den See fließen läßt, will ich ihn dafür zum Meer mitnehmen, und dann braucht er sich um sein Vorwärtskommen keine Sorgen mehr zu machen.‹

›Ich will deinen Vorschlag überbringen‹, sagte der Wald, ›aber ich glaube nicht, daß sich der Sörälv darauf einläßt, denn er ist genauso mächtig wie du.‹

Doch am nächsten Tag berichtete der Wald, auch der Sörälv sei es müde geworden, sich allein einen Weg zu bahnen, und er sei bereit, sich mit der Storå zu vereinen.

Die Storå durchquerte nun den See, und danach

mußte sie mit Wald und Bergen genauso wie vorher kämpfen. Eine Zeitlang ging das gut, doch plötzlich geriet sie in ein Gebirgstal, das so abgeschlossen war, daß sie keinen Ausweg daraus fand. Da schäumte sie vor Zorn, und als der Wald ihr Toben hörte, fragte er: ›Ist es nun doch mit dir vorbei?‹

›Mit mir ist es durchaus nicht vorbei‹, sagte die Storå. ›Ich bin nur mit einem großen Werk beschäftigt. Ich will einen See machen, genauso wie der Sörälv.‹

So begann sie, den Särnasee zu füllen, und damit hatte sie einen ganzen Sommer lang zu tun. Als das Wasser im See allmählich stieg, hob sich auch die Storå in die Höhe, und schließlich fand sie eine Möglichkeit, nach Süden auszubrechen.

Nun ging es mit der Storå immer weiter voran. Sie war zwar noch nicht besonders groß, aber dafür war sie stolz. Sie dröhnte und lärmte fast unentwegt und stürzte Wasserfälle hinunter und rief alles zu sich, was im Wald strömte und rieselte, und wenn es nur ein Schmelzwasserbach war.

Eines Tages hörte die Storå weit, weit im Westen einen Fluß rauschen. Als sie den Wald fragte, wer das sei, antwortete er, das sei der Fuluälv, der Wasser vom Fulufjäll bekomme und sich schon ein langes, breites Bett gegraben habe.

Sobald die Storå dies erfuhr, bestellte sie ihren üblichen Gruß, und der Wald wollte ihn wie immer überbringen. Am nächsten Tag richtete er die Antwort aus. ›Sag der Storå‹, hatte der Fuluälv entgegnet, ›daß ich keineswegs Hilfe wünsche! Einen solchen Gruß zu schikken, hätte wohl besser mir angestanden, denn ich bin der mächtigere von uns beiden.‹

Kaum hatte die Storå dies vernommen, da hatte sie die Antwort auch schon bereit. ›Sag dem Fuluälv auf der

Stelle, daß ich ihn zum Wettstreit herausfordere!‹ rief sie dem Wald zu. ›Wenn er sich für mächtiger hält als mich, dann muß er es dadurch beweisen, daß er mit mir um die Wette läuft. Wer zuerst das Meer erreicht, der ist Sieger.‹

Als der Fuluälv diese Botschaft hörte, erwiderte er: ›Ich habe mit der Storå nichts zu schaffen, und es wäre mir lieber, ich könnte meinen Weg in Ruhe gehen. Aber ich habe vom Fulufjäll so viel Beistand zu erwarten, daß es feige wäre, den Wettstreit abzulehnen.‹

So nahmen die beiden Flüsse ihren Wettkampf auf. Sie brausten jetzt noch eiliger als zuvor und gönnten sich weder Sommer noch Winter Ruhe.

Doch wie es schien, sollte die Storå ihre verwegene Herausforderung bald bereuen, denn sie stieß auf ein Hindernis, das schier unüberwindlich war. Das war ein Berg, der ihr direkt im Wege lag, und sie konnte nur durch eine enge Felsspalte daran vorbei. Sie zwängte sich zusammen und ging mit reißender Strömung vor, doch viele Jahre mußte sie scheuern und feilen, bis sie die Spalte zu einer Rinne von leidlicher Breite erweitert hatte.

Während dieser Zeit fragte sie den Wald mindestens alle halbe Jahr, wie es dem Fuluälv ergehe.

›Dem geht es sehr gut‹, antwortete der Wald. ›Der hat sich jetzt mit dem Göräly zusammengetan, der Wasser von den norwegischen Fjällen bekommt.‹

Ein andermal, als die Storå nach dem Fuluälv fragte, antwortete der Wald: ›Um den brauchst du dir keine Sorgen zu machen, der hat gerade den Horrmundsee dazubekommen.‹

Aber den Horrmundsee hätte sich die Storå am liebsten selbst angeeignet. Als sie hörte, daß er zum Fuluälv gegangen war, wurde sie so wütend, daß sie endlich aus dem Engpaß, dem Trängsletsee, ausbrach und so wild weiterstürmte, daß sie mehr Wald und Erde mit sich riß, als sie eigentlich brauchte. Es war gerade Frühling, und sie überschwemmte die ganze Gegend zwischen Hyckjeberg und Väsaberg, und bevor sie zur Ruhe kam, hatte sie jenes Gebiet geschaffen, das Älvdalen heißt.

›Was würde wohl der Fuluälv dazu sagen?‹ fragte die Storå.

Der hatte indessen Transtrand und Lima ausgegraben. Doch vor Lima hatte er lange haltgemacht und nach einem Umweg gesucht, denn er getraute sich den steilen Berg dort nicht hinunterzustürzen. Als er jedoch hörte, daß sich die Storå durch Trängslet gebrochen und Älvdalen ausgegraben hatte, konnte er nicht länger stillstehen und wollte es darauf ankommen lassen. Er stürzte sich hinunter und bildete den Wasserfall Limedsfors.

Er fiel sehr tief, kam aber wohlbehalten unten an, und dann ging es schwungvoll weiter. Er grub Malung und Järna aus, und dort gelang es ihm, die Vanå zu überreden, sich mit ihm zu vereinen, obwohl sie immerhin 100 km lang war und einen so großen See wie den Vänjan auf eigene Faust ausgegraben hatte.

Hin und wieder glaubte der Fuluälv ein merkwürdig lautes Brausen zu vernehmen. ›Das hört sich an, als ob sich die Storå gerade ins Meer stürzt‹, sagte er.

›Nein‹, sagte der Wald, ›was du hörst, das ist zwar die Storå, aber bis zum Meer ist sie noch nicht vorgedrungen. Sie hat nun den Skattungensee und den Orsasee dazubekommen und ist jetzt so stolzgeschwellt, daß sie das ganze Siljanstal ausfüllen will.‹

Das war für den Fuluälv eine gute Botschaft, denn er wußte, daß die Storå im Siljanstal, hatte sie sich erst einmal dorthin verirrt, wie in einem Gefängnis sitzen würde.

Von jetzt an strömte der Fuluälv gemächlicher. Er schritt von Järna nach Nås und von Nås nach Floda. Von Floda kam er nach Gagnef. Hier war es schon im voraus ganz eben. Die Berge hatten sich weit zurückgezogen, und der Fuluälv kam so leicht voran, daß er alle Eile ablegte und sich nun spielerisch in Bögen und Buchten wand, fast als wäre er ein kleiner Jungbach.

Wenn aber der Fuluälv die Storå vergessen hatte, so hatte die Storå den Fuluälv nicht vergessen. Tag für Tag arbeitete sie daran, das Siljanstal auszufüllen und irgendwo einen Ausweg daraus zu finden, doch es lag wie ein ungeheurer Trog vor ihr und schien niemals voll zu werden. Manchmal glaubte die Storå, sie müsse sogar den Gesundaberg unter Wasser setzen, um ihrem Gefängnis zu entkommen. Sie versuchte bei Rättvik auszubrechen, da aber stand der Lerdalsberg im Wege. Schließlich kam sie bei Leksand doch hinaus.

›Verrate dem Fuluälv nicht, daß ich draußen bin!‹ sagte die Storå zum Wald, und der Wald versprach zu schweigen.

Im Vorübergehen nahm die Storå noch den Insee mit, und dann zog sie stolz und gewaltig durch Gagnef.

In der Nähe von Mjälgen erblickte sie einen Strom, der breit und prächtig, mit hellem, schimmerndem Wasser angerauscht kam und den Wald und die Sandhügel, die ihm im Wege standen, so leicht beiseite schob, als wäre das ein Kinderspiel.

›Was ist denn das für ein prächtiger Strom?‹ fragte die Storå.

Nun aber geschah es, daß der Fuluälv genau dasselbe fragte. ›Was ist denn das für ein Strom, der so stolz und gewaltig von Norden kommt? Nie hätte ich geglaubt, daß ein Strom so kraftvoll und mächtig durchs Land ziehen könnte.‹

Da sagte der Wald so laut, daß beide Flüsse es hörten: ›Weil ihr nun gut voneinander gesprochen habt, Storå und Fuluälv, finde ich, solltet ihr euch doch vereinen und gemeinsam versuchen, euren Weg zum Meer zu bahnen.‹

Das schien den Flüssen zu gefallen. Nur in einem konnten sie nicht einig werden: keiner von ihnen wollte seinen Namen aufgeben und den des anderen annehmen.

Vielleicht hätte dies ihre Vereinigung verhindert, aber der Wald schlug vor, sie sollten sich einen neuen Namen wählen, der keinem von beiden gehörte.

Damit waren sie einverstanden, und sie bestimmten den Wald zum Namensgeber. Der entschied nun, daß die Storå ihren Namen ablegen und sich Östlicher Dalälv und der Fuluälv den seinen ablegen und sich Westlicher Dalälv nennen sollte. Wenn sie sich vereinigt hätten, sollten sie schlicht und einfach Dalälv heißen.

Und nachdem die beiden Flüsse nun eins geworden waren, stürmten sie mit einer Gewalt voran, der nichts widerstehen konnte. Sie ebneten den Boden von Stora Tuna, daß er flach wie ein Hofplatz wurde. Ohne zu zögern, stürzten sie sich die Wasserfälle von Kvarnsveden und Domnarvet hinunter. Als sie zum Runnsee kamen, sogen sie ihn auf und zwangen alle Wasserläufe der Umgebung, sich ihnen anzuschließen. Dann zogen sie ohne großen Widerstand ostwärts und breiteten sich wie Seen aus. Bei Söderfors und Älvkarleby errangen sie große Ehre, und endlich erreichten sie das Meer.

Als sie sich nun hineinstürzen wollten, dachten sie an ihren langen Wettstreit und all die Mühe, die sie durchlitten hatten.

Sie fühlten sich jetzt alt und müde, und sie wunderten sich, daß sie in ihrer Jugend soviel Lust an Kampf und Streit gehabt hatten. Und sie fragten, wozu das alles wohl gut gewesen sei.

Darauf bekamen sie keine Antwort, denn der Wald war auf dem Ufer stehengeblieben. Sie konnten auch nicht mehr in ihr Bett zurückkehren und sehen, daß auf dem Weg, den sie gebahnt hatten, die Menschen vorgedrungen waren, daß an den Seen des Östlichen Dalälvs und in den Tälern des Westlichen Dalälvs fruchtbares Ackerland entstanden war, daß die ganze Landschaft aus einsamen Wäldern und Bergen bestand – nur dort nicht, wo sie ihren erbitterten Wettstreit ausgetragen hatten.«

26

Der Löwenanteil

Die alte Grubenstadt

Freitag, den 29. April

Der Rabe Bataki, der älteste und weiseste Vogel des ganzen Landes, fühlte sich in keiner schwedischen Stadt so wohl wie in Falun. Sobald im Frühjahr der Schnee ein wenig getaut war, flog er dorthin, um mehrere Wochen in der alten Grubenstadt zu verbringen.

Falun liegt in einer Talsenke, die ein kurzes Flüßchen durchfließt. Am nördlichen Ende des Tals befindet sich ein klarer und schöner kleiner See mit grünen, vielfältig gegliederten Ufern, der Varpan heißt. Im Süden bildet der Runnsee eine große Bucht namens Tisken, mit flachem, schmutzigem Wasser und versumpften, unansehnlichen Ufern, die von allem möglichen Unrat überladen sind. Im Osten erhebt sich ein schöner Höhenzug mit stattlichem Kiefernwald und saftigen Birken, und seine

Hänge sind überall mit laubreichen Gärten bekleidet. Auch westlich der Stadt erhebt sich ein Bergrücken. Er ist hoch oben mit armseligem Nadelwald bedeckt, und seine kahlen, nackten Hänge, denen Gras und Bäume fehlen, sehen wie eine richtige Wüstenlandschaft aus.

Die Stadt Falun, die zu beiden Seiten des Flusses in der Talsenke liegt, scheint sich dem Boden angepaßt zu haben, auf dem sie errichtet ist. Sämtliche schmucken und stattlichen Gebäude stehen auf der grünen Seite des Tals: die beiden Kirchen, das Rathaus, die Wohnung des Bezirkspräsidenten, die Bergbauverwaltung, die Banken, die Hotels, die vielen Schulgebäude, das Krankenhaus, alle schönen Villen und Wohnhäuser. Auf der schwarzen Seite dagegen sieht man straßauf, straßab einstöckige, rotgestrichene Häuschen, lange, triste Bretterzäune und große, plumpe Fabrikgebäude. Und hinter den Straßen, mitten in der großen Steinwüste, liegt die Falu-Grube mit Fahrkünsten und Aufzügen und Pumpenwerken, mit altertümlichen Gebäuden, die auf dem unterhöhlten Boden schief geworden sind, mit hohen schwarzen Schlackenbergen und langen Reihen von Röstöfen.

Was Bataki betrifft, so pflegte er den östlichen Stadtteil und den schönen Varpansee niemals eines Blickes zu würdigen. Um so besser gefiel ihm die westliche Seite mit dem kleinen Tiskensee.

Der Rabe liebte alles, was geheimnisvoll war, was zum Grübeln und Überlegen anregte und die Gedanken in Bewegung setzte, und davon fand er auf der schwarzen Seite der Stadt eine Menge. So hatte er mit viel Freude zu ergründen versucht, warum die alte rote Holzstadt nicht wie alle anderen roten Holzstädte des Landes abgebrannt war. Er hatte auch darüber nachgedacht, wie lange die schiefen Häuser am Rand der Grube wohl noch stehen könnten. Er hatte sich Gedanken gemacht über den großen Tagesschacht mit Namen Stöten, jene ungeheure Öffnung in der Erde mitten im Grubenfeld, und war hinunter bis auf den Grund geflogen, um zu untersuchen, wie dieser riesige Hohlraum entstanden war. Er hatte die hohen Schlackenhaufen bestaunt, die rund um den Tagesschacht und die Grubengebäude aufgehäuft lagen und sie wie Mauern umschlossen. Er hatte sich zu erklären versucht, was die kleine Signalglocke bedeutete, die das ganze Jahr in regelmäßigen Abständen ein kurzes, unheimliches Geläut anschlug. Vor allem hatte er sich mit der Frage beschäftigt, wie es wohl unter der Erde aussehen mochte, wo seit vielen hundert Jahren Kupfererz abgebaut wurde und der Boden mit Gängen durchzogen war wie ein Ameisenhaufen. Als es Bataki endlich gelungen war, dies alles einigermaßen aufzuklären, schwebte er in die unheimliche Steinwüste, um darüber nachzudenken, weshalb kein Gras zwischen den Steinblöcken wuchs, oder er flog zum Tisken. Der war für ihn der herrlichste See, den er je gesehen hatte. Wie war es möglich, daß nicht ein Fisch darin schwamm und daß sein Wasser manchmal, wenn es vom Sturm aufgewühlt wurde, vollkommen rot war? Das war um so merkwürdiger, als ein großer Grubenbach mit schimmerndem, hellgelbem Wasser in den See mündete. Bataki bestaunte die Trümmer zerstörter Gebäude, die am Ufer standen, und das kleine Anwesen Tisksågen, das mit seiner Sägemühle zwischen der öden Steinwüste und dem seltsamen See lag und doch von grünen Gärten umgeben und von Bäumen überschattet war.

In jenem Jahr, als Nils Holgersson mit den Wildgänsen durchs Land reiste, stand am Ufer des Tisken noch ein altes Haus, das man die Schwefelküche nannte, denn jedes zweite Jahr stellte man darin ein paar Monate lang Schwefel her. Es hatte keine Fenster, sondern nur eine

Reihe von Öffnungen mit schwarzen Luken und war fast immer sorgfältig verschlossen.

Eines Tages geriet Bataki in eine üble Lage. Ein heftiger Wind hatte eine Luke der alten Schwefelküche aufgerissen, und der Rabe hatte die Gelegenheit genutzt und war hineingeflogen, um sich das Gebäude von innen anzusehen. Kaum aber war er darin, da schlug die Luke hinter ihm zu, und Bataki war eingesperrt. Er wartete darauf, daß der Wind die Luke wieder aufreißen würde, doch der schien gar nicht daran zu denken.

Bataki begann um Hilfe zu rufen, und er schrie den ganzen Tag. Bald war es weit und breit bekannt, daß er in Gefangenschaft geraten war. Sämtliche Dohlen und Tauben und Krähen der Stadt Falun flogen sogleich zur alten Schwefelküche, um dem Raben ihr Mitleid zu bekunden.

Bataki rief ihnen mit seiner scharfen, krächzenden Stimme zu: »Seid still, ihr da draußen, und hört mich an! Einer von euch muß sich aufmachen und die alte Wildgans Akka von Kebnekajse mit ihrer Schar suchen! Ich glaube, sie müßte zu dieser Jahreszeit in Dalarna zu finden sein. Sie ist die einzige, die mir helfen kann.«

Die Botentaube Agar flog aus und sah sich nach der Schar der Wildgänse um. Als die Dämmerung hereinbrach, kehrte sie mit Akka zurück und ließ sich mit ihr vor der Schwefelküche nieder. Akka trug den Däumling auf ihrem Rücken, hatte die anderen Reisekameraden jedoch auf einer kleinen Insel im Runnsee zurückgelassen.

Nachdem sich Akka ein Weilchen mit Bataki beraten hatte, trug sie den Däumling zu einem Hof ganz in der Nähe der Schwefelküche. Sie schwebte mit dem Jungen langsam über Garten und Birkenwäldchen des kleinen Anwesens, und dabei starrten beide auf den Boden. Es war zu sehen, daß hier Kinder im Freien spielten, und so dauerte es nicht lange, da hatten sie entdeckt, was sie brauchten. In einem munteren Schmelzwasserbächlein klapperten mehrere kleine Hammerwerke, und in ihrer Nähe fand der Junge ein Stemmeisen und ein Knäuel Bindfaden.

Mit diesen Dingen kehrten sie zur Schwefelküche zurück. Der Junge knüpfte den Bindfaden am Schornstein fest, ließ ihn durch die Öffnung fallen und rutschte daran hinunter. Nachdem er Bataki begrüßt hatte, der ihm mit vielen schönen Worten für sein Kommen dankte, begann er mit dem Stemmeisen ein Loch in die Wand zu schlagen.

Die Wände der Schwefelküche waren nicht dick, doch der Junge schlug immer nur winzige Brocken heraus. Um eine Öffnung zu schaffen, die für den Raben zum Hinausschlüpfen reichte, mußte er wohl die ganze Nacht und vielleicht noch länger arbeiten.

Bataki sehnte sich so sehr nach der Freiheit, daß er nicht schlafen konnte und sich statt dessen neben den Jungen stellte. Anfangs war der sehr fleißig, doch nach einer Weile merkte der Rabe, daß die Schläge immer langsamer wurden und schließlich ganz aufhörten.

»Vielleicht fällt dir die Arbeit leichter, wenn ich dir eine Geschichte erzähle?« fragte der Rabe.

»Ja, das könnte schon möglich sein«, sagte der Junge. Doch dabei gähnte er und war so müde, daß er sein Werkzeug kaum halten konnte.

Die Sage von der Falu-Grube

»Vor langer, langer Zeit«, erzählte Bataki, »wohnte in Dalarna ein Riese, der zwei Töchter hatte. Als er alt geworden war und den Tod nahen fühlte, rief er sie zu sich, um seinen Besitz zwischen ihnen aufzuteilen.

Sein größter Reichtum bestand in ein paar Bergen, die voller Kupfer waren, und die wollte er seinen Töchtern schenken.

›Doch bevor ich euch das Erbe überlasse‹, sagte er, ›müßt ihr mir versprechen, daß ihr jeden Fremdling, der eure Kupferberge zufällig entdeckt, totschlagt, bevor er seinen Fund jemand anderem zeigen kann.‹

Die ältere der Riesentöchter war wild und grausam. Ohne zu zögern, versprach sie, den Willen des Vaters zu erfüllen. Die zweite hatte ein sanfteres Gemüt. Als der Vater sah, daß sie ihm das Versprechen erst nach einigem Nachdenken gab, überließ er ihr nur ein Drittel des Erbes, während die Ältere doppelt soviel erhielt. ›Ich weiß, daß ich mich auf dich wie auf einen Mann verlassen kann‹, sagte der Riese, ›und deshalb sollst du den Löwenanteil bekommen.‹

Kurz darauf starb der alte Riese, und lange Zeit waren die Schwestern in gleicher Weise bemüht, ihr Versprechen zu halten. Mehr als einem armen Holzfäller oder Jäger geschah es, daß er das Kupfererz entdeckte, das an mehreren Stellen an der Oberfläche des Berges lag. Doch kaum war er nach Hause zurückgekehrt und hatte von seinem Fund erzählt, da wurde er von einem Unglück getroffen und verlor sein Leben. Nie hatte er Gelegenheit, einem anderen zu zeigen, wo in der Wildnis der Schatz zu finden war.

Zu dieser Zeit war es überall im Lande Brauch, daß die Bauern im Sommer ihr Vieh tief in den Wald zum Weiden trieben. Die Hirten zogen mit, kümmerten sich um die Milch und bereiteten Käse und Butter. Damit Menschen und Tiere in der Wildnis einen Zufluchtsort hätten, rodeten die Bauern einen kleinen Flecken im

Wald und errichteten darauf ein paar Holzhäuschen, die sie Sennhütten nannten.

Nun begab es sich, daß ein Bauer, der in der Gemeinde Torsång in der Nähe des Dalälvs wohnte, seine Sennhütten an den Ufern des Runnsees errichtete, wo der Boden so steinig war, daß niemand versucht hatte, ihn zu bebauen. In einem Herbst zog der Bauer mit ein paar Lasttieren dorthin, um der Sennerin zu helfen, Vieh, Butterfässer und Käse nach Hause zu schaffen. Als er nun die Tiere zählte, bemerkte er zufällig, daß ein Ziegenbock ganz rote Hörner hatte.

›Was ist denn mit Kåres Hörnern passiert?‹ fragte der Bauer die Sennerin.

›Ich weiß nicht‹, antwortete sie. ›Er ist diesen Sommer jeden Abend mit roten Hörnern nach Hause gekommen. Wahrscheinlich findet er das schön.‹

›So, meinst du‹, sagte der Bauer.

›Der ist starrsinnig, denn wenn ich ihm die rote Farbe abreibe, kommt er gleich wieder mit roten Hörnern an.‹

›Dann reib ihm die Farbe noch einmal ab‹, sagte der Bauer, ›damit ich sehe, wie er das anstellt!‹

Als die Hörner des Bocks nun blank waren, lief er sogleich in den Wald. Der Bauer folgte ihm, und als er ihn einholte, stand er da und scheuerte seine Hörner an ein paar roten Steinen. Der Bauer hob die Steine auf und prüfte sie mit Zunge und Nase. Da ahnte er, daß er eine Art von Erz gefunden hatte.

Während er noch darüber nachdachte, kam vom Hang über ihm ein Steinblock gerollt. Der Bauer sprang zur Seite und konnte sich retten, doch der Bock Kåre wurde vom Stein getroffen und erschlagen. Als der Bauer aufsah, erblickte er hoch oben eine große, starke Riesenfrau, die gerade einen zweiten Felsblock zu ihm hinunterrollen wollte. ›Was machst du denn da?‹ rief der Bauer. ›Ich habe weder dir noch einem von den Deinen etwas Böses getan.‹

›Nein, das hast du nicht‹, sagte die Riesin. ›Aber ich muß dich totschlagen, weil du meinen Kupferberg entdeckt hast.‹ Das sagte sie mit so trauriger Stimme, als hätte sie gar keine Lust dazu. Da schöpfte der Bauer Mut und verwickelte sie in ein Gespräch. Sie erzählte ihm nun von dem alten Riesen, von dem Gelübde, das sie getan, und von ihrer Schwester, die den Löwenanteil bekommen hatte. ›Es ist mir so leid, daß ich all die armen, unschuldigen Leute totschlagen muß, die meinen Kupferberg entdecken‹, sagte sie, ›daß ich wünschte, ich hätte mein Erbe nie angetreten. Aber was ich versprochen habe, das muß ich halten.‹ Damit machte sie sich von neuem an dem Felsblock zu schaffen.

›Mal nicht so eilig!‹ sagte der Bauer. ›Du brauchst mich doch wegen dieses Versprechens nicht totzuschlagen. Nicht ich, sondern der Bock hat das Kupfer entdeckt, und den hast du schon getötet.‹

›Meinst du, daß ich damit genug getan hätte?‹ sagte die Riesentochter und wurde unschlüssig.

›Ja, das meine ich bestimmt‹, sagte der Bauer. ›Du hast dein Versprechen so genau erfüllt, wie man nur verlangen kann.‹ Und er redete ihr vernünftig zu, bis sie ihm das Leben schenkte.

Nun brachte der Bauer erst einmal die Tiere nach Hause. Dann wanderte er nach Süden in die Bergbaureviere und dingte sich Knechte, die etwas vom Bergbau verstanden. Sie halfen ihm, an jener Stelle, wo der Stein den Bock erschlagen hatte, eine Grube anzulegen.

Die Erzader, die der Bauer entdeckt hatte, verlief an der Oberfläche des Berges, und der Abbau war also weder schwierig noch mühsam. Mit seinen Knechten holte er Holz aus dem Wald, schichtete es auf dem Erzberg zu großen Haufen und zündete sie an. Das Gestein barst in der Hitze, und nun kamen sie an das Erz heran. Dann ließen sie die Erzbrocken durch ein Feuer nach dem anderen wandern, bis sie das reine Kupfer von der Schlacke getrennt hatten.

In früheren Zeiten benötigten die Leute zum täglichen Gebrauch viel mehr Kupfer als heutzutage. Es war eine begehrte, nützliche Ware, und der Bauer, der die Grube besaß, wurde bald sehr reich. Er baute sich in der Nähe der Grube einen großen, prächtigen Hof und nannte ihn nach dem Ziegenbock Kåre-Erbe. Das Pferd, auf dem er zum Gottesdienst nach Torsång ritt, war mit Silber beschlagen, und als seine Tochter Hochzeit feiern wollte, ließ er Bier von zwanzig Tonnen Malz brauen und zehn große Ochsen am Spieß braten.

Zu jener Zeit reisten die Leute nicht viel und blieben zumeist in ihrer Gegend, deshalb verbreiteten sich Neuigkeiten langsamer als heute. Doch das Gerücht, daß eine große Kupfergrube gefunden sei, erreichte trotzdem viele Menschen, und wer nichts Besseres zu tun hatte, der machte sich auf nach Dalarna. Auf dem Hof Kåre-Erbe wurden alle armen Wanderer freundlich empfangen. Der Bauer nahm sie in seinen Dienst, zahlte ihnen einen guten Lohn und ließ sie Erz abbauen. Davon gab es genug und übergenug, und je mehr Leute der Bauer einstellen konnte, um so reicher wurde er.

Eines Abends kamen vier kräftige Männer mit der Bergmannshaue auf der Schulter nach Kåre-Erbe gewandert. Der Bauer lud sie zum Essen an seinen Tisch, doch als er sie fragte, ob sie bei ihm arbeiten wollten, lehnten sie das rundweg ab. ›Wir wollen für uns selbst Erz abbauen‹, sagten sie.

›Es ist wohl immer noch so, daß dieser Erzberg mir gehört‹, sagte der Bauer.

›Wir wollen auch nicht in deiner Grube brechen‹, antworteten die Fremden. ›Der Berg ist groß, und was frei und ungeschützt in der Wildnis liegt, darauf haben wir wohl dasselbe Recht wie du.‹

Mehr wurde über diese Sache nicht gesprochen, und der Bauer erwies den Ankömmlingen weiterhin seine Gastfreundschaft. Am nächsten Tag zogen sie frühmorgens aus, fanden auch Kupfererz und begannen es abzubauen. Nach einigen Tagen suchte der Bauer sie auf. ›Es gibt reichlich Erz in diesem Berg‹, sagte er.

›Ja, da müssen noch viele Leute arbeiten, bis dieser Schatz gehoben ist‹, sagte einer der Fremden.

›Das weiß ich wohl‹, sagte der Bauer, ›aber ich finde trotzdem, daß ihr mir für das Erz, das ihr brecht, Steuern zahlen solltet, denn schließlich ist es mein Verdienst, daß man hier Bergbau betreiben kann.‹

›Wir verstehen nicht recht, was du meinst‹, sagten die Männer.

›Ja, ich habe den Berg durch meine Klugheit befreit‹, sagte der Bauer und erzählte ihnen nun von den beiden Riesentöchtern und vom Löwenanteil.

Die Männer hörten sehr aufmerksam zu, doch schien sie an der Erzählung etwas anderes zu interessieren, als der Bauer erwartet hatte. ›Ist es denn sicher, daß die andere Riesenfrau gefährlicher ist als jene, die du getroffen hast?‹ fragten sie.

›Ich glaube nicht, daß sie viel Erbarmen mit euch haben würde‹, antwortete der Bauer.

Dann verließ er sie, behielt sie jedoch im Auge, und nach einer Weile sah er, daß sie die Arbeit einstellten und in den Wald zogen.

Als die Leute auf Kåre-Erbe an diesem Tag beim Abendbrot saßen, hörten sie fern aus dem Wald ein entsetzliches Wolfsgeheul und dazwischen menschliche

Schreie. Der Bauer erhob sich sofort, doch die Knechte schienen dazu keine Lust zu haben. ›Es geschieht diesem Diebsgesindel nur recht, daß sie von Wölfen zerrissen werden‹, sagten sie.

›Wenn jemand in Not ist, dann muß man ihm beistehen‹, entgegnete der Bauer und brach mit allen seinen fünfzig Knechten auf.

Bald entdeckten sie ein ungeheuer großes Rudel von Wölfen, die durcheinandertummelten und sich um eine Beute stritten und balgten. Als die Knechte sie vertrieben hatten, fanden sie auf dem Boden vier menschliche Körper, die so übel zugerichtet waren, daß sie unkenntlich gewesen wären, hätten daneben nicht vier Bergmannshauen gelegen.

Nach diesem Ereignis machte niemand mehr dem Bauern den Besitz des Kupferbergs streitig, und als er starb, übernahmen seine Söhne den Berg. Sie arbeiteten in der Grube gemeinsam, teilten aber das Erz, das sie innerhalb eines Jahres gefördert hatten, in einzelne Haufen, losten darum, und dann schmolz jeder in seinem eigenen Ofen Kupfer. Sie wurden alle wohlhabende Bergleute und bauten sich große, ansehnliche Höfe. Und ihre Erben setzten die Arbeit fort, eröffneten neue Grubenschächte und bauten noch mehr Erz ab. Das Unternehmen gewann mit jedem Jahr an Bedeutung, und immer mehr Bergleute waren daran beteiligt. Einige wohnten in unmittelbarer Nähe der Grube, andere hatten ihre Höfe und Hütten in der Umgebung. Eine riesige Siedlung wuchs heran, und man nannte sie das Bergbaurevier Stora Kopparberget – Großer Kupferberg.

Doch allmählich war zu merken, daß jenes Erz, das dicht an der Oberfläche lag und sich von oben wie Steine in einem Steinbruch brechen ließ, zur Neige ging. Die Bergarbeiter waren gezwungen, das Erz unter Tage zu suchen. Sie mußten sich durch enge Schächte und lange, gewundene Gänge in das dunkle Innere der Erde hineinarbeiten, um ihre Minen zu legen und das Gestein zu sprengen. Bergbau ist stets eine schwere, mühsame Arbeit, und hinzu kamen der quälende Rauch und die Schwierigkeit, das Erz auf steilen Leitern zur Erdoberfläche zu transportieren. Je weiter die Bergleute in die Tiefe drangen, um so gefährlicher wurde der Abbau. Manchmal stürzten aus einem Winkel der Grube reißende Wasserströme, und manchmal fielen die Gänge über den Bergleuten ein. Wegen all dieser Gefahren war die Arbeit in der großen Grube so gefürchtet, daß sich niemand mehr freiwillig dafür hergeben wollte. Da bot man Männern, die zum Tode verurteilt waren oder als Geächtete in den Wäldern umherstreiften, Begnadigung für ihre Verbrechen an, wenn sie als Bergarbeiter nach Falun gingen.

Um die Arbeit in der Grube zu erleichtern, ließen die Bergwerksbesitzer Ausländer kommen, die sich im Bergbau auskannten. Diese ausländischen Meister lehrten sie, Fahrkünste und Pumpenwerke zu bauen, die das Wasser wegpumpten und das Erz nach oben brachten. Die Fremden schenkten der Sage von den Riesentöchtern wenig Glauben. Sie hielten es aber für möglich, daß irgendwo in der Nähe eine mächtige Erzader zu finden sei, und machten sich mit großem Eifer an die Suche. Eines Abends betrat ein deutscher Obersteiger das Wirtshaus in der Nähe der Grube und berichtete, er habe den Löwenanteil entdeckt. Doch der Gedanke an den großen Reichtum, den er nun gewinnen sollte, machte ihn vollkommen kopflos und verwirrt. Er lud in derselben Nacht zu einem Gastmahl ein, trank und tanzte und würfelte, und schließlich kam es zu Streit und Schlägerei, und er wurde von einem der Zechbrüder erstochen.

Noch immer brach man in Stora Kopparberget so viel Erz, daß die Grube als eine der reichsten galt, die es jemals in einem Land gab. Sie verhalf nicht nur der nächsten Umgebung zu Reichtum, sondern war mit ihren Schätzen in Zeiten der Not für ganz Schweden eine große Hilfe. Ihretwegen entstand die Stadt Falun, und die Grube wurde für so wichtig und nützlich angesehen, daß die Könige sie zu besuchen pflegten und sie Schwedens Glück und die Schatzkammer des Sveareichs nannten.

Da hatte man nun so viel Reichtum aus der alten Grube geholt, und die Leute hofften noch auf einen doppelt so großen Kupferberg in der Nähe und ärgerten sich natürlich, daß sie ihn nicht erreichen konnten. Manch einer setzte bei der Suche sein Leben aufs Spiel, ohne etwas dabei zu gewinnen.

Einer der letzten, der den Löwenanteil gesehen hat, war ein junger Bergmann aus Falun, der aus guter, wohlhabender Familie stammte und in der Stadt Hof und Schmelzofen besaß. Er wollte eine schöne Bauerntochter aus Leksand heiraten, wanderte zu ihr und freite um sie. Sie aber lehnte ab, denn sie wollte nicht nach Falun ziehen, wo der Rauch aus Röstöfen und Hütten so schwer und drückend war, daß sie schon bei dem Gedanken daran Angst verspürte.

Der Bergmann hatte sie sehr lieb, und als er heimkehrte, war er tieftraurig. Sein ganzes Leben hatte er in Falun zugebracht, und nie hatte er daran gedacht, daß es einem anderen Menschen schwerfallen könnte, dort zu wohnen. Doch als er sich jetzt der Stadt näherte, packte ihn das Entsetzen. Aus der großen Grubenöffnung, aus den Hunderten von Röstöfen ringsum stieg ein dicker, stechender Schwefelrauch und hüllte die ganze Stadt in Dunst. Der Rauch ließ die Pflanzen verkümmern und machte den Boden im weiten Umkreis nackt und bloß. Überall, nicht nur in der Stadt und ihrer näheren Umgebung, sah er Schmelzöfen mit loderndem Feuer und schwarzen Schlackenhaufen. Sie standen bei Grycksbo, Bengtsarvet, Bergsgården, Stennäset, Korsnäs, in Vika und sogar bis Aspeboda. Da wurde ihm klar, daß jemand, der immer in Licht und Grün am schimmernden Siljansee gewohnt hatte, sich hier unten nicht wohl fühlen konnte.

Er war so verstört, daß er nicht sofort heimkehren wollte, sondern vom Wege abwich und in den Wald wanderte. Dort streifte er den ganzen Tag gedankenlos herum.

Als es nun Abend wurde, erblickte er eine Felswand, die golden glänzte. Bei genauerem Hinsehen merkte er, daß es eine mächtige Ader von Kupfererz war. Zuerst freute er sich über diesen Fund, dann aber fiel ihm ein, daß es der Löwenanteil sein müsse, der so viele ins Verderben gestürzt hatte. Da erschrak er und dachte: ›Heute bin ich vom Unglück verfolgt, das muß ich schon sagen. Vielleicht muß ich nun mein Leben lassen, weil ich diesen Reichtum entdeckt habe.‹

Er wandte sich sofort ab und machte sich auf den Heimweg. Nach einer Weile begegnete ihm eine große, kräftige Frau. Sie glich einer ehrwürdigen Bergmannsmutter, doch konnte er sich nicht entsinnen, sie jemals gesehen zu haben.

›Ich möchte wissen, was du im Wald gesucht hast‹, sagte die Frau.

›Ich habe mich nach einem Bauplatz umgesehen‹, sagte der Bergmann, ›denn das Mädchen, das mir gefällt, will nicht in Falun wohnen.‹

›Beabsichtigst du nicht, Erz aus dem Kupferberg zu brechen, den du vor einer Weile gesehen hast?‹ fragte sie weiter.

›Nein, wenn ich mein Mädchen bekommen will, dann muß ich mit dem Bergbau aufhören.‹

›Ja, halte nur dein Wort‹, sagte die Frau, ›dann soll dir nichts Böses geschehen!‹

Im gleichen Augenblick verschwand sie. Er aber setzte schleunigst in die Tat um, was er in der Not gesagt hatte. Er hörte mit dem Kupferbergbau auf und baute sich, weit von Falun entfernt, einen Hof. Und nun hatte das Mädchen, das ihm gefiel, nichts mehr dagegen, zu ihm zu ziehen.«

Damit schloß der Rabe seine Erzählung. Der Junge hatte sich wirklich die ganze Zeit wach gehalten, jedoch das Stemmeisen nicht besonders schnell geführt.

»Na, und wie ist es danach gegangen?« fragte er, als der Rabe verstummt war.

»Ja, danach ist es mit der Kupferherstellung zurückgegangen. Die Stadt Falun, die gibt es noch. Aber all die alten Schmelzöfen sind verschwunden. Und die Bewohner der alten Bergmannshöfe, von denen die Gegend übersät ist, müssen sich jetzt mit Landwirtschaft und Forstwirtschaft befassen. Der Erzvorrat der Falu-Grube ist bald erschöpft. Dringender denn je wäre es nötig, den Löwenanteil zu entdecken.«

»Ist dieser Bergmann denn der letzte gewesen, der ihn gesehen hat?« fragte der Junge.

»Wenn du mit dem Loch in der Wand fertig bist und mich hinausgelassen hast, will ich dir sagen, wer der letzte war«, entgegnete Bataki.

Der Junge fuhr zusammen und arbeitete nun ein bißchen rascher. Ihm schien, als hätte Bataki dies in einem merkwürdig bedeutungsvollen Ton gesagt. Es hatte fast geklungen, als wollte er dem Jungen damit zu verstehen geben, daß er, der Rabe, die große Erzader gesehen habe.

»Du hast sicher so manches gefunden, wenn du über

Wälder und Berge geschwebt bist«, sagte der Junge, um der Sache näherzukommen.

»Ich könnte dir schon eine Menge Merkwürdiges zeigen, wenn du nur erst mit deiner Arbeit fertig bist«, sagte der Rabe.

Der Junge schlug mit einem solchen Eifer los, daß die Splitter nur so flogen, denn jetzt war er fest davon überzeugt, daß der Rabe den Löwenanteil gefunden hatte.

Er arbeitete, daß das Stemmeisen glühend heiß wurde. Der Rabe konnte ja selbst kein Erz abbauen, und deshalb hatte er gewiß vor, seinen Fund Nils Holgersson zu schenken.

»Ich muß schon zugeben, daß du nun wirklich flott gearbeitet hast«, sagte der Rabe. »Ich glaube, jetzt ist das Loch groß genug.«

Tatsächlich gelang es ihm, sich hinauszuzwängen. Als der Junge dann hinterherkroch, sah er ihn ein paar Schritte entfernt auf einem Stein sitzen.

»Jetzt will ich mein Versprechen erfüllen, Däumling«, begann Bataki ganz feierlich, »und will dir sagen, daß ich den Löwenanteil gesehen habe. Aber ich rate dir, nicht danach zu suchen, denn ich habe ihn erst nach jahrelanger Arbeit entdeckt.«

»Ich dachte, du wolltest mir verraten, wo er zu finden ist – als Belohnung dafür, daß ich dich aus der Gefangenschaft befreit habe«, sagte der Junge.

»Du mußt sehr müde gewesen sein, als ich die Geschichte vom Löwenanteil erzählt habe«, entgegnete Bataki, »sonst hättest du so etwas nicht erwartet. Ist dir denn nicht aufgefallen, daß alle, die anderen den Löwenanteil zeigen wollten, ins Unglück geraten sind? Nein, du! Bataki hat so lange auf Erden gelebt, daß er gelernt hat, seinen Schnabel zu halten.«

Damit hob er die Flügel und flog davon.

27
Die Walpurgisnacht

Samstag, den 30. April

Es gibt einen Abend im Jahr, den alle Kinder in Dalarna genauso herbeisehnen wie den Weihnachtsabend, und das ist der Abend vor der Walpurgisnacht. Da dürfen sie im Freien Feuer anzünden.

Schon mehrere Wochen vorher haben Jungen und Mädchen nichts anderes im Kopf, als Brennholz für die Walpurgisfeuer zu sammeln. Sie lesen im Wald trockene Zweige und Zapfen auf, sie holen sich beim Tischler Hobelspäne und beim Holzfäller Splitter und Rinde und knorrige Kloben. Jeden Tag gehen sie zum Kaufmann und betteln um alte Kisten. Ist es einem gelungen, eine leere Teertonne aufzutreiben, dann versteckt er sie als seinen besten Schatz und rückt sie erst im letzten Augenblick heraus, kurz bevor die Feuer angesteckt werden. Die schmalen Gerten, die man als Stützen für Erbsen und Bohnen benutzt, sind in großer Gefahr und ebenso sämtliche alten, umgekippten Zäune, zerbrochenen Geräte und Heureiter, die auf dem Feld vergessen wurden.

Wenn dann der merkwürdige Abend anbricht, haben die Kinder in jedem Dorf große Haufen aus Zweigen und Reisig geschichtet, auf einem Hügel oder am Ufer eines Sees. In einigen Dörfern bringen sie nicht nur einen, sondern zwei, drei große Reisighaufen zustande.

Zumeist sind die Scheiterhaufen schon am frühen Nachmittag fertig, und dann laufen alle Kinder mit Streichholzschachteln in der Tasche herum und warten auf den Einbruch der Dunkelheit.

Zu dieser Jahreszeit ist es in Dalarna sehr lange hell,

erst abends um acht wird es ein wenig dämmrig. Wenn man draußen wartet, ist es kalt und ungemütlich, denn der Frühling ist noch am Anfang.

Endlich kommt der rechte Augenblick. Jeder, der ein Zweiglein, und sei es noch so klein gewesen, zum Reisighaufen getragen hat, ist jetzt dabei. Der älteste Junge zündet einen Strohwisch an und steckt ihn unter den Haufen. Sofort machen sich die Flammen an die Arbeit, das Reisig zischt und knistert, die dünnsten Zweige färben sich glutrot, Rauch quillt hervor, schwarz und bedrohlich. Schließlich lodert die Flamme vom Gipfel des Reisighaufens auf, hoch und klar, steigt gleich mehrere Meter in die Höhe und ist in der ganzen Gegend zu sehen.

Wenn die Kinder eines Dorfes ihr Feuer erst einmal entfacht haben, lassen sie sich Zeit und schauen sich um. Ja, da brennt ein Feuer, und dort brennt ein zweites, und jetzt wird eins auf dem Hügel und eins auf dem höchsten Gipfel des Berges angezündet! Alle hoffen, daß ihr Feuer das größte und hellste sei, und sie eilen im letzten Augenblick nach Hause, um noch ein paar Bretterstückchen und ein paar Holzscheite herbeizuholen.

Hat der Scheiterhaufen dann eine Weile gebrannt, dann kommen die Erwachsenen und Alten, um ihn zu betrachten. Aber das Feuer leuchtet nicht nur prächtig, es verbreitet auch eine gute, wohltuende Wärme, und das verlockt die Leute, sich rundherum auf Steinen und Grashöckern niederzulassen. Da sitzen sie dann und starren in die Flammen, bis einer von ihnen auf den Gedanken kommt, ein Schlückchen Kaffee zu kochen, wo doch so ein schönes Feuer brennt. Während der Kaffeetopf summt, kann es geschehen, daß jemand mit einer Geschichte beginnt, und wenn der erste verstummt, erzählt gleich der zweite weiter.

Für die Erwachsenen sind der Kaffee und die Geschichten die Hauptsache. Für die Kinder ist wichtig, daß das Feuer hoch und lange brennt. Der Frühling hat sich mit Eisgang und Schneeschmelze so furchtbar viel Zeit gelassen, daß es schon gut wäre, wenn sie ihm mit ihren Feuern ein bißchen helfen könnten. Sonst schafft er es wirklich nicht, mit dem Knospen und Ausschlagen der Blätter pünktlich fertig zu werden.

Die Wildgänse hatten sich zum Schlafen auf das Eis des Siljansees gestellt. Von Norden wehte ein unheimlich kalter Wind, und der Junge mußte sich unter den Flügel des weißen Gänserichs verkriechen. Doch er hatte noch nicht lange dort gelegen, da wurde er durch einen Flintenschuß geweckt.

Draußen auf dem Eis, wo die Wildgänse standen, war es vollkommen still. Obwohl er nach allen Seiten spähte, konnte er keinen Jäger entdecken. Als er jedoch zum Ufer sah, erblickte er etwas so Merkwürdiges, daß er es für eine Art Geistererscheinung hielt, so etwas Ähnliches wie Vineta oder den Spukgarten von Stora Djulö.

Die Wildgänse waren am Nachmittag mehrmals über dem großen See gekreist, bevor sie sich für einen Ruheplatz entschieden. Dabei hatten sie dem Jungen an den Ufern die großen Kirchen und Dörfer gezeigt. Er hatte Leksand, Rättvik, Mora und die Insel Sollerö gesehen. Die Dörfer in der Nähe der Kirchen waren so groß wie kleine Städte, und er hatte sich darüber gewundert, daß diese Gegend im Norden so dicht besiedelt war. Alles war ihm heller und freundlicher erschienen, als er erwartet hatte.

Doch jetzt in dunkler Nacht flammte an denselben Ufern ein riesiger Kranz von hohen Feuern. Er sah sie in Mora, am nördlichen Ausgang des Sees, am Ufer von

Sollerö, in Vikarbyn, auf den Höhen über dem Dorf Sjurberg, bei der Kirche von Rättvik, auf dem Lerdalsberg und weiter auf Landzungen und Hügeln bis hin nach Leksand brennen. Er konnte mehr als hundert Feuer zählen.

Der Junge starrte die Feuer an, die das Ufer wie eine lange Reihe von goldenen Schmuckstücken zierten. Dann eilte er in Richtung Land. Hier mußte er dabeisein!

Mitten in der Bucht von Rättvik gibt es eine ungeheuer lange Dampferanlegestelle, und an ihrem äußersten Ende stand eine Schar von Sängern und sandte in tiefer Nacht ihre Lieder über den See. Sie schienen zu glauben, daß der Frühling ebenso wie die Wildgänse auf dem Eis des Siljan schlafe, und wollten ihn nun wecken.

Sie begannen mit dem Lied »Ich weiß ein Land im hohen Norden«, dann folgte »Im Sommer, dem schönen, wenn die Erde sich freut, bei Dala zwei mächtige Ströme«, danach »Der Marsch geht nach Tuna«, »Mannesmut und kühne Männer« und zuletzt »In Dalarna wohnte, in Dalarna wohnt« – alles Lieder über Dalarna.

Solange der Gesang ertönte, stand Nils Holgersson reglos da und hörte zu, doch als es still wurde, schlich er sich ganz vorsichtig an eins der Feuer, das auf der Uferböschung brannte.

Der Junge merkte bald, daß die Leute am Feuer von alten Zeiten sprachen. Sie erzählten, wie es ihnen in ihren jungen Jahren ergangen war, als sie weit weg in andere Landschaften wandern und Arbeit suchen mußten, um ihrer Familie das Brot zu sichern. Er hörte mehrere Berichte, doch am deutlichsten erinnerte er sich später an die Erlebnisse einer alten Frau.

Was Moor-Kersti erzählte

»Meine Eltern hatten einen kleinen Hof in Östbjörka, aber wir waren viele Kinder, und die Zeiten waren schwer, und als ich sechzehn Jahre alt war, mußte ich von zu Hause fort. Wir waren so an die zwanzig junge Leute, die aus Rättvik aufbrachen. Im Jahre 1845, am 14. April, machte ich mich zum ersten Mal auf den Weg nach Stockholm. Als Mundvorrat hatte ich ein paar Stücke Brot, eine Kalbsbrust und ein Stückchen Käse. Vierundzwanzig Schillinge, das war die ganze Reisekasse. Die anderen Lebensmittel von zu Hause hatte ich in den Reisesack gepackt und zusammen mit einer Garnitur Arbeitskleider auf einem Bauernwagen vorausgeschickt.

So zogen wir nun alle zwanzig nach Falun. Wir wanderten jeden Tag dreißig, vierzig Kilometer, und bis Stockholm brauchten wir sieben Tage. Das war etwas anderes als heute, wo sich die Mädchen in den Zug setzen dürfen und unglaublich bequem in acht, neun Stunden dorthin fahren.

Als wir in Stockholm ankamen, riefen sich die Leute zu: ›Guckt mal, da kommt das Regiment aus Dalarna!‹ Wenn wir mit unseren hochhackigen Schuhen, in die der Schuhmacher nicht weniger als fünfzehn große Nägel geschlagen hatte, durch die Straßen zogen, klang es auch, als marschierte da ein ganzes Regiment. Mehrere von uns sind auch gestolpert und hingefallen, denn wir waren die runden Pflastersteine nicht gewöhnt.

Wir kehrten in der Herberge der Leute aus Dalarna ein, ›Zum weißen Roß‹ genannt, die im Stadtteil Södermalm in der Stora Badstugatan lag. Die Leute aus Mora wohnten in derselben Straße und zwar im Wirtshaus ›Zur großen Krone‹. Jetzt mußte ich mir schleunigst einen Verdienst suchen, will ich euch sagen, denn von den vierundzwanzig Schillingen, die ich von zu Hause mitbekommen hatte, waren nur noch achtzehn übrig. Ein anderes Mädchen sagte mir, ich sollte zu einem Rittmeister gehen, der am Zollamt Hornstull wohnte, und dort nach Arbeit fragen. Ich durfte bei ihm bleiben und vier Tage in seinem Garten graben und pflanzen. Mein Tagelohn betrug vierundzwanzig Schillinge, und für das Essen mußte ich selber sorgen. Ich konnte mir nur wenig kaufen, doch als die kleinen Mädchen der Herrschaft sahen, wie knapp es bei mir zuging, liefen sie in die Küche und verlangten für mich Essen, und so konnte ich doch satt werden.

Dann kam ich zu einer Dame in der Norrlandsgata. Da war das Quartier so schlecht, daß die Mäuse meine Haube und mein Halstuch zernagten und ein Loch in meinen Reisesack fraßen, so daß ich ihn mit einem alten Stiefelschaft ausbessern mußte. Dort hatte ich nur vierzehn Tage Arbeit, und dann mußte ich mit einem Gewinn von zwei Reichstalern nach Hause zurückkehren.

Ich wanderte über Leksand und blieb ein paar Tage in einem Dorf, das Rönnäs hieß. Ich weiß noch, daß die Leute dort Brei aus Hafermehl kochten, das mit Kleie und Spreu vermischt war. Etwas anderes hatten sie nicht, und das mußte in den Tagen der Hungersnot schmecken.

Ja, große Erfolge konnte ich in diesem Jahr nicht vorweisen, und im nächsten mußte ich noch schlimmer schuften. Ich mußte ja wieder fort, sonst hätte die Familie zu Hause nichts zum Leben gehabt. Mit zwei Mädchen zusammen ging ich nach Hudiksvall, und bis dahin waren es zweihundertvierzig Kilometer. Wir mußten die Reisesäcke den ganzen Weg auf dem Rücken tragen, denn diesmal hatten wir kein Fuhrwerk. Wir hatten gehofft, wir könnten im Garten arbeiten, doch als wir ankamen, lag überall noch hoher Schnee, und es gab keine solche Arbeit. Da ging ich aufs Land und bat die Bauern, so freundlich ich konnte, um irgendeine Beschäftigung. O meine Lieben, wie müde und hungrig ich war, als ich endlich auf einen Hof kam, wo ich bleiben und für acht Schillinge am Tag Wolle karden durfte! Doch als es dann richtig Frühling wurde, konnte ich in den Gärten der Stadt arbeiten, und dort blieb ich bis zum Juli. Dann aber wurde mein Heimweh so groß, daß ich mich auf den Weg nach Rättvik machte. Wißt ihr, ich war ja erst siebzehn Jahre alt. Weil meine Schuhe verschlissen waren, mußte ich die zweihundertvierzig Kilometer barfuß laufen. Aber ich war doch in meinem Herzen froh, denn jetzt hatte ich ganze fünfzehn Reichstaler zurückgelegt, und für meine kleinen Geschwister hatte ich ein paar harte Milchbrötchen und eine Tüte mit Zuckerstückchen zusammengespart. Wenn mir jemand Kaffee mit zwei Stückchen Zucker angeboten hatte, dann hatte ich immer eins aufgehoben.

Da sitzt ihr nun, Mädchen, und wißt nicht, wie sehr ihr eurem Herrgott danken solltet, der die Zeiten für uns gebessert hat. Damals folgte ja ein Notjahr aufs andere. Alle jungen Leute in Dalarna mußten von zu Hause weggehen und Geld verdienen. Im nächsten Jahr – das war 1847 – zog ich wieder nach Stockholm und bekam Arbeit im Garten von Stora Hornsberg. Dort waren wir mehrere Mädchen, und unser Tagelohn war etwas höher, aber sparen mußten wir trotzdem. Wir sammelten von den Beeten alte Nägel und Knochen und verkauften sie an den Lumpenhändler, und für das Geld kauften wir steinhartes Kommißbrot, das in der Königlichen Bäckerei für die Soldaten gebacken wurde. Ende Juli kehrte ich nach Hause zurück, um bei der Ernte zu helfen. Diesmal hatte ich dreißig Reichstaler zusammengespart.

Im Jahr darauf mußte ich wieder fort und Geld verdienen. Da kam ich zum Wirtshaus Stallmästargården außerhalb von Stockholm. Im Sommer war auf Lagårdsgärdet ein Manöver, und der Kellermeister schickte mich zu einer Küche, die sich in einem großen Rüstwagen befand. Nie werde ich den Tag vergessen, und wenn ich hundert Jahre würde, als ich draußen im Lager König Oskar I. Melodien auf dem Kuhhorn vorspielen mußte. Zur Belohnung sandte er mir ein ganzes Zweitalerstück.

Dann war ich mehrere Sommer hintereinander Rudermädchen in Brunnsviken und ruderte zwischen Albano und Haga. Das war meine beste Zeit. Wir hatten die Kuhhörner mit im Boot, und manchmal griffen die Passagiere zu den Rudern, damit wir ihnen vorspielen sollten. Als es im Herbst mit dem Rudern vorbei war, ging ich nach Uppland und half auf den Bauernhöfen beim Dreschen. Kurz vor Weihnachten kehrte ich dann meistens mit so etwa hundert Reichstalern heim. Und dann hatte ich beim Dreschen Getreide verdient, das Vater später mit dem Schlitten holte. Ja, seht ihr, wenn ich und meine Geschwister nicht unsere Groschen heimgebracht hätten, dann wäre da nichts zum Leben gewesen. Denn die Ernte vom eigenen Boden, die reichte kaum bis Weihnachten, und Kartoffeln bauten die Leute in jenen Jahren nur wenig an. Da mußte man Getreide beim Kaufmann kaufen, und wenn der Roggen vierzig Reichstaler und der Hafer vierundzwanzig die Tonne kosteten, mußte man schon haushalten. Ich erinnere mich, daß wir mehrere Male eine Kuh für eine Tonne Hafer eingetauscht haben. In dieser Zeit buken wir Haferbrot mit gehäckselter Spreu. Solches Strohbrot schluckte sich nicht so leicht, kann ich euch sagen. Nach jedem Bissen mußte man Wasser trinken, damit er hinunterging.

So machte ich jedes Jahr meine Wanderung, bis ich heiratete, und das war 1856. Jon und ich, wir hatten uns in Stockholm angefreundet. Und immer, wenn ich nach Hause zog, hatte ich ein bißchen Angst, die Stockholmer Mädchen könnten ihn mir abspenstig machen. Ich wußte, daß sie ihn ›den schönen Moor-Jon‹ und ›den stattlichen Dalekarlier‹ nannten. Aber sein Herz war ohne Falsch, und als er genug gespart hatte, wurde Hochzeit gefeiert.

Dann kamen ein paar Jahre mit Freude und ohne Sorgen, aber das dauerte nicht lange. 1863 starb Jon, und ich stand mit fünf kleinen Kindern allein da. Aber es wurde trotzdem nicht so schlimm, denn jetzt hatten sich die Zeiten in Dalarna gebessert. Es gab genug Kartoffeln und genug Getreide. Das war ein großer Unterschied zu früher. Die kleinen Äcker, die ich geerbt hatte, bebaute ich selbst, und ich besaß eine eigene Hütte. So verstrich ein Jahr nach dem anderen, und die Kinder wuchsen heran. Die noch am Leben sind, sind nun wohlhabende Leute, Gott sei Dank! Sie können sich nicht richtig vorstellen, wie knapp das Brot in Dalarna gewesen ist, als ihre Mutter einmal jung war.«

Die Alte verstummte. Während sie erzählt hatte, war das Feuer heruntergebrannt, und nun standen alle auf und meinten, es sei Zeit zum Aufbruch. Der Junge begab sich wieder hinaus aufs Eis, um seine Reisekameraden zu suchen. Doch während er allein durch die Dunkelheit lief, klang in seinen Ohren noch ein Vers, den er vor einer Weile von der Brücke gehört hatte: »In Dalarna wohnte, in Dalarna wohnt zwischen Armut noch Treue und Ehre . . .« Dann kam etwas, woran er sich nicht erinnerte, aber den Schluß des Liedes wußte er noch: »Sie mischten mit Rinde nicht selten ihr Brot, und doch suchten Mächtige Hilfe in Not bei Dalarnas armen Männern.«

Der Junge hatte nicht alles vergessen, was er über das Geschlecht der Sture und Gustav Vasa gehört hatte, und immer hatte er sich gewundert, warum sie gerade bei den Dalekarliern Hilfe gesucht hatten, jetzt aber war es ihm klar. In einem Land, wo es solche Frauen wie die Alte am Feuer gab, da mußten die Männer ja schier unüberwindlich sein.

28
Bei den Kirchen

Sonntag, den 1. Mai

Als der Junge am nächsten Morgen erwachte und aufs Eis rutschte, mußte er laut lachen. In der Nacht war eine Menge Schnee gefallen, und es schneite immer noch. Auf dem Siljansee lag der Schnee mehrere Zentimeter hoch, und die Wildgänse waren so eingeschneit, daß sie wie kleine Schneehäufchen aussahen.

Ab und zu machten Akka oder Yksi oder Kaksi eine Bewegung, doch wenn sie sahen, daß es immer noch schneite, steckten sie rasch wieder den Kopf unter den Flügel. Sie fanden wohl, daß Schlafen bei solchem Wetter am besten sei, und darin gab der Junge ihnen recht.

Einige Stunden später wurde er davon wach, daß die Kirchenglocken von Rättvik zum Gottesdienst läuteten. Jetzt schneite es nicht mehr, doch es wehte ein heftiger Wind von Norden, und draußen auf dem See war es bitterkalt. Er war froh, als die Wildgänse endlich den Schnee von den Federn schüttelten und zum Land flogen, um sich etwas zu essen zu besorgen.

An diesem Tag war in der Kirche von Rättvik Konfirmation, und die Konfirmanden waren beizeiten gekommen, standen in Grüppchen auf dem Kirchplatz und plauderten. Alle trugen sie Volkstrachten, und die waren so neu und bunt, daß sie schon von weitem leuchteten. »Liebe Mutter Akka, fliegt langsam hier«, schrie der Junge, als sich die Wildgänse der Kirche näherten, »damit ich mir die jungen Leute ansehen kann!« Das hielt die Anführerin für einen angemessenen Wunsch, ging so tief hinunter, wie sie konnte, und flog dreimal um die Kirche herum. Wie sich die Jungen und Mädchen aus der Nähe ausnahmen, ist schwer zu sagen, doch als der Junge sie von oben sah, kam es ihm vor, als hätte er noch nie so eine prächtige Schar von jungen Leuten gesehen. »Ich glaube, die Prinzen und Prinzessinnen im Schloß des Königs können nicht schöner sein«, sagte er bei sich selbst.

Es hatte ziemlich viel geschneit. In Rättvik waren alle Felder weiß, und Akka konnte nirgends einen geeigneten Rastplatz entdecken. Da überlegte sie nicht lange, sondern flog südwärts nach Leksand.

Wie es im Frühjahr üblich ist, waren die meisten jungen Leute von Leksand ausgezogen, um Arbeit zu suchen. In der Gemeinde waren fast nur alte Leute zurückgeblieben, und als sich die Wildgänse näherten, zog gerade eine lange Reihe von alten Mütterchen durch die stattliche Birkenallee, die zur Kirche führte. Sie wanderten auf dem schneebedeckten Boden zwischen weißstämmigen Birken und trugen schneeweiße Schaffelljacken, weiße Lederröcke, gelbe oder schwarz-weiß gestreifte Schürzen und weiße Hauben, die eng das weiße Haar umschlossen.

»Liebe Mutter Akka«, sagte der Junge, »fliegt langsam hier, damit ich mir die alten Leute ansehen kann!« Das hielt die Anführerin wohl für einen angemessenen

Wunsch, denn sie ging so tief hinunter, wie sie es wagte, und flog dreimal über der Birkenallee hin und her. Wie sich die alten Frauen aus der Nähe ausnahmen, ist schwer zu sagen, doch dem Jungen kam es so vor, als hätte er noch nie so kluge und ehrwürdige alte Frauen gesehen. »Diese Alten sehen aus, als hätten sie Könige zu Söhnen und Königinnen zu Töchtern«, sagte er bei sich selbst.

Aber in Leksand war es nicht besser als in Rättvik. Überall lag hoher Schnee, und Akka wußte sich keinen anderen Rat, als weiter südwärts nach Gagnef zu fliegen.

In Gagnef hatte man an diesem Tag einen Toten begraben. Der Leichenzug war erst sehr spät zur Kirche gekommen, und die Beerdigung hatte sich hinausgezögert. Als sich die Wildgänse näherten, waren noch nicht alle Leute in der Kirche, und mehrere Frauen besuchten auf dem Kirchhof die Gräber ihrer Angehörigen. Sie trugen grüne Mieder mit roten Ärmeln und um den Kopf farbige Tücher mit bunten Fransen.

»Liebe Mutter Akka, fliegt langsam hier, damit ich mir die Bauersfrauen ansehen kann!« sagte der Junge, und das hielt die Wildgans wohl für einen angemessenen Wunsch, denn sie ging so tief hinunter, wie sie es wagte, und flog dreimal über dem Kirchhof hin und her. Wie sich die Frauen aus der Nähe ausnahmen, ist schwer zu sagen, doch als der Junge sie von oben zwischen den Bäumen des Kirchhofs sah, kamen sie ihm wie die lieblichsten Blumen vor. »Sie sehen allesamt aus, als wären sie auf einem Beet im Garten des Königs gewachsen«, dachte er.

Doch auch in Gagnef waren alle Felder mit Schnee bedeckt, und die Wildgänse wußten sich keinen anderen Rat, als weiter südwärts nach Floda zu fliegen.

Als sich die Wildgänse Floda näherten, saßen die

Leute in der Kirche, doch an diesem Tag sollte es nach dem Gottesdienst eine kirchliche Trauung geben. Die Braut hatte eine goldene Krone im offenen Haar und war mit Schmuck und Blumen und bunten Bändern geputzt, und alles war so prächtig, daß es den Augen weh tat, wenn man sie ansah. Der Bräutigam trug einen langen blauen Gehrock, Kniehosen und eine rote Mütze. Die Mieder und Rocksäume der Brautjungfern waren mit Rosen und Tulpen bestickt. Eltern und Nachbarn folgten dem Zug in ihren bunten Volkstrachten.

»Liebe Mutter Akka, fliegt langsam hier, damit ich mir die jungen Leute ansehen kann!« bat der Junge, und die Anführerin ging so tief hinunter, wie sie es wagte, und flog dreimal über dem Kirchenhügel hin und her. Wie sich der Brautzug aus der Nähe ausnahm, ist schwer zu sagen, doch als der Junge ihn von oben sah, glaubte er, es könne nirgendwo eine lieblichere Braut und einen stolzeren Bräutigam geben. »Ob der König und die Königin wohl feiner sind, wenn sie in ihrem Schloß herumlaufen?« fragte er sich.

Doch in Floda fanden die Wildgänse endlich ein schneefreies Feld und brauchten ihre Futtersuche nicht fortzusetzen.

29

Die Überschwemmung

1. bis 4. Mai

Schon seit mehreren Tagen war das Wetter in der Gegend nördlich des Mälarsees abscheulich. Der Himmel war vollkommen grau, der Wind heulte, und der Regen peitschte. Menschen und Tiere wußten zwar, daß es anders nicht Frühling werden konnte, aber sie fanden es trotzdem fast unerträglich.

Als es einen ganzen Tag lang geregnet hatte, begannen die Schneemassen der Nadelwälder ernsthaft zu schmelzen, und die Frühlingsbäche kamen in Gang. Sämtliche Wasserlachen auf den Höfen, das träge Wasser der Gräben, das Wasser, das in Sümpfen und Morästen zwischen den Grashöckern hervorquoll, alles geriet in Bewegung und suchte sich einen Weg zu den Bächen zu bahnen, um zum Meer mitgenommen zu werden.

Die Bäche eilten, so schnell sie konnten, zu den Mälarflüssen, und die Flüsse taten ihr Bestes, um die Wassermassen zum Mälarsee zu schaffen. Es dauerte nicht lange, da hatte der See soviel Wasser aufgenommen, wie er bequem fassen konnte, und näherte sich mit heftiger Strömung seinem Auslauf. Doch der schmale Norrström konnte das Wasser nicht rasch genug hinauslassen. Und da die Flüsse unaufhörlich neue Wassermassen brachten, blieb dem großen See nichts weiter übrig, als über die Ufer zu treten.

Der Mälarsee hat die Eigenart, daß er aus lauter engen Fjorden, Buchten und Sunden besteht. Nirgends breitet er weite, sturmgepeitschte Flächen aus. Es ist, als sei er nur für Lustfahrten und fröhliche Fischzüge geschaffen. Und er besitzt eine Vielzahl von lieblichen, baumbestandenen Inseln, Holmen und Landzungen. Nirgendwo zeigt er nackte, öde, verwitterte Ufer. Es ist, als hätte er sie nur für Lustschlösser, Sommervillen, Gutshöfe und Vergnügungsorte vorgesehen.

Als das Wasser nun zu steigen begann, wurden sämtliche Boote und Einbäume, die im Winter an Land gezogen waren, in aller Eile geteert und gedichtet, um so bald wie möglich flott zu sein. Man holte die Bänke der

Waschfrauen an Land und verstärkte die Brücken der Landstraßen. Die Bahnwärter der Eisenbahnlinien in Ufernähe liefen ständig auf dem Bahndamm auf und ab und wagten weder bei Tag noch bei Nacht ein Auge zu schließen.

Bauern, die Heu oder dürres Laub in Scheunen auf den flachen Holmen aufbewahrten, retteten ihre Vorräte schleunigst an Land. Die Fischer holten ihre Reusen und Netze ein, damit das Hochwasser sie nicht wegspülen konnte. An den Fähranlegestellen wimmelte es von Reisenden, die nach Hause oder zu einem anderen Ort unterwegs waren, und jeder wollte sich möglichst schnell übersetzen lassen, solange es noch möglich war.

In der Gegend von Stockholm, wo ein Sommerhaus neben dem anderen das Ufer säumt, herrschte die größte Hektik. Die meisten Villen waren zwar so hoch gelegen, daß für sie keine Gefahr bestand, doch alle hatten Bootsstege und Badehäuser, die in Sicherheit gebracht werden mußten.

Und nicht nur die Menschen machten sich Sorgen, weil der Mälarsee immer höher stieg. Auch die Enten, die ihre Eier zwischen die Uferbüsche gelegt hatten, die Wasserratten und die Spitzmäuse, die mit ihren kleinen, hilflosen Jungen am Ufer wohnten, wurden von der größten Angst ergriffen. Sogar die stolzen Schwäne waren besorgt, daß ihre Nester und Eier zerstört werden könnten.

In dieser schweren Zeit geschah es, daß durch ein Birkenwäldchen etwas nördlich vom Mälarsee eines Tages Fuchs Smirre geschlichen kam. Wie immer hatte er die Wildgänse und den Däumling im Kopf und überlegte, wie er sie finden könnte, denn er hatte ihre Spur gänzlich verloren.

Gerade als er alle Hoffnung aufgeben wollte, erblickte

er die Botentaube Agar, die sich auf einem Birkenzweig niedergelassen hatte. »Das ist ja großartig, Agar, daß ich dich treffe«, sagte Smirre. »Du kannst mir vielleicht sagen, wo sich Akka von Kebnekajse mit ihrer Schar zur Zeit aufhält.«

»Es ist schon möglich, daß ich ihren Aufenthaltsort kenne«, sagte Agar, »aber ich werde es dir nicht erzählen.«

»Das ist mir auch egal«, sagte Smirre, »ich möchte dich nur bitten, ihnen eine Botschaft für mich zu überbringen. Du weißt ja, wie schlimm es in diesen Tagen am Mälarsee aussieht. Das große Schwanenvolk, das in der Hjälstabucht wohnt, befürchtet den Verlust sämtlicher Nester und Eier. Aber Tageshell, der Schwanenkönig, hat mich ausgesandt, um Akka zu fragen, ob sie zur Hjälstabucht kommen und ihnen helfen würde.«

»Diese Botschaft will ich gern überbringen«, sagte Agar, »obwohl es mich wundert, daß Tageshell einen Fuchs damit beauftragt hat.«

»Du hast schon recht, daß wir ansonsten Feinde sind«, sagte Smirre mit sanfter Stimme. »Aber wenn die Not so groß ist, dann muß man sich gegenseitig helfen. Du brauchst ja Akka nicht unbedingt zu erzählen, daß dir ein Fuchs diese Botschaft übermittelt hat, sonst wird sie vielleicht mißtrauisch.«

Die Schwäne in der Hjälstabucht

Der sicherste Zufluchtsort für Schwimmvögel, den es im ganzen Mälargebiet gibt, ist die Hjälstabucht. Das ist der innerste Teil der Ekolsundsbucht, die wiederum eine Erweiterung des Norra Björköfjord ist, der zweitgrößten der langen Buchten, die der Mälarsee nach Uppland schickt.

Ähnlich wie der Tåkern hat auch die Hjälstabucht flache Ufer, seichtes Wasser und viel Röhricht. Hier hält sich ein großes Schwanenvolk auf, und der Besitzer der nah gelegenen alten Domäne Ekolsund hat jegliche Jagd in der Bucht verboten, um die Schwäne nicht zu stören oder zu beunruhigen.

Sowie Akka die Botschaft und das Hilfegesuch des Schwanenvolks erhielt, begab sie sich auf dem schnellsten Weg zur Hjälstabucht. Eines Abends kam sie mit ihrer Schar dort an und sah gleich, daß ein großes Unglück geschehen war. Die großen Schwanennester waren aus ihren Befestigungen gerissen und trieben nun im starken Wind über die Bucht. Einige waren schon zerstört, andere waren umgekippt, und die Eier, die darin gelegen hatten, schimmerten nun auf dem Grund des Sees.

Als sich Akka in der Bucht niederließ, waren alle Schwäne am östlichen Ufer versammelt, wo sie vor dem Wind am besten geschützt waren. Obwohl die Überschwemmung ihnen großes Leid zugefügt hatte, waren sie viel zu stolz, um ihren Schmerz zu zeigen.

Ihr Volk, das mehrere hundert Schwäne zählte, hatte sich nach Rang und Ordnung gelagert: die jungen und unerfahrenen am Außenrand des Kreises, die alten und weisen weiter innen. Direkt in der Mitte lagen Tageshell, der Schwanenkönig, und Schneefried, die Schwanenkönigin, die älter als alle anderen waren.

Tageshell und Schneefried konnten von jener Zeit erzählen, als die Schwäne ihres Stammes nirgends in Schweden wild lebten, sondern nur zahm in Schloßgräben und Seen gehalten wurden. Dann aber war ein Schwanenpaar aus der Gefangenschaft geflohen und hatte sich in der Hjälstabucht angesiedelt, und von diesen beiden stammten sämtliche Schwäne ab, die jetzt hier wohnten.

Die Wildgänse hatten sich am westlichen Ufer niedergelassen, doch als Akka sah, wo die Schwäne lagen, schwamm sie sofort zu ihnen hin. Obwohl sie selbst sehr erstaunt darüber war, daß die Schwäne nach ihr geschickt hatten, hielt sie das doch für eine große Ehre.

In der Nähe der Schwäne machte Akka halt und kontrollierte, ob ihr die anderen Gänse auch in gerader Linie und mit gleichmäßigen Abständen folgten. »Jetzt zeigt mal, daß ihr schwimmen könnt!« ermahnte sie. »Starrt die Schwäne nicht an, als hättet ihr noch nie etwas Schönes gesehen, und kümmert euch nicht darum, was sie zu euch sagen!«

Es war nicht das erste Mal, daß Akka die alte Schwanenherrschaft besuchte, und sie war stets in einer Weise empfangen worden, wie es ein so weitgereister und angesehener Vogel wie Akka mit Recht verlangen konnte. Aber sie schwamm nur ungern zwischen all den Schwänen hindurch, die das Königspaar umlagerten. Nie fühlte sie sich so klein und grau wie zwischen diesen Vögeln, und der eine und andere ließ wohl auch ein paar Worte wie »griese Wichte« und »arme Schlucker« fallen.

Diesmal schien alles ungewöhnlich gut zu gehen. Die Schwäne wichen ganz friedlich zur Seite, und die Wildgänse schwammen wie durch eine Straße, gesäumt von großen, weißschimmernden Vögeln. Sie boten wirklich einen schönen Anblick, wie sie da lagen und ihre Flügel gleich Segeln ausspannten, um vor den Fremden zu paradieren. Sie machten auch keine einzige Bemerkung, was Akka sehr verwunderte. »Da hat Tageshell ihre Unarten wohl bemerkt und ihnen gesagt, daß sie sich höflich benehmen sollen«, dachte sie.

Doch gerade als sich die Schwäne nach Kräften um gute Sitten bemühten, entdeckten sie den weißen Gänserich, der als letzter in der langen Reihe der Gänse schwamm. Da ging ein Raunen der Verwunderung und des Unmuts durch die Schar, und auf einmal war es mit dem feinen Benehmen vorbei.

»Was ist denn das?« rief einer von ihnen. »Wollen sich die Wildgänse weiße Federn zulegen?«

»Die sollen bloß nicht glauben, daß sie dadurch Schwäne werden!« schrie es von allen Seiten.

Sie ließen ihre klangvollen, lauten Stimmen durcheinandertönen, und es war unmöglich, ihnen zu erklären, daß die Wildgänse einen zahmen Gänserich in ihrer Begleitung hatten.

»Da kommt wohl der Gänsekönig höchstpersönlich«, spotteten sie. »Das ist keine Gans, das ist bloß eine zahme Ente!«

Der große Weiße erinnerte sich an Akkas Anweisung. Er hielt den Schnabel und schwamm weiter, so schnell er konnte, aber es half ihm nichts. Die Schwäne wurden immer frecher. »Was ist denn das für ein Frosch, den er da auf seinem Rücken trägt?« fragte einer. »Die glauben wohl, weil er wie ein Mensch gekleidet ist, sehen wir nicht, daß es ein Frosch ist.«

Die Schwäne, die eben noch in schönster Ordnung dagelegen hatten, schwammen nun im wildesten Getümmel durcheinander. Alle wollten sich vordrängeln, um sich die weiße Wildgans anzusehen.

»Dieser weiße Ganter sollte sich schämen, daß er sich unter uns Schwäne getraut!«

»Der ist bestimmt genauso grau wie die andern und ist bloß bei einem Bauern in den Mehlkasten gesprungen.«

Akka war gerade zu Tageshell vorgedrungen und

wollte ihn fragen, welcher Art Hilfe er von ihr begehrte, als der König den Aufruhr unter dem Schwanenvolk bemerkte. »Was ist denn da los? Habe ich ihnen nicht befohlen, daß sie sich gegen Fremde höflich benehmen sollen?« sagte er und schien verärgert.

»Da hinten ist eine weiße Wildgans!« schrie jemand. – »Eine weiße Wildgans!« rief Tageshell aus. »Das ist ja irre, so etwas kann es gar nicht geben. Du hast sicher nicht richtig hingeschaut.«

Das Gedränge um Gänserich Martin wurde immer schlimmer. Akka und die anderen Wildgänse versuchten, zu ihm zu schwimmen, wurden jedoch hierhin und dahin geschubst und konnten ihn nicht erreichen.

Nun setzte sich der alte Schwanenkönig, der stärkste von allen, selbst in Bewegung, schob alle anderen zur Seite und bahnte sich rasch einen Weg. Doch als er sah, daß da wirklich eine weiße Gans auf dem Wasser lag, wurde er genauso zornig wie die anderen. Er fauchte vor Wut, stürzte sofort auf Gänserich Martin los und rupfte ihm ein paar Federn aus. »Ich will dich lehren, Wildgans, so aufgetakelt bei den Schwänen zu erscheinen!« rief er.

»Flieg weg, Gänserich Martin, flieg weg!« schrie Akka, denn sie fürchtete, die Schwäne würden dem großen Weißen sämtliche Federn ausreißen. »Flieg weg!« rief auch der Däumling. Aber der Gänserich war von den Schwänen so eingekeilt, daß er seine Flügel nicht heben konnte. Von allen Seiten streckten sie ihre kräftigen Schnäbel nach seinen Federn aus.

Gänserich Martin versuchte sich zu verteidigen und biß und hackte, so gut er konnte, und auch die Wildgänse traten zum Kampf gegen die Schwäne an. Aber der Ausgang wäre trotzdem klar gewesen, hätten sie nicht ganz unerwartet Hilfe bekommen.

Ein Rotschwänzchen hatte nämlich bemerkt, daß die Wildgänse in Bedrängnis geraten waren. Sofort stieß es den scharfen Ruf aus, der bei den kleinen Vögeln üblich ist, wenn es einen Habicht oder Falken zu vertreiben gilt. Kaum war dieser Ruf dreimal ertönt, da vereinten sich alle kleinen Vögel der Umgebung zu einem großen, lärmenden Schwarm und eilten auf pfeilschnellen Flügeln zur Hjälstabucht.

Und diese schwachen Kerlchen fielen nun über die Schwäne her. Sie johlten ihnen die Ohren voll, versperrten ihnen mit ihren Flügeln die Aussicht, verwirrten sie mit ihrem Geflatter und brachten sie aus der Fassung, indem sie schrien: »Schämt euch, schämt euch, Schwäne! Schämt euch, schämt euch, Schwäne!«

Der Überfall der kleinen Vögel dauerte nur wenige Augenblicke. Doch als sie verschwunden waren und die Schwäne wieder zur Besinnung kamen, sahen sie, daß sich die Wildgänse inzwischen zur anderen Seite der Bucht begeben hatten.

Der neue Kettenhund

Als die Schwäne entdeckten, daß die Wildgänse ihnen entkommen waren, verbot es ihnen der Stolz, sie weiter zu verfolgen. Die Wildgänse konnten sich in aller Ruhe auf einer Schilfinsel zum Schlafen aufstellen.

Nils Holgersson aber war zum Schlafen zu hungrig. »Ich muß unbedingt versuchen, mir irgendwo in einem Haus etwas zu essen zu holen«, dachte er.

In jenen Tagen, als so viele verschiedene Dinge auf dem See herumschwammen, war es für einen wie ihn nicht schwer, ein Fahrzeug zu finden. Er besann sich nicht lange, sprang auf ein Holzstückchen, das zwischen dem Schilf schaukelte, fischte sich einen kleinen Stock und stakte nun durch das flache Wasser zum Ufer.

Kaum hatte er angelegt, da hörte er im Wasser neben sich ein Platschen. Er verhielt sich still und sah erstens ein Schwanenweibchen, das nur wenige Meter von ihm entfernt in seinem großen Nest schlief. Zweitens sah er einen Fuchs, der ein paar Schritte ins Wasser hineingegangen war und sich nun an das Schwanennest heranschlich. »He, he, he! Steh auf! Steh auf!« schrie der Junge und schlug mit seinem Stock ins Wasser. Das Schwanenweibchen erhob sich, jedoch so langsam, daß sich der Fuchs, wenn er gewollt hätte, immer noch auf diese Beute hätte stürzen können. Doch der verzichtete darauf und eilte statt dessen direkt auf den Jungen zu.

Als der Däumling ihn kommen sah, lief er landeinwärts. Vor ihm lagen flache, weite Wiesen. Er entdeckte keinen Baum, auf den er hätte klettern, kein Loch, in das er sich hätte verkriechen können. Da blieb ihm nur noch die Flucht.

Etwas entfernt vom See standen ein paar kleine Katen, deren Fenster hell erleuchtet waren. Der Junge schlug sofort diese Richtung ein, mußte sich jedoch selber sagen, daß der Fuchs ihn bis zu den Häusern viele Male einholen würde.

Tatsächlich war der Fuchs schon so dicht heran, daß er sich seiner Beute sicher glaubte. Da aber warf sich der Junge rasch zur Seite und wandte sich wieder zur Bucht. Bei diesem Richtungswechsel verlor der Fuchs ein wenig Zeit, und der Junge gewann einen Vorsprung. Er rannte weiter, so schnell er konnte, und schaffte es wirklich bis zu einem der Häuschen.

Als er in den Hof eilte, stürzte ein großer, prächtiger Kettenhund aus seiner Hütte.

»Hör mal, Kettenhund«, flüsterte der Junge, »würdest

du mir wohl helfen und heute nacht einen Fuchs fangen?«

Der Kettenhund konnte schlecht sehen und war durch die Gefangenschaft böse und hitzig geworden. »Einen Fuchs soll ich fangen?« bellte er wütend. »Wer bist du denn, daß du dich über mich lustig machst? Komm mir bloß in Reichweite, dann will ich dir schon beibringen, wie mit mir zu spaßen ist!«

»Glaub ja nicht, daß ich mich nicht an dich herantraue«, sagte der Junge und lief zu ihm hin. Als der Hund nun den Knirps erblickte, brachte er vor Staunen kein Wort heraus.

»Ich bin der, den man Däumling nennt und der mit den Wildgänsen umherreist«, sagte der Junge. »Hast du noch nichts von mir gehört?«

»Die Spatzen haben wohl manchmal von dir gezwitschert«, entgegnete der Hund. »Du sollst große Dinge vollbracht haben, klein wie du bist.«

»Bisher ist es mir ziemlich gut ergangen«, sagte der Junge, »aber jetzt habe ich einen Fuchs auf den Fersen. Er lauert schon hinter der Hausecke.«

»Den kann ich wirklich nicht riechen«, sagte der Kettenhund, »mit dem werden wir schnell fertig werden.« Und er stürzte los, soweit es seine Kette erlaubte, und bellte und kläffte eine lange Zeit.

»Heute nacht wird er wohl kein zweites Mal auftauchen«, sagte der Hund.

»Mit lautem Bellen allein ist dieser Fuchs nicht zu vertreiben«, sagte der Junge. »Der ist bald wieder hier, und das wäre nur gut. Ich habe nämlich beschlossen, daß du ihn gefangennehmen sollst.«

»Willst du nun Streit mit mir anfangen?« erwiderte der Hund.

»Laß uns nur in deine Hütte gehen, damit uns der

Fuchs nicht hört«, sagte der Junge, »dann will ich dir verraten, wie du es anstellen sollst!«

Da krochen die beiden in die Hundehütte und tuschelten.

Nach einer Weile streckte der Fuchs die Schnauze hinter der Hausecke hervor, und da alles still war, schlich er sich leise auf den Hof. Er folgte der Spur des Jungen bis zur Hundehütte, setzte sich in angemessener Entfernung hin und überlegte, wie er ihn herauslocken könnte. Plötzlich reckte der Kettenhund den Kopf heraus und knurrte ihn an: »Hau ab! Sonst komme ich raus und packe dich!«

»Wegen dir kann ich hier wohl sitzen, solange ich will«, sagte der Fuchs.

»Hau ab!« sagte der Hund noch einmal in drohendem Ton. »Sonst bist du heute nacht das letzte Mal auf der Jagd gewesen.«

Aber der Fuchs grinste ihn nur an und wich nicht von der Stelle. »Ich weiß schon, wie weit deine Kette reicht«, sagte er.

»Zweimal habe ich dich gewarnt«, sagte der Hund und kam aus der Hütte heraus. »Jetzt hast du dir selbst die Schuld zuzuschreiben.«

Im gleichen Moment machte er einen langen Satz und erreichte den Fuchs ohne die geringste Schwierigkeit, denn er war frei. Der Junge hatte sein Halsband aufgeknüpft.

Schon nach wenigen Augenblicken war der Kampf entschieden. Der Hund hatte gesiegt, der Fuchs lag am Boden und wagte sich nicht mehr zu rühren. »So, jetzt mal schön ruhig!« sagte der Hund. »Sonst beiße ich dich tot.« Dann packte er den Fuchs im Genick und schleppte ihn zu seiner Hütte. Dort brachte der Junge die Hundekette, legte Smirre das Halsband zweimal um den Hals und band es so fest, daß er nicht weglaufen konnte. All das mußte sich Smirre gefallen lassen und getraute sich nicht zu mucksen.

»Nun hoffe ich, daß ein guter Kettenhund aus dir wird, Fuchs Smirre«, sagte der Junge, als er fertig war.

30
Die Sage von Uppland

Donnerstag, den 5. Mai

Diese Geschichte hörte Nils Holgersson einen Tag, nachdem er Fuchs Smirre gefangen hatte, von einer armen alten Frau, die sie zwei Schulkindern erzählte.

»Vor langer, langer Zeit war Uppland die ärmste und unansehnlichste Landschaft in ganz Schweden. Es bestand aus nichts anderem als mageren Tonböden und kleinen, niedrigen Steinhaufen, und so soll es an vielen Stellen noch heute sein.

Na ja, was immer der Grund gewesen sein mag – hier war es ganz gewiß armselig und traurig. Uppland glaubte, in den Augen der anderen Landschaften nur Ausschuß zu sein, was ja auf die Dauer ärgerlich ist. Eines schönen Tages hatte es sein Elend satt, nahm den Sack auf den Rücken und den Stab in die Hand und zog aus, um bei den Wohlhabenderen zu betteln.

Uppland wanderte zuerst südwärts nach Schonen, und als es dort ankam, beklagte es sich über seine Armut und bat um Land. ›Man weiß bald nicht mehr, was man den Leuten geben soll, die alle etwas haben wollen‹, sagte Schonen. ›Aber ich will mal nachsehen.

Ich habe gerade ein paar Mergelgruben ausgehoben. Falls du sie gebrauchen kannst, dann darfst du dir ein paar Erdklumpen einpacken, die ich auf den Rand geworfen habe.‹

Uppland nahm die Gabe dankend an und ging weiter nach Västergötland. Auch hier beklagte es sich über seine Armut und bat um Land. ›Von meinen fetten Äckern gönne ich Bettlern kein Stück‹, sagte Västergötland. ›Aber du sollst einen kleinen Fluß bekommen, der durch die Ebene rieselt, falls du ihn irgendwie nutzen kannst.‹

Uppland nahm die Gabe dankend an und wandte sich nun nach Halland. Auch dort beklagte es sich über seine Armut und bat um Land. ›Ich bin nicht reicher als du‹, sagte Halland, ›und deshalb sollte ich dir nichts geben. Aber wenn du meinst, daß es die Mühe lohnt, dann kannst du dir ein paar Steinhaufen aus der Erde brechen und mitnehmen.‹

Uppland nahm die Gabe dankend an und schleppte sich nun nach Bohuslän. Dort durfte es sich so viele kleine nackte Schären in den Sack packen, wie es Lust hatte. ›Sie machen ja nicht viel her, aber als Schutz gegen den Wind sind sie gut‹, sagte Bohuslän.

Uppland war für alles dankbar, was ihm geschenkt wurde, und obwohl es überall nur bekam, was die anderen für überflüssig hielten, sagte es niemals nein. Värmland warf ihm ein Stück Felsengrund hin. Västmanland gab ihm ein Stück von seinen Höhenzügen. Östergötland schenkte ihm ein Stück vom wilden Kolmården, und Småland stopfte ihm den Sack mit Sümpfen, Steinhaufen und Heidekrauthügeln fast bis zum Rand.

Sörmland wollte ihm nichts weiter als ein paar Fjorde des Mälarsees schenken, und auch Dalarna mochte keinen festen Boden abgeben und fragte, ob es vielleicht mit einem Stück des Dalälvs zufrieden sei.

Zuletzt gab ihm Närke ein paar sumpfige Wiesen vom Ufer des Hjälmarsees, und damit war der Sack so voll, daß Uppland meinte, es könne nun heimkehren.

Zu Hause, als es alles Zusammengelesene auspackte, fand es doch, man habe ihm eine entsetzliche Menge Plunder gegeben, und überlegte seufzend, wie es diese Gaben irgendwie nutzen könne.

Ein Jahr nach dem anderen verging, und Uppland war damit beschäftigt, seinen Besitz zu ordnen, und endlich hatte es alles nach seinem Wunsch.

Zu jener Zeit wurde in Schweden darüber verhandelt, wo der König wohnen und die Hauptstadt gebaut werden sollte, und alle Landschaften trafen sich zur Beratung. Natürlich wollte jede den König gern bei sich haben, und das führte zu einem langen Streit. ›Ich glaube, der König sollte in der klügsten und tüchtigsten Landschaft wohnen‹, sagte Uppland, und das hielten alle für einen weisen Rat. Sie beschlossen, jene Landschaft, welche die größte Klugheit und Tüchtigkeit beweisen könne, solle den König und die Hauptstadt bekommen.

Bald darauf wurden alle Landschaften nach Uppland zum Gastmahl geladen. ›Was kann denn dieses arme Land zu bieten haben?‹ sagten die anderen, leisteten der Einladung jedoch Folge.

Als sie anlangten, wollten sie vor Verwunderung kaum ihren Augen trauen. Da lag Uppland mit prächtigen Höfen in seinem Inneren und Städten an den Küsten, und alle Gewässer rundum waren von Schiffen voll.

›Es ist eine Schande, daß jemand betteln geht, der so wohlhabend ist‹, sagten die anderen Landschaften.

›Ich habe euch eingeladen, um euch für eure Gaben zu danken‹, sagte Uppland, ›denn es ist euer Verdienst, daß es mir jetzt so gut geht und ich mein Auskommen habe.

Als ich damals nach Hause kam, habe ich als erstes den Dalälv in mein Gebiet gelenkt und ihm zwei prächtige Wasserfälle abgezwungen, einen bei Söderfors und einen bei Älvkarleby. Südlich vom Dalälv, bei Dannemora, legte ich jenen Felsengrund nieder, den mir Värmland gegeben hatte, ohne ihn genauer anzusehen, wie ich merkte, denn er bestand aus dem besten Eisenerz. Rundherum pflanzte ich den Wald von Östergötland, und weil nun Erz, Holz zum Kohlebrennen und Wasserkraft an einem Ort zusammen waren, entstand hier natürlich ein reiches Bergbaurevier.

Nachdem ich den Norden so gut geordnet hatte, streckte ich die Höhenzüge von Västmanland so weit, daß sie bis zum Mälarsee reichten, Landzungen und Inseln bildeten, sich mit Grün bekleideten und schön wie Lustgärten wurden. Und die Fjorde, die mir Sörmland geschenkt hatte, zog ich tief ins Land, um es den Seefahrern zu öffnen und in Verbindung mit der Welt zu bringen.

Als ich im Norden und Süden alles fertig hatte, ging ich zur Ostküste. Hier warf ich sämtliche nackten Schären und Steinhaufen und Heidekrauthügel, die ihr mir gegeben habt, ins Meer. Und daraus sind all die Holme und Inseln entstanden, die mir für Fischerei und Schiffahrt von so großem Nutzen sind.

Dann waren von den Gaben nur noch die Erdklumpen übrig, die ich in Schonen bekommen hatte. Ich legte sie in die Mitte und ließ daraus die fruchtbare Vaksala-Ebene werden. Und durch die Ebene lenkte ich den trägen Fluß von Västergötland, um ihn mit den Fjorden des Mälarsees zu verbinden.‹

Nun verstanden die anderen Landschaften, wie alles zugegangen war. Obwohl sie sich ein bißchen ärgerten, mußten sie zugeben, daß Uppland seine Sache gut gemacht hatte. ›Du hast mit geringen Mitteln viel ausgerichtet‹, sagten sie. ›Du bist gewiß am klügsten und tüchtigsten von uns allen.‹

›Habt vielen Dank für diese Worte!‹ sagte Uppland. ›Wenn ihr das meint, dann darf ich wohl den König und die Hauptstadt für mich beanspruchen.‹

Wieder ärgerten sich die anderen, doch sie mußten zu ihrem Beschluß stehen.

Und Uppland bekam den König und die Hauptstadt und wurde die erste von allen Landschaften. Und das war nur recht und billig, denn durch Klugheit und Tüchtigkeit können noch heute Bettler zu Fürsten werden.«

31

Die Stadt, die auf dem Wasser schwimmt

Freitag, den 6. Mai

Niemand konnte sanfter und freundlicher sein als die kleine Graugans Daunenfein. Sie war bei allen Wildgänsen beliebt, und der weiße Gänserich hätte sein Leben für sie geopfert. Wenn Daunenfein um etwas bat, vermochte nicht einmal Akka nein zu sagen.

Als Daunenfein den Mälarsee erreichte, erkannte sie die Landschaft wieder. Dahinter lag das Meer mit einem breiten Schärengürtel, und dort, auf einem kleinen Holm, wohnten ihre Eltern und Geschwister. Sie wollte ihnen gern zeigen, daß sie noch am Leben war, und bat die Wildgänse daher, vor der Weiterreise nach Norden ihre Heimat zu besuchen.

Akka sagte ganz offen, die größte Liebe hätten ihr

Eltern und Geschwister wohl nicht erwiesen, als sie allein auf Öland zurückbleiben mußte. Das aber wollte die Graugans nicht zugeben. »Was hätten sie denn sonst tun sollen, als sie sahen, daß ich nicht fliegen konnte?« entgegnete sie. »Sie konnten doch nicht meinetwegen auf Öland bleiben.«

Daunenfein bettelte so lange, bis die Wildgänse ihren Wunsch erfüllten, obwohl sie spürten, daß sie im Verzug waren und besser direkt nach Norden geflogen wären. Aber so ein Ausflug zu den Schären brauchte sie nicht mehr als einen zusätzlichen Reisetag zu kosten.

Eines Morgens, nachdem sie sich mit einem guten Frühstück gestärkt hatten, brachen sie auf und flogen über den Mälarsee ostwärts. Der Junge wußte nicht recht, wohin die Reise nun führte. Doch er bemerkte, daß es auf dem See immer lebhafter zuging und daß die Ufer immer dichter bebaut waren, je weiter sie nach Osten kamen.

Vollbeladene Schleppkähne, Kutter und Fischerboote waren ostwärts unterwegs, und viele schöne, weiße Dampfer begegneten ihnen oder fuhren an ihnen vorbei. Auf den Ufern verliefen Landstraßen und Eisenbahnlinien, und alle hatten dasselbe Ziel. Es mußte einen Ort im Osten geben, wohin alle strebten.

Auf einer der Inseln erblickte er ein großes, weißes Schloß, und etwas östlich davon standen auf den Ufern Villen. Zuerst waren sie weit voneinander entfernt, dann rückten sie dichter zusammen, und bald reihte sich eine Villa an die andere. Sie waren ganz unterschiedlich: da stand ein Schloß und dort eine Hütte, hier erhob sich ein langes, flaches Gutshaus und da ein Gebäude mit vielen Türmen. Einige waren von Gärten umgeben, doch die meisten standen einfach im Laubwald, der das Ufer säumte. Doch wie verschieden sie auch waren, in einem waren sie sich gleich: sie waren nicht schlicht und ernst wie andere Häuser, sondern prachtvoll und auffällig mit grünen, blauen, weißen und roten Farben bemalt – wie Puppenhäuser.

Gerade als der Junge auf die lustigen Strandvillen hinuntersah, rief Daunenfein aus: »Jetzt finde ich mich wieder zurecht. Da vorn ist die Stadt, die auf dem Wasser schwimmt.«

Als der Junge nun in diese Richtung schaute, bemerkte er zuerst nichts weiter als ein paar helle Dunst- und Nebelschleier, die über dem Wasser wogten. Dann aber entdeckte er hohe Turmspitzen und hier und da ein Haus mit vielen Reihen von Fenstern. Sie tauchten auf und versteckten sich wieder, je nachdem, ob die Nebel hierhin oder dorthin trieben. Doch einen Uferstreifen sah er nicht. Alles schien auf dem Wasser zu ruhen.

Als sich der Junge der Stadt näherte, sah er an den Ufern keine fröhlichen Puppenhäuser mehr, sondern dunkle Fabrikgebäude. Hinter hohen Bretterzäunen lagen große Kohlehaufen und Bretterstapel, und an schwarzen, schmutzigen Anlegestellen hatten schwerfällige Frachtdampfer festgemacht. Darüber aber wogten die schimmernden, durchsichtigen Nebelschleier und ließen alles so groß, gewaltig und sonderbar erscheinen, daß es fast schön wurde.

Die Wildgänse flogen an Fabriken und Frachtern vorüber und auf die dunstumhüllten Turmspitzen zu. Die Nebelschwaden, die sich über Wasser und Land wälzten, verbargen die Grundmauern und unteren Teile vollkommen, während die oberen Stockwerke, Dächer, Türme, Giebel und Vordergiebel sichtbar blieben. Auf diese Weise wurden einige Häuser so hoch, daß sie Babylonischen Türmen glichen. Der Junge konnte sich zwar denken, daß sie auf Hügeln und Höhen standen, die aber sah er nicht, sondern nur schwebende Häuser, die aus den Nebelschleiern ragten.

Dem Jungen war klar, daß er eine große Stadt überflog, denn überall erhoben sich Dächer und Turmspitzen aus dem Dunst. Wenn sich manchmal in den wogenden Schwaden eine Öffnung auftat, erblickte er unter sich einen brausenden Strom, jedoch nirgendwo Land. Obwohl sich das alles sehr schön ansah, fühlte er sich eher beklommen – wie einem zumute ist, wenn einem etwas Unbegreifliches begegnet.

Sobald er die Stadt hinter sich gelassen hatte, war der Boden nicht mehr von Nebelschleiern verdeckt, und Strände, Wasser und Inseln waren wieder deutlich zu sehen. Da drehte er sich um und wollte die Stadt genauer betrachten, aber das war nicht möglich. Sie erschien jetzt noch wundersamer. Die Sonne hatte den schwebenden Dunst leuchtend rot, blau und gelb gefärbt. Die Häuser waren so weiß, als wären sie aus Licht erbaut, während Fenster und Turmspitzen wie Feuer glänzten. Und alles schwamm auf dem Wasser wie zuvor.

Die Wildgänse wandten sich direkt nach Osten. Zuerst sah die Gegend fast wie am Mälarsee aus. Sie überflogen Werkstätten und Fabriken. Dann erblickten sie an den Ufern wieder Villen und ein Gewimmel von Dampfern und Schuten, die jetzt aber aus der entgegengesetzten Richtung kamen und westwärts zur Stadt unterwegs waren.

Nach einer Weile hatten sie unter sich nicht mehr die schmalen Mälarfjorde und kleinen Inseln, sondern eine größere Wasserfläche und größere Inseln. Das feste Land wich zurück und war bald verschwunden. Der Pflanzenwuchs wurde spärlicher, die Laubbäume seltener, die Kiefern übernahmen die Macht. An Stelle der Villen sahen sie jetzt Bauernkaten und Fischerhütten.

Als sie noch weiter hinauskamen, wurden die großen, bewohnten Inseln von kleinen Schären abgelöst, die in unzähliger Menge über das Wasser verstreut waren. Die Buchten wurden nicht mehr vom Land bedrängt. Vor ihnen breitete sich das Meer aus, weit und grenzenlos.

Hier draußen wandte sich der Junge an Daunenfein und fragte: »Was war denn das für eine große Stadt, die wir vorhin überflogen haben?«

»Ich weiß nicht, wie sie bei den Menschen heißt«, antwortete Daunenfein. »Wir Graugänse nennen sie die Stadt, die auf dem Wasser schwimmt.«

32
Stockholm

Samstag, den 7. Mai

Vor einigen Jahren gab es auf Skansen, dem großen Freiluftmuseum außerhalb von Stockholm, wo man so viel Merkwürdiges zusammengetragen hat, einen kleinen alten Mann mit Namen Klement Larsson. Er stammte aus Hälsingland und war nach Skansen gekommen, um auf seiner Geige Volkstänze und andere alte Weisen vorzuspielen. Als Spielmann trat er zumeist am Nachmittag auf. Vormittags saß er als Wächter in einem der prächtigen Bauernhäuser, die man aus allen Teilen des Landes hierhergebracht hatte.

Zu Anfang hatte Klement geglaubt, es würde ihm auf seine alten Tage besser gehen, als er jemals zu träumen gewagt hatte. Doch nach einiger Zeit überkam ihn eine entsetzliche Langeweile, besonders in den Wachestunden. Dann spürte er ein solches Heimweh, daß er schon fürchtete, er müsse seine Stellung kündigen. Er war sehr arm und wußte, daß er zu Hause der Gemeinde zur Last fallen würde. Deshalb versuchte er, so lange wie möglich auszuhalten, obgleich er sich mit jedem Tag unglücklicher fühlte.

Eines schönen Nachmittags Anfang Mai hatte Klement ein paar Stunden frei bekommen. Als er den steilen Hügel hinunterging, auf dem Skansen liegt, begegnete ihm ein Fischer von den Schären mit einem Kasten auf dem Rücken. Es war ein junger, kräftiger Bursche, der häufig nach Skansen kam, um lebendig gefangene Seevögel anzubieten, und Klement hatte ihn schon viele Male getroffen.

Der Fischer hielt Klement an und fragte ihn, ob der Direktor zu Hause sei. Klement gab darauf Antwort und fragte nun seinerseits, was denn der Fischer Seltenes in seinem Kasten habe. »Du darfst es dir ansehen, Klement«, antwortete der Fischer, »wenn du mir zum Dank einen guten Rat gibst und mir sagst, was ich dafür verlangen kann.«

Er hielt Klement den Kasten hin, und der schaute einmal und noch einmal hinein und trat dann rasch ein paar Schritte zurück.

Er erinnerte sich, daß seine Mutter ihm als Kind immer von den kleinen Kobolden erzählt hatte, die unter den Stubendielen wohnten. Er durfte nicht schreien und nicht unartig sein, um die Kobolde nicht zu verärgern. Als er dann erwachsen wurde, hatte er geglaubt, daß Mutter das mit den Wichten nur erfunden habe, um ihn zu bändigen. Aber es konnte doch keine Erfindung gewesen sein, denn dort, in Åsbjörns Kasten, lag so einer.

Klement hatte noch etwas von seiner Kinderangst behalten, und während er in den Kasten sah, spürte er, wie es ihm eiskalt den Rücken hinunterlief. »Erzähl mir, wo du ihn gefunden hast, Åsbjörn!« sagte er.

»Ich bin heute morgen schon früh aufs Meer gefahren, mit der Flinte im Boot. Kaum hatte ich abgelegt, da entdeckte ich ein paar Wildgänse, die sich von Osten näherten. Ich gab einen Schuß ab, traf aber keine. Statt dessen kam dieser hier und fiel so dicht neben dem Boot ins Wasser, daß ich nur die Hand auszustrecken brauchte, da hatte ich ihn.«

»Du hast ihn doch wohl nicht erschossen, Åsbjörn?«

»O nein, er ist gesund und munter. Aber gleich nach seinem Fall war er ganz durcheinander, und das habe ich ausgenutzt und habe ihm ein paar Bindfäden um Füße und Hände geschnürt, damit er nicht abhauen konnte. Guck an, dachte ich mir, das wäre gewiß etwas für Skansen.«

Während der Fischer dies berichtete, wurde Klement von einer seltsamen Angst ergriffen. Alles, was er in seiner Kindheit vom Volk der Kobolde, von ihrer Rachgier gegenüber Feinden und ihrer Hilfsbereitschaft gegenüber Freunden gehört hatte, stieg in ihm auf. »Du hättest ihn sofort freilassen müssen, Åsbjörn«, sagte er.

»Es hat nicht viel gefehlt, da wäre mir gar nichts anderes übriggeblieben«, entgegnete der Fischer. »Denn stell dir vor, Klement, die Wildgänse sind mir bis nach Hause gefolgt und den ganzen Morgen über der Schäre hin und her geflogen und haben geschrien, als verlangten sie ihn zurück.«

»Spricht er denn nicht?« fragte Klement.

»Doch, zuerst versuchte er, den Vögeln etwas zuzurufen, dann habe ich ihm einen Knebel in den Mund gesteckt, um das zu verhindern.«

»Aber Åsbjörn«, sagte Klement, »wie kannst du ihm

so etwas antun! Begreifst du denn nicht, daß er etwas Übernatürliches ist?«

»Ich weiß nicht, wofür man ihn halten soll«, sagte Åsbjörn ruhig. »Das mögen andere herausfinden. Ich bin schon zufrieden, wenn ich ihn gut bezahlt bekomme. Und jetzt sag mir, Klement, was könnte mir der Direktor von Skansen dafür geben?«

Klement zögerte lange mit der Antwort. Er spürte eine solche Furcht, daß es ihm fast so vorkam, als stünde seine Mutter neben ihm und ermahnte ihn, das Volk der Kobolde immer gut zu behandeln. »Was dir der Direktor dafür bezahlen könnte, weiß ich nicht, Åsbjörn«, sagte er schließlich. »Aber wenn du ihn mir überlassen willst, dann gebe ich dir dafür zwanzig Kronen.«

Als Åsbjörn diese große Summe hörte, sah er den Spielmann ganz erstaunt an. Er war sich nicht sicher, ob der Direktor auch so einen hohen Preis zahlen würde, und deshalb nahm er das Angebot an.

Der Spielmann steckte seinen Kauf in eine seiner weiten Taschen, kehrte nach Skansen zurück und ging in eine Sennhütte. Als er die Tür hinter sich zugezogen hatte, holte er den Wicht hervor, der noch an Händen und Füßen gefesselt war und den Knebel im Mund hatte, und legte ihn behutsam auf eine Bank.

»Jetzt hör mal zu, was ich dir sage!« begann Klement. »Ich weiß wohl, daß solche wie du den Menschen nicht gern unter die Augen kommen, sondern am liebsten schalten und walten, wie ihnen beliebt. Deshalb möchte ich dich freigeben. Aber dafür mußt du mir versprechen, daß du in diesem Garten bleibst, solange auch ich hier bin. Wenn du damit einverstanden bist, dann nicke dreimal mit dem Kopf!«

Klement sah den Wicht erwartungsvoll an, aber der rührte sich nicht.

»Es soll dir nicht schlecht ergehen«, sagte Klement. »Ich werde dir jeden Tag Essen hinstellen, und ich glaube, du wirst hier so viel zu tun bekommen, daß dir die Zeit nicht lang wird.«

Wieder verstummte Klement und wartete auf ein Zeichen, aber der Wicht regte sich nicht.

»Aha«, sagte Klement, »dann gibt es wohl nur die Möglichkeit, daß ich dich dem Herrn von Skansen zeige. Der wird dich in einen Glasschrank sperren, und alle Leute aus der großen Stadt Stockholm werden dich besichtigen kommen.«

Das schien den Wicht nun doch zu erschrecken, und der Alte hatte kaum ausgesprochen, da nickte er dreimal.

»Das war recht«, sagte Klement, nahm sein Messer und zerschnitt den Bindfaden, mit dem der Wicht an den Händen gefesselt war. Dann ging er rasch zur Tür.

Bevor der Junge an etwas anderes dachte, löste er die Fesseln seiner Fußgelenke und zog sich den Knebel aus dem Mund. Als er sich danach bei Klement Larsson bedanken wollte, war der schon verschwunden.

Kaum war Klement zur Tür hinaus, da begegnete er einem stattlichen, gutaussehenden alten Herrn, der wohl gerade zu einem schönen Aussichtspunkt in der Nähe unterwegs war. Klement konnte sich nicht entsinnen, diesen Herrn schon einmal gesehen zu haben, der aber hatte ihn gewiß schon einmal beim Geigespielen bemerkt, denn er blieb stehen und sprach ihn an.

»Guten Tag, Klement! Wie geht es dir? Du bist doch wohl nicht krank? Ich finde, du siehst in letzter Zeit schlecht aus.«

Der alte Herr war so überaus freundlich, daß sich Klement ein Herz faßte und ihm erzählte, wie sehr ihn das Heimweh quälte.

»Was?« sagte der stattliche alte Herr. »Hast du Sehnsucht nach Hause, wo du in Stockholm bist? Das ist doch wohl nicht möglich!«

Der Herr wirkte fast gekränkt. Dann aber schien er sich darauf zu besinnen, daß er mit einem alten unwissenden Bauern aus Hälsingland sprach, und wurde wieder freundlich.

»Dir hat sicher noch niemand richtig erzählt, was Stockholm für eine Stadt ist«, sagte der Fremde. »Sonst würdest du nämlich begreifen, daß es hier so vieles zu sehen und zu lernen gibt, daß man sich niemals von hier wegsehnen kann.«

Als der stattliche Herr auf der Bank Platz genommen hatte, schaute er erst ein paar Augenblicke auf Stockholm hinunter, das in all seiner Pracht vor ihm ausgebreitet lag. Er holte tief Luft, als wollte er die ganze Schönheit der Gegend einatmen.

Dann wandte er sich dem Spielmann zu und begann ihm zu erzählen, wie man vor etwa sechshundert, siebenhundert Jahren die kleinen Holme im Norrström besiedelt und befestigt hatte und wie die Stadt seit dieser Zeit gewachsen war.

Während er sich mit Klement unterhielt, tauchte ein zweiter Herr auf und kam schnell auf die beiden zu. Als der stattliche Herr ihm winkte, blieb er jedoch in einiger Entfernung stehen.

Der hatte sich nun erhoben. »Ich habe keine Zeit, noch länger mit dir zu reden, Klement«, sagte er. »Aber ich werde dir ein Buch über Stockholm schicken lassen, und das sollst du von Anfang bis Ende durchlesen. Finde selbst heraus, wie die Stadt gelebt und sich verändert hat! Lies, wie sich die kleine, enge, mauerumschlossene Stadt auf den Holmen in dieses riesige Häusermeer verwandelte, das wir jetzt unter uns sehen! Lies, wie man auf jenem Platz, wo der dunkle Turm Kärnan stand, das schöne, helle Schloß zu unseren Füßen baute und wie die Kirche der Grauen Mönche zur Gruft der schwedischen Könige wurde! Und wie man einen Holm nach dem anderen mit Häusern bedeckte! Lies, wie die Gemüsefelder von Södermalm und Norrmalm in schöne Parks und Wohnviertel umgewandelt wurden! Lies, wie man die Hügel ebnete und den Sund ausfüllte! Lies, wie der abgeschlossene Tiergarten der Könige zum liebsten Ausflugsort des Volkes wurde! Du sollst hier heimisch werden, Klement. Diese Stadt gehört nicht nur den Stockholmern, sie gehört dir und ganz Schweden.

Du weißt, Klement, daß jede Gemeinde einen Gemeinderat hat, doch in Stockholm tagt der Reichstag für das ganze Volk. Du weißt, daß jeder Gerichtsbezirk seine Richter hat, aber in Stockholm gibt es einen Gerichtshof, der über alle anderen richtet. Du weißt, daß es überall im Land Kasernen und Truppen gibt, doch die Oberbefehlshaber des Heeres sitzen in Stockholm. Durch das ganze Land ziehen sich Eisenbahnlinien, und alle werden von Stockholm aus verwaltet. Hier gibt es die obersten Behörden für Pfarrer, Lehrer, Ärzte, Vögte und Amtsvorsteher. Hier ist der Mittelpunkt des Landes, Klement. Aus Stockholm kommt das Geld, das du in deiner Tasche trägst, und die Briefmarken, die wir auf unsere Briefe kleben. Aus Stockholm bekommen alle Schweden etwas, und alle Schweden haben hier etwas zu tun. Hier braucht sich niemand fremd zu fühlen und Heimweh zu haben. Hier sind alle Schweden zu Hause.

Und wenn du liest, was sich alles in Stockholm versammelt hat, Klement, dann denk auch an das, was zuletzt von der Stadt angezogen wurde! Das sind die alten Häuser von Skansen. Das sind alte Tänze, alte Trachten und alter Hausrat. Das sind Spielleute und Märchenerzähler. Alles, was gut und alt ist, hat Stockholm nach Skansen geholt, um es zu ehren und mit neuem Ansehen im Volk wieder auferstehen zu lassen.

Doch wenn du das Buch über Stockholm liest, mußt du unbedingt hier auf diesem Platz sitzen, Klement! Du mußt sehen, wie die Wellen in spielerischer Freude glitzern und wie wunderbar die Ufer schimmern! Du mußt dich vom Zauber dieser schönen Stadt einfangen lassen, Klement!«

Der stattliche alte Herr hatte die Stimme gehoben, so daß sie nun laut und gebieterisch klang, und seine Augen blitzten. Dann stand er auf und verabschiedete sich von Klement mit einer kleinen Handbewegung. Und nun wußte Klement, daß ein hoher Herr mit ihm gesprochen hatte, und machte hinter ihm eine Verbeugung, so tief er konnte.

Am nächsten Tag kam ein königlicher Lakai zu Klement und brachte ihm ein großes, rotes Buch und einen Brief. In dem Brief stand, das Buch sei vom König.

Nach diesem Ereignis war der kleine alte Klement mehrere Tage so verwirrt, daß kaum ein vernünftiges Wort aus ihm herauszubekommen war. Einen Monat später ging er zum Direktor und kündigte – er müsse unbedingt nach Hause.

»Warum willst du denn heim? Kannst du dich wirklich nicht bei uns eingewöhnen?« fragte der Direktor.

»Doch, ich fühle mich wohl«, sagte Klement, »das ist jetzt nicht mehr so schlimm. Aber ich muß trotzdem nach Hause.«

Es war so, daß sich Klement unbedingt daheim auf den Kirchenhügel stellen und Hohen und Niederen davon berichten mußte, wie gut der König ihn behandelt, daß er neben ihm auf der Bank gesessen und ihm ein

Buch geschickt und sich die Zeit genommen habe, mit ihm, einem armen, alten Spielmann, eine ganze Stunde lang zu reden, um ihn von seinem Heimweh zu kurieren. Es war ja schon eine große Sache, daß er es hier den alten Lappen und den Mädchen aus Dalarna berichten konnte – aber eine noch viel größere wäre es, davon zu Hause zu erzählen!

Auch wenn er danach im Armenhaus landen sollte, würde das nicht mehr so schwer für ihn sein. Klement war jetzt ein ganz anderer Mann und auf ganz andere Weise zu achten und zu ehren.

33
Gorgo, der Adler

Im Gebirgstal

Hoch oben in Lapplands Fjällen lag auf dem Vorsprung einer schroffen Felswand ein altes Adlernest. Es bestand aus Kiefernzweigen, die in Schichten übereinandergelegt waren. Seine Bewohner hatten viele Jahre daran gebaut und es verstärkt, und nun war es ein paar Meter breit und fast so hoch wie eine Lappenhütte.

Die Felswand, an der sich das Adlernest befand, grenzte an ein ziemlich großes Tal, in dem im Sommer eine Schar Wildgänse wohnte. Für die Gänse war dieses Tal ein vortrefflicher Zufluchtsort, denn es war so versteckt zwischen den Bergen, daß nicht viele, nicht einmal unter den Lappen, etwas davon wußten. In seiner Mitte lag ein kleiner runder See, wo die kleinen Gänschen reichlich Futter fanden, und an den Ufern, die mit Grashöckern, Weidengebüsch und verkrüppelten Birken bedeckt waren, gab es die besten Brutplätze.

Zu allen Zeiten hatten auf dem Felsen Adler und im Tal Wildgänse gewohnt. Jedes Jahr raubten die Adler ein paar, doch sie achteten darauf, daß es nicht zu viele wurden, damit die Wildgänse auch weiterhin im Tal zu bleiben wagten. Andererseits hatten die Wildgänse von den Adlern keinen geringen Nutzen, denn diese Räuber hielten andere Räuber fern.

Ein paar Jahre, bevor Nils Holgersson mit den Wildgänsen durchs Land reiste, stand die alte Leitgans Akka von Kebnekajse eines Morgens im Felsental und schaute zum Adlernest hinauf. Gewöhnlich zogen die Adler kurz nach Sonnenaufgang auf die Jagd, und in all den Sommern, die Akka nun schon in diesem Tal verbrachte, hatte sie jeden Morgen den Aufbruch der Adler abgewartet, um zu sehen, ob sie in ihrer Nähe blieben oder zu anderen Jagdgebieten flogen.

Sie brauchte auch nicht lange zu warten, da verließen die beiden stattlichen Vögel den Felsvorsprung und schwangen sich schön, aber furchterregend in die Lüfte. Als sie nun Kurs auf das Flachland nahmen, stieß Akka einen Seufzer der Erleichterung aus.

Die alte Leitgans, die keine Eier mehr legte, vertrieb sich im Sommer die Zeit damit, daß sie von einem Gänsenest zum anderen ging und Ratschläge zur Brut und zur Pflege der Jungen erteilte. Außerdem hielt sie nicht nur nach den Adlern, sondern auch nach Bergfüchsen, Eulen und allen anderen Feinden Ausschau, die für die Wildgänse und ihre Jungen bedrohlich sein könnten.

Um die Mittagszeit begann Akka aufs neue nach den Adlern zu spähen. Das hatte sie jeden Tag in all den Sommern getan, die sie in diesem Tal wohnte. Wenn die

Adler viel erbeutet hatten, war das an ihrem Flug sofort zu erkennen, und dann wußte Akka ihre Schar in Sicherheit. Doch heute sah sie die Adler nicht zurückkehren. »Ich bin wohl alt und nachlässig geworden«, dachte sie. »Jetzt müßten sie doch längst zu Hause sein.«

Am Nachmittag schaute sie zum schmalen Vorsprung der Felswand hinauf, wo die Adler ihre Mittagsruhe zu halten pflegten, und gegen Abend sah sie zum Bergsee, aber auch dort waren sie nicht. Wieder klagte Akka darüber, daß sie alt geworden sei. Sie hatte sich an die Anwesenheit der Adler auf dem Felsen über dem Tal so sehr gewöhnt, daß sie sich ihr Ausbleiben gar nicht vorstellen konnte.

Am nächsten Morgen war die Leitgans beizeiten wach, um erneut nach den Adlern zu spähen. Doch auch jetzt waren sie unsichtbar. Statt dessen hörte Akka in der Morgenstille ein Geschrei, das wütend und kläglich zugleich klang und aus dem Adlernest zu kommen schien. »Vielleicht stimmt da oben wirklich etwas nicht?« dachte sie. Rasch flog sie so hoch empor, daß sie in das Adlernest hineinschauen konnte.

Im ganzen Nest war weder das Adlermännchen noch das Adlerweibchen, sondern nur ein halbnacktes Junges zu entdecken.

Langsam und zögernd schwebte Akka näher. Ihr bot sich ein unheimlicher Anblick. Es war deutlich, daß hier ein Räuberpack wohnte. Im Nest und auf dem Felsvorsprung lagen gebleichte Knochen, blutige Federn und Hautfetzen, Hasenköpfe, Vogelschnäbel und gefiederte Schneehuhnfüße. Auch das Adlerjunge, das mitten in dem Ganzen hockte, sah abschreckend aus. Es hatte den großen Schnabel aufgerissen, sein Körper war plump und daunenbekleidet, die Flügel waren unfertig, und die künftigen Schwungfedern ragten als Stacheln heraus.

Schließlich überwand Akka ihren Abscheu und ließ sich auf dem Nestrand nieder, wobei sie sich unruhig nach allen Seiten umsah.

»Wie gut, daß endlich jemand kommt«, rief das Adlerjunge. »Beschaff mir sofort was zu fressen!«

»Na, na, immer mit der Ruhe!« sagte Akka. »Erzähl mir erst, wo Vater und Mutter sind!«

»Wenn ich das bloß wüßte! Sie sind gestern morgen weggeflogen und haben mir nur einen Berglemming zurückgelassen. So eine Gemeinheit, wie Mutter mich hungern läßt!«

Akka vermutete nun, daß die alten Adler einem Jäger zum Opfer gefallen waren, und sie überlegte, ob sie das Adlerjunge nicht dem Hungertod preisgeben sollte – dann wäre sie das ganze Räuberpack vielleicht für alle Zeit los. Doch zugleich widerstrebte es ihr, einem verlassenen Jungen die Hilfe zu verweigern.

»Was glotzt du denn da?« schrie das Adlerjunge. »Hast du nicht gehört, daß ich was zu fressen haben will?«

Akka breitete die Flügel aus und flog hinunter zu dem kleinen See. Nach einer Weile kehrte sie mit einer Forelle im Schnabel zurück.

Als sie den Fisch vor dem Adlerjungen niederlegte, geriet es außer sich vor Wut. »Glaubst du etwa, ich kann so was fressen?« schrie es, schob den Fisch beiseite und versuchte, Akka mit dem Schnabel zu hacken. »Beschaff mir ein Schneehuhn oder einen Lemming, hörst du!«

Da reckte Akka den Kopf vor und kniff den kleinen Adler tüchtig in den Nacken. »Ich will dir mal was sagen«, fuhr sie ihn an, »wenn ich dir Futter besorgen soll, dann mußt du dich mit dem begnügen, was ich dir bringen kann. Deine Eltern sind tot, die können dir nicht mehr helfen. Aber wenn du hier verhungern willst, bloß weil du auf Schneehühner und Lemminge wartest, dann will ich dich nicht daran hindern!«

Als sie das gesagt hatte, flog Akka schnell davon und kehrte erst nach geraumer Zeit zum Adlernest zurück. Da hatte das Adlerjunge den Fisch vertilgt, und als sie ihm einen neuen hinlegte, verschlang es ihn sofort, obwohl ihm der Ekel anzumerken war.

Nun bekam Akka tüchtig zu tun. Die alten Adler kehrten niemals zurück, und sie mußte dem Kleinen ganz allein die Nahrung beschaffen, die er benötigte. Sie fütterte ihn mit Fischen und Fröschen, und diese Kost schien gut bei ihm anzuschlagen, denn er wurde groß und kräftig. Er hatte seine Adlereltern bald vergessen und hielt Akka für seine richtige Mutter. Und Akka ihrerseits liebte ihn wie ihr eigenes Kind. Sie bemühte sich, ihm eine gute Erziehung mitzugeben und ihm die Wildheit und den Mutwillen abzugewöhnen.

Nach ein paar Wochen fühlte Akka die Zeit nahen, da sie die Federn wechseln mußte und also nicht fliegen konnte. Wenn sie dem kleinen Adler nun einen ganzen Monat lang keine Nahrung besorgte, würde er unweigerlich verhungern.

»Jetzt kann ich dir keinen Fisch mehr ins Nest bringen, Gorgo«, sagte sie eines Tages zu ihm. »Du mußt dich ins Tal hinunter wagen, das ist die einzige Möglichkeit, wie ich dir weiter Futter beschaffen kann. Du hast die Wahl: entweder du verhungerst hier oben, oder du stürzt dich in die Tiefe, aber auch das kann dich das Leben kosten.«

Ohne einen Augenblick zu zögern, stieg der kleine Adler auf den Rand des Nestes, breitete seine Flügel aus und flatterte los. Er überschlug sich zwar ein paarmal in der Luft, bewegte sich aber doch so geschickt, daß er ziemlich unbeschadet auf dem Boden ankam.

Nun verbrachte Gorgo den Sommer zusammen mit den kleinen Gänschen im Tal. In der Meinung, er sei auch ein Gänsejunges, versuchte er genauso zu leben wie sie, und als sie in den See hinausschwammen, folgte er ihnen, bis er fast ertrank. Es war für ihn eine tiefe Demütigung, daß er das Schwimmen nicht lernte, und er ging zu Akka und beklagte sich. »Warum kann ich nicht schwimmen wie die anderen?« fragte er.

»Als du auf dem Felsvorsprung gelegen hast, sind deine Klauen zu krumm und deine Zehen zu groß geworden«, sagte Akka. »Aber sei deshalb nicht traurig! Aus dir wird schon noch ein guter Vogel.«

Bald waren die Flügel des Adlers so kräftig, daß sie ihn trugen. Doch erst im Herbst, als die kleinen Gänschen fliegen lernen mußten, kam er darauf, daß er sie auch dazu gebrauchen konnte. Jetzt begann für ihn eine große Zeit, denn in diesem Sport war er sofort der Erste. Seine Kameraden blieben nur so lange in der Luft wie unbedingt nötig; er aber hielt sich fast den ganzen Tag darin auf und übte sich in der Kunst des Fliegens. Es war ihm noch immer nicht aufgegangen, daß er aus einem anderen Geschlecht als dem der Gänse stammte, doch er konnte nicht umhin, eine Menge erstaunlicher Dinge zu bemerken, und stellte Akka ständig neue Fragen. »Warum laufen Schneehühner und Lemminge weg und verstecken sich, wenn mein Schatten über den Fjäll fällt?« fragte er. »Vor den anderen Junggänsen haben sie keine Angst.«

»Deine Flügel sind verwachsen, als du auf dem Felsvorsprung gelegen hast«, antwortete Akka, »und das erschreckt die kleinen Tiere. Aber sei deshalb nicht traurig! Aus dir wird schon noch ein guter Vogel.«

Als der Adler nun gut fliegen konnte, lernte er ganz von selbst, wie man Fische und Frösche fängt, doch bald machte er sich auch darüber Gedanken. »Wie kommt es, daß ich von Fischen und Fröschen lebe?« fragte er. »Das tun doch die anderen Junggänse nicht.«

»Das kommt daher, daß ich dich mit nichts anderem füttern konnte, als du oben auf dem Felsvorsprung gelegen hast«, sagte Akka. »Aber sei deshalb nicht traurig! Aus dir wird schon noch ein guter Vogel.«

Als sich die Wildgänse auf ihren Herbstzug begaben, flog Gorgo mit ihrer Schar und hielt sich noch immer für einen von ihnen. Doch in der Luft schwirrte es von Vögeln, die alle nach Süden wollten, und als Akka nun mit einem Adler im Gefolge erschien, gab es einen großen Aufruhr. Die Wildgänse wurden ständig von neugierigen Schwärmen umkreist, die unverhohlen ihr Erstaunen äußerten. Akka hieß sie schweigen, doch so viele durcheinanderredende Zungen ließen sich unmöglich zügeln. »Warum nennen sie mich einen Adler?« fragte Gorgo unaufhörlich und wurde immer gereizter. »Sehen sie nicht, daß ich eine Wildgans bin? Ich bin kein Vogelfresser, der seinesgleichen verschlingt. Wie können sie wagen, mir einen so häßlichen Namen zu geben?«

Eines Tages überflogen sie einen Bauernhof, auf dessen Misthaufen viele Hühner herumliefen und pickten. »Ein Adler! Ein Adler!« riefen die Hühner und liefen schleunigst davon. Doch Gorgo hatte von Adlern stets als den schlimmsten Übeltätern reden gehört und konnte seinen Zorn nicht mehr beherrschen. Er klatschte die Flügel zusammen, schoß hinunter und schlug die Klauen in eins der Hühner. »Ich will dir schon beibringen, daß ich kein Adler bin!« rief er wütend und hackte nach ihm mit dem Schnabel.

Im gleichen Moment hörte er Akka von oben rufen und folgte gehorsam. Die Wildgans flog zu ihm und begann ihn zu maßregeln. »Was machst du da bloß?« schrie sie und hackte ihn heftig. »Wolltest du vielleicht dieses arme Huhn zerreißen? Du sollst dich schämen!«

Als sich der Adler die Strafpredigt der Wildgans ohne Widerspruch gefallen ließ, erhob sich bei den großen Vogelscharen ringsum ein Sturm von Spottreden und Schimpfworten. Da warf der Adler Akka so wütende Blicke zu, als ob er sie angreifen wollte. Doch plötzlich änderte er seine Absicht, schwang sich mit kräftigen Flügelschlägen empor, stieg so hoch, daß ihn kein Ruf mehr erreichte, und blieb so lange dort oben, wie die Wildgänse ihn sehen konnten.

Drei Tage später kehrte er zur Schar der Wildgänse zurück.

»Jetzt weiß ich, wer ich bin«, sagte er zu Akka. »Ich bin ein Adler, und deshalb muß ich so leben, wie es einem Adler gebührt. Aber ich finde, wir können trotzdem Freunde bleiben. Nie werde ich dich oder einen der Deinen angreifen.«

Doch Akka, die ihren ganzen Stolz daran gesetzt hatte, den Adler zu einem braven und ungefährlichen Vogel zu erziehen, konnte nicht dulden, daß er auf seine eigene Weise leben wollte. »Glaubst du, ich will mit einem Vogelfresser befreundet sein?« sagte sie. »Wenn du so lebst, wie ich dich gelehrt habe, dann darfst du wieder mit meiner Schar fliegen!«

Sie waren beide stolz und unbeugsam, und keiner von ihnen wollte nachgeben. Es endete damit, daß Akka den Adler aus ihrer Nähe verbannte, und ihr Zorn war so groß, daß niemand es wagte, in ihrer Gegenwart seinen Namen zu nennen.

Seit dieser Zeit zog Gorgo durchs Land, einsam und gemieden wie alle großen Räuber. Oft war er in düsterer Stimmung, und sicher sehnte er sich so manches Mal nach jener Zeit zurück, als er sich selbst für eine Wildgans gehalten und mit den fröhlichen kleinen Gänschen gespielt hatte. Wegen seiner Kühnheit besaß er bei den Tieren einen großen Ruf. Sie sagten stets, er habe vor nichts Angst, außer vor seiner Pflegemutter Akka. Auch wußten sie von ihm zu berichten, daß er sich niemals an einer Wildgans vergriffen hatte.

In Gefangenschaft

Gorgo war erst drei Jahre alt und hatte noch nicht daran gedacht, sich eine Frau zu suchen und seßhaft zu werden, da wurde er eines Tages von einem Jäger gefangen und an das Freiluftmuseum Skansen verkauft. Dort gab es schon zwei Adler, die in einem Käfig aus Eisenstangen und Stahldraht eingesperrt waren. Der Käfig befand sich im Freien und war so groß, daß man ein paar Bäume darin angepflanzt hatte, damit sich die Adler heimisch fühlen sollten. Doch die großen Vögel verkümmerten trotzdem. Sie saßen fast den ganzen Tag reglos auf ein und demselben Platz. Ihre schönen dunklen Federkleider wurden struppig und stumpf, und ihre Augen starrten mit hoffnungsloser Sehnsucht ins Leere.

In der ersten Woche seiner Gefangenschaft war Gorgo noch lebhaft und munter, dann aber begann er in eine dumpfe Schlaffheit zu versinken. Er blieb wie die anderen Adler still auf demselben Platz sitzen, starrte vor sich hin, ohne etwas zu sehen, und wußte nicht mehr, wie die Tage vergingen.

Eines Morgens, als er in seinem üblichen Dämmerschlaf hockte, hörte er vom Boden jemanden nach ihm rufen. Er war so abgestumpft, daß er kaum den Blick zu senken vermochte. »Wer ruft mich denn da?« fragte er.

»Aber Gorgo, erkennst du mich nicht? Ich bin der Däumling, der mit den Wildgänsen umhergeflogen ist.«

»Hat man Akka auch gefangen?« fragte Gorgo in einem Ton, als versuchte er nach langem Schlaf seine Gedanken zu ordnen.

»Nein, Akka und der weiße Gänserich und die ganze Schar sind jetzt gewiß wohlbehalten in Lappland«, sagte der Junge. »Nur ich bin hier gefangen.«

Während der Junge das sagte, bemerkte er, daß Gorgo den Blick abwandte und wie zuvor ins Leere starrte. »Königsadler!« rief der Junge. »Ich habe nicht vergessen, daß du mich einmal zu den Wildgänsen zurückgebracht hast. Sag, ob ich dir in irgendeiner Weise helfen kann!« Gorgo hob kaum den Kopf.

»Stör mich nicht, Däumling!« sagte er. »Ich träume gerade, daß ich frei hoch oben in der Luft schwebe. Ich will nicht aufwachen.«

Als es Nacht wurde und alle Adler schliefen, war an dem Drahtnetz, das ihren Käfig überspannte, ein leises Kratzen zu hören. Die beiden alten, abgestumpften Gefangenen ließen sich davon nicht beeindrucken, doch Gorgo wachte auf. »Wer da? Wer bewegt sich da oben auf dem Dach?« fragte er.

»Ich, der Däumling, Gorgo«, antwortete der Junge. »Ich sitze hier oben und feile am Stahldraht, damit du wegfliegen kannst.«

Der Adler hob den Kopf und sah in der hellen Nacht, wie der Junge am Stahlnetz über dem Käfig feilte. Einen Augenblick schöpfte er Hoffnung, dann aber wurde er von Mutlosigkeit übermannt. »Ich bin ein großer Vogel, Däumling«, sagte er. »Wie willst du so viele Drähte durchfeilen können?«

»Schlaf du und kümmere dich nicht um mich!« antwortete der Junge.

Gorgo schlief wieder ein, doch als er am nächsten Morgen erwachte, sah er sofort, daß schon eine Menge Drähte durchgefeilt waren. An diesem Tag fühlte er sich nicht so schlaff wie an den vorangegangenen. Er schlug mit den Flügeln und hüpfte auf den Baumzweigen, um seine Gelenke zu lockern.

Eines Morgens, gerade als der erste Streifen Dämmerung am Himmel entzündet wurde, weckte der Däumling den Adler. »Jetzt versuch's mal, Gorgo!« sagte er.

Der Adler schaute in die Höhe. Tatsächlich hatte der Junge so viele Drähte durchgefeilt, daß in dem Drahtnetz ein großes Loch entstanden war. Gorgo bewegte die Flügel und schwang sich empor. Ein paarmal mißlang es ihm, und er fiel in den Käfig zurück, doch schließlich entkam er glücklich ins Freie.

In stolzem Flug stieg er zu den Wolken auf. Der kleine Däumling schaute ihm wehmütig nach und wünschte sich, daß auch ihm jemand die Freiheit bringen könnte.

Der Junge hatte sich nun auf Skansen eingewöhnt. Er hatte mit allen Tieren, die es dort gab, Bekanntschaft geschlossen und eine Menge Freunde gefunden. Und wie er gestehen mußte, gab es vieles zu sehen und zu lernen. Trotzdem wanderten seine Gedanken jeden Tag sehnsuchtsvoll zu Gänserich Martin und den anderen Reisekameraden.

Es mag merkwürdig erscheinen, daß der Junge, nachdem Klement Larsson Skansen verlassen hatte, dort geblieben war. Aber die große Vogelflugzeit war nun vorbei, es zogen keine Scharen mehr gen Norden. Der Junge wußte nicht, wie er einen Vogel finden sollte, der ihn bis ins nördlichste Lappland zu den Wildgänsen tragen könnte.

In dieser Nacht war seine Sehnsucht nach Freiheit

noch größer als sonst, denn jetzt war es wirklich Frühling und Sommer geworden. Die Erde hatte sich mit Grün bekleidet, Birken und Pappeln trugen seidig schimmernde Blätter, die Kirschbäume, ja alle möglichen Obstbäume standen in voller Blüte, die Beerensträucher trugen schon kleine unreife Früchte, die Eichen wickelten mit großer Vorsicht ihre Blätter aus, auf den Gemüsebeeten von Skansen grünten Erbsen, Kohl und Bohnen. »Jetzt muß es wohl auch in Lappland warm und schön sein«, dachte der Junge. »Wie gern würde ich an so einem prachtvollen Morgen auf Gänserich Martins Rükken sitzen. Wie herrlich wäre es, durch die stille, warme Luft zu reiten und auf die Erde hinunterzuschauen, die jetzt mit grünen Gräsern und hübschen Blumen geschmückt und geputzt ist.«

Das dachte er gerade, als urplötzlich der Adler aus der Luft geschossen kam und sich neben ihn auf das Dach des Käfigs setzte. »Ich wollte nur meine Flügel ausprobieren und sehen, ob sie noch etwas taugen«, sagte Gorgo. »Du hast doch wohl nicht geglaubt, daß ich dich ohne Dank verlassen würde? Sag mir nun, ob ich dir irgendeinen Gegendienst erweisen kann!«

»Ich wüßte zwar, was ich mir wünsche«, sagte der Junge, »aber das ist vielleicht zu viel verlangt. Ich möchte dich bitten, mich nach Lappland zu den Brutplätzen der Wildgänse zu bringen.« Gorgo schien einen Augenblick zu zögern. »Na ja«, sagte er, »ich halte mich lieber in solchen Gegenden des Landes auf, wo ich Akka nicht antreffe. Aber die Freiheit ist ein so großes Gut, daß man sie nicht zu teuer bezahlen kann.«

Dann beugte er sich vor, damit der Däumling auf seinen Rücken steigen konnte, und in schnellem Flug brausten die beiden nach Norden.

34
Über Gästrikland weiter

Der kostbare Gürtel

Mittwoch, den 15. Juni

Der Adler trug den Jungen nun in gutem Tempo über Gästrikland. Im südlichen Teil gab es nicht viel Interessantes zu entdecken. Dort breitete sich eine Ebene aus, auf der kaum etwas anderes als Tannenwald wuchs. Doch weiter im Norden zog sich quer durch die ganze Landschaft, von der Grenze nach Dalarna bis zum Bottnischen Meerbusen, ein schönes Gebiet von Hügeln mit Laubwald, von blanken Seen und reißenden Strömen. Hier gab es große Gemeinden mit weißen Kirchen, Straßen und Eisenbahnlinien kreuzten sich, die Häuser lagen hübsch im Grünen, und blühende Gärten sandten liebliche Düfte in die Luft.

An den Wasserläufen bemerkte der Junge mehrere große Eisenhütten, wie er sie schon in den Bergbaurevieren gesehen hatte. Sie reihten sich mit ziemlich gleichmäßigen Abständen aneinander bis zum Meer, und dort breitete eine große Stadt ihre weißen Häusermassen aus. Nördlich von dieser reichen, besiedelten Gegend folgten wieder dunkle Wälder. Aber das Land wurde doch nicht ganz flach, sondern hob und senkte sich mit Höhenzügen und Tälern wie ein aufgewühltes Meer.

»Dieses Land ist mit einem Rock aus Tannenreisig und einer Jacke aus Granit bekleidet«, dachte der Junge bei sich. »Aber in der Mitte trägt es einen Gürtel, der an Kostbarkeit nicht seinesgleichen hat, denn er ist mit blauenden Seen und blühenden Weiden bestickt, mit großen Eisenhütten wie mit einer Reihe von Edelsteinen verziert und hat als Schnalle eine ganze Stadt mit Schlössern und Kirchen und großen Mengen von Häusern.«

Als die Reisenden ein Stück in das nördliche Waldgebiet eingedrungen waren, ließ sich Gorgo hoch oben auf einem nackten Felsen nieder und sagte, als der Junge von seinem Rücken sprang: »In diesem Wald gibt es Wildbret, und ich glaube, ich kann mich erst dann wieder richtig frei fühlen und die Gefangenschaft vergessen, wenn ich etwas gejagt habe. Du wirst dich doch wohl nicht fürchten, wenn ich dich allein lasse?«

»Aber nein«, sagte der Junge.

»Du kannst gehen, wohin du willst, wenn du nur bei Sonnenuntergang wieder hier bist«, sagte der Adler und flog davon.

Wie der Junge da auf einem Stein saß und über die nackten Felsenflächen blickte, fühlte er sich doch recht einsam und verlassen. Aber er hatte noch nicht lange dort gesessen, da ertönte aus dem Wald Gesang, und zwischen den Bäumen bewegte sich etwas Helles. Bald erkannte er eine schwedische Fahne, der wohl ein ganzer Zug von Menschen folgte, denn er hörte Gesang und ausgelassene Fröhlichkeit. Sie trugen die Fahne auf gewundenen Pfaden, und er überlegte, wohin sie wohl damit wollten. Er konnte sich nicht vorstellen, daß der häßliche, kahle Felsen, auf dem er saß, ihr Ziel sein sollte. Und doch war es so. Die Fahne tauchte am Waldrand auf, und dahinter kam die wimmelnde Menge, der sie den Weg gewiesen hatte. Die ganze Felsenhöhe wurde von Leben und Treiben erfüllt, und für den Jungen gab es an diesem Tag so viel zu sehen, daß er sich keinen Augenblick langweilte.

Der Tag des Waldes

Auf eben diesem breiten Bergrücken hatte zehn Jahre zuvor ein Waldbrand gewütet. Die verkohlten Bäume waren inzwischen gefällt und fortgeschafft worden, und die Außenränder der großen Brandstelle hatten sich dort, wo sie an den frischen Wald grenzte, allmählich wieder mit Pflanzen bekleidet. Aber der größte Teil war immer noch nackt und unheimlich öde. Schwarze Stümpfe zwischen den Steinen zeugten davon, daß es hier einmal einen großen, prächtigen Wald gegeben hatte, doch es wuchs kein junger Schößling nach.

Die Leute wunderten sich, daß es so langsam mit dem Wachstum ging, doch sie bedachten nicht, daß der Boden vor dem Waldbrand nach langer Trockenheit ausgedörrt gewesen war. So waren auf dem Felsengrund nicht nur die Bäume und alle niedrigen Pflanzen wie Heidekraut, Sumpfporst, Moos und Preiselbeerstauden verbrannt, sondern die Erde selbst war durch das Feuer trocken und lose wie Asche geworden. Jeder Windstoß wirbelte sie empor, und da die Anhöhe dem Wind ausgesetzt war, wurde eine Felsenplatte nach der anderen blankgefegt. Das Regenwasser half natürlich mit, das Erdreich abzutragen, und als Wind und Wasser ganze zehn Jahre ihr Werk getan hatten, war der Berg so kahl geworden, daß man befürchten mußte, er würde es bis ans Ende der Welt bleiben.

Doch eines Tages zu Sommeranfang versammelten sich sämtliche Kinder der Gemeinde, zu der der abgebrannte Berg gehörte, vor ihrer Schule. Jedes Kind hatte Hacke oder Spaten auf der Schulter und einen Brotbeutel in der Hand. Als alle da waren, wanderten sie in einem langen Zug in den Wald. Die Fahne wurde vorangetragen, Lehrer und Lehrerinnen gingen daneben, und zum Schluß kamen ein paar Förster mit einem Pferdefuhrwerk, das mit Kiefernschößlingen und Fichtensamen beladen war.

Der Zug machte in keinem Birkenwäldchen der Umgebung halt, nein, es ging auf alten Sennerpfaden tief in den Wald hinein. Die Füchse reckten erstaunt die Köpfe aus ihrem Bau und wunderten sich, was das wohl für Senner sein mochten. Man wanderte an verlassenen Meilern vorüber, wo im Herbst Holzkohle gebrannt worden war, und die Kreuzschnäbel verdrehten ihre krummen Schnäbel und fragten sich, was da für Kohlenbrenner in den Wald eindrangen.

Schließlich langte der Zug auf der großen, abgebrannten Felsenfläche an. Den nackten Steinen fehlten die feinen Linnea-Ranken, die sie einmal bekleidet hatten, die Felsenplatten waren des schönen Silberbirnenmooses und der weißen, freundlichen Rentierflechte beraubt. Am schwarzen Wasser, das sich in Klüften und Vertiefungen gesammelt hatte, gab es weder Sauerklee noch Schlangenwurzblatt. Auf den kleinen Erdflecken, die in Spalten und zwischen Steinen noch geblieben waren, wuchs kein Farnkraut, kein Siebenstern, kein weißes Wintergrün, nichts von all dem Grünen und Roten und Leichten und Weichen und Anmutigen, das sonst den Boden des Waldes bekleidet.

Die graue Bergfläche schien aufzuleuchten, als sich nun alle Kinder der Gemeinde über sie verstreuten. Da war wieder etwas Fröhliches und Hübsches, Frisches und Rosiges, etwas Junges und Wachsendes. Vielleicht würden diese Kinder dem armen, verlassenen Waldboden wieder zu einem bißchen Leben verhelfen.

Nachdem die Kinder gerastet und gegessen hatten, griffen sie zu Hacke und Spaten und machten sich an die Arbeit. Die Förster zeigten ihnen, wie sie es anpacken mußten, und dann setzten sie auf alle Erdfleckchen, die sie entdecken konnten, Pflanze um Pflanze.

Dabei taten die Kinder sehr erwachsen und unterhielten sich darüber, wie nun die kleinen Pflänzchen, die sie in die Erde brachten, den Mutterboden festhalten würden, so daß ihn der Wind nicht wegtragen konnte. Und nicht genug damit, unter den Bäumen würde sich neues Erdreich bilden. Darauf würden Samen fallen, und in ein paar Jahren würde man hier, wo es jetzt nur nackte Felsenplatten gab, Himbeeren und Blaubeeren pflücken können. Die kleinen Pflänzchen würden mit der Zeit zu hohen Bäumen heranwachsen. Aus ihrem Holz könnte man vielleicht Häuser und prächtige Schiffe bauen.

Doch wenn die Kinder mit ihren Pflänzchen nicht gekommen wären, solange es in den Spalten noch einen Rest Erde gab, hätten Wind und Wetter den gesamten Mutterboden abgetragen, und auf dem Felsen hätte nie wieder Wald wachsen können.

»Ja, da ist es schon ein Glück, daß wir hergekommen sind«, sagten die Kinder. »Es war auch höchste Zeit.« Und sie fühlten sich ungeheuer wichtig.

Während die Kinder auf der Felsenhöhe bei der Arbeit waren, saßen Vater und Mutter daheim und fragten sich nach einer Weile, wie ihre Sprößlinge wohl damit fertig würden. Natürlich war es nur leeres Gerede, daß solche Wichte einen Wald pflanzen könnten, aber vielleicht wäre es trotzdem ganz gut, wenn man einmal nach ihnen schaute. Und ehe sie es recht versahen, waren Vater und Mutter unterwegs in den Wald. Auf dem Sennerpfad trafen sie mehrere Nachbarn. »Wollt ihr auch zur Brandfläche hinauf?«

»Ja, das wollen wir.«

»Und nach den Kindern sehen?«

»Ja, wie sie sich dabei anstellen.«

»Das ist doch sicher nur Spielerei!«

»Solche Wichte pflanzen wohl nicht viele Bäume.«

»Wir haben den Kaffeetopf dabei, da können sie etwas Warmes trinken, wo sie den ganzen Tag aus dem Brotbeutel leben müssen.«

Als die Eltern den Berg erreichten, hatten sie zuerst nur Augen dafür, wie schön sich all die rosigen kleinen Wangen gegen den grauen Felsen ausnahmen. Dann aber bemerkten sie, daß die Kinder auch fleißig waren. Einige setzten Pflanzen, andere zogen Furchen und säten Samen, und wieder andere entfernten das Heidekraut, damit es die Bäumchen nicht erstickte. Die Eltern sahen, daß ihre Kinder mit so großem Eifer und Ernst bei der Sache waren, daß sie kaum Zeit zum Aufschauen hatten.

Nach einer Weile begann ein Vater, gleichsam zum Spiel, ebenfalls Heidekraut auszureißen. Die Kinder waren die Lehrmeister, denn sie waren in dieser Kunst schon bewandert und durften ihren Eltern nun zeigen, wie sie es anpacken mußten.

Alle Erwachsenen, die eigentlich nur nach dem Rechten sehen wollten, griffen schließlich mit zu. Das war natürlich viel lustiger als vorher. Und bald darauf bekamen die Kinder noch mehr Hilfe.

Weil die Geräte nicht ausreichten, wurden ein paar Jungen mit langen Beinen hinunter ins Dorf geschickt, um Hacken und Spaten zu holen. Als sie durch die Straße liefen, kamen die Leute aus den Häusern und fragten: »Was ist denn los? Ist irgendein Unglück passiert?«

»Aber nein, das ganze Dorf ist auf der Brandfläche und pflanzt Wald.«

»Wenn das ganze Dorf dort ist, dann wollen wir auch nicht zu Hause bleiben.«

Nun kamen die Menschen auf den abgebrannten Berg

geströmt. Sie sahen den anderen erst ein Weilchen zu, dann aber konnten sie nicht anders als sich zu beteiligen.

Wenn man im Frühjahr seinen Acker bestellt, kann man sich an dem Gedanken freuen, wie später die Saat aus der Erde sprießt – doch hier war die Vorstellung viel verlockender. Aus diesen Samen würden nicht nur schwache Halme, sondern starke Bäume mit hohen Stämmen und mächtigen Zweigen wachsen. Dieses Feld bestellte man nicht nur für einen Sommer, sondern für viele Jahre. Das bedeutete, auf der öden Felsenfläche Insektengesumm und Drosselschlag, Auernbalz und Leben aller Art zu wecken. Und man errichtete sich gleichsam ein Denkmal für kommende Geschlechter. Nicht eine kahle, nackte Anhöhe würde man ihnen als Erbteil hinterlassen, sondern einen stolzen Wald. Und wenn ihre Nachfahren daran dachten, würden sie die Vorväter als gute, kluge Leute in Erinnerung behalten und ihrer mit Ehrfurcht und Dankbarkeit gedenken.

35

Ein Tag in Hälsingland

Ein großes grünes Blatt

Donnerstag, den 16. Juni

Am nächsten Tag flog der Junge über Hälsingland. Hier hatten die Nadelbäume frische, hellgrüne Triebe, die Birkenwäldchen trugen frisches Laub, die Wiesen junges Grün, und auf den Feldern sproß die Saat. Das Land war hochgelegen und gebirgig, doch mittendurch zog sich ein ausgedehntes, freundliches Tal, von dem zu beiden Seiten andere Täler ausgingen, einige schmal und kurz, andere breit und lang. »Dieses Land kann man wohl mit einem Blatt vergleichen«, dachte der Junge. »Es ist genauso grün, und seine Täler verzweigen sich fast so wie die Rippen eines Blattes.«

In der Mitte des großen Tals strömte ein breiter, prächtiger Fluß, der sich an vielen Stellen zu Seen ausdehnte. Er wurde von Wiesen eingefaßt, auf denen wie gesät kleine graue Scheunen standen. Oberhalb der Wiesen folgten Äcker, und an der Grenze des Tals, wo der Wald begann, sah man eine fast ununterbrochene Reihe von großen, wohlgebauten Höfen. Am Flußufer erhoben sich Kirchen, und um sie herum sammelten sich die Bauernhöfe zu ansehnlichen Dörfern. Auch um die Eisenbahnstationen und um die Sägewerke, die es hier und da an Seen und Flüssen gab, drängten sich Häuser.

Die Seitentäler waren in ähnlicher Weise mit Seen, Äckern, Dörfern und Höfen gefüllt. Sie schmiegten sich freundlich und hell zwischen die dunklen Berge, bis sie von ihnen allmählich zusammengedrängt und so schmal wurden, daß sie nur noch einen kleinen Bach beherbergen konnten.

Auf dem Hochland zwischen den Tälern wohnte der Nadelwald. Obwohl der Boden uneben war und darauf eine Menge Felsblöcke durcheinandergeworfen lagen, bedeckte er alles wie ein zottiger Pelz, ausgebreitet über einem knochigen Körper.

In den Morgenstunden begann auf den Höfen ein munteres Treiben. Die Türen der Viehställe, die in dieser Landschaft sehr geräumig sind, mit Schornsteinen und hohen, breiten Fenstern, wurden sperrangelweit aufgerissen, und die Kühe liefen hinaus. Es waren schöne, helle, kleinwüchsige Tiere, die so geschmeidig und wohlgemut waren, daß sie die lustigsten Sprünge mach ten. Auch Kälber und Schafe kamen ins Freie, und daß sie in bester Laune waren, sah man sogleich.

Mit jedem Augenblick wurde es auf den Höfen lebendiger. Ein paar junge Mädchen, mit Ranzen auf den Rücken, liefen zwischen den Tieren herum. Ein Junge hielt mit einem langen Stab die Schafe zusammen. Ein kleiner Hund eilte hierhin und dahin und bellte die Kühe an, die sich stoßen wollten. Der Bauer spannte ein Pferd vor einen Karren, den er mit Butterfässern, Käseformen und allerhand Lebensmitteln belud. Es wurde gelacht und geträllert, und Menschen wie Tiere waren so vergnügt, als erwarteten sie einen rechten Freudentag.

Bald darauf zogen alle in die Wälder. Ein Mädchen ging an der Spitze und lockte mit klangvollen Rufen die Tiere, die ihr in einer langen Reihe folgten. Der Hirte lief mit seinem Hund hin und her und paßte auf, daß kein Tier vom rechten Weg abwich. Der Zug wurde vom Bauern und seinem Knecht beschlossen. Sie gingen neben dem Karren her und gaben acht, daß er auf dem schmalen, steinigen Waldpfad nicht umkippte.

Entweder muß es in Hälsingland üblich sein, daß alle Bauern ihr Vieh an ein und demselben Tag in die Wälder schicken, oder es hatte sich nur in diesem Jahr so ergeben. Der Junge sah, daß sich aus jedem Tal und von jedem Hof fröhliche Züge von Menschen und Tieren aufmachten, um den einsamen Wald mit Leben zu erfüllen. Den ganzen Tag hörte er aus tiefem Waldesdunkel die Lieder der Sennerinnen und das Gebimmel der Kuhglocken. Die meisten hatten einen langen, schwierigen Weg vor sich, und der Junge beobachtete, wie sie mit großer Mühe durch sumpfige Moore zogen und Windbrüche umgingen, wie die Karren so manches Mal gegen Steine stießen und mit ihrer gesamten Ladung umschlugen. Aber die Leute begegneten allen Schwierigkeiten mit schallendem Gelächter und guter Laune.

Am späten Nachmittag erreichten die Wanderer einen gerodeten Platz, auf dem ein niedriger Viehstall und ein paar kleine graue Hütten standen. Da muhten die Kühe vor Vergnügen, als ob sie den Ort wiedererkannten, und begannen sogleich vom grünen, saftigen Gras zu fressen. Lachend und scherzend schafften die Menschen Wasser und Brennholz und alles, was der Karren transportiert hatte, in die größte Hütte. Bald stieg Rauch aus dem Schornstein. Und dann ließen sich die Sennerinnen, der Hirtenjunge und die erwachsenen Männer im Freien um eine Steinplatte nieder und machten sich ans Essen.

Lange schwebte der Adler umher, und gegen Abend kam er in eine bergige, öde Gegend, die östlich vom großen Haupttal lag. Wieder sah der Junge unter sich eine Sennhütte. Die Leute waren mit ihren Tieren schon eingetroffen. Die Männer hackten Holz, und die Sennerinnen molken die Kühe.

Hier ließ sich der Adler im Wipfel einer Fichte nieder. »Für mich ist es Zeit zum Schlafen«, sagte er. »Ich habe nur deinetwegen versucht, einer Sennhütte möglichst nahezukommen, damit du dir ein bißchen Essen besorgen kannst.«

Die Silvesternacht der Tiere

In der Sennhütte war die Arbeit beendet und das Abendbrot gegessen, doch die Leute waren noch auf und plauderten. Nach vielen Monaten verbrachten sie wieder eine Sommernacht im Wald, und wie es schien, war ihnen die Zeit zum Schlafen zu schade. Es war noch taghell, und die Sennerinnen waren eifrig mit ihren Handarbeiten beschäftigt, doch manchmal hoben sie den Kopf, schauten in den Wald und lachten vor sich hin. »Ja, nun sind wir wieder hier«, sagten sie, während das Dorf mit all seiner Unruhe aus ihrem Gedächtnis verschwand und der Wald sie mit seinem stillen Frieden umschloß. Wenn sie daheim auf dem Hof daran dachten, daß sie den ganzen Sommer allein im Wald verbringen würden, dann konnten sie sich kaum vorstellen, wie sie das aushalten sollten. Aber sobald sie die Sennerei erreicht hatten, spürten sie, daß jetzt ihre beste Zeit begann.

Von ein paar nahgelegenen Sennhütten waren junge Mädchen und Burschen zu Besuch gekommen. Doch obwohl nun eine ganze Menge Leute im Gras vor den Hütten saß, wollte das Gespräch nicht recht in Gang kommen. Statt dessen begann einer der Burschen eine alte Sennhüttengeschichte zu erzählen.

»Vor mehreren hundert Jahren ist es geschehen«, fing er an, »daß ein Propst aus Delsbo in der Silvesternacht auf seinem Pferd durch den dichten Wald ritt. Er war mit Pelz und Fellmütze bekleidet, und am Sattelknopf hing seine Tasche, in der er den Abendmahlskelch, die Agende und den Talar verwahrte. Man hatte ihn zu einem Kranken tief in den Wald gerufen, und er hatte bis zum späten Abend bei ihm gesessen und zu ihm gesprochen. Jetzt war er endlich auf dem Heimweg, doch er befürchtete, daß er das Pfarrhaus erst weit nach Mitternacht erreichen würde.

Er war froh, daß in dieser Nacht kein schlechtes Wetter war. Es war frostfrei, die Luft war still und der Himmel bezogen. Hinter den leichten Wolken wanderte groß und rund der Vollmond und spendete Licht, obwohl er selbst unsichtbar blieb. Ohne diesen schwachen Mondschein hätte der Mann den Pfad am Boden nicht erkannt, denn es lag kein Schnee, und alles hatte die gleiche braungraue Farbe.

In dieser Nacht ritt der Propst ein Pferd, das er sehr schätzte. Es war stark, ausdauernd und fast so klug wie ein Mensch. Wo immer es im Kirchspiel war, konnte es allein nach Hause finden. Darauf verließ sich der Propst so sehr, daß er sich niemals um den Weg kümmerte, wenn er auf diesem Pferd saß. Auch jetzt, während er in grauer Nacht mit losen Zügeln durch den tiefen Wald ritt, waren seine Gedanken ganz woanders. Als er endlich aufschaute, wunderte er sich sehr, daß ihn der Wald noch genauso dicht umgab wie zu Beginn des Rittes. Nach der Zeit, die inzwischen vergangen war, hätte er längst im bebauten Teil des Kirchspiels sein müssen.

Damals war es in Delsbo genauso wie heute: die Kirche, das Pfarrhaus, alle großen Höfe und Dörfer lagen im nördlichen Teil des Kirchspiels um den Dellensee, während es im Süden nur Wälder und Berge gab. Als der Propst um sich die Wildnis sah, wußte er also, daß er sich noch im südlichen Teil des Kirchspiels befand und nach Norden reiten mußte, um nach Hause zu gelangen. Doch das Pferd schien ihn in die entgegengesetzte Richtung zu tragen.

Obwohl er das Pferd sofort wenden wollte, unterließ er es. Das Tier hatte sich noch nie verlaufen und würde es wohl auch jetzt nicht tun. Eher lag der Irrtum bei ihm selbst.

Doch kurz darauf stieß er sich so heftig an einem großen Zweig, daß er beinah aus dem Sattel gefallen wäre. Nun fragte er sich allen Ernstes, wohin er wohl geraten sei.

Er brauchte nicht lange zu überlegen, denn auf einmal kam er zu einer Stelle, die er wiedererkannte. Hier lag ein kleiner, dunkler Teich, in dem er im vorigen Sommer gefischt hatte. Da wußte er, daß er noch tief im Wald war und das Pferd nach Südosten lief. Tatsächlich hatte es den Anschein, als wollte das Tier ihn möglichst weit von Kirche und Pfarrhaus entfernen.

In größter Eile sprang der Propst aus dem Sattel. Er stellte sich vor das Pferd und schaute ihm in die Augen, gleichsam um zu ergründen, warum es sich so merkwürdig verhielt.

Obwohl es dem Propst später nicht recht erklärlich war, ist gewiß, daß er trotz der Dunkelheit das Gesicht des Pferdes ganz deutlich erkannte und darin lesen konnte, als gehörte es einem Menschen. Ihm wurde klar, daß sich das Pferd in der furchtbarsten Unruhe und Angst befand. Der Blick, mit dem es ihn ansah, war flehend und vorwurfsvoll zugleich. ›Tagaus, tagein habe ich dir gedient und deinem Willen gehorcht‹, schien es zu sagen. ›Solltest du mir nicht diese eine Nacht folgen können?‹

Der Propst wurde von der Bitte in den Augen des Tieres gerührt. Ganz offensichtlich brauchte das Pferd in dieser Nacht auf irgendeine Weise seine Hilfe, und da er ein ganzer Kerl war, fand er sich sofort dazu bereit. Ohne zu zögern, führte er es zu einem Stein, von dem aus er in den Sattel steigen konnte. ›Geh nur weiter!‹ sagte er. ›Ich werde dich nicht verlassen, wenn du mich bei dir haben willst. Keiner soll dem Propst von Delsbo nachsagen, daß er einem, der in Not ist, die Gefolgschaft verweigert.‹

Dann ließ er das Pferd laufen, wie es wollte, und war nur darum bemüht, nicht herunterzufallen. Es wurde ein gefährlicher, mühseliger Ritt, und fast die ganze Zeit ging es bergauf. Der Wald war so dicht, daß er keine zwei Schritte weit sehen konnte, doch es kam ihm so vor, als ritten sie einen hohen Berg hinauf. Das Pferd erklomm steile Hänge, und wenn es nach dem Propst gegangen wäre, dann hätte er es niemals durch eine solche Gegend gelenkt. ›Du willst doch wohl nicht etwa auf den Blacksås?‹ fragte er mit leisem Lachen, denn er wußte, daß der Blacksås einer der höchsten Berge von Hälsingland war.

Der Propst merkte beim Reiten, daß sie nicht als einzige in dieser Nacht unterwegs waren. Er hörte Steine rollen und Zweige abbrechen. Das klang, als bahnten sich große Tiere einen Weg durch den Wald. Er wußte, daß es in dieser Gegend viele Wölfe gab, und überlegte schon, ob ihn das Pferd zu einem Kampf gegen die wilden Tiere führen wollte.

Es ging immer weiter bergauf, und je höher sie kamen, um so spärlicher wurde der Wald.

Endlich hatten sie einen Bergrücken erreicht, der so kahl war, daß der Propst freien Blick nach allen Seiten hatte. Er schaute über ein unermeßlich großes Land, das mit Hängen und Hügeln wogte und überall mit düsteren Wäldern bedeckt war. Zuerst konnte er sich in der Dunkelheit schwer zurechtfinden, doch bald wurde ihm klar, wo er sich befand.

›Na so etwas‹, dachte er, ›da bin ich wirklich auf den Blacksås geritten. Das kann gar kein anderer Berg sein. Im Westen sehe ich den Järvsö-Absatz, und im Osten liegt die Insel Agö im glitzernden Meer. Auch im Norden sehe ich etwas schimmern. Das ist gewiß der Dellensee. Und tief unter mir sehe ich den weißen Rauch vom Nianfors-Wasserfall. Ja, ich bin wirklich auf dem Blacksås. So ein Abenteuer!‹

Als sie den höchsten Gipfel des Bergrückens erreicht hatten, blieb das Pferd hinter einer dichten Fichte stehen, als wollte es sich verstecken. Der Propst beugte sich vor und schob die Zweige beiseite, um freie Aussicht zu haben.

Vor ihm lag der kahle Scheitel des Berges, der jedoch keineswegs leer und öde war, wie der Propst erwartet hatte. Mitten auf dem freien Platz hatten sich um einen großen Steinblock viele wilde Tiere versammelt. Es sah ganz so aus, als wären sie hergekommen, um eine Art Thing oder Gericht abzuhalten.

Gleich neben dem großen Stein sah der Propst die Bären, die so schwer und kräftig gebaut waren, daß sie pelzbekleideten Felsblöcken glichen. Sie hatten sich auf den Boden gelegt und blinzelten ungeduldig mit ihren Äuglein. Sicher hatten sie sich nur deshalb von ihrem Winterlager erhoben, um sich zum Thing einzufinden, und hielten sich nur mit großer Mühe wach. Hinter ihnen saßen in dichten Reihen ein paar hundert Wölfe. Sie wirkten durchaus nicht verschlafen, sondern trotz der Winterdunkelheit munterer als jemals im Sommer. Wie Hunde saßen sie auf den Hinterbeinen, peitschten den Boden mit ihren Schwänzen und keuchten heftig, wobei ihnen die Zunge weit aus dem Rachen hing. Hinter den Wölfen schlichen die Luchse herum, steifbeinig und plump wie große, mißgestaltete Katzen. Sie schienen sich vor den anderen Tieren zu scheuen und fauchten, wenn jemand in ihre Nähe kam. Dann folgte die Reihe der Vielfraße mit Gesichtern wie Hunde und Pelzen wie Bären. Sie fühlten sich auf dem Erdboden nicht wohl, trampelten ungeduldig mit ihren breiten Füßen und sehnten sich zurück auf ihre Bäume. Und dahinter tummelten sich auf dem ganzen Platz bis zum Waldrand die Füchse, die Wiesel, die Marder – allesamt kleine, sehr schöne Tiere, die jedoch wilder und blutrünstiger erschienen als die größeren.

Der Propst sah das alles sehr genau, denn der ganze Platz war beleuchtet. Auf dem großen Stein in der Mitte stand nämlich ein Waldgeist, mit einer Kienfackel in der

Hand, die mit hoher, roter Flamme brannte. Der Geist war so groß wie der höchste Baum im Wald, trug einen Umhang aus Tannenreisig und hatte Haare aus Tannenzapfen. Sein Gesicht war dem Wald zugewandt, er spähte und lauschte vollkommen reglos.

Das alles sah der Propst ganz deutlich und staunte darüber so sehr, daß er sich gleichsam dagegen wehrte und seinen Augen nicht trauen wollte. ›Aber das ist doch vollkommen unmöglich!‹ dachte er. ›Ich bin zu lange durch den dunklen Wald geritten und leide an Einbildungen!‹

Dennoch wollte er gern wissen, was nun weiter geschehen würde, und er beobachtete alles mit größter Aufmerksamkeit.

Er brauchte auch nicht lange zu warten, da ertönte aus dem Wald das Gebimmel einer kleinen Glocke. Gleich darauf hörte er ein Geräusch von Schritten und knickenden Zweigen, als würden sich viele Tiere einen Weg durch die Wildnis bahnen.

Da kam eine große Schar von Haustieren auf den Berg gezogen, und zwar so ordentlich, als wären sie zu ihren Sennhütten unterwegs. An der Spitze ging die Leitkuh mit der Glocke, dann folgte der Stier, danach kamen die anderen Kühe und schließlich Jungvieh und Kälber. Hinter den Rindern liefen dichtgedrängt die Schafe, dann kamen die Ziegen und zum Schluß ein paar Pferde und Fohlen. Die Schar wurde weder von Hirt noch Hirtin begleitet, nur der Hütehund lief neben ihr her.

Es war für den Propst ein herzzerreißender Anblick, wie die zahmen Tiere direkt auf die Raubtiere zugingen. Er hätte sich ihnen am liebsten in den Weg gestellt und gerufen, sie sollten stehenbleiben. Aber es war ihm klar, daß in dieser Nacht kein Mensch die Macht besaß, die Wanderung der Tiere aufzuhalten, und deshalb rührte er sich nicht.

Ganz offensichtlich bedeutete dieser Weg für die Haustiere eine Qual. Sie sahen elend und verängstigt aus. Die Leitkuh ließ den Kopf hängen, ihre Schritte wirkten mutlos. Die Ziegen hatten weder zum Spielen noch zum Stoßen Lust. Die Pferde versuchten zwar munter zu erscheinen, zitterten jedoch vor Angst am ganzen Körper. Am jammervollsten wirkte der Hütehund, der mit eingezogenem Schwanz fast über den Boden kroch.

Die Leitkuh führte die Schar bis zu jenem Stein, auf dem der Waldgeist stand. Sie wanderte einmal um den Stein herum und kehrte dann in den Wald zurück, ohne daß eins der wilden Tiere sie angerührt hätte. Und ebenso unangetastet zogen alle anderen Haustiere an den wilden Tieren vorüber.

Der Propst beobachtete jedoch, daß der Waldgeist über dem einen und anderen Tier die Kienfackel senkte und sie nach unten kehrte.

Sobald dies geschah, brüllten die Raubtiere laut und fröhlich auf, vor allem dann, wenn die Fackel über einer Kuh oder einem anderen großen Tier gesenkt wurde. Doch das betroffene Tier erhob ein gellendes Geschrei, als hätte es ein Messer in den Leib bekommen, und die ganze Herde, zu der es gehörte, brach in Klagen aus.

Da verstand der Propst allmählich, was er da sah. Er hatte schon früher gehört, daß sich die Tiere von Delsbo jede Silvesternacht auf dem Blacksås versammelten, um vom Waldgeist jene Haustiere bezeichnen zu lassen, die im nächsten Jahr den Raubtieren zum Opfer fallen sollten. Er empfand großes Mitleid mit dem armen Vieh, das den wilden Tieren ausgeliefert war, obgleich es keinen anderen Herrn haben sollte als den Menschen.

Kaum war die erste Schar vorbeigezogen, da ertönte abermals Glockenklang aus dem Wald, und die Tiere eines anderen Hofs näherten sich dem Berggipfel. Sie kamen in der gleichen Ordnung wie die ersten und wanderten nun um den Waldgeist herum, der streng und ernst Tier um Tier für den Tod bestimmte. Und nach dieser Herde folgte eine Schar nach der anderen, ohne Unterbrechung. Manchmal kam nur eine einzige Kuh mit ein paar Schafen, und manchmal waren es nur ein paar Ziegen. Es war offensichtlich, daß sie von kleinen, armseligen Höfen stammten, doch zum Waldgeist mußten auch sie, und er schonte weder die einen noch die anderen.

Der Propst dachte an die Bauern von Delsbo, die ihre Haustiere so innig liebten. ›Wenn sie nur davon wüßten‹, dachte er, ›dann würden sie gewiß etwas dagegen tun. Sie würden eher ihr Leben wagen als zulassen, daß ihre Tiere zwischen Bären und Wölfen wandern, um das Urteil des Waldgeistes anzunehmen.‹

Als letzte zogen die Tiere des Pfarrhofs heran. Der Propst erkannte die Glocke der Leitkuh schon von weitem, und auch das Pferd mußte sie gehört haben. Es begann am ganzen Körper zu zittern, und der Schweiß brach ihm aus allen Poren. ›Aha, nun mußt auch du zum Waldgeist und dir dein Urteil abholen‹, sagte der Propst zu seinem Pferd. ›Aber hab keine Angst, du! Ich weiß wohl, warum du mich hierhergebracht hast, und werde dich nicht im Stich lassen.‹

Der prächtige Viehbestand des Pfarrhofs kam in einem langen Zug aus dem Wald und schritt auf den Waldgeist und die wilden Tiere zu. Am Ende der Reihe ging das Pferd, das seinen Herrn auf den Blacksås geführt hatte. Der Propst war im Sattel sitzen geblieben und ließ sich nun also zum Waldgeist tragen.

Er hatte zu seiner Verteidigung weder Flinte noch Messer, trotzdem nahm er den Kampf mit dem Scheusal auf, holte die Agende hervor und drückte sie an seine Brust.

Anfangs schien ihn niemand zu bemerken. Die Tiere vom Pfarrhof wanderten in der gleichen Weise wie die anderen am Waldgeist vorüber. Über keinem von ihnen wurde die Kienfackel gesenkt. Erst als sich das kluge Pferd näherte, machte der Geist eine Bewegung, um es für den Tod zu zeichnen.

Doch im selben Moment reckte der Propst die Agende empor, so daß der Fackelschein auf das Kreuz des Buchdeckels fiel. Der Waldgeist schrie laut und gellend auf, die Fackel fiel ihm aus der Hand und erlosch sofort.

In dem plötzlichen Übergang von Hell zu Dunkel konnte der Propst nichts sehen, und er hörte auch nichts. Um ihn herum war nur das tiefe Schweigen, wie es in der winterlichen Wildnis herrscht.

Da teilten sich plötzlich die schweren Wolken, und durch den Spalt warf der Vollmond sein Licht auf die Erde. Und jetzt erkannte der Propst, daß er mit seinem Pferd allein auf dem Gipfel des Blacksås stand. Von den vielen wilden Tieren war kein einziges mehr da, und der Boden zeigte von all den Tierherden, die darüber hinweggezogen waren, nicht eine Spur. Doch er selbst hielt die Agende vor sich ausgestreckt, und das Pferd unter ihm zitterte und war in Schweiß gebadet.

Als der Propst den Berg verlassen hatte und auf seinen Hof zurückkehrte, wußte er nicht mehr, ob das, was er gesehen, Traum oder Erscheinung oder Wirklichkeit gewesen war. Aber das wußte er: es war eine Ermahnung, an die armen Tiere zu denken, die den wilden Tieren ausgeliefert waren. Und er predigte vor den Delsbo-Bauern so gewaltig, daß zu seiner Zeit sämtliche Wölfe und Bären im Kirchspiel ausgerottet wurden. Aber nach seinem Tod sind sie dann wohl zurückgekehrt.«

36
In Medelpad

Freitag, den 17. Juni

Am nächsten Morgen war der Adler mit dem Jungen schon zeitig unterwegs und hatte wohl vor, noch an diesem Tag die Landschaft Västerbotten zu erreichen. Aber da geschah es, daß er den Jungen murmeln hörte: »In diesem Land, das wir jetzt überfliegen, können doch unmöglich Menschen leben.«

Unter ihnen lag der südliche Teil von Medelpad, und dort gab es schier nichts anderes als einsame Wälder. Doch als der Adler die Worte des Jungen vernahm, rief er sofort: »Hier dient der Wald als Acker.«

Der Junge dachte an den Unterschied zwischen den hellen, gelben Roggenfeldern, deren biegsame Halme in einem Sommer in die Höhe schossen, und dem dunklen Nadelwald, dessen feste Stämme Jahre brauchten, bis sie zur Ernte reif waren, und sagte: »Wer mit einem solchen Acker sein Brot verdienen will, der muß viel Geduld haben.«

Mehr wurde darüber nicht gesprochen, bis sie zu einem Platz gelangten, wo der Wald abgeholzt und der Boden nur mit Baumstümpfen und abgeschlagenen Zweigen bedeckt war. Als sie über die Stubbenfläche flogen, hörte der Adler den Jungen vor sich hin sagen, wie häßlich und armselig dieser Flecken sei.

»Das ist ein Acker, den man im vorigen Winter gemäht hat«, rief der Adler sogleich.

Der Junge dachte an die Schnitter in seiner Heimatgegend, die an schönen, hellen Sommermorgen mit ihren Mähmaschinen auf die Felder zogen und in kurzer Zeit eine große Fläche mähten. Doch auf dem Waldacker wurde im Winter geerntet. Wenn hoher Schnee lag und die Kälte am strengsten war, dann zogen die Holzfäller in die Wildnis. Es war ein hartes Stück Arbeit, nur einen einzigen Baum zu fällen, und um eine Waldfläche so groß wie diese abzuholzen, hatten sie wohl mehrere Wochen im Wald bleiben müssen. »Leute, die einen solchen Acker mähen können, sind gewiß tüchtig«, sagte er.

Als der Adler ein paar Flügelschläge getan hatte, erblickten sie am Rand der Stubbenfläche eine kleine Hütte. Sie war aus groben, unbehauenen Stämmen errichtet, hatte keine Fenster und nur ein paar lose Bretter als Tür. Das Dach war einmal mit Borke und Zweigen gedeckt gewesen, doch jetzt war es so zerfallen, daß der Junge ins Innere sehen konnte – er entdeckte nichts weiter als ein paar große Steine, die als Feuerstelle gedient hatten, und ein paar breite Holzbänke. Während sie die Hütte überflogen, hörte der Adler den Jungen fragen, wer wohl in dieser erbärmlichen Hütte gewohnt haben mochte.

»Hier haben die Schnitter des Waldackers gewohnt«, rief der Adler sogleich.

Der Junge dachte daran, wie fröhlich und munter die Schnitter in seiner Heimat von der Arbeit zurückkehrten und wie sie mit dem Besten bewirtet wurden, das Mutter im Vorratshaus hatte. Hier mußten sie sich nach schwerer Arbeit auf den harten Bänken einer Hütte zur Ruhe legen, die schlechter als ein Schuppen war. Und was sie zu essen bekamen, konnte er sich gar nicht vorstellen. »Ich fürchte, diese Arbeiter feiern kein Erntefest«, sagte er.

Etwas weiter sahen sie, wie sich ein entsetzlich schlechter Weg durch den Wald schlängelte. Er war schmal und uneben, schief und krumm, steinig und voller Löcher, und an mehreren Stellen wurde er von Bächen durchschnitten. Als sie über diesen Waldweg flogen, hörte der Adler den Jungen fragen, was wohl auf einem solchen Weg befördert würde.

»Auf diesem Weg wird die Ernte zur Scheune gebracht«, sagte der Adler.

Wieder dachte der Junge daran, wie lustig es zu Hause zuging, wenn die großen Erntewagen, mit zwei starken Pferden bespannt, das Getreide vom Acker holten. Der Kutscher thronte stolz auf dem Fuder, die Pferde warfen sich prahlerisch in die Brust, und die Dorfkinder, die auf die Garben klettern durften, schrien und lachten, halb vor Freude und halb vor Angst. Hier aber wurden schwere Baumstämme steile Hänge hinauf- und hinuntertransportiert. Das Pferd mußte sich fast zu Schanden ziehen, und der Kutscher war wohl so manches Mal der Verzweiflung nahe. »Ich fürchte, dieser Weg hat nicht viel Fröhlichkeit gehört«, sagte der Junge.

Der Adler eilte mit mächtigen Flügelschlägen weiter, und nach kurzer Zeit erreichten sie einen Fluß. Am Ufer entdeckten sie einen Platz, der ganz und gar mit Spänen, Splittern und Rinde bedeckt war. Der Adler hörte den Jungen fragen, was das hier für eine Unordnung sei.

»An diesem Platz wurde die Ernte gesammelt«, rief der Adler.

Der Junge dachte an die Getreideschober seiner Heimat, die man in unmittelbarer Nähe der Höfe errichtete, als wären sie ihre schönste Zier. Hier wurde die Ernte an ein ödes Flußufer geschafft und dann liegengelassen. »Ob wohl jemand in diese Wildnis geht, um seine Schober zu zählen und sie mit denen des Nachbarn zu vergleichen?« sagte er.

Nach einer kleinen Weile erreichten sie den großen Fluß Ljungan, der ein weites Tal durchströmte. Plötzlich war alles so verändert, daß man annehmen konnte, das sei ein anderes Land. Der dunkle Nadelwald war auf den Steilhängen über dem Tal zurückgeblieben, und die Böschungen waren mit hellstämmigen Birken und Espen bedeckt. Das Tal war so breit, daß sich der Fluß an vielen Stellen zu Seen ausdehnen konnte. An seinen Ufern lag eine große, dichtbesiedelte Gegend mit prächtigen, wohlgebauten Höfen. Als sie das Tal überflogen, hörte der Adler den Jungen fragen, ob diese Wiesen und Äcker wohl für eine so zahlreiche Bevölkerung ausreichten.

»Hier wohnen die Schnitter, die den Waldacker mähen«, rief der Adler.

Der Junge dachte an die niedrigen Katen und die viereckig gebauten Höfe in Schonen. Hier dagegen wohnten die Bauern in richtigen Herrenhäusern. »Das sieht ja aus, als würde sich die Arbeit im Wald lohnen«, sagte er.

Der Adler wollte direkt nach Norden fliegen, doch als sie den Fluß hinter sich gelassen hatten, hörte er den Jungen fragen, wer sich denn um das Holz kümmere, das am Ufer gestapelt lag. Da wandte sich Gorgo nach Osten und flog weiter am Ljungan entlang. »Der Fluß kümmert sich darum, er bringt es zur Mühle«, rief er.

Der Junge dachte daran, wie sorgsam man zu Hause auf jedes einzelne Korn achtgab. Hier transportierte der Fluß große Mengen von Holz. Einige Stämme schwammen in der Mitte und kamen gut voran, andere trieben in Ufernähe, stießen an Landzungen oder blieben im Stillwasser der Buchten liegen. In den Seen sammelten sich die Stämme in solchen Massen, daß sie die gesamte Oberfläche bedeckten. Da lagen sie nun, und nichts schien ihre Ruhe zu stören. Einige blieben an den Brükken hängen, andere brachen in den Wasserfällen mittendurch, stauten sich vor den Steinen der Stromschnellen und türmten sich zu hohen, schwankenden Stapeln. »Ich möchte wissen, wie lange es dauert, bis diese Ernte zur Mühle kommt«, sagte der Junge.

Der Adler flog langsam am Ljungan entlang. An vielen Stellen schwebte er mit ausgebreiteten Flügeln still in der Luft, um dem Jungen reichlich Gelegenheit zu geben, diese Art von Erntearbeit zu betrachten.

Nach einer Weile sahen sie einen Platz, wo die Flößer bei der Arbeit waren. Und der Adler hörte den Jungen fragen, was da für Leute am Ufer herumliefen.

»Sie kümmern sich um jenen Teil der Ernte, der unterwegs aufgehalten wurde«, rief der Adler.

Der Junge dachte daran, wie ruhig und friedlich man in seiner Heimat das Getreide zur Mühle fuhr. Die Männer, die hier hin und her liefen, hatten ihre liebe Not, den Stämmen mit langen Bootshaken weiterzuhelfen. Sie wateten ins Wasser hinein und wurden naß von Kopf bis Fuß. Sie sprangen von einem Stein zum anderen bis in die Stromschnellen, sie bewegten sich auf den schwankenden Holzhaufen so sicher wie auf ebener Erde. Es waren kühne, umsichtige Männer. »Wenn ich diese Leute sehe, dann muß ich an die Schmiede in den Bergbaurevieren denken, die mit dem Feuer umgehen, als wäre es vollkommen ungefährlich«, sagte der Junge. »Die Flößer spielen mit dem Wasser, als wären sie Herr darüber. Sie scheinen es so gebändigt zu haben, daß es ihnen keinen Schaden zu tun wagt.«

Allmählich hatten sie sich der Flußmündung genähert, und vor ihnen lag der Bottnische Meerbusen. Doch Gorgo flog nicht geradeaus weiter, sondern an der Küste entlang nach Norden. Bald sahen sie unter sich ein Sägewerk, das so groß wie eine kleine Stadt war. Als der Adler schwebend darüber kreiste, hörte er den Jungen murmeln, dies sei aber ein großer, prächtiger Ort.

»Hier hast du die große Sägemühle, die man Svartvik nennt«, rief der Adler.

Der Junge dachte an die Windmühlen seiner Heimat, die so friedlich im Grünen lagen und so gemächlich ihre Flügel bewegten. Diese Mühle, die die Ernte des Waldes mahlen sollte, lag an der Meeresküste. Von den zahlreichen Baumstämmen, die im Wasser schwammen, wurde einer nach dem anderen mit Eisenketten über eine schräge Brücke in ein Haus geschleppt, das Ähnlichkeit mit einer großen Scheune hatte. Was mit den Stämmen darin geschah, konnte der Junge nicht erkennen. Er hörte jedoch lautes Gerassel und Getöse, und die kleinen Wagen, die auf der anderen Seite das Haus verließen und auf blitzenden Schienen zum Holzlager fuhren, waren mit weißen Planken vollbeladen. Dort wurden die Planken zu Stapeln geschichtet, die wie die Häuser einer Stadt richtige Straßen bildeten. An einer Stelle baute man neue Stapel, an einer anderen riß man die alten ab und brachte die Planken auf ein paar große Schiffe, die im Hafen auf Ladung warteten. Überall wimmelte es von Arbeitern, deren Wohnhäuser am Waldhang hinter dem Holzlager standen. »Hier wird so fleißig gearbeitet, als sollte der ganze Wald von Medelpad zersägt werden«, sagte der Junge.

Der Adler bewegte ein wenig die Flügel, und sogleich erblickten sie ein neues großes Sägewerk, das ähnlich wie das erste aus Sägemühle, Holzlager, Laderampe und Arbeiterwohnungen bestand.

»Hier hast du noch eine von den großen Mühlen. Man nennt sie Kubikenborg«, rief der Adler.

»Jetzt sehe ich, daß die Ernte des Waldes größer ist, als ich mir vorgestellt hatte«, sagte der Junge. »Aber mehr Sägemühlen gibt es wohl nicht.«

Der Adler bewegte ein wenig die Flügel, flog an ein

paar weiteren Sägewerken vorbei und näherte sich einer großen Stadt. Als er den Jungen fragen hörte, was das für eine Stadt sei, rief er: »Das ist Sundsvall. Das ist die Hauptstadt des Holzlandes.«

Der Junge dachte an die Städte in Schonen, die so grau und alt und ernst aussahen. Dagegen erschien die Stadt Sundsvall, gelegen an einer schönen Bucht im trüben, kalten Norden, neu und fröhlich und strahlend. Sie wirkte, von oben gesehen, irgendwie lustig: in ihrer Mitte standen auf einem freien Platz mehrere hohe Steinhäuser, wie es sie in Stockholm kaum prächtiger gab. Dann folgte ein Kranz von Holzhäusern, die hübsch und munter in kleinen Gärten lagen, aber doch zu wissen schienen, daß sie viel schlechter als die Steinhäuser waren und sich nicht in ihre Nähe wagten. »Das ist gewiß eine reiche und mächtige Stadt«, sagte der Junge. »Wie ist es nur möglich, daß der magere Waldboden all das hervorbringen kann?«

Der Adler bewegte die Flügel und flog zur Insel Alnö, gegenüber von Sundsvall. Hier sah der Junge an den Ufern ein Sägewerk neben dem anderen und kam aus dem Staunen gar nicht heraus. Auch auf dem Festland lag Sägewerk neben Sägewerk und Holzlager neben Holzlager. Er zählte mindestens vierzig, schätzte aber noch mehr. »Daß es im Norden so aussehen kann, finde ich wunderbar«, sagte er. »Soviel Leben und Treiben habe ich auf meiner ganzen Reise noch nicht gesehen. Es ist schon ein merkwürdiges Land, unser Schweden. Überall, wohin ich komme, gibt es etwas, wovon die Menschen leben können.«

37
Ein Morgen in Ångermanland

Samstag, den 18. Juni

Als der Adler am nächsten Morgen ein Stück über Ångermanland geflogen war, sagte er, er habe Hunger und müsse sich etwas zu essen beschaffen. Er setzte den Jungen auf einem hohen Berghang in einer riesigen Kiefer ab und flog davon.

Der Junge suchte sich einen guten Sitzplatz in einer Astgabel und schaute nun auf Ångermanland hinunter. Es war ein schöner Morgen, die Wipfel der Bäume waren vom Sonnenschein vergoldet, in den Nadeln spielte ein leichter Wind, dem Wald entströmte der lieblichste Duft. Vor ihm lag eine großartige Landschaft ausgebreitet, er war sorglos und vergnügt – wem konnte es besser gehen?

Er hatte nach allen Seiten einen freien Blick. Im Westen war das Land von Höhenzügen und Berggipfeln bedeckt, die in der Ferne immer höher und wilder wurden. Auch im Osten gab es zahlreiche Höhenrücken, die jedoch zur Küste hin niedriger wurden. Überall glitzerten kleine und große Flüsse, die sich mit Stromschnellen und Wasserfällen mühsam durch das Gebirge quälten, vor der Küste jedoch blank und breit wurden. Auch der Bottnische Meerbusen war zu sehen. In Ufernähe war er mit Inseln bestreut und von Landzungen zerschnitten, doch dahinter war er so klar und blau wie ein Sommerhimmel.

»Ich erinnere mich, daß der alte Lappe auf Skansen immer gesagt hat, Schweden sei in einer unglücklichen Stunde auf den Kopf gestellt worden«, dachte der Junge. »Die anderen haben ihn ausgelacht, er aber meinte, sie sollten nur sehen, wie schön es oben im Norden sei, dann würden sie begreifen, daß ein solches Land ursprünglich nicht so weit aus der Welt liegen sollte.«

Als sich der Junge an der Landschaft sattgesehen hatte, nahm er seinen Ranzen vom Rücken, holte ein Stück feines, weißes Brot heraus und begann zu essen. »Ich glaube, so gut hat mir noch nie ein Brot geschmeckt«, dachte er.

Während er schmauste und futterte, dachte er daran, wie er zu diesem Brot gekommen war. »Bestimmt schmeckt es mir deshalb so gut, weil es mir auf so schöne Art geschenkt wurde«, sagte er.

Der Königsadler hatte Medelpad schon am Abend zuvor verlassen, und kaum hatte er die Grenze nach Ångermanland überflogen, da erblickte der Junge einen Fluß und ein Tal, wie er sie prächtiger noch nie gesehen hatte.

Als der Junge hoch oben durch die Luft geflogen war, hatte er geglaubt, drei ganz verschiedene Welten gleichzeitig unter sich wahrzunehmen. Die eine lag tief unten im Tal, wo der große Fluß strömte. Dort wurde Holz geflößt, dort eilten Dampfer von Anlegestelle zu Anlegestelle, dort lärmten Sägewerke, dort wurden große Frachtschiffe beladen, dort wurden Lachse gefangen, dort wurde gerudert und gesegelt, dort schwirrten Mengen von Schwalben, die ihre Nester im Steilufer hatten.

Doch gewissermaßen ein Stockwerk höher, auf dem flachen Gelände bis zum Fuß der Berge, lag eine andere Welt. Dort gab es Bauernhöfe, Dörfer und Kirchen, dort wurden Äcker bestellt, dort weidete Vieh, dort grünten Wiesen, dort arbeiteten die Frauen in ihren kleinen Gemüsegärten, dort schlängelten sich Landstraßen, dort brausten Eisenbahnen.

Und hinter alledem, auf den bewaldeten Höhen, sah

er die dritte Welt. Dort brüteten Auerhennen, dort versteckten sich Elche im Dickicht, dort lauerten Luchse, dort knabberten Eichhörnchen, dort dufteten Nadeln, dort blühten Blaubeersträucher, dort schlugen Drosseln.

Nachdem der Junge das prächtige Flußtal gesehen hatte, klagte er über Magenknurren. Er habe ganze zwei Tage nichts in den Bauch bekommen, teilte er dem Adler mit.

Gorgo flog sofort langsamer. »Warum hast du das nicht eher gesagt?« entgegnete er. »Du sollst soviel zu essen bekommen, wie du willst. Du brauchst nicht Hunger zu leiden, wenn du einen Adler als Reisekameraden hast!«

Kurz darauf entdeckte der Adler einen Bauern, der dicht am Flußufer seinen Acker bestellte. Der Mann trug das Saatgut in einem Korb vor seiner Brust, und wenn der Korb leer war, holte er aus einem Sack am Feldrain neues Getreide. Der Adler vermutete in diesem Sack das beste Essen, das sich der Junge wünschen konnte, und schoß in die Tiefe.

Doch noch bevor er den Boden erreichte, erhob sich ein entsetzlicher Lärm. Krähen und Spatzen und Schwalben eilten mit lautem Geschrei herbei. »Weg, weg, Räuber! Weg, weg, Vogelmörder!« riefen sie. Und sie machten einen solchen Spektakel, daß der Bauer aufmerksam wurde und herbeistürzte. Da mußte der Adler fliehen. Der Junge bekam kein einziges Körnchen.

Die kleinen Vögel verhielten sich ganz sonderbar: sie schlugen den Adler nicht nur in die Flucht, sondern verfolgten ihn auch ein langes Stück weiter durchs Tal, und überall hörten die Menschen ihre Rufe. Die Frauen rannten auf die Höfe und klatschten in die Hände, daß es wie Gewehrsalven klang, und die Männer stürzten mit der Flinte aus dem Haus.

Jedesmal, wenn sich der Adler dem Boden näherte, geschah dasselbe. Nie hätte der Junge gedacht, daß Gorgo so gehaßt und verabscheut war, und der Adler tat ihm beinahe leid.

Nach einer Weile erreichten sie einen großen Bauernhof, wo die Hausfrau gerade ein Blech mit frischgebackenen Milchbrötchen zum Abkühlen auf den Hof stellte.

Der Adler ging tiefer, wagte es aber nicht, direkt vor den Augen der Bäuerin hinunterzustoßen. Ganz ratlos zog er seine Kreise.

Doch jetzt hatte die Bäuerin den Adler bemerkt. Sie hob den Kopf und verfolgte ihn mit den Augen. »Der benimmt sich ja merkwürdig!« sagte sie. »Ich glaube, er möchte eins von meinen Milchbrötchen haben.«

Es war eine sehr schöne Frau, groß und blond, mit einem fröhlichen, offenen Gesicht. Sie lachte herzlich, nahm eins der Brötchen vom Blech und hob es über ihren Kopf. »Wenn du's haben willst, dann komm und hol's dir!« sagte sie.

Obgleich der Adler ihre Worte nicht verstehen konnte, begriff er sofort, daß sie ihm das Brötchen anbot. Blitzschnell schoß er hinunter, schnappte es und flog damit empor.

Als der Junge sah, wie die Bäuerin ihr Brot dem wilden Raubvogel gab, war er so gerührt, daß ihm die Tränen kamen.

Und jetzt, als er im Wipfel der Kiefer saß, hatte er die große, blonde Frau wieder vor Augen – wie sie auf dem Hof gestanden und das Brötchen emporgereckt hatte.

Sie hatte wohl bemerkt, daß der große Vogel ein Königsadler, ein Räuber war, den die Menschen mit scharfen Schüssen zu begrüßen pflegen, und sie hatte wohl auch das seltsame Kerlchen auf seinem Rücken gesehen. Doch ohne weiter darüber nachzudenken, hatte sie verstanden, daß diese beiden hungrig waren, da hatte sie mit ihnen ihr gutes Brot geteilt.

»Wenn ich einmal wieder Mensch werde«, dachte der Junge, »dann will ich die schöne Frau an dem großen Fluß besuchen und ihr dafür danken, daß sie so gut zu uns gewesen ist.«

38
Västerbotten und Lappland

Die fünf Kundschafter

Als der Junge noch auf Skansen war, hatte er einmal zugehört, wie der alte Lappe eine Geschichte über Lappland erzählte.

»Es geschah einmal, daß sich die Vögel, die südlich vom großen Sameland wohnten, dort zu beengt fühlten und nach Norden ziehen wollten.

Sie versammelten sich und hielten Rat. Die Jungen und Eifrigen wollten die Reise sofort antreten, doch die Alten und Weisen setzten sich mit ihrer Ansicht durch, man müsse erst einmal Kundschafter entsenden, um das fremde Land zu erforschen. ›Jedes der fünf großen Vogelvölker möge einen Späher ausschicken‹, sagten die Weisen, ›damit wir alle erfahren, ob wir im Norden Wohnplätze, Nahrung und Schlupfwinkel finden.‹

Sogleich suchten die fünf großen Vogelvölker fünf gute und kluge Vögel aus. Die Waldvögel wählten einen Auerhahn, die Flachlandvögel eine Lerche, die Meeresvögel eine Sturmmöwe, die Binnenseevögel einen Taucher und die Gebirgsvögel eine Schneeammer.

Als sich diese fünf auf die Reise begeben wollten, sagte der Auerhahn, der größte und würdigste von allen: ›Vor uns liegen große Weiten. Wenn wir zusammenbleiben, wird es lange dauern, bis wir das ganze zu erforschende Land überflogen haben. Fliegt dagegen jeder für sich und untersucht nur einen Teil des Landes, dann können wir unseren Auftrag in ein paar Tagen erfüllen.‹

Das hielten die anderen vier Kundschafter für einen weisen Vorschlag und stimmten ihm zu. Sie kamen überein, daß der Auerhahn den mittleren Teil des Landes erforschen sollte, die Lerche sollte ein Stück weiter östlich fliegen und die Sturmmöwe so weit nach Osten, bis das Land ins Meer sank. Der Taucher übernahm es, ein Stück westlich vom Auerhahn zu spähen, und die Schneeammer wollte ganz weit nach Westen, bis an die norwegische Grenze reisen.

In dieser Ordnung flogen die fünf Vögel nach Norden, soweit das Land reichte. Dann kehrten sie zurück und berichteten den versammelten Vögeln, was sie gesehen hatten.

Die Sturmmöwe, die am Meeresufer geflogen war, ergriff als erste das Wort.

›Das ist ein gutes Land, da oben im Norden‹, sagte sie. ›Es besteht aus einem einzigen langen Schärengürtel. Überall gibt es fischreiche Sunde, bewaldete Landzungen und Inseln. Die meisten davon sind unbewohnt, und die Meeresvögel werden genügend Wohnplätze finden. Die Menschen betreiben ein wenig Fischerei und Seefahrt in den Sunden, aber das könnte uns Vögel nicht stören. Wenn das Volk der Meeresvögel meinem Rat folgen will, dann sollte es sogleich nach Norden ziehen.‹

Nach der Sturmmöwe sprach die Lerche, die das Land westlich des Küstenstreifens erforscht hatte.

›Ich verstehe nicht, was die Sturmmöwe mit ihren Inseln und Landzungen meint‹, sagte sie. ›Ich bin nur über große Felder und die schönsten Blumenwiesen geflogen. Nie zuvor habe ich ein Land gesehen, das von so vielen großen Flüssen durchschnitten wird. Es war mir eine Augenweide, wie breit, mächtig und ruhig sie durch die Ebene strömen. An den Ufern stehen die Höfe so dicht wie Häuser an einer städtischen Straße, und an den Flußmündungen gibt es auch Städte. Ansonsten aber ist das Land sehr öde. Wenn die Vögel des Flachlandes meinem Rat folgen wollen, dann sollten sie sogleich nach Norden ziehen.‹

Nach der Lerche kam der Auerhahn, der den mittleren Teil des Landes erkundet hatte.

›Ich verstehe weder, was die Lerche mit ihren Wiesen noch was die Sturmmöwe mit ihren Schären meint‹, sagte er. ›Ich habe auf der ganzen Reise nichts weiter als Kiefern- und Fichtenwälder gesehen. Es gibt auch viele Moore und reißende, brausende Flüsse, doch alles, was nicht Moor oder Fluß ist, das ist dunkler Nadelwald. Ich habe weder einen Acker noch eine menschliche Behausung entdeckt. Wenn das Volk der Waldvögel meinem Rat folgen will, dann sollte es sogleich nach Norden ziehen.‹

Nach dem Auerhahn kam der Taucher, der den Landstrich westlich des Waldgebiets erforscht hatte.

›Ich verstehe nicht, was der Auerhahn mit seinem Wald meint, und ich weiß auch nicht, wo die Lerche und die Sturmmöwe ihre Augen hatten‹, sagte der Taucher. ›Dort oben gibt es kaum Land, da sind nur lauter große Seen. Sie funkeln tiefblau zwischen schönen Ufern und Bergen und ergießen sich in tosende Wasserfälle. An einigen Seen habe ich Kirchen und große Kirchdörfer erblickt, doch andere lagen einsam und geschützt. Wenn das Volk der Binnenseevögel meinem Rat folgen will, dann sollte es sogleich nach Norden ziehen.‹

Zum Schluß sprach die Schneeammer, die an der norwegischen Grenze geflogen war.

›Ich verstehe nicht, was der Taucher mit seinen Seen meint, und ich begreife auch nicht, was für ein Land der Auerhahn und die Lerche und die Sturmmöwe gesehen haben‹, sagte sie. ›Ich habe im Norden ein großes Bergland vorgefunden. Da waren keine Ebenen, kein großer Wald, sondern nur Gipfel um Gipfel und öde Gebirgsweiten. Ich habe Eisfelder und Schnee und Gebirgsbäche mit milchweißem Wasser gesehen. Äcker und Wiesen sind mir nicht unter die Augen gekommen, dafür aber Halden mit Weiden, Zwergbirken und Rentiermoos. Weder Bauern noch Haustiere noch Höfe habe ich entdeckt, sondern Lappen, Rentiere und Lappenhütten. Wenn das Volk der Bergvögel meinem Rat folgen will, dann sollte es sogleich nach Norden ziehen.‹

Als die fünf Kundschafter solcherart gesprochen hatten, fingen sie an, sich gegenseitig als Lügner zu beschimpfen, und hätten für die Wahrheit ihrer Worte am liebsten gekämpft. Doch die alten, weisen Vögel, die sie ausgesandt und ihre Rede mit Freuden angehört hatten, brachten die Streitlustigen zur Ruhe.

›Zankt euch nicht‹, sagten sie. ›Wir entnehmen euren Worten, daß es dort oben im Norden sowohl ein großes Bergland als auch ein großes Seengebiet und ein großes Waldgebiet und ein großes Flachland und viele Schären gibt. Das ist mehr, als wir erwartet hatten. Das ist mehr, als sich viele große Königreiche an Besitz in ihren Grenzen rühmen können.‹«

Der Traum

Samstag, den 18. Juni

Diese Geschichte war dem Jungen eingefallen, weil er nun selbst das Land überflog, von dem der alte Lappe gesprochen hatte. Der Adler hatte ihm gesagt, der flache Küstenstreifen, der sich unter ihnen ausbreitete, sei Västerbotten, und die blauenden Höhenrücken fern im Westen gehörten zu Lappland.

Der Wind hatte sich gedreht, sie hatten ihn nun im Rücken und spürten ihn gar nicht. Sie flogen so ruhig, daß sie manchmal in der Luft stehenzubleiben schienen. Dem Jungen kam es so vor, als würde der Adler unentwegt mit den Flügeln schlagen, ohne von der Stelle zu kommen. Dafür war unter ihnen alles in Bewegung. Der ganze Erdboden, mit allem, was darauf war, zog langsam nach Süden. Die Wälder, die Häuser, die Wiesen, die Steineinfriedungen, die Flüsse, die Städte, die Inseln des Schärengürtels, die Sägewerke, alles befand sich auf Wanderschaft. »Wohin will es denn nur?« überlegte der Junge. »Will es in den Süden, weil es den Norden satt bekommen hat?«

Dann aber bog der Adler nach Nordwesten ab, der Wind kam von der Seite, und sofort blieb das Land in der Tiefe stehen, und der Junge merkte, daß der Adler ihn mit ungeheurer Geschwindigkeit vorwärtstrug.

»Jetzt haben wir Lappland erreicht«, sagte Gorgo, und der Junge beugte sich vor, um die Landschaft zu betrachten, von der er so vieles gehört hatte.

Doch als er nichts weiter als große Waldgebiete und ausgedehnte Moore entdeckte, war er ziemlich enttäuscht. Wald wechselte mit Moor, und Moor wechselte mit Wald. Diese ungeheure Einförmigkeit machte ihn schließlich so müde, daß er beinah hinuntergefallen wäre.

Er sagte dem Adler, daß er nicht länger auf seinem Rücken sitzen könne und ein Weilchen schlafen müsse. Als Gorgo gleich darauf landete, warf sich der Junge ins Moos, doch der Adler packte ihn mit seinen Klauen und schwang sich wieder empor. »Schlaf, Däumling!« rief er. »Der Sonnenschein hält mich wach, ich will weiterfliegen.«

Und trotz seiner unbequemen Lage schlief der Junge tatsächlich ein, und während er schlief, träumte er.

Ihm war, als liefe er auf einer breiten Straße im südlichen Schweden, und zwar so schnell, wie seine kleinen Beine ihn tragen konnten. Er war nicht allein, viele andere Wanderer waren in dieselbe Richtung unterwegs. Gleich neben ihm marschierten Roggenhalme mit schweren Ähren, blühende Kornblumen und gelbe Wucherblumen. Den Apfelbäumen, die unter der Last ihrer Früchte keuchten, folgten vollbesetzte Bohnenranken, große Gänseblümchenbüschel und ganze Dickichte von Beerensträuchern. Große Laubbäume – Buchen, Eichen und Linden – gingen gemächlich in der Mitte der Straße, ließen stolz ihre Kronen rauschen und wichen vor keinem zurück. Zwischen ihren Füßen eilten die kleinen Pflanzen: Walderdbeeren, Buschwindröschen, Löwenzahn, Klee und Vergißmeinnicht. Zuerst glaubte der Junge, nur Pflanzen wanderten auf der Straße, doch bald bemerkte er zwischen ihnen auch Tiere und Menschen. Um die Pflanzen herum summten Insekten, in den Straßengräben huschten Fische, in den wandernden Bäumen sangen Vögel, mitten zwischen zahmen und wilden Tieren, die um die Wette liefen, gingen Menschen, einige mit Spaten und Sensen, einige mit Äxten, andere mit Jagdgewehren und wieder andere mit Fischkeschern.

Alles war fröhlich und munter, und das wunderte ihn nicht, als er sah, wer den Zug anführte: es war kein Geringerer als die Sonne persönlich. Sie rollte vor ihm her wie ein großer, leuchtender Kopf mit Haaren aus vielfarbenen Strahlen und einem Gesicht, das von Heiterkeit und Güte glänzte. »Vorwärts!« rief sie unaufhörlich. »Niemand braucht sich zu fürchten, wenn ich dabei bin.«

»Wohin mag uns die Sonne wohl führen?« fragte sich der Junge. Doch der Roggenhalm, der an seiner Seite ging, hatte seine Worte gehört und antwortete sogleich: »Sie will uns nach Lappland führen, um gegen den großen Versteinerer zu kämpfen.«

Bald merkte der Junge, daß mehrere Wanderer zögerten, langsamer gingen und schließlich zurückblieben. Er sah, daß die große Buche stehenblieb, daß Rehe und Weizenhalme, Brombeersträucher, Kastanien und Rebhühner am Straßenrand haltmachten.

Als er sich umdrehte, um herauszufinden, warum so viele jetzt anhielten, entdeckte er, daß er nicht mehr im südlichen Schweden, sondern schon in Svealand war – so schnell waren sie gewandert.

Hier kamen der Eiche Bedenken. Sie hielt ein Weilchen inne, machte noch ein paar zögernde Schritte und blieb dann ganz stehen. »Warum kommt die Eiche nicht mehr mit?« fragte der Junge.

»Sie hat Angst vor dem großen Versteinerer«, sagte eine junge, helle Birke, die so keck und fröhlich vorwärtsschritt, daß es eine Lust anzusehen war.

Obwohl nun viele auf der Strecke geblieben waren, wanderte noch eine große Schar guten Mutes weiter. Und der Sonnenkopf rollte noch immer voran, lachte und rief: »Vorwärts, vorwärts! Niemand braucht sich zu fürchten, solange ich dabei bin.«

Die Schar verminderte ihre Geschwindigkeit keineswegs und hatte bald Norrland erreicht. Nun half alles

Rufen und Bitten der Sonne nichts mehr: der Apfelbaum blieb stehen, der Kirschbaum blieb stehen, der Hafer blieb stehen. Der Junge drehte sich nach ihnen um und fragte: »Warum kommt ihr nicht mit? Warum laßt ihr die Sonne im Stich?«

»Wir trauen uns nicht. Wir haben vor dem großen Versteinerer Angst«, antworteten sie.

Bald hatten sie einen großen Teil von Lappland durchquert, wie der Junge vermutete, und hier wurde die Schar der Wanderer immer kleiner. Bis dahin waren Roggen, Gerste, Walderdbeere, Blaubeere, Erbsenranke und Johannisbeerstrauch mitgezogen, Elch und Kuh waren Seite an Seite gegangen, jetzt aber machten sie alle halt. Die Menschen liefen noch ein Stückchen weiter, blieben dann aber auch stehen. Die Sonne wäre wohl fast ganz verlassen gewesen, wenn sich nicht neue Gefolgsleute eingestellt hätten. Weidenbüsche und eine Menge anderer kleiner Sträucher schlossen sich dem Zug an, Lappen und Rentiere, Bergeulen und Bergfüchse und Schneehühner gesellten sich dazu.

Plötzlich entdeckte der Junge vor sich hohe, dunkle Berge. Bei ihrem Anblick schienen alle zurückzuschrekken, doch die Sonne wandte ihnen sogleich ihr strahlendes Antlitz zu und übergoß sie mit Licht. Die Gipfel färbten sich im Sonnenschein rot, die Hänge schimmerten hellblau und golden. »Vorwärts, vorwärts! Solange ich dabei bin, besteht keine Gefahr«, rief die Sonne und rollte die steilen Wände der Berge hinauf.

Doch auf diesem Weg wurde sie von der tapferen jungen Birke, von der starken Kiefer und der ausdauernden Fichte verlassen. Auch das Rentier, der Lappe und die Weide ließen sie im Stich. Als sie schließlich den Gipfel erreichte, war ihr nur der kleine Nils Holgersson gefolgt.

Die Sonne rollte in eine Schlucht hinein, deren Wände mit Eis bekleidet waren. Nils Holgersson, der sie begleiten wollte, wagte sich nicht weiter als bis an die Öffnung, denn er sah darin etwas Entsetzliches. Tief unten in der Schlucht saß ein alter Troll, mit einem Körper aus Eis, mit Haaren aus Eiszapfen und einem Mantel aus Schnee. Vor ihm lagen ein paar schwarze Wölfe, und als nun die Sonne erschien, erhoben sie sich und rissen ihre Rachen auf. Aus dem einen Wolfsrachen strömte schneidende Kälte, aus dem zweiten fauchte der Nordwind, aus dem dritten kroch schwarze Finsternis. »Das ist gewiß der große Versteinerer mit seinem Gefolge«, dachte der Junge. Er wußte zwar, daß er nun besser fliehen sollte, doch er war so gespannt, wie die Begegnung zwischen dem Troll und der Sonne verlaufen würde, daß er stehenblieb.

Der Troll rührte sich nicht und starrte die Sonne nur mit seinem unheimlichen Eisgesicht an, und auch die Sonne stand still und lachte nur und strahlte. So ging das eine Weile, dann aber glaubte der Junge zu bemerken, daß der Troll anfing zu seufzen und zu zittern, sein Schneemantel fiel ab, und die drei entsetzlichen Wölfe heulten nicht mehr so laut. Doch plötzlich rief die Sonne: »Jetzt ist meine Zeit vorbei«, und rollte rückwärts aus der Schlucht. Da ließ der Troll seine drei Wölfe los, und mit einem Mal fuhren Nordsturm, Kälte und Dunkelheit heraus und jagten hinter der Sonne her. »Hetzt sie! Vertreibt sie!« rief der Troll. »Jagt sie so weit, daß sie niemals zurückkehrt! Zeigt ihr, daß Lappland mein ist!«

Doch als Nils Holgersson hörte, daß man die Sonne aus Lappland vertreiben wollte, erschrak er so heftig, daß er mit einem Schrei erwachte.

Als er zur Besinnung kam, stellte er fest, daß er auf

dem Grund eines großen Gebirgstals lag. Wo aber war Gorgo? Und wie sollte er erfahren, wo er sich selbst befand?

Er stand auf und sah sich um. Da fiel sein Blick auf ein seltsames Bauwerk aus Kiefernzweigen, das auf einem Felsvorsprung lag. »Das ist bestimmt so ein Adlernest, wie Gorgo . . .«

Er dachte seinen Gedanken nicht zu Ende, sondern riß sich die Mütze vom Kopf, schwenkte sie in der Luft und rief Hurra. Jetzt wußte er, wohin Gorgo ihn getragen hatte. Dies war die Gegend, wo die Adler oben auf dem Felsvorsprung und die Wildgänse unten im Tal wohnten. Er war da! In wenigen Augenblicken würde er Gänserich Martin und Akka und alle seine Reisekameraden wiedersehen.

Die Ankunft

Der Junge machte sich leise auf die Suche nach seinen Freunden. Im ganzen Tal war es vollkommen still. Die Sonne war noch nicht über die Felswände gestiegen, und Nils Holgersson wußte, daß die Wildgänse so früh am Morgen noch schliefen. Er war nicht weit gegangen, da sah er etwas so Schönes, daß er stehenblieb und lächelte. In einem kleinen Nest auf dem Boden schlief eine Wildgans, und daneben stand ihr Gänserich. Auch er schlief, doch er hatte sich so dicht neben sie gestellt, daß er sie vor jeder Gefahr beschützen konnte.

Ohne sie zu stören, wanderte der Junge weiter und guckte zwischen die kleinen Weidenbüsche, die den Boden bedeckten. Schon bald erblickte er ein zweites Gänsepaar. Es waren Fremde, die nicht zu seiner Schar gehörten. Doch seine Freude darüber, daß er Wildgänse gefunden hatte, war so groß, daß er anfing, leise zu singen.

Er schaute in ein neues Gebüsch, und da endlich entdeckte er ein Paar, das er wiedererkannte. Das war gewiß Neljä, die dort brütete, und der Gänserich neben ihr war Kolme. Ja, ganz bestimmt, ein Irrtum war ausgeschlossen.

Am liebsten hätte der Junge sie geweckt, doch er ließ sie schlafen und wanderte weiter.

Im nächsten Gebüsch sah er Viisi und Kuusi, und nicht weit davon fand er Yksi und Kaksi. Sie schliefen alle vier, und er weckte sie nicht und ging vorüber.

Als er sich dem nächsten Gebüsch näherte, glaubte er etwas Weißes leuchten zu sehen, und da begann sein Herz vor Freude zu hämmern. Ja, wirklich, dort saß Daunenfein hübsch auf den Eiern, und neben ihr stand der weiße Gänserich. Obwohl er schlief, glaubte der Junge ihm anzumerken, wie stolz er darauf war, daß er hoch oben in den lappländischen Bergen seine Frau beschützte.

Doch weil er auch den weißen Gänserich nicht aus dem Schlaf reißen wollte, ging er weiter.

Er mußte ziemlich lange suchen, bis er noch mehr Wildgänse fand. Dann aber bemerkte er auf einem kleinen Hügel so etwas wie einen grauen Rasenhöcker. Und als er zum Fuß des Hügels kam, sah er, daß dieser graue Höcker Akka von Kebnekajse war, die keineswegs schlief, sondern Ausschau hielt, als bewachte sie das ganze Tal.

»Guten Tag, Mutter Akka!« sagte der Junge. »Wie gut, daß Ihr wach seid. Bitte weckt die anderen noch nicht, ich möchte gern allein mit Euch reden.«

Die alte Leitgans stürmte den Hügel hinunter und auf den Jungen zu. Sie packte ihn und schüttelte ihn, dann strich sie ihm mit dem Schnabel über den ganzen Körper, und dann schüttelte sie ihn von neuem. Doch weil er sie gebeten hatte, die anderen schlafen zu lassen, sagte sie kein Wort.

Der Däumling küßte die alte Mutter Akka auf beide Wangen, und dann erzählte er ihr, wie man ihn nach Skansen gebracht und dort gefangengehalten hatte.

»Nun gibt es da noch eine Sache, wo ich Euch nach Eurer Meinung fragen muß«, sagte der Junge schließlich. »Eines Tages sah ich, daß man Gorgo, den Adler, nach Skansen brachte und in den Adlerkäfig sperrte. Er sah ganz kläglich und traurig aus, und ich überlegte schon, ob ich ein Loch in das Stahlnetz über seinem Käfig feilen und ihn hinauslassen sollte. Aber ich bedachte auch, daß er ein gefährlicher Räuber und Vogelfresser war. Ich wußte nicht, ob es richtig sei, einem solchen Übeltäter die Freiheit zu geben, und wollte ihn dann doch lieber dort lassen, wo er war. Was meint ihr, Mutter Akka, war das richtig gedacht?«

»Das war nicht richtig gedacht«, entgegnete Akka. »Man kann über die Adler sagen, was man will, aber sie sind stolze Vögel und lieben die Freiheit mehr als andere Tiere, und man darf sie nicht gefangenhalten. Weißt du, was ich dir vorschlagen will? Ja, sobald du dich ausgeruht hast, reisen wir beide zum großen Vogelgefängnis und befreien Gorgo.«

»Dieses Wort habe ich von Euch erwartet, Mutter Akka«, sagte der Junge. »Manche sagen, daß Ihr keine Liebe mehr für den empfindet, den Ihr mit so viel Mühe aufgezogen habt, weil er lebt, wie Adler leben müssen. Aber jetzt höre ich, daß es nicht stimmt. Wenn Ihr jenem, der mich zu Euch zurückgebracht hat, ein Wort des Dankes sagen wollt, dann, glaube ich, könnt Ihr ihn oben auf dem Felsvorsprung antreffen, wo Ihr einmal ein hilfloses Adlerjunges gefunden habt.«

39
Das Gänsemädchen Åsa und der kleine Mats

Die Krankheit

In jenem Jahr, als Nils Holgersson mit den Wildgänsen umherreiste, sprach man ziemlich viel von zwei Kindern, einem Jungen und einem Mädchen, die durch das Land wanderten. Sie stammten aus dem Kreis Sunnerbo in Småland und hatten einmal mit ihren Eltern und vier Geschwistern eine kleine Hütte auf einer großen Heide bewohnt.

Als sie noch klein waren, geschah es einmal, daß spätabends eine arme Wandersfrau an die Tür klopfte und um Obdach bat. Obwohl der Platz schon für die Familie knapp war, wurde sie eingelassen, und die Mutter bereitete ihr auf dem Fußboden ein Bett. In der Nacht überfiel sie ein heftiger Husten, der, wie die Kinder glaubten, das ganze Haus erschütterte, und am Morgen war die Frau so krank, daß sie ihre Wanderung nicht fortsetzen konnte.

Vater und Mutter pflegten sie, wie es in ihren Kräften stand. Sie überließen der Frau ihr eigenes Bett und legten sich selbst auf den Fußboden, und der Vater ging zum Arzt und besorgte ihr Tropfen. In den ersten Tagen war die Frau wie verwirrt, sie hatte nur Wünsche und Forderungen und niemals ein Wort des Dankes. Dann aber wandelte sie sich und wurde demütig und dankbar. Schließlich bettelte und flehte sie nur noch darum, man möge sie hinaus auf die Heide tragen und dort sterben lassen. Als ihr die Wirtsleute diese Bitte nicht erfüllen wollten, erzählte sie ihnen, sie habe sich in den letzten Jahren mit einer Zigeunerbande herumgetrieben. Sie selbst sei nicht aus dem Geschlecht der Zigeuner, sondern die Tochter eines Hofbauern, sei aber von zu Hause weggelaufen und den Wandersleuten gefolgt. Nun glaubte sie, eine Zigeunerin, deren Zorn sie einmal erregt hatte, habe diese Krankheit über sie geschickt. Doch nicht genug damit, die Zigeunerin hatte auch gedroht, daß es all jenen, die sie unter ihrem Dach beherbergten und ihr Gutes erwiesen, genauso schlecht ergehen sollte. Daran glaubte sie, und deshalb bat sie nun die Eltern, sie sollten sie aus ihrer Hütte werfen und sich nicht weiter um sie kümmern. Sie wolle so freundliche Leute nicht ins Unglück stürzen. Aber die Eltern richteten sich nicht danach. Sie brachten es nicht fertig, einen armen, todkranken Menschen vor die Tür zu setzen.

Bald darauf starb die Frau, und dann nahm das Unglück seinen Anfang. Bis dahin hatte man in dieser Hütte nur Freude gekannt. Sie waren zwar arme Leute, doch ganz schlecht ging es ihnen nicht. Der Vater stellte Weberkämme her, und Mutter und Kinder halfen dabei. Er baute die Rahmen, die Mutter und die große Schwester fügten sie zusammen, und die kleineren Kinder schnitzten die Zähne. Sie arbeiteten von morgens bis abends, waren jedoch immer fröhlich und guter Dinge, vor allem dann, wenn der Vater von jener Zeit erzählte, als er durch ferne, fremde Länder gewandert war, um Weberkämme zu verkaufen.

Die Zeit nach dem Tod der armen Wandersfrau erschien den Kindern später wie ein böser Traum. Sie konnten sich nicht erinnern, ob sie kurz oder lang gewesen war, und wußten nur, daß das Beerdigen kein Ende nahm. Ihre Geschwister starben eins nach dem anderen und wurden zu Grabe getragen.

Die Mutter hatte den Mut trotz allem nicht ganz verloren, während der Vater sich völlig verändert hatte. Er konnte nicht mehr scherzen und nicht mehr arbeiten, er saß nur den ganzen Tag da, stützte den Kopf in die Hände und grübelte.

Einmal – das war nach der dritten Beerdigung – hatte er eine heftige Rede gehalten. Er könne nicht begreifen, hatte er gesagt, warum ein solches Unglück über sie gekommen sei. Es sei doch eine gute Tat gewesen, daß sie der Kranken geholfen hatten. War denn das Böse mächtiger in dieser Welt als das Gute?

Ein paar Tage später ging der Vater fort. Die älteste Schwester, die er am meisten liebte, war erkrankt. Als er gesehen hatte, daß auch sie sterben würde, da war er vor all dem Elend geflohen. Mutter sagte nur, es sei wohl besser für ihn, wenn er nicht hier sei. Sie hatte befürchtet, er würde durch seine ständigen Grübeleien, wieso Gott einen schlechten Menschen soviel Unheil anstiften lasse, den Verstand verlieren.

Nach Vaters Weggang gerieten sie in große Armut. Als dann die älteste Schwester begraben war, schloß Mutter die Hütte ab und ging mit den zwei Kindern, die ihr geblieben waren, davon. Sie wanderte nach Schonen, um auf den Rübenfeldern zu arbeiten, und fand in der Zuckerfabrik Jordberga eine Stelle. Die Mutter war eine gute Arbeiterin und wegen ihres fröhlichen, offenen Wesens bei allen beliebt. Viele wunderten sich darüber, daß sie nach allem, was sie durchgemacht hatte, so ruhig sein konnte. Aber sie war ein sehr starker, geduldiger Mensch. Wenn jemand sie auf die beiden prächtigen Kinder ansprach, die sie bei sich hatte, entgegnete sie nur: »Die werden auch bald sterben.« Das sagte sie ohne eine Träne. Sie hatte sich schon damit abgefunden.

Doch es kam anders, als sie erwartet hatte. Die Mutter selbst wurde von der Krankheit ergriffen und siechte schnell dahin, noch schneller als die kleinen Geschwister.

Sie war zum Sommeranfang nach Schonen gekommen, und noch ehe es Herbst war, hatte sie die Kinder verlassen.

Während der Krankheit sagte sie viele Male, sie habe ihre Hilfe für die Wandersfrau niemals bereut, das sollten die Kinder nicht vergessen. »Und wenn man recht getan hat, dann ist das Sterben nicht schwer«, sagte sie. »Alle Menschen müssen sterben. Ob man aber mit einem guten oder einem schlechten Gewissen stirbt, das liegt an einem selbst.«

Die Mutter hatte sich vor ihrem Heimgang noch bemüht, ein wenig für die Kinder zu sorgen. Sie hatte darum gebeten, daß sie in der Kammer bleiben dürften, in der sie alle drei bis dahin gewohnt hatten. Wenn die Kinder nur eine Wohnung hätten, dann sollten sie keinem zur Last fallen. Sie wußte, daß sie sich selbst versorgen könnten.

Die Kinder durften die Kammer wirklich behalten und mußten dafür Gänse hüten. Und es kam wirklich, wie ihre Mutter gesagt hatte: sie versorgten sich selbst. Sie hatten Geschick im Handeln, und bald kauften sie bei den Bauern Butter und Eier auf, um sie an die Arbeiter der Zuckerfabrik weiterzuverkaufen. Sie waren so ordentlich und redlich, daß man ihnen alles anvertrauen konnte. Das Mädchen, die ältere von beiden, war mit dreizehn Jahren schon so zuverlässig wie ein erwachsener Mensch.

Als die Kinder ein paar Jahre in Jordberga gewohnt hatten, gab es eines Abends in der Schule einen Vortrag. Obwohl er eigentlich für Erwachsene bestimmt war, saßen die beiden Kinder aus Småland unter den Zuhörern. Der Redner sprach über die gefährliche Krankheit Tuberkulose, die jedes Jahr so viele Menschen in Schweden dahinraffte. Er sprach sehr klar und deutlich, und die Kinder verstanden jedes Wort.

Nach dem Vortrag blieben sie vor der Schule stehen, um auf den Mann zu warten. Als er herauskam, gingen sie ganz feierlich Hand in Hand auf ihn zu und fragten ihn, ob sie ihn wohl sprechen dürften.

Die Kinder erzählten, was bei ihnen zu Hause geschehen war, und fragten den Mann, ob er glaube, daß ihre Mutter und die Geschwister an jener Krankheit gestorben seien, die er beschrieben hatte. »Das ist wohl möglich«, antwortete er. »Es kann kaum eine andere Krankheit gewesen sein.«

»Aber wenn Vater und Mutter gewußt hätten, was wir heute abend erfahren haben, wenn sie sich vorgesehen hätten, die Kleider der Wandersfrau verbrannt und nicht ihre Bettwäsche benutzt und die Hütte sorgfältig gescheuert hätten – ob dann vielleicht alle am Leben geblieben wären, um die wir jetzt trauern?«

Darauf antwortete der Redner: »Ich halte es für wahrscheinlich, daß keiner von euren Nächsten erkrankt wäre, wenn sie sich vor Ansteckung geschützt hätten.«

Jetzt zögerten die Kinder eine Weile, bevor sie die nächste Frage stellten. »Dann stimmt es also nicht, daß die Zigeunerin die Krankheit über uns geschickt hat, weil wir der Frau geholfen haben, auf die sie böse war?«

»Nein, das stimmt gewiß nicht«, konnte der Redner ihnen versichern. »Kein Mensch hat die Macht, über andere eine Krankheit zu schicken. Und ihr wißt ja, daß es diese Krankheit im ganzen Land gibt. Sie hat fast alle Familien heimgesucht, obwohl sie nicht überall so viele wie bei euch dahingerafft hat.«

Da bedankten sich die Kinder und gingen nach Hause. An diesem Abend sprachen sie sehr lange miteinander.

Am nächsten Tag kündigten sie ihre Stelle. Sie wollten ihren Vater suchen. Sie müßten ihm sagen, daß Mutter und Geschwister an einer gewöhnlichen Krankheit gestorben seien und nicht an etwas Besonderem, was ein böser Mensch über sie verhängt hätte. Es sei ihre Pflicht, das dem Vater zu berichten, denn er grübelte über dieses Rätsel wohl noch immer.

Die Kinder wanderten zuerst zu ihrem Häuschen auf der Heide von Sunnerbo, doch zu ihrem Erstaunen stand es in hellen Flammen. Dann gingen sie zum Pfarrhaus und erfuhren dort, daß ein Eisenbahnarbeiter ihren Vater hoch oben in Lappland bei Malmberget gesehen habe. Er hatte in der Grube gearbeitet und war vielleicht immer noch dort beschäftigt, aber das war nicht ganz sicher. Der Pfarrer holte eine Karte hervor, zeigte ihnen die Entfernung bis Malmberget und riet ihnen von einer solchen Reise ab. Aber die Kinder sagten, sie müßten unbedingt zu ihrem Vater.

Sie hatten mit ihrem Handel ein wenig Geld verdient, wollten es jedoch nicht für Fahrkarten ausgeben, sondern beschlossen, den ganzen Weg zu Fuß zu gehen. Und das sollten sie nicht bereuen. Ihre Wanderung wurde so schön, daß es kaum zu glauben ist.

Bevor sie Småland verließen, gingen sie eines Tages auf einen Bauernhof, um sich etwas zu essen zu kaufen. Die Hausfrau, eine fröhliche, gesprächige Bäuerin, fragte sie, wer sie seien und woher sie kämen, und da erzählten die Kinder ihre ganze Geschichte. »Nein, so etwas! Nein, so etwas!« rief die Bäuerin mehrmals aus. Dann bewirtete sie die Kinder reichlich und gut und wollte dafür nicht die geringste Bezahlung. Als die beiden aufstanden und sich bedanken und gehen wollten, fragte die Bäuerin, ob sie nicht im nächsten Kirchspiel bei ihrem Bruder einkehren wollten, und sagte ihnen, wie er hieß und wo er wohnte. Ja, das wollten die Kinder natürlich sehr gern. »Ihr müßt ihn von mir grüßen und ihm berichten, was euch geschehen ist«, sagte die Bauersfrau.

Das taten die Kinder, und auch der Bruder versorgte sie gut. Er fuhr mit ihnen zu einem Ort im nächsten Kirchspiel, wo sie ebenfalls freundlich aufgenommen wurden. Jedesmal, wenn sie nun einen Hof verließen, hieß es: »Und wenn ihr in die und die Gegend kommt, dann geht da und da hin und erzählt, was euch geschehen ist!«

Auf allen Höfen, wohin die Kinder geschickt wurden, war jemand schwindsüchtig. Und ohne sich dessen bewußt zu sein, zogen die beiden Kinder durchs Land und lehrten die Menschen, was für eine gefährliche Krankheit sich in ihre Wohnungen eingeschlichen hatte und wie man sie am besten bekämpfen konnte.

Vor langer Zeit, so wird erzählt, als die große Pest, die man den Schwarzen Tod nannte, das Land verheerte, sah man einen Jungen und ein Mädchen von einem Hof zum anderen wandern. Der Junge trug eine Harke, und wenn er damit vor einem Haus kratzte, bedeutete es, daß darin viele, aber nicht alle sterben würden, denn die Harke hat einzelne Zinken und nimmt nicht alles mit. Das Mädchen hielt einen Besen in der Hand, und wenn sie vor einer Tür fegte, bedeutete es, daß alle dahinter sterben mußten, denn ein Besen fegt alles weg.

Es war merkwürdig, daß auch in unseren Tagen zwei Kinder einer schweren, gefährlichen Krankheit wegen durchs Land zogen. Doch anstatt die Leute mit Harke und Besen zu erschrecken, sagten sie: »Es reicht nicht aus, wenn man nur den Hof harkt und den Fußboden fegt. Wir müssen auch Schrubber und Bürste und Scheuersand und Seife nehmen. Wir müssen vor und hinter unsrer Tür saubermachen, und wir müssen selbst sauber sein. Auf diese Weise werden wir die Krankheit schließlich besiegen.«

Das Begräbnis des kleinen Mats

Der kleine Mats war tot. Keiner, der ihn ein paar Stunden zuvor gesund und munter gesehen hatte, vermochte es zu glauben, und doch war es so. Der kleine Mats war nicht mehr am Leben und sollte begraben werden.

Er war eines Morgens in der Frühe gestorben, und nur seine Schwester Åsa war bei ihm gewesen. »Ruf keinen anderen herbei!« hatte Klein-Mats gesagt, als es zu Ende ging, und seine Schwester hatte sich nach ihm gerichtet. »Ich bin froh, daß ich nicht an der ›Krankheit‹ sterbe, Åsa«, hatte er gesagt. »Bist du nicht auch froh?« Und als Åsa keine Antwort gab, sprach er weiter: »Ich finde, es macht nichts, daß ich sterbe, wenn ich nur nicht auf dieselbe Art wie Mutter und die Geschwister sterben muß.«

Als alles vorüber war, saß Åsa lange da und bedachte, was ihr Bruder, der kleine Mats, auf dieser Welt hatte durchmachen müssen. Sie fand, daß er all sein Unglück genauso tapfer wie ein Erwachsener ertragen hatte. Genauso tapfer wie seine letzten Worte war er sein Leben lang gewesen. Und sie beschloß, wenn Klein-Mats nun ins Grab mußte, dann sollte er wie ein erwachsener Mensch bestattet werden.

Sie wußte wohl, daß dies schwer durchzusetzen sein würde, doch es war ihr innigster Wunsch. Sie mußte für den kleinen Mats tun, was in ihren Kräften stand.

Zu dieser Zeit hielt sich Åsa, das Gänsemädchen, hoch oben in Lappland bei dem großen Grubenfeld auf, das Malmberget heißt. Es war ein seltsamer Ort, doch gerade das war vielleicht gut für sie.

Bevor sie hier angelangt war, hatte sie mit dem kleinen Mats große, endlose Waldgebiete durchwandert. Tagelang hatten sie weder Felder noch Höfe und nur kleine, armselige Poststationen gesehen, bis sie plötzlich in das große Kirchdorf Gällivare gekommen waren. Das hatte Kirche und Bahnhof, Gerichtsgebäude und Bank, Apotheke und Hotel und lag am Fuße eines hohen Berges, der noch zur Mittsommerzeit, als die Kinder hier eintrafen, von Schnee gefleckt war. Fast alle Häuser in Gällivare waren neu, gut und ordentlich gebaut. Hätten die Kinder nicht die Schneeflecken auf dem Berg gesehen und bemerkt, daß die Birken noch nicht ausgeschlagen hatten, dann hätten sie sich keineswegs hoch oben in Lappland geglaubt. Doch sie mußten ihren Vater nicht in Gällivare, sondern in Malmberget suchen, das ein Stück weiter nördlich lag und wo es nicht so wohlgeordnet aussah.

Obwohl die Menschen schon lange wußten, daß es in der Nähe von Gällivare ein großes Eisenerzfeld gab, war der Abbau erst vor wenigen Jahren, als die Eisenbahnlinie fertig geworden war, richtig in Gang gekommen. Da waren auf einmal mehrere tausend Menschen hierhergeströmt. Sie hatten zwar Arbeit genug, doch keine Wohnungen vorgefunden, und so mußten sie sich selbst Unterkünfte schaffen, so gut es ging. Einige hatten sich Hütten aus unbehauenen Baumstämmen errichtet, andere hatten Schuppen aus Kisten und leeren Dynamitbehältern gebaut, die sie wie Ziegelsteine übereinanderlegten. Obwohl es jetzt schon viele ordentliche Häuser hier gab, sah der ganze Ort recht sonderbar aus. Da gab es große Wohnviertel mit hellen, schönen Häusern, und dazwischen lag ungerodeter Waldboden mit Stubben und Steinen. Der Direktor und die Ingenieure besaßen große, schöne Villen, und daneben sah man niedrige, seltsame Schuppen, die noch aus der Anfangszeit stammten. Es gab Eisenbahn und elektrisches Licht und große Maschinenhallen. Überall herrschte die größte Betriebsamkeit, und am Bahnhof fuhr ein Erzzug nach dem anderen ab. Doch rundherum war die endlose Wildnis, da wurde kein Acker gepflügt und kein Haus gebaut, und nur die Lappen zogen mit ihren Rentieren umher.

Åsa erinnerte sich, wie sie bei ihrer Ankunft in Malmberget nach einem Arbeiter gefragt hatten, der Jon Assarsson hieß. Die Kinder erfuhren sogleich, daß ihr Vater mehrere Jahre hier gearbeitet hatte, dann aber auf Wanderschaft gezogen war. Es sei so seine Art, manchmal fortzugehen, wenn ihn die Unruhe überkomme, wurde gesagt. Wohin er gegangen war, wußte niemand zu sagen, doch alle waren davon überzeugt, daß er in ein paar Wochen zurückkehren würde. Und weil sie Jon Assarssons Kinder waren, durften sie in der Hütte bleiben, die er bewohnt hatte, und dort auf ihn warten. Eine Frau hatte den Schlüssel unter der Schwelle hervorgeholt und sie eingelassen.

Åsa war sich bald im klaren, wie sie die Beerdigung haben wollte. Sie hatte am Sonntag zuvor gesehen, wie ein Steiger zu Grabe getragen wurde. Man hatte den Sarg mit den Pferden des Direktors zur Kirche nach Gällivare gefahren, und ein langer Zug von Grubenarbeitern war ihm gefolgt. Am Grab hatte eine Musikkapelle gespielt und ein Chor gesungen. Und danach hatte es für alle Trauergäste Kaffee in der Schule gegeben. So etwas Ähnliches wünschte sich das Gänsemädchen Åsa auch für ihren Bruder, den kleinen Mats.

Doch bald ließ sie den Mut sinken und sagte sich selbst, daß daraus wohl nichts werden könne. Nicht, weil es zu teuer gewesen wäre. Sie hatte mit ihrem Bruder zusammen soviel Geld gespart, daß es für ein noch so stattliches Begräbnis reichte. Die Schwierigkeit bestand nach ihrer Erfahrung darin, daß sich erwachsene Leute niemals nach einem Kind richten wollten.

Die erste, mit der Åsa über das Begräbnis sprach, war die Krankenschwester. Schwester Hilma war in die Hütte gekommen, bald nachdem der kleine Mats gestorben war, denn sie hatte den Zeitpunkt seines Todes geahnt.

Der kleine Mats war am vorigen Nachmittag einem großen Tagesschacht zu nahe gekommen und bei einer Sprengung von ein paar herumfliegenden Steinen getroffen worden. Er war allein gewesen und hatte lange bewußtlos auf dem Boden gelegen, ohne daß jemand von dem Unglück wußte. Schließlich hatten ein paar Männer, die im Tagesschacht arbeiteten, auf sonderbare Art davon gehört. Sie behaupteten später, ein kleiner Knirps, nicht viel mehr als eine Handbreit groß, sei an den Grubenrand gekommen und habe ihnen zugerufen, sie sollten dem kleinen Mats helfen, der zu verbluten drohte. Dann hatte man ihn nach Hause getragen und verbunden, doch es war schon zu spät, der Blutverlust war zu groß gewesen.

Als die Krankenschwester die Hütte betrat, dachte sie weniger an den kleinen Mats als an seine Schwester. »Was soll ich nur mit dem armen Kind machen«, dachte sie, »das Mädchen ist sicher ganz untröstlich.«

Sie bemerkte jedoch, daß Åsa weder weinte noch klagte, und war darüber sehr erstaunt. Doch als Åsa anfing, mit ihr über das Begräbnis zu sprechen, hatte sie dafür die Erklärung.

»Wenn man mit einem solchen Menschen wie dem kleinen Mats zusammen war«, sagte Åsa, die ihre Worte gern ein bißchen feierlich und altklug setzte, »dann muß man vor allem daran denken, wie man ihn ehren kann, solange es möglich ist. Zum Trauern wird immer noch Zeit sein.«

Und nun bat sie die Krankenschwester, ihr dabei zu

helfen, dem kleinen Mats ein ehrenvolles Begräbnis auszurichten. Keiner habe es mehr verdient als er.

Die Krankenschwester war sehr froh, daß das arme, verlassene Kind in einem solchen Gedanken Trost finden konnte, und sagte ihre Hilfe zu. Das war für Åsa sehr viel, und sie glaubte, schon fast am Ziel zu sein, denn Schwester Hilma hatte großen Einfluß. Die Grubenarbeiter wußten, daß sie jederzeit ein herumfliegender Stein oder ein locker gewordener Felsblock treffen konnte, und deshalb bemühten sich alle, mit der Krankenschwester auf gutem Fuß zu stehen.

Als die Schwester nun mit Åsa reihum zu den Bergarbeitern ging und sie bat, am nächsten Sonntag den kleinen Mats zu Grabe zu geleiten, da gab es nur wenige, die ablehnten. »Wenn Schwester Hilma uns bittet, dann tun wir das«, antworteten sie.

Es gelang der Schwester auch, ein Bläserquartett und einen Chor zu besorgen. Um die Schule bemühte sie sich nicht, weil aber das Wetter noch sommerlich warm und beständig war, wurde beschlossen, daß die Trauergäste im Freien Kaffee trinken sollten. Sie durften aus dem Gemeindesaal der Guttempler Bänke und Tische und vom Kaufmann Tassen und Teller leihen.

Dann bestellten sie bei einem Bäcker in Boden Zwiebäcke und Kringel und bei einem Zuckerbäcker in Luleå schwarzes und weißes Konfekt.

Es gab um dieses Begräbnis, das Åsa für ihren Bruder Mats ausrichten wollte, soviel Aufregung, daß in ganz Malmberget davon gesprochen wurde. Schließlich erfuhr sogar der Direktor, was man da vorbereitete.

Als er hörte, daß fünfzig Bergarbeiter einen zwölfjährigen Jungen zu Grabe tragen sollten, hielt er das für hellen Wahnsinn. Und Gesang und Musik und eine Kaffeetafel und Konfekt aus Luleå sollte es auch noch geben! Er ließ die Krankenschwester zu sich kommen und bat sie, das Ganze zu verhindern. »Man kann doch nicht zulassen, daß das arme Mädchen auf diese Weise sein Geld verschwendet«, sagte er. »Es geht nicht an, daß sich erwachsene Leute nach den Einfällen eines Kindes richten.«

Der Direktor war weder böse noch wütend. Er sprach ganz ruhig und forderte die Schwester auf, Chor und Kapelle und das große Grabgefolge abzubestellen. Es reiche wohl aus, wenn neun, zehn Personen dem Sarg folgten. Und die Krankenschwester widersprach mit keinem Wort, zum einen aus Respekt, und zum anderen mußte sie insgeheim zugeben, daß er recht hatte. Das war zu viel Aufhebens für einen Betteljungen. Ihr Mitleid mit dem armen Mädchen war stärker als ihre Vernunft gewesen.

Die Krankenschwester ging nun in die Barackensiedlung, um Åsa zu sagen, daß ihre Wünsche nicht zu erfüllen waren. Dabei war ihr das Herz schwer, denn sie wußte am besten, was dieses Begräbnis für das arme Kind bedeutete. Unterwegs traf sie ein paar Arbeiterfrauen und sprach mit ihnen über ihre Sorgen. Die pflichteten dem Direktor sofort bei: Man könne nicht soviel Aufwand für einen Betteljungen machen. Natürlich tue ihnen das Mädchen leid, aber man könne ein Kind nicht so einfach schalten und walten lassen. Es sei schon richtig, das Ganze abzublasen.

Dann gingen die Frauen in ihre Häuser und erzählten die Sache weiter. Bald war es von der Barackensiedlung bis zu den Schächten bekannt, daß aus dem großen Begräbnis für den kleinen Mats nichts würde. Und alle fanden das vollkommen richtig.

In ganz Malmberget gab es nur einen Menschen, der anderer Meinung war, und das war Åsa, das Gänsemädchen.

Es wurde für die Krankenschwester wirklich eine schwere Stunde. Åsa, die weder weinte noch klagte, wollte nicht nachgeben. Sie sagte, der Direktor habe mit der Sache nichts zu schaffen, sie habe ihn nicht um Hilfe gebeten. Er könne ihr nicht verbieten, ihren Bruder so zu begraben, wie sie es wünschte.

Erst als mehrere Frauen ihr erklärten, daß niemand gegen den Willen des Direktors an der Beerdigung teilnehmen würde, begriff sie, daß sie seine Erlaubnis brauchte.

Als Åsa eine Weile still dagesessen hatte, stand sie rasch auf. »Wo willst du denn hin?« fragte Schwester Hilma.

»Ich muß zum Direktor gehen und mit ihm reden«, entgegnete sie.

»Du glaubst doch wohl nicht, daß er auf dich hört«, sagten die Frauen.

»Ich glaube, der kleine Mats will, daß ich gehe«, sagte Åsa. »Vielleicht weiß der Direktor gar nicht, was er für ein Mensch gewesen ist.«

Åsa zog sich schnell an und machte sich auf zum Direktor. Aber es war schier unglaublich, daß ein Kind wie sie den Direktor, den mächtigsten Mann von Malmberget, von einer einmal getroffenen Entscheidung abbringen wollte. Die Krankenschwester und die anderen Frauen folgten ihr in einiger Entfernung, um zu beobachten, ob sie sich wirklich getraute, bis zu ihm vorzudringen.

Wie Åsa da mitten auf der Straße ging, hatte sie etwas an sich, daß sich die Leute nach ihr umdrehten. Sie wanderte ernst und würdevoll wie ein junges Mädchen zum ersten Abendmahl. Um den Kopf trug sie ein großes, schwarzes Seidentuch, das sie von ihrer Mutter geerbt hatte, in der einen Hand hielt sie ein zusammengelegtes

Taschentuch und in der anderen einen Korb mit Holzspielzeug, das der kleine Mats geschnitzt hatte.

Als die Kinder, die an der Straße spielten, sie solcherart erblickten, liefen sie näher und fragten sie: »Wo gehst du hin, Åsa? Wo gehst du hin?« Doch Åsa gab keine Antwort. Sie hatte die Frage nicht einmal gehört und wanderte nur geradeaus. Und als die Kinder nicht aufhörten, sie anzusprechen, hielten die nachfolgenden Frauen sie zurück. »Laßt sie gehen!« sagten sie. »Sie will zum Direktor und um Erlaubnis bitten, daß sie für ihren Bruder, den kleinen Mats, ein großes Begräbnis ausrichten darf.« So ein kühnes Unterfangen erschreckte nun auch die Kinder, und eine kleine Gruppe lief hinter Åsa her und wollte sehen, was daraus würde.

Dies geschah abends gegen sechs Uhr, als in den Gruben Arbeitsschluß war, und nach einer Weile kamen mehrere hundert Arbeiter mit langen, eiligen Schritten von dort gewandert. Sonst sahen sie auf ihrem Heimweg weder nach rechts noch nach links, doch als sie nun Åsa begegneten, bemerkten einige etwas Ungewöhnliches und fragten sie, was denn los sei. Åsa gab keine Antwort, während die anderen Kinder lauthals von ihrem Vorhaben berichteten. Das fanden einige Arbeiter so mutig, daß sie mitkamen und sehen wollten, wie es dem Mädchen erging.

Åsa näherte sich dem Verwaltungsgebäude, wo der Direktor um diese Zeit noch bei der Arbeit saß. Als sie den Flur betrat, öffnete sich die Tür, und er stand vor ihr, den Hut auf dem Kopf und den Stock in der Hand, und wollte gerade zum Essen in seine Wohnung gehen.

»Mit wem willst du denn sprechen?« fragte er, als er das kleine Mädchen erblickte, das ihm so feierlich mit seidenem Kopftuch und zusammengelegtem Taschentuch entgegenkam.

»Ich möchte mit dem Direktor persönlich sprechen«, sagte Åsa.

»So, na, dann komm herein!« sagte der Direktor und kehrte in sein Büro zurück. Er ließ die Tür gleich offen, denn er konnte sich nicht vorstellen, daß das Mädchen lange Zeit für sein Anliegen benötigte. So war es möglich, daß die anderen, die Åsa begleitet hatten und jetzt im Flur und auf der Treppe standen, alles mithören konnten, was im Büro gesprochen wurde.

Als Åsa eingetreten war, machte sie sich erst einmal gerade, schob das Kopftuch zurück und sah den Direktor mit so ernsten Kinderaugen an, daß es einem ins Herz schnitt. »Nun ist der kleine Mats gestorben«, sagte sie, und ihre Stimme zitterte derart, daß sie nicht weiter konnte. Doch jetzt wußte der Direktor, mit wem er es zu tun hatte. »Aha, du bist das Mädchen, das die große Beerdigung ausrichten will«, sagte er freundlich. »Das solltest du dir aus dem Kopf schlagen, Kind. Das wird für dich zu teuer. Hätte ich nur eher davon gehört, dann hätte ich das gleich verhindert.«

Im Gesicht des Mädchens zuckte es, und der Direktor glaubte schon, sie würde in Tränen ausbrechen, doch statt dessen sagte sie: »Ich möchte den Herrn Direktor fragen, ob ich etwas vom kleinen Mats erzählen darf.«

»Ich habe eure Geschichte schon gehört«, sagte der Direktor in ruhigem, freundlichem Ton, wie er immer sprach. »Du darfst mir glauben, daß du mir leid tust. Ich will für dich nur das Beste.«

Da machte sich Åsa, das Gänsemädchen, noch gerader und sagte mit lauter, fester Stimme: »Der kleine Mats war nicht älter als neun Jahre, da hat er Vater und Mutter verloren und mußte wie ein Erwachsener für sich selber sorgen. Es ging ihm gegen die Ehre, auch nur eine einzige Mahlzeit zu erbetteln, er wollte immer dafür bezahlen. Er sagte stets, Betteln sei unter der Würde eines Mannes. Er ist über Land zu den Bauern gegangen und hat Eier und Butter aufgekauft, und er hat genauso tüchtig gehandelt wie ein alter Kaufmann. Niemals hat er etwas verschwendet, und niemals hat er die kleinste Münze unterschlagen. Alles hat er mir gegeben. Wenn er von einem Hof zum anderen ging, haben die schonischen Bauern ihm große Geldsummen mitgegeben, denn sie wußten, daß sie sich auf ihn wie auf sich selbst verlassen konnten. Es stimmt also nicht, wenn gesagt wird, der kleine Mats sei nur ein Kind gewesen, denn nicht viele Erwachsene ...«

Åsa verstummte, denn sie glaubte, daß ihre Rede den Direktor nicht im geringsten beeindruckte. Zu Hause hatte sie gedacht, sie hätte so vieles über den kleinen Mats zu berichten, aber jetzt kam ihr das alles gering vor. Wie sollte sie dem Direktor nur begreiflich machen, daß es der kleine Mats verdiente, mit denselben Ehren wie ein Erwachsener begraben zu werden?

»Und wenn ich nun das ganze Begräbnis selbst bezahle ...«, sagte Åsa und verstummte erneut.

Da hob der Direktor den Blick und sah Gänsemädchen Åsa in die Augen. Er maß und prüfte sie, wie jemand es können muß, der viele Menschen unter sich hat. Er dachte daran, wie vieles sie durchgemacht, daß sie Heim und Eltern und Geschwister verloren hatte und doch ungebrochen war – gewiß würde ein prächtiger Mensch aus ihr werden. Doch er wollte die Last, an der sie zu tragen hatte, nicht noch vergrößern, ein Strohhalm mehr – und sie könnte daran zerbrechen. Er wußte wohl, was es für sie bedeutete, daß sie gekommen war, um mit ihm zu sprechen. Sie hatte diesen Bruder wohl über alles geliebt. Einer solchen Liebe konnte man nicht mit einem abschlägigen Bescheid begegnen.

«Dann sollst du deinen Willen haben«, sagte der Direktor.

40
Bei den Lappen

Am westlichen Ufer eines kleinen Sees namens Luossajaure, viele Meilen nördlich von Malmberget, hatten Lappen ihr Lager aufgeschlagen. Im Süden erhob sich ein gewaltiges Bergmassiv, das Kiirunavara hieß und, wie man sagte, fast ganz aus Eisenerz bestand. Der Berg am nordöstlichen Ufer hieß Luossavara und war ebenfalls ein reicher Erzberg. Diese beiden Berge wollte man durch eine Eisenbahnlinie mit Gällivare verbinden, und in der Nähe des Kiirunavara war man dabei, einen Bahnhof, ein Hotel für Reisende und viele Wohnungen für all die Arbeiter und Ingenieure zu errichten, die sich hier ansiedeln würden, wäre der Erzabbau erst richtig in Gang gekommen. Eine ganze kleine Stadt mit lustigen, hübschen Häusern wuchs da heran, und das in einer Gegend so hoch im Norden, daß die Blätter der kleinen verkrüppelten Birken erst nach Mittsommer ihre Knospen sprengten.

Westlich vom See war das Land frei und offen, und hier, wie gesagt, hatten ein paar Familien des Lappenvolkes ihr Lager aufgeschlagen. Sie waren vor etwa einem Monat hierhergekommen und schon nach kurzer Zeit in ihre Wohnung eingezogen. Sie hatten nur die

Zeltstangen fest in den Boden zu rammen und die Zeltplane darüber zu spannen brauchen – da war sie so gut wie fertig gewesen. Auch mit der Einrichtung und Möblierung hatten sie sich nicht viel Mühe gemacht. Die Hauptsache war, daß ein paar Fichtenzweige und einige Felle den Boden bedeckten und an einer Kette, die an der Spitze der Zeltstangen befestigt war, ein großer Kessel hing, in dem sie ihr Rentierfleisch kochen konnten.

Die Siedler am östlichen Ufer des Sees, die mit größtem Eifer arbeiteten, um ihre Häuser vor Einbruch des strengen Winters fertigzubekommen, wunderten sich über die Lappen, die seit vielen, vielen hundert Jahren im hohen Norden umherzogen, ohne jemals daran zu denken, daß man gegen Kälte und Sturm einen besseren Schutz als dünne Zeltwände benötigte. Und die Lappen wunderten sich über die Siedler, die sich so mühten, wo man doch nicht mehr als ein paar Rentiere und ein Zelt zum Leben brauchte.

Hierher zum Luossajaure hatte der Direktor von Malmberget das Gänsemädchen Åsa geschickt. Die Lappen sollten ihr bei der Suche nach dem Vater helfen, denn es hieß, er habe sich zum Samevolk begeben, um den Sommer in ihren Zelten zu verbringen.

Als die Lappen die Geschichte des Mädchens hörten, wurden sie sehr freundlich, und der alte Ola Serka, der Vornehmste von ihnen, versprach, Åsas Vater ausfindig zu machen. Doch er schien es damit nicht eilig zu haben, sondern hockte vor dem Zelt, dachte an Jon Assarsson und überlegte, wie er ihm die Nachricht überbringen könnte, daß seine Tochter gekommen sei. Er mußte es so anstellen, daß Jon Assarsson nicht erschrak und nicht davonlief, denn der war ein seltsamer Mann und fürchtete sich vor der Begegnung mit Kindern. Er sagte immer, bei ihrem Anblick würden seine Gedanken so düster.

Während Ola Serka grübelte, saßen das Gänsemädchen Åsa und der Lappenjunge Aslak auf dem Platz vor dem Zelt und unterhielten sich. Aslak hatte die Schule besucht und konnte schwedisch. Er erzählte vom Leben des Samevolkes und versicherte ihr, daß die Samen es besser als alle anderen hätten. Åsa fand ihr Leben entsetzlich und sagte das auch. »Du weißt nicht, wovon du sprichst«, sagte Aslak. »Bleib nur eine Woche bei uns, dann wirst du sehen, daß wir das glücklichste Volk auf der ganzen Erde sind!«

»Wenn ich hier eine Woche bliebe, dann würde ich wohl in eurem Zelt vor Rauch ersticken«, meinte Åsa.

»Sag das nicht!« entgegnete der Lappenjunge. »Du weißt nichts von uns. Ich will dir etwas erzählen, damit du begreifst, daß du dich um so wohler fühlen wirst, je länger du bei uns bleibst.«

Da begann Aslak dem Mädchen von jener Zeit zu berichten, als eine Krankheit, die man den Schwarzen Tod nannte, das Land überzog. Ob sie auch hier, im richtigen Sameland, gewütet hatte, wußte er nicht, doch in Jämtland hatte sie so entsetzlich gehaust, daß von den Samen, die dort in Wäldern und Bergen wohnten, nur ein fünfzehnjähriger Junge übrigblieb, und von den Schweden, die in den Flußtälern wohnten, blieb nur ein Mädchen am Leben, das ebenfalls fünfzehn Jahre war.

»Der Junge und das Mädchen wanderten einen ganzen Winter lang durch das öde Land und suchten nach Menschen, und erst als es Frühling wurde, begegneten sie sich endlich«, erzählte Aslak. »Da bat das schwedische Mädchen den Lappenjungen, er solle sie nach Süden begleiten, wo sie Leute ihres eigenen Stammes zu finden hoffte. In Jämtland, wo es nichts als ausgestorbene Höfe gab, wollte sie nicht länger bleiben. ›Ich werde dich bringen, wohin du willst‹, sagte der Junge, ›doch nicht vor dem Winter. Jetzt ist Frühling, meine Rentiere ziehen westwärts ins Gebirge, und du weißt, daß wir, die wir zum Samevolk gehören, dorthin gehen müssen, wohin unsre Rene uns führen.‹

Das schwedische Mädchen war Kind reicher Eltern. Sie war es gewöhnt, unter einem Dach zu wohnen, in einem Bett zu schlafen und an einem Tisch zu essen. Sie hatte das arme Bergvolk immer verachtet und Leute, die unter freiem Himmel lebten, für sehr unglücklich gehalten. Doch sie fürchtete sich, nach Hause zurückzukehren, wo es nur Tote gab. ›Nimm mich wenigstens mit in die Berge‹, sagte sie zu dem Jungen, ›damit ich eine menschliche Stimme höre und nicht allein zu bleiben brauche!‹ Dazu war der Junge gern bereit, und so durfte das Mächen die Rentiere auf ihrer Wanderung ins Gebirge begleiten. Die Herde, die sich nach der guten Bergweide sehnte, legte jeden Tag weite Strecken zurück. Die beiden hatte keine Zeit, sich ein Zelt aufzustellen. Sie mußten sich in den Schnee werfen und konnten nur dann schlafen, wenn die Rentiere haltmachten, um zu fressen. Die Tiere spürten, wie der Südwind an ihrem Pelz zerrte, und sie wußten, daß er in wenigen Tagen den Schnee von den Berghängen fegen würde. Das Mädchen und der Junge folgten ihnen durch schmelzenden Schnee und über zerbrechendes Eis. Als sie so hoch gelangt waren, daß der Nadelwald aufhörte und von verkrüppelten Birken abgelöst wurde, ruhten sie sich ein paar Wochen aus und warteten so lange, bis der Schnee auch in den oberen Bergregionen taute. Auf dem Weg dorthin jammerte und keuchte das Mädchen und sagte oft, sie sei so müde, daß sie in die Flußtäler zurückkehren müsse. Doch weil sie nicht mutterseelenallein bleiben wollte, ging sie trotzdem weiter.

Als sie die Hochebene erreichten, stellte der Junge auf

einem schönen, grünen Platz, der an einem Gebirgsbach lag, ein Zelt für das Mädchen auf. Am Abend fing er mit dem Lasso die Rentierkühe ein, molk sie und gab dem Mädchen Milch zu trinken. Von den Vorräten, die seine Leute im vorigen Sommer hier versteckt hatten, holte er gedörrtes Rentierfleisch und Rentierkäse. Das Mädchen jammerte immer noch, und nichts war ihm recht. Sie wollte weder gedörrtes Rentierfleisch noch Rentierkäse noch Rentiermilch. Sie konnte sich nicht daran gewöhnen, unter dem Zeltdach zu kauern und auf dem Boden zu schlafen, wo sie nur ein Rentierfell und etwas Reisig als Bett hatte. Doch der Sohn des Bergvolks lachte über ihr Gejammer und behandelte sie weiterhin freundlich.

Als der Junge ein paar Tage später die Rentierkühe molk, ging das Mädchen zu ihm und wollte ihm helfen. Sie übernahm es auch, Feuer unter dem Kessel zu machen, in dem sie das Rentierfleisch kochten, Wasser zu tragen und Käse zu bereiten. Nun kam für sie eine gute Zeit. Das Wetter war warm, und sie hatten reichlich zu essen. Gemeinsam legten sie Vogelschlingen aus, angelten Forellen am Wasserfall und pflückten Multbeeren im Moor.

Als der Sommer vorüber war, verließen sie die Berge, zogen bis zur Grenze zwischen Nadelwald und Laubwald hinunter und schlugen dort ein neues Lager auf. Jetzt wurde geschlachtet, und sie mußten jeden Tag schwer arbeiten. Doch auch das war eine gute Zeit, und sie hatten noch mehr zu essen als im Sommer. Als der Schnee kam und die Seen sich mit Eis bedeckten, zogen sie weiter nach Osten in den dichten Fichtenwald. Sowie sie ihr Zelt aufgebaut hatten, machten sie sich an die Winterarbeit. Der Junge lehrte das Mädchen, Schnüre aus Rentiersehnen zu drehen, Felle zu gerben, Kleider und Schuhe aus Leder zu nähen, Kämme und Geräte aus

Rentiergeweih zu schnitzen, Ski zu laufen und im Rentierschlitten, den er Ackja nannte, hinter den Renen herzufahren. Als der dunkle Teil des Winters überstanden war und wieder fast den ganzen Tag die Sonne schien, sagte der Junge zu dem Mädchen, jetzt würde er sie in den Süden begleiten, damit sie Leute ihres Stammes finden könnte. Da sah ihn das Mädchen verwundert an. ›Warum willst du mich wegschicken?‹ fragte sie. ›Willst du lieber allein mit deinen Rentieren sein?‹

›Ich dachte, du hättest Sehnsucht‹, sagte der Junge.

›Ich habe nun bald ein ganzes Jahr das Leben des Samevolks geführt‹, sagte das Mädchen, ›ich bin so lange frei in den Bergen und durch den Wald gewandert, daß ich nicht zu meinem Volk zurückkehren und wieder in engen Wohnungen leben kann. Jag mich nicht weg und laß mich hier bleiben! Eure Art zu leben ist besser als unsere.‹

Das Mädchen blieb ihr Leben lang bei dem Jungen und sehnte sich niemals nach den Flußtälern zurück. Und wenn du nur einen Monat hierbleiben würdest, Åsa, dann könntest du uns nicht mehr verlassen.«

Mit diesen Worten schloß der Lappenjunge Aslak seine Geschichte, und im gleichen Moment nahm sein Vater, Ola Serka, die Pfeife aus dem Mund und erhob sich. Der alte Ola verstand besser schwedisch, als er zu erkennen geben wollte, und er hatte auch die Worte seines Sohnes verstanden. Beim Zuhören war ihm auf einmal klargeworden, wie er Jon Assarsson am besten mitteilen könnte, daß seine Tochter gekommen sei, um ihn zu suchen.

Ola Serka ging zum See hinunter und ein Stück am Ufer entlang, bis er einen Mann erblickte, der auf einem Stein saß und angelte. Der Mann war grauhaarig und gebeugt, und seine Augen waren müde. Er wirkte schlaff und hilflos und sah aus, als habe er versucht, eine übergroße Last zu tragen oder etwas zu ergründen, was zu schwierig für ihn war, und sei durch diesen Mißerfolg gebrochen und entmutigt.

»Du hast wohl gutes Angelglück, wo du die ganze Nacht gefischt hast?« fragte der Mann aus den Bergen auf lappisch, als er sich näherte.

Der andere zuckte zusammen und blickte auf. An seinem Angelhaken war kein Köder, und kein einziger Fisch lag neben ihm am Strand. Rasch steckte er einen neuen Köder an den Haken und warf die Angel aus. Unterdessen setzte sich der Mann aus den Bergen zu ihm ins Gras.

»Da gibt es etwas, worüber ich mit dir reden möchte«, sagte Ola. »Du weißt, daß ich eine Tochter hatte, die voriges Jahr starb, und wir haben sie im Zelt sehr vermißt.«

»Ja, ich weiß«, sagte der Angler kurz, und dabei glitt ein Schatten über sein Gesicht, als wollte er nicht gern an ein totes Kind erinnert werden. Er konnte sich in der Lappensprache gut verständigen.

»Aber es lohnt sich nicht, daß man sich sein Leben mit Trauern verbittert«, sagte der Lappe.

»Nein, das lohnt sich nicht.«

»Und nun habe ich überlegt, ob ich nicht ein anderes Kind zu mir nehme. Findest du das nicht auch richtig?«

»Das hängt davon ab, was es für ein Kind ist, Ola.«

»Ich will dir erzählen, was ich von dem Mädchen weiß, Jon«, sagte Ola und berichtete dem Angler nun, daß um die Mittsommerzeit zwei fremde Kinder, ein Junge und ein Mädchen, nach Malmberget gekommen seien, um ihren Vater zu suchen. Weil er nicht dort war, seien sie dageblieben und hätten auf ihn gewartet. Dann aber sei der Junge bei einer Sprengung verunglückt, und da habe das Mädchen ein großes Begräbnis für ihn ausrichten wollen. Danach beschrieb Ola sehr schön, wie es dem armen kleinen Mädchen gelungen war, alle Leute zur Hilfsbereitschaft zu bewegen, und daß sie sogar den Mut gehabt hatte, mit dem Direktor persönlich zu sprechen.

»Ist dies das Mädchen, das du zu dir ins Zelt nehmen willst, Ola?« fragte der Angler.

»Ja«, entgegnete der Lappe. »Als wir diese Geschichte hörten, mußten wir alle weinen, und wir sagten uns, eine so gute Schwester müsse auch eine gute Tochter sein, und wir wollten sie gern bei uns haben.« Der andere schwieg eine Weile. Es war ihm anzumerken, daß er das Gespräch nur deshalb fortsetzte, um seinem lappischen Freund einen Gefallen zu tun. »Sie ist wohl von deinem Stamm, dieses Mädchen?«

»Nein«, sagte Ola, »sie gehört nicht zum Samevolk.«

»Ist sie vielleicht die Tochter eines Siedlers und an das Leben im Norden gewöhnt?«

»Nein, sie kommt von weither aus dem Süden«, sagte Ola und tat, als hätte dies mit der Sache überhaupt nichts zu schaffen. Doch jetzt schien das Interesse des Anglers geweckt. »Dann, glaube ich, kannst du sie nicht zu dir nehmen«, sagte er. »Wenn sie nicht in einem Lappenzelt geboren ist, hält sie den Winter hier kaum aus.«

»Sie wird aber gute Eltern und gute Geschwister darin finden«, sagte Ola Serka. »Einsamkeit ist schlimmer als Kälte.«

Doch der Angler versuchte nun immer eifriger, ihm dieses Vorhaben auszureden. Die Vorstellung, daß Lappen ein Kind schwedischer Eltern aufnehmen wollten, schien ihm unerträglich zu sein. »Hast du nicht gesagt, daß sie einen Vater in Malmberget hätte?«

»Der ist tot«, sagte der Lappe schroff.

»Weißt du das auch genau, Ola?«

»Was braucht man da weiter zu fragen«, sagte der Lappe verächtlich. »Das sollte ich wohl wissen. Hätte das Mädchen sonst allein mit ihrem Bruder durch das ganze Land wandern müssen? Müssen sich denn zwei Kinder, die einen Vater haben, selbst versorgen? Hätte das kleine Mädchen allein zum Direktor gehen und mit ihm reden müssen, wenn ihr Vater am Leben gewesen wäre? Würde er sie denn einen einzigen Augenblick allein lassen, wo das ganze Sameland von ihrer Tüchtigkeit spricht? Das Mädchen glaubt zwar, daß er noch lebt, aber ich sage, er kann nur tot sein.«

Der Mann wandte seine müden Augen dem Lappen zu. »Wie heißt denn das Mädchen, Ola?« fragte er. Der Mann aus den Bergen überlegte. »Daran erinnere ich mich nicht. Ich muß sie fragen.«

»Fragen willst du sie? Ist sie denn schon hier?«

»Ja, sie ist oben im Zelt.«

»Wie, Ola, hast du sie etwa zu dir genommen, bevor du ihren Vater gefragt hast?«

»Um ihren Vater brauche ich mich nicht zu kümmern. Falls er noch lebt, dann will er wohl von seinem Kind nichts wissen. Er soll sich freuen, daß ein anderer dafür sorgt.«

Der Mann warf die Angel weg und stand auf. Er war so voller Schwung, als wäre er zu neuem Leben erwacht. »Ich glaube, dieser Vater ist nicht wie andere Menschen«, fuhr der Lappe fort. »Vielleicht wird er von dunklen Gedanken verfolgt und hält es deshalb bei der Arbeit nicht aus. Wäre das ein rechter Vater für das Mädchen?«

Als Ola dies sagte, hatte der Angler das Ufer schon verlassen. »Wo willst du denn hin?« fragte der Lappe.

»Ich will mir deine Pflegetochter ansehen, Ola.«

»Das ist recht«, sagte der Lappe. »Sieh sie dir nur an! Ich glaube, du wirst mir bestätigen, daß ich eine gute Tochter bekomme.«

Der Schwede ging jetzt so schnell, daß ihm der Lappe kaum folgen konnte. Nach einer Weile sagte Ola zu seinem Gefährten: »Da fällt mir gerade ein, wie das Mädchen heißt, das ich aufnehmen will: sie heißt Åsa Jonstochter.« Der andere schritt noch rascher aus, und der alte Ola war so zufrieden, daß er am liebsten laut gelacht hätte. Als sie die Zelte schon sehen konnten, fügte er noch ein paar Worte hinzu: »Sie ist zum Samevolk gekommen, um ihren Vater zu suchen, und nicht, um meine Pflegetochter zu werden. Aber wenn sie ihn nicht findet, dann will ich sie gern in meinem Zelt behalten.« Der andere beeilte sich jetzt noch mehr. »Habe ich mir doch gedacht, daß er Angst bekommen würde, wenn ich damit drohe, seine Tochter im Samevolk aufzunehmen«, sagte Ola bei sich selbst.

Als der Mann aus Kiruna, der das Gänsemädchen Åsa zum Lager der Lappen gebracht hatte, einige Stunden später zurückruderte, hatte er zwei Menschen in seinem Boot. Sie saßen eng beieinander auf der Ruderbank und hielten sich so fest an den Händen, als wollten sie sich nie wieder trennen. Es waren Jon Assarsson und seine Tochter. Beide hatten sich in kurzer Zeit sehr verändert: Jon Assarsson sah weniger gebeugt und müde aus, und seine Augen waren klar und freundlich, als habe er jetzt Antwort auf eine Frage bekommen, die ihn so lange geängstigt hatte. Und Åsa, das Gänsemädchen, blickte nicht mehr so klug und wachsam um sich wie sonst. Neben ihr saß jetzt ein Großer, auf den sie sich stützen und verlassen konnte, und es schien, als würde sie nun wieder ein Kind.

41
Nach Süden! Nach Süden!

Der erste Reisetag

Samstag, den 1. Oktober

Der Junge saß auf dem Rücken des weißen Gänserichs und ritt hoch oben in den Wolken. Einunddreißig Wildgänse flogen in geordnetem Zug rasch nach Süden. Die Federn rauschten, und die vielen brausenden Flügel peitschten die Luft so heftig, daß man kaum sein eigenes Wort verstand. Akka von Kebnekajse flog an der Spitze, ihr folgten Yksi und Kaksi, Kolme und Neljä, Viisi und Kuusi, Gänserich Martin und Daunenfein. Die sechs jungen Gänse, die im vorigen Herbst noch mitgereist waren, hatten die Schar verlassen und sich selbständig gemacht. Dafür hatten die alten Gänse nun zweiundzwanzig kleine Gänschen im Gefolge, die in diesem Sommer im Gebirgstal herangewachsen waren. Elf flogen auf der rechten und elf auf der linken Seite, und sie bemühten sich nach Kräften, gleichmäßige Abstände wie die Großen zu halten.

Der Junge dachte bei sich, daß es nun wirklich Zeit für die Reise nach Süden sei, denn es hatte soviel geschneit, daß der Boden weiß war, so weit er sehen konnte. Es war auch nicht zu bestreiten, daß zuletzt das Wetter im Gebirgstal recht ungemütlich gewesen war. Regen und Sturm waren aufeinander gefolgt, und wenn es einmal aufgeklart hatte, wurde es sofort eiskalt. Beeren und Pilze, die Nahrung des Jungen im Sommer, waren erfroren oder verfault, und schließlich hatte er rohen Fisch essen müssen, der ihm ganz und gar nicht schmeckte. Die Tage waren kürzer geworden, und wenn man nicht genauso lange schlafen konnte, wie die Sonne vom Himmel abwesend war, dann waren die dunklen Abend- und Morgenstunden doch sehr langweilig.

Dann waren die Flügel der Gänschen endlich voll ausgewachsen, und die Reise nach Süden hatte begonnen. Wie der Junge auf dem Gänserücken ritt, war er so froh, daß er lachte und sang. Er wollte Lappland nicht nur wegen der Dunkelheit und Kälte und des schlechten Essens verlassen, sondern noch aus einem anderen Grund.

Eines Tages war Akka mit ihm zu einer der großen Bergbausiedlungen geflogen, und dort hatte er den kleinen Mats tödlich verwundet vor einer Grubenöffnung gefunden. In den folgenden Tagen hatte der Junge nur an das arme Gänsemädchen Åsa gedacht. Seitdem hatte er den Zeitpunkt herbeigesehnt, da er nach Hause reisen und Mensch werden dürfte. Er wollte herzlich gern wieder so werden, daß Åsa mit ihm zu reden wagte.

Ja, er war sehr glücklich, daß es jetzt nach Süden ging. Als er den ersten Fichtenwald erblickte, schwenkte er seine Mütze und rief Hurra. In derselben Weise begrüßte er die erste graue Siedlerhütte, die erste Ziege, die erste Katze und die ersten Hühner. Er flog über prächtige Wasserfälle hinweg, und zur Rechten erhoben sich schöne Fjälle, aber an diesen Anblick war er jetzt so gewöhnt, daß er kaum hinschauen mochte. Da war es schon etwas anderes, als er gleich östlich der Berge die Kapelle von Kvickjock mit dem kleinen Pfarrhaus und dem kleinen Kirchdorf entdeckte. Das erschien ihm so wunderbar, daß er laut lachte.

Fortwährend begegneten ihnen Zugvögel, die jetzt viel größere Schwärme als im Frühjahr bildeten. »Wo wollt ihr hin, Wildgänse?« riefen die Zugvögel. »Wo wollt ihr hin?«

»Wir wollen ins Ausland, so wie ihr«, antworteten die Wildgänse. »Wir wollen ins Ausland.«

»Die Jungen sind ja noch nicht flügge«, riefen die anderen. »Auf so schwachen Flügeln kommen sie nie übers Meer.«

Auch Lappen und Rentiere verließen nun die Berge. Sie wanderten in wohlgeordnetem Zug: ein Lappe ging an der Spitze, dann folgte die Herde mit den großen Bullen in der ersten Reihe, dann eine Reihe von Lastrentieren, die Zelte und Gepäck der Lappen trugen, und zuletzt sieben, acht Menschen. Als die Wildgänse die Rene erblickten, gingen sie tiefer und riefen: »Vielen Dank für den Sommer! Vielen Dank für den Sommer!«

»Glückliche Reise und kommt gut zurück!« antworteten die Rene.

Doch als die Bären die Wildgänse entdeckten, machten sie ihre Jungen auf sie aufmerksam und brummten: »Guckt euch mal die an, die fürchten ein paar Grad Kälte so sehr, daß sie sich nicht trauen, im Winter zu Hause zu bleiben!« Doch die alten Wildgänse blieben die Antwort nicht schuldig und riefen ihren Gänschen zu: »Guckt euch mal die an, die sind zu faul, um in den Süden zu ziehen, und verschlafen lieber das halbe Jahr.«

In den Fichtenwäldern saßen die jungen Auerhähne, zusammengekauert und zerzaust, und sahen den vielen großen Vogelschwärmen nach, die jubelnd und fröhlich südwärts flogen. »Wann kommen wir an die Reihe?« fragten sie die Auerhenne. »Wann kommen wir an die Reihe?«

»Ihr müßt zu Hause bei Vater und Mutter bleiben«, antwortete sie. »Ihr müßt zu Hause bei Vater und Mutter bleiben.«

Auf dem Östberg

Dienstag, den 4. Oktober

Jeder, der im Gebirge gewandert ist, weiß, wie gefährlich die Nebelschwaden sind, die sich heranwälzen und einem die Sicht nehmen, so daß man nichts mehr von den schönen hohen Bergen ringsum erkennt. Man kann mitten im Sommer in Nebel geraten, und im Herbst ist es wohl kaum zu vermeiden. Was Nils Holgersson betrifft, so hatte er in Lappland zwar noch gutes Wetter gehabt, doch kaum riefen ihm die Wildgänse zu, daß sie jetzt die Grenze nach Jämtland überquerten, da brauten sich die Nebelschwaden so dicht zusammen, daß er kaum etwas von dieser Landschaft sehen konnte. Einen ganzen Tag lang flog er, ohne zu wissen, ob in der Tiefe ein Bergland oder ein Flachland war.

Gegen Abend ließen sich die Wildgänse auf einem grünen Platz nieder, der nach allen Seiten abfiel, und da begriff er, daß er sich auf einer Anhöhe befand. Ob es aber ein großer oder ein kleiner Hügel war, das konnte er nicht feststellen. Sie mußten wohl in einer bewohnten Gegend sein, denn er glaubte menschliche Stimmen und das Knirschen von Fahrzeugen auf einer Straße zu hören, ganz sicher war er jedoch nicht.

Am liebsten hätte er sich nach einem Hof umgeschaut, doch er befürchtete, er könnte sich im Nebel verirren. Als er trotzdem ein paar Schritte riskierte, erblickte er direkt vor sich ein Gebäude. Es war nicht besonders groß, jedoch viele Stockwerke hoch, und das obere Ende konnte er nicht erkennen. Die Tür war verschlossen, und das ganze Haus schien unbewohnt zu sein. Da wußte er, daß es nur ein Aussichtsturm sein konnte, wo es weder etwas zu essen noch Wärme gab. Dennoch kehrte er in größter Eile zu den Wildgänsen zurück.

»Lieber Gänserich Martin«, sagte er, »nimm mich auf deinen Rücken und trag mich zur Spitze dieses Turms! Hier ist es so naß, daß ich nicht schlafen kann, und dort oben werde ich wohl ein trockenes Plätzchen finden.«

Gänserich Martin war sofort dazu bereit. Er setzte ihn auf dem flachen Turmdach ab, und nun schlief der Junge friedlich und ungestört, bis ihn die Morgensonne weckte.

Doch als er die Augen aufschlug und sich umblickte, konnte er weder begreifen, was er da sah, noch wo er sich befand. Er hatte früher einmal ein Jahrmarktszelt besucht und darin ein riesiges Panorama besichtigt, und jetzt war ihm, als stünde er wieder mitten in einem solchen großen, runden Zelt. Bald aber merkte er, daß er nicht in einem Zelt, sondern auf einem Aussichtsturm stand und den roten Morgenhimmel über sich und ein wirkliches Land um sich hatte.

Dieser Aussichtsturm war auf einem Berg errichtet, der Berg stand auf einer Insel, und die Insel lag in einem großen See, nicht weit vom östlichen Ufer. Aber der See war nicht grau, wie es Binnenseen gewöhnlich sind, sondern ein großer Teil seiner Fläche schimmerte genauso wie der Morgenhimmel, und in den tiefen Buchten funkelte er fast schwarz. Seine Ufer waren auch nicht grün, sondern leuchteten hellgelb von all den gemähten Feldern und den gelbgefärbten Laubwäldern, die sie bedeckten. Und dieses Gelb wurde von einem breiten Streifen aus schwarzem Nadelwald gerahmt. Hinter dem Schwarz tauchten im Osten lichtblaue Hügel auf, während um den gesamten westlichen Horizont ein langgestreckter, schimmernder Bogen von gezackten, vielgestaltigen Bergen lief. Ihre Farbe war so lieblich, sanft und leuchtend, daß er sie nicht als Rot und nicht als Weiß und nicht als Blau bezeichnen konnte. Es gab dafür keinen Namen.

Doch der Junge wandte den Blick von Bergen und Nadelwald ab, um seine nächste Umgebung genauer zu betrachten. In dem gelben Gürtel rund um den See erkannte er rote Dörfer und weiße Kirchen in dichter Folge, und unmittelbar im Osten, jenseits des schmalen Sundes, der die Insel vom Festland trennte, erkannte er am Ufer eine Stadt. Sie wurde von einem Berg dahinter beschützt und von einer reichen, dichtbevölkerten Gegend umgeben. »Diese Stadt hat sich wirklich einen guten Platz ausgesucht«, dachte der Junge. »Wie mag sie wohl heißen?«

Doch im gleichen Moment fuhr er zusammen und drehte sich um. Vertieft in den Anblick der Landschaft, hatte er nicht bemerkt, daß Besucher auf den Aussichtsturm gekommen waren. Sie eilten so schnell die Treppen herauf, daß der Junge mit knapper Not einen Schlupfwinkel finden und sich verstecken konnte, da waren sie auch schon da.

Es waren junge Leute, die eine Fußwanderung unternahmen. Sie sprachen davon, daß sie ganz Jämtland durchstreift hatten und froh waren, daß sie gerade am Abend zuvor Östersund erreicht hatten und an diesem klaren Morgen die großartige Aussicht vom Östberg auf der Insel Frösö genießen durften. Von hier sahen sie mehr als zwanzig Meilen weit nach allen Seiten und konnten ihr ganzes geliebtes Jämtland noch einmal überschauen, bevor sie es verlassen mußten. Sie wiesen sich gegenseitig auf die vielen Kirchtürme hin, die sich rund um den See erhoben. »Da unten, da ist Sunne«, sagten sie, »und dort liegt Marby, und dort hinten liegt Hallen. Direkt im Norden, das ist die Kirche von Rödö, und unter uns sehen wir die Kirche von Frösö.« Dann sprachen sie über die Berge. Die am nächsten gelegenen waren die Oviksfjälle, darin waren sich alle einig. Dann aber überlegten sie, welcher Berg wohl der Klövsjöfjäll und welcher Gipfel der Anarisfjäll wäre und wo Västerfjäll und Almåsaberg und Åreskutan lägen.

Während die jungen Leute die Berge betrachteten, wußte ein Mädchen von einer Sage zu berichten, wie jemand vor langer Zeit alle diese Berge in die Landschaft geworfen habe. Das wollten die anderen sofort hören, und sie tat ihnen den Gefallen und erzählte.

Die Sage von Jämtland

Zu jener Zeit, als noch Riesen in Jämtland wohnten, geschah es einmal, daß ein alter Bergriese auf dem Hof seines Hauses stand und Pferde striegelte. Da bemerkte er plötzlich, daß die Tiere vor Angst erbebten. »Was habt ihr denn, meine Pferde?« sagte der Riese und sah sich suchend danach um, was die Tiere erschreckt haben könnte. Doch er konnte weder Bären noch Wölfe in der Nähe entdecken. Nur ein Wanderer fiel ihm auf, der recht stattlich und kräftig, doch bei weitem nicht so groß und stark wie er selber, die Treppe zu seinem Haus heraufkam.

Kaum hatte der alte Bergriese diesen Wanderer entdeckt, da begann er genauso wie die Pferde am ganzen Leib zu zittern. Er warf den Striegel weg und lief in die gute Stube zu seiner Riesenfrau, die Werg mit einer Spindel spann.

»Was ist denn los?« fragte seine Frau. »Du bist so blaß wie ein schneebedeckter Fjäll.«

»Sollte ich etwa nicht blaß sein?« entgegnete der Riese. »Da kommt ein Wanderer des Wegs, und der ist genauso sicher der Asa-Tor, wie du meine Frau bist.«

»Das ist gewiß kein willkommener Fremdling«, sagte die Riesenfrau. »Kannst du ihm nicht den Blick verzaubern, daß er den ganzen Hof für einen Felsen hält und an unsrer Tür vorbeigeht?«

»Für diese Zauberkunst ist es zu spät«, antwortete der Riese. »Ich höre schon, wie er das Tor aufschiebt und in den Hof tritt.«

»Dann will ich dir raten, dich zurückzuhalten und den Empfang mir zu überlassen«, sagte die Riesenfrau rasch. »Ich werde mein Bestes tun, damit er uns nicht so schnell wieder besucht.«

Das dünkte den Riesen ein über die Maßen guter Vorschlag. Er ging in die kleine Kammer, während seine Frau in der guten Stube auf der Frauenbank sitzen blieb und ruhig weiter spann, als wüßte sie von keiner Gefahr.

Nun muß man bedenken, daß es zu jener Zeit in Jämtland ganz anders aussah als heutzutage. Das gesamte Land war nichts weiter als eine große, flache Hochebene, so nackt und kahl, daß nicht einmal Fichtenwald darauf gedieh. Es gab keinen See, keinen Fluß, kein Feld zum Pflügen. Nicht einmal jene Fjälle und Bergmassive, die jetzt über das Land verstreut sind, waren da, sie waren alle noch weit weg im Westen aufgereiht. Nirgends in dem ganzen weiten Gebiet konnten Menschen leben, doch um so besser gefiel es hier den Riesen. Sie waren wohl auch nicht ganz unschuldig daran, daß dieses Land so öde und ungastlich war, und das war wohl der Grund, warum der Bergriese solche Angst bekam, als sich Asa-Tor seiner Hütte näherte. Er wußte, daß die Asen jene nicht liebten, die Kälte, Finsternis und Einsamkeit um sich verbreiteten und die Erde daran hinderten, reich und fruchtbar zu werden und sich mit menschlichen Wohnungen zu schmücken.

Die Riesenfrau brauchte nicht lange zu warten, da

hörte sie auf dem Hof feste Schritte, und derselbe Wanderer, den ihr Mann auf dem Weg gesehen hatte, riß die Tür auf und trat in die Stube. Er blieb nicht an der Schwelle stehen, wie es sonst Fremdlinge tun, sondern ging gleich auf die Frau zu, die weit weg an der Giebelwand saß. Doch er ging und ging und glaubte schon eine gute Weile gewandert zu sein, da war er noch immer dicht bei der Tür, und bis zur Feuerstelle in der Mitte des Raums war es noch weit. Er verdoppelte seine Schritte und wanderte wieder eine Weile. Nun aber kam es ihm vor, als wären die Feuerstelle wie auch die Riesenfrau noch weiter entfernt als bei seinem Eintritt. Die Stube war ihm anfangs nicht sonderlich groß erschienen, und erst als er endlich den Herd erreichte, erkannte er ihr ganzes Ausmaß und war so erschöpft, daß er sich auf seinen Stab stützen und ausruhen mußte. Als die Riesenfrau sah, daß er stehenblieb, legte sie ihre Spindel nieder, erhob sich von der Bank und war mit wenigen Schritten bei ihm. »Wir Riesen lieben große Räume«, sagte sie, »und mein Gatte klagt immer, hier sei es zu eng. Aber ich verstehe schon, daß es mühsam ist, die Riesenstube zu durchqueren, wenn man nicht längere Schritte machen kann als du. Sag nun, wer du bist und was du bei den Riesen suchst!« Der Wanderer hatte gewiß eine scharfe Antwort auf der Zunge, doch weil er wohl mit einer Frau keinen Streit anfangen wollte, antwortete er ganz ruhig: »Ich heiße Handfest und bin ein Recke, der viele Abenteuer bestanden hat. Ich habe ein ganzes Jahr auf meinem Hof gesessen und habe mich schon gefragt, ob es denn nie wieder etwas für mich zu tun geben sollte. Da haben mir die Menschen erzählt, daß ihr Riesen dieses Land so schlecht behandelt, daß niemand außer euch hier wohnen kann. Jetzt bin ich hergekommen, um mit deinem Mann darüber zu reden und ihn zu fragen, ob er nicht eine bessere Ordnung einführen will.«

»Mein Mann ist auf die Jagd gezogen«, entgegnete die Riesenfrau, »und wenn er heimkehrt, mag er deine Fragen selbst beantworten. Aber das will ich dir sagen: wer es wagt, einen Bergriesen derartige Dinge zu fragen, der müßte ein größerer Mann sein als du. Es wäre für deine Ehre sicher besser, wenn du dich sofort davonmachtest, ohne dem Riesen zu begegnen.«

»Wenn ich schon einmal hier bin, will ich auch auf ihn warten«, sagte jener, der sich Handfest nannte.

»Ich habe dir geraten, so gut ich vermochte«, sagte die Hausfrau, »dann sollst du deinen Willen haben. Setz dich hier auf die Bank, dann will ich dir einen Willkommenstrunk holen!«

Die Frau ergriff nun ein riesiges Methorn und begab sich damit in den hintersten Winkel zum Metfaß. Auch dieses Faß erschien dem Gast nicht sonderlich groß, doch als die Frau den Zapfen herauszog, stürzte der Met mit einem solchen Getöse ins Horn, als würde sich ein ganzer Wasserfall in die Stube ergießen. Das Horn war bald voll, und als die Hausfrau den Zapfen wieder ins Faß stecken wollte, gelang es ihr nicht. Der Met strömte weiter, riß ihr den Zapfen aus der Hand und floß auf den Fußboden. Die Riesenfrau unternahm einen neuen Versuch mit dem Zapfen, der ebenfalls scheiterte. Da rief sie den Fremdling zu Hilfe: »Du siehst, daß mir der Met wegläuft, Handfest. Komm her und steck den Zapfen ins Faß!« Der Gast wollte ihr sofort helfen. Doch als er den Zapfen in den Spund zu zwingen versuchte, drückte der Met ihn wieder heraus, schleuderte ihn in hohem Bogen in den Raum und überschwemmte weiter den Fußboden.

Handfest bemühte sich immer wieder, doch es wollte

nicht glücken, und schließlich warf er den Zapfen weg. Nun war der ganze Fußboden mit Met bedeckt, und um die Stube etwas wohnlicher zu machen, begann der Fremde tiefe Furchen zu ziehen, in denen der Met fließen konnte. Er bahnte ihm in den harten Felsenplatten Wege, wie die Kinder im Frühjahr Wege für das Schmelzwasser in den Sand graben, und hier und da stampfte er mit dem Fuß tiefe Löcher, in denen sich die Flüssigkeit sammeln konnte. Die Riesenfrau schwieg die ganze Zeit, und hätte der Gast nur zu ihr aufgeschaut, dann hätte er wohl bemerkt, daß sie seiner Arbeit mit Staunen und Schrecken zusah. Doch als er fertig war, sagte sie spöttisch: »Ich danke dir, Handfest. Wie ich sehe, tust du dein Bestes. Sonst hilft mir mein Mann, den Zapfen einzusetzen, aber man kann nicht verlangen, daß jeder seine Stärke besitzt. Wenn dies also zu schwer für dich ist, dann wird es wohl am besten sein, du ziehst sogleich deiner Wege.«

»Ich werde nicht eher gehen, bis ich mein Anliegen vorgetragen habe«, sagte der Fremde, wirkte jedoch niedergeschlagen und beschämt.

»Setz dich nun auf die Bank«, sagte die Frau, »dann will ich den Topf aufs Feuer stellen und Grütze für dich kochen.«

Die Hausfrau tat, wie sie gesagt hatte. Doch als die Grütze fast fertig war, wandte sie sich an den Gast: »Ich merke eben, daß mir das Mehl zur Neige geht und die Grütze nicht dick genug wird. Schaffst du es wohl, die Mühle neben dir ein paarmal herumzudrehen? Zwischen den Steinen liegt Getreide. Aber du mußt alle Kräfte anstrengen, die Mühle dreht sich nicht eben leicht.«

Der Gast ließ sich nicht lange bitten und versuchte, die Handmühle zu betätigen. Sie war ihm nicht sonderlich groß erschienen, doch als er den Griff packte und den Stein drehen wollte, da vermochte er ihn kaum zu bewegen. Er mußte seine ganze Kraft einsetzen und brachte doch nicht mehr als eine Umdrehung zustande.

Die Riesenfrau sah ihm schweigend und staunend dabei zu. Doch als er die Mühle losließ, sagte sie: »Ich habe an meinem Mann sonst eine bessere Hilfe, wenn sich die Mühle nicht drehen will. Aber niemand kann von dir verlangen, was für dich zu schwer ist. Siehst du nun ein, daß es am besten für dich wäre, jenem aus dem Weg zu gehen, der mit dieser Mühle nach Belieben mahlt?«

»Ich glaube, ich werde trotzdem auf ihn warten«, sagte Handfest, und seine Stimme war recht leise und sanft.

»Setz dich nur ruhig auf die Bank, dann will ich ein gutes Bett für dich richten«, sagte die Riesenfrau, »denn du wirst wohl über Nacht hierbleiben müssen.«

Sie bereitete ihm mit vielen Federbetten und Kissen ein Lager und wünschte dem Gast einen guten Schlaf. »Ich fürchte, das Bett wird dir etwas hart erscheinen«, sagte sie, »aber mein Mann ruht auf einem solchen Lager jede Nacht.«

Als sich Handfest nun auf diesem Bett ausstrecken wollte, spürte er unter sich so viele Buckel und Unebenheiten, daß an Schlaf nicht zu denken war. Er versuchte sich zu drehen und zu wenden, doch das Bett wollte nicht gemütlicher werden. Da machte er sich daran, das Bettzeug hinauszuwerfen, ein Kissen hierhin und ein Federbett dahin, und danach schlief er gut und ruhig bis zum Morgen.

Doch als die Sonne durch die Dachluke schien, stand er auf und verließ das Haus der Riesen. Er wanderte über den Hof und zum Tor hinaus und schob es hinter sich zu. Im gleichen Moment stand die Riesenfrau neben ihm. »Ich sehe, daß du deiner Wege gehen willst, Handfest«, sagte sie. »Das sei dir auch sehr angeraten.«

»Wenn dein Mann auf einem Lager schlafen kann, wie du es mir heute nacht gerichtet hast«, sagte Handfest verdrossen, »dann will ich ihm nicht begegnen. Er muß ein Mann aus Eisen sein, dem niemand gewachsen ist.«

Die Riesenfrau lehnte sich an das Gittertor. »Da du jetzt außerhalb meines Hofes bist, Handfest«, sagte sie, »will ich dir verraten, daß deine Reise zu uns Riesen nicht gar so ruhmlos war, wie du zu glauben scheinst. Es war nicht verwunderlich, daß dir der Weg durch unsre Stube lang vorkam, denn du bist über die ganze Hochfläche gewandert, die man Jämtland nennt. Es ist auch nicht merkwürdig, daß es dir schwerfiel, den Zapfen ins Faß zu setzen, denn dir strömte alles Wasser entgegen, das von den schneebedeckten Fjällen stürzt. Und als du es über den Fußboden lenktest, hast du Furchen und Vertiefungen geschaffen, die jetzt Flüsse und Seen sind. Du hast keine geringe Probe deiner Kraft geliefert, als du die Mühle einmal herumdrehtest, denn zwischen den Steinen lag nicht Getreide, sondern Kalkstein und Schiefer, und mit dieser einen Umdrehung hast du so viel gemahlen, daß die ganze Hochebene nun mit guter, fruchtbarer Erde bedeckt ist. Daß du in dem Bett nicht liegen konntest, das ich dir richtete, wundert mich auch nicht, denn ich hatte es aus großen, kantigen Berggipfeln bereitet. Die hast du nun über das halbe Land geworfen, und dafür werden dir die Menschen vielleicht nicht so dankbar sein wie für das andere, das du getan hast. Ich sage dir nun Lebewohl und verspreche dir, daß ich und mein Mann von hier weg und an einen Ort ziehen werden, wo du uns nicht so leicht besuchen kannst.«

All das hörte der Wanderer mit wachsendem Zorn, und als die Riesenfrau verstummte, griff er nach einem

Hammer, den er in seinem Gürtel trug. Doch noch ehe er ihn erheben konnte, war die Frau verschwunden, und wo das Haus des Riesen gestanden hatte, war nichts weiter zu sehen als eine graue Felswand. Dazu aber gab es riesige Flüsse und Seen, denen er auf der Hochebene Platz gemacht, und die fruchtbare Erde, die er gemahlen hatte. Und dann gab es die herrlichen Berge, denen Jämtland seine Schönheit verdankt und die allen, die sie besuchen, Kraft, Gesundheit, Freude, Mut und Lebenslust schenken. Asa-Tor hat wohl seine beste Tat vollbracht, als er diese Berge ins Land warf, von den Frostviksfjällen im Norden bis zum Helagsfjäll im Süden, von den Oviksfjällen am Ufer des Storsees bis zu den Sylarbergen an der Landesgrenze.

42

Eine Geschichte aus Härjedalen

Dienstag, den 4. Oktober

Die Touristen blieben so lange auf dem Aussichtsturm, daß der Junge unruhig wurde. In ihrer Gegenwart konnte ihn Gänserich Martin nicht holen, und er wußte ja, daß die Wildgänse bald weiterreisen wollten. Während der Erzählung hatte er Gänsegeschnatter und kräftige Flügelschläge zu hören geglaubt, ganz so, als wären die Wildgänse davongeflogen. Doch er hatte sich nicht bis an die Brüstung gewagt, um die Sache genauer zu untersuchen.

Als die Touristen endlich verschwunden waren und der Junge aus seinem Versteck hervorkriechen konnte, waren keine Wildgänse mehr zu sehen, und kein Gänserich Martin holte ihn ab. Er rief aus Leibeskräften: »Wo bist du? Ich bin hier«, doch seine Reisekameraden zeigten sich nicht. Keinen einzigen Augenblick glaubte er, sie hätten ihn verlassen, dagegen fürchtete er, es sei ihnen ein Unglück zugestoßen. Gerade als er überlegte, wie er sie wohl finden könnte, ließ sich neben ihm der Rabe Bataki nieder.

»Ich soll dich von den Wildgänsen grüßen«, sagte er. »Als Akka auf dem Berg einen Jäger herumstreifen sah, wagte sie nicht, länger zu bleiben und auf dich zu warten, sondern ist vorausgeflogen. Setz dich nur auf meinen Rücken, dann wirst du in kurzer Zeit bei deinen Freunden sein!«

Rasch setzte sich der Junge auf den Rabenrücken, und Bataki hätte die Wildgänse gewiß bald eingeholt, hätte ihm der Nebel nicht die Sicht genommen. Der aber schien in der Morgensonne zu neuem Leben zu erwachen. Aus dem See, von den Feldern und aus dem Wald stiegen kleine, leichte Dunstschleier auf. Sie wurden dichter und breiteten sich mit seltsamer Geschwindigkeit aus, und bald war die Erde mit weißen, wogenden Nebelschwaden bedeckt.

Die Wildgänse waren unmöglich zu entdecken. Der Junge und der Rabe schrien und riefen, erhielten jedoch keine Antwort. »So ein Pech aber auch«, sagte Bataki schließlich. »Aber wir wissen ja, daß sie nach Süden reisen, und sobald es aufklart, werde ich sie schon finden.«

Nach einiger Zeit hörte der Junge einen Hahn auf der Erde krähen, und sogleich beugte er sich vor und rief: »Wie heißt das Land, das ich überfliege? Wie heißt das Land, das ich überfliege?«

»Das heißt Härjedalen, Härjedalen, Härjedalen«, krähte der Hahn.

»Wie sieht es denn aus bei euch unten?« fragte der Junge.

»Berge im Westen, Wald im Osten, breites Flußtal durchs ganze Land«, antwortete der Hahn.

»Hab vielen Dank! Du weißt gut Bescheid«, rief der Junge.

Als er wieder eine Weile geflogen war, hörte er im Nebel eine Krähe krächzen. »Was sind das für Leute in diesem Land?« rief er.

»Prächtige, gute Bauern«, antwortete die Krähe, »prächtige, gute Bauern.«

»Was treiben sie denn?« fragte der Junge. »Was treiben sie denn?«

»Sie halten Vieh und schlagen Holz«, krächzte die Krähe.

»Hab vielen Dank! Du weißt gut Bescheid«, rief der Junge.

Ein Stück weiter hörte er im Nebel einen Menschen trällern und singen. »Gibt es eine große Stadt in diesem Land?« fragte der Junge.

»Wie ... Was ... Wer ruft da?« entgegnete der Mensch.

»Gibt es eine Stadt in dieser Landschaft?« wiederholte der Junge.

»Ich will wissen, wer da ruft«, schrie der Mensch.

»Ich hätte mir gleich denken können, daß ich keinen Bescheid bekomme, wenn ich einen Menschen frage«, antwortete der Junge.

Es dauerte nicht mehr lange, da war der Nebel genauso schnell davongetrieben, wie er gekommen war. Jetzt sah der Junge, daß Bataki über einem breiten Flußtal flog. Es war eine prächtige Landschaft mit hohen Bergen wie in Jämtland, doch an ihrem Fuß gab es keine große fruchtbare, bebaute Gegend. Die Dörfer lagen weit voneinander entfernt, und die Äcker waren klein. Bataki folgte dem Fluß nach Süden, bis sie in die Nähe eines Dorfes kamen. Dort ließ er sich auf einem Stoppelacker nieder und setzte den Jungen ab.

»Auf diesem Feld stand im Sommer Getreide«, sagte er. »Sieh nach, ob du nicht etwas Eßbares findest!« Der Junge folgte seinem Rat, und es dauerte nicht lange, da hatte er eine Ähre entdeckt. Während er die Körner herauszupfte, begann Bataki mit ihm zu plaudern.

»Siehst du den großen, stolzen Fjäll, der sich direkt im Süden erhebt?« fragte er.

»Ja, den sehe ich gut«, antwortete der Junge.

»Er heißt Sonfjäll«, fuhr der Rabe fort, »und in früheren Zeiten gab es dort viele Wölfe, das kannst du mir glauben.«

»Das war sicher ein guter Zufluchtsort für sie«, gab der Junge zu.

»Die Menschen, die hier unten im Tal wohnten, hatten oft ihre liebe Not mit ihnen«, sagte Bataki.

»Vielleicht fällt dir eine gute Wolfsgeschichte ein, die du mir erzählen könntest?« sagte der Junge.

»Wie ich gehört habe, soll es vor langer Zeit geschehen sein, daß die Wölfe vom Sonfjäll einen Mann überfielen, der unterwegs war, um Daubenfässer zu verkaufen«, sagte Bataki. »Er war aus dem Dorf Hede, das ein paar Meilen höher im Tal liegt, als wir uns jetzt befinden. Es war im Winter, und die Wölfe verfolgten ihn, als er das Eis des Ljusnan überquerte. Es waren wohl so neun, zehn Stück, und der Mann aus Hede hatte nur ein schlechtes Pferd. Er machte sich also kaum Hoffnung, ihnen zu entkommen.

Als er das Geheul der Wölfe hörte und sah, wie viele es waren, verlor er vollkommen den Kopf und dachte nicht einmal daran, Bütten, Bottiche und Kübel vom

Schlitten zu werfen, um die Fuhre zu erleichtern. Er peitschte nur auf sein Pferd ein, und das lief, so schnell es konnte. Doch bald merkte der Mann, daß die Wölfe aufholten. Die Ufer waren menschenleer, und der nächste Hof lag ein paar Meilen entfernt. Der Mann glaubte, sein letztes Stündlein habe geschlagen, und wurde vor Entsetzen ganz starr.

Während er wie gelähmt auf seinem Schlitten saß, entdeckte er, daß sich zwischen dem Tannenreisig, das man als Wegzeichen auf das Eis gesteckt hatte, etwas bewegte. Doch als er begriff, wer da ging, wurde sein Schrecken noch viel größer.

Eine arme, alte Frau kam ihm entgegen. Sie hieß Finn-Malin und trieb sich auf Wegen und Stegen herum. Sie hinkte ein wenig und hatte einen Buckel, und daran konnte er sie schon von weitem erkennen.

Die Alte wanderte direkt auf die Wölfe zu. Sie konnte sie wohl wegen des Schlittens nicht sehen, und dem Mann aus Hede war sofort klar, daß sie den wilden Tieren in den Rachen fallen und von ihnen zerrissen würde – während dessen könnte er selbst entkommen.

Sie ging langsam, auf einen Stock gestützt, und wäre ohne seine Hilfe mit Sicherheit verloren. Doch selbst wenn er anhielte und sie auf seinen Schlitten steigen ließe, bedeutete das noch keine Rettung. Dann könnten die Wölfe den Schlitten wohl einholen und sie und ihn und das Pferd töten. Er überlegte, ob es nicht am richtigsten wäre, ein Leben zu opfern, um zwei andere zu retten.

All das ging ihm im selben Moment durch den Kopf, als er die Alte sah. Und nicht genug damit – er mußte auch daran denken, wie ihm wohl später zumute sein würde, wenn er seine unterlassene Hilfe einmal bereute oder wenn die Leute davon erführen.

Im gleichen Augenblick heulten die Wölfe wild auf. Das Pferd zuckte zusammen, jagte blindlings davon und an dem alten Bettelweib vorbei. Auch sie hatte das Wolfsgeheul gehört, und als der Mann aus Hede an ihr vorüberfuhr, sah er, daß sie ihre verzweifelte Situation erkannt hatte. Sie war stehengeblieben, hatte den Mund zu einem Schrei geöffnet und die Arme hilfesuchend ausgestreckt.

Nun war er so gut wie gerettet und hätte sich erleichtert fühlen können. Doch in seiner Brust begann es sofort zu brennen und zu schmerzen. Er hatte niemals etwas Unehrenhaftes getan, und jetzt schien ihm sein ganzes Leben zerstört. ›Nein‹, sagte er, ›komme, was da kommen will‹, und hielt das Pferd an, ›aber ich kann sie den Wölfen nicht ausliefern.‹

Das Pferd ließ sich nur mit großer Mühe wenden, doch als es endlich gelang, hatte er die Alte bald erreicht. ›Steig schnell auf den Schlitten!‹ fuhr er sie an, denn er war auf sich selber wütend, weil er die Alte nicht ihrem Schicksal preisgegeben hatte. ›Warum bleibst du auch nicht zu Hause, du alte Hexe‹, sagte er. ›Es ist deine Schuld, wenn der Schwarze und ich jetzt draufgehen.‹

Die Schlittenkufen glitten knirschend über das Eis, doch er hörte das Keuchen der Wölfe trotzdem und wußte, daß sie ihn eingeholt hatten. ›Jetzt ist es mit uns aus‹, sagte er. ›Daß ich dich retten wollte, hat weder dir noch mir viel Freude eingebracht, Finn-Malin.‹

Bis dahin hatte die Alte geschwiegen, als sei sie an Schelte gewöhnt. Doch jetzt machte sie den Mund auf. ›Warum wirfst du denn nicht die Bottiche vom Schlitten und erleichterst die Fuhre? Du kannst ja morgen wieder hierherfahren und sie auflesen.‹ Das hielt der Mann aus Hede für einen guten Rat, und es wunderte ihn nur, wieso er nicht früher daran gedacht hatte. Er überließ der Alten die Zügel, löste den Strick, mit dem die Gefäße festgebunden waren, und warf sie hinunter. Die Wölfe hatten den Schlitten bereits erreicht. Doch nun blieben sie stehen, um zu untersuchen, was da aufs Eis geworfen wurde, und die Reisenden gewannen wieder einen kleinen Vorsprung.

›Wenn das nicht hilft, dann weißt du wohl, daß ich mich freiwillig den Wölfen ausliefern werde‹, sagte die Alte, ›damit du entkommen kannst.‹ Als sie dies sagte, war der Mann gerade damit beschäftigt, einen großen, schweren Braubottich vom Schlitten zu schieben. Doch auf einmal hielt er inne. ›Es ist doch nicht nötig, daß ein Pferd und ein Mann, denen nichts fehlt, eine alte Frau von Wölfen auffressen lassen, um sich selbst zu retten‹, dachte er. ›Es muß doch irgendeinen Ausweg geben. Ja, bestimmt gibt es den, er will mir bloß nicht einfallen.‹

Wieder machte er sich an dem Braubottich zu schaffen, und plötzlich brach er in Gelächter aus.

Die Alte sah ihn erschrocken an und überlegte, ob er wohl übergeschnappt sei. Aber der Mann aus Hede lachte über sich selbst, über seine eigene Dummheit. Es war doch die einfachste Sache der Welt, sie alle drei zu retten. Ihm war unbegreiflich, wieso er nicht eher darauf gekommen war.

›Jetzt hör zu, was ich dir sage, Malin!‹ sagte er. ›Du meinst es gut, wenn du dich freiwillig den Wölfen vorwerfen willst. Aber das brauchst du nicht, tu nur, was ich dir sage! Du bleibst unbedingt auf dem Schlitten sitzen, egal was ich jetzt unternehme, und fährst ins Dorf Linsäll! Dort weckst du die Leute und erzählst ihnen, daß ich hier auf dem Eis allein unter zehn Wölfen bin, und dann bitte sie, mir zu Hilfe zu kommen.‹

Der Mann wartete nun, bis die Wölfe wieder in unmittelbarer Nähe waren. Dann stieß er den großen Bottich vom Schlitten, sprang selbst hinterher und kroch darunter.

Der Bottich war so riesig, daß alles Weihnachtsbier Platz darin hatte. Die Wölfe sprangen daran hoch, bissen in die Gurte und versuchten ihn umzukippen. Doch der Bottich war zu fest und zu schwer, sie kamen an jenen, der darunterlag, nicht heran.

Der Mann aus Hede wußte sich in Sicherheit und lachte die Wölfe aus. Doch nach einer Weile wurde er ernst. ›Wenn ich noch einmal in Bedrängnis gerate‹, sagte er, ›dann will ich mich an diesen Braubottich erinnern. Ich will daran denken, daß ich weder gegen mich noch gegen andere unrecht zu handeln brauche. Es gibt immer noch einen anderen Ausweg, man muß ihn nur zu finden wissen!‹«

Damit schloß der weise Rabe seine Geschichte. Aber der Junge hatte bemerkt, daß Bataki nie etwas ohne eine besondere Absicht erzählte, und je länger er ihm zuhörte, um so nachdenklicher wurde er. »Ich möchte wissen, warum du mir das alles erzählst«, sagte er.

Bataki zögerte eine Weile mit der Antwort, drehte den Kopf hin und her und kniff die Augen zusammen. »Wo wir hier so allein sind«, sagte er schließlich, »will ich die Gelegenheit nutzen und dich etwas fragen. Hast du jemals genau erfahren, was der Kobold, der dich verwandelte, zur Bedingung gestellt hat, damit du wieder Mensch werden kannst? Du solltest dich bei Akka danach erkundigen. Wie du weißt, hat sie bei euch zu Hause mit dem Kobold gesprochen.«

»Akka hat mir nichts davon gesagt«, entgegnete der Junge.

»Sie hat es wohl für besser gehalten, daß du die Worte des Kobolds nicht erfährst. Natürlich möchte sie lieber dir als Gänserich Martin helfen.«

»Es ist schon seltsam, Bataki, daß du mich immer traurig und unruhig machen mußt«, sagte der Junge.

»Das mag wohl so scheinen«, erwiderte der Rabe, »aber ich glaube, diesmal wirst du mir dankbar sein, wenn ich dir die Worte des Kobolds verrate: Du darfst wieder Mensch werden, wenn du Gänserich Martin nach Hause bringst und deine Mutter ihn auf die Schlachtbank legen kann.«

Der Junge fuhr auf. »Das hast du aus purer Bosheit erfunden!« rief er.

»Dann frag doch Akka selber«, sagte Bataki, »da oben sehe ich sie mit der ganzen Schar kommen. Vergiß nicht, was ich dir heute erzählt habe! Es gibt aus allen Schwierigkeiten einen Ausweg, man muß ihn nur zu finden wissen. Ich werde mit Freuden ansehen, wie dir das gelingt.«

43
Värmland und Dalsland

Mittwoch, den 5. Oktober

Die Wildgänse ließen sich auf einem urbar gemachten Flecken in der Nähe des Klarälvs nieder. Während sie herumliefen und frischen, hervorsprießenden Winterroggen futterten, hörte der Junge aus dem Wald frohes Gelächter. Sieben rüstige Burschen kamen mit dem Ranzen auf dem Rücken und der Axt über der Schulter dahergezogen. An diesem Tag hatte der Junge eine unbeschreibliche Sehnsucht nach Menschen, und er war richtig froh, als die sieben Arbeiter ihre Ranzen abschnallten und sich aufs Flußufer warfen, um auszuruhen.

Sie redeten pausenlos, und der Junge, der hinter einem Grashöcker lag, freute sich, menschliche Stimmen zu hören. Bald hatte er verstanden, daß sie aus Värmland stammten und nach Norrland ziehen und dort Arbeit suchen wollten. Sie waren muntere Leute und hatten viel zu erzählen, denn sie hatten schon an vielen anderen Orten gearbeitet. Doch während sie sich unterhielten, bemerkte einer, er sei in ganz Schweden gewesen und habe keine Gegend gesehen, die schöner wäre als die Nordmark im westlichen Värmland, wo er herstamme.

»Darin will ich dir recht geben, nur mußt du nicht Nordmark, sondern Fryksdal sagen, wo ich zu Hause bin«, fiel ein anderer ein.

»Ich bin aus dem Kreis Jösse«, sagte ein dritter, »und ich kann euch sagen, dort ist es schöner als in Nordmark und Fryksdal zusammen.«

Nun stellte es sich heraus, daß alle sieben Männer aus verschiedenen Teilen Värmlands waren und daß jeder seine Heimatgegend für schöner und besser als die der anderen hielt. Darüber entbrannte ein heftiger Streit, und keiner vermochte die anderen von seiner Meinung zu überzeugen. Es schien fast, als würden sie sich in die Haare geraten. Da aber kam ein Alter mit langen, schwarzen Haaren und kleinen blinzelnden Augen des Wegs. »Worüber streitet ihr euch, Burschen?« fragte er. »Ihr schreit so laut, daß es im ganzen Wald zu hören ist.«

Einer der Värmländer wandte sich rasch dem Neuankömmling zu. »Du bist wohl ein Finne, wenn du in solcher Höhe durch den Wald wanderst?«

»Gewiß bin ich das«, sagte der Alte.

»Das ist ja gut«, sagte der Bursche. »Man hat mir immer erzählt, daß ihr Finnen mehr Verstand haben sollt als andere Leute.«

»Guter Ruf ist besser als Gold«, gab der alte Finne zu.

»Wir streiten uns darüber, welcher Teil von Värmland der beste sei. Willst du es nicht übernehmen, diesen Streit zu schlichten, damit wir uns deswegen nicht zu verfeinden brauchen?«

»Ich werde richten, so gut ich vermag«, sagte der alte Finne. »Aber ihr müßt Geduld mit mir haben, denn ich muß euch erst eine alte Geschichte erzählen.«

»Einmal, vor langer Zeit«, begann der Finne und setzte sich auf einen Stein, »da sah das Land nördlich des Vänersees ganz abscheulich aus. Es hatte nur kahle Berge und steile Hänge, man konnte dort unmöglich wohnen und leben, konnte weder Wege bahnen noch Ackerland roden. Dagegen war das Land südlich des Vänersees damals genauso gut und leicht zu bebauen wie heute.

Nun begab es sich, daß dort im Süden ein großer Mann mit seinen sieben Söhnen wohnte. Das waren allesamt rüstige, kräftige Burschen, doch sie gerieten oft in Streit, weil sich jeder für mehr als die anderen hielt.

Dem Vater mißfiel der ständige Zank, und um ihn zu beenden, rief er seine Söhne eines Tages zu sich und fragte sie, ob er eine Probe mit ihnen anstellen dürfe, um zu ermitteln, wer von ihnen der vornehmste sei.

Ja, das wollten die Söhne gewiß und wünschten sich nichts sehnlicher.

›Dann wollen wir es auf folgende Weise machen‹, sagte der Vater. ›Ihr wißt, daß wir nördlich von diesem kleinen Tümpel, den wir Vänersee nennen, ein Stück unbebautes Land besitzen, das so voller Höcker und Geröll ist, daß wir keinen Nutzen davon haben. Morgen soll sich jeder von euch mit seinem Pflug dorthin begeben und so viel pflügen, wie er an einem Tag schafft. Am Abend werde ich kommen und nachsehen, wer von euch die beste Arbeit geleistet hat.‹

Kaum war am nächsten Morgen die Sonne aufgegangen, da standen die sieben Brüder mit Pferden und Pflügen bereit. Es war ein prächtiger Anblick, wie sie nun zur Arbeit zogen. Die Pferde waren glänzend gestriegelt, die Streichbretter der Pflüge blitzten, und die Pflugscharen waren frisch geschliffen. Sie machten sich sofort daran, das unbebaute Land zu pflügen, das nichts anderes war als jene Gegend, die man später Värmland und Dalsland nannte. Der älteste Sohn sollte die mittlere Furche ziehen, die beiden nächstältesten Söhne stellten sich rechts und links von ihm auf, die ihnen im Alter folgten, nahmen dahinter Platz, und die beiden jüngsten pflügten jeweils am westlichen und östlichen Rand des Landstücks.

Der älteste Bruder zog anfangs eine gerade, breite Furche, denn der Boden am Vänersee war ziemlich eben und leicht zu bearbeiten. Er kam gut voran, bis er an einen Stein geriet, der so groß war, daß er den Pflug über ihn heben mußte. Dann stieß er die Pflugschar mit aller Kraft in den Boden und brach eine breite, tiefe Furche auf. Doch nach einer Weile wurde der Boden so hart, daß er den Pflug tragen mußte. Das passierte ihm noch einmal, und er befürchtete, seine Furche hätte nicht überall die gleiche Breite und Tiefe. Schließlich wurde der Untergrund so steinig, daß er ihn mit der Pflugschar nur noch ein wenig ritzen konnte. Auf diese Weise erreichte er die nördliche Grenze des Feldes, wo er sich hinsetzte und auf den Vater wartete.

Auch der zweite Bruder pflügte anfangs eine breite, tiefe Furche, und es gelang ihm, zwischen den Höckern einen guten Durchgang zu finden und seine Furche ohne Unterbrechung zu ziehen. Hier und da fuhr er einige Schluchten hinauf, und je weiter er nach Norden kam, um so gewundener und schmaler wurde die Furche.

Doch er war so in Schwung, daß er an der Grenze nicht anhielt, sondern ein gutes Stück weiter fuhr, als er gebraucht hätte.

Auch bei dem dritten Bruder, der links von dem ältesten pflügte, lief die Arbeit zu Anfang gut. Seine Furche geriet breiter als die der anderen, doch bald wurde der Boden so schlecht, daß er nach Westen ausweichen mußte. Sowie es möglich war, fuhr er wieder nach Norden, zog eine tiefe, breite Furche, wurde jedoch weit vor der Grenze aufgehalten. Um nicht mitten auf dem Feld stehenzubleiben, wendete er die Pferde und schlug eine andere Richtung ein. Doch nach kurzer Zeit war er derart eingeschlossen, daß er wieder haltmachen mußte. ›Diese Furche wird wohl die schlechteste sein‹, dachte er, als er sich auf seinen Pflug setzte, um auf den Vater zu warten.

Wie es den anderen erging, braucht man nicht lang und breit zu erzählen. Sie schlugen sich allesamt wie Männer. Die in der Mitte hatten es schwer, doch noch schlimmer war es für jene, die östlich und westlich von ihnen pflügten, denn dort war das Feld so voller Steine und Moräste, daß sich unmöglich eine gerade, gleichmäßige Furche ziehen ließ. Von den zwei jüngsten ist zu berichten, daß sie ihre Pflüge ständig drehen und wenden mußten und trotzdem eine bedeutende Arbeit leisteten.

Als es Abend wurde, saßen die sieben Brüder müde und niedergeschlagen am Ende ihrer Furchen und warteten auf den Vater.

Der wandte sich zuerst jenem zu, der am weitesten westlich gearbeitet hatte.

›Guten Abend!‹ sagte der Vater. ›Wie ist es mit der Arbeit gegangen?‹

›Nicht sehr gut‹, sagte der Sohn. ›Du hast uns einen schwierigen Boden zu pflügen gegeben.‹

›Ich glaube, du sitzt mit dem Rücken zum Feld‹, sagte der Vater. ›Dreh dich um, damit du das Ergebnis deiner Arbeit siehst! Es ist nicht so gering, wie du glaubst.‹

Als sich der Sohn nun umschaute, bemerkte er, daß auf seinem Ackerstück prächtige Täler mit Seen und schönen, bewaldeten Hängen entstanden waren. Er hatte sich durch ein gutes Stück von Dalsland und die Nordmark von Värmland hindurchgearbeitet und sowohl den Laxsee als auch Lelången und Stora Le und die beiden Silarseen herausgepflügt. Der Vater hatte also allen Grund, mit ihm zufrieden zu sein.

›Nun wollen wir mal sehen, was die anderen ausgerichtet haben‹, sagte der Vater. Der nächste Sohn, zu dem sie kamen – es war der fünfte in der Reihenfolge –, hatte den Kreis Jösse und den See Glafsfjorden geschaffen. Der dritte Sohn hatte den Värmelsee, der älteste das Fryksdal und die Frykenseen und der zweitälteste das Älvsdal mit dem Klarälv herausgepflügt. Der vierte hatte sich in den Bergbaurevieren sehr quälen müssen, in seiner Furche waren neben vielen anderen kleinen Seen Yngen und Daglösen entstanden. Der sechste hatte eine seltsame Furche gezogen. Zuerst hatte er für den großen See Skagern Platz gemacht, dann war die Furche schmal geworden und hatte den Letälv aufgenommen, und danach war er über die Grenze geraten und hatte kleine Seen in den Bergbaurevieren von Västmanland ausgegraben.

Als der Vater das ganze umgepflügte Land besichtigt hatte, sagte er, soweit er beurteilen könne, hätten sie eine so gute Arbeit geleistet, daß er überaus zufrieden sei. Das Land war nun keine wilde Gegend mehr, sondern ließ sich gut nutzen und bewohnen. Sie hatten viele fischreiche Seen und fruchtbare Täler geschaffen. Die Wasserfälle der kleinen und großen Flüsse konnten

Mühlen, Sägen und Eisenhämmer antreiben. Auf den Höhenzügen zwischen den Furchen war Platz für Wald, der Brennholz und Holzkohle liefern konnte, und nun war es auch möglich, Wege zu den großen Eisenerzlagern in den Bergbaurevieren zu bahnen.

Die Söhne freuten sich, als sie das hörten, doch sie wollten auch wissen, wessen Furche die beste sei.

›In einem gepflügten Land wie diesem‹, sagte der Vater, ›kommt es vor allem darauf an, daß alle Furchen gut zueinander passen, und nicht so sehr darauf, daß eine besser als die andere ist. Ich glaube, wer die langen, schmalen Seen in der Nordmark und in Dalsland besucht, der muß zugeben, daß er selten etwas Schöneres gesehen hat. Danach werden ihm aber auch die hellen, fruchtbaren Gebiete um Glafsfjorden und Värmelsee gefallen. Wenn er in dieser offenen, freundlichen Gegend eine Zeitlang gelebt hat, wird er sie gern mit den langen, schmalen Tälern an den Frykenseen und am Klarälv vertauschen. Und wenn er von ihnen dann auch genug hat, wird er mit Freuden die vielgestalten Seen in den Bergbaurevieren begrüßen, die sich in so großer Zahl winden und schlängeln, daß niemand sie alle im Gedächtnis behalten kann. Nach diesen zerrissenen Seen freut er sich gewiß, wenn er eine große, weite Wasserfläche wie die des Skagern erblickt. Und nun will ich euch sagen, daß es sich mit Söhnen genauso verhält wie mit gepflügten Furchen. Kein Vater freut sich, wenn einer besser als der andere ist. Doch wenn er seine Blicke mit gleicher Freude vom jüngsten zum ältesten wandern lassen kann, dann hat er Frieden in seinem Herzen.‹«

44
Ein kleiner Gutshof

Donnerstag, den 6. Oktober

Die Wildgänse folgten dem Klarälv bis zur großen Fabrik von Munkfors und bogen dann westwärts zum Fryksdal ab. Bevor sie den mittleren Frykensee erreichten, brach die Dämmerung herein, und sie ließen sich in einem Sumpf auf einem bewaldeten Hügel nieder. Das war zwar ein gutes Nachtquartier für die Wildgänse, doch für den Jungen war es dort rauh und kalt, und er wünschte sich wohl einen besseren Schlafplatz. Aus der Luft hatte er gesehen, daß am Fuß des Berghangs ein paar Höfe lagen, und dorthin machte er sich nun rasch auf den Weg.

Sie waren weiter entfernt, als er gedacht hatte, und ein paarmal wollte er schon umkehren. Doch endlich wurde der Wald lichter, und er geriet an eine Landstraße, die sich am Waldrand entlangzog. Von dieser Straße führte eine schöne Birkenallee zu einem Gutshof, und der war nun sein Ziel.

Zuerst kam der Junge auf einen Hinterhof von der Größe eines Marktplatzes, der von langen, roten Gebäuden umgeben war. Als er ihn überquert hatte, erblickte er einen zweiten Hof, und dort befand sich das Wohnhaus mit einem Kiesweg und einem großen Vorplatz, einem Seitenflügel und einem dicht belaubten Garten dahinter. Das eigentliche Hauptgebäude war klein und unansehnlich, doch der Hofplatz wurde von riesigen Ebereschen eingefaßt, die so dicht standen, daß sie eine richtige Mauer bildeten und den Jungen glauben machten, er sei in einen prächtigen, hochgewölbten Raum geraten. Der Himmel ruhte schön blaßblau darüber, die gelben Ebereschen trugen große, rote Trauben, die Rasenflächen waren zwar noch grün, doch an diesem Abend fiel der Mondschein so hell und strahlend darauf, daß sie weiß wie Silber glänzten.

Kein Mensch war zu sehen, und der Junge konnte frei herumlaufen, wie er wollte. Als er in den Garten kam, entdeckte er etwas, das ihn beinah in gute Laune versetzte. Er sah, daß der ganze Garten voller Stachelbeeren und Himbeeren und Hagebutten war. Im Gemüsegarten standen Kohlrüben und Steckrüben, an jedem Strauch hingen Beeren, an den Kräutern Samen, an den Grashalmen kleine, körnergefüllte Ähren. Und dort auf dem Weg, nein, er verguckte sich bestimmt nicht, da lag ein großer, prächtiger Apfel und blinkte im Mondschein!

Der Junge setzte sich an einen Weg, den großen Apfel vor sich, und begann ihn mit seinem Taschenmesser in kleine Stücke zu schneiden. »Wenn man überall so leicht etwas Gutes zu essen fände, dann wäre es gar nicht so schlimm, sein Leben lang Kobold zu bleiben«, fand er.

Er überlegte, ob er nicht lieber hierbleiben und die Wildgänse allein nach Süden fliegen lassen sollte. »Ich will nicht nach Hause zurückkehren und schuld daran sein, daß Mutter den Gänserich Martin auf die Schlachtbank legt«, dachte er. »Diese Bedingung ist unmöglich zu erfüllen, und da werde ich wohl nie wieder ein Mensch. Wenn ich nur wüßte, wie ich Gänserich Martin erklären soll, daß ich nicht nach Hause reisen kann! Es wäre besser, wenn ich mich ganz und gar von ihm trenne. Ich könnte mir wie die Eichhörnchen einen Wintervorrat sammeln und in einem dunklen Winkel des Stalls oder in der Scheune wohnen, dann brauchte ich nicht zu erfrieren.«

Gerade als er dies dachte, hörte er über seinem Kopf ein leises Rauschen. Im nächsten Augenblick stand etwas neben ihm auf dem Boden, das einem kleinen, kurzen Birkenstumpf glich. Der Stumpf drehte und wendete sich, und ganz oben leuchteten zwei helle Punkte wie glühende Kohlen. Das sah wie ein richtiger Spuk aus. Doch bald bemerkte der Junge, daß der Stumpf einen krummen Schnabel und um die glühenden Augen große Federkränze hatte, und da beruhigte er sich.

»Das ist aber schön, daß ich einem lebenden Wesen begegne«, sagte er. »Vielleicht erzählst du mir, wie dieser Ort heißt und was für Leute hier wohnen, Herr Waldkauz?«

Der Waldkauz hatte an diesem wie an allen anderen Herbstabenden auf einer Sprosse der großen Leiter gesessen, die am Hausdach lehnte, und auf Kieswege und Rasenflächen hinuntergeschaut und nach Mäusen gespäht. Dabei hatte er im Garten etwas entdeckt, das einem Menschen glich, jedoch viel, viel kleiner war und sich bewegte und ihn in die größte Verwunderung versetzte.

»Das ist weder ein Eichhörnchen noch ein Kätzchen noch ein Wiesel«, dachte er. »Da hatte ich nun geglaubt, ein Vogel, der schon so lange wie ich auf einem alten Gutshof lebt, wüßte über alles Bescheid, was es auf Erden gibt, aber dies hier übersteigt meinen Verstand.«

Er hatte das Wesen, das auf den Kieswegen herumlief, angestarrt, bis ihm die Augen glühten. Schließlich war seine Neugier so groß geworden, daß er zum Boden fliegen mußte, um sich den Fremdling näher anzusehen.

Als der Junge nun zu sprechen begann, beugte sich der Waldkauz vor und betrachtete ihn. »Er hat weder Klauen noch Stacheln«, dachte er, »aber wer weiß, ob er nicht einen Giftzahn oder eine andere, noch gefährlichere Waffe hat? Ich muß wohl erst genauer untersuchen, was das für einer ist, bevor ich mich in seine Nähe wage.«

»Der Hof heißt Mårbacka«, sagte der Waldkauz, »und in früheren Zeiten hat hier eine Herrschaft gewohnt. Aber wer bist du denn?«

»Ich überlege gerade, ob ich nicht hierherziehen sollte«, sagte der Junge, ohne auf die Frage des Waldkauzes einzugehen. »Glaubst du, daß sich das machen ließe?«

»O ja, der Hof ist zwar nicht mehr das, was er mal war, aber aushalten kann man es hier schon«, sagte der Waldkauz. »Das hängt nur davon ab, wovon du zu leben gedenkst. Willst du dich auf die Mäusejagd verlegen?«

»Nein, um Himmels willen«, sagte der Junge. »Eher werden die Mäuse mich auffressen, als daß ich ihnen Schaden tu.«

»Es kann doch wohl nicht möglich sein, daß er so harmlos ist, wie er sich stellt«, dachte der Waldkauz. »Aber ich glaube, ich wage trotzdem einen Versuch.« Er schwang sich empor, und gleich darauf schlug er die Krallen in Nils Holgerssons Schultern und hackte nach seinen Augen. Der Junge hielt eine Hand vor sein Gesicht und versuchte sich mit der anderen zu befreien. Gleichzeitig rief er aus Leibeskräften nach Hilfe. Er spürte, daß er sich wirklich in Lebensgefahr befand und dachte: »Diesmal ist es dann wohl das Ende.«

Nun muß ich erzählen, wie merkwürdig es sich traf, daß es gerade in jenem Jahr, als Nils Holgersson mit den Wildgänsen durchs Land reiste, eine Frau gab, die ein Buch über Schweden schreiben wollte, das als Schullektüre für Kinder geeignet wäre. Sie hatte von Weihnachten bis zum Herbst über ihr Buch nachgedacht, ohne eine Zeile schreiben zu können. Schließlich war sie der ganzen Sache so überdrüssig geworden, daß sie sich sagte: »Dafür taugst du nicht. Setz dich hin und dichte weiter Märchen und Geschichten und laß dieses Buch, das lehrreich und ernst sein muß und kein unwahres Wort enthalten darf, jemand anderen schreiben!«

Sie hatte das Vorhaben schon so gut wie aufgegeben. Weil sie aber doch gern etwas Schönes über Schweden geschrieben hätte, fiel es ihr schwer, die Arbeit beiseite zu legen. Endlich kam ihr der Gedanke, daß sie mit dem Schreiben vielleicht deshalb nicht recht in Gang käme, weil sie sich in einer Stadt aufhielt und nur Straßen und Häuserwände um sich hatte. Wenn sie nun aufs Land reiste, wo sie Wälder und Felder sehen könnte, dann würde es vielleicht besser gehen.

Sie stammte aus Värmland, und es war ihr vollkommen klar, daß sie das Buch mit dieser Landschaft beginnen wollte. Und zuallererst wollte sie von jenem Ort erzählen, an dem sie aufgewachsen war. Es war ein kleiner Gutshof, ganz abgeschieden gelegen, auf dem sich viele altertümliche Sitten und Bräuche gehalten hatten.

Da sagte sie sich, wenn sie sowieso aufs Land fahren würde, dann sollte sie vielleicht auch den alten Hof besuchen und ihn noch einmal besichtigen, bevor sie über ihn schriebe. Sie war viele Jahre nicht dort gewesen, und es war ihr ganz recht, daß sie jetzt einen Anlaß für einen Besuch hatte. Eigentlich sehnte sie sich dorthin zurück, wo immer in der Welt sie sich befand. Sie hatte zwar schönere und auch bessere Orte gesehen, doch nirgends fand sie eine solche Geborgenheit und Behaglichkeit wie im Heim ihrer Kindheit.

Indessen konnte sie nicht so einfach heimkehren, wie man annehmen sollte, denn der Hof war inzwischen an Leute verkauft, die ihr unbekannt waren. Sie glaubte zwar, daß man sie gut aufnehmen würde, aber sie wollte den alten Hof nicht besuchen, um dort mit Fremden zu reden, sondern um sich recht daran zu erinnern, wie es in früheren Zeiten gewesen war. Deshalb hatte sie es so eingerichtet, daß sie am späten Abend eintreffen würde, wenn die Arbeit beendet war und sich die Leute im Haus aufhielten.

Nie hätte sie sich vorgestellt, daß es so seltsam wäre, wieder nach Hause zu kommen. Während ihr Wagen sich dem alten Hof näherte, war ihr zumute, als würde sie mit jeder Minute jünger, und bald war sie kein alter Mensch mehr, dessen Haar ergraute, sondern ein kleines Mädchen mit kurzen Röcken und einem langen, flachsblonden Zopf. Jeden Hof am Wege erkannte sie wieder, und da mußte sie ganz einfach annehmen, daß auch zu Hause alles wie früher sei. Vater und Mutter und die Geschwister würden auf der Treppe stehen und sie empfangen, die alte Haushälterin würde zum Küchenfenster laufen und schauen, wer da gefahren käme, und Nero und Freja und noch ein paar Hunde würden herbeistürmen und an ihr hochspringen.

Je näher sie dem Hof kam, desto fröhlicher wurde sie. Jetzt war Herbst, und eine Zeit mit viel Arbeit stand bevor. Doch gerade weil es so vieles zu tun gab, wurde es nie langweilig oder eintönig zu Hause. Unterwegs hatte sie gesehen, daß die Leute bei der Kartoffelernte waren. Das waren sie wohl zu Hause auch, und als nächstes würde man nun Kartoffeln reiben und Kartoffelmehl herstellen. Es war ein milder Herbst, und sie überlegte, ob im Garten schon alles geerntet sei. Zumindest der Kohl stand wohl noch draußen, und ob man wohl den Hopfen gepflückt und alle Äpfel abgenommen hatte?

Hoffentlich war nicht gerade großer Hausputz, denn bald würde der Herbstmarkt stattfinden. Der galt als ein großer Feiertag, vor allem für das Gesinde, und dafür mußte alles geputzt und sauber sein. Es war auch immer eine Freude, wenn man am Vorabend in die Küche kam und den frischgescheuerten, mit Wacholderzweigen bestreuten Fußboden, die weißgetünchten Wände und das blanke Kupfergeschirr unter der Decke sah.

Wenn das Marktfest vorüber war, blieb es auch nicht lange ruhig. Da mußte der Flachs gebrochen werden. Der hatte während der Hundstage zum Rösten auf einer Wiese gelegen. Jetzt wurde er in die große Badestube gebracht, und der große Badeofen wurde geheizt, damit er trocknen konnte. Und eines Tages, wenn er trocken genug war, wurden alle Frauen aus der Nachbarschaft zusammengerufen. Sie setzten sich vor die Badestube und begannen den Flachs zu brechen. Danach wurde er mit Schwingeln gehechelt, damit aus den trockenen Stengeln die feinen, weißen Fasern zum Vorschein kamen. Bei dieser Arbeit wurden die Frauen grau vom Staub und ihre Haare und Kleider mit Spleißen bedeckt, aber das tat ihrer Munterkeit keinen Abbruch. Den ganzen Tag lärmten die Schwingel, die Mundwerke liefen, und in der Nähe der alten Badestube hörte es sich an, als ginge ein brausendes Unwetter nieder.

Nach der Arbeit mit dem Flachs folgte das große Knäckebrotbacken, danach die Schafschur und der Ziehtag der Mägde. Im November wurde geschlachtet, tagelang mußten sie pökeln und Würste stopfen und Blutbrot backen und Kerzen gießen. Um diese Zeit kam wohl auch die Schneiderin, die ihnen Kleider aus selbstgewebtem Wollstoff nähte, und es waren ein paar vergnügte Wochen, wenn das Hausgesinde beim Nähen zusammensaß. Der Schuhmacher, der für das ganze Haus die Schuhe machte, saß während dessen in der Knechtekammer, und nie wurde man müde, ihm zuzusehen, wie er das Leder zuschnitt und besohlte und mit Absätzen und Ringen für die Schnürsenkel versah.

Doch den größten Trubel gab es vor Weihnachten.

Der Lucia-Tag, an dem die Kammerjungfer weißgekleidet, mit Lichtern im Haar, morgens um fünf allen Leuten im Hause Kaffee brachte, war das rechte Zeichen dafür, daß man in den nächsten zwei Wochen nicht viel Schlaf finden würde. Jetzt mußten sie Weihnachtsbier brauen und Stockfische laugen und backen und saubermachen.

Sie war mitten in der Bäckerei zwischen Weihnachtskuchen und Plätzchenblechen, da hielt der Kutscher die Pferde vor der Allee an, wie sie ihn gebeten hatte. Sie zuckte zusammen, als hätte sie geschlafen. Es war ihr unheimlich, am späten Abend allein zu sein, wo sie sich eben erst im Traum mit all den Ihren umgeben hatte. Als sie aus dem Wagen stieg und die Allee hinunterging, um sich unbemerkt ihrem alten Heim zu nähern, empfand sie den Unterschied zwischen einst und jetzt so schmerzlich, daß sie am liebsten umgekehrt wäre. »Was hat es für einen Sinn, daß ich hierherkomme? Es kann ja doch nicht wie in alten Zeiten sein«, dachte sie.

Aber da sie nun einmal so weit gefahren war, wollte sie sich den alten Hof trotzdem ansehen, und deshalb ging sie weiter, obwohl ihr bei jedem Schritt trauriger zumute wurde.

Sie hatte gehört, daß der Hof sehr verfallen und verändert sei, und das war er wohl auch. Aber das konnte sie im Abendlicht nicht erkennen, sie fand eher, alles sei sich gleich geblieben. Dort sah sie den Teich, der in ihrer Jugend voller Karauschen war, die niemand zu fischen wagte, weil der Vater wünschte, man solle die Karauschen in Frieden lassen. Dort waren die Knechtskammer und der Speicher und der Pferdestall mit der Vesperglocke auf dem einen und der Wetterfahne auf dem anderen Giebel. Und der Hofplatz vor dem Wohnhaus erschien immer noch wie ein eingeschlossener Raum ohne jeden Ausblick, wie er zu Vaters Zeiten gewesen war, denn der hatte es nicht übers Herz gebracht, auch nur einen Busch wegzuhauen.

An der Einfahrt zum Hof blieb sie im Schatten des großen Ahorns stehen und sah sich um. Und wie sie so dastand, geschah etwas Merkwürdiges: ein Schwarm Tauben kam geflogen und ließ sich neben ihr nieder.

Sie wollte kaum ihren Augen trauen, denn Tauben sind sonst nie nach Sonnenuntergang unterwegs. Der helle Mondschein mußte sie geweckt haben. Sie hatten ihn für Tageslicht gehalten und ihren Taubenschlag verlassen, dann aber hatten sie sich in ihrer Verwirrung wohl nicht mehr zurechtgefunden. Als sie nun einen Menschen erblickt hatten, waren sie zu ihm geflogen, als sollte ihnen diese Frau den rechten Weg weisen.

Als ihre Eltern noch lebten, hatte es auf dem Hof eine Menge Tauben gegeben, denn sie gehörten zu jenen Tieren, die der Vater in seinen besonderen Schutz genommen hatte. Er geriet schon in Mißstimmung, wenn nur davon die Rede war, daß man eine Taube schlachten sollte. Sie freute sich sehr, daß die schönen Vögel ihr im alten Heim entgegengekommen waren. Wer weiß – vielleicht waren die Tauben in dunkler Nacht ausgeflogen, um ihr zu zeigen, daß sie die gute Pflege nicht vergessen hatten?

Oder vielleicht hatte der Vater seine Vögel mit einem Gruß zu ihr geschickt, damit sie sich auf ihrem alten Hof nicht so ängstlich und einsam fühlen sollte?

Bei diesem Gedanken überkam sie eine so heftige Sehnsucht nach den alten Zeiten, daß sich ihre Augen mit Tränen füllten. Sie hatten ein gutes Leben an diesem Ort geführt. Es hatte arbeitsreiche Wochen gegeben, aber auch fröhliche Feste. Sie hatten tagsüber schwer gearbeitet, doch an den Abenden hatten sie sich um die

Lampe versammelt und hatten Tegnér und Runeberg, Frau Lenngren und Mamsell Bremer gelesen. Sie hatten Getreide angebaut, aber auch Rosen und Jasmin; sie hatten Flachs gesponnen und dabei Volkslieder gesungen. Sie hatten Geschichte und Grammatik gebüffelt und auch Theater gespielt und Verse geschrieben. Sie hatten am Herd gestanden und Essen gekocht, aber auch gelernt, Klavier und Flöte und Gitarre und Geige zu spielen. In den einen Garten hatten sie Kohl und Rüben und Erbsen und Bohnen gepflanzt, doch ein zweiter war voller Äpfel und Birnen und Beeren aller Art. Sie hatten abgeschieden gewohnt, doch gerade deshalb hatten sie so viele Märchen und Geschichten im Gedächtnis behalten. Sie hatten selbstgefertigte Kleider getragen, aber auch sorglos und unabhängig leben können.

»Nirgendwo auf der Welt versteht man so gut zu leben, wie man es in meiner Jugend auf so einem kleinen Gutshof konnte«, dachte sie. »Da gab es das rechte Maß an Arbeit und das rechte Maß an Vergnügen und jeden Tag Freude. Ich würde sehr gern zurückkehren. Wo ich den Hof nun gesehen habe, fällt es mir schwer, ihn wieder zu verlassen.«

Und dann wandte sie sich den Tauben zu und sagte, wobei sie über sich selber lachte: »Fliegt doch bitte zu Vater und erzählt ihm, daß ich Sehnsucht nach zu Hause habe. Ich bin lange genug von einem fremden Ort zum anderen gereist. Fragt ihn, ob er mir nicht helfen kann, daß ich bald in das Heim meiner Kindheit zurückkehren darf!«

Kaum hatte sie das gesagt, da erhob sich der ganze Taubenschwarm und flog davon. Sie versuchte, ihm mit den Augen zu folgen, da war er schon verschwunden. Es war, als hätte sich die ganze helle Schar in schimmernde Luft aufgelöst.

Die Tauben waren gerade fort, da hörte sie vom Garten lautes Geschrei, und als sie dorthin eilte, entdeckte sie etwas ganz Sonderbares. Da stand ein winzig kleiner Knirps, kaum mehr als eine Handbreit groß, und kämpfte mit einem Waldkauz. Zuerst war sie ganz starr vor Erstaunen. Doch als der Knirps immer jämmerlicher schrie, griff sie rasch ein und brachte die Kämpfenden auseinander. Der Kauz schwang sich in einen Baum empor, während der Knirps auf dem Kiesweg stehenblieb, ohne sich zu verstecken oder zu fliehen. »Haben Sie vielen Dank für Ihre Hilfe!« sagte er. »Aber es war schön dumm, daß Sie den Kauz entwischen ließen. Jetzt sitzt er auf dem Baum und lauert auf mich, und ich kann nicht von hier weg.«

»Das habe ich mir nicht überlegt. Aber kann ich dich denn nicht dorthin bringen, wo du zu Hause bist?« fragte jene, die sonst Märchen dichtete und sich gar nicht wenig darüber wunderte, daß sie so unvermutet mit einem vom Koboldvolk ins Gespräch geraten war. Aber im Grunde war sie doch nicht so überrascht. Es war, als hätte sie die ganze Zeit, als sie im Mondschein auf ihrem alten Hof herumgegangen war, darauf gewartet, etwas Merkwürdiges zu erleben.

»Eigentlich wollte ich die ganze Nacht auf diesem Hof bleiben«, sagte der Knirps. »Wenn Sie mir nur einen sicheren Schlafplatz zeigen könnten, dann würde ich vor Morgengrauen nicht in den Wald zurückkehren.«

»Einen Schlafplatz soll ich dir zeigen? Bist du denn nicht hier zu Hause?«

»Ich weiß wohl, daß Sie mich für einen Kobold halten«, sagte der Knirps jetzt, »aber ich bin ein Mensch so gut wie Sie, obwohl man mich in einen Kobold verwandelt hat.«

»Das ist das Merkwürdigste, was ich jemals erlebt

habe! Willst du mir nicht erzählen, wie dir dieses Unglück widerfahren ist?«

Der Junge berichtete seine Abenteuer ohne Scheu, und je weiter er in seiner Erzählung kam, um so erstaunter, verwunderter und vergnügter wurde seine Zuhörerin. »Nein, so ein Glück, daß ich einem begegnet bin, der auf dem Gänserücken ganz Schweden überflogen hat!« dachte sie. »Genau das, was er erzählt, werde ich in meinem Buch schreiben. Jetzt brauche ich mir keine Sorgen mehr darum zu machen. Wie gut, daß ich nach Hause gefahren bin! Da habe ich auf dem alten Hof sogleich Hilfe bekommen!«

Im selben Augenblick kam ihr ein Gedanke, den sie kaum zu Ende zu denken wagte. Sie hatte dem Vater durch die Tauben Nachricht geschickt, daß sie Sehnsucht nach Hause habe, und gleich darauf war ihr in einer Sache geholfen worden, mit der sie sich schon so lange beschäftigte. Sollte dies Vaters Antwort auf ihre Bitte sein?

45
Unterwegs zum Meer

Freitag, den 7. Oktober

Die Wildgänse waren auf ihrer Herbstreise bisher unentwegt südwärts geflogen. Doch als sie das Fryksdal verließen, änderten sie die Richtung und flogen über das westliche Värmland und Dalsland nach Bohuslän.

Das wurde eine lustige Reise. Die jungen Gänschen hatten sich an das Fliegen nun so gut gewöhnt, daß sie nicht mehr über Müdigkeit klagten, und auch dem Jungen kehrte die gute Laune allmählich zurück. Er war froh, daß er mit einem Menschen hatte sprechen können. Die Frau hatte ihn aufgemuntert und ihm gesagt, wenn er auch weiterhin allen, die ihm auf seinem Weg begegneten, Gutes erweise, dann werde es bestimmt kein schlimmes Ende mit ihm nehmen. Wie er seine rechte Gestalt zurückerlangen könnte, hatte sie zwar auch nicht gewußt, aber sie hatte ihm wieder ein wenig Hoffnung und Mut gemacht. Deshalb hatte er nun wohl einen Ausweg für sich und den Gänserich gefunden.

»Weißt du, Gänserich Martin«, sagte er, als sie hoch oben durch die Luft flogen, »nach einer solchen Reise wird es sicher langweilig für uns, wenn wir den ganzen Winter zu Hause bleiben müssen. Ich denke gerade darüber nach, ob wir die Wildgänse nicht ins Ausland begleiten sollten.«

»Das kann doch wohl nicht dein Ernst sein!« sagte der Gänserich und schien ganz erschrocken. Wo er nun gezeigt hatte, daß er imstande war, mit den Wildgänsen nach Lappland zu fliegen, freute er sich sehr darauf, in den Gänseverschlag von Holger Nilssons Kuhstall zurückzukehren.

Der Junge schwieg eine Weile und schaute auf Värmland hinunter. Alle Birkenwälder und Laubwäldchen und Gärten waren in gelbe und rote Herbstfarben gekleidet, und die langgestreckten Seen glänzten hellblau zwischen den gelben Ufern. »Ich glaube, so schön wie heute habe ich die Erde noch nie unter mir gesehen«, sagte er. »Die Seen sind wie blaue Seide und die Ufer wie breite Bänder aus Gold. Es wäre doch schade, wenn wir uns in West-Vämmenhög niederließen und nichts mehr von der Welt zu sehen bekämen, meinst du nicht auch?«

»Ich dachte, du wolltest nach Hause reisen und deinen

Eltern zeigen, was für ein tüchtiger Junge aus dir geworden ist«, sagte der Gänserich. Da hatte er nun den ganzen Sommer von dem stolzen Augenblick geträumt, wenn er auf dem Hofplatz von Holger Nilssons Kate landen und den Gänsen und Hühnern und Kühen und der Katze und Mutter Nilsson persönlich seine Daunenfein und die sechs Jungen vorführen durfte, und deshalb war er vom Vorschlag des Jungen gar nicht begeistert.

An diesem Tag machten die Wildgänse mehrere lange Pausen. Sie erblickten überall so prächtige Stoppelfelder, daß sie es kaum übers Herz brachten, daran vorbeizufliegen, und erst gegen Sonnenuntergang erreichten sie Dalsland. Sie strichen über den nordwestlichen Teil der Landschaft, wo es noch schöner als in Värmland war. Hier gab es so viele Seen, daß das Land dazwischen einer schmalen, hochaufgeworfenen Uferböschung glich. Der Boden war für Ackerbau ungeeignet, doch um so besser gediehen die Bäume, und die steilen Ufer der Seen ähnelten herrlichen Parkanlagen. Es schien etwas in Wasser oder Luft zu liegen, was das Sonnenlicht zurückhielt, auch wenn die Sonne hinter den Höhenzügen versunken war. Auf den blanken, dunklen Wasserflächen spielten Streifen von Gold, und über dem Boden zitterte ein heller, blaßroter Schimmer, aus dem gelbweiße Birken, hellrote Espen und rotgelbe Ebereschen ragten.

»Wird es dir nicht auch schwer werden, Gänserich Martin, nie wieder etwas so Prächtiges zu sehen?« fragte der Junge.

»Mir gefallen die fetten Äcker im schonischen Söderslätt besser als diese mageren Steinhügel«, antwortete der Gänserich. »Aber wenn du die Reise unbedingt fortsetzen willst, dann kann ich mich nicht von dir trennen, das weißt du doch.«

»Genau diese Antwort habe ich erwartet«, sagte der

Junge, und seiner Stimme war anzuhören, daß ihm ein Stein vom Herzen gefallen war.

Als sie dann über Bohuslän reisten, nahm sich das Berggelände geschlossener aus. Die Täler lagen als schmale Schluchten in den Felsengrund gesprengt, und die langen Seen waren in ihrer Tiefe so schwarz, als stammten sie aus der Unterwelt. Auch das war eine großartige Landschaft, und als der Junge sie bald mit einem schmalen Streifen Sonnenlicht und bald im Schatten sah, hatte sie für ihn etwas Wildes und Eigentümliches. Er wußte selbst nicht wieso, doch die alte Lust, etwas Merkwürdiges zu erleben, wurde wieder in ihm wach. »Vielleicht wird mir etwas fehlen, wenn ich nicht mehr jeden oder jeden zweiten Tag in Lebensgefahr gerate«, dachte er. »Man nimmt die Dinge am besten, wie sie kommen.«

Von diesen Überlegungen sagte er dem großen Weißen kein Wort, denn die Gänse flogen jetzt mit höchster Geschwindigkeit, und der Gänserich keuchte derart, daß er gar nicht hätte antworten können. Die Sonne stand am Horizont, und manchmal verschwand sie hinter diesem oder jenem Gipfel, doch die Wildgänse jagten so schnell vorwärts, daß sie sie immer wieder erblickten.

Endlich entdeckten sie im Westen einen blanken Streifen, der mit jedem ihrer Flügelschläge breiter und größer wurde. Es war das Meer, das sich milchweiß ausbreitete und in rosenroten und himmelblauen Farbtönen spielte. Als sie die Uferklippen überflogen, sahen sie abermals die Sonne, die groß und rot darüber hing, bereit, in die Wogen einzutauchen.

Und im Angesicht des freien, unendlichen Meeres und der roten Abendsonne, die mit so sanftem Schimmer leuchtete, daß er in sie hineinzublicken wagte, fühlte der Junge, wie Friede und Ruhe seine Seele erfüllten. »Es lohnt sich nicht, traurig zu sein, Nils Holgersson«, sagte die Sonne. »Die Welt ist herrlich, und Kleine wie Große können herrlich darin leben. Es ist auch gut, frei und ohne Sorgen zu sein und den ganzen Raum offen vor sich zu haben.«

46
Meeressilber

Samstag, den 8. Oktober

Wie jedermann weiß, ist das Meer wild und angriffslustig, und deshalb wird jener Teil Schwedens, der seinem Ansturm am stärksten ausgesetzt ist, von einer langen, breiten Steinmauer geschützt, die man Bohuslän nennt.

Während die Mauer breit genug ist, um das gesamte Gebiet zwischen Dalsland und dem Meer zu bedecken, ist sie wie alle Uferbefestigungen und Wellenbrecher nicht sonderlich hoch. Sie wurde aus unansehnlichen Steinblöcken errichtet, und an manchen Stellen sind ganze Bergrücken in sie eingefügt. Für einen Schutz gegen das Meer, der vom Iddefjord bis zum Götaälv reichen sollte, waren kleine Steine wohl auch nicht geeignet.

Bauwerke von solchen Ausmaßen bringt man heutzutage nicht mehr fertig, und gewiß ist diese Mauer ungeheuer alt. Tatsächlich hat auch der Zahn der Zeit an ihr genagt. Die großen Blöcke liegen nicht mehr so eng zusammen, wie es anfangs wohl der Fall gewesen. Dazwischen haben sich Spalten gebildet, die so breit und tief sind, daß darin Felder und Häuser Platz finden können.

Erst wenn man die große Mauer an der Küste sieht,

wird einem so recht klar, daß sie nicht nur zum Vergnügen aufragt. Wie stark sie ursprünglich auch gewesen ist, das Meer hat sie doch an sechs, sieben Stellen durchbrochen, um meilenlange Fjorde ins Land zu schicken. Der äußerste Teil steht sogar unter Wasser, und nur die Kuppen der Felsblöcke sind zu erkennen. Auf diese Weise sind viele große und kleine Inseln entstanden, die einen Schärengürtel bilden, der die heftigsten Angriffe von Sturm und Meer abfangen muß.

Nun sollte man meinen, daß eine Landschaft, die eigentlich nur aus einer großen Steinmauer besteht, vollkommen unfruchtbar wäre und keinen Menschen ernähren könnte. Aber so schlimm ist das nicht. Obwohl die Hügel und Hochebenen von Bohuslän nackt und kahl sind, hat sich überall in den Klüften so viel gute, fruchtbare Erde angesammelt, daß sich vortrefflich Ackerbau betreiben läßt. An der Küste sind die Winter auch milder als im Landesinneren, und auf windgeschützten Plätzen gedeihen kälteempfindliche Bäume und Gewächse, die man sonst nicht einmal in Schonen findet.

Man darf auch nicht vergessen, daß Bohuslän an der Grenze jener großen Allmende liegt, die gemeinsamer Besitz aller Völker der Erde ist. Die Bewohner dieser Gegend brauchen ihre Wege weder zu bahnen noch zu bauen. Sie können Herden einfangen, die sie weder zu hüten noch zu pflegen brauchen, und die Zugtiere ihrer Fahrzeuge benötigen weder Futter noch Ställe. Deshalb sind sie von Ackerbau und Viehzucht weniger abhängig als andere Leute. Sie siedeln sich furchtlos auf sturmgepeitschten Schären an, wo nicht ein grüner Halm wächst, oder auf schmalen Uferstreifen am Fuß der Küstengebirge, wo kaum ein Kartoffelfeld Platz findet, denn sie wissen, daß sie alles Notwendige vom großen, reichen Meer bekommen.

An jenem Morgen, als die Wildgänse die Landschaft Bohuslän von Norden nach Süden überflogen, war es auf den Schären still und friedlich. Sie sahen mehrere kleine Fischerdörfer, doch die schmalen Gassen waren leer, niemand ging in den hübsch bemalten Häuschen ein und aus. Die braunen Fischernetze hingen wohlgeordnet auf dem Trockenplatz, die schweren grünen oder blauen Fischerboote lagen mit eingeholten Segeln am Strand. Die langen Tische, an denen die Frauen sonst Dorsch und Heilbutt putzten, waren verlassen.

Die Wildgänse überflogen auch mehrere Lotsenstationen. Am Signalmast flatterte kein Wimpel, und das Lotsenboot lag an der Brücke vertäut. Alles ringsum war ruhig, kein Dampfschiff näherte sich, das in der engen Fahrstraße Hilfe benötigte.

In den Küstenstädtchen, die sie unterwegs sahen, waren die großen Badehäuser geschlossen, die Fahnen eingeholt und die feinen Sommervillen dichtgemacht. Niemand regte sich dort, nur ein paar alte Schiffskapitäne gingen auf den Anlegebrücken spazieren und starrten sehnsuchtsvoll aufs Meer.

An den Fjorden des Festlands und auf der Ostseite der Inseln entdeckten die Wildgänse ein paar Bauernhöfe. Auch dort lagen die Boote an der Anlegebrücke. Der Bauer rodete mit seinen Knechten Kartoffeln oder sah nach, wie trocken die Bohnen an ihren hohen Gestellen waren.

In den großen Steinbrüchen und in den Bootswerften waren eine Menge Leute mit Vorschlaghämmern und Äxten fleißig bei der Arbeit. Doch immer wieder wandten sie den Kopf zum Meer, als hofften sie auf irgendeine Unterbrechung.

Und die Vögel der Schären waren genauso ruhig wie die Menschen. Ein paar Scharben, die auf einer steilen

Felswand geschlafen hatten, verließen eine nach der anderen die schmalen Felsenvorsprünge und flogen langsam zu ihren Fischplätzen. Die Möwen promenierten an Land wie richtige Krähen.

Doch auf einmal geschah eine Veränderung. Plötzlich flog ein Möwenschwarm vom Acker auf und jagte mit einer solchen Geschwindigkeit nach Süden, daß die Wildgänse kaum nach ihrem Ziel fragen konnten, und die Möwen ließen sich auch keine Zeit zur Antwort. Die Scharben erhoben sich aus dem Wasser und folgten den Möwen in schwerfälligem Flug. Delphine glitten wie lange, schwarze Spulen durchs Wasser, und eine Schar Seehunde rutschte von einer flachen Schäre, um nach Süden zu ziehen.

»Was ist denn los? Was ist denn los?« fragten die Wildgänse. Endlich gab ihnen eine Eisente Auskunft: »Der Hering ist nach Marstrand gekommen! Der Hering ist nach Marstrand gekommen!«

Nicht nur Vögel und Meerestiere waren in Bewegung geraten, auch die Menschen mußten erfahren haben, daß die ersten großen Heringsschwärme im Schärengürtel angelangt waren. Auf den glatten Steinplatten der Fischerdörfer liefen die Leute durcheinander. Sie machten die Fischerboote klar und brachten vorsichtig die langen Heringsschleppnetze an Bord. Die Frauen verstauten Ölkleidung und Proviant. Die Männer stürmten in solcher Eile aus den Häusern, daß sie die Jacke erst auf der Straße überwarfen.

Bald war der Sund von braunen und grauen Segeln voll, und zwischen den Booten wurden fröhliche Rufe und Fragen gewechselt. Junge Mädchen waren auf die Felsplatten hinter den Hütten geklettert und winkten den Ausfahrenden zu. Die Lotsen standen am Ausguck und hatten in der festen Überzeugung, bald gebraucht zu werden, schon ihre Wasserstiefel angezogen und den Kutter klargemacht. Aus den Fjorden kamen kleine Dampfer, beladen mit leeren Tonnen und Kisten. Die Bauern hatten die Kartoffelhacken weggeworfen und die Bootsbauer die Werft verlassen. Die alten Schiffskapitäne mit den wettergegerbten Gesichtern hatten es daheim nicht mehr ausgehalten und fuhren nun mit den Dampfern nach Süden, um beim Heringsfang wenigstens zuzusehen.

Es dauerte nicht lange, da hatten die Wildgänse Marstrand erreicht. Der Heringsschwarm näherte sich von Westen und zog am Leuchtturm Hamneskär vorbei in Richtung Land. Auf dem weiten Fjord zwischen der Insel Marstrand und den Pater-Noster-Schären hatten sich jeweils drei Fischerboote zusammengetan. Dort, wo sich das Wasser verdunkelte und zu kleinen, kurzen Wellen kräuselte, stand der Hering. Hier ließen die Fischer behutsam lange Schleppnetze ins Wasser, zogen sie zu einem Ring zusammen und schnürten sie unten zu, so daß die Heringe wie in einem riesigen Sack steckten. Dann zogen und schnürten sie wieder, ließen das Netz immer enger werden, bis sie die glitzernden Fische aus dem Meer ziehen konnten.

Einige Bootsmannschaften hatten schon so viel gefischt, daß ihre Boote bis an die Reling von Heringen voll waren. Die Fischer standen bis zu den Knien im Fisch und blitzten überall von Schuppen, vom Südwester bis zum Rand der gelben Öljacke.

Neue Bootsbesatzungen fuhren aus, loteten und suchten, andere mußten das Netz, das sie mit großer Mühe ausgeworfen hatten, leer heraufholen. Einige Fischer, deren Boote voll waren, näherten sich den großen Dampfern im Fjord und verkauften ihren Fang, andere fuhren nach Marstrand und löschten ihre Ladung am

Kai. Dort hatten die Frauen an den langen Tischen mit dem Putzen schon angefangen. Heringe wurden in Tonnen und Kisten gepackt, und die ganze Straße war mit Schuppen bedeckt.

Das war ein Leben und Treiben! Die Menschen waren ganz durcheinander vor Freude über all das Meeressilber, das sie aus den Wogen schöpften, und die Wildgänse umkreisten die Insel Marstrand viele Male, damit sich der Junge alles genau ansehen konnte.

Doch er bat sie schon bald, die Reise fortzusetzen. Obwohl er nicht sagte, warum er weg von hier wollte, war es vielleicht doch nicht so schwer zu erraten. Unter den Fischern gab es viele stolze, stattliche Männer. Mehrere von ihnen waren hochgewachsen und sahen mit ihren kühnen Gesichtern unter dem Südwester so keck und verwegen aus, wie jeder Junge einmal aussehen möchte, wenn er erwachsen wird. Es ist ja möglich, daß man sich solche Leute nicht so gern ansieht, wenn man selbst niemals größer als ein Hering werden kann.

47

Die Sage von Västergötland

Sonntag, den 9. Oktober

Die Wildgänse hatten Bohuslän verlassen und sich zum Schlafen in einem Sumpf im westlichen Teil von Västergötland aufgestellt. Der kleine Nils Holgersson, den die Feuchtigkeit störte, war auf den Damm einer Landstraße gekrochen, die quer durch den Sumpf verlief. Gerade wollte er sich einen Schlafplatz suchen, da entdeckte er auf der Straße eine kleine Gruppe von Menschen. Es war eine junge Lehrerin, um die sich zwölf, dreizehn Kinder scharten. Sie plauderten so munter und zutraulich, daß der Junge Lust bekam, sie ein Stück zu begleiten und sich anzuhören, was sie einander erzählten.

Das war für ihn nicht weiter schwierig, denn wenn er sich im Schatten am Straßenrand hielt, war er von kaum einem zu entdecken. Und fünfzehn Menschen machten mit ihren Schritten soviel Lärm, daß niemand mitbekommen würde, wie der Kies unter seinen kleinen Holzschuhen knirschte.

Um die Kinder unterwegs bei guter Laune zu halten, erzählte die Lehrerin ihnen alte Geschichten. Als sich der Junge der Gruppe anschloß, hatte sie gerade eine beendet, aber die Kinder bettelten sofort um eine neue.

»Kennt ihr die Sage von dem alten Riesen aus Västergötland, der auf eine ferne Insel im Nordmeer gezogen war?« fragte die Lehrerin. Nein, die kannten die Kinder nicht, und die Lehrerin begann zu erzählen.

»In einer dunklen, stürmischen Nacht geschah es einmal, daß weit weg im Nordmeer ein Schiff an einer kleinen Schäre strandete. Es zerschellte an den Klippen, und von der ganzen Besatzung retteten sich nur zwei Männer an Land. Triefend naß und starr vor Kälte standen sie auf der Schäre, und man kann sich wohl vorstellen, wie sehr sie sich freuten, als sie am Ufer ein großes Holzfeuer erblickten. Ohne an eine Gefahr zu denken, liefen sie darauf zu und merkten erst, als sie ganz nahe waren, daß dort ein furchterregender alter Recke saß. Der war so groß und stark, daß sie nicht daran zweifeln konnten, an einen Mann aus dem Geschlecht der Riesen geraten zu sein.

Sie blieben unschlüssig stehen, doch der Nordsturm

pfiff über die Schäre und brachte eine entsetzliche Kälte mit. Wenn sie sich nicht am Feuer des Riesen wärmen dürften, würden sie bald erfrieren, und deshalb wagten sie sich an ihn heran. ›Guten Abend, Vater!‹ sagte der ältere von beiden. ›Würdet Ihr zwei schiffbrüchigen Seeleuten wohl erlauben, sich an Eurem Feuer aufzuwärmen?‹

Der Riese schreckte aus seinen Gedanken hoch, richtete sich halb auf und zog das Schwert aus der Scheide. ›Wer seid ihr denn?‹ fragte er, denn er war alt und fast blind und sah nicht, was für Leute ihn angesprochen hatten.

›Wir stammen beide aus Västergötland, wenn Ihr's wissen wollt‹, antwortete der ältere Seemann. ›Unser Schiff ist an den Klippen gestrandet, und wir haben uns halbnackt und fast erfroren an Land gerettet.‹

›Ich dulde sonst keine Menschen auf meiner Schäre, aber wenn ihr aus Västergötland seid, ist das etwas anderes‹, sagte der Riese und steckte das Schwert in die Scheide zurück. ›Dann dürft ihr euch setzen und euch aufwärmen, denn ich stamme selbst aus Västergötland und habe viele Jahre in dem großen Hügel von Skalunda gewohnt.‹

Die Seeleute nahmen auf ein paar Steinen Platz. Da sie nicht wagten, den Riesen anzusprechen, schwiegen sie und starrten ihn an. Und je länger sie ihn betrachteten, um so größer wurde er in ihren Augen, und um so kleiner und kraftloser fühlten sie sich selbst.

›Ich kann nicht mehr so gut sehen‹, erklärte der Riese. ›Ich kann kaum einen Schimmer von euch ahnen. Sonst hätte ich gern gewußt, wie heutzutage jemand aus Västergötland aussieht. Aber wenigstens einer von euch soll mir die Hand reichen, damit ich merke, ob es noch warmes Blut in Schweden gibt!‹

Die Männer betrachteten abwechselnd die Fäuste des Riesen und ihre eigenen. Keiner von ihnen verspürte die geringste Lust, seinen Händedruck zu probieren. Da aber entdeckten sie im Feuer einen eisernen Spieß, der dem Riesen als Feuerhaken diente und an dem einen Ende glühendheiß geworden war. Sie hoben ihn mit vereinten Kräften an und streckten ihn dem Riesen entgegen. Der packte und drückte ihn, daß zwischen seinen Fingern das Eisen hervorquoll. ›O ja, ich merke, daß es noch warmes Blut in Schweden gibt‹, sagte er sehr vergnügt zu den staunenden Seeleuten.

Wieder war es am Feuer eine Weile still und ruhig. Doch die Begegnung mit seinen Landsleuten hatte die Gedanken des Riesen zurück nach Västergötland geführt. Eine Erinnerung nach der anderen stieg in ihm auf.

›Wie mag wohl der Skalunda-Hügel heutzutage aussehen?‹ fragte er die Seeleute.

Keiner der Männer wußte etwas von diesem Hügel. ›Der ist wohl zusammengesunken‹, tastete sich der eine gleichsam vor. Er hatte das Gefühl, daß man einem solchen Fragesteller die Antwort nicht schuldig bleiben dürfte.

›Jaja, jaja, kann ich mir denken‹, sagte der Riese und nickte bestätigend. ›Etwas Besseres ist auch nicht zu verlangen, wo ihn meine Frau und meine Tochter in einer Morgenstunde mit ihren Schürzen zusammengetragen haben.‹

Er versank abermals in Gedanken und versuchte seine Erinnerungen zu ordnen. Es war nicht wenig Zeit vergangen, seitdem er aus Västergötland fortgegangen war, und es dauerte eine Weile, bis er tief genug in seinem Gedächtnis gekramt hatte.

›Aber Kinnekulle und Billingen und die anderen kleinen Berge, die über die große Ebene verstreut lagen, die stehen wohl noch?‹ fragte der Riese.

›Das tun sie wohl‹, antwortete der eine Mann, und um dem Riesen zu zeigen, daß er ihn für einen tüchtigen Kerl hielt, fügte er hinzu: ›Vielleicht wart Ihr dabei, als der eine oder andere dieser Berge errichtet wurde, Vater?‹

›O nein, das nicht gerade‹, sagte der Riese. ›Aber ich kann dir versichern, daß du es meinem Vater zu verdanken hast, wenn diese Berge noch stehen. Als ich ein kleiner Junge war, gab es noch keine große Ebene in Västergötland, statt dessen erstreckte sich ein Bergland vom Vättersee bis zum Götaälv. Dann aber setzten sich ein paar Flüsse in den Kopf, das Gebirge zu zertrümmern und hinunter zum Vänersee zu tragen. Die Berge waren nicht aus richtigem Granit, sondern zumeist aus Kalkstein und Schiefer, und damit hatten die Flüsse keine große Mühe. Ich entsinne mich, daß sie ihre Rinnen und Täler immer breiter gruben und schließlich zu Ebenen ausdehnten. Vater und ich sahen uns die Arbeit der Flüsse manchmal an, und es wollte Vater nicht recht gefallen, daß sie das ganze Gebirge zerstörten. ‘Sie könnten uns doch wenigstens ein paar Rastplätze übriglassen’, sagte er, und dann zog er seine Steinschuhe aus und setzte den einen weit im Westen und den anderen weit im Osten nieder. Seinen Steinhut legte er auf eine Bergkuppe am Vänersee, meine Steinmütze warf er weiter nach Süden, und seine Steinkeule schleuderte er in dieselbe Richtung. Alle anderen guten, harten Steine, die wir bei uns hatten, streute er an verschiedenen Orten aus. Später spülten die Flüsse fast das ganze Gebirge weg, doch an jene Stellen, die Vater mit seinem Steingut geschützt hatte, wagten sie sich nicht heran und ließen sie stehen. Wo Vater den einen Schuh hingestellt hatte, blieb unter dem Absatz der Halleberg und unter der Sohle der Hunneberg zurück. Unter dem zweiten Schuh blieb der Billingen erhalten, Vaters Hut hatte den Kinnekulle beschützt, unter meiner Mütze lag der Mösseberg, und unter der Steinkeule verbarg sich der Ålleberg. Auch alle anderen kleinen Berge in der Västgöta-Ebene wurden Vater zuliebe verschont, und jetzt möchte ich wohl wissen, ob es viele Männer in Västergötland gibt, die so respektgebietend sind.‹

›Diese Frage läßt sich nicht leicht beantworten‹, sagte der Seemann, ›aber ich muß sagen, wenn Flüsse und Riesen zu ihrer Zeit so mächtig waren, dann achte ich die Menschen doch noch höher, denn sie haben sich trotz allem zu Herren über Ebene und Berge gemacht.‹

Der Riese verzog ein wenig das Gesicht. Die Antwort schien ihn nicht gerade zu freuen, doch bald nahm er das Gespräch von neuem auf. ›Wie steht es heutzutage mit dem Trollhättafall?‹ fragte er.

›Der rauscht und donnert wie zu allen Zeiten‹, entgegnete der Seemann. ›Vielleicht seid Ihr dabeigewesen, als die großen Wasserfälle in Gang gesetzt wurden, wo Ihr doch auch dabei wart, die Västgöta-Berge zu beschützen?‹

›O nein, das nicht gerade‹, sagte der Riese, ›aber ich erinnere mich, daß meine Brüder und ich sie in unsrer Kindheit als Rutschbahn benutzten. Wir haben uns auf einen Baumstamm gestellt, und dann ging es den Gullöfall und den Toppöfall und die drei anderen Wasserfälle hinunter. Dabei gerieten wir so in Fahrt, daß wir bis ins Meer hinunterrutschten. Ob es wohl noch einen Kerl in Västergötland gibt, der sich auf solche Art vergnügt?‹

›Das ist schwer zu sagen‹, entgegnete der Seemann. ›Aber ich halte es beinah für eine größere Tat, daß wir Menschen an den Wasserfällen entlang einen Kanal gebaut haben, so daß wir die Trollhätta nicht nur, wie Ihr in Eurer Jugend, hinunterfahren, sondern mit Schuten und Dampfschiffen auch hinauffahren können.‹

›Das hört sich merkwürdig an‹, sagte der Riese, und es schien, als hätte ihn diese Antwort ein wenig verärgert. ›Kannst du mir nun auch sagen, wie es mit jener Gegend hinter dem Mjörnsee steht, die man Svältorna, das Hungerland, nannte?‹

›Ja, die hat uns schon viel Kummer gemacht‹, sagte der Mann aus Västergötland. ›Vielleicht seid Ihr dabeigewesen, Vater, als diese Gegend so mager und trostlos wurde?‹

›O nein, das nicht gerade‹, sagte der Riese, ›zu meiner Zeit wuchs dort prächtiger Wald. Aber als ich einer meiner Töchter die Hochzeit ausrichten sollte, da brauchten wir viel Brennholz für den Backofen, und da habe ich den ganzen Wald von Svältorna mit einem langen Tau zusammengebunden, mit einem einzigen Ruck ausgerissen und nach Hause getragen. Ich möchte wissen, ob es heutzutage jemanden gibt, der soviel Wald auf einmal ausreißen kann.‹

›Das ist mehr gefragt, als ich zu beantworten wage‹, sagte der Mann aus Västergötland. ›Aber ich weiß, daß die Leute diese Gegend, die in meiner Jugend nackt und unfruchtbar war, jetzt überall mit Wald bepflanzt haben. Das halte ich auch für eine männliche Tat.‹

›Na, aber im südlichen Västergötland, da kann wohl kein Mensch sein Leben fristen?‹ sagte der Riese.

›Seid Ihr auch mit dabeigewesen, als dieses Land angelegt wurde?‹ fragte der Mann aus Västergötland.

›O nein, das nicht gerade‹, sagte der Riese, ›doch ich entsinne mich, daß wir Riesenkinder beim Hüten unsrer Herden dort viele Steinhütten bauten und uns mit Steinen bewarfen, und da ist der Boden so erbärmlich geworden, daß ich es für schwierig halte, ihn urbar zu machen.‹

›Ja, das ist wahr, da unten lohnt sich der Ackerbau kaum‹, sagte der Mann aus Västergötland, ›aber die Leute haben sich auf Weberei und Holzverarbeitung verlegt, und ich finde es tüchtiger, wenn man sich in einer so kargen Gegend sein Brot verdienen kann, als daß man zu ihrem Verderben beiträgt.‹

›Jetzt weiß ich nur noch eins zu fragen‹, sagte der Riese. ›Was habt ihr unten an der Küste gemacht, wo der Götaälv ins Meer fließt?‹

›Hattet Ihr da auch die Hand im Spiel?‹ fragte der Seemann.

›Das nicht gerade‹, entgegnete der Riese, ›doch ich entsinne mich, daß wir oft zum Strand hinuntergingen, einen Walfisch herbeilockten und auf seinem Rücken durch Fjorde und Buchten des Schärengürtels ritten. Ob das wohl heute noch jemand tut?‹

›Darauf kann ich nicht antworten‹, sagte der Seemann, ›aber ich halte es für eine genauso tüchtige Tat, daß wir Menschen an der Mündung des Götaälvs eine Stadt gebaut haben, von der Schiffe in alle Weltmeere fahren.‹ Dazu sagte der Riese kein Wort, und der Seemann, der selbst in Göteborg zu Hause war, beschrieb ihm nun die reiche Handelsstadt mit ihrem großen Hafen, ihren Brücken und Kanälen und prächtigen Straßen und berichtete von ihren vielen rührigen Kaufleuten und kühnen Seefahrern, die sie zur ersten Stadt des Nordens machen dürften.

Bei jeder Antwort, die der Riese bekommen hatte, waren die Furchen auf seiner Stirn tiefer geworden, und man merkte wohl, wie sehr es ihm mißfiel, daß sich die Menschen zu Herren über die Natur erhoben hatten. ›Ich höre, daß viel Neues in Västergötland entstanden ist‹, sagte er, ›und ich würde gern dorthin zurückkehren und dies und jenes zurechtrücken.‹ Als der Seemann diese Worte hörte, erschrak er ein wenig. Er glaubte nicht, daß der Riese Västergötland in einer guten Absicht besuchen wollte, aber das wagte er natürlich nicht zu zeigen. ›Ihr könnt gewiß sein, Vater, daß Ihr mit allen Ehren empfangen werdet‹, sagte er. ›Wir werden sämtliche Kirchenglocken für Euch läuten.‹

›Aha, es gibt noch Kirchenglocken in Västergötland‹, sagte der Riese und schien unschlüssig zu werden. ›Sind sie nicht kaputtgeläutet, die großen Glocken in Husaby und Skara und Varnhem?‹

›Nein, die sind alle noch da und haben seit Eurer Zeit viele Schwestern bekommen. Jetzt gibt es keinen Ort in Västergötland, wo man nicht Kirchenglocken hört.‹

›Dann muß ich wohl bleiben, wo ich bin‹, sagte der Riese, ›denn wegen dieser Glocken habe ich meine Heimat verlassen.‹

Nun versank er in Gedanken, bald aber wandte er sich den Seeleuten abermals zu. ›Ihr könnt euch ruhig am Feuer schlafen legen‹, sagte er. ›Morgen früh werde ich ein Schiff hierher rufen, das euch aufnimmt und in eure Heimat bringt. Doch für die Gastfreundschaft, die ich euch erwiesen habe, begehre ich einen Dienst von euch: geht, sobald ihr heimgekehrt seid, zum besten Mann von Västergötland und gebt ihm diesen Ring. Grüßt ihn von mir und sagt ihm, wenn er den an seinem Finger trägt, dann wird aus ihm viel mehr, als er bis dahin war.‹

Als die Seeleute nun heimgekehrt waren, gingen sie zum besten Mann in Västergötland und übergaben ihm den Ring. Doch der war zu klug, um ihn sofort an den Finger zu stecken. Statt dessen hängte er ihn an eine kleine Eiche auf seinem Hof. Sofort begann die Eiche so schnell zu wachsen, daß alle es sehen konnten. Sie setzte

Triebe und bildete Zweige, der Stamm wurde dicker, die Rinde härter. Sie bekam neue Blätter und warf sie ab, trug Blüten und Früchte und wurde in kurzer Zeit so groß, daß niemand eine gewaltigere Eiche gesehen hatte. Doch kaum war der Baum ausgewachsen, da begann er ebenso schnell zu verdorren, die Zweige fielen ab, der Stamm wurde hohl, das Holz verfaulte, und bald war nur noch ein Stumpf von ihm übrig.

Da nahm der beste Mann von Västergötland den Ring und warf ihn weit weg. ›Das Geschenk des Riesen ist so geartet, daß es einem Mann große Kräfte verleihen und ihn in kurzer Zeit allen anderen überlegen machen soll‹, sagte er. ›Doch dabei würde sich der Besitzer derart überanstrengen, daß es in kurzer Zeit um seine Tüchtigkeit und sein Glück geschehen wäre. Ich will diesen Ring nicht tragen, und ich hoffe, daß niemand ihn finden möge, denn er wurde in keiner guten Absicht hergesandt.‹

Aber vielleicht wurde der Ring trotzdem gefunden. Immer wenn sich ein guter Mann über seine Kräfte anstrengt, um Nutzen zu tun, kann man wohl fragen, ob er diesen Ring gefunden hat und ob er durch ihn so zum Arbeiten gezwungen wird, daß er sich vorzeitig aufbraucht und sein Werk unvollendet lassen muß.«

48
Die Reise nach Vämmenhög

Donnerstag, den 3. November

An einem der ersten Novembertage flogen die Wildgänse über den Hallandsås nach Schonen. Sie hatten sich ein paar Wochen auf den weiten Ebenen um Falköping aufgehalten und zusammen mit mehreren anderen großen Wildgänsescharen eine fröhliche Zeit verbracht – die alten Vögel hatten viel miteinander geredet, und die jungen hatten zahlreiche Wettkämpfe in allen möglichen Sportarten ausgetragen.

Was Nils Holgersson betrifft, so war er über den langen Aufenthalt in Västergötland gar nicht froh gewesen. Er hatte sich zwar bemüht, den Mut nicht sinken zu lassen, aber es fiel ihm doch schwer, sich mit seinem Schicksal abzufinden. »Wenn ich Schonen nur hinter mir hätte und im Ausland wäre«, dachte er, »dann wüßte ich, daß keine Hoffnung mehr für mich besteht, und fühlte mich ruhiger.«

Eines Morgens brachen die Wildgänse endlich auf und flogen über Halland nach Süden. Zu Anfang gefiel ihm diese Landschaft nicht so recht, denn er fand daran nichts Neues. Der östliche Teil war ein Hochland mit großen Heideflächen, die ihn an Småland erinnerten, und weiter im Westen, wo das Land ähnlich wie Bohuslän von Buchten zerschnitten war, erhoben sich runde, nackte Bergkuppen.

Doch als die Wildgänse am schmalen Küstenstrich entlang weiterflogen, beugte sich der Junge über den Gänsehals und konnte seine Augen nicht vom Boden abwenden. Er sah die Berge zurücktreten und die Ebene sich ausdehnen. Gleichzeitig bemerkte er, daß die Küste nicht mehr so zerrissen war. Die Schären wurden immer seltener und verschwanden schließlich ganz, und das weite, offene Meer reichte bis an das Festland.

Und dann hörte der Wald auf. Im nördlichen Teil des Landes hatte der Junge zwar viele schöne, freie Flächen gesehen, doch überall waren sie vom Wald begrenzt. Das war, als gehörte das Land eigentlich den Bäumen, und der bebaute Boden sah wie eine große Rodung aus. Auf diesen freien Flächen hatte es viele Baumgruppen und Gehölze gegeben, als ob der Wald damit bedeuten wollte, daß er das Land jederzeit zurückerobern könnte.

Doch jetzt war es anders. Hier hatte das flache Land die Herrschaft übernommen und erstreckte sich bis zum Horizont. Es gab zwar große Baumpflanzungen, doch keinen wilden Wald. Gerade weil das Land so offen war und ein Acker neben dem anderen lag, erinnerte es den Jungen an Schonen. Auch die nackte Küste mit ihren Sandflächen und Tanghaufen glaubte er wiederzuerkennen. Dabei empfand er Freude und Furcht zugleich. »Jetzt kann ich nicht mehr weit von zu Hause sein«, dachte er.

Doch die Landschaft veränderte sich abermals. Aus Västergötland und Småland kamen Flüsse dahergebraust und durchbrachen die Eintönigkeit der Ebene. Seen, Moore, Heideflächen und Flugsandgebiete legten sich den Äckern in den Weg, doch diese breiteten sich trotzdem immer weiter aus, bis sich an der Grenze nach Schonen der Hallandsås mit seinen schönen Schluchten und Tälern erhob.

Mehrmals während der Reise hatten die jungen Gänse die alten gefragt: »Wie sieht es im Ausland aus? Wie sieht es im Ausland aus?«

»Wartet, wartet! Das werdet ihr bald erfahren«, hatten

jene geantwortet, die das Land schon viele Male überflogen hatten.

Beim Anblick der langgezogenen bewaldeten Hänge und der blanken Seen von Värmland oder der Felsenwelt Bohusläns oder der schönen kleinen Berge von Västergötland hatten die jungen Gänse verwundert gefragt: »Sieht denn die ganze Welt so aus? Sieht denn die ganze Welt so aus?«

»Wartet, wartet! Bald werdet ihr erfahren, wie es in einem großen Teil der Welt aussieht«, hatten die Alten geantwortet.

Als die Wildgänse nun den Hallandsås und ein Stück von Schonen überflogen hatten, rief Akka: »Jetzt guckt mal nach unten! Schaut euch um! So wie hier sieht es im Ausland aus.«

Da flogen sie gerade über den Söderås. Der lange Höhenzug war ganz und gar mit Buchenwald bekleidet, und darin lagen schöne, turmgeschmückte Schlösser eingebettet. Zwischen den Bäumen weideten Rehe, und auf den Waldwiesen spielten Hasen. Jagdhörner ertönten aus den Wäldern, und das laute Gebell der Hunde war bis zu der fliegenden Schar zu hören. Breite Straßen wanden sich durch den Wald, und darauf kamen Herren und Damen in blitzenden Wagen gefahren oder auf prächtigen Pferden geritten. Am Fuß des Höhenzugs dehnte sich der Ringsee aus, und auf einer schmalen Landzunge stand das alte Bosjökloster. Die Schlucht von Skäralid, in der ein Fluß strömte und deren Felswände mit Büschen und Bäumen bekleidet waren, durchschnitt den Höhenzug.

»Sieht es so im Ausland aus? Sieht es so im Ausland aus?« fragten die Gänschen.

»So sieht es aus, wo es bewaldete Höhenzüge gibt«,

schrie Akka, »aber die gibt es nicht oft. Wartet, dann sollt ihr sehen, wie es für gewöhnlich dort aussieht!«

Akka führte die Wildgänse weiter südwärts bis zur großen schonischen Ebene. Da lag sie nun mit breiten Äckern, mit Rübenfeldern, über die Erntearbeiter in langen Reihen zogen, mit niedrigen, weißgetünchten, viereckigen Bauernhöfen, mit unzähligen kleinen weißen Kirchen, mit häßlichen grauen Zuckerfabriken, mit kleinen Städten und Bahnhöfen. Da gab es Torfmoore mit langen Reihen von Torfstapeln, Steinkohlegruben mit schwarzen Kohlehaufen. Die Landstraßen wurden von gestutzten Weiden eingefaßt, die Eisenbahnlinien kreuzten sich und überzogen die Ebene mit einem dichten Netz. Hier und da blitzten kleine, buchenbekränzte Seen auf, und jeder war mit einem prächtigen Gutshof geschmückt.

»Jetzt guckt nach unten! Schaut genau hin!« rief die Leitgans. »So sieht es im Ausland von der Ostseeküste bis zu den hohen Bergen aus, und weiter sind wir nie geflogen.«

Als die jungen Gänse die Ebene gesehen hatten, begab sich Akka zur Küste des Öresunds. Sumpfige Wiesen fielen sanft zum Wasser ab, und an den Ufern häufte sich schwarz gewordener Tang zu langen Wällen. An einigen Stellen sah man hohe Uferböschungen, und an anderen war der Flugsand zu Dünen und Hügeln aufgeworfen. Die Fischerdörfer am Strand bestanden aus einer langen Straße von gleichförmigen und gleich großen Backsteinhäuschen, auf der Mole erhob sich ein kleiner Leuchtturm, und auf dem Trockenplatz hingen braune Netze.

»Jetzt guckt nach unten! Schaut genau hin!« sagte Akka. »So sieht es an den Küsten des Auslands aus.«

Schließlich flog die Leitgans auch zu ein paar Städten.

Da gab es Unmengen von schlanken Fabrikschloten, schmale Straßen zwischen hohen, rauchgeschwärzten Häusern, schöne große Parks und Promenaden, Häfen voller Schiffe, alte Festungswerke und Schlösser und altertümliche Kirchen.

»So sehen die Städte im Ausland aus, obwohl sie viel größer sind«, sagte die Leitgans. »Aber die hier können ja noch wachsen, so wie ihr.«

Nachdem Akka solcherart herumgeflogen war, ließ sie sich in einem Moor des Kreises Vämmenhög nieder. Dem Jungen kam unwillkürlich der Gedanke, daß sie an diesem Tag deshalb über Schonen geflogen war, um ihm zu zeigen, daß sich sein Land durchaus mit jedem anderen der Welt messen konnte. Aber das war gar nicht nötig gewesen. Dem Jungen war es egal, ob dieses Land reich oder arm war. Seitdem er die erste Weidenböschung und das erste niedrige Fachwerkhaus gesehen hatte, verzehrte sich sein Herz vor Heimweh.

49
Bei Holger Nilssons

Dienstag, den 8. November

An diesem Tag war es trübe und diesig. Nachdem die Wildgänse auf den großen Feldern bei der Kirche von Skurup geäst und Mittagsruhe gehalten hatten, näherte sich Akka dem Jungen. »Es sieht so aus, als sollte das Wetter in der nächsten Zeit ruhig bleiben«, sagte sie, »und ich bin dafür, daß wir morgen über die Ostsee reisen.«

»So«, sagte der Junge kurz, denn seine Kehle schnürte sich derart zusammen, daß er nicht mehr herausbrachte. Er hatte wohl trotz allem gehofft, er könnte von dem Zauber befreit werden, solange er noch in Schonen war.

»Wir sind West-Vämmenhög jetzt wohl ziemlich nahe«, fuhr Akka fort, »und ich habe mir gedacht, daß du vielleicht für ein Weilchen nach Hause reisen möchtest. Es wird lange dauern, bis du jemanden aus deiner Familie wiedersiehst.«

»Das lasse ich wohl besser bleiben«, sagte der Junge. Doch seiner Stimme war anzumerken, daß er sich über Akkas Vorschlag freute.

»Ich finde, du solltest nachsehen, wie es bei euch zu Hause steht«, sagte die Leitgans.

»Ja, da habt Ihr recht, Mutter Akka. Daran hätte ich selbst denken können«, sagte der Junge und geriet richtig in Eifer.

Im nächsten Augenblick war er mit Akka zur Kate von Holger Nilsson unterwegs, und es dauerte nicht lange, da ließ sich die Leitgans hinter der Steineinfriedung nieder, die das Gehöft umschloß. »Merkwürdig, daß sich gar nichts verändert hat«, sagte der Junge und erklomm rasch die Einfriedung, um sich einen Überblick zu verschaffen. »Mir ist, als wäre kein Tag vergangen, seitdem ich hier saß und euch durch die Luft heranfliegen sah.«

»Ob dein Vater wohl eine Flinte hat?« fragte Akka plötzlich.

»Ja, die hat er wohl«, sagte der Junge. »Gerade wegen der Flinte bin ich an dem Sonntag doch zu Hause geblieben und nicht in die Kirche gegangen.«

»Da wage ich es nicht, hier auf dich zu warten«, sagte Akka. »Es ist wohl am besten, wenn du morgen früh zum Smygehuk kommst und uns dort triffst.«

»Nein, fliegt noch nicht weg, Mutter Akka!« sagte der Junge und sprang hastig von der Steineinfriedung herunter. Er hatte ein unerklärliches Gefühl, daß den Wildgänsen oder ihm selbst irgend etwas geschehen würde, das sie für immer trennen sollte. »Ihr seht ja, wie traurig ich bin, weil ich meine richtige Gestalt nicht zurückbekommen kann«, fuhr er fort. »Aber das will ich Euch sagen: ich bereue nicht, daß ich Euch im letzten Frühjahr gefolgt bin. Nein, lieber will ich nie wieder Mensch werden, als diese Reise ungeschehen machen.«

Akka holte ein paarmal Luft. »Wenn du etwas Gutes bei uns gelernt hast, Däumling, dann bist du jetzt vielleicht nicht mehr der Meinung, daß es die Menschen allein auf der Welt geben soll«, sagte die Leitgans feierlich. »Denk daran, daß euer Land groß ist und daß ihr es euch wohl leisten könntet, ein paar nackte Schären und ein paar flache Seen und Moore und ein paar einsame Fjälle und abgelegene Wälder uns armen Tieren zu überlassen, damit wir in Frieden leben können! Ich wurde mein ganzes Leben gejagt und verfolgt. Es wäre gut, wenn auch jemand wie ich eine Freistatt hätte.«

»Ich würde mich freuen, wenn ich Euch dabei helfen könnte«, sagte der Junge, »aber ich werde wohl niemals Macht bei den Menschen bekommen.«

»Nein, da stehen wir hier und reden, als sollten wir uns nie wieder begegnen«, sagte Akka, »wo wir uns doch morgen sehen. Jetzt will ich zu den Meinen zurückkehren.« Damit hob sie die Flügel, kam jedoch noch einmal zurück, strich mit dem Schnabel ein paarmal am Däumling auf und ab und flog endlich davon.

Obwohl es heller Tag war, regte sich auf dem Hof kein Mensch, und der Junge konnte gehen, wohin er wollte. Er lief zum Kuhstall, denn er wußte, daß ihm die Kühe am besten Auskunft geben könnten. Dort sah es traurig aus. Von den drei prächtigen Kühen, die im Frühjahr darin gestanden hatten, war nur noch eine einzige da. Das war Mairose, und es war ihr anzumerken, daß sie sich nach ihren Kameraden sehnte. Sie ließ den Kopf hängen und hatte von dem Futter, das vor ihr lag, kaum einen Halm angerührt.

»Guten Tag, Mairose!« sagte der Junge und sprang ohne Furcht in ihren Stand. »Wie geht es Mutter und Vater? Wie geht es der Katze und den Gänsen und den Hühnern, und wo hast du Stern und Gold-Lilie gelassen?«

Als Mairose die Stimme des Jungen vernahm, fuhr sie zusammen und schien nach ihm stoßen zu wollen. Aber sie war nicht mehr so hitzig wie früher und nahm sich Zeit, Nils Holgersson erst einmal zu betrachten. Er war noch genauso klein wie bei seiner Abreise und trug noch dieselben Kleider, und trotzdem war er völlig verändert. Jener Nils Holgersson, der im Frühjahr verschwunden war, hatte einen schwerfälligen, langsamen Gang und eine schleppende Stimme und verschlafene Augen gehabt. Dieser aber, der zurückgekehrt war, der war flink und geschmeidig, hatte eine rasche Zunge, und seine Augen leuchteten und blitzten. Seine Haltung war so keck, daß man trotz seiner Kleinheit Respekt vor ihm haben mußte, und wer ihn ansah, der freute sich, auch wenn er selbst gar nicht vergnügt zu sein schien.

»Muh«, brüllte Mairose. »Es wurde gesagt, du hättest dich verändert, aber das konnte ich nicht glauben. Willkommen zu Hause, Nils Holgersson, willkommen zu Hause! Das ist der erste frohe Augenblick, den ich seit langer Zeit erlebe.«

»Vielen Dank, Mairose!« sagte der Junge und freute sich sehr über diesen guten Empfang. »Und jetzt erzähl mir, wie es Vater und Mutter geht!«

»Sie haben seit deinem Verschwinden nichts weiter als Sorgen gehabt«, sagte Mairose. »Am schlimmsten ist die Sache mit dem teuren Pferd. Das hat den ganzen Sommer nur im Stall gestanden und gefressen. Dein Vater will es nicht erschießen, und verkaufen kann er es nicht. Und deswegen sind Stern und Gold-Lilie nicht mehr hier.«

Der Junge wollte eigentlich noch etwas anderes wissen, war aber zu verlegen, um direkt danach zu fragen. Darum sagte er: »Mutter war wohl sehr traurig, weil Gänserich Martin weggeflogen ist?«

»Ich glaube, wenn sie gewußt hätte, wie es dabei zuging, dann wäre sie nicht so traurig gewesen. Ihr größter Kummer ist, daß sich ihr eigener Sohn von zu Hause weggeschlichen und den Gänserich mitgenommen hat.«

»Glaubt sie denn, daß ich den Gänserich gestohlen habe?« fragte der Junge.

»Was soll sie denn sonst glauben?«

»Dann glauben Vater und Mutter wohl, ich hätte mich im Sommer wie ein Landstreicher herumgetrieben?«

»Sie denken, daß es schlecht um dich steht«, sagte Mairose, »und darüber haben sie sich so gegrämt, als hätten sie ihr Liebstes verloren.«

Als der Junge das erfahren hatte, verließ er schleunigst den Kuhstall und ging zum Pferdestall. Der war zwar klein, jedoch sauber und ordentlich. Holger Nilsson hatte alles getan, damit sich der neue Gast darin wie zu Hause fühlen sollte. Es war ein prächtiges, stattliches Pferd, das vor Wohlbefinden strotzte.

»Guten Tag!« sagte der Junge. »Ich habe gehört, hier soll es ein krankes Pferd geben. Aber du siehst ja so gesund und munter aus, daß du das kaum sein kannst.«

Das Pferd wandte seinen Kopf dem Jungen zu und musterte ihn eingehend. »Bist du der Sohn des Hauses?« fragte es. »Ich habe viel Schlechtes von dir gehört. Aber dein Aussehen gefällt mir, und wenn ich nicht wüßte, daß dieser Sohn in einen Wicht verwandelt wurde, dann würde ich dich bestimmt nicht dafür halten.«

»Ich weiß wohl, daß ich einen schlechten Ruf auf diesem Hof habe«, sagte Nils Holgersson. »Meine eigene Mutter glaubt, ich hätte mich wie ein Dieb davongemacht. Aber das soll mir egal sein, ich will nämlich nicht lange zu Hause bleiben. Bevor ich wieder gehe, will ich aber doch hören, was dir fehlt.«

»Schade, daß du nicht hierbleibst«, sagte das Pferd, »denn mir scheint, wir könnten gute Freunde werden. Mir fehlt weiter nichts, ich habe mir nur etwas in den Fuß getreten, eine Messerspitze, oder was es sein mag. Aber es sitzt so versteckt, daß es der Doktor nicht gefunden hat, und es sticht und sticht, daß ich gar nicht auftreten kann. Ich glaube, du brauchtest Holger Nilsson nur zu erzählen, was mit mir los ist, dann könnte er mir ganz leicht helfen. Ich möchte so gern nützlich sein und schäme mich richtig, daß ich nur dastehe und fresse, ohne zu arbeiten.«

»Wie gut, daß du keine richtige Krankheit hast«, sagte Nils Holgersson. »Ich will versuchen, etwas für deine Heilung zu tun. Es macht dir wohl nichts aus, wenn ich deinen Huf ein bißchen mit meinem Messer ritze?«

Gerade als Nils Holgersson mit dem Pferd fertig war, hörte er draußen Stimmen. Er schob die Stalltür einen Spalt auf und spähte hinaus. Es waren seine Eltern, die über den Hof zum Wohnhaus gingen. Man sah ihnen an, daß sie von schweren Sorgen gedrückt wurden. Mutter hatte viel mehr Falten im Gesicht als früher, und Vaters Haar war grau geworden. Mutter sprach davon, daß Vater bei ihrem Schwager eine neue Anleihe aufnehmen sollte. »Nein, ich will mir kein mehr Geld leihen«, sagte Holger Nilsson, als er am Pferdestall vorbeiging.

»Nichts ist schlimmer, als verschuldet zu sein. Da wäre es besser, wir verkauften die Kate.«

»Dagegen hätte ich nicht viel«, sagte Mutter, »aber wir müssen auch an den Jungen denken. Wo soll er denn hin, wenn er eines Tages arm und elend nach Hause kommt, wie wohl anzunehmen ist, und uns hier nicht mehr findet?«

»Ja, da hast du recht«, sagte Vater. »Aber wir können ja unsere Nachfolger bitten, ihn freundlich aufzunehmen und ihm auszurichten, daß er bei uns willkommen ist. Wir werden kein böses Wort über ihn sagen, wie es auch um ihn bestellt sein mag. Oder was meinst du, Mutter?«

»Bestimmt nicht! Wenn ich ihn nur wieder hier hätte und wüßte, daß er nicht auf der Landstraße zu hungern und zu frieren braucht, dann wäre mir alles andere egal.«

Nach diesen Worten gingen die Eltern ins Haus, und der Junge konnte ihre Unterhaltung nicht weiter verfolgen. Er war sehr froh und gerührt, daß sie ihn so sehr liebten, obwohl sie glaubten, er sei auf Abwege geraten, und er wäre herzlich gern zu ihnen gelaufen. »Aber wenn sie mich in meiner jetzigen Gestalt erblicken, dann wird ihr Kummer vielleicht noch größer«, dachte er.

Während er noch unschlüssig dastand, kam eine Kutsche gefahren und hielt vor dem Gittertor an. Als der Junge sah, wer da ausstieg und den Hof betrat, hätte er vor Erstaunen fast aufgeschrien – das konnte nur das Gänsemädchen Åsa mit ihrem Vater sein. Sie wanderten Hand in Hand auf das Haus zu, sehr still und ernst, und doch leuchtete in ihren Augen das Glück. Etwa in der Mitte des Hofs blieb Åsa stehen und sagte zu ihrem Vater: »Denk bitte daran, Vater, daß du ihnen nichts von dem Holzschuh oder von den Gänsen oder von dem Knirps erzählst, der Nils Holgersson so ähnlich war, daß er es entweder selbst gewesen ist oder zumindest mit ihm zu tun gehabt haben muß.«

»Nein, davon sage ich bestimmt nichts«, entgegnete Jon Assarsson. »Ich werde nur erzählen, daß ihr Sohn dir mehrere Male sehr geholfen hat, als du auf der Suche nach mir warst, und daß wir deshalb hergekommen sind und sie fragen wollen, ob wir ihnen nicht irgendeinen Gegendienst erweisen können. Wo ich doch die Grube da oben gefunden habe und jetzt so wohlhabend bin und mehr besitze, als ich selber brauche.«

»Ja, ich weiß, daß du deine Worte richtig setzen wirst«, sagte Åsa. »Ich wollte dich nur bitten, diese eine Sache nicht zu erwähnen.«

Sie gingen in die Kate, und der Junge hätte gern gehört, was da drinnen gesprochen wurde, doch er wagte sich nicht auf den Hof. Schon bald kamen sie wieder heraus und wurden von Vater und Mutter zum Tor begleitet. Es war merkwürdig, wie froh seine Eltern jetzt wirkten – als wären sie zu neuem Leben erwacht.

Als die Fremden davonfuhren, standen Vater und Mutter am Tor und schauten ihnen nach. »Jetzt will ich nicht mehr traurig sein«, sagte Mutter, »wo ich so viel Gutes über Nils gehört habe.«

»Eigentlich haben sie nur wenig von ihm erzählt«, sagte Vater nachdenklich.

»War es denn nicht genug, daß sie extra angereist kamen und uns ihre Hilfe anbieten wollten, weil unser Nils ihnen so große Dienste erwiesen hat? Ich finde, du hättest ihr Angebot nicht ablehnen sollen, Vater.«

»Nein, Mutter, ich will von keinem Geld annehmen, weder geschenkt noch geliehen. Als erstes will ich jetzt die Schulden abzahlen, und dann wollen wir uns wieder hocharbeiten. So uralt sind wir noch nicht, Mutter.« Vater lachte richtig, als er das sagte. »Dir scheint es wohl Spaß zu machen, den Hof zu verkaufen, in den wir so viel Arbeit gesteckt haben«, entgegnete Mutter.

»Du weißt doch, warum ich lache«, sagte Vater. »Der Verlust des Jungen, der hat mich so niedergedrückt, daß ich ganz kraftlos wurde. Aber jetzt, wo ich weiß, daß er am Leben ist und sich gut gemacht hat, da sollst du mal sehen, daß Holger Nilsson noch etwas taugt!«

Mutter verschwand im Haus, und Vater näherte sich dem Stall, so daß sich der Junge schleunigst in einen Winkel verkriechen mußte. Vater ging in den Stand, hob wie gewöhnlich den Huf des Pferdes an und versuchte, das Übel daran zu finden. »Aber was ist denn das?« rief er aus, als er ein paar eingeritzte Buchstaben darin entdeckte. »Zieh das Eisenstück aus dem Fuß!« las er und sah sich erstaunt und fragend um, nahm sich aber doch die Unterseite des Hufes vor und untersuchte und betastete sie. »Ich glaube, da sitzt wirklich etwas Spitzes«, murmelte er nach einer Weile.

Während Vater mit dem Pferd beschäftigt war und der Junge versteckt im Winkel saß, geschah es, daß noch weitere Fremde auf den Hof kamen. Als Gänserich Martin der alten Heimat so nahe gewesen war, hatte ihn nämlich eine unbezwingliche Lust ergriffen, Frau und Kinder seinen früheren Kameraden vorzuführen, und da war er ganz einfach mit Daunenfein und den jungen Gänschen hierhergeflogen.

Kein Mensch war auf Holger Nilssons Hof zu sehen, als der Gänserich eintraf. Deshalb fühlte er sich vollkommen sicher und lief ruhig mit Daunenfein herum und zeigte ihr, wie prächtig er als Hausgans gelebt hatte. Als sie den ganzen Hofplatz besichtigt hatten, entdeckte er, daß die Tür des Kuhstalls offenstand. »Werft mal einen Blick hinein«, sagte er, »da könnt ihr sehen, wie ich in früheren Zeiten gewohnt habe! Das war etwas anderes als jetzt, wo wir uns in Sümpfen und Teichen aufhalten.«

Der Gänserich stand schon auf der Schwelle und schaute in den Kuhstall hinein. »Hier ist kein Mensch«, sagte er. »Komm, Daunenfein, sieh dir mal den Gänseverschlag an! Brauchst keine Angst zu haben, es besteht nicht die geringste Gefahr.«

Da ging der Gänserich mit Daunenfein und allen sechs Jungen geradewegs in den Verschlag und zeigte ihnen, welche Pracht und Herrlichkeit ihn umgeben hatte, bevor er den Wildgänsen gefolgt war.

»Ja, so war das. Hier war mein Platz, und hier stand der Futternapf und war immer mit Hafer und Wasser gefüllt«, sagte der Gänserich. »Wartet mal, da ist noch ein bißchen Futter übrig!« Und dann stürzte er los und begann Hafer in sich hineinzuschlingen.

Aber Daunenfein hatte keine Ruhe. »Laß uns wieder hinausgehen!« sagte sie.

»Nur noch ein paar Körner!« sagte er und erhob gleich darauf ein Geschrei und eilte zum Ausgang. Aber es war zu spät. Die Tür fiel zu, die Bäuerin, die dahinter stand, schob den Riegel vor – und jetzt waren sie eingesperrt!

Vater hatte dem Schwarzen ein scharfes Stück Eisen aus dem Fuß gezogen, und er streichelte gerade vergnügt sein Pferd, als Mutter in den Stall geeilt kam. »Schnell, Vater, sieh dir mal an, was ich für einen Fang gemacht habe!« rief sie.

»Nein, warte, Mutter! Sieh dir erst das hier an!« entgegnete Vater. »Jetzt habe ich herausgefunden, was dem Pferd fehlte.«

»Ich glaube, das Glück kehrt zu uns zurück«, sagte Mutter. »Stell dir vor, der große Gänserich, der im Frühjahr verschwunden ist, der muß sich den Wildgänsen angeschlossen haben! Jetzt ist er zusammen mit sieben Wildgänsen heimgekehrt. Sie sind in den Gänseverschlag gegangen, und ich habe sie allesamt dort eingesperrt.«

»Das ist ja seltsam«, sagte Holger Nilsson. »Und weißt du, Mutter, das Beste daran ist, daß wir nicht mehr zu glauben brauchen, der Junge hätte den Gänserich mitgenommen.«

»Ja, da hast du recht, Vater. Aber ich fürchte, wir müssen sie noch heute abend schlachten. Bald ist Martinstag, und wenn wir sie bis dahin als Martinsgänse in die Stadt bringen wollen, dann müssen wir uns beeilen.«

»Ich halte es für eine wahre Sünde, den Gänserich zu schlachten, wo er mit so großem Gefolge zu uns zurückgekehrt ist«, sagte Holger Nilsson.

»Wenn die Zeiten besser wären, dürfte er auch am Leben bleiben. Aber wo wir selbst von hier wegziehen müssen, können wir keine Gänse behalten.«

»Ja, das ist schon wahr.«

»Komm mit und hilf mir, sie ins Haus zu tragen!« sagte Mutter.

Sie begaben sich zum Kuhstall, und ein paar Augenblicke später sah der Junge, wie Vater, mit Daunenfein unter dem einen und Gänserich Martin unter dem anderen Arm, von Mutter begleitet ins Haus ging. Obwohl der Gänserich nicht wissen konnte, daß der Junge in seiner Nähe war, rief er wie immer, wenn er sich in Gefahr befand: »Däumling, komm und hilf mir!«

Nils Holgersson hörte sein Rufen wohl, blieb jedoch in der Stalltür stehen. Er zögerte nicht etwa deshalb, weil es für ihn selbst von Vorteil gewesen wäre, wenn der Gänserich auf die Schlachtbank gelegt würde – daran dachte er in diesem Augenblick überhaupt nicht – , sondern weil er, um den Gänserich zu retten, vor Vater und Mutter hätte erscheinen müssen, und das wollte er um alles in der Welt nicht. »Sie haben es so schon schwer genug«, dachte er. »Soll ich ihnen auch noch solchen Kummer machen?«

Doch als sich die Tür hinter dem Gänserich schloß, geriet der Junge in Bewegung. Er rannte über den Hofplatz, sprang auf die Eichenschwelle vor der Haustür und lief in den Flur. Dort streifte er aus alter Gewohnheit seine Holzschuhe ab und näherte sich der Wohnungstür. Doch noch immer widerstrebte es ihm so sehr, sich Vater und Mutter zu zeigen, daß er es nicht fertigbrachte, die Hand zu heben und anzuklopfen. »Es geht um Gänserich Martin«, dachte er, »der ist dein bester Freund, seitdem du zuletzt hier gestanden hast.« Und blitzschnell erinnerte er sich an alles, was er mit dem Gänserich auf zugefrorenen Seen und stürmischem Meer und unter gefährlichen Raubtieren durchgemacht hatte. Dankbarkeit und Liebe erfüllten sein Herz, und er überwand sich selbst und klopfte an.

»Will da jemand herein?« sagte Vater und öffnete.

»Mutter, ihr dürft den Gänserich nicht anrühren!« rief der Junge, und im gleichen Augenblick stießen der Gänserich und Daunenfein, die gefesselt auf der Schlachtbank lagen, einen Freudenschrei aus – sie waren also noch am Leben.

Wer ebenfalls einen Freudenschrei ausstieß, das war seine Mutter. »Nein, wie groß und stattlich du geworden bist!« rief sie.

Der Junge war auf der Türschwelle stehengeblieben und hatte die Stube nicht betreten, als wäre er sich nicht sicher, wie man ihn empfangen würde. »Gott sei Lob und Dank, daß ich dich wiederhabe!« sagte Mutter. »Komm herein! Komm herein!«

»Herzlich willkommen!« sagte Vater, und mehr brachte er nicht heraus.

Aber der Junge zögerte immer noch. Es war ihm unbegreiflich, daß sie sich trotz seiner jetzigen Gestalt so über ihn freuten. Da aber kam Mutter auf ihn zu und umarmte ihn und zog ihn in die Stube, und jetzt merkte er, was geschehen war.

»Mutter, Vater, ich bin groß, ich bin wieder Mensch!« rief er.

50

Abschied von den Wildgänsen

Mittwoch, den 9. November

Am nächsten Tag stand der Junge vor Morgengrauen auf und wanderte zur Küste. Es war noch nicht recht hell, da stand er am Ufer, etwas östlich vom Fischerdorf Smyge. Er war ganz allein. Zwar hatte er versucht, Gänserich Martin zu wecken, aber der große Weiße hatte seinen Verschlag nicht verlassen wollen. Er hatte kein Wort gesagt und nur den Kopf unter den Flügel gesteckt und war wieder eingeschlafen.

Es schien ein herrlicher, klarer Tag zu werden. Das Wetter war fast genauso schön wie an jenem Frühlingstag, als die Wildgänse über die Ostsee nach Schonen gekommen waren. Das Meer breitete sich still und ruhig aus. Kein Lüftchen wehte, und der Junge dachte, daß die Wildgänse gut über die Ostsee kommen würden.

Er selbst war immer noch wie verwirrt. Bald hielt er sich für einen Kobold und bald für einen Menschen. Wenn er eine Steineinfriedung am Weg sah, erschrak er und ging erst weiter, nachdem er sich davon überzeugt hatte, daß dahinter kein Raubtier lauerte. Und gleich darauf lachte er über sich selbst und freute sich, daß er hochgewachsen und groß und stark war und vor nichts Angst zu haben brauchte.

Als er die Küste erreichte, stellte er sich in voller Größe an den Saum des Wassers, damit ihn die Wildgänse sehen könnten. Es war ein großer Reisetag, und unaufhörlich ertönten Lockrufe in der Luft. Er lächelte leise bei dem Gedanken, daß niemand so gut wie er wußte, was sich die Vögel zuriefen.

Jetzt kamen auch Wildgänse geflogen, eine große Schar nach der anderen. »Wenn nur meine Gänse nicht davonfliegen, ohne mir Lebewohl zu sagen!« dachte er. Er wollte ihnen so gern erzählen, wie sich alles zugetragen hatte, und ihnen zeigen, daß er wieder Mensch war.

Da kam eine Schar, die schneller flog und lauter schrie als die anderen, und er hatte das sichere Gefühl, daß es seine Schar sein müsse. Doch er konnte sie nicht genauso sicher erkennen, wie er es noch vor einem Tag gekonnt hätte.

Die Schar verminderte die Geschwindigkeit und strich an der Küste hin und her. Da wußte der Junge, daß es die richtige war. Er konnte nur nicht verstehen, weshalb sich die Wildgänse nicht neben ihn setzten. Er war doch unmöglich zu übersehen!

Er versuchte, sie mit einem Lockton zu sich zu rufen. Aber – seine Zunge gehorchte ihm nicht! Er brachte den richtigen Laut nicht heraus.

Er hörte Akkas Rufe in der Luft, ohne sie jedoch zu verstehen. »Was ist denn das? Sprechen die Wildgänse jetzt eine andere Sprache?« fragte er sich.

Er winkte ihnen mit der Mütze, lief am Strand entlang und rief: »Hier bin ich! Wo bist du?«

Aber das schien sie nur zu erschrecken. Sie stiegen höher und flogen hinaus aufs Meer. Da endlich begriff er! Sie wußten nicht, daß er ein Mensch war, und erkannten ihn nicht wieder.

Und er konnte die Wildgänse nicht zu sich rufen, weil

ein Mensch die Sprache der Vögel nicht beherrscht. Er konnte sie weder sprechen noch verstehen.

Obwohl sich der Junge von Herzen freute, daß der Zauber gelöst war, empfand er es doch als bitter, auf diese Weise von seinen guten Kameraden getrennt zu sein. Er setzte sich in den Sand und schlug die Hände vors Gesicht. Was hatte es noch für einen Zweck, ihnen nachzuschauen?

Doch gleich darauf hörte er Flügelrauschen. Der alten Mutter Akka war der Abschied vom Däumling so schwergefallen, daß sie noch einmal zurückgekehrt war. Und jetzt, als sich der Junge nicht bewegte, wagte sie sich näher an ihn heran. Plötzlich waren ihr wohl die Augen aufgegangen, um wen es sich handelte. Sie ließ sich neben ihm auf der Landzunge nieder.

Der Junge schrie vor Freude auf und nahm die alte Akka in den Arm. Die anderen Wildgänse drängten sich um ihn und streichelten ihn mit ihren Schnäbeln. Sie schnatterten und kakelten und beglückwünschten ihn herzlich, und auch er redete auf sie ein und dankte ihnen für die wunderbare Reise, die er mit ihnen hatte machen dürfen.

Doch auf einmal wurden die Wildgänse merkwürdig still und zogen sich von ihm zurück. Es war, als wollten sie sagen: »Ach, er ist ja ein Mensch! Er versteht uns nicht, und wir verstehen ihn nicht.«

Da stand der Junge auf, ging zu Akka und streichelte und liebkoste sie. Das tat er auch mit Yksi und Kaksi, Kolme und Neljä, Viisi und Kuusi, den Alten, die von Anfang an mit dabeigewesen waren.

Dann verließ er das Ufer und ging landeinwärts, denn er wußte, daß bei Vögeln Kummer schnell vergeht, und wollte sich von ihnen trennen, solange sie noch seinen Verlust betrauerten.

Auf der Uferböschung drehte er sich um und betrachtete die vielen Vogelscharen, die über das Meer davonflogen. Alle stießen ihre Lockrufe aus, und nur eine Schar war stumm, soweit er sie mit den Augen verfolgen konnte.

Doch sie flogen gleichmäßig und wohlgeordnet und mit starken, kräftigen Flügelschlägen. Und die Sehnsucht des Jungen nach ihnen war so groß, daß er sich beinahe wünschte, wieder der Däumling zu sein, der mit einer Wildgänseschar über Land und Meer reiten konnte.

Nachwort

»Die Schweden sehnen sich zeit ihres Lebens in die Jahre der Kindheit zurück.« Diese Worte August Strindbergs treffen auf keine schwedische Schriftstellerin mehr zu als auf Selma Lagerlöf. Obwohl ihre Werke in 40 Sprachen übersetzt wurden und die Autorin mit Preisen, einer theologischen Ehrendoktorwürde und im Jahr 1909 mit der höchsten literarischen Anerkennung, dem Nobelpreis für Literatur, ausgezeichnet wurde, hatten ihre Dichtung und ihr Leben in dem beinahe auf immer verlorenen Haus der Kindheit und der schwedischen Provinz Värmland den Mittelpunkt.

Selma Ottilia Lovisa Lagerlöf erblickte am 20. November 1858 als viertes Kind des Oberleutnants Erik Gustaf Lagerlöf und seiner Ehefrau Louise auf dem Gutshof Mårbacka in der Gemeinde Östra Ämtervik (Provinz Värmland) das Licht der Welt. Ein angeborenes Hüftleiden fesselte das Kind lange ans Bett, dennoch waren die frühen Lebensjahre zunächst glücklich und ihr Kopf voller »Geschichten von Gespenstern und wilder Liebe, von wunderschönen Damen und abenteuerlustigen Kavalieren«, die sich zu einer Welt der Phantasie zusammenschlossen, die auch reiche Nahrung erhielt, wenn an Winterabenden die Mutter oder andere Frauen auf dem Gut Familiengeschichten, Sagen oder Märchen erzählten. In dieser Erfahrung mündlicher Erzähltradition entwickelte die junge Selma Lagerlöf eigene literarische Interessen und griff zu den Werken Walter Scotts, H. C. Andersens und des finnlandschwedischen nationalromantischen Dichters Johan Ludvig Runeberg, die ihr die Flucht aus einer immer drückender werdenden Realität ermöglichten. Der Vater hatte nämlich das Gut durch Mißwirtschaft in eine Notlage gebracht, die durch ein langes Siechtum des verbitterten, dem Alkohol verfallenen Familienoberhauptes schließlich mit dem Verkauf von Mårbacka endete.

Im Alter von 24 Jahren begann das junge Mädchen am Königlichen Höheren Lehrerinnenseminar in Stockholm eine pädagogische Ausbildung, die nach drei Jahren abgeschlossen wurde. Nach einer von Pfarrern und Gouvernanten geprägten Erziehung in der Abgeschiedenheit des Elternhauses in der Provinz war die Studentin in der Hauptstadt zum ersten Mal mit einer intellektuellen Atmosphäre in Berührung gekommen, in der die künstlerischen und politischen Gedanken einer neuen Zeit greifbar wurden. Die Tätigkeit an der Höheren Lehranstalt für Mädchen in Landskrona (Provinz Schonen), die 1885 begann und zehn Jahre dauern sollte, ließ der jungen Pädagogin so viel zeitlichen Spielraum, daß sie nach einigen autobiographischen Versuchen über die Jugendjahre in Mårbacka und der Veröffentlichung von Sonetten mit fünf Kapiteln aus *Gösta Berling saga* den ersten Preis im Erzählwettbewerb der Zeitschrift *Idun* erringen konnte. Hier übt in der versunkenen Welt des värmländischen Gutshofs Ekeby (der für Mårbacka steht) die strenge, kraftvolle Majorin ihre Herrschaft aus, bis diese in die Hände von unwürdigen Männern, den Kavalieren, fällt, so daß der Hof fast verkommt. Erst als Gösta Berling durch die Liebe zu einer Frau wieder zu Besinnung kommt, kehrt die alte Ordnung zurück, die durch soziales Verantwortungsgefühl das Glück des einzelnen und der Gemeinschaft ermöglicht. Selma Lagerlöf hat in ihrem ersten Roman eines ihrer zentralen Themen gestaltet: den Glauben an die erlösende Kraft weiblicher Liebe. Im Titel des Werkes ist der Bezug zur altnordischen Sagaliteratur Islands und Norwegens formuliert und damit auf die mündliche Form archaischen Erzählens und die Neigung dieser Literaturgattung zu Reihung von Geschichten und Stilisierung der auftretenden Personen hingewiesen.

Während ihrer Tätigkeit in Landskrona unternahm Selma Lagerlöf zwei längere Auslandsreisen, die sie 1895/96 nach Italien und fünf Jahre später nach Ägypten und Palästina führten und die den Anstoß zu neuen Werken gaben: 1897 erschien der Roman *Antikrists mirakler* (»Die Wunder des Antichrist«), der in lockerer Reihung Geschichten um den Antichrist, dessen »Reich nur von dieser Welt« ist, erzählt. Die Autorin hat selbst darauf hingewiesen, daß es sich hier um eine Auseinandersetzung mit dem aufkommenden Sozialismus und den Arbeiterunruhen der Zeit handelt. Aus einer humanen Grundhaltung heraus werden die sozialen Bewegungen bis zu einem gewissen Grad mit Sympathie betrachtet, doch wird die Mahnung ausgesprochen, der Antichrist solle, da er nichts anderes als eine Nachbildung Christi sei, diesen als Herrn und Meister anerkennen.

Die schwedische Provinz Dalarna bildet in dem zweiteiligen Roman *Jerusalem* (1901/02) den Hintergrund für das harte Leben einer Gruppe von 150 Bauern, die im Geist einer pietistischen Erweckungsbewegung im Heiligen Land eine neue Heimat suchen und die Wiederkunft Christi erwarten. Durch die eindrucksvolle Schilderung des bäuerlichen Lebens gelang der Schriftstellerin mit diesem Werk, trotz einiger Fragwürdigkeiten in der Darstellung der Realität, ein großer literarischer Erfolg, der nur vom Ruhm des Lesebuchs über die Abenteuer Nils Holgerssons übertroffen wurde und beträchtliche Einnahmen erbrachte. Nun war es Selma Lagerlöf möglich, 1907 das Gebäude Mårbacka und drei Jahre später auch den landwirtschaftlichen Teil des Gutes zu erwerben, so daß die Schriftstellerin nach einem grundlegenden Umbau des Herrenhauses bis zu ihrem Tod im Jahre 1940 wieder im Haus ihrer Kindheit wohnen konnte.

Der Erste Weltkrieg bedeutete eine gewaltige innere Erschütterung, denn mit dem Blutvergießen unter der Jugend Europas ging der Traum von einer durch die Macht der Liebe verbundenen menschlichen Gemeinschaft in Brüche. Mehrere Jahre lang fehlte der Schriftstellerin die Kraft zum Schaffen größerer Werke, erst von 1922 an erschienen die einzelnen Bände der Mårbacka-Trilogie und des Romans um die Familie Löwensköld. Außerdem nahm der Strom der Besucher aus aller Welt immer mehr zu und beeinträchtigte Kräfte und Zeit der über 60 Jahre alten Autorin. Ihr Menschenbild hatte sich nun von der ideellen Überhöhung gelöst und an Düsterkeit und Realismus gewonnen, so daß der lange vorausgeahnte Ausbruch des Zweiten Weltkriegs für sie nicht überraschend kam. Schon vorher hatte sie Flüchtlinge und Verfolgte aus Mitteleuropa nach Kräften unterstützt, obwohl sie ihre Aufgabe mehr darin sah, als Schriftstellerin für den Frieden in der Welt zu wirken. Es entsprach nicht ihrer Art, sich direkt zu politischen Fragen zu äußern, sie gebrauchte lieber die verschlüsselte Form der literarischen Darstellung, indem sie durch Märchen oder Erzählungen zu aktuellen Problemen Stellung nahm. Diese Tradition metaphorischen Sprechens, die in einer alten Kultur mündlichen Erzählens und biblischer Gleichnisrede wurzelt, reicht in der Gegenwart bis zu Astrid Lindgren, die in einem inzwischen berühmten Märchen die unbarmherzige Steuerpolitik des schwedischen Staates kritisiert und ad absurdum geführt hat. Die Arbeit an einem neuen Roman wurde durch den Tod der hochbetagten Autorin in Mårbacka am 16. März 1940 abgebrochen, ihr Grab befindet sich auf dem Friedhof von Östra Ämtervik.

In Deutschland ist Selma Lagerlöf hauptsächlich als Verfasserin von *Nils Holgerssons wunderbaren Reise durch Schweden* bekannt. Als überraschendes Beispiel eines von der Jugend geliebten Schulbuchs, das noch dazu etwa 700 Seiten umfaßt, besitzt das Werk auch für Erwachsene die Zauberkraft eines abenteuerlichen Märchens, das Wissensvermittlung und zugleich Erziehungsroman ist und unzähligen Reisenden das Land und die Kultur Schwedens erschlossen hat.

Selma Lagerlöf folgte einem äußeren Anstoß, als sie dieses einzige Jugendbuch aus ihrer Feder schrieb: es entstand um die Jahrhundertwende als Auftragswerk von Schwedens Allgemeinem Volksschullehrerverband. Anlaß war die Unzufriedenheit mit einem 30 Jahre alten Lesebuch für die Volksschule, das Ellen Key in einem Zeitschriftenartikel als »nationales Unglück« bezeichnete. Ein Komitee führender fortschrittlicher Pädagogen bereitete daher ein neues Lesebuch in nationalem Sinn vor, das eine volksverbundene Stimmung vermitteln und dafür sorgen sollte, »daß die besten und schönsten Eindrücke der Kinder aus der schwedischen Heimat und der schwedischen Natur den Ausgangspunkt ihres geistigen Wachsens bilden können«. Als Selma Lagerlöf um Mitarbeit gebeten wurde, sagte sie sofort zu. Der Gedanke, durch Literatur die geistige Bildung der Jugend zu fördern, war nicht nur ein Grundsatz der damaligen modernen Pädagogik, sondern entsprach auch ganz ihrer eigenen Überzeugung, die Schule könne durch gute Bücher eine so bedeutende Allgemeinbildung vermitteln, »daß der gegenwärtige Klassenunterschied beträchtlich verringert wird«, wie es in einem Brief an den Mitherausgeber Alfred Dalin heißt.

Obwohl Selma Lagerlöf noch keine ordnende Idee für das Werk hatte, machte sie sich mit großer Begeisterung an die Arbeit, denn sie wollte, »daß dies eines meiner besten Bücher wird« (Brief an Dalin vom 22. November 1901). Eine Reihe schwedischer Landschaften war ihr schon vertraut, nun sammelte sie zur Ergänzung eine große Menge an Informationen aus Fachliteratur, Kinderbüchern, kulturgeschichtlichen Darstellungen, Märchen und Sagen, außerdem Erzählungen von Menschen, die großartige, merkwürdige oder typische Taten vollbracht hatten. Sie unternahm sogar eine Reise in das ihr unbekannte Norrland, wo sie unter anderem das Erzbauzentrum Malmberget und eine Lappensiedlung besuchte.

Das Herausgebergremium erwartete eine Sammlung selbständiger Erzählungen, die sich mit den einzelnen Landschaften beschäftigen sollten. Selma Lagerlöf konnte sich aber nicht mit dieser Idee anfreunden, da es ihr in ihrem literarischen Schaffen um Einheit und Zusammenführen in einer höheren Ordnung ging. So ist es nicht verwunderlich, daß sich die Arbeit von 1901 an ohne rechte Fortschritte dahinschleppte, bis ihr 1905 der geniale Einfall kam, in der Figur des Däumlings auf dem Rücken der Gans den erzählerischen Integrationspunkt einer phantastischen Reise durch die Provinzen Schwedens zu bilden. Manche Einzelheit dieses Motivs ist nicht neu: der dänische Märchendichter H. C. Andersen läßt in der Schilderung *I Sverrig* (1849) seine Phantasie mit Hilfe verschiedener Vögel über Schweden führen, und in den Geschichten um Mårbacka findet sich auch die Anekdote von der Gans, die mit den Wildgänsen fliegt. Neu jedoch sind das Däumling-Motiv und die Fähigkeit des verwandelten Kindes, die Sprache der Tiere zu verstehen und von ihnen verstanden zu werden. Für die innere Verbundenheit von Mensch und Tier lieferte Kiplings *Dschungelbuch* wichtige Anregungen.

Die wunderbare Reise bildet in ihrem Verlauf von den südlichen Landesteilen bis hinauf in den äußersten Norden und wieder zurück die Figur eines Kreises, bei dem Anfang und Ende in einem Punkt zusammenfallen. Obwohl aber der junge Nils an den Ausgangspunkt der Reise zurückkehrt, ist er durch die verschiedenen Gespräche und die Erfahrung verschiedenartiger Charaktere und Schicksale ein anderer geworden; durch die Weltfahrt hat er seine Ich-Bezogenheit abgelegt und ist nun reif für eine neue, tiefere Begegnung mit seinen Mitmenschen.

In ihrem Bestreben, den schwedischen Kindern ein »freundliches, schönes Bild ihres Landes zu geben«, wendet sich Selma Lagerlöf in ihren Erzählungen besonders Orten zu, »die von historischem Interesse sind oder wo das Leben der Gegenwart reich und kräftig blüht«. Als idealer Vertreter eines sinnerfüllten Lebens wird so auch immer wieder der schwedische Bauer, der Ehrlichkeit, Fleiß und Zuversicht verkörpert, hervorgehoben, trotzdem erkennt die Autorin auch den Wert der fortschreitenden Industrialisierung an, die dem Menschen durch Sägewerke, Eisengießereien und Fabriken das notwendige Auskommen sichert. Die großen Probleme der Gegenwart, die Auswandererströme nach Amerika und die Volkskrankheit Tuberkulose, werden nicht verschwiegen, es wird aber die Erwartung ausgesprochen, daß eine gebildete Jugend die gesellschaftlichen Nöte lindern wird. Selma Lagerlöf sieht ihre Aufgabe darin, die Auswanderung nach Amerika, der sich bereits ein Fünftel der Bevölkerung angeschlossen hatte, zu bremsen, indem sie die Jugend zum Bleiben auffordert. Die umfassende pädagogische Zielsetzung des Werkes ist, der Jugend die vielfältigen Möglichkeiten der Betätigung und des Auskommens, die das Land bietet, darzustellen. Hier werden Grundgedanken sozialer Verantwortung formuliert, die wenige Jahrzehnte später zur Politik des »Folkhem«, des Wohlfahrtsstaates schwedischer Prägung, führen werden.

Welch große Rolle in diesem pädagogischen Konzept der schwedischen Muttersprache zugewiesen wird, ist daran zu erkennen, daß die Schriftstellerin zwei hervorragende Wissenschaftler, den Nordisten Adolf Noreen und den Romanisten Fredrik Wulff, um Beratung bei ihrem Versuch bat, durch Vereinfachung von Orthographie und Syntax eine behutsame Modernisierung der schwedischen Sprache zu erreichen.

Mit *Nils Holgersson* hat Selma Lagerlöf ein Schulbuch geschaffen, das Weltliteratur ist, in dem aus der Vogelperspektive die Vielseitigkeit eines Landes und aus der Sicht eines Däumlings die Vielfalt menschlichen Lebens und menschlicher Kultur dargestellt werden. Hier bestätigt sich das Urteil des französischen Schriftstellers Paul Valéry, daß Selma Lagerlöf »spezifisch schwedisch und unwiderlegbar universell« ist.

Ruprecht Volz

Inhalt

Nils Holgerssons wunderbare Reise durch Schweden